DIE AF

KORTVE

DIE AFRIKAANSE KORTVERHAALBOEK

saamgestel deur Abraham H. de Vries

DERDE, HERSIENE UITGAWE

HUMAN & ROUSSEAU
KAAPSTAD · JOHANNESBURG

Vir Koos. Van ons almal

Eerste uitgawe, eerste druk 1978
Tweede druk 1978
Tweede uitgawe, eerste druk 1980
Tweede druk 1980
Derde druk 1982
Vierde druk 1983
Vyfde druk 1984
Derde uitgawe, eerste druk 1986
Tweede druk 1987
Derde druk 1989
Vierde uitgawe (sagteband, met
onveranderde inhoud), eerste druk 1990
Tweede druk 1992
Derde druk 1993
Vierde druk 1993
Vyfde druk 1993
Sesde druk 1994
Sewende druk 1994

Lys van kopieregerkennings agterin hierdie boek

Uitgegee deur Human & Rousseau (Edms.) Bpk.
Stategebou, Roosstraat 3-9, Kaapstad
Geset en gedruk deur Nasionale Boekdrukkery, Goodwood

ISBN 0 7981 2561 6

Verantwoording

Hierdie boek wil 'n groot aantal goeie Afrikaanse kortverhale in een band bymekaarbring en daarmee 'n beeld probeer gee van tematiese en verhaaltegniese verskeidenheid, sowel as die historiese ontwikkeling.

Gehalte was deurentyd dié maatstaf. Die ideaal, 'n volledige beeld van die heel bestes, word in die samestelling van 'n dergelike keur hokgeslaan deur die praktyk: kopiereg, lengte.

Dit was onvermydelik dat persoonlike voorkeure 'n rol sou speel. Tussen Hennie Aucamp se „Rust-mijn-ziel: 'n aandgesang" en „Die nag van die ooms" is die keuse moeilik, maar ek het oplaas besluit dat „Die nag van die ooms" nét-nét beter pas as voorbeeld van 'n elegiese teks. Elke voorkeur is op 'n dergelike manier verantwoord. Keuse was noodsaaklik en ek weet dat ander, ewe goeie tekste bestaan. Die byvoeging en/of vervanging van tekste in volgende uitgawes van hierdie keur is dan ook nie uitgesluit nie, maar dit is bowendien uitdruklik nié die bedoeling van hierdie boek om indiwiduele bundels te vervang nie. Om die beeld volledig te maak en omdat die bestudering van net die beste tekste literêr nie heeltemal verantwoord is nie, moet *Die Afrikaanse Kortverhaalboek* ook beskou word as bekendstelling.

Benamings, aanspreekvorme, e.d.m., wat tans aanstoot gee of as neerhalend beskou word, is uiteraard om literêre redes behou. Behalwe in gevalle waar spelwyse bloot verwarrend kan wees en waar spelfoute voorgekom het, is daar nêrens ingrypend geredigeer nie; ook „foute" kan funksioneel wees in kortverhale, en om verskillende redes.

Dat in hierdie keur tekste voorkom wat ook in ander bloemlesings verskyn het, was onvermydelik. Tog het juis dié oorweging bygedra om eie keuse telkens te verantwoord.

Kopieregprobleme is in slegs twee gevalle ondervind: by die samestelling van hierdie keur het ek dit as voorwaarde gestel dat nie net uitgewers nie, maar ook skrywers of hul testateurs persoonlik toestemming moes gee dat tekste gebruik mag word. Henriette Grové het haar reg uitgeoefen en tot my spyt geweier, so ook Breyten Breytenbach, slegs vir die tekste uit *Mouroir*.

Vergoeding vir bydraes geskied volgens 'n besluit van die Afrikaanse Skrywersgilde in 1975.

Aan skrywers en uitgewers my dank vir hul samewerking. Aan Hennie Aucamp, André P. Brink en John Miles vir kritiek én hulp met die keuse van my eie tekste.

A. H. DE V.

DURBAN, 1977
KAAPSTAD, 1985

By die tweede uitgawe

Vir hierdie uitgawe is nie net nuwe tekste oorweeg nie, maar weer eens is besin oor die keuse in die eerste druk. Noodgedwonge moes tekste in die slag bly. Die datums by die tekste is dié van eerste verskyning in bundels, dus na finale hersiening deur die skrywers. Aan Tim Huisamen, uit wie se kritiek op die eerste uitgawe ek die meeste deurdagte wenke gekry het, my hartlike dank.

A. H. DE V.

DURBAN, 1980

By die derde uitgawe

Hierdie uitgawe is volledig hersien om plek te maak vir verhale wat tot 1984 verskyn het, maar ook om hiate aan te vul in die geheelbeeld van tematiese, verhaaltegniese en historiese vertelpatrone in die Afrikaanse kortverhaal. Noodgedwonge moes selfs nóú nog verhale in die slag bly: „Met nachtmaal" uit die eerste „Afrikaanse" bundel kortverhale (in die sg. „Nederlandse periode"), Thomas Francois Burgers se *Toneelen uit ons dorp* (1867) is m.i. belangrik, maar – hoewel dan nie aan pittigheid nie – het dit Burgers tog ontbreek aan die kortheid wat vir hierdie samestelling gangbaar is.

Vyf skrywers het versoek dat daar veranderings aangebring moet word aan hul tekste. Volledigheidshalwe verstrek ek die besonderhede:

In Etienne Leroux se „'n Dag in Berg-en-Dal" is die sin, 13 reëls van die slot af, oor „Lodewyk se vals verkopings" in *Windroos* en alle daaropvolgende uitgawes van die verhaal verkeerd; dit moet lees: „Lodewyk se vals aankope van Woudenstein".

In Hennie Aucamp se „Vir vier stemme" verskyn daar in *Volmink* 'n foutiewe tydsaanduiding in „En hadde de liefde II": „Die ongeluk het die volgende week gebeur" moet lees: „Die ongeluk het die volgende dag gebeur".

Welma Odendaal het besluit om die slotparagraaf van „Mamy blue en ek onthou" uit *Getuie vir die naaktes* weg te laat in hierdie en hieropvolgende uitgawes.

Elsa Joubert het in „Agterplaas" die paragraaf in die vierde segment van die verhaal wat begin met „Tot ons laasweek . . ." (p. 67 in *Melk*) vervang met: „En voorlaasweek, voor sy weg is, het die brief gekom. Sy kon dit nie oopmaak nie, want haar hande het te veel gebewe. Ek het die brief in die sak van haar oorrok gesien, onoopgemaak, dae lank, maar ek kon nie daaroor praat nie. Om Rosy was reeds die waas van onaanraakbaarheid. Eers toe sy weg is, het ek die koevert op die vloer van haar kamer sien lê, oopgeskeur en leeg." In die laaste reël van die voorlaaste segment (p. 69) is bygevoeg: „, Flora, Nhlanda, 'n vreemde man, 'n seun . . ."

Koos Prinsloo het versoek dat die laaste sin van die paragraaf wat begin: „Op Standerton hou ek by 'n kafee stil" (p. 74 van „Die jonkmanskas" uit die bundel *Jonkmanskas*) geskrap moet word en dat sy dinamietfabriek op Braamfontein verskuif moet word na Modderfontein.

Al hierdie veranderings is aangebring in hierdie uitgawe.

My hartlike dank aan die personeel van die Suid-Afrikaanse Biblioteek in Kaapstad en by name aan die Direkteur, mnr. Piet Westra en aan mej. Julie te Groen vir hulp met soektogte.

A. H. DE V.

KAAPSTAD 1985.

Inhoud

PULVERMACHER

Gebet van Tities Tokaan

als oû Meneer té afgemat is.
door Ad. de S....

Halluja! . . . Heere; jy het jou in die laaste tyd rechte goed gedrâ. Kyke die gras! . . . Kyke die gousblom! . . . Kyke die banjang water in die sloot! . . . Kyke die bees! . . . Hulle wil almal uit hulle vel spring van die gladgyt. Kyk hoe hulle hol en achterop schop, net's die jong meide van die baldadigheid. Dan kyk al die mense hul mielies, hulle osse, hulle aerdappels, hulle schaape, hulle boone, hulle pampoen, hulle ertjies. Alles is volop, en hulle kinders is almal boekpens van die vettigheid. Ja allemaal, net maar alleen Jeremias, zyn kinders nie!

Ons wil erken Heere, dat jy jou planne mooi achter mekaâr gezet het, en dat jy jou best gedoen het van deuze jaar; maar tog Heere, jy het nie pad langs gehouw met Jeremias nie. Jeremias, hy het hom in die laaste tyd, goed gedrâ. Hy het laat staan die vloek, en het padgegéé ver die vrouw mens, hy het alle weeke zyn treppens in die kerkbord gegooi, en hy het lange tyd nie ver jou ergenis aan gedoen nie. En kyk Heere, wat het jy gemaak? . . . Jy het jou blits geschiet, en Jeremias zyn melkbokke almaal dood geslaan. Jeremias, Heere, hy voel nie lekker onder die dinge nie. Toen hy in die zonde was, het jy zyn beste vóór-os laat vrek! dit was tog nie mooi nie om Jeremias zoo vaderlyk te berispe nie, om zyn goddeloosheid het jy zyn kleine Lukassie stilletjies in die zeepot laat ver-ongeluk. Nou, dit was ook nie manierlyk nie; en kyk nou? . . . daar vreet die Aasvoëls zyn melkbokke almaal op. Perbeer nou Heere, Jeremias was in jou plek gewees: Wat het hy gemaak, zal hy jou kinders en jou melkbokke doodgeschiet het? . . . Maar Heere ons moet volgens jou wette handel, en malkander al die foute vergeeve. Halluja!

Ongedateer: ± 1893

CHRISTINA WAGENAAR

Hessi Vermaak en haar fryers.

Julle onthou nog di tyd toen di Bank fan George gebreek het. Di dorp was toen net in 'n nare toestand, en baing mense het sommar hulle huise laat staan en weg getrek. Oom Theunissen het toen oek getrek, mar eer dat di ou laat fat het, het hy 'n doodkis in di huis laat sit, en di stori laat ferspry dat dit daar spook. Dog dit was mar net di ou syn slimmighyd, want hy wou net di kwaai jongens, wat mar altoos woes werk met so'n ferlate gebou, 'n afskrik ge. Di plyster het ook getrek, en ons was almal dood bang fer di spookhuis.

Ou Dani Vermaak woon ook di tyd op di dorp. Syn dogter Hessi was net 'n mooie ding, met sulke heldere blouwe oge, en faal lok hare. Di jong-kerels was almal rasend o'er haar. Bêrend Visagi en Koot Pieterse was net di twe lastigste fryers.

Alle dage is eers di een en dan di ander daar, met hulle peperment, en soete woordjiis, mar Hessi wou met hulle niks te doen hê ni, want hulle was mar twe papbroeke. Wel. Bêrend kom weer een dag by Hessi neul, fer di ja-woord. Sy kry toen 'n plan in haar kop om ontslage te worde fan alby haar lastige fryers. Sy seg an Bêrend: „Ek sou ni omge om fer jou te neem ni, mar al di mense seg, jy is tog so bang, en 'n lafaard wil ik tog ni hê fer 'n man ni." Bêrend sweer hoog en laag, dat hy di dapperste man op di dorp is. Sy kan hom mar op enige maniir probeer.

„Nou ja, Bêrend," seg sy, „as jy fannaand om kwart foor twalf daar in di doodkis, in di spookhuis gaan lê, en di deksel mooi o'er jou toe trek en jy bly daar lê tot kwart o'er 12 dan sal ek self fer jou kom uithaal, en ek sal met jou trou." Nou, om di waarhyd te sê, Bêrend syn murg het yskoud geworde, mar hy kon haar daar ni afkry ni, en hy het haar tog waarlik liif, en oom Dani was skat ryk; so stel hy hom gewillig an.

Knap was Bêrend weg of hiir kom Koot Pieterse haar weer soebat om te trou. „Koot," seg sy, „ek wil ni sê dat ek jou ni liif het ni, mar di mense seg jy is fer jou eige skadewe bang, en met 'n papbroek wil ek tog ni trou ni."

„Dit liig hulle, Hessi," seg Koot, „Bêrend Fisagi is 'n lafaard, mar Koot Pieterse? o, né! hy stuit fer gen duiwel ni."

„Nou ja, Koot," antwoord sy, „ons sal dit beproef; neem jy nou fannaand net om 12 uur 'n remketting, 'n hamer en 4 amandels, en gaan daar in di spookhuis waar di doodkis leg. Jy moet di ketting 3 maal om di kis sleep en dan 'n amandel, met di hamer op elke hoek fan di kis kraak, alles sonder 'n woord te praat, dan moet jy nog 10 minuten op di kis stil sit, en ek sal jou dan self kom weg haal en met jou trou."

Koot beloof oek om dit alles te doen, mar julle kan glo hy was glad ni in syn skik met di beproewing ni. Wel, kwart foor 12 gaan Bêrend met di grootste angs in di kis lê en trek di deksel mooi toe. Hy had 6 sopiis agter syn ribbe, mar was daarom beroerd bang. Dit slaan 12 uur en hiir kom Koot met syn ketting gesleep. Soe! hoe het di arme Bêrend syn bloed gekook daar in di kis! En Koot is oek mar bang, al het hy 'n plat botteltji in syn sak. Hy loop met di ketting so fêr fan di kis as di muur hom toelaat. Toen hy 3 maal di ketting om di kis gesleep het, bekruip hy di kis soetjiis met di amandels en hamer; mar syn kni'e slaan teen makaar. „Kraak" slaan hy een amandel op een hoek stukkend. O! myn skepsel denk Barend daar binne, hiir spyker di spook my toe in di kis. „Kraak," weer 'n ander amandel. Di koue sweet tap Bêrend so af, mar dit is tog nog by di foete, mar nou bekruip Koot di kop; syn hand béwe net soos 'n popeliir-blaar in di wind, mar hy sit di amandel neer. „Kraak," – „Moord! Help! Di spook!" – En Bêrend fliig daar uit di kis, o'er makaar, onderstebo, dwars deur di skuifraam, in di watersloot, en hulle loop dat dit so kraak, di een straat op en di ander straat af, en hulle skré mar net: „Di spook!"

Buitekant di spookhuis, agter di suurlemoenboom staan Hessi en di skoolmeester Smit (ek denk hy het haar di plan gegé) en lag dat hulle so skud.

Fan di aand af was Bêrend en Koot se fryery uit. Hessi is later met 'n Engelsman getroud en hulle het weg getrek na syn land toe.

1897

C.J. LANGENHOVEN

Die Bouval op Wilgerdal

(Ou Hendrik Duiwenal is 'n lid van die Volksraad. Ek weet nie of dit opsigself 'n getuienis verskaf van sy geloofwaardigheid nie. Maar hy is so welbekend dat dit impertinent van my sou wees om hom aan die publiek met 'n lange introduksie voor te stel.

Miskien egter darem sal dit my vergun word om net dit te sê. Ons ken ou Hendrik almal vir 'n haastige, kortgebonde, driftige ou man, impulsief, sonder vrees vir mens of dier of duiwel. Dis nie ons ondervinding om by daardie klas, leuenaars aan te tref nie. – G.H.H.K.)

„Foeitog, my arme ou perdjies!" sê ek. „Maar net een trekkie nog dan is ons bo. En by die eerste plaas waar ons kom sal ons uitspan en die nag oorbly, en ek sal sorg dat julle elkeen vier hawergerwe se skone are kry. H-o-o-o-kaai, blaas maar darem eers weer so 'n oomblikkie. Ek sien dit gaan baie swaar."

Ek sit 'n klip agter die wiel, want ek stap langes my kar met die leisels. Die hoogte was steil. Dit was vir my 'n vreemde pad in die Klein Karoo, in die suidwestelike streke van die ou Kaapkolonie. 'n Warme namiddag in die hart van die somer. Die wêreld om my heen was droog.

Toe ek bo op die hoogte stilhou, kyk ek voor my met groot verwondering. In die vallei waar ek op afkyk, lê die allerfraaiste plasie wat 'n mens se oog ooit kon begeer om te aanskou of jou hart om te besit. 'n Boord van reusagtige okkerneutbome langes die donkerder groen van 'n lemoengaard; ander vrugtebome, perskes, amandels, appels, pere, appelkose, 'n paar kastanjes; 'n wingerd omhein met 'n kweperlaning aan twee kante en 'n vyelaning aan die oorkantse twee. Verder af strek landerye, afgekamp met mure en draadheinings. Deur 'n populierbos in die uitgang van 'n kransige poortjie op die boënt van die plaas, en daarvandaan verder oor die plaas tussen fluitjiesriet en papkuil en wilgers deur, raas 'n riviertjie nieteenstaande die jaargety en die droogte. 'n Vaste voorraad water dus; en die lande lê gelyk en die grond is geil. Nog so 'n heerlike plasie sal jy ver deur die wêreld na soek en nie kry nie.

Wat was daar dan om so verwonderd oor te wees? Alles lê verwaarloos en verlate asof daar in geen jare 'n mensehand aan die boerdery gesit was nie. Heinings en mure lê stukkend en omgeval; die wingerd groei met lang lote wild nes 'n rietbos; die vrugte val vrot-ryp van die bome af en die blare hang verlep van die droogte. Alles is van gras en onkruid ingeneem – 'n skone woesteny.

Van naby die pad af aan die oorkant, waar hy op die onderent van die populierbos die riviertjie deurgaan, loop 'n granaatheining langes 'n watersloot af tot by die hoek van wat daar nog staan van 'n ringmuur beskaduwee deur groot eikebome. Tussen die bome deur sien ek die opstal en daaragter steek buitegeboue uit. Hulle lê merendeels in puin. Die woonhuis staan nog, maar vensters en deure is uit of hang stukkend. Hier en daar deur die rietdak kan jy binne in die solder in sien. Die stoep is oorgroei met allerlei bosgasie.

Die son was al laag gesak; ek moes nog vir my 'n herberg soek vir die nag; ek was moeg, my stomme perde uitgeput. Anders had ek daar by die drif op die boënt van die verlate plasie uitgespan en gaan rondkyk of ek nie 'n oplossing kon vind vir wat vir my so onverklaarbaar lyk nie.

Maar ek ry dan toe maar aan, die riviertjie deur, op die onderent van die populierbos, en die oorkantse hoogte oor. Daar, oor 'n korte halfuurtjie, kom ek op die volgende plaas, by die woning van ene ou meneer Freek van Zyl. Goeie liewe mense, hy en die tante en die kinders – twee groot seuns en 'n dogter – wat my met 'n hartelike welkoms ontvang het en dadelik tuisgemaak het.

My perde was in die stal gesit, my kar in die waenhuis gestoot, my goedjies van die kar af gebring in die vrykamer. Terwyl die seuns nog besig was by die krale en stalle om die diere te versorg, en die vroumense binne aan 't klaarmaak aan die aandete, sit ek en Oom Freek op die stoep om die skemerkoelte te geniet ná die drukkende hitte van die dag. Toe vra ek hom uit na die verlate plasie. Die oplossing wat hy my gee was snaakser nog as die raaisel.

Die plaas behoort dan aan 'n betreklik jonge man, Petrus van Graan, wat daar gebore en groot geword is, en toe die plaas geërf het op die dood van sy vader. 'n Oppassende, vlytige, voorbeeldige seun; in alle opsigte 'n skone jonge man. Toe sy vader dood is, was hy reeds verloof aan 'n nooi Emmie Damberg van 'n plaas 'n paar uur daarvandaan.

In verband met daardie selfde verloofskap was daar 'n lelike treurspel gebeur, nog in die ou kêrel se leeftyd. Daar het 'n ander jongetjie na haar gevry, met die naam van Frans Rysselaar, van 'n geaardheid verskillend van dié van Petrus soos die nag teen die dag, 'n roekelose woestaard wat nooit sy bose hartstogte beteuel het nie. Hy het ede gesweer, sommer in die openbaar, en met die gruwelikste lasterwoorde, dat daar moord sou gepleeg word voordat Petrus van Graan met Emmie Damberg sou trou.

Nou ja, daar hét ook wat 'n mens kon noem moord plaasgevind, maar op 'n ander manier as wat Frans se bedoeling was. Toe Emmie eenmaal en vir altyd op so 'n manier vir hom nee gesê het dat hy nie weer sou kom nie, want sy had 'n afkeer in hom, het hy daar weggery – dit was ná ete in die aand – en by sy huis omgery en sy geweer gaan haal, en ou van Graan se huis se voordeur gaan oopskop, op hierdie einste verlate plasie – ja, die naam is Wilgerdal – en in die huis ingebars om Petrus in sy slaapkamer te gaan doodskiet. Hy skop die slaapkamerdeur ook oop; met die inloop haak sy voet aan die drumpel; hy slaan neer teen die grond; die oorgehaalde geweer gaan af, die skoot in sy kop, morsdood op die plek.

Toe Oom Freek tot hier gevorder was met sy verhaal, kom die tante van binne af uit.

„Hartjie, kom tog nou maar eers met die neef tafel toe, dis opgeskep."

Ná die ete en die huisgodsdiens bly ons almal om die eettafel sit, en Oom Freek vervat die geskiedenis wat hy my op die stoep halfpad vertel het. Van sy eintlike uitleg, waarom Wilgerdal dan verlate lê, het ek op die oomblik niks geglo nie. Maar ek het dit natuurlik nie laat merk nie. Die ou man was so klaarblyklik in sy siel oortuig van die waarheid van wat hy my daar sit en vertel dat ek hom nie met die minste skyn van twyfel wou aanstoot gee nie. Aan sy opregtheid wás daar by my ook geen twyfel nie. Nie 'n liggelowige, oppervlakkige lósprater was Oom Freek nie, maar 'n verstandige, besadigde ou man van die egte ouderwetse Afrikaner-boeretipe. Aan die gesigte van die tante en die dogter en die twee seuns om die tafel kon ek sien dat hulle net so vas oortuig was van die waarheid van die geskiedenis as die ou man self. Maar ek laat sy eie woorde hier volg.

„Nou ja, Neef Hendrik" – dit was natuurlik dadelik van die uitspan af Oom Freek en Neef Hendrik – „daardie ellendige Frans Rysselaar het dan sy eie loon met sy eie hand gevind, en niemand het dit betreur nie. Daarna is Petrus se vader dood; die huwelik wat eerder moes plaasgevind het, is vir 'n ses maande uitgestel; en toe, ná die afkondiging van die eerste huweliksgebooie, kom die griep. Petrus was een van die eerste wat inval. Die derde dag van sy siekte had hy longontsteking met 'n koors van, ek vergeet, 105 of 106. Nag en dag het Emmie hom verpleeg; en sy was dit wat sy oë toegedruk het.

„Ek en sy saam het hom in die kis gelê; en die dag toe die tyd van die begrafnis daar was, en net voor die dominee met die lykdiens sou begin, was dit ek en Emmie wat in die doodskamer ingegaan het, ons twee alleen, sy om vir die laaste maal sy gesig te sien, en ek om die kis toe te skroewe.

„Ek skuif die deksel, wat los op die kis lê, na onder toe.

„ ‚Oom Freek,' skree Emmie, en sy klou my arm krampagtig vas, ‚Petrus is nie dood nie – kyk sy kleur!'

„En toe gee die skyndooie 'n sug en hy maak sy oë oop. Emmie val op haar knieë by die kis; sy steek haar hande weerskante onder Petrus se skouers in; sy lig hom op, en sy soen hom.

„Meteens los sy hom asof met walging sodat hy weer agteroorslaan in die kis. Op haar gesig is 'n uitdrukking soos ek hoop om nooit weer op 'n mensegelaat te sien nie. ‚Oom Freek,' sê sy, ‚dis nie Petrus nie; dis Frans Rysselaar.'

„Die voorafgaande spanning en verdriet, gevolg deur die skok, had Emmie van haar verstand afgebring. En tot vandag toe nog het sy nie reggekom nie. Die dokters het geen hoop dat sy ooit sal herstel nie.

„Petrus het weer fris geword. Maar van die eerste dag af was hy rasend om weg te kom uit die huis uit. Ons was verplig om hom met bed en al hierheen te dra; en hier in my huis is hy verpleeg tot hy kon opstaan. In sy geaardheid het dit ook vir ons gelyk of daar deur wat hy deurgemaak het, 'n verandering gekom het – 'n iets wat 'n mens nie kan beskryf of vir jouself duidelik voorstel nie. Die stem, houding, gebare, 'n eienaardige trekkie nou en dan aan die linkerhoek van sy mond – alles was dieselfde ou Petrus. Maar daar was iets in die uitkyk van sy oë . . . ek kan nie sê wat nie.

„Een slag het hy geprobeer om met Emmie te gaan praat. Maar sy het so onkeerbaar woedend geword dat hy haar nie weer gaan sien het nie. So gou as hy sterk genoeg was om te reis, het hy ook hier weggetrek en nooit weer hier naby gekom nie. Hy woon nou in Lydenburg se distrik in die Transvaal. Ek het sy skriftelike volmag om Wilgerdal te verkoop – daar onder die huisklok hang die sleutels, as daar vandag nog sleutels nodig was om in die huis in te kom. Maar niemand sou die plaas ook verniet wil hê nie."

„Oom Freek," sê ek, „maar waarom dan nie? Dis 'n aaklige geskiedenis wat Oom my vertel het, maar wat het dit met die plaas te doen?"

„Neef Hendrik, ek was tweemaal daar vandat Petrus daar weg is. Ek sal nie 'n derde maal gaan nie. En albei kere was dit in die helder dag. Ek het altyd nooit aan spoke geglo nie; nou weet ek beter."

Maar nie 'n woord kon ek uit Oom Freek uitkry wát hy dan daar gesien het nie.

Ons het nie veel meer gesels die aand nie. Dit was 'n vroeë huisgesin, saans vroeg en smôrens vroeg. Die tante stoot aan Oom Freek se arm. „Hartjie, neef Hendrik moet baie moeg wees. Hy sal bly wees om maar te gaan rus."

Ja, moeg wás ek van die lange dae se karry. Maar my vaak was glad weg. Ek het rondgerol en rondgerol op die kooi en naderhand maar weer my kers opgesteek. Oom Freek se storie kon ek nie uit my gedagte kry nie.

„Wat op aarde kan dan die verklaring wees?" hou ek maar aan om myself af te vra. „Iets baie buitengewoon moet daar wees. Dat hierdie ou man vas glo aan wat hy my vertel het, betwyfel ek vir geen oomblik nie. Maar spokery!" En ek lag.

Uit die eetkamer vandaan hoor ek die ou huisklok een vir een van die lange ure van die nag afslaan. Toe dit twee-uur was, kon ek nie langer lê nie. „Ek gaan nou kyk," sê ek, „wat die geheim van die verlate plasie is. As daar dan sulke goed soos spoke bestaan, wil ek hulle ook eenmaal in my lewe sien."

Ek staan soetjies op en ek trek my aan. Uit 'n handsak haal ek my rewolwer en ek steek hom in my sak. Ek stap op my sokkies uit, eers na die eetkamer toe, en daar vat ek die bos sleutels. Dit was kwart oor twee. Toe ek op die stoep kom, trek ek my skoene aan. Buite slaap die hele wêreld onder die toorgaas van die driekwart-volle maan. Ek vat die pad waarmee ek die namiddag gekom het.

Net voor ek by die populierbosdrif kom, draai ek uit. Ek moes eers deur 'n plaat geelbossies deur en daarvandaan langes die granaatheining en die sloot af. Ek had mos gister die trekke van die plaas noukeurig waargeneem. 'n Drie-vierhonderd tree voor my kon ek die eikebome sien. Onder hulle donker skaduwees deur lê die opstal helder sigbaar in die maanskyn.

Ek was 'n entjie, dit kan 'n tree of tien gewees het, in die geelbossies af, toe bly ek staan en ek kyk om. Agter my aan het ek 'n ander voetstap gehoor. Maar daar is niks te sien nie. Rondom my staan die bossies skoon in die maanlig. Ek stap weer aan; dis weer so.

„Ek moet my regruk," dog ek, „daardie storie van ou Freek het my senuwees aangetas." En ek stap aan. Al agter my aan kom die voetstappe; nou en dan hoor ek iets teen die bossies skuur; een slag kraak 'n droë stokkie kort agter my op die grond. Ek voel toe al taamlik anders as op my gemak, maar ek vererg my vir myself en ek stap met vaster treë sonder om weer om te kyk.

Toe ek deur die geelbossies was en by die granaatlaning se boënt kom, dwing ek om te gril. Ek stop my pyp en ek steek hom op. Tot my verbasing sien ek dat ek nie die vuurhoutjie kan stilhou nie. Ek dwing myself tot kalmte.

„Wat bog!" sê ek, hardop; „ek is nie 'n babetjie nie. Spoke? Gmf." En ek lag, maar die toon van my eie lag klink nie vir my mooi nie. Ek haal weer brawado uit. „Kom hier, jou wegkruiplafaard, en wys jou gesig. Dink jy om my met jou kotjakstreke bang te maak?"

Op my woorde volg 'n doodse stilte. Ek bly 'n hele rukkie staan. Daar gebeur niks verder nie. Ek vat weer moed.

Toe roer die takke van die boonste granaatboom. Ek spring oor die sloot, lig die takke op, trek 'n vuurhoutjie, en kyk onder in. Daar is niks. Ek tree agteruit tot op die sloot se wal. Dieselfde takke word weer opgelig en val terug in hulle plek.

Woedend nou oor hierdie onsigbare en stemmelose ding wat my vir die gek hou, haal ek my rewolwer uit en ek hou hom reg om in die granaatbos in te skiet. Ek was net klaar om af te trek toe vat iets my om die hand en hy druk my hand met rewolwer en al terug in my sak. En toe word ek bang, so bang dat ek koud en lam word.

Ek vlieg weg, terug oor die sloot, klaar om te hardloop, terug pad toe. Gelyk met my hoor ek spring nog iemand oor die sloot, maar bokant my. Ek hoor hy loop óm sodat hy op die rand van die geelbossies kom, tussen my en die pad.

Toe ek weer sien stap ek langes die heining af in die rigting van die opstal, onder die dwang van 'n onweerstaanbare krag. Ek moet my bewustheid by dié tyd verloor het want ek kon die dag daarna nie onthou nie en ek onthou vandag nog nie, hoedat ek die ent afgelê het langes die heining af nie. Toe ek weer by myselwe kom, staan ek op die stoep, voor die voordeur. Die deur is nog heel en hy staan toe. Die sleutels word uit my sak gehaal, een daarvan word in die sleutelgat gesteek en omgedraai. Toe draai die knop. Die voordeur gaan oop met skreeuende skarniere.

Binne is 'n groot voorkamer, 'n tafel in die middel, rusbank en stoele langes die mure. Die maan skyn helder deur die oop voordeur en die gate van die vensters, en een plek deur 'n gat in die solder waar geen dak oor was nie.

Ek stap oor die drumpel; ek word aangedruk van agter tot ek by die tafel staan. Ek hoor die sleutel van buite uittrek en van binne in die slot steek. Die skarniere kraak en kreun weer van die roes van jare; die deur slaan toe op die knip; hy word van binne toegesluit.

Van die voordeur af sien ek op die dik stof van die vloer spore vorm onder die stappe van ongesiene voete. Hulle loop tot by 'n stoel; die stoel word opgelig en by my aan die tafel gesit. Ek neem plaas daarop. 'n Ander stoel word aangebring na die tafel toe, regoor my. Ek hoor hom kraak soos met die gewig van iemand wat daarop gaan sit. My stoel staan in die donker, die ander stoel in die maanskyn wat deur die gat in die solder val. Maar ek sien niks. Die stoel bly leeg.

,,My vriend!" Die geheimsinnige praat vir die eerste maal; 'n gewone mensestem, dié van 'n jonge man, helder, sonder die minste toon van onvriendelikheid – inteendeel. ,,My vriend, sit jou dwase vrees opsy. Ek is minder as jy – ek is maar 'n gees, jy is 'n liggaam en 'n gees albei. En had jy maar gesorg om baas te bly oor jouself – jy het dit byna reggekry – dan sou ék geen mag oor jou gehad het nie. Maar toe ek sien dat jy jou selfbeheer begin te verloor, het ek van jou vrees gebruik gemaak om jou 'n les te leer wat jy nodig had. Jy het die spot gedryf met dinge waar jy niks van weet nie. Luister, my vriend: ek kom daarvandaan waar ek geleer het dat 'n mens nooit moet spot nie – jy weet te min.

,,Maar dis nie daarvoor wat ek jou hierheen gebring het nie. Ek het 'n smeekversoek; ek het jou nodig. Nog ál die jare soek ek na lewende mensehulp, en almal wat ek nader, vlug van my weg. Asof ek geen ander oogmerk kon hê nie as om paaiboelie te speel!

,,My vriend, ek lees op jou gesig dat jy 'n vyand is van onreg. Nog nooit het jy van so 'n onreg op aarde gehoor as wat my aangedoen is nie. Luister: ek is Petrus van Graan. Daardie man wat met my liggaam hier uit die skyndood opgestaan het, is nie ek nie.

,,Ek en Frans Rysselaar het albei na dieselfde nooi Emmie Damberg gevry. Miskien het jy die geskiedenis hier van die mense gehoor?"

,,Ja," sê ek, en ek was my nie eens verwonder oor die kalme alledaagsheid van my stem nie. Alle vrees was van my gewyk; dit kon 'n gewone lewende persoon gewees het met wie ek in die gesprek is. ,,Ja," sê ek, ,,Oom Freek van Zyl het my gisteraand die hele geskiedenis vertel; die woeste geaardheid van Frans, die moordaanslag waarby hy homself verongeluk het, jou siekte, die ontwaking uit die skyndood. Emmie se kranksinnigheid . . ."

„Dis na Emmie toe wat ek jou wil stuur," vervat die stem en ek kon sy aandoening daarin merk. Hy bly 'n rukkie stil, en toe gaan hy aan.

„. . . Deur die ylende waan van my koors was Frans se gees altyd by my, spottende, vloekende, teen my worsteling worstelende. Toe Emmie my oë toemaak en haar afskeidsoen op my voorhoof druk, en ek voel dat ek wegsink tot niet, hoor ek nog met my heengaan Frans se afskuwelike spotlag. ‚Petrus van Graan, nou het ek vir jou . . . en vir Emmie. Swerf jy nou ná dese rond as 'n spook.'

„Die dag van die begrafnis, toe die skare buite aan't versamel was, staan ek aan die voet van die doodkis – 'n gees. In die kis lê my liggaam. Die kamerdeur – daardie deur aan jou linkerhand, my vriend – die kamerdeur gaan oop. Oom Freek en Emmie kom in. Hy skuif die deksel opsy; Emmie gryp hom aan die arm en skree: ‚Petrus is nie dood nie!'

„Ek staar so in die gesig in en kyk van die liggaam in die kis. Net vir 'n halwe oomblik, en sonder dat die twee dit merk, lig een van die ooglede so effentjies op; 'n venynige gryns sprei oor die lippe om dadelik weer te verdwyn. Ek sien dis Frans Rysselaar se gees wat van my liggaam besit geneem het.

„Hy maak sy oë oop en gee 'n sug. Emmie kniel by die kis, omhels die liggaam . . . my liggaam. Ek wou uitbars en skree, ‚Emmie, Emmie, dis nie ek nie!' Dit was onnodig. So 'n bedrog was op haar onmoontlik. My liefde en hare het nie by die liggaam opgehou nie. En die mense dink Emmie was deur die skok van haar verstand af geraak! . . .

„My vriend, as jy niks oorhet vir 'n blote spook nie, neem ek jou nie kwalik nie. Jy sal self een dag een wees, maar tot hier toe is jy nog 'n mens van vleis en bloed; meegevoel is maar net moontlik tussen gelykes . . . buiten, dink ek, tussen my en Emmie . . . Maar om my ontwil soebat ek nie . . . om haar ontwil, sy is nog 'n mens soos jy; en in stilte en eensaamheid . . . sy durf mos nie medelye soek nie, sy is dan kranksinnig . . . in stilte en eensaamheid ly sy die foltering van 'n hel op aarde . . .

„Het jy die mensehart, my vriend, om jammerte te voel vir die bittere ellende van 'n mensedogter? Om iets te doen vir Emmie? Ek is magteloos. Die geregshof staan nie vir my oop nie. Aan hierdie toneel van my afskeid, om 'n rede wat ek nie vir jou kan uitlê nie, is ek gekluister. Ek kan nie hier weg nie; diegene wat hier kom, vlug van my. My liggaam met die valse siel wat daarin is, het ek hier weggewerk. Maar wat help dit? Ek is eensaam; Emmie is eensaam . . ." Die gees bly stil.

„Petrus," sê ek, „wat ek op aarde kan doen, sal ek doen. Sê vir my, op watter manier kan ek van diens wees?"

„My vriend, koop Wilgerdal van Oom Freek. Dis 'n valse prokurasie wat hy het, met my hand in my handskrif onderteken. Maar die valsheid daarvan maak hier geen saak nie; ek, die eienaar, gee jou die reg. Jy sal die plaas so te sê verniet kry; en Emmie, wanneer sy verstaan, sal sy jou die koopprys terugbetaal. En dan, my vriend, gaan dan na Emmie toe en sê vir haar ek wag hier vir haar, en bring haar hier."

Net so stil soos ek uitgekom het, het ek weer ingegaan by Oom Freek se huis, en in die vrykamer gegaan en my uitgetrek en gaan lê.

Ek lê nie te lank nie toe breek die dag. Ek hoor in die huis roer om koffie te maak. Oom Freek bring self my koffie in kamer toe.

„Ek hoop jy het 'n goeie nagrus geniet, Neef Hendrik?"

„Oom, nee; ek het nie geslaap nie. Ná oom se verhaal van gisteraand was ek die heel nag met Wilgerdal besig."

Die ou glimlag. „En hoever het jy daarmee gekom, Neef Hendrik?"

„Oom, sit tog hier by my op die kooi. My plan was gewees om dadelik vanmôre my reis voort te sit. Maar ek het lus gekry om Wilgerdal te koop. Oom het mos die prokurasie."

„Neef Hendrik, dis nie my saak nie; ek tree op vir 'n ander man. Ek kan nie 'n koper afraai nie. Maar tog, soos hy sou handel, so sal ek handel in sy plek, sonder bedrog. Ek het jou gesê die plaas is onverkoopbaar. As die vloek nie daarop was nie, was hy 'n agtduisend pond werd. Verlede week het Petrus my geskryf ek moet die plaas weggee al was dit vir honderd pond. Hy betaal belastings; daar is geen vooruitsig om ooit iets terug te kry nie . . . Snaaks, daar was 'n vloekwoord in die brief – iets wat ek nie van Petrus gewend is nie. Maar dit wys hoe't hy voel oor die plaas; dis 'n ketting om sy nek."

„Sal ons sê honderd pond, Oom Freek?"

„Neef Hendrik, as jy honderd pond het om weg te gooi, is dit jou saak. Ek het niks vir jou weggesteek nie."

Na brekfis, dieselfde voormiddag daar in Oom Freek se voorhuis, het ons die koopbrief geskryf en geteken. Daar was 'n paar bure by. Ek kon sien hulle beskou die vreemde neef Hendrik vir 'n mal man. Hy sou sy dwaasheid besef met sy eerste besoek aan Wilgerdal. Weinig wis hulle dat my eerste besoek al klaar afgeleg was.

Emmie se ou moeder, 'n liewe tante, kon maar nie verstaan wat ek daarmee kon voorhê, ek 'n vreemdeling, om Emmie te wil sien nie. Watter soort onbeskofte nuuskierigheid was dit? kon ek sien dog sy. Dit het my soebat gekos voordat die ou dame my wou toelaat om na Emmie toe te gaan.

Ek kry haar onder 'n wilgerboom, langes die rivier, sit sy op die gras. Sy is besig om 'n krans van wit rose te vleg. 'n Entjie van haar af staan ander kranse opmekaar gestawel, droër en droër en meer verwelk na onder toe tot daar naderhand net die kaal stokke was. Ek kom tot voor haar. Sy kyk dwars deur my sonder om my te sien.

„Petrus," sê sy, „ek vleg dag vir dag 'n vars krans vir jou. Maar dan verwelk hy maar weer. Want daar is nie 'n graf van jou waar ek my kranse op kan lê nie."

„Emmie," sê ek, „Petrus het my na jou toe gestuur. Nie die valse Petrus nie – jou Petrus, jou eie Petrus wat jy liefhet."

Vir die eerste maal kyk sy my met verstand aan.

„Vreemdeling," sê sy, „het jy geen hart nie? Kom jy my leed bespot?"

Ek gaan by haar op die gras sit en ek vat haar hand. „Emmie," sê ek, „luister en oordeel self of jy my sal glo. Ander mense sal my nie glo nie."

En toe vertel ek haar stap vir stap wat my die nag wedervaar het.

Toe ek klaar was, staan sy die eerste op. „Kom," sê sy; „ry met my na Wilgerdal toe." Sy loop vooruit tot by die huis.

Toe ons aankom, staan die ou tante op die stoep. „Moeder," sê Emmie, met die stem en toon van 'n regsinnige, „ek gaan met hierdie vriend 'n entjie saamry. Ek het tot myselwe gekom."

Die trane kom in die ou dame se oë. Sy omhels haar dogter, en toe kom sy na my toe en sy gee my 'n soen. „Vergewe my die vryheid, my neef; maar jy het my dogter gered – ek weet nie hoe nie."

'n Paar uur later hou ek met my kar voor die bouvallige opstal van Wilgerdal stil. Ek help vir Emmie van die kar af en stap met haar aan die arm tot op die stoep. Die voordeur gaan oop. Ek kyk in, daar is niemand nie; by die deur vandaan kom dieselfde stem wat die vorige nag met my gepraat het: „Kom in, Emmie; ek het lank gewag vir jou."

Emmie gaan in; die deur gaan agter haar toe. Ek draai om, terug na my kar toe.

Wilgerdal is weer 'n skoonbewerkte plaas. Die eienares het die soete stralende gesig van 'n engel. Om besoekers te ontvang en vreemdelinge te herberg het sy 'n besondere huisie gebou, met sitkamer en vrykamer. In die groot huis woon sy self, stoksielsalig alleen. Niemand anders kom ooit daarin nie.

1924

EUGÈNE N. MARAIS

Klein Riet-alleen-in-die-roerkuil

Die eerste boodskapdraer by Gammadoekies was die geel Boesmantjie Riet-alleen-in-die-roerkuil.

Sy ta se ta, ou Heitsi-eibib, het hom so genoem toe hy nog in die dra-vel sit. Hy kon so vinnig hol dat die stofwarreltjies onder sy hakskene uitdraai; en as hy reg-reg uithaal, dan word hy nes 'n vaal strepie in die middel van die wapad.

En toe kom die groot gevaar by Gammadoekies. Ou Heitsi-eibib het in die nag kajuitraad belê, want die nood het gedruk. Hy het selfs ou Klipdas-Eenoog laat haal om te kom by sit, en hy was so oud dat sy kakebeen weggeslyt was en sy oë byna toegekrimp. Die hele nag het hulle om die vuur in die tgorra gesit, en dit was ou Klipdas-Eenoog wat die groot woord agtermekaar gesit het. En met die rooidag roep hulle vir Riet-alleen om die boodskap na Rooi Joggom te dra.

En toe hy kom, hoor hy die meide in die strooihuise skree: „Hot-'tgorra! Hot-'tgorra!" En die mans is so bang dat hulle toonnaels kletter en die sweet drup van hulle lyf in haelkorrels. Elkeen kan die vuur met een asem doodblaas.

En toe die dag wit word, spring hy van Gammadoekies weg. Hy dra die uitspeelstel in die linkerhand en met die regtervuis slaat hy op sy voorkop; vir elke woord van die boodskap 'n slag met die vuis – dan kan hy nie vergeet nie.

Die laaste woord van sy Ou Ta was: „Pas op vir Nagali: sy sal jou op baie maniere voorlê; sy het sterk toorgoed. As jy verkeerd maak, word jou lyf so styf gespan as die snaar van die groot ramkie!"

Toe die son hoog was, siet hulle nog op die laaste bult die warrelwindjies onder sy voete uitdraai, maar Riet-alleen self was net 'n vaal strepie in die wapad.

Toe sê Klipdas-Eenoog: „Arrie! Die vonke sit in die wolf se stert." Want dit was hy wat die groot woord uitgedink het.

En toe Riet nie meer sy eie skaduwee kon sien nie, kyk hy voor in die pad, en daar gewaar hy 'n skraal Boesmanmeidjie. Sy trap stadig 'n paar danstreë oor die pad. „Arrie, Ousie," sê Riet, „kan jy dans?"

„My boeta!" sê sy, „wat sit jy op die miershoop neer?"

„Dis 'n beste uitspeelstel," sê Riet, en hy sit hom op die miershoop. „En wat het my ousie?"

Sy vat die blou kraleband van haar nek en sit dié neer. En toe spring hulle weg veld in. Tot by die derde miershoop bly hulle bymekaar, en van daar begin die meidjie ringe om hom te dans en sy draai met 'n groot halfmaan terug na Gammadoekies. En Riet wil skree: „Dié kant toe, my ousie! dié kant toe!"

maar sy asem is klein, en sy dans so vinnig dat sy die woorde voor sy mond wegwaai. En Riet se hart word klein, en hy dink: „Ek sal soheentoe haal en my uitspeelstel red." Maar toe hy wegspring, siet hy die vaal meidjie dans ver voor hom soos 'n dryfwolkie op die bergtop; en toe hy nog ver was, gryp sy die uitspeelstel en sit haar krale om. En hy hoor sy lag, en sy roep: „My ou boet, my vuurmaakplek is aan die bokant. Ek sal vir Nagali jou groete sê." En toe sy wegdans, toe siet hy al die tyd die warrelwind uit die groot woestyn.

En toe sê hy: „Hot-'tgorra! die snaar van die groot ramkie!" want die son was aan die afdraand en Rooi Joggom is ver!

En hy spring weer weg, maar hy sê nie meer die boodskap nie, want die jammerte van die uitspeelstel was in sy hart.

En hy eet die pad tot by die middelbergse nek. En toe gewaar hy, langs die los klip links van die pad sit 'n Boesman, en in sy hardloop hoor hy die vaal maat roep: „Wat is die treur dat my boet vandag so stadig loop?"

En Riet-alleen stuit by hom. „Kan my boeta hardloop?" vra hy.

„Die meide van Jakkalsdraai het my so vertel," sê die vaal Boesman.

En Riet se hart brand in hom, want hy het nog nooit een gekry wat sy stof kon asem nie.

„Sal dit wees tot bo-op die nek?" vra Riet-alleen.

„Heitse!" sê die vaal Boesman, „die bobbejaan hol die berg uit. Nee, my boeta, dit sal wees tot by die spits klip," en hy wys terug tot onder in die leegte, en hulle staan klaar. En toe hulle wegspring, gly die vaal Boesman van Riet weg. En Riet druk sy oë toe, en hy haal uit. En toe hy die grond gelyk voel onder sy voete, kyk hy weer, en hy sien die vaal Boesman soos 'n klein stoffie ver in die wapad. En toe hy sy hand oor sy oë sit, gewaar hy dit is Nagali se oribietjie. En hy slaat op sy mond, en sy hart word sag in sy lyf. En hy draai om en spring berg uit, en hy sê net: „My ta se ta!"

Dit was donker toe Riet-alleen op die wal van Moetmekaar se drif uitkom: en daar stuit hy vir die eerste maal weer. Toe die weerlig slaan, sê hy: „Heitse! dis Nagali wat lig maak om my te soek!" en hy bêre sy lyf.

Van ver kon hy die swart water hoor brom, want die rivier was kwaai, en voor hom in die drif siet hy die aandlig soos die stert van 'n vis die maalwater swaai.

„Deurgaan of ramkie se snaar!" sê Riet-alleen, en hy trap die water in.

En oorkant, teen die wal, sit ou Nagali se Narrakierie, en Riet-alleen hoor dat sy hom uitlag. En toe sê hy: „Heitse, Ousie! Netnou sal ons met mekaar van naby gesels. My vuurmaakplek is na die bokant!" En net daar het die groot ongeluk hom gevang. Hy het vergeet dat hulle by Gammadoekies gehoor het dat Nagali op oulaas die towerstokkie gekry het wat haar baas maak oor die krokodil.

En toe Riet-alleen die swart water inloop en hy voel dit maal, toe sing hy die regmaakliedjie:

Ek vat hier en jy vat daar,
O julle Geel Goed, gryp mekaar.

Maar dit kon nie help nie. Oorkant teen die wal gewaar hy die maalgat voor sy voete, en deurkom is min. En toe siet hy net langs hom die groot soetdoringstomp met een punt in die vlak water. Hy klim stadig op en hy loer waar Nagali se Narrakierie sit en hy lag lekker in die holte van sy hand. En toe voel hy die soetdoringstomp roer onder hom, en roer onder hom, en hy klou vas met al sy naels, en hy roep sy ooroupa se groot naam, drie keer. Maar dit help nie. Hy hoor die Narrakierie roep: „My ouboet, watter kant is jou vuurmaakplek?"

Maar hy het die antwoord vergeet.

Toe gewaar hy dit is Nagali se krokodil; en toe hy hom weer kry, lê hy hoog op die sandwal waar hy vandaan gekom het; maar hy weet dit nie.

En hy spring weer weg en begint weer op sy voorkop slaan, en hy onthou weer Heitsi-eibib se boodskap, en hy skiet die nag in. En voor hom siet hy die groot vuur, en hy stuit tussen hulle net met die kom van die rooidag, en hy begint sy boodskap opsê. Maar eer hy halfpad was, gryp hulle hom, en toe gewaar hy dat hy weer terug is in Gammadoekies, en dis sy einste oupa wat hom aan die linkerbeen beet het.

En Heitsi-eibib sê vir ou Klipdas-Eenoog: „Ons moet hom stywer span as die snaar van die groot ramkie!"

En daar het hulle die vuurtjie doodgemaak van Riet-alleen-in-die-roerkuil.

1927

M. E. R.

Die boodskap

Ons, Afrikaners, is so besig met die bou van ons nasie, so verdiep in die taak; en so is ons deurtrek van die gees van die veld wat ons dra en voed oor driehonderd jaar – so kompleet het ons Suid-Afrika se kinders geword dat ons byna heeltemal vergeet het dat ons voorouers van oor die see gekom het, van ander tuislande. Maar die mens se onbewuste wese onthou dinge waarvan sy helder verstand nie weet nie: en soms; by die hoor of lees omtrent daardie lande, is dit of diep verborge snare antwoord gee: daar roer iets vaag in die geheue, maar so vaag, so sag, dat ons nie seker kan wees dat dit nie sommer verbeelding is nie. Waarom is dit dat die lied van die wind in die dennebome, die blou-groen skaduwees onder die brander se kruin as dit vorentoe omkrul om te val, die hart aanraak soos die hand van een wat ons liefhet? Iets daarin is onse eie – van ver, ver weg, maar eie. Ook aan ons behoort die pad oor die groot water, die wind wat die seil vol stoot, die slag van die roeispane – vreemd vir ons wat uit die binneland kom en dit vir die eerste maal sien, en tog ná-bekend.

So was soms vir my stories van die Skandinawiërs se lande, en sodaniges het ek soms in my jong dae gehoor van oom Karel. Hy was 'n Sweed, in Upsala gebore, wat hom as jong man hier kom vestig het, en met my tante getroud was: dit was lank gelede, so om en by die honderd jaar gelede, as ek vandag reg uitreken; want ek is nou ouer as wat oom Karel ooit geword het, en hy was 'n grysaard, sy skouers al krom, toe ek my as jong mens kom kry het.

Hy het graag in sy ledige ure, in daardie ou dag, aan een wat dit wou aanhoor, van sy geboorteland vertel. Daar, so het hy gesê, was die mense nog eerlik – hulle het eenvoudig geleef, maar eerbaar: as 'n misdaad begaan is, is daarvan vertel deur geslagte daarna: dit was geen alledaagse, gou-vergete gebeurtenis, het Oom weemoedig bygevoeg, soos hier by onse goud- en diamantvelde nie.

Daar, het Oom vertel, het die mense nie na groot rykdom gestreef nie: hulle kon nie: daar was geen onderaardse skatte nie, geen groot plase van duisende morg grond nie, want dit was 'n berge-wêreld, met klein bougrond: geen spanne swart werkvolk nie, soos by ons: die eienaars van plase moes maar self werk. In die lang somerdae moes oor byna die vier-en-twintig uur geploeg of gesaai of geoes word om elke flentertjie kos, vir mens en vir dier, uit die grond te haal voor dit bedek sou word deur die diep, blywende wintersneeu, wanneer alles wat leef, onderdak moes gaan.

So het oom Karel stories van sy land vertel soos dit honderd jaar, en nog vóór honderd jaar gelede was; stories wat sy ou mense in die winteraande om die groot haardvuur vertel het. Die een wat ek die beste onthou, vertel ek weer op my manier hier.

Daar was eens in Noorweë 'n boerepaar wat op 'n plaas aan die grens van 'n dorpie gewoon het. Ek sal dit Grootplaas noem, want vir daardie wêreld was dit 'n groot plaas, een naamlik, wat wei verskaf het vir vyf-en-twintig koeie, soos die mense daar die grootte van hulle plase bereken het en nog bereken. Die eienaar was derhalwe 'n vermoënde man; hy het sy werksmense gehad en ook 'n inwonende opsiener – 'n kneg, soos onse ou mense so een genoem het. Onder daardie mense was daar, veral destyds, nie eintlik standsverskil tussen baas en kneg nie: hulle was soms eie familie: so 'n man was, net soos by onse boere, een van die huisgesin, almal onder sorg en leiding van die boer en sy vrou. So 'n verhouding kom natuurlik tot stand – so het ek al gedink – in 'n land waar die plase afgesonder is, en die plaasbewoners meesal net mekaar vir geselskap het – soos ook by ons die geval is, en in die verlede in nog groter mate was. Net by ons was die afsondering deur afstande; by hulle, dink ek, deur die afgeslotenheid wat die sware winter meegebring het in vorige tye toe die paaie, en die vervoermiddels, nog eenvoudig was.

Grootplaas het 'n kneg gehad, 'n fris jongkêrel, groot en sterk gebou, met blink, blonde krulhare en helder blou oë, soos 'n mens dit by die Nore aantref. Wat ontwikkeling betref, was hy net so geleerd, volgens die standaarde van die tyd, as sy baas: goedgemanierd, hoflik, skiklik.

Die eienaar was 'n gesiene man, nie alleen omrede van sy besittings nie. Hy het sy sake goed bestuur, en het sy vriende en bure waar nodig met raad en hulp bygestaan. Maar soos soms met 'n goeie sakeman die geval is, kon hy hom nie maklik in ander aktiwiteite as dié van sy eie lewe indink nie – had ook geen begeerte daartoe nie. Dit kan dan gebeur dat so 'n man dié wat naaste aan hom is – sy kind of sy vrou – nie altyd goed begryp nie – soos gesê, vind hy dit nie nodig nie, veral waar die kind of die vrou genoeg verbeeldingskrag het om *hom* te begryp, en hulle so ver moontlik na hom te skik: so ver moontlik. Maar nie in alles nie. Dit was op Grootplaas by die egpaar die geval.

Miskien was dit omdat die man heelwat ouer was, goed 'n twintig jaar, as sy vrou. Sy was anders as die meisies van haar omgewing – klein, stil, sag van sprake en van optree, hoewel geensins onbeslis nie: met donker hare en oë. Haar hele voorkoms was fyn: sy het aandag getrek, veral van mans, by wie bewondering vir iets fyn afgewerk dikwels voorkom. Hoewel sy arm grootgeword het, was dit tog by haar iets ingebore, en sy het gretig alles geleer wat dit in haar sou versterk; alles gelees wat sy kon kry, haar eie eenvoudige klere met sorg en smaak gemaak en gedra, haar liggaam keurig opgepas.

Sy was dus 'n aangewese persoon om kinders te leer. Daarmee het sy toe die brood verdien.

Bewus van die aandag wat sy so stilweg getrek het, het sy haar nie sommer as allemansvriend laat tel nie: sy het goed opgelet, goed uitgesoek. En altyd het sy verlang na die leefwyse waarin sy los sou wees van die kwellende beperkings van armoed en van die broodverdiening, en vry sou wees om oor haar doen en laat te beskik – bo alles, om oor haarself te beskik. Mense wat met hierdie verlange in die hart loop, is mense wat met die oortuiging ingebore is dat die lewe hulle iets skuld, en wat algaande in toenemende mate voel dat die skuld nie betaal word nie, en dat hulle veronreg is: wat hulle ook kry, dit is nog nie wat hulle werklik toekom nie.

So 'n voortdurende teleurstelling skep soms desperaatheid.

Toe die vermoënde boer haar so onder die lewendige maats uitgesoek het, het die mense haar gelukgewens, en haar geluk meer beklemtoon as vir haar aangenaam was. Maar sy het niks laat merk nie; sy was gewoond om heelwat te ondervind, te begryp en te voel, sonder om iets te laat merk; en die skoolhou vir kinders het haar goeie oefening daarin gegee. Sy het haar pligte stip uitgevoer, nooit humeur verloor of haatlik met die kinders gewees nie; maar sy het so 'n innige vreugde en verligting gevoel toe die welgestelde man haar jawoord gevra het, dat hy dit maklik aangeneem het vir gehegtheid aan hom, en dit des te meer in so 'n stil meisie op prys gestel het.

So is hulle getroud – ideaal gelukkig, het die mense gesê: so 'n mooi plaas, so 'n gerieflike huis, so 'n goeie man: die meisie het waarlik in die botter geval. Waar hierdie gesegde gebesig word van 'n vrou se huwelik, kan 'n mens maar gerus oplet dat sy daarna gemaak het – nie eintlik onaangenaam genoeg geleef het om afguns te verwek nie, nie selfopofferend genoeg gewees dat geluk haar gegun word nie. Niemand wil haar dit ontneem nie: hulle sê net: Nou, sy het in die botter geval, hoor!

Maar die meisie het ná die eerste maande gevind dat sy geensins haar selfbeheer kon laat verslap nie: sy was nog vas. Sy was vas aan haar pligte as boervrou, en dit was dagvullend; vas aan die plaas, vas aan 'n man vir wie sy nie die minste liefde gevoel het nie, vas aan sy leefwyse: en sy wou tog so graag los gewees het! Kinders het nooit die pligte vermeerder nie; was daar maar één kind, sou alles miskien anders geword het. Want die bewustheid dat sy haarself en haar begeertes so van almal om haar kon verberg, het in die vrou 'n magsgevoel gekweek, en dit is 'n gevaarlike stuk sielsgereedskap. Van 'n kind sou sy dit nie kon verberg het nie – van sy kind kan niemand op die duur sy ware aard verberg nie, veral nie 'n moeder nie: die kind knoop onbewus diep aan, nie by wat die ouer sê of doen nie, maar by wat sy is.

Vir die man was dit 'n groot teleurstelling, hulle kinderloosheid. Hy het dit soms gesê, maar naderhand onwillekeurig geswyg vir die manier waarop die vrou haar lippe in 'n bleek lyntjie opmekaar gedruk het wanneer hy die onderwerp aanroer. Ander dinge het hy langsamerhand ook so verswyg: wat sal 'n mens jou eie strewe en verlangens aan dowe ore voorlê, om nooit 'n antwoord te kry nie? Dat sy hom nie liefgehad het nie, het hy nooit werklik besef nie: hy was van 'n te eenvoudige geaardheid. Sy het hom soms so raaiselagtig aangekyk, lank en stip, of hy iets nuuts in sy gesig openbaar het sedert sy hom laas gesien het. Dan het hy maar 'n rede gevind om op te staan en weg te gaan. Maar sy het niks gesê nie.

So het die twee langs mekaar op die mooi plaas geleef. Op die oog het hulle klaargekom, maar die sake wat ieder die meeste op die hart gehad het, het hulle van mekaar weggesteek. En waar twee mense dag na dag saam moet woon, en sulke sake verswyg, is dit kant en klaar met geluk. Eerder sal 'n ramp uit so 'n swye gebore word!

Na byna twee jaar van hierdie lewe het die jong opsiener in die plaashuis kom inwoon. Hy was vir albei 'n aanwins; hulle het in hulle geneentheid vir hom byna 'n nuwe vriendskapsband vir mekaar aangeknoop. By die man was daar goeie rede vir tevredenheid: die jongkêrel het sy werk goed en fluks gedoen: sy lus was daarin, en onder die baas se bekwame bestuur en die seun se flink optrede het die plaas al hoe meer in waarde gestyg. In so 'n stil lewe, en dit sonder kinders, was die groot belang maar die plaas, en die verbeterings wat aangebring kon word: deeglike skure en stalle, nuwe geriewe op die lande, dit en dat aan die woonhuis. „Die vroutjie kan darem van geluk spreek!" So het die besoekers gesê.

Was dit dan geluk wat in haar donker oë gevonkel het, wat die kleur op haar bleek gelaat laat gloei het? 'n Verborge gloed wat eindelik haar koudheid laat smelt het?

Vir die eerste maal in haar lewe had sy iemand lief – onredelik, teen alle beterwete, lief. Maar geskool deur lewenslange selfbeheersing, het sy niemand dit laat agterkom nie. Die mense, dit wis sy goed, sou nie alleen oor so 'n onwettige hartstog geskok gewees het nie, maar sou haar ook geminag het as een wat nie na waarde kon skat nie. Maar daar was iets in die jong man se fris, sterk houding, in sy ongedwonge seunsmaniere, in sy kinderlike opsien na haar, wat haar verbeelding totaal baasgeraak het. Sy had hom lief, en sy moes dit verberg, moes dit diep wegsteek sodat geen mens, allermins die seun self, enige teken daarvan sou bespeur nie.

So het sake gestaan oor goed 'n jaar. Die vrou was van 'n taai stoffasie, sy kon verduur. Maar sy het soms met verbasing haar man aangekyk, soms byna met verbittering die jong man aanskou, of hulle twee mense elke dag langs 'n afgrond verbyloop en dit nie sien nie . . . so wyd het dit voor haar gegaap, dit was of hulle dit moet sien! Maar niks merk hulle nie: sy stoot die oomblik van half rasende verbasing opsy, en gaan weer haar stille gang. So 'n onderdrukte gevoel groei naderhand buite alle perke – en verleen 'n onnatuurlike krag.

Een oggend is die loop van sake van sy koers afgesmyt. Dit het só gebeur: die baas het die nag om vieruur eers die huis ingekom. Een van sy beste koeie was siek, en hy en sy kneg was die hele nag daarmee aan die gang, 'n kragvereisende taak. Toe hulle teen die oggend doodmoeg inkom, het die vrou opgestaan en vir hulle koffie gemaak; maar toe sy uit die kombuis uitkom na die voorhuis met die kan in haar hande om daar te skink, kry sy net die jong man. Hy het hom op die breë bank langs die eettafel neergevly, en sit daar met sy kop op sy arms op die tafel gelê, vas aan die slaap, gedaan van vermoeienis. Naby hom brand die kers, en met die tog wat die vrou se inkom maak, flikker die lig op sy krulkop.

Sy sit die kan op die ander end van die tafel neer, haal kommetjies, skink een vol, en neem dit na haar man in die slaapkamer langsaan. Daar lê hy op die bed, ook dood aan slaap, sy boklere sommer op 'n hoop langsaan soos hy dit neergesmyt het. Sy was ál in die huis wat wakker was. Sy sit die koffie op 'n bankie neer wat langs die bed staan. Werktuiglik neem sy die broek en baadjie van die vloer af op, skud dit effens, en hang dit netjies oor die rug van 'n stoel; sy trek die verekombers op oor die man.

Toe gaan sy weer na binne.

Sy kan die seun mos nie so daar laat sit-lê nie : hy sal alte koud word. Sy pak 'n groot velkussing op die breë bank reg en slaan toe haar arm om sy skouer.

„Kom, lê nou," fluister sy in sy oor asof hy 'n kindjie was wat in sy bedjie neergesit moes word. Sy trek en stoot saggies; sy keer met haar wang teen sy kop dat dit nie teen die tafelrand moet stamp nie; en hy kom half by, en skik hom om te lê. Maar sy oë gaan nie oop nie, so deurtrek was hy van die slaap. Sy gaan na die slaapkamer en kom met 'n donskombers terug; daarmee maak sy hom netjies toe. Toe neem sy die kers, en draai weg van hom. Maar so half weggedraai staan sy tog stil met die kers in die hand – en blaas dit dood. Sy gaan by die bank staan, lank . . . lank. Toe sak sy op haar knieë langs die slapende seun, en luister na sy gereelde, sterk asemhaling, so in die donker, lank . . . lank.

En toe staan sy op, loop in die donker na die kombuis en terug, stap die voorhuis reg deur so in die donker na die slaapkamer, trek die deur saggies agter haar toe en stoot die grendel in. Toe was alles doodstil.

'n Halfuur daarna het sy weer uitgekom, want dit was reeds skemeroggend; dit was in die tyd tussen winter en somer. Sy maak die diensmeisie wakker in haar buitekamer.

„Werk maar eers hier agter," sê sy, „en laat die twee mans nog slaap; Christof lê in die voorhuis op die bank. Ek gaan buite nasien. Hulle was die hele nag by die siek koei, en moet nog slaap."

Dit was eers 'n uur daarna dat die diensmeisie uitgehardloop gekom het om haar te soek. Christof het opgestaan, en na die slaapkamer gegaan om sy kombers daar weg te sit – en daar kry hy die baas van die plaas dood op sy bed. Dood en kalm, net of hy slaap, sy arms boontoe uitgegooi net of hy baie moeg was toe hy gaan lê het. Daar was groot ontsteltenis. Die geneesheer en die pastoor en ander dorpsbeamptes het van die dorp gekom en lykskouing gehou; dit was seker 'n geval van oorspanning, het die geneesheer gesê – die man se hart was nooit van die sterkste nie.

Sy vrou het hom die nag, teen die oggend, in die kamer gelaat, het sy gesê, rustig aan slaap – want sy was op en aangetrek om vir die mans koffie te maak toe hulle om vieruur ingekom het, en sy het toe nie weer gaan lê nie.

Stil en bleek, soos altyd, het sy self al die droewe werksaamhede verrig. Sy wou niemand anders die lyk vir die doodkis laat reg maak nie, net die diensmeisie en die buurvroue laat help waar hy te swaar vir haar was om op te lig; sy het bygestaan toe hulle die kis ná 'n paar dae toegespyker het om na die dorp weg te dra vir begrafnis. Die mense was getref deur sulke kalmte en gelatenheid. Die jong pastoor veral; sy vrou, het hy gedink, sou dit nie so reggekry het nie. Tog was daar vir hom iets vreemds in so 'n optrede. Veral toe hy en sy, voor die draers die kis uit die buitekamer, waar dit gewag het, kom uitdra het, aan weerskante daarvan neergekniel het, en hy in 'n gebed vir haar om troos en versterking gesmeek het.

Toe hulle opstaan, was daar iets in haar oë wat sy aandag vasgevat het; sy het hom stip aangekyk, net of sy iets wou vra; maar het toe weer swyend weggedraai.

Na 'n jaar is sy met Christof getroud. Die mense het wel iets daarop te sê gehad, maar oor die algemeen het dit tog geen verwondering gewek nie. Die egpaar het op die plaas gewoon, en het voorspoedig geboer, sodat hulle naderhand byna weelderig, vir daardie tyd en omgewing, kon leef – niks ontsien het wat gemak of gerief kon meebring nie. Alles het goed gegaan, alhoewel die bure soms grap gemaak het oor wie van die twee eintlik baas was. Hulle self het nie daaraan aandag bestee nie. So het die jare rustig verbygegaan.

Die nuwe verbintenis is ook nie met kinders geseën geword nie.

So het jare verbygegaan.

Die pastoor, miskien meer as iemand anders, weens sy besondere kennis van die mense van sy gemeente, let na die veranderings op wat, ongemerk deur die meeste, die jare teweegbring. Die kinders word groot, die nuwe geslag skiet weer uit hulle op, die oues val weg wanneer hulle afgeleef is, en as 'n mens self oud geword het, kan jy, bevoorreg, op baie lewenslope sien, van begin af, en oorsake van rigting nagaan, en resultate skat.

Met sulke gedagtes was die pastoor van die gemeente waarvan ons vertel, een môre vervul. Dit was 'n harde wintersdag, en hy staan by die venster in sy studeerkamer en kyk uit op die sneeubedekte wêreld. Die begraafplaas was aangrensend aan die pastorietuin, met 'n lae ringmuur van klip daarvan afgeskei, en hy kon sien hoedat iemand daar met die grawe van 'n graf besig was; telkens het die pik se kop bokant die muur opgeswaai, 'n oomblikkie staande gebly, om dan weer kragtig in die harde, bevrore grond neer te slaan. Dit was 'n gesig wat hy al honderdmaal so van sy venster af gadegeslaan het, en telkens het hy nie meteens daarvan kon wegdraai nie, maar gestaan om daardeur geboei te word in oorpeinsing van die lewe en aard van die mens wat in die aarde gelê sou word. So staan hy ook daardie môre. Maar naderhand hou die pikslag op, en kom nie weer nie.

„Nou sal ou Lars kombuis toe kom vir 'n verversinkie," glimlag hy, en gaan na sy tafel waar sy gansveerpen en sy blad papier vir hom wag. Maar voor hy begin skryf, word aan die deur geklop, en op sy uitroep kom ou Lars binne met iets in sy hand. Hy stap gewigtig na die tafel, sonder 'n woord, en sit die voorwerp by die pastoor neer. Sy oubaas deins terug, die hande teen die bors asof hulle vanself wegkeer.

„Waar kry jy dit, Lars?"

„In Grootplaas se graf, Meneer."

„Lars! Wat beteken dit?"

Die grafdelwer skud sy kop, en kyk die pastoor met sy grou ogies bedenklik aan.

„My saak is dit nie," sê hy eindelik. „Kom kyk self."

Die pastoor sit sy wolmus op, en trek dit oor sy ore af. Maar voor hy agter Lars uitgaan, vat hy wat ingebring was, en sluit dit in 'n muurkassie weg.

„Geen woord aan 'n mens nie, Lars," sê hy. „Laat dit wees asof die graf dit nog bewaar."

In Grootplaas se voorhuis is die egpaar. Sy sit langs die groot haard by die vuur en brei: Hy is by 'n venster wat op die voorwerf uitsien, en staar uit op die sneeu. Dit is al byna skemernamiddag buite, en in die groot vertrek word dit al donker. Die vrou brei op gevoel; die vuurlig glinster op haar nimmer rustende breinaalde, haar oë bly op die donker gestalte by die venster.

„Daar kom waarlik die pastoor se slee!" sê die man skielik, en hy tuur vorentoe om beter te kan sien. „Ja – daar kom hy hierheen ingedraai – op so 'n dag!"

En hy gaan by die voordeur uit om die gas so spoedig moontlik binne te haal, en sy perd te laat besorg.

Sy vrou sit haar werk netjies neer, en gaan ook na die venster om haarself te oortuig dat hulle werklik besoek kry. En onderwyl haar man met die ontvangs nog buite besig is, gaan sy agtertoe om te sorg dat die gas goed onthaal word. 'n Aangename taak – sy was bly oor die besoek; die pastoor was seker op weg na iemand wat hom noodsaaklik moes bykry; en sy was altyd gesteld op so 'n aankoms, veral van 'n man van invloed soos die pastoor.

Toe sy met 'n brandende lamp die voorhuis weer binnekom, staan hy, nog in sy lang mantel gehul, langs haar man by die vuur. Sy sit die lamp neer en groet die besoeker met haar gewone ingetoë hartlikheid. Maar die woorde sterf skielik op haar lippe weg: haar hand sak neer. Wat was daar in die pastoor se houding wat haar meteens tot swye bring, wat haar beweginglоos laat staan om hom aan te staar? Hy staan mos net daar. Agter hom werk haar man met die stompe in die vuur, om dit tot gasvrye warmte te laat opslaan: maar die skielike stilte gryp ook sy aandag, en hy kom vorentoe tot waar die lamplig op sy vrou by die tafel val: daar staan hy sprakeloos, om die geweldige onuitgesproke gedagtewisseling tussen die ander twee te probeer vertolk. Hy kyk van een na die ander: die pastoor is stil, die lang mantel wat hom omhul, hang regaf en bewegingloos; en die vrou staan net so roerloos, soos een wat 'n slag afwag. Toe gooi die pastoor sy mantel oop; hy maak 'n stap vorentoe en lê iets op die tafel neer wat in 'n wit doek toegedraai is.

„Ek bring jou 'n boodskap van die dooie, uit die graf!"

Die man steek sy hand uit na die doek.

„Wag!" sê die pastoor. „Sy moet dit oopmaak." Hy kyk haar gebiedend aan.

Maar sy draai haar gesig weg. „Ek kan nie!" sê sy half fluisterend.

„Maar wat is dit?" vra die verskrikte man.

Die pastoor vou die doek oop, en daar lê op die donker tafelblad die verweerde bokopbeen van 'n mens. Hy keer dit onderstebo neer onder die lamp, en in die ligstraal is te sien 'n lang, verroeste spyker, wat nog so vas daarin is dat dit regop staan vanuit die wit been, soos 'n donker wyster.

Die vrou kyk daarvan weg, sy soek haar man se gesig. Maar hy kyk die pastoor verwonderd aan.

„Uit wie se graf?" vra hy vinnig.

„Dit is uit Grootplaas se graf. Dit is die kopbeen van jou heer en jou vriend." Hy kyk die vrou lank aan. „Dit is die kopbeen van jou man," sê hy eindelik.

Die man, verbysterd, kyk na sy vrou. Wat op haar gesig te lese staan, maak alles soos met 'n weerligstraal vir hom helder. Met afsku tree hy 'n stap agteruit van haar af.

Sy gee een lang sug, probeer haar hande na hom uitsteek, maar sak inmekaar, en val bewusteloos op die vloer voor hulle neer.

1927

C. M. VAN DEN HEEVER

Leuens

Dit is Saterdagmôre en Eloffstraat, met sy rye blink winkelvensters wat opglans in die son, is een en al lewe: rye motors wat by die robotte staan om dan vinnig vooruit te skiet, muilwaens wat moeilik by die hoeke van die strate draai; geskreeu van koerantverkopers en die bonte wisseling in kleredrag van wandelaars langs die sypaaie. Naomi gaan van winkelvenster na winkelvenster en beskou die pragtige rokke, die elegante modes. Dan kyk sy weer na haar eie rok, al effens afgeslyt van die dra, en die ou wrokkende gedagte kom weer in haar op: waarom kan ander die mooi klere hê en sy moet skaam-skaam op die straat kom met hierdie rok van haar? Maar dan sien sy die vol gesiggie van haar seuntjie wat moet versorg word, daar kom 'n vertedering in haar oë, en dis of sy haar hoof in weemoed buig voor die wonderlike lewe self, die lewe wat haar so verslaan het...

Plotseling word sy bewus dat iemand langs haar gaan staan. Sy kyk op en hoor 'n bekende stem, met vreugdevolle verrassing daarin: „Ek dag dit is jy, Naomi! Ek was eers nie seker nie. En hoe gaan dit met jou?"

„O, goed dankie. O, dis jy, Olga!" Naomi se gedagte fladder soos 'n voël rond wat geen tak kry om op te sit nie. Altyd as sy haar welgestelde vriendinne ontmoet, dan word die onrus in haar opgejaag, dan is sy vaag verward en wil net wegkom voordat vrae oor haar huislike lewe begin. In 'n oogwenk het sy Olga van kop tot tone opgeneem: die duur modelhoed, die kosbare swart syrok en fyn slangvel-skoene.

„Ja," sê Olga, „ek ontmoet nou die dag nog vir Hester, toe gesels ons oor jou. Sy vertel my toe dat jy nou in Johannesburg woon. Dis darem lank laas dat ons mekaar ontmoet het! Wag, laat ek sien. Dis mooi tien jaar gelede dat ons laas met mekaar gesels het. Dit was darem lekker dae saam op die kosskool, nè? Partymaal wens ek dat ons weer van dié dae saam kon belewe. Maar vertel my van jou. Wat doen jou man? Waar woon julle?"

Weer die dodelike vrae wat ontwyk moet word.

„My man is hier in besigheid," en vinnig probeer sy die belangstelling van haar afskuiwe. „En wat doen jou man?"

„O, hy is spesialis in senuweesiektes hier – dr. Neber. Jy het seker al van hom gehoor. Ons het net 'n maand gelede uit Europa teruggekom. Hy het weer 'n bietjie gaan navorsingswerk doen. Maar kyk, ek het 'n afspraak om elf. Kom ons spreek nou af. Ek gaan vir jou kom kuier."

„Nee, nee," weer Naomi vinnig af, „ek sal na jou kom."

„Wanneer sal dit jou die beste pas?"

„Hoe is Woensdagmiddag om vier?"

„Goed! Hier is my kaartjie en adres. Ek wag nou vir jou, hoor! Tata," en die elegante Olga beweeg reeds onder die mense in.

'n Rukkie staan Naomi asof sy effens verbyster is. Hierdie afspraak moet sy hou. Olga was haar beste vriendin op skool, en deurdat sy so agteruit gegaan het, moes sy Olga so te sê uit haar lewe skuiwe. Sy het opgehou om te skrywe aan haar, en die verhouding wat daar tussen hulle bestaan het, verbreek . . . Sy loop ingedagte langs die straat af. Haar man het haar 'n pond gegee om hierdie maand 'n rok te koop. Watter soort rok kan sy daarvoor kry? En tog weet sy dat haar man opgeoffer het om dit te gee. Sy sal maar huis toe gaan en die pond hou. Dit is of die juigende straat, met die lewendige, blye gesigte, haar vertel wat sy van die lewe mis, hoe die heerlike daarvan verbygaan . . . Wag, hier is Melville se trem. Sy klim in. Sy sal maar terugsluip Vrededorp toe . . . sy, die dogter van een van die rykste boere in die Vrystaat. Vandag is haar pa bankrot. En haar arme man!

Daardie Woensdag-affêre! Dit sal haar weer bekommernis op bekommernis besorg.

„Ekskuus, Miesies," sê 'n kêrel met 'n stinkende pyp in die ingevalle mond, en hy val langs Naomi neer. Sy kyk by die venster uit en sien die bome verbydein. Eentonig lui die klok van die trem . . .

„Wat laat jy nie die mens staan nie!"

„Dit is vir jou maklik om te praat," en met trane in haar oë kyk Naomi na haar man wat skuins op die enkelbedjie lê en sy sigaretrook langs die venster op blaas.

„Ja, vir my is dit maklik om te praat. Waarom het jy met my getrou? Die tyd toe ek 'n aansienlike man was, onderwyser op 'n dorp, toe was ek goed. Maar nou is ek natuurlik van die ‚lae klas'! Gaan maar na jou vriendinne toe. Julle is almal 'n klomp ‚snobs'." Hy loop die kamer uit en die deur knal agter hom toe. Naomi kyk na die wekker voor haar wat met ongeduldige stappe die tyd afmeet. Half-drie! Vieruur moet sy daar wees. Sy het haar al halfdood gesukkel met hierdie rok wat sy self gemaak het en haar lam gespook om haar hare met die primitiewe krulyster tog enigsins in orde te kry. Sy kon wegbly van haar vriendin, maar dié sal dalk soek tot sy haar kry. En dan in hierdie huisie! In haar hart lewe nog ongebroke 'n fiere onafhanklikheidsgees, 'n drang om haar soos vroeër te beweeg onder haar medemense, om nie skaam vir haar huislike omgewing te wees nie. Sy begin haar nou haas. Om drie-uur moet sy al weg. Naderhand is sy klaar. Sy kyk nog 'n slag in die spieël, maar skud saggies haar kop en loop dan na die klein ou kombuisie toe, waar haar swartoog-seuntjie op die deurgetrapte tapyt met tolletjies speel. Sy soen hom en druk hom teen haar vas. As haar gees tog maar gou wil afstomp dat sy kan gewoond word aan hierdie omgewing . . . Sy 'n snob! Dis al woord wat haar man die laaste tyd vir haar het. Die Here weet sy is nie hoogmoedig of aanstellerig nie, maar sy wou haar kind fyn opvoed, hom in 'n goeie omgewing laat grootword. Die nare woorde wat hy alreeds aangeleer het in hierdie omgewing! 'n Oomblik dwaal haar blik deur die klein kombuisraam: wasgoed wapper aan skommelende lyne tussen sinkafskortings. Vinnig draai sy om en loop by die voordeur uit. Snob! Die woord brand deur haar. Sy skuiwe die onplesierige gedagtes weg. Sy is nou haastig. As daardie buurvrou haar tog nie weer voorkeer nie, maar daar snerp die blikstem reeds op: „Miesies Plesie, het jy gehoor van die Kaffer wat die vrou vermoor het. . ."

„Nee, Mevrou, maar sal u my asseblief verskoon, ek moet trem toe." 'n Trek van onverbloemde misnoeë kom op die ou tante se gelaat, maar Naomi haas haar, want in die verte hoor sy reeds die klokgelui van die naderende trem. Toe sy sit, begin die eindelose stroom van gedagtes weer. Sy sien haar man, toe hy nog 'n jongkêrel was, so netjies gekleed op haar pa se plaas kom, maar dan verander die beeld in haar gees skielik en sy sien hom terugkeer die dag van die skool af toe die skoolkommissie hom gevra het om te bedank, omdat hy te agtelosig was met sy werk. Van daardie dag af het dit afdraande gegaan met hulle. As daar maar 'n hoop bestaan dat haar man sal verbeter, maar sy weet dit nou dat daardie agtelosigheid, die gebrek aan 'n sin vir verantwoordelikheid alle kanse op 'n goeie betrekking sal vernietig. Sy sal waarskynlik ook maar eendag met 'n losieshuis eindig, met 'n man wat sy broek deursit op die stoep. Ten slotte is sy 'n lafaard; sy kan nie die las wat die lewe op haar gelê het, dra nie. Sy is bang vir die armoede. Sy moet eerder haar man help worstel. Ja, sy kan dit doen . . . maar die vernietigende besef dat haar man 'n mislukking is! Een na die ander werk het hy verloor, nadat die skoolkommissie hom gevra het om te bedank. Tog is daar nog die skoonheid van die hoop in haar, 'n vae hoop dat 'n wonder in haar lewe sal gebeur. Sy met haar ewige idealisme! As sy dit maar in die grond kan vertrap en nugter en prakties word. Dalk het haar dromerige geaardheid gehelp om haar man in die ellende te bring. Maar op skool was sy tog knap, veel knapper as Olga. Olga het maar 'n derde klas in Matriek gekry en sy 'n eerste, maar haar vriendin was nooit 'n dromer nie. Sy kon altyd 'n saak mooi uitpluis en kyk of daar voordeel vir haar in skuil. Hoe baie het Olga nie aan haar gesê nie: „Naomi, laat staan jou dwepery, kom na die aarde toe terug . . ." Sy het haar alweer sit en verdroom, want hier is die plein waar sy moet oorstap in 'n bus. Daar volg 'n saambondeling van mense, geskuur teen mekaar, en eindelik sit Naomi in die bus wat in die rigting van Saxonwold gaan. Sy word nou senuweeagtiger, neem haar vriendin se visitekaartjie tussen die vingers, vra die kondukteur om haar tog te waarsku waar sy moet afklim. Sy kyk deur die busvenster en sien die blouwit donderwolke wat saamgepak lê in die rigting van Krugersdorp. Dit lyk of dit vanmiddag gaan reën en sy het nie eers 'n jas by haar nie. Die woonhuise hier voor haar wedywer nou in sierlikheid. Pragtig uitgelegde tuine, glad gesnyde grasperke, blomme . . . dit draai voor die venster verby. Eindelik! Die bus gaan met 'n skok staan. Sy kyk . . . ja, hier is die straat. Die huisnommer is 26. Sy loop vinnig en skugter langs die sypad af. Ja, hier is die nommer. 'n Ligte huiwering van bewondering en tog mensskuheid gaan skielik deur haar, want voor haar rys, soos die huis van haar drome, die tweeverdieping-woonhuis op, met die netjies bewerkte rose wat dele van die witgekalkte mure oorrank. Sy neem 'n bewuste ferme houding aan en druk die klokkie. Sy kyk na haar handskoen, wat by die vinger wat op die knoppie rus, byna deur is. Die deur gaan oop en die diensmeisie neem haar na die sitvertrek.

„As u net 'n oomblik wil wag, Mevrou sal nou kom," klink dit. Dit is of die meisie haar bejammerend aankyk, asof sy dadelik sien hoe sy gesukkel het om die ou rokkie sover te kry dat hy darem aangetrek kan word. Sy sak weg in die heerlike leunstoel en haar oë streel oor die skilderye teen die muur, en die damas-gordyne, die flonkerende koperwerk by die kaggel en die dik geblomde tapyte.

„O, hullo!" Olga kom met 'n geruis van haar keurige middagrok in, en terwyl haar gesig straal van vriendelikheid, soen sy Naomi. „Jy het toe darem die huis gekry. Het jy met die motor gekom?"

„Nee, met die bus," klink dit onseker.

„O ja, gelukkig dat hy hier naby stilhou. Ek hou van Saxonwold. Dis so oop hier, al is dit 'n bietjie ver uit die stad. Maar ek het vergeet: waar woon julle?"

'n Ligte rooi blos wolk oor Naomi se wange en met 'n klein slukkie sê sy:

„In Westcliff."

„O, dit is 'n heerlike buurt. Ons wou eers daar gaan woon het, maar kon nie 'n lekker geskikte huis kry nie." Naomi merk hoe haar vriendin, onderwyl sy gesels, na haar klere kyk, haar skerp opneem, en dit is asof in die grysblou oë bejammering aanskemer. Die leuen wat sy vertel het en hierdie blik in haar vriendin se oë verontrus haar, en die mensskuheid, wat sy in die laaste tyd so skerp ontwikkel het, word hewig in haar wakker. Sy wil weg na die ruimte buite. Sy verag haarself, maar dan hoor sy die simpatieke stem van haar vriendin. Daar kom 'n impulsiewe begeerte by haar op om alles aan Olga te vertel, om haar nood te kla en troos te soek. Maar onvriendelik glans die meubels haar weer teen, koud en hard, sy sien die weelderige klere van haar vriendin en sy swyg, verbouereerd en asof oorweldig.

„Ja, dit is darem wonderlik hoe die tyd omgaan," gesels Olga opgewek. „Onthou jy nog hoe ek jou altyd met jou dwepery gespot het?" Naomi slaan haar mooi ooglede skugter neer en knik saggies haar hoof. „Jy was mos altyd 'n outjie vir die ideale!" en Olga lag haar mooi wit tande bloot. „Maar wat ek eintlik wou vra: Het julle kinders?"

„'n Seuntjie," kom die antwoord, asof met eerbied uitgespreek.

„Ons het twee dogtertjies. Wag, voor ons tee drink, wil ek jou tog eers hul speelkamertjie wys." Die twee staan op, gaan na bo, en toe Olga die speelkamer se deur oopmaak, jubel twee dogtertjies se bly stemmetjies op. Met hul glad gekamde haartjies en helder ogies kom staan hulle langs hul ma skamerig na Naomi en kyk. Laasgenoemde mompel verward iets van „pragtig". Sy voel lomp in hierdie weelderige omgewing. Dit is asof sy die mooi kinderkamer, met sy koddige, geskilderde figuurtjies teen die appelgroen mure, die haelwit bedjies en duur speelgoed in haar gedagte wil meeneem na haar seuntjie, waar hy eensaam op die deurgetrapte kombuisvloer met tolletjies speel . . .

Toe hulle met die trap afgaan, vertel die vorstelike Olga : „Jy is miskien ook geïnteresseerd in sosiale werk. 'n Klompie van ons vrouens in hierdie omgewing het 'n klein klub gestig, dan maak ons klere bymekaar en elke Woensdagmiddag gaan ons na Vrededorp om dit onder die armes uit te deel. Voel jy nie lus om ons te help nie? Ons twee kan maklik saamry, nie waar nie?"

„Ja," antwoord Naomi, „ek sal graag wil help as ek kan," maar in haar hart skryn dit. Sy moet op haar lippe byt, want trane wil in haar oë kom. Sal sy nie maar bely nie, sê dat dit alles 'n bedrog is! Maar die woorde huiwer net tot op haar lippe, dit kan nie by haar onvernietigbare onafhanklikheidsgees verby nie. Die fyn, deurskynende porseleinkoppietjies, die geurende tee, die roomgebakkies maak onbepaalbare gedagtes in haar los, sy weet self nie meer wat sy van die lewe verlang nie. Vir die eerste maal gedurende hierdie middag van marteling kom daar weer rus in haar toe sy vra : „Olga, jy het alles van die lewe gekry wat jy verlang het?" Haar oë, byna onskuldige kinderoë, is op haar ryk vriendin gerig, wat dit nou vrolik uitskater : „Maar, Naomi, jy bly maar die dweper! Waar dink jy nie alles om nie! Jy hou nou maar daarvan om rond te vroetel in al die lewensprobleme! Ek geniet die lewe, dis al! Ek verwag nooit te veel nie en raak daarom nooit te erg teleurgestel nie." Oordeel sy verkeerd, peins Naomi, maar as haar vriendin na haar swak ou rokkie kyk, dan is daar die trek van goedige jammerhartigheid in, en dit kwes haar meer as die ergste hooghartige koudheid. Dit is of daar in die brose van die vriendskapsatmosfeer verandering gekom het. Die ou Olga is dit tog nie meer nie. Hier is die mondaine vrou wat alles het wat 'n vrou kan verlang en vir eie plesier „doen" aan sosiale werk, die vorstelike mooi geboude vrou, sonder dweepsug, sonder sentimentaliteit, wat uit die lewe presies kry wat sy wil hê. Miskien was haar huwelik 'n „besigheidsonderneming". En hier sit sy met haar „diep gedagtes", haar „idealisme" en haar rampsalige rok en jammerlik gekrulde hare! Tussen haar en haar vriendin lê 'n lang, diep kloof wat die jare geskep het, die jare wat wond, verbreek en verouder. Sy kan nie omskrywe wat hulle presies skei nie, maar sy weet dit. Sy het skielik opgestaan. „Kyk, dit is kwart voor vyf, ek moet na die bus," en in haar is die weeïge gevoel dat die hele middag 'n droewige mislukking was.

Maar Olga, met haar doodsekere stem en gebaar, het al weer raad. „Wag, ek bring jou weg," en hoe Naomi nou ook al teenstribbel, dit is verniet. Nou begin die plannemakery weer, die leuens . . . Haar vriendin trek haar nuwe tweesitplek-motortjie uit die garage en netnou gly hulle sag oor die glansende asfaltstrate. Oor die huise heen blou die donderwolke op, swaar en dreigend, en na Aasvoëlkop se kant toe wolk die vaal rokerigheid van 'n middagbui neer. Hulle ry in Jan Smuts-laan af, en hoe nader die motor na Westcliff toe suis, hoe benouder Naomi rondskuiwe. Iets rebelleer nou geweldig in haar: sy verneder haarself tot in die grond met haar leuens; eendag moet alles uitkom, en die verkleinering dan! Maar Naomi is so magteloos om haar toestand te bely aan haar oppervlakkige vriendin, en waar is die hartlikheid van die vriendin van vroeër nou?

„Waar woon julle?" vra Olga. Sku en onseker wys Naomi na 'n woning en sê vinnig, terwyl sy 'n beweging maak om uit te klim: „Wag, laai my hier af, dan kan jy jou motor sommer hier draai." En Olga dink: dit is nie alles pluis met Naomi se mededelings nie, want haar hele voorkoms wys dat sy veragterlik het, en die huis wat sy nou daar aangewys het, daar woon dr. Henley tog! Die ander aand het hulle daar gaan kaart speel. Naomi sien die agterdogtige blik in haar vriendin se oë en verward groet sy, bedank . . . is op pad, terwyl sy in haar hart weet dat dit tussen hulle twee vir ewig uit is, dat dinge nooit meer sal word soos dit was nie. Die motor van haar vriendin glans reeds by die draai om. Dit is of al die onwaarhede, die huigelary plotseling in Naomi se gees soos afskuwelike drake opstaan. Sy verag haarself, haar vriendin . . . Sy haat die hele wêreld. *Haar* huis hierdie met die struikbedekte rotstuine en tennisbaan! Sy lag stroef en bitter . . . Opeens val die reëndruppels; groot en blink skyn hulle teen die son, wat net agter die donker geriffelde wolke in verdwyn. Hulle vorm donker kolle op die stofbedekte straat en op Naomi se rok, maar sy stap nou aaneen, want die stilhouplek van die bus is ver van haar af . . . Sy sal maar stap Vrededorp toe. Blou kom die reënbui teen die hange by Melville af, die druppels dans vrolik op die blink strate en in die sag vallende reën gaan, langs die sierlike wonings, 'n vrou met papnat rok verby. Dit is donker toe sy by Vrededorp kom. Die elektriese ligte priem glansend deur die dun gordyn van reën en 'n paar muile staan dromerig voor 'n wa met die water glimmend langs hul sye. Vèr weg ruis die weemoedige stem van 'n outydse harmonium op.

Die reën is koel teen haar wange, en die wind wat nou en dan roer, is strelend en teer. Sy draai by die lendelam hekkie in en toe sy die voordeur oopmaak, slaan die felle, onbedekte elektriese lig soos 'n skok op haar oë aan. Langs die tafel sit haar man en seuntjie.

„Jy lyk 'n mooi een om nou hier aangestap te kom," brul hy onredelik. „Ek en die kind moet seker vergaan van die honger terwyl jy by jou ‚hoë vriende' sit en tee drink. Klomp snobs!"

Hy blaas veragtend deur sy neus en sit sy hand op die seuntjie se skouer, wat met groot-oop oë na sy ma sit en kyk en toe onverwags sê: „Mammie se mooi rok is papnat!" Toe skater hy van die lag.

Naomi sê geen woord nie. Haar lippe is ferm op mekaar. Sy gaan na die klein slaapkamer en in die donker verkleed sy haar. Sy sit haar voorskoot aan, meganies en met vinnig bewegende vingers. 'n Rukkie staan sy stil voordat sy uit die slaapkamer gaan, haar hoof gebuig soos in deemoed . . .

Voor haar teen die klein ruitjie sukkel 'n reëndruppel af, blink-glansend teen die straatlig daaragter.

1934

J. VAN MELLE

Oom Diederik leer om te huil

Die koors was daardie jaar baie kwaai en selfs in die wyk van Buffelshoek, waar gewoonlik geen malaria is nie, het baie mense siek gelê aan die koors.

Dit was in die nasomer aan die end van Maart. Oom Diederik Blas sit alleen in die sitkamer van sy taamlik ruim, maar armoedige huis en sit daar en dink aan al die siekes in sy omgewing. Noord en suid van hom woon sy kinders, al langs die spruit, op hul klein stukkies grond in hul klein woninge, kleinboere wat hard moet werk om hul grondjies te behou.

In elke huis is siekte. In hul klein lae kamers lê die siekes, grootmense en kinders in die hitte van die nasomer en bewe van koue of woel in koorshitte, smagtend na koelte. Die armoede is ook groot en in menige huis het hulle gebrek aan die dinge wat 'n siek mens nodig het.

Sy vrou kom uit die kombuis en praat met hom. Dit is al weer oor die siekte. Sy staan daar in die deur, oud en grys, krom en maer, verwaarloos deur sorge en ontbering.

„Flip het ook weer ingeval," sê sy. „ Hulle pas hul ook nie op nie."

Sy het dieselfde 'n uur gelede ook al gesê en hy begryp dat sy na geselskap verlang, maar na 'n paar minute verval hy weer in gepeins. Dit druk haar dat hy so weinig spraaksaam is; dit maak haar so triestig as hy daar so stil sit sonder om 'n woord te sê. Met 'n sug gaan sy weer weg.

'n Dogtertjie van 'n jaar of twaalf kom binne en vra of Ouma nie kans sien om bietjie oor te kom nie, want boet Jan het weer so harde koors. „Ma weet nie wat om te doen nie," sê die kind, „en Pa is nie by die huis nie."

Hy roep na haar. „Gaan tog maar weer bietjie soheentoe," sê hy.

Toe sy vrou weg is, dink hy: Ek is verwonder dat die koors my nog nie aangetas het nie. Maar een van die dae sal hy my seker ook kry.

Iemand klop en hy staan op. Dis 'n opgeskote seun, die seun van een van sy kinders wat 'n paar uur verder woon.

„Hoe gaan dit by julle?" vra hy.

„By ons is nog baie siekte, Oupa. Pa het my gestuur om te verneem hoe dit hier by Oupa-hulle gaan."

„Ja, kind, hier is dit maar net so. Jou oom Flip het weer ingeval. By Hendrina lê ook twee van haar kinders siek. Stefaans se vrou lê ook al 'n paar weke. Hier is amper nie 'n huis waar geen siekte is nie. Ek verwonder my dat die siekte my ook nog nie aangetas het nie."

„Oupa is gelukkig," sê die seun.

„Ja, maar hy sal my seker nog kry."

Die seun sê niks, weet nie watter antwoord hy daarop moet gee nie.

Toe hy weg is, loop oom Diederik uit na sy mielielande. Hoog en groen staan die mielieplante in die hitte van die warm voormiddag, weelderig, met groot koppe. Dit kan 'n goeie oes word, dink hy. Maar mens weet nie of jy nog sal sien dat hierdie mielies gedors word nie.

Na 'n tyd sien hy sy vrou weer terugkom. Dit val hom by dat hy die laaste tyd so min met haar gesels; so met sy eie gedagtes besig is dat hy die geselskap verwaarloos. Dis darem nie goed genoeg nie, dink hy. Hy gaan haar tegemoet en vra haar uitvoerig uit en dit beur haar op dat hy weer so spraaksaam is. Dis alte swaar as mens net twee in die huis is en een sê amper geen woord nie, dink sy.

Een bedompig-warm middag, terwyl hy in die huis by sy oudste seun sit, voel hy die koue hom bekruip. Sy seun sien dit.

„Pa voel tog nie siek nie?" vra hy.

„Ek voel of ek koud wil word," sê hy. „Ek wil maar weer loop."

„Wag, ek sal gou inspan," sê sy seun.

„Nee toe maar, dis nie ver nie; miskien is dit goed as ek 'n entjie stap."

Maar toe hy by sy huis kom, is hy so duiselig dat hy op sy bene wankel. Dadelik gaan hy lê en terwyl hy rillend inmekaar krimp van die kouekoors, sê hy elke maal by homself: „Hier het hy my nou ook; ek het dit verwag."

Sy ou vrou dokter hom so goed as sy kan, maar die koors neem toe. Van koue wat hom so laat bewe dat sy kooi skud, kom hy dan langsaam in 'n hitte wat hom na koelte laat smag. Dan lê hy uitgeput tot die kouekoors weer vat.

So gaan dae verby met tye dat hy helder van gedagte is en tye dat hy nie weet wat hy praat nie, dat hy dinge om hom heen sien wat nie bestaan nie; tot daar 'n ding kom wat sy denke een rigting laat loop. Dis 'n droom.

Dis 'n droom wat elke maal terugkom. Dit gaan aan as hy wakker lê en terwyl hy slaap, ook as hy by tye by sy bewussyn is, dan nog gaan hy met die droom aan. So gaan dit dae aanmekaar.

Hy droom dat hy met kar en perde ry, 'n lang pad. Hy sit alleen op die kar met sy oë benoud met die pad af, want 'n vrees is in hom dat hy by 'n hek sal kom. Daar is geen rede om bevrees te wees vir 'n hek nie, want hy kan dan mos maar afklim en die hek oopmaak, maar tog maak die gedagte dat hy moontlik voor 'n hek sal kom hom so bevrees dat hy vir niks anders aandag het nie as net daarvoor. Maar die pad is oop en geen hek hou sy voortgang op nie tot hy meteens sien dat daar draad oor die veld en oor die pad gespan is en hy die pale van 'n hek sien. 'n Skok gaan deur hom. Sê nou die hek is toe? Maar toe hy nader kom, sien hy dat die hek ooplê. Dis maar 'n draadhek en lê daar neergegooi aan die kant. Met 'n sug van verligting ry hy deur.

Hy lê daar op sy bed in die donker bedompig-warm kamer met sy broek en hemp en sokkies aan, heet van die koors, en woel onrustig. Soms maak hy sy oë oop en dan kan mens sien dat hy deurmekaar is. Hy gooi homself heen en weer; hy mompel. Sy ou vrou sit by sy bed; sit elke maal nat lappe op sy voorkop.

„Daar is 'n hek," sê hy verskrik.

Toe sê hy: „Gelukkig, hy lê oop."

Dan lê hy weer 'n rukkie rustiger.

So ry hy verder. Elke maal is daar weer 'n hek, maar die hekke is altyd oop en sonder dat hy selfs nodig het om af te klim, ry hy deur. Tog laat elke nuwe hek hom weer skrik.

Naderhand kom hy voor 'n hek wat toe is. 'n Man staan daar by die hek, 'n gewone man, 'n gewone plaasboer soos mens baie ontmoet. Hy hou stil en wag of die man die hek sal oopmaak.

„Waar ry oom heen?" vra die man.

Daarop het hy nie dadelik 'n antwoord nie. Toe sê hy: „Waar almal heen ry."

Die man maak die hek oop.

„Ry maar," sê hy.

So hou dit aan. Elke maal is daar 'n hek en staan daar 'n man wat hom vra waarheen hy ry, en altyd gee hy dieselfde antwoord. Maar sy vrees word altyd sterker. Miskien sal hy voor 'n hek kom waar 'n man staan wat nie wil oopmaak nie. Maar dit gaan goed; altyd weer maak die man die hek vir hom oop. Toe, by 'n nuwe hek, vra die man hom 'n nuwe vraag. Dis 'n ou man soos hyself. „Wie is neef?" vra die man.

„Ek is Diederik Blas," sê hy.

„Diederik Blas wat in die Eerste Vryheidsoorlog in die slag by Bronkhorstspruit onder kommandant Frans Joubert by was?"

„Ja, ek was daar."

Die ou man maak die hek vir hom oop.

„Ry maar."

By elke hek wat hy moet deur, staan daar nou net so 'n ou Boer. Hulle lyk almal soos die ou mense wat al bejaard was, toe hy nog maar 'n opgeskote seun was, manne met lang baarde en klapbroeke en ouderwetse geweers.

„Wie is neef?" vra hulle.

„Ek is Diederik Blas, oom," sê hy dan nederig.

Hy is self oud, maar hulle is van vanmelewe se mense en vergeleke by hulle, voel hy jonk.

„Is jy die Diederik Blas wat met die inval van Jameson heeltemal van Middelburg met 'n klompie burgers gekom het om te help veg?"

„Ja, oom."

Dan maak hulle die hek oop.

By 'n ander hek vra hulle hom of dit hy was wat in die Driejarige Oorlog in die slag by Bakenslaagte gewond is, toe die vrede al so te sê gesluit was. 'n

Ander vra hom weer iets dergeliks; en altyd laat hulle hom dan gewillig deur, want oom Diederik was 'n goeie burger wat altyd klaar gestaan het om sy lewe vir sy land te waag. Hy begin langsamerhand meer moed kry, want hy sien dat hulle hom oral ken en dat niemand hom die deurgang versper nie.

Maar by 'n nuwe hek staan daar twee manne en dit laat hom weer met angs nader kom. Dis mense soos die ander, maar vernamer; hulle lyk soos offisiere, manne met gesag, en hy besef dat dit hier moeiliker sal gaan. Bang wag hy vir hul vrae.

„Wie is neef?" vra die een.

„Ek is Diederik Blas, oom." Hy voeg daarby:„Ek was in die slag by Bronkhorstspruit en ek was by die geveg met Jameson. Ek het ook in die Driejarige Oorlog al die tyd buite gebly."

Maar tog aarsel hulle en 'n tyd staan hulle met mekaar en gesels sonder dat hy kan hoor wat hulle sê. Lank bekyk hulle hom, twyfelend.

Toe vra een van hulle: „Was dit jy wat in die rebellie gesê het dat julle ook vir die Sappe moes bid?"

Ja, dit het hy gesê. Dié ding het hy al byna vergeet, maar nou herinner hy hom dit weer.

„Ja, oom," sê hy, „dit het ek toe gesê."

Hulle maak vir hom oop.

„Jy kan maar aanry," sê hulle.

Lank ry hy nou ongesteurd verder. Daar is geen hekke nie, geen manne wat hom vrae stel nie; wyd en oop lê die wêreld sonder êrens 'n enkele kamp of waar die grond met draad toegemaak is, oop sonder iets wat jou keer, soos vanmelewe, en oor die lang vlaktes klim en daal sy pad onbelemmerd na die verte. Maar terwyl hy hom nog daaroor sit en verheug, kom hy plotseling om 'n draai weer voor 'n hek. Weer staan daar twee manne, van uiterlik soos die twee voriges.

„Is jy Diederik Blas?" vra een van hulle.

„Ja, oom."

„Ons laat nie sommer elkeen deur nie," sê hulle.

Groot angs staan in hom op. Hier stuur hulle my terug, dink hy.

„Ons wil jou bietjie uitvra," sê die ander een.

„Ja, oom," sê hy.

„Wat het jy gedoen met jou skape?" vra die man.

„Hoe meen oom?"

„Ek meen jou swart skape; wat het jy gedoen met jou werkers? Hulle is mos jou swart skape. Hê-jy hulle in die Evangelie laat wei?"

Oom Diederik laat sy kop sak. Nee, hy het hulle nie in die Evangelie laat wei nie. Hy het hulle laat werk; hy het hulle kos gegee; hy het hulle nie sleg behandel nie, maar moeite om hulle te bekeer, het hy nie gedoen nie. Net met een of twee het hy moeite gedoen; daaraan dink hy nou.

,,Nee,'' sê hy. ,,Met boekevat was party soms by, dis al. En dan soms, byvoorbeeld met Windvoël, hom het ek iets probeer leer van die Christendom. Ja, met hom het ek regtig my bes gedoen. Maar hy was baie dom. Hy was my agterryer in die Driejarige Oorlog en meer as een aand het ek lank met hom gesels om hom dinge te laat verstaan, maar hy het te min verstand gehad om veel daarvan te begryp. En dan Vaatjie, wat saam met my grootgeword het, met hom het ek later ook dikwels oor die geloof gepraat. Hy was ook 'n getroue werker. Hom kon ek iets leer, want sy verstand was wonderlik goed.''

,,Ja,'' sê hulle. ,,Ons weet daarvan.''

Tog aarsel hulle nog. Toe, langsaam, asof hulle nog half twyfel, maak hulle die hek oop.

Neerslagtig ry oom Diederik verder. Die ding word al moeiliker; hy sal dit nie maak nie. Netnou sal hom vrae gestel word wat hy ontkennend moet beantwoord. En dan? Dan sal hulle hom nie laat deurgaan nie.

Toe sien hy iets wat hom tegelyk van hoop en wanhoop laat bewe. Hy sien 'n hoë bult voor hom en bo-op die bult 'n kerk. Dis 'n mooi groot kerk en sy vensters blink in die son. Rondom die kerk staan dit vol waens en tente. Sal hy daar kan kom? Hoeveel hekke sal hy nog moet deurgaan voor hy daar sal wees?

'n Nuwe hek is al weer voor en 'n man staan daar. Dis 'n buitengewone man, indrukwekkend om te sien, lank en fris gebou, met 'n groot grys baard en oë wat dwarsdeur jou heen kyk. Hy hou sy kop soos 'n groot generaal, soos 'n mens wat vir niks vrees nie; soos iemand wat mag het om jou met een woord te verdelg.

Vol vrees hou hy 'n ent van die hek af stil.

,,Waar ry jy heen?''

,,Na daardie kerk, meneer,'' antwoord oom Diederik vol angs.

,,Wie is jy?''

,,Diederik Blas.''

,,Waarom huil jy nie, Diederik Blas?'' vra die groot man. ,,Ons laat net mense deur wat huil.''

Hierdie woorde verwonder hom.

,,Waarom moet ek huil, meneer?'' vra hy. ,,Moet ek huil oor my kinders wat dood is; of oor my eerste vrou wat ek verloor het; of oor al die teenspoede en ongelukke of teleurstellings in my lewe? Dis mos nie manlik om daaroor te bly huil nie?''

,,Nee, mens kan nie altyd daaroor bly treur nie,'' antwoord die man.

,,Moet ek oor my sondes huil?''

,,Mens kan ook nie aanhou om daaroor te huil nie.''

Daar is 'n lang stilte.

,,Wat moet ek doen, meneer?'' vra oom Diederik bedroef.

„Omdraai."
„Waarheen?"
„Terug waarvandaan jy gekom het."
„Om wat te doen?"
„Om te leer huil."
„Waarom moet ek dan huil as dit nie oor my sondes is nie?"
Maar die man gee hom geen antwoord nie en gans bedruk en terneergeslae keer oom Diederik die perde om en ry terug met die pad waarmee hy gekom het.

Stadigaan word oom Diederik weer gesond; langsaam met tye van nuwe verswakking. Ure lank kan hy sit sonder om te roer, sy gedagtes stil soos 'n gat water. Dikwels ook dink hy aan die droom. 'n Wonderlike droom was dit. Hy beskou dit as 'n voorbode.

„Hierdie droom wil vir my iets leer," dink hy, „maar wat weet ek nie."

Die predikant kom eindelik daar. Hy moes lankal daar gewees het, meen oom Diederik, maar nou kom hy dan tog eindelik en oom Diederik besluit om hom omtrent die droom uit te vra.

Die predikant is 'n man van so by die vyftig, vol krag en werklus nog. Hy is op huisbesoek en ry nou ook by oom Diederik aan. Dat hy nie al eerder, spesiaal vir hom, gekom het nie, sou oom Diederik hom vroeër seker kwalik geneem het, maar nou traak dit hom min. Daar is nog 'n ouderling by ook. Ook dit kan oom Diederik weinig skeel. Hy is wel helder van gedagte, maar hy is so kragteloos, so deur en deur swak, en tegelyk so sorgeloos dat hy sommer dae aanmekaar sit sonder om hom oor iets te bekommer. Hy dink ook weinig. Hy is soos 'n spieël waarin die dinge om hom heen weerkaats. Hy neem die beelde op, dis al. Daar sit die predikant, daar sit die ouderling in hul swart pakke. Hy hoor wat hulle sê. Hy sê self ook iets. Ja, hy het koors gehad. Amper was hy nie meer daar om die dominee te ontvang nie.

„Ja," sug die predikant, „die Here weet sy tyd."

Die ouderling sug ook: „Almal moet maar die pad loop," sê hy.

„Daardie hek moet jy deur," sê oom Diederik.

Daar is 'n lang stilte. Oom Diederik se vrou sit ook daar, maar sy luister net – praat geen woord nie. Oom Diederik sit daar, regop, maer, geelbleek; sy grys baard blouwit, sy blou oë flets en sonder spraak. Hy sit daar roerloos, soos 'n beeld, sy stil hande oormekaar. Die predikant sit hom en beskou.

Die ou is klaar met die wêreld, dink hy.

Oom Diederik weet wat die predikant dink, maar dit maak geen indruk op hom nie.

„Dink Dominee 'n Christen moet 'n neerslagtige soort mens wees?" vra hy onverwags. „Moet jy dan almelewe bedruk en droefgeestig wees? Treurende so te sê?"

„Nee, oom Diek, ek glo nie. Wat is daar benydenswaardiger as 'n blymoedige Christen? Natuurlik, daar is altyd dinge om jou oor te bekommer en dinge wat jou leed doen; maar tog, 'n Christen het tog alle rede tot blydskap."

„So het ek ook gedink," sê oom Diederik.

„Net jou sondes, oom Diek, daaroor sal jy altyd bedroef voel."

„Mens kan darem ook nie aanhou om altyd daaroor te treur nie," sê oom Diederik.

Die predikant kyk verwonder, 'n weinig pynlik getroffe selfs. Ook die ouderling vind dit 'n snaakse antwoord.

„Nee, oom Diek," sê die predikant, „as ons besef hoe groot sondaars ons almal is, kan dit nie anders nie of dit moet ons neerslagtig maak."

Oom Diederik gee nie antwoord nie. Hy voel nie lus om hieroor te stry nie, al weet hy nou beter.

„Dominee kan 'n stukkie vir my lees as dominee wil," sê hy na 'n tyd.

Sy vrou kry die Bybel en die predikant dink wat hy sal soek. Die woorde van oom Diederik het hom egter laat sleg voel en hy sit daaroor en dink terwyl hy soek. Hy weet waarlik nie wat hy moet lees nie.

„Het oom Diek voorkeur vir een of ander gedeelte?" vra hy.

„Nee, dominee kan maar enigiets lees."

„Dan sal ek sommer hier lees waar dit oopgeval het."

Hy voel bietjie skaam dat hy nie 'n toepaslike gedeelte in sy gedagte kan kry nie en met weinig besieling begin hy lees. Hy lees 'n gedeelte van Lukas 19. Oom Diederik neem elke woord op, al lyk dit of hy skaars hoor.

Hoe verder die predikant lees, hoe meer meen hy dat hy nou iets lees wat weinig troos of bemoediging in hierdie oomblik kan gee; dat dit jammer is dat hy nie iets meer toepasliks gesoek het nie. Tot hy kom by die een-en-veertigste vers: „En als Hij nabij kwam en de stad zag, weende Hij over haar."

Toe hy daar kom, sê oom Diederik: „Dankie, dominee, dis genoeg. Ek weet nou wat ek wou geweet het."

Verwonderd wag hulle of hy meer sal sê, maar hy bly swyg.

„Wat is dit, oom Diek?" vra die predikant. „Wat was dit wat oom Diek wou geweet het?"

Maar oom Diederik het geen lus om van die droom te vertel nie en hy sê: „Die Woord is darem wonderlik, dominee. Dit gee jou antwoord op al jou vrae."

„Ja, oom Diek?" vra die predikant.

Maar oom Diederik sê niks meer nie. Roerloos sit hy daar soos 'n beeld van was. Hy sit daar so stil asof alles in hom onbeweeglik is, asof al sy gedagtes slaap, soos 'n grou water in skemering; soos 'n sandplaat by nag. Hulle sit hom en bekyk. 'n Ou man, 'n mens by die poort van die dood; een wat die hek weldra sal deurgaan.

'n Buitengewone stemming is in die kamer. Sonder beweging sit die vier mense daar en niemand praat 'n woord nie. Die drie sit soos die drie wat kyk hoe een van hulle vir goed weggaan, soos drie mense 'n wa nakyk wat wegry. Daar gaan hy heen en neem alles saam wat hy het: sy geloof, sy berou, sy werke – goeie en slegte. Watter soort vrag is daar op sy wa? So sit hulle daar en dink.

Die son sak en goudagtig skyn sy strale deur die een venster. Die stil mense maak dit alles nog plegtiger.

Eindelik staan die predikant op en oom Diederik sit weer alleen met sy gedagtes. Hy sien dat sy kar ingespan staan, opgepak en klaar om te ry. Alles wat hy nodig het, is op, net die trane, die regte trane, ontbreek. Hy sien vooruit reeds al die hekke wat hy sal moet deurgaan en hy weet nou dat dit nie moeilik sal wees nie, dat hulle hom oral sal deurlaat; net die laaste hek sal hy nie kan deurgaan nie; daar gaan alleen die mense deur wat huil, trane huil wat nooit ophou vloei nie; waar jy is, hier op aarde of van die aarde weg, aanhou vloei solank die mensdom in nood en sonde leef. Mag hy dan nie daardie trane hê nie?

Groot droefheid vervul hom, 'n bitter droefheid dat hy oud geword het, sewentig jaar geleef het sonder daardie trane te huil, regtig daardie trane te huil en hy bid om daardie droefheid wat sal aanhou, aanhou solank die son op 'n onveranderde aarde skyn.

1938

Die tuiskoms

Sy sit met haar kleinste kind op haar skoot en luister na die wind. Dit waai nou al dae aanmekaar. Elke môre staan hy op en waai tot die son ondergaan; dan gaan hy lê tot die volgende dag. Hy waai oor die oneindige veld, oor die dor, doodgerypte gras en oor die groot, swart brande. Na dié kant toe is die veld heeltemal afgebrand en waar sy so sit, sien sy deur die venster die hele vlakte swart. Die bleekblou hemel staan daarbo, strak, sonder 'n enkele wolkie, en daarin skyn die son, magteloos om warm te maak waar die koue wind waai. 'n Ent van die huis af is 'n rantjie, laag, van wit klippe, ver agter al die wind, so alleen, soos 'n eiland.

Dis eensaam in die huis en die wind daarbuite maak dit met sy geraas nog eensamer.

In 'n hoek van die kamer, op die grond, met haar kop op 'n kussing, lê 'n meisietjie en slaap. Dan het sy nog drie seuntjies, maar dié is nou almal skool toe. Hulle gaan vroeg in die môre al weg en eers laat in die middag kom hulle terug. Sy moet nou opstaan om te gaan kos kook, maar sy bly nog sit; die wind maak 'n mens moeg en droefgeestig; lusteloos, asof daar niks is nie behalwe die sprakelose huis en die afgebrande veld en die wind wat maar steeds waai.

Sy is 'n teer, bleek vroutjie met groot, blou, droewige oë; glad nie mooi nie, met 'n vaalbleek kleur, haar hare dun en sleg versorg en haar mond altyd half oop, sodat 'n mens die geel, ongeborselde tande sien. Maar tog is daar in haar gesig iets aantrekliks. Waardeur kan 'n mens nie so dadelik sê nie, maar as jy haar so bekyk, voel jy 'n geneentheid vir haar in jou opgroei.

Die hele winter was sy alleen met haar kinders, want haar man was met die skape na die Bosveld, en sy wou nie saamgaan nie om die kinders in die skool te hou. Dit was baie onplesierig, sowel vir haar as vir hom, die hele vier maande alleen, maar tog wou sy dit so hê. Dit sou nog 'n maand duur voordat hy met die skape terugkom.

Martinus Cloete trek met sy skape uit die bosse. Dit het al so warm geword dat hy nie langer daar kan bly nie en hy het gehoor dat daar mooi reëns geval het langs die pad en dat die gras al begin uitloop. Maar op die eerste reëns het weer droogte gevolg; die jong grassies het verlep en dit was weer die ou swart brande met net hier en daar 'n bietjie gras.

Oor die afgebrande veld trek die skape moeisaam verder en knabbel aan die yl, dun, verflenste grassies, stadiger, die koppe altyd laer, na ander nuwe kolletjies gras. Agter loop Martinus Cloete. Sy lang, hoekige gestalte in die verslete, verbleekte klere beweeg stroef in verdrietige gang. 'n Ent voor hom ry sy wa in die pad.

Aldeur stadiger trek die skape, so maer is hulle, so swak. Nou en dan bly daar een van hulle lê. Hy neem sy mes en sny haar keelaf; loop dan weer verder.

So nietig lyk hulle daar, die trop armoedige skape en die man; so verlate in die wye, drukkende eensaamheid met die geel son bo hulle, die son wat daar soos 'n vuur alle koelte en reën wegbrand en die bietjie gras wat daar is, verdroog.

Elke dag bly daar meer skape lê en hy sny hulle keelaf, sodat die aasvoëls hulle nie lewend kan kry nie. Dis nog die ergste om die stomme diere te moet doodmaak. Hulle kyk hom aan met hul bekende oë; hulle vra hulp en dan moet hy hulle doodmaak. Hy is voortdurend vol angs dat daar meer sal agterbly, sal bly lê. Hy sien dit naderhand altyd, terwyl hy loop, of as hy saans by die vuur sit of as hy onder die wa lê voordat hy aan die slaap raak; in sy slaap ook, altyd sien hy dit: 'n skaap bly agter, gaan staan, gaan dan lê.

Somtyds wens hy dat hulle maar almal moet dood wees, sodat daar 'n end aan kan kom.

Een môre sien sy hom kom en haastig loop sy hom tegemoet, maar toe sy die klein klompie skape sien, bly sy verskrik staan. Is dit al die skape? Sou daar so baie dood wees? En sy bly staan waar sy is en kyk na die skape wat traag nader kom tot hulle by haar is en verbygaan. Toe gaan sy na haar man, groet hom met 'n soen, sprakeloos.

In die huis gaan hy moeg sit op een van die kiste. Sy gaan by die tafel sit en kyk hom aan met groot, droewige oë, maar hy kyk reguit voor hom in dowwe moedeloosheid. ,,Die helfte is dood,'' sê hy.

Sy gee nie antwoord nie, maar staan op en gaan by hom sit. Sy leun teen sy skouer en neem sy hand in hare, maar sy sê niks nie. Lank sit hulle so, want die slag was hard. Maar aan hom dink sy die meeste, aan die swaar wat hy deurgemaak het. 'n Sterk verlange kom in haar op om hom te troos, maar sy vind geen woorde nie, en stil sit sy daar teen hom en liefkoos sy groot, ruwe hand.

Breed is die groot teenspoed om hulle, en daarbinne, asof opgesluit, benoud en alleen, hulle twee. So dig bymekaar is hulle nou.

Langsaam begin hy vra en vertel.

1938

In die tronk

Die binneplaas, waar hulle elke dag van agtuur in die môre tot vyfuur in die namiddag moes vertoef, was lank en smal, met die hoë muur van die eintlike tronk links en die veel laer muur van hul selle regs. Jy kon 'n lang wandeling doen van die een punt waar die groot tafel staan, tot by die ander punt waar 'n lae muur die binneplaas afsluit. In daardie muur was 'n swart geverfde deur wat hulle nog nooit oop gesien het nie.

Moeg geloop al, ná slegs twintig minute van heen en weer stap, gaan die meeste rebel-offisiere aan die ongeverfde tafel sit en lees, of hulle nooi mekaar vir 'n spelletjie dambord of skaak. Borcherds, die Bloemfonteinse prokureur, met sy fyn skrander kop wat al begin grys word, speel skaak met White, 'n jong boer aan wie 'n mens tog wel kan sien dat sy vader 'n Engelsman was. 'n Paar ander plaasboere volg lui, met pyp in die mond, die spel waarvan hulle weinig of niks verstaan nie.

Teenoor Borcherds sit klein Fourie en slaap. Dat hy, 'n jong vent van nouliks twintig, tot offisier gekies is, laat 'n mens agting vir hom kry. Hy sluimer, maar probeer om wakker te bly; ruk elke maal sy kop op terwyl hy sy vermoeide ooglede oopmaak, maar sy blik verdof weer, die ooglede sak weer toe, die slaperige, mooi gesig word oortrek met rus en sy swart kop sak skuins op sy bors. Die man langs Borcherds stamp hom met sy elmboog, en altwee glimlag vir klein Fourie, wat homself snags geen rus gun nie, homself wakker hou, en dan oordag nie kan sit van die vaak nie.

In die nag as iemand altemit wakker word, sien hy klein Fourie regop staan op sy dubbel gevoude komberse wat sy kooi is, tussen die slapende manne; of jy merk hoe hy geruisloos na die venster sluip waar hy ure lank bewegingloos staan en kyk na die klein stukkie van die binneplaas wat hy daar kan sien. Hy neem 'n proef met hoe min slaap 'n mens kan klaarkom. Want dit verveel Fourie. Daar is vir hom in die tronk niks te doen nie; daar is niks om die lang onbepaalde tyd mee om te kry nie; lees verveel hom; gesels kan 'n mens nie altyd nie; dambord of skaak verstaan hy nie en dit lok hom ook nie aan nie. Maar hy het darem iets uitgedink waarmee hy hom kan besig hou. Hy meen dat die mensdom te veel slaap, dat dit nie nodig is nie, dat jy jou kan gewoond maak aan heel weinig slaap; en nou wil hy sien met hoe min slaap hy self kan klaarkom. Nou werk Fourie; werk feitlik nag en dag en kry so die tyd om. Mal klein Fourie...

Op die hoek van die tafel sit kommandant Herwaarden, groot en swaar gebou, seker al vyftig. Herwaarden sit en dink of daar nie 'n grap is wat hy nog nie vertel het nie en dus nou sal kan opdis. Dis nou weer sy werk. Hy vertel grappe om die ander en ook homself op te beur, want voortdurend wil sy gedagtes hom ontglip na sy huis, na sy vrou en kinders, na sy boerdery waar nou niemand is om alles te bestuur nie; en hy vra homself af hoe alles daar nou gaan en of uit die pragtige reëns wat nou val, wel voordeel sal getrek word om veel te ploeg en te plant; maar boweal tob hy oor sy kleinste kind, 'n liewe dogtertjie van drie jaar, sy liefling, wat siek was toe hy sy huis verlaat het. Hy voel haar klein armpies om sy dik nek en haar mondjie op sy gesig, haar ronde wangetjies warm van die koors. Maar aan dié dinge moet hy nie dink nie. As hy sulke gedagtes plek gee, sal hy op die ou end sy voete seer skop teen die mure van die binneplaas en sy hande stukkend slaan teen die deur van sy sel; en hy sal uiteindelik die manne van die teenparty verwens en vervloek. Nee, dis beter om jou gedagtes aan die werk te sit om een of ander grap of vrolike gebeurtenis uit jou herinnering op te diep en saam met die ander daaroor te lag.

Hy herinner hom nou weer 'n vermaaklike geval, en hy kyk met 'n guitige gesig om hom heen na die twintig swygsame manne aan die tafel.

„Hoor bietjie, kêrels, laat ek tog vir julle 'n grap vertel," sê hy met sy harde plaasboer-stem. Almal, behalwe klein Fourie wat aan die slaap bly, tel hul kop op met 'n glimlag van verwagting. Herwaarden het hulle reeds baie grappe vertel, maar hulle word nooit moeg vir sy verhale nie. Die man kan dan ook aangenaam vertel; 'n gebore verhaler, 'n beskaafde verhaler; sy verhale en grappe is nooit aanstootlik vir iemand nie, nooit profaan of smerig nie, maar geestig, luimig, netjies. Die manne sit hul boeke neer en maak hulself los van hul spel; en vooroor geleun, met hul oë op die grysgebaarde gesig en vrolike blou oë van kommandant Herwaarden, wag hulle. „Toe maar, vertel, oom Giel." Iemand stoot Fourie wakker.

Herwaarden vertel lewendig maar tog rustig, alles 'n bietjie aangedik, maar binne die grense van sy fyn humoristiese smaak. Dis 'n kostelike grap. Toe hy klaar vertel het, bars daar 'n dawerende gelag los en die binneplaas weergalm van die geweldige geskater. Borcherds, met sy pyp in sy linkerhand, stamp met sy regtervuis op die tafel om die gelag wat hom verstik te hulp te kom. Die vet generaal, genl. Van Rensburg, lê agteroor, sy kop in sy nek; en met sy hande op sy groot maag bulder hy kort lagstote die lug in. Sommige lê vooroor, hul gesig op die tafel, trane in hul oë van die onbeheersbare gegier. Hulle hou mekaar vas, hulle tuimel amper van die bank af, hul lywe swaai en ruk soos jong boompies in 'n heftige warrelwind.

Met rooi geswelde of bleek koppe, met stikkende geluide staan hulle op en begin heen en weer loop, die lang end van die smal binneplaas, terwyl elke maal opnuut onbedwingbare gelag uitbreek. Oom Giel se gesig straal. Hoe 'n oplewing meteens in die klomp dooierige mense! Hulle loop onder luidrugtige gepraat en gelag heen en weer. Soos 'n fris winddag na swoel-hete weke van broeierige weer, so is die opbeuring deur sy vertelling veroorsaak.

Maar daar het die swart deur oopgegaan. 'n Bewaarder het deurgestap, dit laat oopstaan totdat hy weer terugkom; en die manne wat nog steeds heen en weer loop, bly staan om te kyk.

Daar is weer 'n ander binneplaas, klein; maar agter 'n traliehek is 'n stuk van die hoë wal wat die tronk omring sigbaar. Slegs 'n klein stukkie van die wal is te sien, 'n plekkie grondwal met groen gras en in die middel 'n blom, 'n geel slanke veldblom.

Die manne kyk. Dis maande dat hulle laas gras gesien het, hierdie manne van wie die meeste hul lewe deurgebring het op die eindelose vlaktes wat is soos die see, so wyd, so eensaam, so stil. Van hul eerste jare af was hulle gewoond om die onmeetlike grasvlaktes rondom hulle te hê. As hulle in hul slaap droom, sien hulle die veld; as hul gedagtes stilstaan, sien hulle die veld, wit en vaal van wintergras of blou en groen van somergras. Gras! Hulle het met hul oë in maande geen gras gesien nie. Hulle staan daar byna sprakeloos. Net 'n enkele een sê iets, en toe word almal stil. Fourie hang op die man wat voor hom staan, en hy staar met sy vakerige oë na die plek groen gras asof dit hom verbyster. En so staar hulle almal. Hulle kyk na die kol gras en die geel, slanke blom, en hulle sien daardeur heen, sien al die dinge wat hulle probeer om van hulle af weg te hou, die dinge waarna hul harte so verlang. Die uitdrukking van Herwaarden se gesig is aan die verander, want hy sien sy plaas, sy huis, waarheen hy in sy gedagtes aanstap. By die hekkie kom sy dogtertjie, sy klein liefling uit, en so vinnig aangehardloop dat sy elke maal dreig om te val; sy liefste kind, wat siek was toe hy sy huis verlaat het. Hy neem haar op sy arm en sy slaan haar armpies om sy hals, haar vogtige lippies koel op sy gesig. Herwaarden glimlag. Dáár tussen al die manne, sy oë vas op die stukkie gras, glimlag hy soos iemand wat vergeet waar hy is.

Die bewaarder het egter teruggekom, die deur weer gesluit, en die twintig manne sit weer aan die lang ongeverfde tafel met hul boeke, hul spel. Maar party vergeet om om te blaai as die bladsy deurgelees is, vergeet dat hulle sit en lees. Die wat speel, speel sonder aandag, skuif maar, set maar, goed of sleg. Fourie is helder wakker. Pype word gestop, maar gaan dood. In almal se oë is 'n ver kyk; op almal se gesigte treurigheid, die besorgdheid, die verkropte haat.

Herwaarden sit met sy kop in sy hand en dink. Maar hy prakseer nou geen grappe nie, want sy verlange het deurgebreek soos water deur 'n damwal. Sy vuis lê oor die tafel uitgestrek en grimmige voue van magtelose woede lê om sy mond.

1938

Tyd

Sommer van die begin af was daar 'n sterk wedersydse toegeneentheid tussen die jong predikantjie en oom Dirk de Bruyn. Oom Dirk het die nuwe predikant half jammer gekry; sy eerste gemeente en daarby groot en nie een van die gemaklikste nie. „Ons moet hierdie man probeer help soveel ons kan," het oom Dirk gedink, „hom gou tuis laat voel tussen ons – As hy net kan preek," dink hy verder, „dan sal dit goed gaan. En as hy dan ook nog raad wil aanneem, sal alles regkom."

Na die eerste paar Sondae dink oom Dirk: „As hy so aanhou, hoef ons nie bang te wees dat hy die kerk sal leegpreek nie; hy sal die mense trek."

Al spoedig was hulle twee groot vriende. Wanneer die predikant voor 'n moeilikheid staan, dink hy eerste aan oom Dirk, en as oom Dirk naby die pastorie moet wees en hy het tyd, gaan hy daar aan, om, al is dit dan maar vir 'n paar minute, 'n bietjie te gesels.

Soms wanneer hy daar by die predikant in sy studeerkamer sit, gebeur dit dat dié hom aandagtig sit en bekyk. „Jy is oud, oom Dirk," dink hy dan. „Lank sal jy seker wel nie meer leef nie." Dit is 'n gewoonte van hom om homself af te vra wat die gedagtes van ou mense is, of hulle voortdurend daarvan bewus is dat hul tydjie amper om is en of die gedagte hul vreugde in die lewe vergal. Maar oom Dirk praat nooit daarvan nie. Hy dink ook nie veel daaraan nie dat hy na alle waarskynlikheid binne weinige jare die aarde sal moet vaarwel sê. Hy is, al is hy reeds 'n ent in die sestig, nog sterk en lewenslustig en doen nog sy werk sonder veel inspanning. Tog is daar tekens dat sy einde nader. Hy sien die tekens nie, verstaan hulle altans nie. 'n Verandering is besig om plaas te vind in hom en 'n afglans van die ewigheid begin sy gedagtes en gevoelens te beskyn, soos wanneer vroeg in die more, nog 'n tyd voor die son uit is, die wolke bokant jou die sonlig al vang. Vroeër het die gedagte aan die ewigheid hom beklemd laat voel. Hier op aarde sal jou lewe nie altyd duur nie. Daar is ook niks nie of jy kan jouself die einde daarvan voorstel, hoe ver verwyderd dit ook mag wees. En dit gee mens tog 'n sekere rus; 'n tevredenheid as 't ware. Dit versoen jou met die dinge om en by jou. Daar kom 'n end aan jou geswoeg en jou sorge; 'n end ook aan alles waar jou siel aan kleef en aan alles wat jy haat. Dit gee mens 'n gevoel van vryheid. Dit laat jou as 't ware lus voel vir dinge. Jy is ten slotte aan niks vir al die tyd gebonde nie. Hoe vas jy ook al aan iets verbonde is, hetsy deur bande van liefde, gewoonte of belange hetsy deur bande van dwang of wraakgierigheid, altyd is daar die wete dat eendag die bande deurgesny sal word en van jou sal afval. Eendag hou dit alles op. Eendag is ook die einde van jou lewe daar en kan jy alles sommer los, soos 'n perd wat dood neerval in die tuig, of soos 'n krygsman wat gewond homself oorgee en nog net voel hoe sy bloed en lewe uit hom wegvloei en swakte hom gevoelloos maak; of miskien soos vaak wat jou inneem, of soos 'n man wat sit en drink tot hy dronk van sy stoel afgly op die grond. Dit is die groot bekoring van die lewe, sy verganklikheid, die wete dat daar 'n einde is aan jou dag – al het jy dit hier nog so goed, jy sou tog nie altyd hier wil bly nie. Al kan jy uitsoek wat jy wil hê, dan nog sou die gedagte om nooit dood te gaan nie, ondraaglik wees. Daarom wil mens maar liewer nie te veel aan die ewigheid dink nie, want die gedagte daaraan is beklemmend en beangstigend. Nooit ophou nie. Altyd, altyd maar aangaan. Dit is verskriklik as jy daar goed oor dink. As jy nou sou weet dit sal honderdduisend jaar duur, of 'n miljoen of duisendmiljoen jaar, dan kan jy dink: „Eendag sal dit, sal hy, sal ek nie meer wees nie, sal daar niks meer wees nie," en dit sou jou dan 'n ruspunt in jou denke gee. Net soos 'n lang ent pad. Die end kom tog, hoe ver dit ook al is. Maar in die ewigheid sal daardie ruspunt ontbreek. Sal mens dit kan staan? Hy dink liewers nie daaraan nie. As sulke gedagtes in hom opkom, maak hulle hom so neerslagtig dat hy hulle liewers van hom af wegskuif. Maar nou begin tekens van die naderende ewigheid hul verskyning te maak. Hy besef dit egter nie.

As hy nou vir die besigheid waarvoor hy werk na een of ander dorp of plek moet ry, is die rit nooit lank genoeg vir hom nie. Dan dink hy dikwels: „Ek wens dat die pad twee maal so lank was." Terwyl hy dan so kalm en sonder haas aan die stuur sit, dink hy: „Nou moes mens so kan aanhou ry vir weke aanmekaar. Sê nou daar was 'n groot pad tot in die Noorde van Afrika, sesduisend myl lank, en dit dan ry, dag na dag maar ry, met niemand by jou as net 'n goeie bediende wat agter in die kar sit en van wie jy nie weet of hy sit en slaap of nie. Kalm aan voort ry tot in Kairo." As hy oor wydgestrekte vlaktes kom in die Vrystaat of in die Karoo, dan is dit of hy ruimer asemhaal en hy voel blydskap groei in hom. Maar hy sou tog die vlaktes nog groter wil hê, groot vlaktes wat onbelemmer, soos die lug bokant hom, na al die kante uitbrei. Die enkele maal dat hy by die see is, sit hy daar aan die strand en staar na die pragtige, lokkende horisonne en 'n weemoedige verlange kom in hom na reise wat maande en maande sal duur. 'n Kleinerige skip met net 'n paar vriendelike, swygsame mense : 'n seilskip wat rustig duik en opkom, en rustig voortvaar oor seë wat eensaam en vol kleur is, wye seë waar vir maande en maande geen land te sien is nie. Dit sou hy wil doen. Amper vergeet dat daar land is. Vergeet amper wanneer jy die laaste baai uitgeseil het, terwyl jy nie weet wanneer jy in die volgende hawe sal aankom nie.

Soms, as hy op pad is, hou hy stil en sit dan en kyk oor die golwende veld en na die hoë, buigende gras. Daar is nie veel te sien nie, net die ver uitsigte, die lyne van die heuwelglooiinge en daar bo die oneindige hemel. Vir ure kan hy dan so sit en kyk sonder dat 'n drang om sy plek van bestemming te bereik en sy werk klaar te kry, hom hinder.

By die huis ook. Hy word weer lief vir dik, langdradige boeke wat geen end kry nie en hy lees nou weer bekende outydse romans waarin die sinne lank is en die omhaal van woorde groot.

Hy sou ook, so oud soos hy is, nog wel wil studeer, sterrekunde, plantkunde of ou tale, veral ook om die gevoel van langdurigheid en oneindigheid wat dit jou gee. Veral teologie. Hy wens hy kon lesse neem in teologie. Daar kom nooit 'n end aan nie. Aan sterrekunde en plantkunde en aan die studie van ou tale en feitlik aan alle studievakke kom daar ook nooit 'n end nie, maar teologie is in besonder tog 'n vak van studie wat wyer en dieper en hoër is as iets anders op aarde.

As hy nou aan die ewigheid dink, is dit met minder beklemdheid. Daar sal mens tyd hê. Daar sal mens kans hê om al die dinge waarvan jy graag veel sou wil weet, te bestudeer. Niemand en niks sal jou daar aandryf nie. Jy sal rustig en genoeglik die een ding na die ander kan uitpluis.

Toe kom daar eendag 'n teks uit Openbaring in sy gedagte : „Daar sal geen tyd meer wees nie." Hy kry sy Bybel en soek die teks op : „en hy het gesweer by Hom wat tot in alle ewigheid lewe, wat die hemel geskape het en wat daarin is, en die aarde en wat daarin is, en die see en wat daarin is, dat daar geen tyd meer sal wees nie;" daaroor bly hy toe maande lank dink. „Daar sal geen tyd meer wees nie." Daar sal met die woord „tyd" tog seker wel nie die tyd van horlosies bedoel wees nie, nie die tyd van dag en nag of jaargetye nie, nie jare en eeue nie. Die woord sal wel meen die tyd waar Jesus van spreek as hy sê : „Ek moet die werke doen van Hom wat My gestuur het, so lank as dit dag is; die nag kom wanneer niemand kan werk nie." Of waar hy in die gelykenis van die tien jong dogters van tyd spreek, die tyd dat hulle sit en wag op die koms van die bruidegom. Of in die gelykenis van die deurwagter. Die deurwagter moet wakker bly tot sy baas tuis kom. Hy kan nie bietjie insluimer nie want moontlik kom die baas net as hy aan die slaap geraak het. Nee, hy moet waak, al is dit die hele nag deur. Eers as sy baas tuisgekom het, is die waaktyd om. Dit is tyd : die tyd van waak; die tyd van wag; die tyd dat mens nog kan werk. Dit is die dinge wat jou tyd en die tyd van almal bepaal. Die tyd van werk, van wag, van waak.

'n Teks met 'n ryk inhoud, 'n teks met 'n diep betekenis. Mens kan daar maande lank oor sit en dink sonder dat jy daaroor uitgedink raak.

Sy kragte het begin afneem en hy was verplig om sy betrekking op te gee en daarna was dit of die dood sommer vinnig op hom afkom. Almal sien dit. En as hy Sondae by die kerk kom, kyk die ander kerkraadslede hom aandagtig aan, en in almal se oë sien hy dieselfde gedagte, dat hy al weer swakker lyk en dat hy seker nie lank meer een van hulle sal wees nie. Hy het geen ernstige kwaal nie, dis net dat sy kragte afneem. Toe hy een Sondagmore nie in die kerk is nie, gaan die predikant die volgende dag kyk hoe dit met hom gaan. Hy kry hom toe wel nie in die bed nie, maar tog so swak dat hy nouliks kon loop.

„Bly sit, oom Dirk," sê die predikant toe die ou man opstaan.

Dis net hulle twee in die kamer. Oom Dirk sit in sy groot stoel, sy jas aan en 'n kombers oor sy bene; sy hoed op.

Die predikant voel jammer vir hom en voel ook verdrietig.

„Dit gaan langsaam maar seker," sê oom Dirk.

„Hoe meen Oom?" vra die predikantjie skugter.

„Langsaam maar seker na die end toe."

„Ja, oom Dirk," sê die predikant.

Hy sou nou graag wou weet hoe oom Dirk voel daaromtrent. Oom Dirk is 'n godsdienstige man en was altyd 'n getroue kerkman en 'n mens van onbesproke karakter. Hy sou nou wel graag wil weet hoe so 'n man voel in die aangesig van die dood. Buitendien is oom Dirk ook 'n vriend van hom, 'n goeie vriend wat altyd met raad en daad klaar gestaan het om te help. Hy is egter bang om 'n regstreekse vraag te doen. Maar sy verlange om van oom Dirk te hoor dat hy met vertroue die dood tegemoet sien, is groter as sy bedeesdheid.

„En skrik die gedagte oom Dirk nie af nie?" vra hy na 'n stilte.

„Nee, dominee," antwoord die ou kalm. „Ek dink nou so : Die Heer het my gedurende my lewe altyd gehelp. Hy sal my in die dood ook help."

„Dis waar, oom Dirk."

Toe sê oom Dirk na 'n paar oomblikke : „Vroeër het die gedagte aan die ewigheid my soms afgeskrik. Ek kon die gedagte dat daar nooit 'n end aan sal kom nie, nie goed dra nie. Maar nou voel ek nie meer so nie. Nou is vir my die gedagte dat jy jou nie meer oor die einde hoef te bekommer nie amper aangenaam. Mens sal daar ook baie tyd hê, niks sal jou daar aandryf nie. So stel ek my dit voor. Ek wil daar ook veel in die Bybel lees. Hier kry mens, ek is jammer om dit te sê, eintlik nie tyd om veel studie van Gods woord te maak nie, maar dan sal ek seker tyd genoeg hê."

Die predikant kyk verwonderd en glimlag selfs.

„Maar sal dit dan daar nog nodig wees, oom Dirk? Dan het die Bybel mos sy werk aan jou gedoen?"

„Miskien nie nodig nie, maar aangenaam. Ek hoop nog om die Bybel te kan lees na duisende jare. Mens sal mos nooit moeg word daarvoor nie."

„Dis waar," sê die predikant. Toe sê hy: „Dit moet darem lekker wees om soveel tyd te hê." Maar terwyl hy dit sê, is dit vir hom of die woorde enigsins profaan klink, en hy bloos.

„Ek meen, ons lewe is so haastig dat ons vir niks tyd kry nie."

„Dis wat ek ook meen," sê oom Dirk.

Vir 'n paar minute praat hulle nie en beide staar deur die venster na buite. Daar is 'n tuintjie met blomme en 'n paar bome en daarna staar hulle. Die predikant vrees dat oom Dirk te moeg sal word as hy so baie aanmekaar gesels, en hy swyg.

„Daar is 'n teks waar ek teenswoordig dikwels aan dink," sê oom Dirk. „Daar staan in Openbaring: daar sal geen tyd wees nie. Dit meen tog seker iets anders as wat ons met die woord ,tyd' verstaan."

„Ek meen ook so." Toe vra die predikant: „Wat is oom Dirk se opvatting daarvan?"

So gesels hulle, gemoedelik, asof daar geen skeiding ophande is nie.

Nie lank daarna nie word dit in die koerant en deur vriende en kennisse ondermekaar bekend gemaak dat oom Dirk dood is. Hy sou uit die kerk begrawe word en 'n vorige dominee van die gemeente sou die diens in die kerk lei. Die plaaslike predikant sou by die graf spreek.

Die domineetjie was nog baie jonk, te jonk amper vir so 'n groot gemeente in 'n groot stad. Maar hy kon so preek dat hy jou aandag boei. Hy kan soms dinge so eienaardig sê dat hulle 'n ruk in jou gedagte bly. Nou daar by die graf ook weer.

„As dit so is, as wat ons hoop en vertrou, dat ons oorlede vriend en broeder nou in die hemelse geweste vertoef en dat vir hom die ewigheid 'n aanvang geneem het, dan sal hy nou van sy arbeid en wag kan rus," sê hy. „Daar sal geen tyd meer wees nie, staan daar in Openbaring. Die tyd, die groot drywer, die groot aanjaer sal daar in die stad van God nie wees nie. Diegene wat die saligheid sal smaak om daar te woon, sal seker wel werk, maar sonder haastig te word, sonder gejaagdheid. Hulle sal waak, maar sonder vrees. Hulle sal nog wag, miskien, maar sonder ongeduld. Ons werk met vermoeienis en gejaagdheid want ons moet klaarkry voordat die nag kom waarin ons nie meer kan werk nie. Ons wag op die koms van die bruidegom, maar met besorgdheid omdat ons twyfel of daar genoeg olie sal wees om ons lampe brandende te hou. Ons waak, maar moet voortdurend veg teen die vaak wat ons wil laat insluimer. Maar daar sal geen tyd meer wees nie. Die werk is gedoen en die nagwaak is om. Die bruidegom is daar en die lampe brand."

Hulle het die kis laat afsak, en 'n paar minute later is die begrafnis oor. Nog 'n paar woorde met familie en kennisse, 'n handdruk hier, 'n vlugtige groet daar. Dan word almal haastig om daar weg te kom, huis toe. In die karre wissel sommige nog enkele woorde oor die oorledene, maar die meeste het al weer hul gedagtes by ander dinge. Slegs weinige van hulle sal nog aan hom bly dink en die meeste sal hom so te sê vir goed vergeet. Maar oom Dirk sal daar waar hy is, by al sy ander besigheid, sy studie van sterre en plante en veral van die Bybel, nog tyd hê om aan algar terug te dink.

1972

TOON VAN DEN HEEVER

Werkstaking by die kleigat

Was jy al op die Hoëveld na die eerste reëns geval het, as die brande groen uitslaan en die skape windop uitstryk agter die botterblomme aan? Het jy dan al gelê teen 'n heuwel naby die kuile terwyl die skape, so teen die middag, as dit warm begin te word, rustig om jou wei en gehoor hoe die geluid van uitgetrekte grashalmpies verenig en saamsmelt tot die gerommel van 'n verre onweer? En as die skape dan gaan lê, het jy al plat op jou rug in die gras probeer om die rooivlerke te sien wat hoog in die blou lug klapwiek en sing en, as hulle lied uit is, luidrugtig afstort na die aarde?

Net so 'n dag was dit waarvan ek vertel. Pens was die beeswagtertjie en ek het die skape opgepas. Toe ek met die skape aangewei kom, was die beeste al daar, maar van Pens geen spoor nie. Naderhand hoor ek 'n gemompel tussen die uintjies en die biesies langs die vlei en bekruip toe die plek waar die geluide vandaan kom. Plat op sy rug lê Pens in die ruigte, sy hoed oor sy gesig, besig om vir homself 'n dramatiese alleenspraak voor te dra:

(Op gebiedende toon met 'n growwe stem om my vader voor te stel): „Pens!"

„Ja, Oubaas!"

„So en so en dit en dit!"

(Brutaal): „Nee mastaag, Oubaas, glad nie so en so en dit en dit nie; so en so en dit en dit!"

„Boggom!" skree ek en gooi my baadjie oor hom. Verskrik vlieg Pens orent en kyk diékant toe in die verte. So maak hy altyd as hy skaamkry – hy kan mos nie bloos nie.

In die walle van die kuil was pragtige blou potklei en dit was nie lank nie of Pens en ek was druk besig om die klei te brei en reg te maak. Nie weer lank daarna nie of Pens het 'n wa geskep én 'n span Afrikaners daarvoor met wye weglê-horings en hy dryf hulle met 'n lang biesie so luidrugtig dat die osse wat teen die hang lê en herkou, eintlik omkyk en pynvolle herinneringe kry.

„Swartla-a-a-nd, jou dessitse ditsem! Vasvat! Donkerber-r-r-rg! Vaalty-y-yn, jou moern . . . ker-r-r-Vaalpens! Rooiland! Styfstaan, julle maaivoer-r-ies!"

Toe Pens van sy karweiery moeg was, kom hy oor na my toe waar ek werskaf.

„Wat maak jy nou?" vra hy verwonderd.

„'n Klei-os."

„Maar wat maak jy daar met die knipmes?"

„Ek sny die splyte van die hoewe."

Die volgende oomblik val Pens reg agteroor in die gras en skop sy hakskene in die lug soos hy lag.

„Hoewe!" lag hy, „wie het al 'n klei-os met hoewe gesien!"

Toe kry ek sommer skaam vir my werk en praat oor ander dingetjies.

„Weet jy wat, Pens, ek word nou moeg van skaap oppas."

„Wat wil jy dan maak, skool toe gaan?"

„Nee!" (veragtelik) „Ek wil wegloop."

„Wegloop! Waarheen?"

„Sommer wegloop, verdwyn. Dan gaan ek ver weg: Bosveld toe of Johannesburg toe of na 'n ander land toe. Dan dink al die mense dat ek dood is. Naderhand sal hulle hoor van 'n kommandant of 'n generaal wat so kwaai is; hulle hoor hoe hy die Kakies uitmekaar gejaag het, hoe hy die tjaainies laat spaander het. Dan trou die generaal met die dogter van 'n koning of 'n ‚knight'..."

„Naait? Wat is 'n naait?"

„Dis 'n kêrel wat 'n sawel dra en ysterklere."

„Ysterklere! Hoe loop hy dan?"

„Wa-a-ag man! Laat ek jou eers vertel. Dan hoor al die mense eendag dat die beroemde generaal op die stasie gaan wees. Dan span ou Van Eeden sy verewa in en bind linte in die perde se maanhare. Van Tonder en Brits en Van Vuuren en Pa en die hele spul trek hulle kisklere aan en gaan stasie toe om die generaal te sien. En as die trein stilhou, sit hulle 'n plank teen die goetswen en daar kom die generaal uitgery op 'n groot swart hings met 'n bles en 'n witvoet, wat so kopspeel en trippel dat mens sy hoewe skaars kan sien. Regop sit die generaal te perd met 'n blink uniform aan en 'n lang blink sawel in sy hand. Die polisiemanne en die gart sal almal salueer. Die mense sal hoera skree en hulle hoede opgooi. Ewe deftig haal die generaal sy hoed af en verbeel jou hoe verwonderd Pa sal wees om te sien dis ek!"

„Ek wil ook wegloop," begin Pens met geesdrif, „en dan dink almal ek's dood. Dan sê hulle: ‚Dis goed, die blikskottel is tog niks werd nie?' Dan hoor hulle naderhand van 'n groot kommandant of 'n generaal wat die rooinekke..."

„Maar jy's dan 'n kaffer!" val ek Pens in die rede.

„Ja wragtaag!" sê Pens, langsaam en terneergeslae. „Wat kan ek dan word?"

„Ek sal jou sê," kry ek 'n blye inval, „jy kan my agterryer word."

„Jou agterryer? Jou verstand!"

„Wat, kamsketel? Jy sal my agterryer word!"

En daar is die middag 'n hewige slag gelewer langs die kuil bo in die vlei. Die biesies en die uintjies was naderhand platgetrap en deurmekaar en Pens en ek altwee uit-asem. Daardie slag sou miskien beslissend gewees het, een van die keerpunte in die geskiedenis van ons land. Maar helaas, skape is vir sulke aangeleenthede net so blind soos die Voorsienigheid. Daar het 'n koel windjie oor die brand gekom en het met hom die geur van oopgaande botterblomme gebring. Neus-in-die-wind begin die skape wind op tou te vat. Ek moes weg. Maar vir 'n paar dae was daar 'n werkstaking by die kuil, waar mens teen die wal sulke gawe blou potklei uithaal.

1948

G. H. FRANZ

Makhwibitsana

„Oupa Maleka, vertel ons van Makhwibitsana asseblief!"

„Ao, wie praat dan met mense wat op hulle voete staan?"

Die jongspan het sommer plat op die grond gaan sit.

Oupa Maleka is glad nie haastig nie. Hy haal ewe gemaklik sy snuifdosie te voorskyn. Dan trek hy die prop met sy tande uit. Nou skud hy so 'n bietjie snuif agterop sy linkerhand. Die prop word dan met die tande weer in die snuifdosie teruggesit en die snuifdosie word sorgvuldig gebêre. Al die ogies hou Oupa goed dop.

Nou krap Oupa die snuif op 'n hopie en knyp 'n snuifie tussen die duim en die wysvinger van die regterhand vas. Die snuifie gaan neus toe en word in die linkerneusgat ingetrek. Weer 'n knypie en dié gaan na die regterneusgat.

„Atsjii! A-a-atsjiaaa!" nies Oupa lekker.

„Kgomo le namane (letterlik koei en kalf!)," wens die kinders vir Oupa geluk met sy nies.

„Isje morena! (dankie!)," antwoord Oupa.

Nee, nou is Oupa reg, maar hy is nie haastig nie. Die kinders word ongeduldig.

„Ons sit almal, Oupa," sê een van hulle.

„Ek sien julle, my kinders," antwoord Oupa bedaard.

„Nee, dit was lank-lank gelede (vertel die ou man). Die wêreld was nog jonk. Hier in die Setlongkloof het 'n vrou gewoon. Haar naam was Mmamakhwibitsana, en haar seun was Makhwibitsana. Hy het daardie naam gekry omdat sy ma altyd sy kop goed met rooiklei gesmeer het.

Hierdie Makhwibitsana was 'n goeie seun! Hy het vir al die mense hande geklap en gesê: „Dag, Moeder!" . . . „Dag, Vader!" . . . „Dag, Ouma!" . . . „Dag, Oupa!" As 'n mens hom stuur, dan weier hy nie. Hy hardloop sommer „kiti-kiti-kiti" en hier is hy weer terug. Ja-nee, al die mense het baie van Makhwibitsana gehou.

Makhwibitsana se ouma, Koko, het hier anderkant in die Kubukloof gewoon. Sy het sommer alleen by haar mielieland gebly.

Eendag roep Mmamakhwibitsana:

„Makhwibitsana! Makhwibitsana-wee! Mmallo, waar is die seun? Makhwibitsana! Makhwibitsana-wee!"

„Dit is ek hierdie, Moeder."

„Kom hier, my kind, ek wil jou stuur."

„Waarheen moet ek gaan?"

„Luister en moenie so baie praat nie."

„Ek luister, Moeder."

„Dis goed. Maak jou ore skerp. Kyk, hier by ons is die mieliekoppe ryp."

„Hulle is ryp, Moeder, ons het mos gister gepluk."

„Dit is so. Maar is hulle daar by Koko ryp?"

„Hoe sal ek weet?"

„Nee, jy sal nie weet nie. Laat ek jou vertel: Koko het laat weet sy het niks om te eet nie. Sy is honger."

„Nxse-nxse, mmallo-wees arme Koko."

„Dit is so, my kind. Nou moet jy 'n mandjie vol groen mielies na Koko neem."

„Gee die mandjie, Moeder, ek is nou daar."

„Mmallo, hoor nou hierdie seun! Nxse, en wat sal jy maak as Timo jou vang?"

„Wie is Timo? Ek sal hom . . ."

„A-la-laa! Jy sal . . . Wag nou, laat ek jou vertel: Daardie Timo is 'n ondier van 'n mensvreter. As hy jou gevang het, sal daar nie eens bene wees om te begrawe nie. Hy sluk jou sommer kop, vel en beentjies in."

„Jo-jo!"

„Ja-nee, ek vertel jou mos. Nou luister goed en hoor wat ek sê. As jy hier oor die Kololo-berg stap, dan moet jy nie van die voetpaadjie af gaan nie."

„Sal Timo my nie op die voetpaadjie kan vang nie?"

„Nee, daar kan hy jou nie vang nie!"

„Waarom, Moeder?"

„Hoor nou! ‚Waarom, Moeder?' Het ons dokters dan nie daardie voetpaadjie veilig gemaak nie? Ja, hulle het. En as mense op die voetpaadjie bly, dan kan Timo niks doen nie."

„Ek sal op die voetpaadjie bly, Moeder."

„Dit is goed. Vat nou hierdie mandjie. Wag, ek sal dit op jou kop sit."

Toe vat Makhwibitsana sy rietfluitjie en hy val die pad in na Kubu.

Toe hy bo-op Kololo kom, begin hy sy fluitjie en sing:

Pi-pi-pipi-pi,
Moeder het gesê: gaan na Koko!
Pi-pi-pipi-pi,
Koko is sommer baie honger;
Pi-pi-pipi-pi,
Sy's honger sy't nie mielies nie;
Pi-pi-pipi-pi
Hier is mielies, sy sal lekker eet.
Pi-pi-pipi-pi

Pi-pi-pipi-pi!
(al die kleinspan sing saam.)

Toe hy om daardie groot rots kom, hier staan Phiri-wolf langs die pad. Dit was nie 'n sommerso wolf nie. Dit was Timo wat homself in wolf verander het. Dit was daarom dat hy nie op die voetpaadjie gestaan het nie.

„Dag, Makhwibitsana!" sê Phiri.

„Dag, oupa Phiri," antwoord Makhwibitsana.

„Leef jy nog, my kind?"

„Nee, ons leef nog, Oupa."

„En die mense by die huis?"

„Nee, hulle het opgestaan."

„Waar kom jy vandaan?"

„Ek kom van die huis af."

„Waar gaan jy heen?"

„Nee, ek gaan net hier anderkant."

„O ja, ek sien jy bring mielies na Koko."

„Dit is so, Oupa."

„Maar kyk hoe lyk daardie wildevye. Hulle is ryp. Kom pluk so 'n paar en bring hulle na Koko."

„Nee, ek kan nie, Oupa. Moeder het gesê ek mag nie van die pad af nie. Timo sal my vang."

„Sy praat die waarheid, my kind. Stap maar lekker en groet vir Koko."

„Ek sal haar groet. Lekker verblyf, Oupa."

En Makhwibitsana stap verder en sing:

Pi-pi-pipi-pi,
Moeder het gesê: bly op die paadjie;
Pi-pi-pipi-pi,
Bly op die pad, want daar is Timo;
Pi-pi-pipi-pi,
Timo die slegte mensvreter;
Pi-pi-pipi-pi,
Mensvreter, sluk in kop, vel en beentjies;
Pi-pi-pipi-pi . . .

En Makhwibitsana bly op die paadjie.

Maar Timo verdwyn in die bosse. Subee! Hy hardloop. Langs die pad sluk hy 'n klomp kole in sodat sy stem kan verander soos die stem van 'n ou vrou. Doer hardloop hy weer reguit na Koko se stat toe. Hy is die stat in. Hier het hy Koko en sluk haar kop, vel en beentjies in. Nou vat hy Koko se kombers en maak hom heeltemal toe daarmee. Nie eens sy neus steek uit nie. Dan gaan hy eenkant by die deur van die hut sit.

Hier kom Makhwibitsana. Hy staan by die ingang van die lapa en roep: „Koo-ko!" Phiri antwoord met die stem van Koko:

„Ons is hier!"

Makhwibitsana kom binne: „Dag, Koko!"

En Phiri antwoord met 'n dun stem:

„Dag, my kind."

Makhwibitsana sê: „Wat makeer, Koko? Is Koko siek?"

„Ja, my kind, my kop kap my, en my derms byt my."

„Nxse-nxse-nxse, Ouma, dan is Ouma mos nie meer mens nie."

„Dit is so, my kind. Maar wat het jy daar?"

„Nee, dit is 'n mandjie vol groen mielies wat Moeder vir Ouma gestuur het."

„Dit is goed, my kind, kom sit dit in die hut."

Makhwibitsana neem die mandjie van sy kop en buk by Phiri verby om in die hut te gaan. Hier gooi Phiri die kombers af en gryp Makhwibitsana. Hy kon hom nie insluk nie, want sy maag was te vol Koko. Hy steek hom in sy groot velsak en bind dit toe. Toe gaan hy in die son binne-in die lapa lê. Dit is darem swaar om 'n Koko in jou maag rond te dra. 'n Man moet eers rus.

Maar daarbo op Kololo-berg is Motsomi, die jagter. Hy het die hele oggend al gesoek, maar hy kry niks. Al die wild het hom aan die bosse en ruigtes oorgegee. Hy staan bo-op die krans en daar sien hy Phiri deur die bosse hardloop.

„A, sien jy? Dit is die ou goëlaar wat die wild verwilder het . . . Maar waar gaan die ou nou heen? . . . Mmallo, daar is hy by Koko in die lapa. Banna, dinge lyk sleg . . . Ek gaan kyk."

Hy kom gou van die krans af en hardloop met die voetpaadjie na Kubu. Phiri het net lekker aan die slaap geraak, hier is Motsomi by die ingang van die lapa. Hy loer in en sien Phiri vas aan die slaap. Hy gryp sy kierie: „Vandag is jy dood, jou goëlaar." Hy kom saggies nader. Sy oë is net op die kop van Phiri. Bja! Die knopkierie sing net een maal, toe is die kop plat. Jo-jo, iets vlie sommer hier by Motsomi verby – frr! Motsomi hou sy mond vas: „Wat is dit nou?" Ja-nee, dit was Timo wat uit die wolf glip en vlug.

Toe begin snaakse dinge. Die maag van die wolf begin rondspring en spartel. 'n Stem roep hier uit die wolf: „Help my, mense! Verlos my van die maag van die ondier! Ek smeek julle, mense!"

Motsomi sê: „Wag so 'n bietjie, Koko, ek maak net my mes skerp hier op die maalklip." Toe is dit net: „Sjwa-sjwa-sjwa-sjwa! Sjwisjwi-sjwisjwi-tsikitsiki" . . . en die mes is mooi skerp.

„Hier is ek, Koko; ek gaan die ondier nou oopsny."

Hy steek sy mes in die maag van die wolf.

„Jo-nna-joo! Hoe steek so 'n man my. Jy maak my dood!"

„Nxse-nxse-nxse, Koko! Jo, ek het jou seergemaak. Wag, ek sal mooi sny."

Toe steek Motsomi sy vinger in die gat en sny die pens oop! Koko rol uit die maag van die ondier. Sy spoeg net: „pto, pto, ptopto-pto!" . . . Nee, jy het my verlos, kind van ons. Ek sê dankie."

Motsomi staan nog en rondkyk, toe die velsak begin rondspring en rondspartel. Dit is net: „Jo-jo-jonna-joo!" hier uit die sak.

„Jo, wat is dit nou?"

Motsomi gryp die sak en maak dit oop. Hier spring Makhwibitsana uit. Hy wil net weghardloop, toe Motsomi hom gryp en vashou. Hy lag en sê: „Nee, Makhwibitsana, dit is ek, Motsomi. Moenie bang wees nie."

En Makhwibitsana se hart het gaan lê.

Toe sê Motsomi: „Koko, dit was Timo gewees wat hier uitgevlug het."

„Hoe sal ek weet, my kind?"

„Ja, dit was hy. Jy sien, hierdie kierie is deur die dokter gewas met medisyne, anderste het hy my doodgemaak. Maar hoe het hy by Koko ingekom?"

„Mmallo, hy het ingekom."

„Dit is so, Koko. Koko moet 'n dokter roep, sodat hy die stat kan veilig maak."

„Dit is so, my kind. Vat daardie swart bok en roep die dokter vir my."

Ja-nee, dit is oupa Maleka se Rooikappie daardie.

1954

BOERNEEF

Teen die helling

In hierdie stadswyk aan die onderste helling van die berg knoop die stedelinge, veral dié van middelbare leeftyd en ouer, makliker 'n praatjie aan met iemand wat hulle net van sien ken, as die stadsmense wat op die gelykte woon. Stedelinge is jaers en jagters en gejaagdes en oor die algemeen geen praatjiesmakers op straat nie. Hoe gelyker die stadswoonbuurt, hoe gejaagder die wandelaar. Maar hier teen die helling word daar vanself stadiger geloop. Die opdraand draai op sy eie manier die rem aan. Dit weet die middeljariges en bedaagdes heel goed, en daarom is hulle soms maar dankie-bly as hulle 'n bietjie kan staan en rus en gesels oor die weer of die politiek of die onmanierlikheid van die hedendaagse jeug. Hierdie drie dinge se maters is dood om 'n geselskap aan te knoop, of sommer ook vol te hou, as dit lyk na hoe. Die politieke terrein is natuurlik effe gevaarlik, maar as jy genoegsaam geïnteresseerd is en jy verstaan die kuns om die kat uit die boom te kyk, dan het jy hier geselsmoontlikhede soos min. Besit die wandelaar teen die helling 'n hondjie of 'n hond of twee hondjies of twee honde, en die man wat hy raakloop, is 'n soortgelyke besitter, dan moet daar opsluit 'n paar woorde gewissel word, want die honde beginne eerste met hulle akkelpienies en fieterjatsies. En waarna sal dit dan nou lyk as die base buffelagtig en woordeloos staan en toekyk onderwyl die honde mekaar met intieme hondsheid bejeën? Dan sê ou McCorkindale: „Goeie en nuttige dier, 'n hond. Dwing jou om te gaan stap, of jy lus het of nie."

„Dis net wat dit is," antwoord ou McAlpine. „Hierdie tweetjies van my kan lees en skrywe. Hoe mense dit oor hulle hart kry om 'n hond te verwaarloos, begryp ek nie. Maar, nou ja, sorgsaamheid is 'n deug wat al hoe seldsamer word. Ek sê altyd . . ." Die berghelling waarteen ek woon en my breëborsmops, Jan – die getrouste en intelligentste van alle mopshonde – was die aanleiding tot my kennismaking met McCorkindale en sy twee wit wolhaartjies en met McAlpine en sy twee bruinetjies. Maar ook en veral met Andries Harlekyn. Dis van my ontmoeting en gesels met laasgenoemde wat ek wil vertel.

Op 'n dag staan ek voor my tuinhek op die sypaadjie met Jan en speel. Ek gooi akkers en hy gaan haal en byt stukkend. Toe kom Andries daar verby.

„Tag, maar jy's 'n mooi hondjie. 'n Pokkeltjie. 'n Dikketjie. 'n Potjierolletjie. Kateranggh angghang en orangoetang se skurwejanwang. My tata en my mama en waar's my land en my dae? Nee, maar jy's glad te vet, ouste. Jy moet matiger eet en drink, jou ou vet buksie. Middag, Baas. As ek 'n hoed opgehad het, sou ek hom wis en seker afgehaal het. Dit woort so. Maar ek het g'n kopding op my naam nie, en kyk hoe verflenter is my klere. Ek is so arm soos 'n luis op 'n kam. Ek is die Verlore Seun se eie bloedbroer as ek nie dalk die Verlore Seun self is nie."

„Maar jou woorde loop mos ligvoet. Hoe's jou naam en waarvandaan kom jy en wat doen jy vir 'n broodwenning?"

„Dis Andries Harlekyn wat hier voor Baas staan. Ek is in die wye wêreld gebore, en nou doen ek los werkies hier teen die hang van die berg rond. Ai, waar is die wye wêreld tog!"

„Hoekom is jou naam dan Andries Harlekyn?"

„Toe ek my kom kry, het almal maar vir my Andries gesê. Harlekyn het naderhand bygekom, omdat ek die jong is vir die baie aksies en sêgoed en woorde en name. Kateranggharigghang en oerangoetang en skurwejanwang. Hond se voet en kat se klou! Maak oop die vensters en deure dat ek ver kan sien tot doer waar die dynserigheid lê. Ditsim! Ja so ja. Hotnot-se-kjend – Boesman – Koeranner – peperkorreltjiekop – boepens – dik-kaiings!"

„Hoekom is jy van die ver en wye wêreld af weg?"

„Ek wou gaan kyk hoe dit agter die bult lyk, en dan nog 'n bult, en dan nog 'n rant en 'n hoogte. Ammelee verder. Ammelee sien hoe dit doer ver lyk. En ek wou meer geld hê."

„Hoeveel het jy al vandag gedrink?"

„Ek sal ruiterlik die waarheid sê, my baas: net 'n paar vyfvinger-glasies vaaljapie. Gij zult geen valse getuigenis spreken."

„Maar hoor dan so! Waar kom jy daaraan?"

„Ek het 'n bietjie skool gehad. Ek kan lees en skrywe. Ek ken baie stories en name uit die Bybel. Ek het op my dae ook gekatkiseer. Ek het al die name van die Rigters en die Profete geken, en die meeste ken ek nog. Andries Harlekyn is 'n derduiwel van onthou. Ek het ook baie Hallelujagesange in my jong dae geleer en ken nog baie van hulle. Ek het 'n mooi tinnerstem, al sê ek dit nou self. Maar die name is eintlik my kos: Otniël, Ehud, Samgar, Debora, Sefanja, Amos, Obadja, Jona, Miga, Nahum, Potifar, Handelingen der Apostelen, Prediker en Ruth."

„Op dees aarde! Jy sê jy't vandag nog net 'n paar glasies weggeslaan?"

„Net 'n paar, my baas. Dis die reine waarheid. Ek sê mos: ‚Gij zult geen valse getuigenis spreken.' Maar ek moet inspan en verder trek teen die berg uit. Die opdraans hang swaar aan 'n ou se lyf. Ek sal die span rooies moet aanpraat hiervandaan af. Dag, my baas. Staan pad toe, julle natneuse. Een van die dae kom ek vir Baas 'n sikspens vra om vir my 'n druiwekorrel te gaan haal. Vat hom, kinners: Douland, Donkerland, Blokland, Koorland, Rooiland, Ingeland, Skotland, Pasman, jou rakker!"

En daar trek hy straat op met sy denkbeeldige span natneuse. Ek staan en kyk hom agterna. Hy dwing om my kontrei se taal te praat, dié Andries Harlekyn. Andries dwing om my hart week te maak. Vaaljapie ofte nie en almiskie.

Met hierdie taal en klinkende name van die ver wêreld sal ou McCorkindale nie hond haar-af maak nie.

'n Paar dae later. Dit was 'n venynige wintersaand met geweldige wind- en reënvlae. Vir oulaas gaan ek en Jan nog 'n draaitjie maak in Warrenstraat op voor ons inkruip. Met die terugstap sien ek iemand in die middel van die straat aankom. Ek hoor hom osse drywe en alleen-alleen praat: „Vlakveld, Sandveld, Hardeveld! Ai, so 'n wa is swaar. Die deurslag suie en suie al hoe vaster. En die willesand! Liebestegats!"

Hy gaan staan skuins onderkant my.

„Hou hoog julle naam, julle natneuse. Julle met die breë skowwe. Lekkerland, jou vuurslag! Hook! Haa-nou! Gaan vreet julle nou maar 'n paar bekke vol in dokter Roog se roostuin. Matjiesgoed! Vanaand is ek darem lekker geswael. Vaaljapie en wilde-als en wonnerliksens! I want to be happy. I want to love you."

„Naand, Andries Harlekyn. Hoeveel doppe vaaljapie het jy vanaand weg?"

„Sal nie seker kan sê nie, my baas. Die vaaljapie het my net mooi warmketting gebantom. Hy maak 'n man se lyf reg vir hierdie weer. Ek drink partyslag darem ekstra druiwekorrels tussen die vaaljapie. Dan help dit eers. Ai, ek verlang vanaand omtrent na my ver wêreld, maar ek sal hoeka nie meer daar aard nie. Ek is al te ver heen."

„Dis te onplesierig hier, Andries. Waar slaap jy vanaand?"

„Ek maak sommer daar onder baas Herman se afdakkie kooi."

„Nou toe. Da, koop hiervan môre vir jou iets om te eet."

„Dankie tog. Baas se loon sal groot wees."

Toe ons van mekaar wegstap, roep hy weer 'n paar osname en begin toe *Ruwen Stormen Mogen Woeden* uit volle bors sing so onder die reën en windvlae deur.

Hierna het ek Andries meermale by my huis verby sien drafstap straat af op pad na die oog om 'n druiwekorrel of twee te gaan haal. Met die terugkom teen die opdraand uit was dit nie meer drafstap nie, maar topswaar en noustrop trek, omdat Andries onder in Kloofstraat sy druiwe teëgekom het wat hy gaan haal het. Dit gaan nou brom-brom en ent-ent drywe hy duidelik hoorbaar die span rooiskiller-natneuse. Los hy die osse, dan is dit ritse name van plase en mense en diere en dinge. En rympies ook:

Die vaaljapie en die hermityk
En annerman se wyn wat ek wil hê
Ek is 'n warm kettang en 'n vuurbekklong
By vaaljapie wil ek gebantom lê.
Wat gaan so? Staan stil en luister.
Hoor die gedruis, ja hoor die gedruis.

Meulsrivier se waters is vir ammal te sterk.
My mama, ek is voëltjie-swak.
Meulsrivier se waters is vir ammal te sterk.

„Haaaa-nou, julle omgeëlliede skillerspan! Gaan vreet julle dik as julle weet waar om kos te kry."

En toe was daar die dag dat ek in my roostuin staan en spit het. „Môre, Master," sê hy oor die tuinhekkie. „Moenie kwaad word nie, Baas, maar gee my dan tog iets om 'n groterige druiwekorrel te gaan haal. Kyk dan hoe maak ek my hande bak."

„Goed, Andries, ek sal jou iets gee, al doen ek 'n verkeerde ding. Die vaaljapie het jou so vasgevang dat jy nooit ofte nimmer sal loskom nie. Dronktrekkings is nog jou voorland. Maar vertel my eers waar en wat jy gewerk het voor jy hier in die Kaap beland het."

„Ek het in my jong dae by baie base op baie plase gewerk. Ek kon van geaardheid nooit lank by een plek bly nie. Daaroor het party mense my sleggesê en uitgeskel vir 'n rondloper. Maar die base het baie dae gesê ek is deetlik en fluks, as ek net langer wil bly."

„Jy wil nie weer terug nie?"

„Kan nie, Baas. Sal nie meer daar aard nie, maar ek verlang altevol, my baas, glo my!"

„Waar het jy gewerk?"

„In Biedouw se wêreld en by kwaai baas Fanie Vannermerrel op Wateruintjiesgatseland en by Tontelboskolk en langs die Olifantsrivier en by Sakrivier se saaidamme en in die Rôeveld en op Houdenbek en in Baliesgat. Ek het in my jong dae baie met osse en pêre en skaap en bees gewerk, en ek ken hulle nog baie goed, al sien ek hulle nie meer nie. Ek was nog sommer 'n boggie toe't ek al saam met ou oompie Loekas Pofadder op ryk baas Rens Opperman se plaas elke dag vir die stalpêre groenvoer gesny. Oompie Loekas moes glo op sy dag 'n swernoot met 'n sekel op die oesland gewees het. Hy't my gevertel hoe hulle geja het as julle wil gaan Nuwejaar hou en haastig is om die oes af te kry. Dan is dit net bakstaan en aasvoël-dans met die sekel. En dis mars en kwyk en mars en kwyk en velskoenklink met die sekelpunt. Katarangghanggghang. Asseblief-tog, my basie. Ek is haastig soos ek hier staan. Baas het mos gesê."

„Dronklap is 'n lelike woord, Andries."

„Die vaaljapie die lê my vas, Master."

„Da."

„Baas se loon sal groot wees. Dis genog vir 'n paar groot korrels."

Laaste sien.

'n Entjie van die naaste huise stap ek en Jan hoër op teen die helling onder die dennebome rond en kom later op die rant van 'n klofie uit. Reg onderkant ons onder 'n bloekomboom is Andries aan die vroetel tussen wat vir my lyk na toiingrige kooigoed en klere. Sou hy soms snags sommer hier slaap? In die winter? Hy staan kop onderstebo en werskaf en praat een stryk deur:

„Anries, Anries. Jy moet luister en hoor. Jy wil maar jy kan nie. Die Here woon hoog. Die Here siet laag. Anries. Ei-en-dee-aar-ee-joe. Hy woon hoog. Hy siet laag."

„Dag, Andries," sê ek. „Is dit al weer sulke tyd?"

„Die vaaljapie die lê my vas. Maar ek voel onrustag. Wat gaan so? Hoor die gedruis. Meulsrivier se waters is vir almal te sterk. Agter die dipkraal runnik die donkiehings: ‚Maaa-ek-het-'n-nuwe-ding-opgetel. Hoe-kort? Te-kort-tekort.' Wanneer blaas die laaste basuin? Hoor hoe skree die seevoëls daar oor die baai. Hoor hoe gaan die spookvoëls te kere."

Hoewel ek my volkome bewus was van die sotheid daarvan, begin ek nietemin te deklameer:

... o, de vele
meeuwen zwevend door de zuiverende kou,
zwermend als een bui, als een gevleugeld sneeuwen,
en hun kreten af en aan over mijn hoofd;
heb ik ooit wel in een ander lied geloofd
hier op aard dan de verloren kreet der meeuwen?

„Hoe nou, Master?"

„Ander man se seevoëls van 'n ver, ver see."

„Wou ok al sê. Ken hulle nie."

„Jy sê, Andries Harlekyn, jy sê jy sal nie meer daar aard, doer ver waar die dynserigheid lê nie?"

„Nee, Baas; ja, Baas; nee, Baas. Waar sal ek aard? Waar sal ek aard? Hier op aard, leed voor 't hart, waar sal ek aard? Hoor hoe gaan die spookvoëls te kere."

Hy bly stil, skud sy kop en sonder 'n woord verder vat hy slinger-slinger koers in die klofie af.

1956

ELISE MULLER

Kinders in die skemer

Op Sondagmiddae het ons kerkhof toe geloop, my sussie en ek en die skoolhoof se dogter. In ons beste rokkies, met ons blinkleerskoene aan en ons wit panama-hoede op, het ons deur die ledige stil middagure gaan wandel.

In die winter kon ons veld toe loop, maar wanneer die koekemakrankatyd verby was en die gousblomme droog in die saad gekom het, het die son meteens van gesindheid verander en moordend uit die hoogte neergebrand. Dan het ons vir die weeklikse wandeling 'n koel bestemming gesoek. 'n Kwartmyl anderkant die naaste wonings het die stofbelaaide lower van peper- en kareebome en enkele tingerige sipresse 'n mate van beskutting gebied. Met die stofpad na die kerkhof het ons dus geloop. Sondag na Sondag, die een maand na die ander, met onverminderde geesdrif, ten spyte van die skynbare eenselwigheid van die rusdag-ontspanning.

Want die kerkhof was vir ons . . . baie dinge. Dit was 'n oase van koelte en verskeidenheid; dit was 'n park waarin ons rustig gaan wandel het; 'n kunsgalery waar die enigste beeldhouwerk op die dorpie te sien was, en 'n argief met name en datums uit die vorige eeu.

Dit was ook 'n bron van vermaak, omdat ons altyd iets nuuts daar gevind het; af en toe 'n nuut opgerigte steen, maar meer dikwels 'n ou graf wat opgeknap is. Dan was daar vars blomme in ou kruike, en soms, onverwags, 'n blinkwit krans agter ronde glas of een van sewejaartjies. Uit die woorde op die steen kon ons gewoonlik aflei dat die verjaardag of sterfdag van die oorledene die vorige week deur die familie in herdenking gehou is. Nie een van dié dinge het ons oë ontgaan of ons kommentaar vrygespring nie.

Maar nog meer as dit het die kerkhof ons gebied. Agter die dinge wat ons kon sien en bespreek, was daar dié wat ons aangevoel het sonder om hulle ooit te noem. Die begraafplaas was ook die plek waar die geheimsinnige verlede, daardie sprokieswêreld van dinge wat verbygegaan het, nader aan ons gekom het as êrens elders. En dít was nog die grootste bekoring van die stil oord: dat die vervloë jare waarvan ons oupas en oumas met 'n weemoedige verlange gepraat het, hier net-net buite die kring van ons waarneming was. By die tekens van verwering op die heel oudste grafte, by die naamlose hope grond en die jaartalle uit die vorige eeu is ons vir een kort, klare oomblik teruggevoer na die dae toe hierdie grafte nuut was en die syfers maar pas uitgebeitel. Dan kon ons vir dié oomblik in die deinsigheid van die somermiddag die verlede soos 'n oneindige landskap tot die verste vertes sien strek . . .

onbegryplik ver. En uit ontsag vir die jare is ons eerbied vir die dodes gebore.

Ja, baie gesigte het die kerkhof na ons gekeer, baie behalwe die één, die ware...

Want ons was gelukkige jong kinders oor wie se gesigseinder die dood nog nie sy skaduwee opgewerp het nie. Veel dieper as die vaal aarde het ons nie gekyk nie, en die hiernamaals was so yl en afgeleë soos die blou koepel van die lug waarop ons slegs op onweersdae ag gegee het.

Slegs af en toe het 'n skemering van onsekerheid ons gekwel. Wanneer daar in die voorafgaande week 'n sterfgeval op die dorp was, het ons behoedsaam deur die ysterhek geloop en in die rondte gekyk voordat ons die nuwe graf nader. Ons wil geen naasbestaandes raakloop nie. As 'n swartgeklede persoon met die opvallende wit sakdoek te sien was, het ons op 'n afstand gebly. Diep in ons het iets geroer wat nog verborge en naamloos daar geskuil het. 'n Vae onrus het ons pret vertroebel. Maar sodra die roubeklaers huis toe gaan, was die kwelling verby. Ons het gretig geloop na die graf waar die kranse reeds verlep sou wees, maar waar die name en woorde van meegevoel op die kaartjies, vasgesteek op breë wit linte, nog leesbaar was. Dit was moontlik om te sê wie die mooiste krans gestuur het, dit was prettig om daaroor 'n hele argument te hê. – Die dood was nog anderkant die rante van ons lewes, en die lug was blou met 'n onpeilbare diepte.

En toe, op 'n vroeë Meinag, het dit eensklaps verander. Die onherroeplikheid van die dood self was in die verandering: dit was so blywend. Geen pret of durf sou ons ooit terugvoer na die eertydse onbekommerde aanskouing van dinge wat verbygegaan het nie. Wat eenmaal verborge en naamloos in ons was, het te voorskyn getree. Dit het 'n naam gekry, en die naam was meteens ook oor ons geskrywe.

Verganklikheid.

Maar ons het die woord nie geken nie, al het ons sy betekenis verstaan. Daarom het ons dit die angs genoem, die klein kloppende angs. Maar ons het nooit met mekaar daaroor gepraat nie, net met 'n gevoel van troos geweet dat die ander dit ook het.

Toe ek in die nanag wakker word, skyn die kerslig dof deur die oop deur na die gang. Uit die rigting van die lig kom fluisterwoorde, wat so gedemp en onverstaanbaar as hul was, 'n boodskap van nood dra. Iets het gebeur en my ouers uit hul slaap gewek. Ek kruip tot op die voetenent van die bed en luister, maar die woorde bly onduidelik. Toe word 'n kasdeur toegeklap, en my vader kom vinnig die gang af met 'n kers in die hand. Hy het sy dik jas aan. Die lig verdwyn: die kers is doodgeblaas. Die voordeur slaan toe.

Nou eers gewaar ek die koue teen my nagklere. Ek klim van die bed af en loop voel-voel langs die gangmuur na my moeder se kamer, waar 'n dowwe uitstraling van lig 'n hawe van veiligheid teen my vrees bied. Wat het gebeur? Geluidloos kom ek oor die gangtapyt sodat ek haar met die flikkerende lig van die kers oor haar gesig in die bed sien sit voordat sy van my teenwoordigheid bewus geword het. Sy buig vooroor en trek die kombers met so 'n kragtige beweging op dat ek meteens verlig voel. Sy is nie siek nie, en in die kamer waaruit ek pas gekom het, lê my sussie rustig en slaap. Ek was dus verniet ontstel: die onheil het niks met ons te doen nie.

Toe gewaar my moeder my.

„Waarheen is Pappie nou?"

„Jy sal koud kry," sê sy en wink my nader en slaan die punt van die kombers om my skouers toe ek op die bed kom sit. „Dis 'n baie treurige ding wat vannag gebeur het. Oom Jan het nou net jou pappie kom roep. Meneer De Vries is netnou dood."

Lettie se pappie! . . . Meneer, soos ons hom nog altyd aanspreek omdat hy die skoolhoof is, al ken ons hom baie beter as sommige van die mense wat ons lankal oom en tante noem. Buite ons eie familiekring kon dit nie nader gekom het nie. Want Lettie se ouers is ons huisvriende, en ons hulle s'n. Lettie self is die beste vriendin wat Ina en ek het – vir jare al. Ons loop smôrens saam skool toe en wag smiddags vir mekaar. Elke middag kuier sy by ons of ons by haar. Ons verskil gedurig en lug ons verskille; ons sê dikwels met die opregtheid van die oomblik en die onbesonnenheid van die jeug dat ons mekaar nooit weer wil sien nie. Die woorde het geen betekenis nie. Ons hoort bymekaar. Dis ons drie wat weet waar die eerste koekemakrankas hul koppe uitsteek in die lente; dis ons drie wat dink dat ons skrywers van die toekoms is en vir mekaar en vir geen ander sterfling nie ons letterkundige produkte voorlees; dis ons wat geheime byname vir die helfte van die dorpsbewoners het en nooit eens 'n vierde saamnooi as ons op Sondagmiddae gaan loop nie. Ons is 'n driemanskap so lojaal as wat kan kom. Wat die een raak, raak ook die ander twee.

En nou is Lettie se pappie dood.

Dis finaal: daar's geen skrefie van vergissing nie. Jy kon sê: „Maar gistermiddag het hy dan nog tennis gespeel." Dit verander niks daaraan nie. Jy kon wonder: „Toe hy gisteroggend by die oggendgodsdiens in die saal gesê het dat daar nie papiere op die speelterrein gegooi moet word nie, het hy toe al iets makeer?" En of dit so was, of nie, daar bly op jou vraag maar net een antwoord: Hy is dood. Hy sal nie weer tennis speel nie, hy sal niemand weer bestraf oor papiere wat rondwaai nie. 'n Uur tevore het hy in sy slaap omgedraai, hard gekreun en nie geantwoord toe sy vrou met hom praat nie.

Toe het oom Jan wat langsaan hulle woon vir Pappie kom roep – „om wat te doen?"

„Die nodige," sê Mammie kripties.

My oë vra dieper in, maar my lippe volg die vraag nie op nie.

„Dis nog maar vieruur," sê Mammie; „probeer om weer te slaap."

Ek sou nie weer slaap nie. As ek Ina eers wakker gemaak het om haar te vertel wat gebeur het, sou ons wakker bly totdat dit lig word.

„Loop suutjies," fluister Mammie agterna, „anders maak jy Ina wakker."

Om Ina te laat slaap, heeltemal onbewus van die verskriklike gebeurtenis, het nooit by my opgekom nie. Maar Mammie se stem is beslis : laat haar slaap.

Terug deur die gang wat met elke tree van die ligkring af donkerder en kouer word, terug na my kamer en die bed wat intussen koud geword het. Ek sit daar met die donskombers opgetrek tot teen my kin en my rug oop en koud. Ek bewe.

Daar het af en toe mense op die dorpie gesterwe, mense wat ons goed geken het. Iemand het met die gebruiklike kennisgewing van 'n sterfgeval aan die voordeur geklop. Mammie het miskien 'n krans gemaak, en wanneer die roudiens verby was, het ons die motors in die begrafnisstoet getel. 'n Week later, en die mooi kranse was verdroog, die graf self onpersoonlik, en die leë plek in die samelewing iets waaraan ons reeds gewoon geword het.

Maar hierdie keer is dit anders. Ek weet dit reeds. In die eensame donker spoel die eerste rimpeling van hierdie gebeurtenis oor my heen : ek kan nie weer slaap nie. Ek is heeltemal nugter, en ek durf nie my oë sluit nie, want o, die dinge wat 'n mens sien as jou oë toe is en jy dink, dink, dink nog een stryk deur ! Met wydoop oë hou ek wag teen die vrees. Dat Meneer nie weer sal skoolhou nie . . . dié verandering lê nog onwesenlik iewers by die skool en wag op vervulling; dat hy hierna nooit weer in sy tennisklere sonder om te klop die voordeur sal oopdraai en roep-roep in hierdie gang afloop op soek na Pappie nie, dié feit tref my met onweerlegbare helderheid.

Dis doodstil en koud en donker. En nou moet hy kom, soos tevore, sy stem vrolik die gang af, nou . . . nóu . . . Nooit weer nie !

Ek leun terug teen die kussing aan, en langsamerhand keer die warmte na my liggaam terug. Ek bewe nie meer nie, maar ek sluit nie my oë nie. Eindelik, na ure, toe die grou oggendlig aan die meubels in die kamer hul omtrekke teruggee, hoor ek voetstappe buite. My vader het teruggekom. Die nodige is afgehandel.

Daar was die dag geen skool nie.

In klompies het ons om die skoolgebou gestaan en gedemp gepraat met ons oë wyd en verwonderd asof ons oornag vir mekaar vreemdelinge geword het. Soms in ons gretigheid om te vertel waar en wanneer ons die tyding gehoor het, het ons wedywerend al harder gepraat om meteens verskrik te swyg en fluisterend voort te gaan asof die klank van ons stemme die dode kon steur.

Daar is hope tyd vanmôre. Geeneen kom op die laaste minuut by die skoolhek ingehardloop nie. Toe die klok eindelik lui, val ons in rye in, ordelik soos op geen ander dag nie. In die skoolsaal heers 'n afwagtende stilte. Ons staan daar, nie soos mense wat iets verloor het nie, maar soos dié wat iets te wagte is . . .

Die ou dominee kom binne. Sy bleek hande klou om die kante van die katedertjie.

„Sit, kinders."

Die dood is 'n voldonge feit.

Ina en ek praat nie oor Lettie nie, al dink ons honderd maal die oggend aan haar. Wat maak sy op hierdie dag wat so leeg en doelloos voor ons strek? Met weersin en 'n ligte siddering dwing ons telkens die onaangename vrae opsy. Maar: wat máák sy? kom die kwellende vraag elke maal weer by ons op. Ons vind geen antwoord daarop nie. Deur ons kring van drie het die dood 'n streep getrek. Lettie staan anderkant die skeiding. Ons ken haar nie soos vroeër nie. Lettie het 'n vreemdeling geword, en ons wil die vreemdeling nie ontmoet nie.

En wat moet óns maak op hierdie dag? Daar sal vandag geen klasse wees nie, het die dominee aangedaan gesê; die dag moet op paslike wyse deurgebring word.

Teen elfuur sit ons in ons kamer, verveeld.

„Dink jy ek mag klavier speel?" vra Ina.

Ek dink aan Sondae en die soort musiek wat op so 'n dag gespeel mag word.

„Wat wil jy speel?"

„My eksamenstukke."

„Jy bedoel . . . jy wil oefen?"

Sy knik bevestigend, en in die stilte wat daarop volg, hoor ons die opgeruimde maat van die stukkies wat sy speel.

„Ag nee wat," sê sy, nou ook nie meer lus daarvoor nie. „Ek wil tog nie regtig graag nie. Het jy dan gemeen . . . Hallelujas?"

Ek skud my kop baie beslis, want nou dat sy sê wat ek gedink het, klink dit verspot.

Ons sit en lees. Ek word vaak, maar ek waag dit nie om te gaan lê nie. Sê nou maar dat daar iets gebeur onderwyl ek slaap en Ina betaal my in eie munt en roep my nie. Sy was boos toe sy vanoggend op die gewone tyd eers wakker gemaak word. Ek kon haar tog maar geroep het in weerwil van wat Mammie gesê het . . .

Sy drentel na buite, maar kom dadelik weer terug.

„Waar's Pappie?" vra sy.

Dis 'n snaakse vraag. Hy loop tog elke oggend kantoor toe.

Ina praat met gesag. „Ons motor is nie in die motorhuis nie, en dit staan ook nie by die kantoor nie."

„Dink jy hy is miskien weer dáárheen?"

Sy haal haar skouers op. „Bets, kom . . ."

„Ja?"

„Nee wat..."

„Maar wat wou jy dan...?"

„Ek het vergeet. Ek wou roomys gaan koop het, of lekkers. Sommer iets om te eet."

Maar Dominee het gesê hy wil die kinders nie vandag op straat sien drentel nie.

„Ek gaan buitetoe," sê Ina.

Teen die stam van die witvyboom gaan ons sit, gevang in die windstilte van die dood. Nêrens om heen te gaan nie, niks om te doen nie . . . Die verlatenheid van 'n lang ledige dag strek om ons uit. Ons het geen verdriet of vrees nie : dis verveling wat op ons neerdruk.

'n Rukkie voor die middagete kry Pappie ons daar. „Ek soek julle die hele huis deur," sê hy met 'n glimlag wat soos 'n boodskap van verlossing deur die somber môre val. Maar sy volgende woorde ontneem ons elke greintjie verligting. „Julle twee kan gerus vanmiddag 'n bietjie by Lettie gaan gesels," sê hy. „Sy is so alleen."

Dis nie 'n voorstel nie; dis 'n opdrag. Dis asof hy sê, dit hoort so; dis 'n plig wat nagekom moet word. In vertwyfeling kyk ons eers na mekaar, toe op na hom. „*Vandag*, Pappie?"

Hy het hom verspreek, hy het 'n fout gemaak! Maar hy sê doodgewoon asof hy praat oor iets wat elke dag gebeur : „Ja, die begrafnis is gereël vir môremiddag. Die familie is nog nie daar nie; hulle kom eers vannag." Hy kyk oor ons koppe heen. 'n Ligte windjie gaan ritselend deur die verkleurde lower, en 'n paar geel blare dryf grond toe.

Die glimlag op Pappie se gesig het verdwyn. Sonder 'n woord meer draai hy om.

Kersregop sit ons teen die stam. Ons hoor nie die wind nie en ons sien nie die blare nie.

„Wat sê 'n mens vir haar?"

„Ek weet nie."

„Innige simpatie... of net dat ons jammer voel?"

„Moet ons dan iets sê?" vra Ina ongeduldig. „Sy sal mos weet ons is jammer vir haar."

„Doen 'n mens dit dan nie altyd nie?"

Ina sê sy weet nie; daarom het sy vir my gevra. Ek is oudste, is ek nie? En toe na die ontevredenheid stilswye : „Sê nou maar Lettie huil?"

Nou weet ek glad nie wat om te sê nie. Ons twee het nog geen traan gestort nie, en dit kwel ons. Ons behoort tog baie verdrietig te wees; ons het hom so goed geken – hy het meer dikwels by ons huis gekom as by enigiemand anders s'n. Ons hét ook baie van hom gehou . . . en tog, toe ander kinders by die skool vanoggend hartseer was, kon ons nie huil nie. En nou nadat hy 'n hele oggend dood is, sit ons hier met droë oë onder die vyeboom.

„As sy huil, sal ek ook huil," sê Ina. Dis waar: as een van ons huil, loop Ina se trane sommer.

Die middag is 'n vonnis wat op voltrekking wag. Ons koppe hang. Ons sit verslae daar met slegs enkele ure uitstel: die veroordeeldes tot simpatiebetuiging.

„Ek wens," sê Ina, „ek wens ek weet of sy gaan huil."

Vandag laat ons die kortpad oor die oop erf van oom Maans Lotter links lê. Dis die paadjie waarlangs ons altyd na Lettie-hulle loop; dit bring ons by die agterdeur van hul huis waar ons gewoonlik sommer binneloop en soek totdat ons Lettie kry. Vandag, het Mammie gesê, is dit paslik dat ons aan die voordeur klop en beleef vra of ons haar mag sien, asseblief. Vir ons pas dit ook om straat langs te loop. Dis 'n ompad: dit verdubbel die afstand en die looptyd.

„*Jy* moet praat as ons daar kom," sê Ina. „Jy is die oudste." Op ander dae probeer sy die voordeel van die ouderdomsverskil kry. Dan sê sy: „Maar ek is jongste, ek is die kleinste . . ." Nie vandag nie.

Opnuut stoot die gevoel van beklemming in ons op totdat ons benoud sluk na verligting. Hoe gaan dit wees as ons daar kom? Wat gaan ons sê? Wie gaan die deur oopmaak? En nou meteens staar 'n verskriklike moontlikheid ons in die gesig: Sê nou maar net dat Mevrou ons self ontvang! Om haar weer te sien na wat gebeur het vannag . . . daar by haar op dieselfde bed, 'n dooie!

Maar nou het 'n nog meer ontstellende gedagte die ander verdring.

„Waar sou hulle . . . dit gesit het?"

„Wat?"

„Die . . . vir Meneer, bedoel ek . . ."

„In 'n kis," sê Ina dadelik.

„Maar waar is die kis nou?"

Sy hoef nie eens te dink voordat sy praat nie. „In die klein huisie by die kerkhof – nie in die lykwa se huisie nie, maar in die ander een; daar hou hulle die lyke."

Teen al ons voornemens in loop ons tog vinnig. Die spanning is 'n opgerolde veer binne ons wat ons voortdu, al vinniger totdat dit voel of ons treë tred hou met die hamerslae van ons benoude harte.

„Onthou, jy moet praat," kom Ina se stem uit-asem.

„Maar ná my, jy ook. En jy moet net sê dat jy jammer is, en jy mag nie uitvra nie, het Mammie gesê."

Ons loop om die hoek van die straat. Nou lê die huis voor ons, oop en gereed vir die marteling. Maar nou maak die verskriklike spanning plek vir verslaentheid, vir 'n bot ongelowige verwondering. Dit kan nie wees nie! Wat ons sien, is nie regtig so nie! Maar dit is. 'n Leer leun skuins teen die veranda aan, en hoog op een van die boonste sporte met haar hand op die sinkdak, staan Lettie in die geblomde linnerokkie wat ons so goed ken, met die stukkende geel trui daaroor. Ons pas verlangsaam totdat ons langs mekaar in die straat bly staan. Lettie weet nog nie van ons nie. Al haar aandag is by die geut waaruit sy die een handvol droë blare na die ander haal en op die grasperk onder haar afgooi.

Uit die lig van ons verbasing glimlag ons vir mekaar. Ter elfder ure is die vonnis versag.

Eers toe ons deur die hekkie kom, gewaar Lettie ons. Sy kyk verwonderd uit die hoogte op ons neer en klim vinnig af. Maar toe sy onder kom, staan ons drie vir een oneindige lang telling woordeloos langs mekaar – sy nog anderkant, ons nog duskant die onsigbare streep wat die vorige nag tussen ons getrek is.

En Ina vergeet dat sy nie eerste wou praat nie. „Pappie het gesê dat ons moet kom," sê sy.

Lettie knik. Sy weet, as ons nie gestuur was nie, sou ons nie gekom het nie. „Ek maak die geute skoon," sê sy.

„Ons het niks gehad om te doen nie," sê ek. Maar as Lettie vandag die geute skoonmaak, mag Ina tog seker haar eksamenstukke oefen of roomys gaan koop . . . ?

Die sorgvuldig herhaalde woorde van meegevoel bly onuitgesproke. Hulle pas nie hier nie. In die oomblikke erken ons die ontoereikendheid van woorde, en omdat ons nog nie geleer het hoe formele woorde soms 'n bruggie oor die ongemaklike oomblik slaan nie, sê ons nie een van die woorde wat ons vooraf so dikwels herhaal het nie. As ons oë maar rooigehuil was, dink ons, sou sy weet hoe ons voel. Dan merk ons verwonderd en verlig dat hare ook geen tekens van trane dra nie!

Aan die voet van die leer gaan ons op die kweek sit met die heining wat langs die paadjie groei agter ons rug. Hierdie hoekie gee ons altyd die gevoel van afsondering wat ons so strelend vind. Bokant ons word 'n venster toegemaak, Lettie se kamervenster.

„Tant Maggie slaap in my kamer," sê sy.

Ons ken vir tant Maggie. Sy is 'n weduwee. Sy is ook 'n verpleegster, maar nie die soort wat 'n wit keppie dra nie. Sy word dikwels ingeroep waar daar iemand siek is of sterf.

„My goed is nog net so in my kamer," sê Lettie. „Ek slaap net by Mammie."

„Waarom slaap tant Maggie nie in die vrykamer nie?"

Dis 'n dom vraag van Ina, dink ek. Onthou sy nie dat Pappie gesê het dat die familie kom om die begrafnis by te woon nie?

Maar Lettie sê: „Pappie lê daar."

Drie woorde val op ons ore; drie blokkies ys glip agter ons rûe af. Agter die venster in die gewel wat ons hiervandaan kan sien sonder om ons koppe te draai, daar waar die wind die gordyn na binne stoot en langsaam weer na buite trek, daar en nie 'n halfmyl hiervandaan in die eensame lykhuisie langs die kerkhofdraad nie, lê . . . Meneer.

Hier buite is die najaarsmiddag vol lig en warmte. Deur die bloekomtakke val die sonlig in vrolike vlekkies op die gras, op ons gesigte, op ons kaal bene. Dis Meimaand. Oor 'n maand of twee begin ons koekemakrankas soek . . .

Ons skrik toe die voordeur oopgemaak word. Deur die heining loer ons op na die stoep. By tant Maggie is 'n ander vrou wat ons goed ken, tant Johanna wat vir 'n byverdienste klere maak. Sy leun oor die heining, en 'n afgerolde maatband hang aan haar hand.

„Kom 'n oomblikkie hier, my kind. Tante het vergeet om jou arm te meet. Jou mammie sê die rokkie moet lang moue hê."

Weer gee die angs 'n klein plukkie aan die hart. Tant Johanna maak die rouklere. Lettie gaan voortaan swart klere dra.

Toe sy weer langs ons op die gras sit, sê Ina: „Ons het die hele oggend niks gehad om te doen nie."

En Lettie sê dadelik opgewonde: „Maar ek het glad vergeet om vir julle te vertel: ek het gisteraand 'n boek begin skrywe. Sowaar! Nie sommer 'n storie nie . . . nie soos 'n mens in tydskrifte lees nie. Dit gaan 'n boek wees, 'n dik boek met baie hoofstukke. En julle sal nooit raai wat die held se naam is nie. Hy is van Duitse afkoms . . . sien, sy ma was 'n Duitser, daarom het hy die Duitse naam." Sy wag met 'n glinstering van trots in haar oë. „Armand. Is dit nie pragtig nie?"

„Maar dis nie 'n Duitse naam nie! Dis Frans!"

„Nee, nooit nie! Dis Duits – kan jy nie hoor nie?"

„Maar dit is Frans! Ons het 'n boek oor die Franse Vlugtelinge. Al hulle name is daarin, en ek is seker daar is een wie se naam Armand is!"

„Dalk was *sy* ma ook 'n Duitser," sê Lettie onverstoord. „Maar dit maak tog regtig nie saak nie. My held se naam is nou eenmaal Armand. As die naam tog Frans is, dan was sy ma 'n Franse vrou – dis al." Sy strek haar lui agteroor asof sy met die beweging te kenne wil gee dat daar vir romanskrywers niks onmoontlik is nie.

„Pasop," waarsku Ina katterig, „jy lê op die blare wat jy uit die geut gehaal het."

„Dit maak nie saak nie."

„Maar hulle is vuil, Lettie!"

„Ag wat, van môre af dra ek tog nie meer die klere nie," sê Lettie snipperig.

Die dood druk die gordyn opsy en loer deur die skrefie vir ons. Ons bly stil. Ons kyk onderlangs na mekaar. Word dit nie al tyd om huis toe te gaan nie?

'n Rukkie later word die voordeur weer oopgemaak. Tant Maggie buig oor die stoepmuurtjie. „Daar is koeldranke op die kombuistafel neergesit," sê sy in 'n hees fluisterstem. Die ou oë wat op ons neerkyk, is saamgetrek teen die skerp lig.

Ons loop om die huis en by die agterdeur in. Hier in die skemer kombuis waar die toegetrekte gordyntjies die helder sonlig uitsluit, roer die ou onrus in ons. Terwyl ons vinnig die koeldranke wegsluk, dwaal ons oë oor die glasrand na die half-oop deur na die gang. En alreeds het ons gedagtes ons daardeur gesleep, en met die gang af verder tot by die vrykamerdeur op die linkerhand, en oor dié drumpel tot daar binne waar die donker kis staan . . . Op die bed? Of sommer op die vloer?

Die binnedeur van die kombuis word geluidloos oopgestoot. Die glase in ons hande ruk en klap teen ons tande. Maar dis net tant Maggie wat kombuis toe gekom het. Hier is haar oë wyer oop. Rooi en waterig lê hulle agter die raamwerk van fyn plooitjies. Sy kom dig by ons staan, met haar hande oor haar donker voorskoot ingeslaan.

„Wil julle nie nog een keer na julle liewe meneer kom kyk nie?"

Maar ons is verlamdes wat alle vermoë tot beweging verloor het. Ons kan nie meer praat nie; ons haal net diep, diep asem.

„Hy lê so mooi daar . . ." – sy snik snuiwend en lig die voorskoot, „so mooi, kompleet asof hy slaap."

„Nee . . . *Nee*!"

Dis 'n woord sonder klank, 'n wilde rukbeweging van die mond en die hoof tegelyk.

Ons groet nie. Ons kyk net eenmaal na Lettie in 'n wanhopige poging om die groeiende angs in ons te keer. Maar Lettie kan ons nie help nie. Niemand kan ons help nie. Met die sweepslag van die dood op ons harte kies ons die kortpad oor die erf van die Lotters. Huis toe! Huis toe! Maar terwyl ons hardloop en voel hoe ons kele droog en ons spiere lam word, weet ons met vernietigende sekerheid dat vlug ons nie sal baat nie. Hierdie angs lê ons nooit af nie. Iewers, eenmaal, wag die skaduwee óns ook in.

1956

JAN RABIE

Drie kaalkoppe eet tesame

'n Drie-eenheid kaalkoppe sit rondom die tafel. Die ligte van die restaurant gloei metaalagtig op die kaal gepoleerde krone. Dit laat dink aan eierdoppe, oopgekraak tot monsteragtige misgeboortes van drillende wange en monde. Die lywe van die kaalkoppe is enorm en geswolle bo die drie pare verdwergde beentjies wat hongerig onder die tafel trappel.

'n Lang skraal kelner in 'n swart aandpak bedien hulle met al die geregte wat hulle verlang. Hul veelvoudige kenne flap op en af terwyl hulle die vleis met vratige haas afwerk; en as hulle glase wyn lig na hul monde wat rooi en gretig onder hul bolagtige neuse oopgaap, verdwyn hul oë in die voue van hul wange.

Die skraal kelner bedien hul swyend. Gereg na gereg bring en plaas hy voor hulle. Hy toon geen emosie voor sy kliënte nie; maar ander mense in die restaurant is verbaas oor die etery van die drie kaalkoppe, en verlaat hul eie tafels om in 'n kring om die drie eters te kom staan.

Die drie kaalkoppe swaai op en af in die woeste vaart van hul eet. En terwyl hulle al vinniger eet, kwylend van ongeduld voor hul vliegende hande hul monde vol kan prop, gebeur 'n vreemde ding : Sodra 'n nuwe bord voor hulle neergesit word, neem die inhoud daarvan menslike vorms aan : arms, bene, borste van maagde, en selfs 'n kinderhofie, rosig gekook.

Die omstaanders hyg van walging, maar die drie kaalkoppe gewaar daar niks van nie. Hulle eet met ontstellende wellus, en vergeet selfs om die strome vet wat oor hulle wange loop, af te vee. Hulle gun hulleself geen verposing tussen elke nuwe stuk mensvlees nie; hulle monde maal soos groot vleismeulens.

Die dun, swygende kelner is altyd betyds met die volgende gereg. Maar die drie kaalkoppe skyn verblind te wees van hul duiselende inspanning en al die sweet wat in hul oë tap : hulle kan nie langer die kring toeskouers onderskei van die geregte wat die kelner bring nie. Een kaalkop begaan die fout om 'n jong meisie vir 'n saggekookte hoender aan te sien, en, terwyl hy sy vurk in haar steek om haar op sy bord te lig, skeur hy haar lid van lid. Die tweede kaalkop kap die boonste helfte van 'n man naby hom netjies af; die derde maak sy mond wyd genoeg oop om 'n skreeuende vrouehoof met een hap af te byt. Die toeskouers vlug in afgryse; die restaurant loop leeg.

Die drie kaalkoppe gaan waansinnig voort met hul maal. Hulle hande vlieg links en regs om hul kwylende monde te voer. Hul oë het verdrink onder die bulte van hul wange; hulle kan die borde vleis wat die kelner aandra, nie langer raaksien nie; hulle byt hulle eie vingers af en skeur groot stukke uit mekaar se lywe.

Die tafel en die stoele tuimel neer en die eetmaal word in stuiptrekkende wanorde op die vloer voltrek. Die liggame verdwyn in die newelende warreling van die monde. Niks bly oor op die vloer nie, behalwe die drie kaalkoppe glimwit soos doppe van oopgekraakte eiers.

Dan vee die kelner die vloer. Hy gooi die drie kaalkoppe in 'n vullisblik waar hulle soos drie verrotte pampoene lyk. Hy dek die tafel swyend vir die volgende dag se maal.

1-'50 1956

Die man met die swaar been

'n Man het neergeval teen die relings van die Luksemburgtuine. Die skaduwees van die kastaiingbome sny oor die sypaadjie verlig deur 'n glaslamp elke vyftig tree, en dit duur 'n tydjie voor die verbygangers hom gewaar. Dan voeg hulle hulself een vir een by die versamelende skare. Hulle bly ingetoë, hulle kyk toe met die waardige terughoudendheid van ou mense wat deelneem aan 'n dikwels herhaalde toneel. Iemand vertrek onhaastig oor die plein Port Royal om vir 'n ambulans te gaan telefoneer.

Die man kreun en probeer om hom aan die relings op te hys. Maar elke keer val hy terug, heftig bewend. Sy hande gly tot op sy bors, en pluk aan sy klere, en sidder dan tot op die grond. Die handpalms val oop en tril soos motte sterwend onder die spelde van 'n insek-versamelaar.

„Medelye," kreun hy, „medelye." Sweet rol van sy nog jonge gesig, vertrokke van pyn en koors. „Dis klaar met my . . ." Sy eentonige gebewe en gepoog om homself op te lig, is jammerlik van nutteloosheid. Die toeskouers laat hom lê. Hulle toon geen sentiment nie, alleen praktiese bedagsaamheid. 'n Heer tree vorentoe met die gedienstigheid van 'n afgevaardigde. Hy buk oor die siek man en vra:

„Wat neem jy gewoonlik?"

„Kwienien." Die siek man se oë rol vervaarlik op. „Maar dit help niks nie . . . dis die einde . . ." Sy tande klem toe op 'n nuwe aanval van bewing terwyl sy kop heen en weer rol soos hy poog om nog meer te sê. Sy hande pluk aan die klere op sy bors.

„In my sak," snak hy oplaas, „my naam . . ."

Die heer buk laer en neem die man se sakboek om die dokumente daarbinne deur te kyk. Hy sien dat Jean Thomas, 37 jaar, soldaat in Indo-China was, en dat hy daar malaria en gevolglike chroniese siektes opgedoen het. Nou is hy werkloos en gedurig in die hospitaal.

„Het jy gedrink?"

Die siek man knik ongeduldig; dan herhaal hy:

„My naam . . . My naam . . ."

„Toemaar, bly kalm. Ons weet jou naam."

Die siek man sidder soos hy sy kop opdwing.

„My naam!" stamel hy. Sy oë dring angstig aan.

Die afgevaardigde heer buk weer voorwaarts, en artikuleer duidelik om die siek man te kalmeer:

„Moet jou nie ontstel nie. Jy is Jean Thomas. Ons weet dit. Ons het jou naam en adres. Jy is Jean Thomas."

Dan eers val die siek man terug. Die krampagtige geruk van sy liggaam duur voort, en die sweet wat glinster op sy gesig, boetseer dit in vreemde, skitterende relief.

Sy hand raak en klou aan die been van een van die omstanders. Dit is 'n skraal man met 'n groot ingesakte mond waarop 'n onsekere glimlaggie nou verskyn. Dalk is hy verleë vanweë die hand wat vasklou aan sy been, of miskien met die gedagte dat daar weinig warmte en vriendelikheid in 'n dun, benige enkel is.

Toe die hand se greep losgeskeur word deur 'n nuwe aanval van siddering, gee die lang man 'n tree vorentoe, nader aan die sieke. 'n Beleefde glimlaggie is op sy gesig en 'n mens weet dat sy been baie styf en selfbewus gehou is, gereed om die hand weer te ontvang. En meteens neem die skare se ingetoënheid nuwe betekenis aan.

„Asseblief mense," sê die heer, „staan terug."

Die ambulans kom aan met swaaiende koplampe: vir 'n oomblik sirkel kosmiese vuur. Vier konstabels plaas die siek man op 'n draagbaar. Hul saaklikheid is soos 'n verskoning vir wat hulle beoog: die hospitaal, en miskien, binnekort, die lykehuis. Die ambulans vertrek. Gelyktydig vorm die ontbindende skare die speke van 'n wiel.

Slegs die man wie se been aangeraak is, bly naby die relings draal. Hy buk om te sien of daar 'n kol bloed is, en sy neusgate snuif.

As hy eindelik met Boulevard Saint-Michel afdaal, kan die man nie vinnig stap nie. Sy lang skraal lyf is nog steeds na vore gebuig, en sy linkervoet sleep en voel ongewoon swaar.

Onder in die kafee-gebied is die man bang om teen verbygangers te struikel, en hy gaan staan om 'n neon-krabbel bo die glas en rumoer te lees. Maar toe hy weer verder wil gaan, is hy nie dadelik in staat om sy been te lig nie. Dit het so swaar geword soos die steen-plaveisel waarop hy staan. Nou vertoon sy gesig só 'n trek van verbasing en pyn dat mense wat verbygaan in die rossige lig, 'n oomblik huiwer voor hulle verder stap.

2-'50 1956

La promenade en chien

In die môre ontwaak Madame en besef haar bui vir die dag. As sy uit haar bed opstaan, weet sy presies watter kleed by watter hond sal moet pas. Want Madame het 'n kleed vir elke stemming en, natuurlik, eweveel verskillende honde.

Soms dra sy die wit gaas wat haar net so hoogmoedig en skraal op haar hoë hakke laat wieg as die wit Borzoi wat homself verwerdig om sy syige koppelriem vooraf te gaan; op ander dae 'n wakker swart-en-wit geruite kostuum om by die foksterriër te pas; en soms ook die gewaagde swart affêre wat haar 'n tergende aand-houding gee, en haar net so verruklik verspot laat lyk as haar Franse poedel met sy fietse lyfie kaalgeskeer in onverwagte plekke.

Wanneer Madame aldus in voortreflike harmonie met haar hond aan sy riem deur die strate wandel, dink die verbygangers dat Madame haar toilet gekies het om by haar hond te pas. Maar die teenoorgestelde is ook waar.

Natuurlik het Madame meer om te doen as net bloot onberispelik te wandel, maar dié feit word beswaarlik vermoed in die groot saal van die honde. Daar wag elke hond kwynend in die donker van sy hok op die ylhoofdige wandeling. Daarvoor alleen bestaan elke hond.

Die oomblik dat Madame die saal binnekom en hulle die geheimsinnige ruis van haar kleed hoor, gaan 'n rilling deur elke hond en druk hy sy neus teen die hout van sy deur, en snuif hy en huil en slaan sy stert teen die donker mure van sy hok. Maar alles omtrent Madame is vol geheim, bowe-al die gril van haar keuse.

Van al die honde dra die klein swart-en-wit foksterriër teleurstelling en verlange die brandendste in sy hart. Omdat hy die kleinste van hul almal is, is hy in staat om sy neus en oë in die spleet onder sy deur in te woel. Hierdie pynlike posisie vergun hom 'n mate van geleentheid tot sien en ruik.

Vandaar sien hy die soom van een van Madame se klede soms in 'n vreemde en lieflike ruik verbybeweeg, en eenmaal het hy ook vier pote soos syne rond en bont gesien warrel. Maar die aanblik daarvan het hom 'n hele dag lank siek en verwilderd laat voel, want selfs al weet die foksterriër uit hul ruik en geblaf van die andere honde, kan hy nie begryp waarom Madame vir 'n ander hond as hyself sal kom nie.

Die foksterriër is geen filosoof; elke emosie wat van Madame na hom kom is onmiddellik en geheim. En elke keer as Madame sy deur verbygaan, laat hy sy gefolterde kop op sy pote sak, en begryp dit nie.

Maar as Madame eendag, onverklaarbaar en tog so vanselfsprekend soos sy wag op haar, eindelik voor sy deur kom staan en dit open en glimlag teen hom en daar staan in 'n kleed met wit en swart stroke – voel die foksterriër se klein hartjie of dit kan breek van vreugde. Dan tuimel hy uit, hygend en bewend, vurig met trots op homself, op die leerriem wat sy meesteres om sy nek bevestig, en op die mooi kleed wat so baie op hom lyk. Die hele verlede is vergeet: hy is geheel en al vertroue en vreugde, geheel en al foksterriër, ontploffende oomblik.

6-'50 1956

Voor die muur

Dit vul die horison voor ons. Dit is waarheen ons gaan.

Sodra ons op die speelgrond uithardloop, sien ons dit, en weet ons. As een van ons simpel genoeg is om meer daaroor te wil weet, vertel ons hom: „Dis die muur," of „Dis die end van die speelgrond," en trek hom ongeduldig saam om te gaan speel. Ons gee luide krete, ons voel ons harte bons met die hartstogtelike en pragtige betekenisse van ons spele. Kruis en dwars storm ons soos vreugdeleërs wat steeds meer oorwinnings oor ons jeug behaal. Skamerig toon ons ons gulsigheid vir liefde, en leer al rapper om die steeds meer ingewikkelde arabeskes van speel te bemeester. Die groen gras strek so eindeloos soos die hemelsblou; daar is geen grens aan die vreugde wat ons in ons spele ontdek nie.

Maar soms sien ons iemand se gesig in 'n ernstige, fronsende staar gelig, en dan weet ons onmiddellik hy sien die muur.

Ons lag vir hom, ons mag selfs gaan stilstaan en hom vertel hy is verspot om sy nek so te verrek. In die geesdrif van die spel het ons skaars 'n glimp op die muur gekry, en toe het dit ver en onopvallend soos dit 'n muur betaam gelyk; ons vertel hom dit met bejammering, want ons onthou hoe 'n selfbewuste en lompe speler hy was.

„Komaan, ons het 'n nuwe speletjie versin!" roep ons.

Of ons moedig hom gul aan: „Komaan, *jy* kan nou geneesheer wees."

Nooit word ons moeg vir die spel van die geneesheer en die nabootsende kudde nie. Dit is opwindend om te sien hoe jou buurman byvoorbeeld 'n wortel wat onbereiklik voor 'n donkie hang deur sy gebare verbeeld, maar omdat ons almal deelnemers is, neem niemand aanstoot nie; ons is so hartstogtelik onder die ban van dié spel, dat ons dit altyd weer speel. Iedere keer probeer ons om iemand met splinternuwe idees te kry, en aldus kan die eerbewys van geneesheer te wees, selfs die swakste spelers te beurt val. Wanneer teenstrydige twiste ontstaan, ontstel dit ons nie; hoe ingewikkelder, hoe verwarder word ons spele: so leer ons om bedrewe in spel te wees.

Maar hulle wat ons mettertyd: Dié van die Ontstelde Staar begin noem, word selfs vir dié spel moeg.

Dit besorg ons ernstige kommer: hulle verloor hul belangstelling in so 'n mate dat hulle nie langer gehoor gee as dit hulle beurt is en ons hulle op hul name roep nie. Dit is duidelik die muur het deur hul oë gedring en besit van al hul begeertes geneem. En as sulke ongelukkige persone eenmaal hul name totaal vergeet en onbekwaam word om deel te neem aan ons spele, doen hulle 'n skrikwekkende siekte op, begin hulle op hul eie dans. Elkeen alleen.

Hulle dans vir die muur.

Met skrik op hul gesigte, en ledemate wat verwring, dans elkeen op die maat van 'n musiek van sy verbeelding. Sommige bly aan die grond gewortel en worstel met hul angs soos 'n Jakob; sommige hardloop tot hulle 'n wanhopige stilstand bereik.

Ons ken ook 'n soort dans: dié van die man en die vrou. Maar selfs dan word ons ritmes bepaal deur dié van ons teenvoeter, sodat hulle altyd afwisselend span en ontspan, net so vrugbaar sirkelvormig soos die spel. Nooit dans ons voor stilte en onbeweeglikheid nie.

Dit is verlate waansin om voor die muur te dans: eenmaal toe 'n kind van agter teen hom aanbots, het 'n dergelike ontsinde danser selfs omgespring en sy vuiste moorddadig gelig en gelig.

Ons ken óók die wedren om uit te munt of te besit, maar dié norse neiging word tot 'n minimum ingeperk deur reëls van gedrag; alles wat onbeteueld openlik is, kan ons skeidsregters nie toelaat nie, en hulle moes die danser vasgryp en hom beskuldig van geweldpleging onder die invloed van jaloesie. „Ons sal jou na die muur moet stuur," het hulle laat hoor.

„Maar sien julle nie hoe hulle agter ons aankom nie!" het die danser gehyg terwyl hy wys na waar die speelgrond agter ons wemel, „sien julle dan nie hulle stoot ons aan na die muur toe nie!"

„Dwase gebeusel," het ons skeidsregters gestreng laat hoor. „Ons weet jy is jaloers. Ons weet die kind se moeder het jou vir 'n ander man verlaat."

Dit is om sulke waansin te voorkom dat ons mooipraat met hulle wat dans vir die muur, en hulle die hoër wysheid van die spel voorhou. „Dit bevat geweld getemper binne die gebaar," vertel ons, „en altyd ondergeskik aan die moontlike inherent in die daaropvolgende. Die spel is ons hoogste ontwikkeling omdat dit swierig en nederig neig om tyd te verstrooi. Geweld is die onreg van tyd brutaal openbaar." Ons lug selfs ons verontwaardiging in dreigemente, met die wyse oogmerk om hul angs vir die muur deur 'n meer onmiddellike gevaar te vervang.

Maar die ongelukkiges luister selde na rede.

„Jul hoogste en edelste leer slegs om onverskillig teenoor die muur te staan," antwoord hulle.

En daar is 'n ongeduld soos haat in hul oë omdat ons hul dans onderbreek.

So het die danser, wat ons na die muur gestuur het, ons aangekyk. „Julle vrees my," het hy bewend oor sy hele lyf gesê, „omdat julle bang is om na die muur te kyk."

Ons onthou, en verhef ons stemme om te straal bo geheue se duister wat uitreik om die toekoms te versper. „Maar wat wil julle hê van die muur? 'n Mens kan dit tog nie liefhê nie!"

„'n Mens kan dit haat."

En hulle voeg trots en uitdagend by: „As dit onvermydelik is, kan dit nòg veronagsaam, nòg bemin, net gehaat word. Gehaat!"

„Maar die moontlike! O, om teen die onvermydelike in te bly glo!" roep ons vurig uit. Soms raak ons van mekaar geskei deur die geesdriftige gewoel van die spelers rondom ons, maar aldus, altyd op dié hartstogtelike stelling van die moontlike, eindig al ons gesprekke, en altyd brand ons harte vir hulle en hul vertwyfelde trots. Ons is bome van deernis dan wat in al die takke van ons skepping bewe; al die liefdevolle wetenskap van ons wil om skoonheid en 'n rotsvaste doel deur middel van die spel te skep, sidder deur ons met 'n pylpunt pyn om ons nog meer aan te spoor. Want dit is die paradoks, dat ons oplaas van dié ongelowiges van die Ontstelde Staar kan leer, die uiteindelike kuns van die spel: hoe om te glo.

Die muur vul die horison voor ons.

Dit het 'n ander gestalte en kleur en felheid van skrik of nabyheid vir elkeen van ons. Ons oë word dof en ons ledemate te slap om langer besiel te kan word deur die mag van gebaar of woord; maar nog altyd weerhou die spel ons van vooruit te kyk na die muur.

Dit is waarheen ons gaan.

1-'54 1956

Ek het jou gemaak

Ingenieur Jacobs het sy vrou so lief gehad dat hy na haar dood 'n lewensgroot wasbeeld van haar gemaak het. Elke aand as hy tuiskom, het sy op haar gewone plek aan die tafel gesit, gekleed in haar trourok en met 'n stuk breiwerk in haar hande wat nooit meer kon beweeg nie. Dan het hy haar op haar was-voorkop gesoen, en soos voorheen met haar gepraat.

Net nou het sy nooit geantwoord nie.

Sy belangstelling in sy werk het verflou. Sy vorige energie het so onrusbarend gekwyn dat die direkteure en die firma se dokter hom moes versoek om af te tree. Onverskillig daaroor het Jacobs huis toe gegaan na sy swyende vrou.

Bedags het hy broeiend rondgedwaal in die huis sonder lus om uit te gaan of sy ou vriende te besoek. Etenstye het hy sy vrou se plek ook gedek, en met haar oor die dood gesels. Soms het hy kwaad geword, en met sy vuis op die tafel geslaan. Maar nooit het haar sagte glimlag verander tot die tere woorde wat hom altyd laat voel het asof blomblaartjies oopvou in sy hart nie. Sag en geduldig het sy net bly glimlag.

Eendag, miskien omdat die lente buite die huis gefluister het of omdat waansin oplaas daarin geslaag het om sigself agter 'n herwonne bedrywigheid te versteek, het ingenieur Jacobs 'n robot begin bou om hom die stilte te help verdrywe. Maande aaneen was hy besig aan die inmekaarsit van stukkies yster, elektriese draad en gloeilampies, en die vasstel van die oneindig ingewikkelde samehange wat nodig is vir selfs eenvoudige meganiese handelinge soos 'n arm op te lig of skielike klankgolwe tegemoet te swaai.

Hy het die robot die gestalte van 'n mens gegee, en hom Andries genoem.

Die dag toe Andries klaar was, het ingenieur Jacobs hom losgelaat in die woonkamer waar hy gou geleer het om vaste voorwerpe te vermy. In die aand het Jacobs Andries langs die tafel naas die wasbeeld van sy vrou laat staan. Onder die ete het hy met die robot gesels. Sy vrae en die robot se antwoorde was altyd dieselfde, ses in getal, want dit was al spraak waarmee hy Andries kon bedeel.

„Wie is jy?" het hy gewoonlik begin.

Dan het die robot se foto-elektriese oë groen geblits, en sy ystermond geklepper soos hy monosillabes in 'n grafstem uitspel:

„Ek is An-dries die ver-dom-de ro-bot."

„En waarom is jy hier, Andries?"

„Om oor lief-de te praat."

„Wat is liefde, Andries?"

„Aan-hou be-weeg en ge-raas maak."

„En wat gebeur as mens ophou beweeg, Andries?"

„On-ver-my-de-li-ke dood."

„En wat is die dood, Andries?"

„Nim-mer. Al-tyd."

By die laaste vraag het Jacobs geskaterlag en die tafelrand vasgegryp met sy blou-beaarde hande só aan skud dat die washande van sy vrou ook gebewe het:

„Maar wat is die lewe, Andries?"

Waarop die robot se aaklig-klepperende mond weer eens laat hoor het:

„Nim-mer. Al-tyd."

Dan het Jacobs sy mes en vurk opgeneem, en aan sy swyende gesellin vertel:

„Het jy dit gehoor, Bettie?"

Byna die hele dag lank was Jacobs besig om sy robot te verbeter. Hy het

Andries so ver gekry om te kom as sy naam genoem word, om 'n voorwerp in sy ysterhande te neem en dit fyn te druk.

Maar Andries het niks op sy eie gedoen nie, en slegs op telekommandeerde bevele reageer.

Eenmaal het hul daaglikse gesprek Jacobs in so 'n woede laat uitbars, dat hy sy stoel na Andries gegooi en al die breekware op die tafel verpletter het. „Jou ver-dom-de ro-bot, wie is jy om van die dood te praat!" het hy in hygende spot die robot se monosillabiese spraak nageboots, „jy wat nie eens le-we kan on-der-vind nie! Moe-nie ver-geet dat *ek* le-wen-dig is nie! Le-wen-dig!"

Die dag daarna het hy uitgegaan om 'n pot verf te koop. Hy het teruggehaas deur die sonnige strate, die voordeur gesluit, en Andries se massiewe metaallyf met swart oordek. „Nou rou jy, Andries," het hy vertel, „oor Bettie wat dood is, en oor my wat ook moet sterf."

Snags het die twee gestaltes hom van oorkant die tafel aangestaar: die grimmige swart ysterding, en die wasbeeld, eteries in haar sneeuwit klere soos 'n appelboom oordek met bloeisels. Hy het selde geëet, en dikwels maar net voor hom gesit en staar met sy kop afgehurk tussen sy skouers, en sy lippe geluidloos aan die beweeg. Al meer het hy in 'n angskoma verval waarin trane na sy oë wel en een vir een op sy wange droë. Daaruit het hy vol vertwyfelde energie ontwaak. „Wat is liefde, Andries?" het hy geroep. En dan het die robot soos 'n doodsroggeling uit die graf geantwoord: „Aan-hou be-weeg en ge-raas maak."

Hy het opgehou praat met sy vrou, en in gesprek met die robot onbewus in dieselfde stotterende monosillabes verval. Nou kon hy dit nie meer verdra om Andries te lank uit gesig te verloor nie; hy was altyd aan die roep na hom, en besig om te spot met sy gebreke of sy lelike gevreet. „Alles ná die mens se ewebeeld gemaak," het hy Andries meegedeel, „God, die duiwel, en jy. Ja-nee, ek het jou na my ewebeeld gemaak sodat ek vir jou kan lag." En dan het hy Andries een beweging tot vyftig maal laat herhaal, of sy battery in die middel daarvan diskonnekteer. Andries het altyd net gelyk of hy geduldig wag dat Jacobs moet klaarkry.

Op 'n dag het Jacobs die ragfyne trourok van die wasbeeld afgepluk, en oor Andries se swart karkas gehang.

„Jou moeilikheid is dat jy lelik is, ek moet jou mooi maak." Hy het gesnak van die lag. „Nou't ek jou lief!"

In heldere oomblikke het die wilde koorsglans in sy oë net aangegroei; selfs as hy stil in sy leuningstoel lê, was hy ongeduldig besig met 'n nuwe idee, 'n nuwe plan om Andries te verbeter.

„Weet jy dan nie ek is 'n skitterende ingenieur nie?" het hy teen die robot gespog, „en dat ek tot in alle ewigheid beroemd sal wees nie. Ja, ja, Andries, weet jy dan nie ek gaan jou lewendig maak nie?"

En hy het voortgeyl teen die onverstoorbare robot oor hoe mens regtig net vir 'n wese in menslike gestalte bevrees kan wees, en hoe sot dit is dat hy nie vir hom,

Andries, bevrees is nie. „Jy's verkeerd, liefde is vrees," het hy die robot doodsbleek verseker.

Tog het hy die staaldeur in Andries se bors 'n hele week lank nie oopgemaak nie.

Hy was kalm toe hy oplaas begin aan die laaste deel outomatiese kamratte wat binne Andries se staaldop ingepas moes word. Dit was maklik om Andries se foto-elektriese oë te laat reageer op die liggaamshitte van 'n lewende wese, heel maklik om die mikrofone in Andries se ore te reël. Wat moeilik was, was om Andries daartoe te bring om sulke liggaamshitte, gepaard met beweging en geluid, te agtervolg, dit geduldig en onverbiddelik te agtervolg totdat hy dit bereik, en om dit dan met sy ysterarms te omhels tot dié warmte koud word en geluid en beweging verstil.

Toe alles klaar was, het ingenieur Jacobs die robot weer eens in die sneeuwit trourok geklee. Hy het die skakelaar nie aangeslaan nie, maar sy maer, uitgeputte lyf na sy stoel gesleep. Lank het hy roerloos bly sit.

Teen die namiddag het voetstappe die huis genader en het iemand, waarskynlik 'n koppige vriend, aan die voordeur geklop. Jacobs het sy kop nie gedraai en skynbaar nie gehoor hoe die stappe weer wegsterf nie; slegs langsaam het 'n triomfantelike glimlag uitgekruip langs die uitgeteerde vore van sy gesig. Baie langsaam het hy opgestaan, die robot genader, en die skakelaar gedraai.

Meteens, toe die robot opleef en na hom toe swaai, het hy buite bereik weggespring.

„Aan-hou be-weeg en ge-raas maak! Onthou jy, Andries?" het hy triomfantelik gehyg. „Snap jy dit nou?" Hy het ingespring agter die tafel, verder weg van die robot wat nader kom met opgehefde ystertange. Die wasbeeld het op die vloer geval, glimlaggend, afgryslik naak. Jacobs het verbygespring na 'n ander hoek van die kamer. Andries was stadig, maar seker. Hy het omgeswaai om sy maker opnuut swaarvoetig maar onverbiddelik te agtervolg.

„Sien jy, nou's jy verlief op my!" het Jacobs honend gespot waar hy teen 'n muur aanhurk en kyk hoe die robot nader kom. Met elke tree het die trourok gebewe soos 'n bloeiselblom in 'n September-bries, nagmerrieagtig in teenstelling met die starre swart kop en groot swart ystertange opgelig om te gryp. Gehurk teen die muur, het Jacobs gesien hoe sy dood in die gewaad van sy liefde nader kom. „Nou's jy ook verlief!" het hy gehyg.

Net toe die robot byna by hom was, het hy weggespring, vry. Waansinnig het hy gestamel: „Nee, nee, Bettie, ek is nog nie reg vir jou nie!" En hy het gestorm na die naaste deur, dit oopgeruk, toegeklap, en agter hom gegrendel.

'n Bietjie later het hy teruggekom, aangetrek in sy troupak, 'n blom in sy knoopsgat.

Terwyl sy bruid hom weer eens nader, het hy met 'n hooghartige glimlag gesê:

„Ek het jou mos self gemaak."

6-'54 1956

Droogte

Hoë pilare stof loop oor die bruin vloer van die aarde. Die wortels van die verskroeide gras wag op reën; dorstig vir groen liefde strek die ontsaglike dorre vlakte eindeloos uit na sy horison. Een reguit liniaal-getrekte spoorweglyn pyl van onder die middagson-gloed na waar 'n nag fluwelig koel met sterre sal wees. Die landskap is dié van droogte. Klein soos twee korrels sand bou 'n witman en 'n swartman 'n muur. Vier mure. Dan 'n dak. 'n Huis.

Die swartman dra blokke steen aan en die witman plaas hulle in die muur. Die witman staan binne die mure waar daar effens skadu is. Hy sê :

„Jy moet buite werk. Jou vel is swart, jy kan die son beter verdra as ek."

Die swartman lag teen sy spiere se geglinster in die son. 'n Honderd jaar gelede het sy voorouers donker oeste met hul assegaaie gemaai en die drif van die swart son in hul ledemate, in die Ngoma-dans uitgetrap. Nou lag die swartman terwyl hy begin frons.

„Waarom praat jy altyd van my swart vel?" vra hy.

„Jy is vervloek," sê die witman. „Lank gelede het my God jou met duisternis vervloek."

„Jou God is wit," verweer die swartman kwaad. „Jou God lieg! Ek is lief vir die son en ek vrees die nag!"

Die witman praat dromerig voort: „Lank gelede het my voorvaders oor die see gekom. Van ver het hulle gekom, in wit skepe hoog soos bome, en op die land het hulle waens gebou en met die seile van hul skepe oordek. Ver, ver het hulle gereis en hul kampvuur-asse wyd oor hierdie groot en barbaarse land versprei. Maar nou is hul kinders moeg, ons wil huise bou en julle swartes leer om in vrede met ons te lewe. Dit is hoog tyd, selfs al sal julle velle altyd swart bly..."

Trotsig verset die swartman hom: „En *my* voorouers het hul assegaaie in die bloed van joune gedoop en gesien dat dit rooi is soos ons s'n."

„Dis tyd dat jy die bloedige verlede vergeet," sê die witman verdrietig, „kom, jy moet leer om saam met my te werk. Ons moet hierdie huis bou."

„Jy kom om my te leer dat God wit is, dat ek 'n huis vir die witman moet bou!" Die swartman staan met gevoude arms.

„Kaffer!" roep die witman, „sal jy nooit niks verstaan nie! Doen wat ek sê!"

„Ja, baas," brom die swartman.

Die swartman dra blokke steen en die witman plaas hulle in die muur. Hy maak die mure sterk. Die son blaak moorddadig neer. Ver, soos 'n enigste boom in die dorsland, loop 'n hoë pilaar stof op die bewende horison.

„Verdomde hitte!" brom die witman, „as dit maar wil reën."

Hy vee die sweet vererg van sy voorkop weg en hy kom styf regop om weer te sê :

„Jou voorouers is dood. Dis tyd dat jy hulle vergeet."

Swyend kyk die swartman hom aan met oë wat antwoord : Jou voorouers is ook dood. Ons is alleen hier.

Alleen in die dorre en verlate vlakte bou die witman en die swartman 'n huis. Hulle praat nie met mekaar nie. Hulle bou die vier mure en dan die dak. Die swartman werk buite in die son en die witman binne in die skadu. Nou kan die swartman slegs die witman se kop en skouers sien. Hulle lê die dak.

„Baas," vra die swartman oplaas, „waarom het jou huis dan geen deure en vensters nie?"

Die witman het treurig geword. „Dit, ook, kan jy nie verstaan nie," sê hy sag. „Lank gelede in 'n ander land het my voorgeslagte mure gebou om die see uit te hou. Dik, waterdigte mure. Daarom het my huis ook geen deure en vensters nie."

„Maar hier is g'n groot water nie !" roep die swartman uit, „die sand is droog soos 'n skedelbeen !"

Jy is die see, dink die witman, sonder om verder te praat.

Hulle lê die dak. Hulle spyker die laaste plank, die laaste sinkplaat, die swartman buite en die witman binne. Nou kan die swartman die witman nie langer sien nie.

„Baas !" roep hy, maar hoor geen antwoord.

Die Inkoos kan nie uitkom nie, dink hy met skrik, hy kan nie die lug sien of weet wanneer dit dag of nag is nie. Die Inkoos sal sterf in sy huis !

Die swartman hamer met sy vuiste op die huis en roep :

„Maar baas, geen groot water sal ooit hierheen kom nie? Hier sal dit nooit veertig dae en veertig nagte reën soos die Boek van jou wit God sê nie !"

Hy hoor geen antwoord en hy skreeu :

„Kom uit, baas !"

Hy hoor geen antwoord.

Met sy vuiste nog steeds gelig asof om weer te klop, staar die swartman verwilderd op in die hemel sonder 'n enkele wolk, en rondom hom na die horison waar warrelwinde rooi-warm stof die vreeslike Ngoma van die droogte dans.

Dan stamel die swartman verlate en beangs :

„Kom uit, baas . . . Kom uit na my . . ."

12-'51 1956

Die groot vrot

Ons is die mense van ons dorp. Elke gebou, elke straat, elke boom, elke blomakker is na ons goeddunke beplan en opgerig; tot op die verste plase rondom het heining en kontoerwal ons heerskappy oor die aarde gevestig. Met stootskraper en gifspuit, kunsmis en geweer het ons ons gesag oor die bruin aarde gehandhaaf. Met trots kon ons sê : die aarde en alles wat daarop is, behoort aan ons.

Ons is die mense van ons dorp. Ons het hierdie trotse modeldorp om sy kerktoring opgebou, en vier teerpaaie 'n eindelose kruis teen die einders laat strek. Dit is ons handewerk, hoewel Buitemense uit hul gebiede toegestroom het om die swaarste arbeid te kom verrig. Dit is reg dat hulle Buitemense bly : dat hulle, wat die grondkleure van die aarde met hul liggame verkondig, soos die aarde onderhewig aan ons administrasie bly sodat ons hul kom en gaan en die ure en plek van hul verblyf bepaal.

Ons is die mense van ons dorp. Dit is ons smartlike verhaal wat ek wil vertel.

Dit het begin in die tyd toe die hemel saans so donkerrooi was. Koerante het vertel 'n magtige vulkaan se rooi oog het op 'n Asiatiese eiland uit die aardkors oopgebars, dit is sý stof wat die hemel saans verduister. Maar die oumense het gesê : dit is rooi soos bloed. Dit was ook die tyd van grondstortings en opstande en aardbewings in baie lande, van leërs springmuise wat koringlande soos kaalgeskeerde pokkiesgesigte laat lyk het, van swerms dolle motte snags oor die paaie, van liewenheersbesies in hul ongehoorde biljoene. Die oumense het gesê : 'n lang droogte kom. Maar hulle was verkeerd.

Ons dorpsvaders was net besig met 'n paar ambisieuse projekte. Die rivier moes verlê word sodat 'n groot dam gebou kon word, en verder was ons ook besig om 'n nuwe, beter lokasie vir die Buitemense te bou. Daar was een of ander moeilikheid met opstokers, en die polisie se hande was so vol dat ons die Buitemense verder weg van ons dorp wou hê. Die fondamente van die aansienlikste woonhuis in ons dorp, die nuwe pastorie, was toe ook net pas klaar gelê.

Buitemense wat die daaglikse vullis wegry, het dit die eerste gemerk. Hulle het weet te vertel dat die grond om die munisipale vullishoop so 'n snaakse blink skynsel begin kry. En dit ritsel dan so.

Daarna het ander werkers op die lande benoud begin klets oor kluite wat klam en klewerig verkrummel, nes klonte bruinsuiker wat stadig smelt. En dit in die hartjie van die somer! Ons het hulle uitgelag : hoe kan die aarde dan verander? Maar ons was verkeerd.

Ek dink ons het eers onraad begin merk toe die swaels en ander trekvoëls onverklaarbaar wegraak, en dit stil word in die hemel waar geen voëls meer sing nie. Van ons mense het ook uit hul beurt uit begin praat, en tydig en ontydig rondgestap om die grond te bekyk en daaraan te voel: dit was ongeveer soos taai deeg onder 'n mens se vingers, donkerder as gewoonlik; en hierdie vrot het die grond elke dag dieper af aangetas. Om die monde te snoer, was die dorpsraad verplig en stel 'n kommissie aan: die Kommissie van Ondersoek na Ongegronde Gerugte oor Sogenaamde Grondveranderinge op ons Distrik se Bodem. 'n Groot plakkaat op ons stadhuis het 'n elk en 'n ieder voortaan verbied om dié wolhaarstories te bespreek vóór die Kommissie sy bevindinge bekendgemaak het. Geen woord oor die aarde se wegvrot het ons vanaf naburige dorpe bereik nie; dáár ook het die mense dus die saak verswyg.

Ek kan met trots erken dat dit voortaan nooit reguit in ons huis bespreek is nie. Nie eens toe die groot ellende op ons was nie. Ons het gemaak of dit nie bestaan nie. Oupa het wel gebrom dat dit in sy tyd nie so was nie, maar so praat hy al jare oor alles. Ons had ook nie die reg om te praat solank die Kommissie besig was nie; en hulle was tot op die laaste besig om in die raadsaal te beraadslaag of om 'n lappie ingesakte grond êrens tydsaam te beskou.

Maar die groot vrot, die groot rebellie van die aarde was waar.

Dag na dag het die aarde sagter en donkerder weggevrot. Grond, sand, klip, alles het soos potklei in swaar reëns deurweek en smeltsag geword, asof korrels grond en greine klip ineenvloei, ophou om apart te wees. Kontoere en grondpaaie het weggesak, klipmure en bome het begin wankel op die sponsige bodem, en die arme vee het bulkend en blêrend gesukkel om hul pote uit die pappery te lig en die laaste groenigheidjies by te kom. Want ook gras en bossies en bome het hul groen verloor, en slymerig grys en uiteindelik doodswart geword. Net mensgemaakte of mensveredelde materiale het onveranderd gebly: alles van plastiek, glas, metale of behandelde hout. Die res, alles wat aan die aarde behoort, het verander in een swartklam, klewerige see waarin alles allengs wegsink en kleurloos, vormloos verdwyn.

'n Wasemdamp, suur van ruik soos gepynigde vlees of gekneusde bessies het oor die ganse landskap gehang. Giftig was dit nie, geen pes sou óns tref nie, so het die apteker ons verseker na hy dit ontleed het. Dit het ons nie gerusgestel nie, want die ergste was tog die aarde se rebellie teen óns. En juis dáárom, juis omdat die aarde vir óns aankla, het ons geswyg.

In die dorp het die kerktoring heel eerste skuins gehel en aaklig omgetuimel; dit het geklink soos 'n reusevuis wat in nat sement pats. Op die werkplekke het die Buitemense een vir een weggeraak of openlik gevlug, die donkerstes die eerste. Ons moes alle werk aan die damwal, die lokasie en die pastorie staak. Die dorpsvaders het deskundiges laat kom om die ongehoorde gebeure te ondersoek, maar hulle het nooit opgedaag nie; ons was dus òf reeds van die buitewêreld afgesny, òf die vrot was orals in ons land, wat op dieselfde neergekom het. Ons het dit nooit bespreek nie.

Die teerpaaie het nog ongeskonde aan vier kante van die dorp gestrek, maar die môre toe 'n trekker wat 'n vrag versmoorde beeste slagpale toe bring, skielik deur die hoofstraat sak en binne 'n uur heeltemal verdwyn, het 'n paar lafaards in hul motors gespring en probeer wegja solank die teerpad nog hou.

Lafaards, dit is wat hulle was. Ons is die mense van ons dorp, ons kon nie erken dat die aarde teen ons, sy besitters gedraai het nie, ons kon nie vlug, met ons liggame of met ons woorde nie. Ons het doodgewoon aangebly, en die gruwel behandel asof dit 'n droogte of 'n normale besoeking soos kinkhoes of bloutong was. Kalm en vanselfsprekend het ons maatreëls geneem om nooddienste te lewer, en die wegsmeltende mure van ons huise met planke, sinkplate of selfs stukke glas of plastiek te vervang. Koppig het ons met menslike materiale gewerskaf: as die aarde dan verraad pleeg, sal ons op ons self staatmaak om voort te bestaan. Ons het net met mekaar gepraat oor besonderhede van die groot vrot wat ons aandag nodig had, en nooit oor die sin van die onheil wat ons oorval het nie.

Want die aarde was besig om bodemloos onder ons pad te gee. Ons dorp was besig om weg te sink. Selfs 'n ligte houtvlot wat die Kommissie in die park opgestel het, het dit bewys. Met hul nuwe, ligter boumateriale het die huise dae lank wiegelend bo gedryf, voor hulle ook een vir een dieper in die modderdeeg begin vassak het. Ons het net haastiger gewerk, ekstra watertenks aan ons huise aangebou, en ons spense tot teen die plafon met voedsel en ander voorrade gevul. Die lede van die Kommissie van Ondersoek het nog steeds op breë sneeuskoene rondgesukkel om die gebeure te ondersoek; waarom sou ons ons owerhede se taak bemoeilik deur 'n histeriese debat aan te hef? Net een man in die hele dorp, nogal 'n ouderling, het sy kop verloor en skreeuend deur die hoofstraat geploeg: „Wee die bouer wat die boustene verag!" het hy soos 'n skuimbekprofeet van ouds getier. „Wee die hoogmoediges wat net hulself ag, want hulle sal verneder word! Berge sal op hulle val! Die aarde sal hulle bedek! Wee ons, wee ons wat 'n afgod van onsself voor die Allerhoogste gemaak het. . . !" En dies meer.

Ons dorp het geen malhuis nie, daarom het ons hom maar in die tronk opgesluit.

Bedags, in die helder sonlig, het die verraad van die aarde om ons gestrek soos 'n aaklige rubberlandskap wat swart en trilsag ontbind, en snags onder die sterre was dit óm ons soos 'n dik see wat klotsgeluidjies braak. Die verskil tussen water en rots, en modder en blaar oplaas volkome uitgewis, het geen plante, geen klippe, geen paaie, het niks meer bestaan om die afgryslike kleurloosheid te onderbreek nie. Ons het min daarna gekyk.

Ons is die mense van ons dorp. In volle bewussyn dat die aarde besig was om ons dorp te verswelg, het ons die nodige maatreëls getref. Alle mure is versterk en modderig gemaak, installasies om lug en water te suiwer, is geprakseer, en selfs lang periskoopbuise om vars lug te bekom, is deur elke dak bevestig. Die merendeel huise is met hol rioolpype aan balke aan mekaar verbind om so buurskap en 'n telefoondiens in stand te hou. Ons dorp se huise sou in ongeskonde gelid onder die aarde verdwyn. Eerder as om deur hartstog te erken dat ons dalk êrens skuld aan die hellevaart had, sou ons voortgaan met lewe asof niks rampspoedigs gebeur het nie. Sou ons net verbete vasskop waar ons was, en nie gruend wonder wat met ons onder die aarde sou gebeur nie.

Toe was die laaste dag daar. Die meeste huise was al weggesink tot aan hul dakke, en in- en uitkom was nog net moontlik deur soldervensters en dakluike. Daardie dag het die dorpsvaders ons vlag vir laas bo die stadhuis se spits gehys en 'n klok laat beier. Met behulp van toue en balke en sleë het ons hoofstraat toe gesukkel en fier en regop tydens die seremonie gestaan, ook ek op my krukke. Die voorsitter van die Kommissie van Ondersoek het sy spyt te kenne gegee dat hul ondersoek nog nie voltooi is nie, en daarna het die burgemeester gepraat. Laaste, waardige woorde sonder heldegebral: Ons is die mense van ons dorp. Hier bly ons, want ons is die mense van ons dorp. Ons neem nie afskeid nie, want ons is eendragtig bymekaar, na die gees en na die liggaam. Hier. Hier.

Terwyl die huisdakke se skilpadrûe nog ál ander tekens van lewe om ons in die heelal is, en dié ook soms sigbaar met kolkende suiggeluidjies laer wiegel, het ons in ons hoofstraat in ons laaste sonlig gestaan. Toe die toespraak verby was, het ons nie haastig huiswaarts geploeg nie, maar nog lank in stilte gestaan. Ons had nog ons trots.

Net, nadat Vader vir Moeder deur die dubbele luik op ons dak se nok gehelp het, en voor hy die luik agter hom toetrek, het hy na die verrotte aarde gedraai en daarop gespoeg.

Daarop het Vader die luik verseël en was ons toegesluit in die donkerte. Almal saam, Oupa, Vader en Moeder, Ouboet, en Ousus, ek, en Kleinboet en Sussie. In die stilte kon ons die ritselende suggeluidjies van die modder óm ons dun huismure hoor. Voor die aand moes Vader reeds die lugbuis met sy periskoop hoër op stoot. Hy en Ouboet was gedurig besig met praktiese dinge: om deur die telefoonpyp met die bure te praat, of 'n muur met ysterstawe te versterk, of om die olielampe so te stel dat hulle 'n minimum rook en 'n maksimum vlam afgee. Moeder en Ousus was net so bedrywig, aanvanklik veral met die heraanpassing van die huishouding aan 'n onophoudelike naglewe, en later meer met Ousus se bruidsuitset. Die hemel weet waarom Ousus se droomlaai hulle skielik so knaend fluisterend om die lamp besig moes hou juis toe ons huis, ons hele dorp, ons hele wêreld in die duister baarmoeder van die aarde wegsink.

O, daardie nooit-erkende verskrikking van die duisternis! Ons het nooit meer as twee lampe laat brand nie, want ons het geweet ons lampolie sou eerste opraak. Ons lig. En net buite die klein, geel lampkring het die verstikkende gruwel van die moddernag saam met ons skaduwees geroer. Maar wat sou dit baat om die waansinnige modder van 'n skreeu reeds vooraf ons kele te voel verwurg? Nee, ons het kalm oor ditjies en datjies gesels.

Oupa het deurentyd in sy leunstoel op sy ou plek langs die venster gesit en ál meer deurmekaar gemompel: In sy tyd was dit nie so nie. Toe was daar stories van magtige, reinigende waters. Die sondvloed: veertig dae en veertig nagte in die buik van die Ark. Drie dae in Leviathan se buik. Maar toe wou die Here vir Noag en Jona tot inkeer bring. Maar nou? Wat het óns gesondig? Hoe kan óns tot inkeer kom as ons klaar in ons graf is?

Ons het ons harte verhard teen die angs, net soos Vader en Ouboet ons huis se karkas teen die aarde versterk het; ons het ons ore vir Oupa se woorde gesluit. Ook toe Oupa mompel dat ons nou meer vervreemd as Buitemense is, erger uitgesluit as Adam en Eva uit die paradys; ook toe hy begin kla dat hy nie meer honger is nie, hy eet tog maar net die kos op wat ons langer kan laat lewe.

Die muurhorlosie is gereeld opgewen, sodat Vader elke twaalf uur kon meet hoe diep ons al weggesak het. Ouboet het dié syfers op 'n grafiek aangebring, en kon na 'n week triomfantelik aankondig dat ons ál stadiger beweeg. Gedurig het hy en Vader met 'n soort blaasbalk gewerskaf om die bedompige lug deur die periskoopbuis boontoe uit te pomp en vars lug van die oppervlakte af in te suig. Die telefoonpyp was ook gedurig beset soos ons dorp mekaar se nuus oor en weer verneem, en een keer het 'n vriendin en twee kêrels deur dié nou rioolpyp gewurm om vir Ousus te kom kuier. Ons was dus nie heeltemal sonder hoop nie.

Intussen het die groot vrot ons nog steeds dieper afgesluk. Twee weke, drie weke, vier. Toe, geleidelik, en tog sidderend skielik het ek die verandering in ons begin merk. Die groot vrot ook in óns.

Oupa het dit seker die eerste in die jonger kinders vermoed. Hy het sy kop so snaaks gedraai wanneer Kleinboet of Sussie verbykom – die enkele kere wat hulle lamplig toe gekom het, vir ete of huisgodsdiens. Hulle het nie net ál meer in die donker hoeke van die huis begin hou nie, maar ook hul oë onnodig toegemaak aan tafel. As Moeder raas, giggel die tweetjies en sê hulle speel.

Speel? Watse speel?

Nee, hulle speel blindemol.

Of anders antwoord hulle: „Ons speel toe-oog Voortrekkers. Ons ontdek."

„Ontdek wat?" het Vader gefrons. „Julle ken mos die huis, a nee a!"

Maar ek het begin weet uit die manier waarop hul hande sag en sluipend soos katte aan alles geraak het: hulle was besig om die donker te ontdek.

Ek is 'n invalide, my onderlyf is deur polio verlam en ek kan slegs met moeite op krukke beweeg; en vandat ons so gedurig bymekaar in die woonkamer moet klaarkom, sit-lê ek maar meesal op my bed. My bed staan teen die symuur, weg van die lamp waar my oë ook gouer as die ouer mense s'n aan die donker gewoond geraak het. Ek het gesien hoe ekstaties die jonger kinders blindeman speel om die donker se hard en sag en bot of tinteling te ontdek. Ek het gesien hoe afsydig hulle word wanneer Moeder en Ousus sit en onthou hoe blou hemel en geel sonskyn lyk, in 'n tuin vol rooi rose en klatergeel en persblou blomme. Die son, die glorie van sonlig se kleure in ons oë en op ons velle, dít het Moeder en Ousus ekstaties onthou.

„Daar bo is alles nou net nare ou modder," het Sussie een keer gesnip. „Of het julle dit al vergeet?"

Daar was 'n hele rusie. Vader het glad gebulder: „Maak oop jul oë en kyk as mens met julle praat!"

Maar dit was waar, ons hét die groot vrot van die oppervlakte begin vergeet, ons het die Buitemense en ander dinge vergeet, ons het net die koninkryk van die son in ons oë, ons het net die vel van lig, die heerlikheid van sien onthou – terwyl die jonger kinders reeds húl Nuwe Wêreld verken.

„Dis toe en glad gevryf van baie groet," het hulle vir mekaar gefluister. „Dis warm omdat klere daarop gesit het. En voel net hoe alleen voel hierdie skerp, koue ding. My vingertoppe sê hy's te dom om wegkruipertjie te speel."

Ek weet, ek wat tussen lig en donker gelê het, ek wat 'n slagveld vir twee ekstases was.

Met die weke, terwyl ons steeds stadiger maar tog dieper in die sagte, blinde aarde wegsink, en die huismure soms onheilspellend kraak, het dié nuwe onheil tussen ons gegroei. En toe, die aand toe Ousus 'n geel papierson reg bo die lamp teen die plafon vasgeplak en Vader vir Boetie uitgelooi het, daardie nag het Oupa die verskriklike ding gedoen.

Na huisgodsdiens het hy die Bybel so hard toegeklap dat dit vloer toe gedoef het, en gekerm: „In my tyd was dit nie so nie . . . ! Die vlaktes . . . die vlaktes . . . !"

Agter sy onvoltooide woorde het ek bewend gelê en kyk na verre, sondeurdrenkte horisonne waarteen ruiters in die hartvullende vryheid van jagters agter troppe wildsbokke, leeus en gevare hyg. Maar ons was al gewoond dat hy so praat. Ná die nagsoen het Sussie vir my kom fluister:

„Oupa se lippe krul op, hulle voel bang om langer alleen te slaap."

En toe, êrens in die nag – maar wat was nag anders as gehoorsaamheid aan 'n herinnering? – was daar nare, dowwe geluide bo my kop.

„Vader," het ek geroep, „iets is verkeerd! Kom kyk!"

Tellings later was daar lig en kon ons sien dat die luik in die plafon oopstaan, dat pap hompe modder daardeur druip, en dat Oupa weg is.

Benoud het die twee mans boontoe geklim, en gesien dat die dubbele luik in die dak nie behoorlik gesluit is nie: eerder as om langer te wil lewe, het Oupa hom deurgebeur tot in die versmorende omhelsing van 'n graf net agter die buiteluik. Vader het geworstel met die dakluike, maar al wat hy kon doen, was om die binneluik weer toe te kry; die dood is 'n eenrigting-gang. Net bokant ons styf vasgedruk teen die asbesdak, sou Oupa saam met ons in sy moddergraf wegsink.

Daardie nag het die angs woonreg tussen ons verkry.

Ons is die mense van ons dorp . . . Nee, ons is nie langer trots nie! Nee, daardie dae is so verby soos Oupa se jeug. Die groot vrot het alles aan die aarde teruggegee. Nou sink ons dorp nie meer dieper in die aarde af nie; alle afwaartse beweging, maar ook alle lig is ten einde. Ons lampolie het oplaas opgeraak, en nou leef ons in totale duisternis. Vader het die laaste boeke se laaste bladsye uitgeskeur om te verbrand sodat hy aan die grafiek kon arbei om seker te maak ons dorp sink nie verder weg nie. Nou tik selfs die horlosie nie meer nie: wat help oë as hulle niks kan sien nie?

Die kamer is vol groot, blinde oë wat mekaar dophou. Onder die pikswart son teen die plafon bid Ousus met die brose histerie van haar stem. Die goddelike sonlig, die wonder van kleure, van goudgeel blomme, die onvergeetlike spel van lig oor alles wat lewe, dit onthou Ousus sonder ophou. Lig is lewe, lig is 'n baba wat sy oë steeds vir die eerste keer oopmaak, bid sy met haar stem wat nie kan swyg sonder om te gil nie. Naby haar langs die tafel sit Moeder wat nog die meeste doen om die liefdesband van 'n familiekring teen wanhoop te handhaaf. Wanneer Ousus prewel: „Onthou Mammie nog die bewertjies wat teen die fyntuin se hek gestaan en bewe het . . .?" knik Moeder: „Ja, my kind." Haar stem laat my sien hoe sy knik.

Ek kan sien hoe Vader in die kombuis voor 'n berg leë blikkies sit, sy hande vol bloedsnye soos hy sukkel om 'n soort ontsnaptoring aanmekaar te probeer prakseer. Meer nog voel ek hom in my lyf. Ek kan hom hoor vloek en ruklag en hamer, en ek kan ook Ouboet se swaar asemhaling hoor waar hy langs die bek van die telefoonpyp sit en wag. Hy het gesweer hy sal Kleinboet en Sussie vroeër of later vang, en dan vasbind sodat hulle nie langer soos vervloekte vlermuise deur die huis kan spook nie. Hy praat nie deur die pyp met die bure nie, niemand praat meer wanhoop wakker nie, die dorp is dood vir mekaar.

Ek lê in my bed en ek sou ook wou gaan sterwe as Oupa se vlaktes nie die buiteluik afgesluit het nie. Ek is moeg van menswees, moeg van hoop teen wanhoop balanseer. Hoe kan ek Vader se waansin deel dat die aarde weer sal stol sodat ons 'n tonnel boontoe sal kan grawe en terug sonlig toe sal kan worstel, en dat alles dan soos voorheen sal wees, ek wat 'n invalide sonder bene is? Ek weet die groot vrot is onherroeplik, niks sal ooit weer dieselfde wees nie. Ek is so moeg van Buitemense, van apart van die donker wees.

Daar is dit weer, die trilsagte aanraking soos 'n soen!

Dit is Sussie wat met haar hande kom praat op my gesig, die voelkode wat sy en Kleinboet as nuwe taal geleer het. Ek ken reeds dié ligte vlermuisdrukkies met wisselende tempo en intensiteit wat die duisternis se wysheid bevat. Gretig stel haar vingertoppe my eers gerus: Dis ek, Sussie, ek glimlag, ons verstaan mekaar, voel hoe goed dit is om aan mekaar te raak, vergeet alles, voel net, voel ons is grond, bed, muur, alle verskille is uitgewis, ons is alles, herbore een met alles. En dan sneller soos borrels lag: Boetie is op die solder, Ouboet sal hom nooit vang nie, hy is besig om kleimensies met klere aan te maak wat niks kan sien nie.

Ek weet Sussie en Kleinboet loop lank al nakend om met hul hele lyf te kan voel, 'n muur of mens van ver af al te kan voel aankom. Sussie straal iedere oomblik met haar hele lyf, juigend blind.

Ek lig my hande na haar wang en ek antwoord. My vingertoppe juig bevry deur ons nuwe taal : Jy is Sussie, en ek is jy. Die donker is goed. Die donker sing alles tesame. Ek voel jou, ek voel alles in die wêreld. Alles is swart lig. Alles is nou.

1966

C. G. S. DE VILLIERS

Die swygsames

'n Mens vind darem snaakse vriendskappe op dese aarde . . . Toe ek 'n seun van so neëntien was, het ek dikwels my vakansie op Kleibank in 'n naburige distrik deurgebring. Die plaas was nog tipies Reuens, maar dit het aan 'n pragtige rivier gelê met vaal valsgate en 'n „siekgat" met pikswart water. Die vlei was 'n lushof met geel kalkoentjies, klossies en aandblomme. Die rivier was so breed dat 'n mens met 'n soort trekskuit moes oorgaan om by naburige plase te kom. Daardie siekgat was vol lekker vet springers en palings, en in die tuin was daar volop vrugte : granate, langelyspere, paweeperskes en groot vet adamsvye met sulke fyn barsies.

O, dit was 'n heerlike plek om vakansie te hou, daardie Kleibank. En die gesin het net uit twee persone bestaan : oom Eerk en tant Fyta. Watter vermaak 'n jong seun nou vir die bejaarde egpaar was, kon ek nooit ontdek nie. Hulle kinders was lankal getroud en die huis uit, en wie weet was die twee outjies soms maar eensaam. Ek het hulle liefgehad soos my ouers, maar op 'n ander manier. Daar was niks styfs aan die oom en tante nie, en hulle het gebeurlikhede en aangeleenthede met die jong seun as met iemand van hulle „betuurs" bespreek. Tant Fyta was maar gedurig in die huis bedrywig, veral met die kossies, en elke maaltyd het 'n feesmaal geword, sodat die ou geelhouttafel onder die las van die verskeie geregte gekreun het. Al daardie heerlikhede moes die drie huismense verorber. So tussenin het oom Eerk en sy gas 'n tamaai waatlemoen alleen weggeslaan.

Oom Eerk het gelyk soos 'n Wiking, 'n kolos van 'n Afrikaner met sy rooiblonde hare en baard en sy frisse gelaatskleur. Tant Fyta was tot op haar dood 'n beeldskone vrou. Sy was 'n lewendige, grasieuse brunet, met swart oë soos ryp nastergalbessies. Kleibank was die ware Soete Inval, waar daar 'n ewige kom en gaan van familie en onbekendes was, en almal was welkom, want die enorme male was altyd gul genoeg vir alle bysitters. Maar in 'n lang vakansie het dit tog dikwels gebeur dat die oom en tante en hulle jong gas die hele spul kos moes opeet omdat hulle die enigste persone aan tafel was. As sorgsame gasvrou het tant Fyta gedurig die twee mansmense dopgehou om te sien of die bome van hulle borde nie miskien sigbaar word nie.

„Connie, my kind, jy eet dan niks nie, en daardie elfie is net reg. Nee bog, wat pik jy dan net aan die soutribbetjie. Jy moes daardie vet hamel aan die hak gesien het, hoor ! Eet, man, eet !"

„Maar ta' Fyta, ek het nie meer honger nie."

„Nou ja, eet dan vir die honger wat nog kom. Dis 'n lang skof tussen nou en koffiedrinktyd."

Natuurlik het die sorgsame huisvrou se spiedende oog ook gesorg dat oom Eerk se bord rand en kant lê. Maar die vermaning aan *hom* om te eet was 'n hele drama. Of dit 'n komedie of 'n tragedie was: daaroor het die jong gas eers later probeer besluit, en hy is tot vandag se dag nog nie oortuig daarvan dat sy gevolgtrekking reg of verkeerd was nie.

As ta' Fyta gemeen het dat oom Eerk nog van seker geregte wou hê of behoort te neem, het sy nooit op onelegante manier gesê: „Eerk, nog 'n stukkie rugstring?" nie. O, nee; in so 'n geval was daar 'n hele ritueel, so onwrikbaar soos aan die hof van die Escurial. Die aanhef het gewoonlik só begin:

„Connie, dink jy nie dat die tersalle vandag besonders lekker is nie?"

„Ja, ta' Fyta, besonders lekker. Maar nou gooi ek tou op. Ek kan nie meer nie."

„Ag, kind, jy is maar net nie meer aan plaaskos gewoond nie. Maar dink jy nou nie dat oom Eerk nog hierdie lekker vet stukkie moet eet nie? Hierdie skyfies met die koljanderpitte daaraan. Dink jy nie dis net die regte stuk vir oom Eerk nie?"

„Ja, ta' Fyta, ta' Fyta het volkome reg. En dit lyk my juis dat oom Eerk vandag nie sy gewone aptyt het nie."

O, die verlossing! My broeder in die verdrukking gaan sy regmatige deel van die al te gulle gereg nie vryspring nie. Netjies skep ta' Fyta die welriekende bruin tersal met sy persrooi hart op oom Eerk se bord, en die ou man val gedweë weg. Die tersalle was maar so 'n bykomstigheidjie, en die hef-aan van die reusemaal het nog voorgelê. Oom Eerk was goed in oefening en het ook end-uit in uitmuntende oefening gebly. Die souskluitjies en koue varkribbetjies het nou aan die beurt gekom, en oom Eerk het nie geskroom om homself te meld nie.

Maar nie aan ta' Fyta nie.

Dieselfde ritueel, maar met effens anderse bewoording is gevolg.

„Connie, neem nog ribbetjie, man. Die kos is mos daar om geëet te word. Ek dink ek sal ook nog so 'n flintertjie kan baas raak. Jy kan gerus vir ta' Fyta vra om daardie bruin stukkie so langs my rys te sit."

So gesê, so gedaan, en die drie eters vind hulle tweede wind en die gemoedsewewig word nie versteur nie. Dit is sommer 'n lekker feesmaal, en die oom en tante is tog te gaaf, die kos is tog te smaaklik en die jong gas kuier tog te lekker op Kleibank.

Maar daardie ritueel: hoe moes 'n mens dit verklaar? Was dit 'n relik uit die ou dae toe ons voorgeslag sy eie welvoeglikheidsgewoontes gehad het wat mettertyd vir die Angel-Saksiese korrektheid moes wyk? Of was dit miskien iets eie aan Kleibank? Wie weet, net 'n ritueel wat gevolg is wanneer daar gaste aan tafel was, wat feitlik heeldag en aldag gebeur het? Nie dat so 'n onregstreekse aanspreekmetode tot die kos beperk was nie. Connie is ook gevra of hy nie dink dat hy en oom Eerk en tant Fyta 'n slag dorp toe moes ry nie om een of ander huis- en plaasvoorraad aan te vul. Connie moes dan die vraag as't ware verder gelei en die antwoord aan die man (of vrou) besorg.

Op die wye ou kapkar met die lui, uitgevrete karperde daarvoor is die verdere bedrywe van die nimmereindigende drama voortgesit. Connie moes dan sy mening uitspreek oor die toereikendheid van tant Fyta se beursie of hy moes vir oom Eerk vra wanneer hy dink om by die tuishuis terug te wees na sy besigheidjies op die dorp.

En Connie het die ingewikkelde tegniek geleer om buffer te speel en as 'n middelateur tussen die oom en die tante te fungeer.

Die huisgodsdiens het sy tradisionele vorm gehad: oom Eerk het saans en tant Fyta soggens die gebed gedoen, en Connie kon enige psalm of gesang „insit", want dit was nog in die dae toe 'n mens die dinge uit jou kop geken het.

En kort na die aandgodsdiens het almal gaan slaap, die gas in die groot vrykamer met sy lappieskombers in sy „puntjies"-slope, en die oom en die tante op hulle groot hemelbed met sy duitsesis-komberse. Twee mense in intieme verhouding tot mekaar en tonggebonde? Sonder buffer!

Waaroor is in daardie slaapkamer gepraat? Die twee het darem seker minstens vir mekaar goeienag gesê . . . Of het ook daardie fase van die lewe van die egpaar woordeloos verloop?

Hoe het daardie „kompleks" ontstaan? Wanneer het dit die egpaar in sy boeie gevang?

Duisend vrae en geen antwoord nie. Nie gedurende die oumense se lewe nie, ook nie in die jare toe tant Fyta as weduwee op Kleibank gewoon het nie.

Dat die vervreemding daar was, dit wis die menigte besoekers nie. Ek twyfel selfs of die kinders ooit daarvan bewus was. Maar ek het dit geweet. En met ryper jare het ek my honderde male dieselfde vraag gevra: waarom? Was dit nie dat ek die liewe oom en tante so innig liefgehad het nie, sou ek my nooit daaroor geknies het nie. Want die liefde wil help dra, die liefde wil ook die verskansings help bou waarsonder niemand die lewe kan leef nie.

Maar vir die taak was ek te onryp, te arm aan ervaring, te onbewus van die onverbiddelikheid van karakter wat die mens se noodlot bepaal. Miskien was ek te onhandig met die skepping van illusies wat juis 'n mens se sterkste verskansing teen die noodlot is.

Wie weet was die egpaar op hulle manier doodgelukkig in die gevangenis wat hulle vir hulleself geskep het, miskien was dit nou *hulle* aanpassing aan die oudword eerder as aan die ouderdom, want die geluk is iets betrekliks, en „'n mens besit vir ewig net dit wat jy verloor het".

Na 'n geruime afwesigheid aan 'n buitelandse universiteit het ek Kleibank weer besoek om tant Fyta te groet. Sy het intussen weduwee geword en het stokmoedersalig op die ou plaas gewoon, alleen aan tafel gaan sit en saans alleen in die ou kamer van haar daaglikse taak gaan rus. 'n Mens kon sien dat tant Fyta opmerklik ouer geword het. Die skoenknoopogies het nog lewendig haar mikrokosmos beskou, en aan gesels was daar geen end nie, maar . . . dit was kompleet asof op Kleibank 'n onderhoudende kinderspeletjie onderbreek is, toe moeder werf toe geroep het: „Eerkie, my kind, dit word laat, jy moet kom slaap."

Vir my was Kleibank onuithoudelik, want oom Eerk se plaas het hom nie meer geken nie, en tant Fyta het te veel na die buitedeur geloop of na die leë stal waarin die plek van die twee karperde ook nou leeg was. Aan tafel was daar nooit meer die geraffineerde wisselgesprek tussen oom Eerk en tant Fyta en . . . die buffer nie: Kleibank was dood omdat die laaste bedryf van die gemeenskaplike drama afgesluit is.

En tog . . . na jare kom nog steeds die vraag: wat was die werklike verhouding van die egpaar? Hoe het 'n maaltyd sonder 'n buffer verloop? Wat was hulle gesprek wanneer die ou geelhoutdeur van die slaapkamer die twee oues afgesluit het van kinders, familie, vriende of gaste? Altyd opdoemende vrae, ewig onbeantwoord, want die mens is gevange op die aarde en is 'n eenling in die diepste van sy siel.

1957

UYS KRIGE

Dood van die Zoeloe

Dit was ongeveer twee uur nadat ons deur die Duitsers aangekeer is; en ons was besig om van Figtree na die Tobroekhawe voet te slaan. Dit was in die hartjie van die somer, die son reeds hoog teen die lug, maar goddank nog nie te warm nie – alhoewel die harde, kobaltkleurige voorkoms van die hemel my maar alte goed laat besef het dit sou nie lank wees nie voor die hitte ondraaglik word en dit in 'n bibberende sonvloed op daardie dorre aarde neerslaan.

Ons het niks gedoen – had nie eers los gedagtes nie, so het dit my voorgekom – net maar aangestrompel, ons swaar voete deur die sand gesleep om die stof òf in yl geelgrys dampe in die duike of laagtetjies teen die lug te laat opstaan òf dit in fyn pofvlagies om ons stewels te laat draal op die gelyktes.

Dit was asof ek twee breine had: die een totaal verlam, die ander volkome bewus, besig om daardie woestynwêreld om ons koel en nugter waar te neem. Net een gesig was helder en skerp omlyn: daardie magdom mans wat, swyend en stug, aanpiekel na Tobroek. En net een geluid hoorbaar: die skerp geklikklik of stadige geknars van woestynstewels wanneer ons 'n klipplaat of 'n strook los grint teëkom.

Daardie stewels, daardie ewige vertraagde, sleurende plof, plof, plof . . . Soos 'n trom . . . soos die langsame gepols van 'n trom. En met 'n enkele eentonige refrein: uit niks, deur niks, na niks . . . Uit niks: die dreunende lugledigheid van die veldslag. Deur niks: hierdie vreemde onwerklike toneel asof flikkerend in 'n rolprent. Na niks: die reusagtige ondenkbare leegte van ons lewe van gevangenskap wat ons voor die deur lê . . .

Dit sou juister wees om te sê dat ek skynbaar nie twee nie, maar drie breine had, die derde luisterend na 'n monoloog deur die wakker, besinnende gees. „Ja, vroeër het dit altyd vir jou gelyk," was die bewuste gees besig om te sê, „asof jy net in die verlede of die toekoms lewe, nooit werklik in die hede nie. Die hede het jou altyd ontsnap, soos sand deur jou vingers geglip. Maar nou het jy jou hede en wat 'n geskenk, broer, wat 'n gawe! 'n Teenswoordige tyd so teenwoordig as maar kan kom. Werklik, baie werklik . . . En jy kan nie vir hom wegkruip in die loopgrafie van ou herinnerings nie. Want selfs húlle is kapot. Nog minder kan jy 'n doringdraad teen hom span met jou hoop, jou verwagtinge, jou planne vir die toekoms. Want ook jou toekoms is na die maan. Daar is geen verlede nie. Daar is geen toekoms nie. Daar is net hierdie oomblik, hierdie nou, hierdie niks."

Daar het lyke langs die pad gelê, party alleen, party in klompies. Ek het nie na hulle gekyk, nie in die minste in hulle belanggestel nie. My oë het oor hulle geglip asof hulle ou stukke motors was, rondgestrooi iewers in 'n verlate agterplaas.

„Hulle's dood en hulle't 'n vrou soos jy . . ." hoor ek 'n dowwe stemmetjie van ver af fluister. „Hulle's dood en hulle't 'n moeder soos jy . . ." klink die stem nou vas en helder op.

Dit was my verslae gees wat ontwaak het; en die monoloog het 'n dialoog geword.

„Dit raak my nie . . ." hoor ek die nugter gees sê, maar hy is vinnig besig om sy onverstoorbaarheid te verloor. „Laat hulle almal na die hoenders gaan . . . Laat hulle almal reguit na hul maai gaan, ek gee nie 'n hel om nie!"

Onderkant die volgende hang het die pad 'n wye draai na links gegooi. Ek was aan die regterkant van die pad toe ek iemand hoor roep. Onwillekeurig het ek opgekyk. Regs, in die bog se vou, ongeveer vyftig tree van my af, sien ek 'n Duitse offisier staan bo iemand uitgestrek op die grond. Hy roep weer, wenk met sy arm. Alhoewel ons groepie uit minstens twaalf stuks mans bestaan, dink ek suf: „Dis ék na wie hy roep, hy kyk reguit na my, ek kan sien hy het blou oë . . ."

Werktuiglik het ek onder my maats uitgestap. En nou gewaar ek twee ander Suid-Afrikaners langs my. Ek weet nie wie hulle is nie. Hulle moes deurentyd daar langs my of kort agter my gewees het gedurende daardie hele lange ellendige trek vanaf Figtree, maar toe het ek hulle nooit eens raakgesien nie; dis slegs nou, terwyl weerskante van my ook hulle op die offisier en die figuur aan sy voete afstuur, dat ek bewus raak van hul teenwoordigheid. En alhoewel ek minstens 'n kwartuur in hul geselskap sou deurbring, kan ek my vandag 'n jaar later nie 'n enkele trek of liggaamlike kenmerk van die twee mans herinner nie.

Die volgende oomblik het ek langs die man op die grond te staan gekom. Dit was een van ons naturellesoldate, en aan sy bou en gelaatstrekke kon ek, as iemand wat jare lank in Natal geleef en onder die Zoeloes gewerk het, hom dadelik as 'n Zoeloe eien.

'n Bom moes naby hom geval het. Sy linkerarm was by die elmboog af. 'n Bomsplinter moes dit middeldeur gesny het soos 'n mens 'n droë mieliesteel met 'n vinnige beweging van jou vingers stomp afbreek. Sy hemp, vol kratertjies, is styf van ou droë bloed.

Dan sien ek sy oë. Hulle is 'n helder gitswart, deurtrek van pyn; tog lyk hulle vir my op 'n eienaardige manier afsydig. En ek kry ook die indruk hy sien my glad nie raak nie.

„*Kuyini umfana?* (Wat is dit, jong Zoeloe?)" vra ek terwyl ek oor hom buig; en dis of ek my stem met 'n bars ondertoon hoor sleep oor die sand as sou hierdie gebeurtenis 'n verdere stommiteit wees waarvoor ek nie in die minste verantwoordelik is en waarin ek om die dood nie betrokke wil wees nie; en as sou daardie norse stem in werklikheid wil sê:

„Hiermee is ek klaar en gedaan, hoor julle? Klaar en gedaan . . . Laat staan my! Vir wat word ek hier ingesleep? Laat my in godsnaam met rus . . ."

Toe hy sy eie taal hoor, lig die jong Zoeloe sy kop effens. Sy oë lyk skielik blinker en hul uitdrukking het verander: dit is nie langer afgetrokke nie, maar intiem. Dan sak sy kop terug, maar kyk hy pal na my. „*Hau . . . umlungu . . .*" kreun hy. „*Kubi . . . Insimbi ingshayili . . .* (O . . . witman . . . Dit is nie 'n goeie ding nie . . . Die yster het my geslaan . . .)"

En meteens besef ek ek is weer normaal, my gees nie langer gesplete nie, maar 'n geheel met volkome logiese gewaarwordinge en reaksies.

Ek het orent gekom, kyk om my. Ek sien hoe die Duitse offisier op 'n afstand van omtrent vierhonderd tree in 'n stofwolk in sy vragmotor wegtrek. Ek draai weer na die Zoeloe om. Hy is nou in 'n halfsittende posisie; en een van die twee onbekende manskappe sit op sy hurke hom van agter en vashou.

„Hoe voel jy, *umfana*?" vra ek hom terwyl ek langs hom kniel.

Daar kom 'n koue skittering in sy oë, dan sê hy langsaam, baie duidelik: „*Umlungu, ngidubule . . .* (Witman, skiet my . . .)"

Daar is nie aan te twyfel nie, hy pleit met my – blykbaar heeltemal onbewus van die feit dat ek, net soos hy, 'n krygsgevangene is sonder 'n wapen en derhalwe ewe magteloos teenoor sy lot.

„Moenie so praat nie, *umfana*. Jy het maar net 'n arm verloor. Baie mans het 'n arm verloor, en hulle stap weer rond, laggend, met hul kop in die son."

„*Ca . . . ca . . .* (Nee . . . nee . . .)" prewel hy, driftig, deur saamgeperste tande.

„Ja . . . ja . . ." vervolg ek terwyl ek al vinniger praat. „Ons sal vir jou 'n dokter kry en jou na die hospitaal neem" – ons, ons, wie die joos is ons, dink ek, ons is niks, minder as niks – „en daar sal hulle vir jou goed wees en jou gou gesond maak en dit sal nie alte lank wees nie of jy is terug onder jou eie mense in Zoeloeland . . . En dan sal jy jou weer besig hou met jou eie dinge . . . Jy sal weer saai . . . en jy sal weer bier maak."

Ek weet nie wat my dit laat sê het nie. Ek weet dis nie waar nie. Met 'n hol klank slaan my eie woorde in my ore terug.

„*Ca, umlungu . . . Ngidubule! Ngidubule!* (Nee, witman . . . Skiet my!)" Hoe sterk tog sy stem, dink ek, buite alle verhouding met sy liggaamlike krag.

„Hulle sal jou, *umfana*," herhaal ek meganies, „gou gesond maak."

„Nee, nee, witman . . ." en hy skud sy kop op presies dieselfde manier as wat ek so dikwels ou Zoeloe-indoenas hul koppe sien skud het wanneer hulle by 'n indaba, deur hul hele houding en uitdrukking, dit aan die blanke beampte onder hulle aan die verstand wou bring dat al sy kennis en al sy kunde geensins kon opweeg teenoor hul eeue-oue oorgeërfde stamwysheid nie. „*Ngipelile . . .* (Ek is gedaan . . .)"

Twintig tree daarvandaan het 'n klein woestynmotor gaan staan. 'n Lang skraal Duitse offisier met skerp gelaatstrekke spring uit en stap vinnig met besliste treë in ons rigting. Gou is hy by ons. 'n Tweede Duitse offisier, kort en stewig gebou, volg hom en staan ook nou langs ons. Die volgende oomblik buk die skraal offisier oor die naturel en bevoel sy bors onder die bebloede hemp. Daar is 'n paar sterretjies en die slang van Aesculapius op sy kenteken; en ek voel meteens verlig.

Ek kyk weer na die Zoeloe se arm. Die grootste gedeelte van sy elmboog het 'n kors gekoekte bloed. Die wond bloei nog, maar effens, slegs 'n straaltjie sypel deur die verbryselde vlees.

„*Ngidubule!*" Sy stem is nie langer smekend nie, maar het 'n weerbarstige toon asof in protes verhef dat hierdie versoek geensins buitensporig is nie, maar 'n billike beroep op my regverdigheidsin.

My blik dwaal oor sy pragtige liggaam. Die breë borskas bult uit onder die leërhemp. Die dye soos hulle uitsteek onder die vuil bloedbespatte kortbroekie, is van 'n klassieke eweredigheid, die kuite ewe sterk en simmetries.

Dan val dit my by dat die Zoeloes, liggaamlik, besonder welgeskape is; die Zoeloemans buitengewoon trots is op hul liggaamsbou; dat hulle enige mismaaktheid – en veral verminking – as onnatuurlik, selfs gedrogtelik, beskou; en dat hul vanmelewe se dae alle kinders gedood het wat kreupel gebore is. Natuurlik wil hierdie jong Zoeloe, die nasaat van geslagte van krygsmanne, nou sterwe, verwelkom hy die dood, dring hy daarop aan, eis hy dit op as sy geboortereg, want hierdie gebroke nuttelose liggaam, dié stompie van 'n arm, is hulle dan nie 'n smaad en 'n skande om sowel die mens as die geeste van sy vadere te krenk nie?

Weer glip my oë oor sy bors en ontmoet syne. Ek weet sy blik het nooit my gesig verlaat nie al is die dokter nog altyd besig om hom te ondersoek. Nou, doodgewoon, asof hy my gedagtes gelees het en hy die volste vertroue het sy wens sal uitgevoer word, sê hy stadig:

„*Ngidubule, umlungu . . .*"

„Nee, jy praat dom dinge."

„*Ngidubule!*" Die kort tussenpose van kalmte is verby, die stem weer dringend. Bevat dit 'n verwyt?

„*Ngidubule, umlungu, ngidubule!*" Ja, dit is verwytend. God, sal daardie ewige kreet van „*Ngidubule . . .*" nooit end kry nie?

Die dokter het sy hand onder die hemp uitgetrek, omgedraai en kyk nou na my.

„Wat sê hy?" vra hy in Duits.

„Dit is sy versoek dat ons hom sy dood gee . . ." antwoord ek om dadelik te besef dat ek 'n stroewe letterlike vertaling in Duits gegee het nie van wat die Zoeloe so pas aan my gesê het nie, maar wat sy opperhoof langsaam en plegtig aan sy bejaarde stamlede sou verklaar het, was hulle nou in 'n hut om die vuur gehurk, besig om oor die sterwende man se geval te beraadslaag.

Of die Zoeloe eindelik begryp het ek wou dit, kon dit nie doen nie en of hy oplaas die Duitse dokter herken het as sy vyand wat derhalwe volgens sy intuïsie, minder afkeurig sou wees van 'n dergelike daad, weet ek nie; maar so gou hy hierdie nuwe vreemde stem hoor indring het op ons dialoog, het hy nie langer na my gekyk nie, maar na die Duitser.

Al leunende teen die Suid-Afrikaner wat hom van agter stut, had hy dusver sy regterhand op die grond. Maar nou, in 'n verbete poging, terwyl sy lippe bewe van die pyn – daar is skuimvlekkies op hulle vermeng met bloed – lig hy sy hand op na sy hempsfront en stadig, tastende, ontbloot hy sy bors. Dan terwyl hy vorentoe beur, sê hy in 'n diep-klinkende stem aan die Duitse kaptein:

„*Wena aungidubule!* (Skiet *jy* my!)"

Snaaks, maar op daardie oomblik was dit amper soos 'n bevel.

„Hy wil hê dat *u* hom moet skiet . . ." sê ek aan die dokter; maar die Duitser wat orent gekom het en penregop langs my staan, swyg.

„Het hy 'n kans?" vra ek.

„Glad geen kans nie," kom die nadruklike antwoord. „Hy's seker gistermiddag gewond, het die hele nag hier gelê. Hy't al so baie bloed verloor hy kan nie veel meer oor hê om te verloor nie . . . Was hy 'n blanke, sou hy al lankal dood gewees het . . ."

En toe merk ek dat alhoewel ons Duits gepraat het, ons instinkmatig 'n paar tree van die Zoeloe af weggestap het asof bevrees hy sou ons dalk verstaan.

„En hy praat nog," stakkato die offisier se stem voort, „met al daardie skrapnel in sy liggaam! Hy sal heel waarskynlik sterf voor ons by die veldhospitaal kom. Maar mens weet nooit, hy's so sterk dalk lewe hy nog ure lank."

Ek wend my weer tot die Zoeloe. „Die dokter sê jy's swaar gewond, maar dat jy baie sterk is en jy jou nie moet bekommer nie. Ons gaan jou na daardie trok dra, jou na die hospitaal neem."

„Nee, nee . . . Ek is gedaan . . . Skiet my . . . Ek kan nie langer leef . . . wil nie langer leef nie. Die pyn is te diep . . . *umlungu* . . ." En hy kreun weer, sy stem nou swakker, en vir die eerste maal sluit hy sy oë vir langer as 'n oomblik. Dan val sy hand slap terug op die grond, swart teen die bleekgeel aarde.

Die dokter het my aan die arm geraak. „Miskien is dit nog die beste uitweg," sê hy en wenk die jong offisier om nader te staan. 'n Bevel van die kaptein en die luitenant het sy pistool uitgetrek en aan my oorhandig. Ek staan daar, asof versteen, met die pistool in my regterhand.

„Umlungu . . . umlungu . . ." is al woorde wat die Zoeloe, met toe oë uitgestrek aan my voete, nou deur sidderende lippe prewel; en hy hou aan om hulle te prewel terwyl sy stem nooit bo 'n gefluister uitstyg nie. Dog daardie herhaaldelike *„umlungu . . . umlungu . . ."* het, lyk dit my, 'n ondertoon van eerbied, byna van ontsag – nie, voel ek, omdat ek 'n offisier en hy 'n manskap is nie, maar omdat ek op daardie oomblik voor sy verwarde gees, half kranksinnig van pyn, soos iets vas en onwrikbaar moet staan as sou ek die groot weldoener wees wat in my hande dra die godsgawe van verlossing en die helende

vergetelheid van die dood.

Ek kyk van die pistool na die kaptein, van die kaptein terug na die pistool – en dan na die Zoeloe. Intussen het hy sy oë oopgemaak.

„Ngidubule!" weergalm sy stem in my ore, so sterk soos altyd.

Ek skud my kop. „Nee," sê ek aan die kaptein en gee die pistool aan hom, „ek skiet nie my vriende nie."

Dit was minstens twee sekondes voor ek besef het ek het die Duitser in Zoeloe aangespreek.

Die Zoeloe se blik het die pistool se beweging gevolg; nou staar hy stip na die kaptein. 'n Paar oomblikke lank staan die Duitser roerloos asof met die pistool opgeskeep. Dit lyk of hy wik en weeg. Dan draai hy na my om en sê stadig met klem:

„Dit is my taak om die lewe te beskerm, *nie* om dit te vernietig nie."

„En nie om pyn te stil nie?"

„Ja, wel om pyn te stil." Hy praat nou selfs stadiger; maar sy stem het sy gebiedende toon verloor. „Dit sou egter teen die Rooi Kruisreëls wees. Ek is nie eers toegelaat om 'n wapen te dra nie..."

Hierdie tipiese Duitse eerbied vir reëls en regulasies, hoe onvanpas op hierdie plek en in hierdie omstandighede!

Met 'n ongeduldige beweging gee die kaptein die pistool terug aan sy eienaar. „Herr Oberleutnant Müller," beveel hy op militêre toon, „skiet hierdie man!"

Dan sien ek hoe die Zoeloe se hand teen sy bors opkruip en vergeet ek alles, boei daardie hand my onweerstaanbaar. Dit is 'n breë vierkantige hand met 'n groot vratjie op die voorvinger – en op hierdie oomblik lyk dit vir my asof dit pols van lewe, dit een van die lewenskragtigste dinge is wat ek nog gesien het. Die groot sterk vingers voel-voel na die soom van die hempsfront waar die V-opening eindig, sluit in 'n vaste greep daaroor, daar is die skielike skeurgeluid van kakiestof wat in 'n enkele pluk oopgeryt word, en die hemp val oop om die hele borskas bloot te lê. Die regterkant is skaars geraak, glim van die sweet op die gladde swart vel, maar die linkerkant, tot nou toe deur die hemp bedek, is gruwelik vermink.

Ek kyk weg. Die luitenant het na vore gestap, staan nou vlak by die Zoeloe, sy gesig stroef, sonder uitdrukking; en in 'n regop, gespanne houding met sy regterarm uitgestrek, hou hy die wapen, gerig op die sterwende man, strak voor hom uit.

Die Zoeloe se hand grawe diep in die sanderige grond asof hy steun soek vir sy swaar liggaam. En vir my lyk dit nou asof die man in 'n laaste bomenslike kragsinspanning homself wil ophef, opstaan en hy, fier en sonder vrees, met albei voete vierkantig op die grond, sy dood van aangesig tot aangesig wil ontmoet. En meteens het hy sy skouers breed gemaak, hulle teruggestoot en beur hy met sy bors vorentoe en opwaarts asof om die vyand 'n groter teiken aan te bied of om sy bors styf teen die pistool se loop vas te druk.

En nou straal sy wydoopgesperde oë asof al die hartstogtelike lewe in hom in húl dieptes saamgetrek is.

„*Ngidubule! Ngidubule!*" breek dit deur sy droë, gekraakte lippe in 'n crescendo, soos 'n uitroep van vreugde, 'n skreeu van triomf; en ek word herinner aan die Zoeloestrydkreet wat ek al so dikwels, woes en barbaars, hoor losbars het uit 'n duisend kele wanneer die oorlogsdans styg tot sy rasende, tartende hoogtepunt.

„*Ngidubule! Ngidubule!*"

Ja, hy tart sy liggaam uit, tart sy pyn uit, tart die dood uit.

Ek staan daar, vasgenael, kyk pal na hom af. Ek wil my van dié plek wegpluk, maar ek kan nie.

Versigtig, stelselmatig vat die luitenant korrel langs die pistoolloop.

Ek voel 'n hand op my skouer. 'n Oomblik lank rus dit daar, slap, sonder beweging. Dan vat dit my sleutelbeen styf vas. Ek draai half om. Dis die kaptein. Langsaam laat hy my heeltemal omdraai. Hy neem 'n tree vorentoe. Ek volg hom.

Ek wag, voel ek, op nog 'n brullende „*Ngidubule*" eerder as op die knal van die pistool; en toe 'n slakskulp (een van daardie tallose beenwit skulpies soos kopbeentjies oral oor die woestyn versprei) onder my voete klap, sidder ek.

Ons het ongeveer vyftien tree gestap voor die pistool geknal het. Daar is nie weer geskiet nie.

Ek het 'n baie vae herinnering van wat daarna gebeur het.

Ek onthou nog hoe die Duitse kaptein sy hakke bymekaargebring en my gegroet het met 'n beleefde „*Auf wiedersehen*"; hoe die twee offisiere in hul motortjie weggery het; en hoe ek geruime tyd verdwaas daar op 'n plat klip langs die voetpaadjie gesit het.

Bene, baie bene het verby my gemaal, aangehou om in en uit my nou gesigskringetjie te skuiwe. Maar hulle het geen indruk op my gemaak nie; in 'n dowwe, onsamehangende manier het ek meer belang gestel in die vlagies stof, wat nie opgehou het om die lug op te krul, om my stewels te kronkel en dan in 'n dun bleekgoue lagie op die breë vierkantige neusleer uit te sif nie.

Hoe lank ek daar gesit het, starende na my skoenpunte, weet ek nie. Iemand het uitgeroep: „Komaan, opskud, Du Toit! Toe, man, aanstryk . . ." en toe ek my weer kom kry, was ek nogmaals deel van daardie naamlose skare krygsgevangenes wat stadig en moeisaam aankruie na Tobroek.

1962

ABRAHAM H. DE VRIES

Die gusooi

Die louwarm noordwestewind wat elke middag opsteek, droog alles uit. Waarvandaan hy kom, weet niemand nie en waarom ook nie – en min mense aanvaar hom in die lig van die geil jaar wat die hele aarde tot barstens toe volgemaak het. Selfs die hoek van die huis blaas net 'n eentonige eenderse deun.

Die lug in die voorkamer waar Klara sit, is koeler, want sy het die venster vanoggend al toegemaak. Sy brei.

„Sjoe, dit kook buite!" Tinus kom by die deur in en kap sy hoed oor die klipbokhorinkies teen die muur. „Die arme skape kry moeilik; hierdie tyd van die jaar is dit beter om 'n gusooi te wees." Tinus tel nooit sy woorde nie. Hy bedoel net wat hy sê en niks meer nie.

Sy staan op om vir hom koffie in te skink en sit die breiwerk eenkant neer.

„Kan jy nou meer, nê? Was Bollie alweer hier dat sy kan sien wat daardie klong van haar gaan kry?" vra hy en tel die breiwerk op. Dit lyk ongemaklik in sy growwe hande, veral as hy probeer om dit nie vuil te smeer nie. Hy sit dit weer neer en vee die sweet van sy voorkop af.

„Jy kan maar jou hande in die kombuis kom was," sê sy toe sy die bloed sien. Hy staan op.

„Ek moes daardie Persie help," antwoord hy en vervolg: „Die moeilikheid met die wind is dat dit die lammers te gou droogmaak. Die ooie kry nie kans om hulle skoon te lek nie, dan versmoor hulle."

„Hoeveel is daar al?" vra sy.

„Om en by die tagtig."

„En jy kla nog, Tinus? Wat maak die wind saak as die jaar so mooi was?"

Hy lag. Sy weet sy klagtes is goedig. Die jaar was dragtig tot dusver. Jy kan dit sien as jy by die venster uitkyk. En jy kan dit hoor aan die loom, tevrede geblêr van die skape in die takkraal agter die huis.

Tagtig, het Tinus gesê.

Terwyl hulle besig is om in die koel voorhuis hul koffie te drink, praat hulle nie veel nie. Hulle is al drie jaar getroud. Vir die soveelste maal kyk sy die kamer deur en sien hoe netjies alles op hul plek staan: die mat, die stoele, die asbakkies op die boekrak en op die tafeltjie, Tinus se hoed aan die horing. Niks is uit hul plek nie.

Sy wens skielik Tinus wil van sy koffie mors. Dit sal 'n groot plas op sy klere maak – miskien sal dit selfs op die bloedkolle val – en op die mat. Dan sal sy die skoonmaakgoed gaan haal, hom selfs betig oor sy duimerigheid en die kol skoonmaak.

Maar dit sal tog iets in haar bevredig.

„Ek moet weer gaan, my vrou. Kleinklaas kan nie manstaan daar by die lammery nie en ons moet netnou melk ook nog. 'n Mens weet nooit wat met die skape kan gebeur as jy nie by is nie." Hy staan op, haal sy hoed van die horing af en stap uit.

Die koppies bly staan.

Tinus is begaan oor die skape wat lam. Maar hy is terselfdertyd gelukkig. Hy het al eenmaal soiets gesê, en hy het toe ook nie gedink aan hoe sy mag voel nie. Dis die mooiste iets wat daar bestaan om te sien hoe 'n nuwe klein skaap soek om sy bene onder sy lyf te kry, het hy gesê. Is dit omdat hulle kan voortplant, kan lam dat hy so erg is oor die skape, dink sy wrang.

Sy begin weer brei. Maar haar gedagtes is nie daar nie. Haar gedagtes is buite by die skape en die wingerd hier voor die venster, waar die wind die stof opjaag teen die volgeswelde korrels.

Die skape lek aanhoudend die lammers, om hulle skoon te kry voordat die wind hulle uitdroog.

Tinus is vuil, maar hy is gelukkig.

Alles, alles is dragtig besmet, vol van ongebore lewe wat bars om uit te kom. Net sy sit steek vir steek en brei in 'n huis waar daar 'n koel en skoon stilte is, aan 'n stukkie klere vir die bediende wat by haar werk se kind.

Daar is iets onklaar in die huis, in die kamer waar sy sit. Dit is asof die buitelyne van alles getrek is, maar asof daar iets daartussen ontbreek.

Sy reken uit. Bollie se tyd kan nie meer te ver wees nie. Sy het gister al opgehou met werk in die kombuis en huis toe gegaan. Eintlik moet dit eers teen die end van die maand wees, maar 'n mens kan nie seker wees nie.

'n Oomblik laat sy die breiwerk sak, trek die gordyne oop en staan buitentoe en kyk. Maar dit is asof die wind iets in haar uitdroog. Sy stap kamer toe en gaan op die bed lê.

Op die rakkie bo-kant haar bed staan 'n kiekie van Tinus toe hy nog klein was, en oopbek soos 'n lam wat melk soek op 'n kruiwa sit met 'n swart pet op. Alhoewel sy nie daarna kyk nie, sien sy dit in die laaste tyd telkens raak.

Sy rek haar uit op haar een sy, vat die kiekie en sit dit in die boonste laai van die spieëltafel. Toe sy klaar is, wonder sy skielik presies waarom sy dit gedoen het. In die laaste tyd raak sy al meer impulsief, doen sy dinge waaroor sy later spyt het.

Bo teen die dak lê die balke bruin en knottig in die halfdonker. Sy kyk daarna en dink, miskien raak sy 'n bietjie aan die slaap. Maar toe Tinus later inkom, deur sy neus blaas en eenkant op die bed gaan sit, is sy nog wakker.

„Vyf. Dis nou vir jou 'n spulletjie hoor! 'n Mens sou sweer die spul kan nie tot vannag toe wag nie. Die helfte van die lammers lê klaar in die son. Maar, ounooi," hy buk skielik oor na haar toe, „hierdie jaar voel dit my is daar nou net nie 'n ooi wat nie 'n lam kry nie." Sy oë lag. Hy is gelukkig. „Kyk dan nou maar net so hier . . ." Hy staan op nadat hy 'n brief ewe asof dit hom nie raak nie op haar bors neergegooi het, en trek die kam deur sy hare.

Tinus is in werklikheid nog jonk, dink sy. En hy is altyd netjies, selfs as hy moeggewerk is. Sy is drie jaar ouer as hy, maar niemand sal dit ooit sê as hulle dit nie weet nie. Miskien is dit omdat sy lewe met 'n jong hoop in haar.

Hoop! Sy moet glimlag. Die dokter het voorgestel hulle moet 'n kind aanneem. Maar hy het dit vantevore al vir ander vrouens ook gesê. Die lewe is sterker as die dinge wat hulle weet en kan vasstel. En die hoop is sterker.

Tinus kom woel haar hare deurmekaar. Hy het dit lank laas gedoen. Daar is iets goeds op sy hart.

„Het jy gehoor wat ek gesê het?" vra hy. „Jy maak nie eens die brief oop nie. Dis van die weeshuis in die Kaap. Volgende maand . . . Ek het mos gesê vanjaar is 'n geil jaar!"

Toe weet sy skielik nie wat om te sê nie. Sy draai haar kop weg om nie in sy gesig uit te skree sy wil nie iemand anders se kind hê nie. Hy het dit opreg bedoel. Tinus is 'n praktiese mens. Hy kyk dinge in die oë.

Maar hy verstaan nie. 'n Geil jaar, het hy gesê. Geil, ja, maar op watter manier!

„Kom, ek gaan vir ons kos maak," sê sy en staan op.

„Is jy dan nie eens bly nie, Klaartjie?" Hy lyk teleurgesteld.

„Ja, natuurlik, Tinus," sê sy. „Moet 'n mens nou net tekere gaan as jy bly is?" Hy antwoord haar nie.

In die kombuis staan sy 'n oomblik stil. Buite blêr die skape aanmekaar, asof hulle haar vraag beantwoord. En tussendeur is daar die stemme van die pasgeborenes. Sy kan dit nie mishoor nie.

„Hoekom het jy nie die venster oopgemaak nie? Dis mos ongesond warm hier in die kombuis," vra Tinus toe hy 'n rukkie later inkom.

„Dis die smeulstoof wat die vertrek so warm maak," antwoord sy.

Sy kan nie aan die slaap raak nie. Hulle het die venster van die slaapkamer wyd oopgesit, sodat die naglug koel kan intrek, maar dit is nie die bedompigheid wat haar wakker hou nie. Buite lê die wingerde en die klaargeoeste lande vredig langs mekaar in die halfdonker. Dit is net die stoppelland wat blink. Die wingerde is donker omdat die blare donker is.

Maar die stoppelland is leeg, dink sy. Klaar met die oes. Dis van volheid en van lewe wat die wingerd donker is.

Langs haar slaap Tinus vas van die moegheid. Sy kan hom dit nie kwalik neem nie. Tinus voel nie die dinge wat sy voel nie. Hy is die hele dag buite besig, sien die saad in die grond ingaan en later voldrae word in die oes. En hy is prakties genoeg om die droë jare te aanvaar soos die vettes.

Oor 'n maand, het hy vanmiddag gesê. Sy sal moet begin voorbereidings maak. Daar sal 'n nuwe klein mensie in die huis inkom. Hy moet die plek inneem van die een wat sy nooit kon hê nie. Die plek wat altyd so netjies was, sal omgekrap wees soos sy dit altyd graag wou hê. Miskien sal daar selfs meer as een kol op die mat wees; miskien naderhand soveel dat sy nie meer sal omgee nie.

Hoe meer sy reken wat sy alles moet hê, hoe meer loop haar berekeninge verkeerd. Dis asof sy iets moet doen wat teen haar sin is en asof die natuur elke keer 'n ander gedagte instoot vir ewewig.

Sy moet vir haarself erken Tinus het gelyk gehad toe hy gesê het sy is nie geesdriftig nie. Hoekom sal sy wees? Dit is nie haar eie kind nie. Dit is soos iemand wat hier kom bly, maar geen deel het aan die huisgesin nie. Dit nooit kan word nie.

Want lewe kan nooit die plek inneem van wat nooit anders as in die verbeelding gelewe het nie. Selfs al lyk hy ook later soos Tinus – sy neem ook by voorbaat aan dis 'n seuntjie – en die mense sê hy is 'n pure Masyn, sal sy weet hy is dit nie. Hy is 'n vreemdeling. Hy sal dit van die begin af wees.

En waarom? Waarom?

Die gusooie is gelukkig, het Tinus gesê. Het hy geweet van wie hy praat toe hy dit gesê het? Miskien sou hy dit dan nooit gesê het nie. Maar hy het toe al geweet van die kind in die weeshuis. En hy is te spontaan om tweemaal te dink.

Sy staan op. Tinus word nie wakker daarvan nie. Miskien, dink sy – en sy weet met 'n ironiese glimlag dat dit sentimenteel is – miskien dink hy aan die skape wat hy vanmiddag gehelp het en aan die lammers wat nou buite lê. Miskien groei hulle in sy droom en spring die een na die ander oor die kraalhek. Van skape tel, raak 'n mens aan die slaap, het hulle altyd gesê.

Sy het nie vir Kebols sien kom nie en skrik half toe hy buite die venster na Tinus roep.

„Ma sê meneer moet asseblief die dokter laat kom, meneer. En Ma vra of mevrou nie solank soontoe sal kom nie."

Tinus word wakker.

„Gaan jy solank en kyk dat alles reg is. Ek sal die dokter bel en vir hom hier wag," stel hy voor.

Sy trek haar rok aan, bind 'n doek om haar hare en stap al met die rivierpaadjie langs na die kleurlinghuisie toe. Net die skape is lewendig, verder is dit doodstil.

Net die skape en ek, dink sy, maar sy het nie kans om die gedagte trek te gee nie. Tog laat dit 'n gevoel agter wat haar nie toelaat om die nag om haar raak te sien soos toe sy nog 'n jong meisie was nie.

Toe sy die voordeurtjie oopdruk, moet sy haar oë 'n paar maal knip om aan die donker gewoond te raak. Die drie kerse wat sy vir Bollie gegee het, lê langs die pitlampie wat rokerig brand. Sy steek hulle aan.

Toe kan sy maar net sit en wag dat die dokter moet opdaag, want die groot pot kookwater hang reeds oor die es. Een of twee maal het sy gesien die vrou glimlag met haar as sy vra wat sy moet doen. Bollie het al vier kinders in die lewe gebring en daar was nie altyd die vooruitsig van 'n dokter nie.

Die pyne kom met rukke en raak intenser. Maar tussenin wanneer sy stil lê, kan sy sien daar is 'n glimlag op die vrou se gesig. Sy is gelukkig, dink Klara.

Die huisie is karig gemeubileer. Daar is net die bed en eenkant 'n lendelam tafel. Verder hier en daar 'n kassie.

„Dis al die vierde maal, m'vrou. Dis seker die laaste maal. Maar Klaas wil so graag nog kinners hê. Hy kan skaars vir hulle sôrre, maar as hulle nie daar is nie mevrou, dan mis 'n mens elkene van hulle."

Die vierde.

Klara staan op en maak die bo-deurtjie oop. Tinus en die dokter bly lank weg, dink sy. Sy skrik amper toe sy omdraai en hulle die deur van die ander kant af oopstoot.

„Ou Bollie, dit lyk vir my jy het my amper nie meer nodig nie. Kom ons kyk wat ons kan doen," groet die dokter. Hy buk oor die bed en skuiwe die kussings reg.

„Mevrou het gevra wat sy moes doen, maar sy weet mos nou nog ook nie, dokter. Sy het darem baie gehelp . . ." sê Bollie. Klara draai haar kop weg. Tinus sien nie hoe sy die deurtjie met haar hande vasvat nie. Dit is vir hom net snaaks toe sy sê : „Wag jy maar hier in die kombuis tot dokter klaar is en bring hom. Ek gaan kyk dat daar koffie vir julle is . . ." maar hy laat hom dit welgeval.

Voor die hekkie van die tuintjie wat hardnekkig teen die elemente hou en groot dahlias dra, gaan sy 'n oomblik staan. Alhoewel dit lou is, voel sy koud en leeg. Sy het iets in die eenvoudige huisie agtergelaat – iets wat sy nie die naam van weet nie, maar noudat sy buite staan, weg van die intieme kring daar binne af, is dit asof daar iewers in haar hele samestelling 'n voos kol is.

Dokter drink nie melk in sy koffie nie, dink sy en stap met die voetpaadjie langs tussen die haak-en-steek deur. Die naglug waai haar rok teen haar bene vas. Sy gaan staan, omdat dit haar stap belemmer.

Tinus het gesê dis beter om hierdie tyd van die jaar 'n gusooi te wees. Dit bly haar by. Beter ja, maar as hierdie tyd van die jaar aanhou? As die lewe om haar kom en gaan en sy soos 'n eenkantboom staan en nooit vrugte dra nie? As alles tot barstens toe vol is en die wind hier teen haar moet aanwaai soos teen die stoppelland, wat dan, Tinus?

Toe hoor sy dit. Duidelik asof dit vir haar bedoel was en skerp bokant die geblêr van die skape hier langs haar uit – die kind se eerste skree. Dis grof en wild, die herhaling van baie daarvoor en baie daarna, die herhaling van die lewe self. Dis asof dit agter die wind is wat skielik weer haar rok teen haar waai, asof dit met haar spot.

Sy staan stil. Soos 'n skaduwee wat vorm aanneem en skielik voor haar staan, weet sy wat sy agtergelaat het. Dis swart daar teen die kop waar die kleurlinghuisie staan – soos die wingerde swart is. Haar man is daar. Hy wag in die kombuisie. En die vrou is daar met haar pasgebore kind. Die lewe is daar, vol en rooiryp.

Maar in hul eie woning brand die lig helder waar Tinus dit aangelaat het, dat jy buite oor die werf ook kan sien en nie moet val nie.

Hul eie huis en die stoppelland. Twee tekeninge met buitelyne wat verkeerd geskets is en geen diepte laat nie.

Langs haar sien sy die vee soos bondels sneeu lê. Sy gaan by die een sit en tel die lam in haar arms op. Die ooi skuur teen haar en blêr. Die lam self skop parmantig. Sy voel dit teen haar, voel ook die asemhaling teen haar nek.

Maar iets soos dun glas het ingeskuif tussen haar en die lewe in haar arms. Die gevoel wat sy eers gehad het wanneer Tinus een van die lammers huis toe bring en sy hulle optel, die bewe en die skop wat 'n snaakse parallel gevorm het met haar eie hartskok, het verdwyn.

En in die plek daarvan het iets kouds gekom, koud en bereken, amper sonder gevoel. Die lam skop en sy voel 'n skeur in haar rok.

Sy vloek.

En toe sy die woord hoor, is dit asof daar iets in haar daarmee saamstem. Sy hou aan die woord herhaal, teen wat en teen wie gee sy nie om nie.

Dis nie teen die lam nie.

En tog klou sy aan hom vas. Sy voel die skouerbeentjies bokant die voorpote. Daar is nog nie vleis om nie en dit glip deur haar arms. Die nek is amper nog te dun om die lug in en uit te laat. Dit voel asof elke asemstoot tussen haar arm en haar bors deurgaan. Sy weet die lam hang aan sy nek, maar sy sit hom nie neer nie. Daar is iets in die rukkerige beweging van die asem en in die bewerigheid van sy hele lyf wat haar raak, op 'n snaakse koue manier raak en met elke beweging 'n teengevoel in haar opbou.

Volgende maand sal hier 'n kind in die huis wees. Maar dit sal nie haar eie wees nie. Dit sal iemand anders wees wat geboorte geskenk het aan hom. Soos die skape hier aan die lammers. Soos die vrou daar bo in die huis aan haar vierde kind.

En sy sal dit kry wanneer dit klaar is. Soos een van die lammers waarmee Tinus inkom as die ooi nie melk het nie, en wat sy moet grootmaak. Sy sal voel asof iewers 'n groot warm kaggel is, en sy elke keer daar aankom voor hulle die vuur aansteek, of as die kole al die ander mense in die vertrek warm gemaak het.

Toe die lam ophou met skop en slap bly hang laat sy hom val en staan 'n oomblik en kyk hoe die skaap hom lek. Sonder om op te kyk, stap sy huis toe.

Die water kook al toe die dokter en haar man inkom. Miskien het hulle gedraai, sodat Tinus sy oes vir hom kan wys, dink sy. Sy gooi die suikerpot vol en maak die blink lepel daarin staan. Dokter drink nie melk in sy koffie nie, maar sy kan nie onthou of hy suiker neem nie.

Sy bewe nie. Daar is net 'n moeë gevoel in haar, asof alles wat rukkerig gelewe het, skielik weggevloei het.

„Dis snaaks, Klaartjie. Die swartkop se lam lê dood," sê Tinus. Dis asof sy skrik toe sy dit hoor, maar gelukkig staan sy met haar rug na hom toe.

Dokter was sy hande in die skottel warm water wat sy vir hom gebring het.

Sv draai om en bied hulle koffie aan.

„Dis van die wind vanmiddag, Tinus," sê sy. „Hy het te gou droog geword."

1960

Passenger in transit

„My wêreld, dames en here, mý wêreld bestaan uit motors, blikkiesvleis, tandepasta, skoenpolitoer, mense wat op ander mense teer, hongersnood, vrede, stamoorloë, koperbeslag op deure, gou-gaar hawermout, radio's, politiek, bioskope, koerante, wasmasjiene, handdoeke, yskaste, moord en haarnaalde, en ek háát motors, blikkiesvleis, tandepasta, ek háát . . ."

Walter het drie dae gelede al deur die grou strate begin loop en al sy vriende gevra of hulle nie na sy partytjie toe sal kom nie, want hy het 'n verhoging by die werk gekry.

„Dan kan jy mos nou 'n motor bekostig, Wallie," het die een gesê, en die ander: „Ek het jou gesê jy is onmisbaar by die firma," en nog 'n ander: „Jy behoort jou te skaam, jou kapitalis. Kyk hoeveel vrek van die honger. Dit staan vanoggend nog weer in die koerant," en die laaste vriend was nie tuis nie, maar sy maer vroutjie wat ses maande verwagtend is, het gesê: „Jy kan gerus iets na ons kant toe ook gooi. Ben het 'n wasmasjien gaan koop om die baba se doeke te was. Ons sal kyk of ons kan kom."

Vroeg vanoggend het die son 'n repie in sy kamer ingeskyn, geel soos pampoen. Tienuur was die lug al weer bewolk en die radio het los donderbuie voorspel, maar hy het sy strepiesdas aangesit, wat hy spesiaal vir feestelike geleenthede gekoop het.

Elfuur het die telefoon vir die eerste maal gelui. „Koen het skielik gisteraand by die huis gekom met 'n galaanval, Walter. Jammer, maar ons sal nie kan kom nie."

Tien minute oor elf, nadat die son flou probeer skyn het, maar moedeloos moes skoert, het die telefoon weer gelui. „Johan het die motor garage toe gebring, en hulle sê dit gaan weer 'n hele klomp kos. Dis bietjie ver te voet daar na jou toe. Maar geniet die aand . . ."

Halftwaalf. Eenuur. Ses minute oor een. Sewe minute oor een. Daarna minder. Die name wat Walter in sy sakboekie geskryf het, het onder strepe begrawe geraak. Oplaas was daar net die naam oor van die meisietjie wat in die selfbedieningsaak op die hoek van Kerk- en Koninginstraat agter die geldlaai staan.

Walter het haar ontmoet toe hy een oggend ontbytkos gaan koop het, daarna een agtermiddag toe hy op aanbeveling van sy dokter 'n soort warm aanddrankie sonder baie kalorieë moes drink. Sy het lang hare wat oor haar skouers hang en oor al die muntstukke in die laai streel. Haar oë is groot en rookblou.

Op pad terug van die kantoor af het hy vanmiddag weer by die winkel ingestap. Agter die geldlaai was 'n gesette vrou met een goue tand voor in haar mond. Sy het koketterig geglimlag en na hom toe oorgeleun. Maar hy het die meisie se naam vergeet. In sy sakboekie het hy „selfbediening" geskryf.

„Sy . . . werk nie meer hier nie. Dit sal dertig sent wees, meneer," het die vrou vir 'n klant agter Walter se rug gesê. Hy het nog besluitloos bly staan. Hy wou vra wat haar naam is, waar sy nou werk.

„Ek . . . weet nie, meneer, ons is baie besig. Vyf-en-twintig sent en sestig sent. Is dit al? Dit sal vyf-en-tagtig wees. Dankie."

Toe hy uitstap en voor die vertoonvenster gaan staan, het die vrou nie meer agter die geldlaai gesit nie. Sy het by een van die ander vrouens gaan staan en praat en hulle het verontwaardig beduie in hul blou eenderse rokke. Hy het skaam gekry toe hulle na hom wys, daarom het hy aangestap.

Toe het Walter al 'n gedeelte van die toespraak in sy kop gehoor. Ek haat motors, blikkiesvleis, tandepasta . . . maar hy kon nie méér name agter mekaar kry nie.

Dit het al baie gebeur dat hy vóór 'n blik of 'n buisie staan en die naam daarvan nie onmiddellik kan onthou nie. Verlede week wou hy op kantoor vertel van 'n ongeluk wat hy sien gebeur het, en hy kon op die eenvoudige woord „bromponie" nie kom nie. Daar was soveel bloed op die teerstraat.

Kramer het die ongeluk ook gesien gebeur, en hom reggehelp: „Jy bedoel 'n bromponie."

„O, ja. Van die ongeluk . . .," het hy voortgegaan, maar Kramer het 'n kans gesien om weer een van sy flou grappe kwyt te raak: „Jy sal nog eendag 'n bus ook vir 'n bromponie aansien, Walter."

„Ja, maar die ongeluk . . ."

„Daar is 'n verskil tussen 'n bus en 'n bromponie se ongelukke."

„Wat ek wou sê: dit het my gelyk die vrou is dood." Kramer het dit nie geweet nie. Hy was te haastig.

Kramer kan ook nie kom nie. Hy het gebel: hy moet vanaand dringend iemand gaan spreek. „Ek sal hom 'n gat in die kop kan praat, as Meiring net nog nie daar by hom was nie. Jy verstaan mos, Walter. Kwessie van dood en lewe . . ."

Maar Walter verstaan *nie*. Hy verstaan ook nie waarom die vrou wat nou daar werk, niks van die meisie geweet het nie. Miskien het sy gelieg.

Onder in die voorportaal van die dubbelverdiepinghuis, waarvan hy 'n solderkamer huur, het sy hospita vir hom gewag. „Ek het die kamer so netjies reggemaak, meneer. Meneer is self 'n netjiese man, en dis mý trots ook. Here, nie soos dié man van my . . . Maar wat ek wou vra, meneer, is van die geld. Dis vandag die end van die maand en meneer betaal altyd voor die tyd. Dis nie dat ek . . ."

Hy het sy tjekboek uitgehaal en haar betaal. Uit dieselfde sak uit waarin sy die tjek gesteek het, het sy kamersleutel te voorskyn gekom. „Hulle steel in die laaste tyd tot hier by ons ook . . ."

Oorkant die straat en sigbaar uit sy kamervenster is 'n étalage vol winkelpoppe. Elke dag het hulle ander klere aan. Maar vanaand hang daar 'n vaal doek voor die ruit. Hy kan mense daaragter sien beweeg, maar wat doen hulle?

„Hoere!" snuif hy deur sy neus en gaan in 'n diepinsakstoel sit. Voor hom onder die neonlig is elke ding op sy plek en so netjies dat dit lyk soos nuwe goed. Boekrak, radio, klerekas, tandeborsel in die rakkie (soos 'n sirkusakrobaat wat aan sy kennebak hang) buisies, seep, handdoeke.

Die verhoging is tien rand per maand. Dus honderd-en-twintig rand per jaar. Altesaam kry hy nou XXX rand per maand [belasting afgetrek]. Hy skryf die syfers neer, maar skeur die papiertjie vinnig op, want die ander op kantoor mag nie weet wat hy verdien nie. Die bestuurder het gesê dit veroorsaak net probleme. In die bank het hy XXX rand minus die kamerhuur. Dan is daar nog die posspaarbankboekie.

Maar waar is die verdomde boekie? Hy het dit laas gebruik toe hy geld gaan trek het om die warm aanddrankie sonder kalorieë by die selfbedieningsaak te koop.

Bo-op in sy kaslaai lê hemde netjies op mekaar gestapel. Heel bo die witte, dan die bloue en daaronder 'n streephemp. Hy was hulle self. Dit duur 'n nag voordat hulle weer droog is. Sy ander hemde gebruik hy selde. Walter pak die rak hemp vir hemp leeg. In die middelste rak is sy slaapklere en sy beddegoed. Sy hospita voorsien die verskillende kleure lakens. Elke loseerder het sy eie beddegoed. In die derde laai lê wit sokkies en 'n handdoekgoedhemp op 'n kort wit broek.

Agter al dié laaie teen die muur is 'n plakkaat van 'n stiergeveg in Spanje. Hy het dit self daar geplak sodat die kalk van die muur nie aan sy klere kan afsmeer nie. Hy sien dit nou vir die eerste maal weer raak! Toe hy die boonste (die wit) hemp afhaal, sien hy die horlosie teen die nok van die arena. Vyfuur. Die tweede hemp maak die boonste ry sitplekke oop. Nadat hy al die hemde agter hom op die bed uitgepak het, is die syfers op die omheining sigbaar.

Walter sweet. Die radio het vanoggend aangekondig dat daar 'n storm van suid na noord oor die Laeveld trek. Los donderbuie, maar drukkend warm. Hy kyk na die stapel hemde op die kreukelvrye deken. Bo-op lê die wit hemde wat hy nie baie gebruik nie. Die bloue lê heel onder.

Hoe staan die bul nou weer?

Hy pak vinnig die beddegoed en sy slaapklere ook uit. Die stapels agter hom raak groter. In die kas het sy slaapklere bo-op die lakens gelê, nou – op die bed – lê dit onder die pienk en die geel lakens.

„Dan kan jy mos nou 'n motor bekostig, Wallie."

„Kyk hoeveel vrek van die hongerte."

„Ben het 'n wasmasjien gaan koop om die baba se doeke te was."

Die vrou agter die geldlaai in die selfbedieningsaak het 'n goue tand voor in haar mond, maar haar hare is nie lank nie en haar oë is klein sodat 'n mens die kleur daarvan nie kan sien nie.

Niemand het opgedaag nie. Sý met haar lang hare en rookblou oë, sy óók nie.

Agter die tennisklere lê die matador met sy skerp swaard skuins oor die bul se horings. Hy druk met sy een hand oor die dier se kop soos iemand wat oor 'n draad wil spring. Die swaard is halfpad weggesak in die harige skof.

Walter gaan op sy knieë staan en pak sy skoene twee-twee uit. Daar is bloed op die grond. Langs sy skoene staan rye blikkieskos opgestapel. Hy pak dit langs die klere op die bed.

Toe hy opstaan, voel hy duiselig. Hy maak die venster oop. Die vrouens in die étalage is nog agter vaal doek, maar daar is niemand meer by hulle nie.

In Spanje is alles baie goedkoper as elders in Europa, het 'n vriend eenmaal aan hom geskryf. En 'n mens het min klere nodig, want die Spanjaarde steur hulle nie juis aan netjies aantrek nie.

Walter glimlag.

Ek gaan op reis! dink hy. Daar is alles uitgepak. Die hemde en die slaapklere en die beddegoed en die skoene. Op die tafel in die een hoek het mevrou glase neergesit en southappies vir my afskeid.

Maar waar is die verdomde boekie? 'n Mens moet geld hê om mee te reis. As hy die boekie kan kry, kan hy sien of hy genoeg het. Maar hy is te moeg om verder te soek. Buitendien: hy het besluit. As hy eenmaal 'n besluit geneem het, wyk hy nie daarvan af nie. Dis 'n goeie beginsel. Dit het hom gehelp om die verhoging te kry. As hy iewers heen wil gaan of iets wil doen, praat niemand hom om nie. Al moet hy alles wat hy het, verkoop.

Walter klim op 'n stoel. Van bo af is daar net een hemp en een pak slaapklere te sien. „Gee my 'n bod."

Eers is daar niemand wat bie nie. In die straat dam motors op soos 'n trop diere voor 'n hek, maar as die verkeerslig verander, stroom hulle weer weg. Iemand steek sy kop by 'n motorvenster uit en skel. Die bieëry begin. Vir die hemde wat jy nie hoef te stryk nie, betaal hulle meer as vir die ander. En omdat dit ónder in die stapel lê, kry hy kans om die kopers te verneuk.

Toe hy van die stoel afklim en weer in die diepinsakstoel gaan sit, is die vrouens in die étalage oop. Die een sit, die ander staan, en die derde lê op haar maag met 'n baaikostuum aan. Nou kan die partytjie met dubbele reg aangaan, dink hy. Ons sal die verhoging vier én my afskeid.

„ . . . Ek háát motors, blikkiesvleis, tandepasta, ek háát . . ." begin hy, maar hy is te moeg om verder te kom as die haarnaalde. Die brandewyn wat hy spesiaal vir Kramer gekoop het (hy drink niks anders nie) kikker hom weer op.

Toe hy met die trap afgaan, kyk sy hospita by die kombuisdeur uit en vra: „Wanneer kan ek die sop bring?"

„Later," antwoord hy en knipoog vir haar. „Ek sal vir u kom sê," maar hy bedink hom skielik, vra of dit al gaar is en vat toe die hele kastrol. „U wil seker ook gaan slaap. Ek sal dit in die kamer neersit."

Teen die tyd dat hy die derde vrou in die kamer het, moet hy vir homself 'n tweede dop brandewyn skink. „Wat sal die dames drink?" vra hy.

Anna bestel whisky. Sy het blonde hare. Verlede week het sy 'n bikini geadverteer, maar vandeesweek is dit 'n tweestuk van katoenstof.

Geraldine sal wyn drink (as daar is). Sy het pas uit Italië gekom. „Dit gebeur soms dat wanneer die groothandelaars groot bestellings plaas, hulle 'n paar van ons saamstuur," vertel sy.

„Interessant. Interessant," antwoord Walter. Hy het die uitdrukking by Kramer gehoor en vanaand kom dit handig te pas. „En wat vir jou . . .ê . . .ê . . ."

„Mona! Ek is geskok in jou onvermoë om name te onthou, en ek was die laaste een in jou arms. Jenewer vir my," koketteer sy.

„Ek . . . (hy skink stadig; die aand lê nog voor) . . . ek het die nare manier om name te vergeet. Dit lyk my partymaal goed se name is van minder belang. Alles is ook groter as hulle name," maak Walter verskoning.

Dít vind die drie vrouens 'n groot grap, want Mona is inderdaad nie swak bedeel nie. Sy adverteer gewoonlik buustelyfies en aan haar voete was daar vanaand die rooiste pryskaart.

Hulle vat lank om tuis te raak, dink Walter. Hy het sy derde glas brandewyn al gedrink toe proe-proe Geraldine nog aan haar wyn. Nog? Sy knipoog vir hom. Terwyl hy besig is om die wyn te skink, drink die ander twee gou húl drankies ook op. Hy knik vriendelik, skink vir almal nog 'n ronde.

„Ek hou julle elke aand hier uit my venster dop. Ek het al jaloers geraak soms. Soos vanaand weer. As daar van die gordyne voor die venster is en ek nie kan sien wat agter die ding aangaan nie."

Al drie lag gelyk. „Jy kan dit tog self dink: dan is meneer Steward besig om ons aan te trek. Dames mag tog nie so oop en bloot en nakend staan nie. Hulle het alreeds gekla toe ek voorverlede week net die onderklere aangehad het," sê Anna. Sy praat met 'n skor stem. Hoer, dink Walter, maar hy grynslag.

Ek háát blikkieskos, ek háát motors, ek haat gou-gaar hawermout en beurse en wasmasjiene. Ek gaan op reis. In Spanje is daar stiergevegte. In Italië is daar groot warehuise wat vrouens saamstuur wanneer jy genoeg by hulle koop.

Hulle vind die sop héérlik. Daar is baie soorte groente in en 'n geurtjie wat sy hospita se eie uitvindsel is, maar wat presies is waarvoor hulle al die hele aand lus het.

Walter het een swakheid: as hy te veel drink, raak hy handtastelik. Nie een van die vrouens gee om nie. Hulle glimlag daaroor. Hulle kyk nie na mekaar nie. Op maat van die musiek uit sy gramradio begin hulle later dans.

Teen twaalfuur begin daar iets suur word in die aand.

Hy dans met elkeen en elke slag dink hy, hoere! . . . maar dan kyk hy na die leë sopbakkies en die leë glase en glimlag. Hulle het na sy partytjie toe gekom. Al die ander het verskonings gehad, maar húlle het gekom. Die behangsel en die radio raak waserig. Hulle het gekom . . . Ek het 'n partytjie gegee en húlle het gekom. Liewe, liewe mense. Vergewe my, vergewe my al die vooroordele. Geraldine lag rinkelend toe hy haar styf teen hom aandruk en soen.

Oplaas het hy 'n aankondiging om te maak. Hy klim op 'n stoel. „Ons het vanaand góéd gevier. Ons het gevier dat ek 'n verhoging gekry het, dat ek op reis gaan, én ons het 'n bankrotverkoping gevier. Sien julle die hemde en die handdoeke en die slaapklere? Sien julle die gramradio en die elektriese skeermes, die tennisskoene en die tandepasta. Dis so bankrot as wat ek is. Maar ek het dit verkoop. Nou gaan ek op reis. Dankie vir die aand . . ."

Maar waar is die verdomde boekie?

Terug in die kamer waai hy deur die venster vir sy gaste. Hulle waai terug, bly dan verstyf staan as daar 'n konstabel verbykom.

Iemand klop aan Walter se deur. Dis sy hospita wat nog op is. Sy kom die sopbakkies haal. En die kastrol.

„Het u nie die spaarbankboekie gesien nie? Ek gaan op reis," vra hy. Sy knik met haar kop, kom in haar lang naghemp die kamer binne en haal die boekie onder sy kopkussing uit. „Hulle steel in die laaste tyd verskriklik," sê sy verskonend en sy trek haar voorkop op honderde plooie.

„Hoe was die partytjie?"

Maar Walter het op die bed tussen sy besittings omgeval met die spaarbankboekie in sy hand en hy slaap van al die opwinding. Ek haat motors en tandepasta en blikkies . . ., mompel hy vir oulaas. Sy trek die deur agter haar toe.

Eers die volgende oggend nadat sy vir al die loseerders koffie gebring het, sê die hospita vir haar man: „Dit was die mooiste meisie wat ek nog gesien het. Ek het gedink ek droom van my jong dae." Sy gaan sit voor haar spieëltafel met rye, rye botteltjies en blikkies en kammetjies en sy kyk in die spieël soos deur die deur wat sy vir die jong meisie oopgemaak het, maar dis die wêreld se oudheid wat terugkyk.

„Wat se meisie?" vra hy en snork deur sy neus dat die skuim op die spieël spat.

„Die meisie wat vannag hier geklop het. Sy het lang hare wat tot oor haar skouers hang en diep, diep blou oë wat in die kers se lig só mooi was, ek wou grens. Sy het gevra of meneer Walter hier woon, toe sê ek nee, want ek kon haar tog nie laat inkom nie."

„Vir wat kon sy nie inkom nie?"

Mevrou begin die blikkies en die potjies die een na die ander van die kas afhaal en terugsit soos 'n kroegman sy bottels, en sy antwoord:

„Meneer was vannag weer op reis."

1965

Brood 2

Toe het die eerste sneeu begin val en ons het nie geld gehad om in die meter te gooi nie. Die geroep van die vrou op die stasie, wat ek voorheen nooit gehoor het nie, het my begin irriteer. Die trein na Oosteinde staan gereed op perron twee! Die trein van Parys af is 'n halfuur vertraag! Die trein na Rotterdam vertrek vanaf perron ses! In die oorlog leer 'n mens elke vreemde geluid verdink. Baie mense se huise is deursoek en die volgende oggend was hulle weg of het die Dawidsterre voor hulle borse gedra. En dié vroumens het ook 'n stem gehad waarmee jy glas kon sny. Elke keer het sy iets anders geroep; voorheen het ek daar nooit las van gehad nie, maar toe het my hande begin sweet as ek haar hoor.

Voor die venster het my wasgoed vol sneeu gehang. As ek deur die luik wou klim om dit in te haal en sy roep, het ek vinnig teruggespring. In die kamer, as dit weer stil was, kon ek Hein op die eerste verdieping hoor hoes.

Die Grüne Polizei het my voorgekeer toe ek een agtermiddag van 'n plaas af kom met die fiets. Daarna het hulle my dopgehou. Ons het elke dag minder kos gehad om te eet.

Op Utrecht was daar 'n dokter wat ons geken het voor die besetting. Hy het by ons geloseer toe hy nog gestudeer het. Die een in ons buurt? Nee, hy was 'n N.S.B.-er; na hom toe het niemand meer gegaan nie. Ek het die een op Utrecht eenmaal probeer bel, maar hy het die telefoon neergesit toe hy hoor wie dit is wat praat. Vuile rotterd, hy was die eerste man wat by my geslaap het en toe ek hom bel om te vra of hy nie na Hein wil kom kyk nie, toe hang hy die telefoon op.

Hoor jy, die plaat is klaar? Gooi nog 'n gulde in. Speel Piaf se Non, Je Ne Regrette Rien. Dit was vir my altyd so mooi. As Hein van die vaart af terugkom huis toe, het hy dit altyd gespeel. Buitendien, ek kan die stilte nie verdra nie.

Daar het nooit 'n bom naby ons geval nie. Dit was gek van my om bang te wees daarvoor as dit stil raak, maar dit besef ek nou eers.

Wanneer ek besluit het om weer met my beroep aan te gaan? Nee, ek het daar nooit mee opgehou nie. Nee, Hein het nie daarvan geweet nie; jy kan enigiets van hom dink, maar dít, dit was hy nooit. Solank hy by die huis was, het ek dit nooit gedoen nie. Dan het ek na hom geluister, want hy kon altyd so mooi vertel van wat ons gaan doen as die oorlog verby is. „Ons gaan iewers heen emigreer," het hy gesê. „Amerika of Australië. Of Suid-Afrika." Maar hy het nie geweet dat hy so siek sou word nie. En dit in die eerste maand van die besetting.

Ja, ek lees baie. Net wat ek kan kry, dit lees ek. Het jy al gelees wat Camus van Amsterdam geskryf het? Dat die gragte soos die sirkels van die hel is? Ons sit in die binneste sirkel. Kom ons gaan by 'n ander tafeltjie sit; daar kom die vervloekte Duitser weer in. Rotmof! Hy wou my nie betaal nie. Ek wag my kans af: ek sal die geld nog uit sy sak uitsteel. Ek het daarvoor gewerk, dit kom my toe, wat sê jy?

Nee, ek het nie 'n man wat my beskerm nie, jy hoef nie bang te wees nie. Ek werk alleen. Ek deel my brood met niemand nie. Kleine Hennie het my 'n kamer daar by hulle aangebied, maar ek het gesê, nee, ek werk alleen. Al kry hulle my lyk ook eendag iewers godweetwaar, ek deel my brood met niemand nie.

Die Mof daar by die toonbank – hy kan ons nie sien nie, nè? – hy's 'n snaakse man. Hy laat my dink aan die vent wat die aand by was toe Hein dood is. Dit was ook 'n Mof. Miskien is hulle nog familie. Die priester sê ook so. Ek het dit vir hom vertel, toe sê hy miskien is hulle familie.

Die eerste dag toe daar nie brood in die huis was nie, onthou ek soos gister. Dit het die vorige nag gesneeu, maar dié oggend het die son uitgekom en die dakke was blink en jy kon die roes nie sien nie. Bars mooi, so 'n oggend. As hier nou so 'n oggend kom, dan vat ek die trein uit Arnhem toe. Daar kan jy sit en oor die bome en die vlakte kyk. Nee, in die Vondelpark kom ek nie. Nooit. Dis so tussen die geboue, weet jy? Daar kan jy ook nie eens bedags in rus en vrede sit nie. Word jy lastig geval, in die laaste tyd veral deur die Amerikaners. Hulle het die geld, maar nee, ek moet hulle nie in my bed hê nie. Amerikaners het 'n vuil manier om gedurig te wil lag. Vrolik wees. Ek hou van vrolikheid, maar op sy tyd. Jy kan nie in die bed lê en lag en jou werk goed doen nie.

Ons het twee gulde in die huis gehad, daardie oggend. Toe loop ek na die bakkersvrou toe en ek bedel by haar, want bedel was vir my nie iets vreemds nie, nee. My ma het altyd gesê as jou maag vol is, kan jy teen siekte veg, en Hein het op die eerste verdieping gelê en hý kon dit tog nie doen nie. Dit kan jy nie van 'n siek mens verwag nie. Die bakkersvrou het ek goed geken. Daardie oggend het sy by my verbygekyk en ek het gedink sy is besig, maar sy wóú my nie raaksien nie. Hoekom nie? Oor ek twee weke voor Hein huis toe gekom het een aand met 'n Duitser in die stamkroegie was waar sy en haar man ook altyd gekom het. „Duitse hoer!" het sy daardie oggend vir my gesê, toe het ek geweet hoekom sy nie vir my brood wil gee nie. Ek dink sy het miskien ook nie genoeg gehad nie.

By die huis, het ek eers na die tweede verdieping toe gegaan om oor die dakke uit te kyk. Dit het jy partymaal nodig. Om so te staan en uitkyk na die sneeu. Dan vergeet jy hoe min verstand mense kan hê. Maar die vrou op die stasie het weer geroep en my hande het gesweet. Ek het nie kans gesien om die wasgoed wat ek die oggend vroeg opgehang het, te gaan afhaal nie.

Ek weet nie presies wanneer Hein se siekte erger geword het nie, maar ek het al gedink dit was daardie oggend, want hy het gehoes en toe ek afstap met die trap, het ek hom uit die bed uit hoor val. Die hele kamervloer was vol bloed. En bloed kon ek nooit verdra nie. Ja, later ja, maar toe het ek daar al aan gewoond geword. 'n Mens raak aan alles gewoond.

'n Vriendin van my het een oggend met haar seuntjie in die park gaan loop. Haar man was ook siek, en so 'n kind moet tog son kry. Dit was in Rotterdam. Toe sien sy die vliegtuig bokant die park. Raakgeskiet. En die vliegtuig kom soos 'n tol grond toe en reg op hulle huis af, so het sy gedink. Maar die kind het daar niks van geweet nie. Sy sê vir hom hy moet platval, en sy doen dit, maar toe sê hy, soos 'n kind, sê hy koppig hy sál nie. Sy ruk hom plat, maar hy was 'n weerbarstige mannetjie en hy spring weer regop. Jy sou dink sy moes daar nooit oor gekom het nie, maar sy het tóg. Dit het haar lank geneem, maar sy het. Ek het haar lank laas gesien, maar soos ek gehoor het, woon sy vandag die dag by hom en sy vrou.

Die bloed het ek opgevee, maar toe ek Hein op die bed op help, toe sien ek hy het nie meer die krag om teen die siekte te veg nie. Dit was ook die eerste keer in sy hele lewe dat hy nodig gehad het om my te sê hy het honger. So met 'n glimlag. „'n Stukkie brood en tee sal so lekker smaak," het hy gesê, ek onthou die woorde.

Ek het gewéét hy sou nie lank meer lewe nie. Daarom het ek by hom gaan sit en hom vertel wat ons gaan doen as die oorlog verby is. Uit die boeke wat ek gelees het, het ek aangehaal. Die klimaat, die mense, daarvan het ek vertel. Soos vir 'n kind. Ons het nooit kinders gehad nie, nee. Buiten die een wat ek gehad het voordat ek met Hein getroud is, maar daarvan het hy nooit geweet nie. En die kind is dood. Ek het daar self al van vergeet.

Hy het teen die agtermiddag aan die slaap geraak. Vir die twee gulde het ek rookwors gaan koop. In die kas het ek nog beskuit gehad. Toe hy wakker word, gee ek vir hom rookwors en beskuit wat ek in die water geweek het. God, hy het beter gelyk daarna, ek lieg nie, hy het beter gelyk. So beter dat ek hom toegemaak het die aand en self vergeet het hoe honger ek is. My ma was 'n eenvoudige mens, maar sy het geweet van sulke dinge. Dis daarom dat sy langer geleef het ook as my pa. Nou ja, die mens kon later omtrent nie loop nie, want haar bene kon haar gewig nie dra nie, maar sy het geweet. En sy was opgeruimd van geaardheid, nè. Gesette mense is altyd opgeruimde mense. Nie soos die Amerikaners nie, anders. Maar opgeruimd! En lief vir diere. 'n Verjaarsdagfesie het sy nooit gemis nie, en die katte moes altyd saam.

Die aand het Hein vroeg aan die slaap geraak. Hy was so bleek tussen die komberse en ek het lank na hom gestaan en kyk, want ek moes seker maak dat hy slaap voor ek my jas uit die kas kon haal. As hy dit gesien het, sou hy alles wou weet, waarheen ek gaan, wat ek gaan doen en wanneer ek terugkom, en ek kon nooit vir hom lieg nie. Hy was die enigste mens vir wie ek nooit kon lieg nie. Jy móét so 'n mens nooit bedrieg nie, jy het jou lewe lank daar spyt van. Goed, ek het nie vir hom gelieg nie, maar darem.

Bessejenewer vir my. Ek drink nooit iets anders nie. Eers het ek bier gedrink, maar daar raak jy so ongemaklik van.

Die Duitser het my gesien. Hy kyk in die spieël hiernatoe. Ek sal nie meer lank kan sit nie.

Nee, ek het dié aand niks verdien nie. Kleine Hennie se eerste vrou het byna my hare uit my kop uitgetrek, dis al. So was ons mense in die oorlog. Hulle baklei nou nog, maar anders. Het jy gisteraand die twee op die Burgwal gesien? Vreeslik, nè? Ek ken hulle goed. Dis oor 'n vreemde man dat hulle so baklei het. Baie geld, maar ek dink nie dit is daaroor nie, hier kom baie mense met geld. Die een vrou, Tienie – is haar naam – sy het voor die ander een se venster gestaan. Daarom het hulle baklei. Die man het nie eens die moeite gedoen om agter Tienie se rug te kyk nie. Almal praat vandag daarvan. Nou ja, dié mens moet ook geld verdien en sy is oud. In die oorlog het ek haar al geken. Dit was haar suster wat vir my die brood gaan koop het.

By die vrou, ja. Maar sy het haar nie geken nie, sy kon haar nie uitskel nie. Buitendien het ek vir haar genoeg geld gegee. Twintig gulde.

Dié nag het Hein swakker geword. Die volgende oggend het ek vir hom tee gegee, maar daar was nie meer beskuit nie en die rookwors was ook op. Het ek dit gehad, sou ek dit gegee het, want ek het nie aan myself gedink nie, nee. Twee dae sonder kos, daarvan kan ek wel nog op my voete bly. Nou ja, twee dae was dit ook nie; ek het van die rookwors so 'n puntjie vir myself afgesny.

Maar teen die agtermiddag was ek honger. Hein het gehoes en daar was weer baie bloed. Toe ek dit opvee, toe voel ek daar kom sulke swart kolle voor my oë.

Van die hongerte. Maar hy het gelukkig vroeg aan die slaap geraak en ek het my jas in die boonste kamer op die bed laat lê. Miskien was hy toe al in 'n koma vir al wat ek weet.

As jy geluk het, moet jy daar gebruik van maak, en dit het ek die aand gehad. Ek was nog nie om die hoek nie toe ek die Duitser raakloop. Gekla oor sy vrou en sy kinders! Verskriklik! Ek word daar nou nog naar van as ek daaraan dink. Maar hy het my betaal, nie soos daardie rotvent daar voor die spieël nie. Twintig gulde. Dié gee ek toe vir Tienie se suster – Maggie was haar naam; sy is later weggeneem toe hulle die Jordaan skoongemaak het – en ek laat die brood koop. Vir haar het ek nog 'n kwartbrood gegee omdat sy dit gedoen het, want die mens was óók honger, dit het sy vir my gesê.

Toe loop ek terug huis toe. Met die brood. 'n Mens moes so iets styf vashou in die oorlog, maar ek het die brood stywer vasgehou as wat nodig was. Dit was 'n mooi grote. Met 'n bruin kors daarop. Só lank skat ek om en by. Met die stuk daaraf natuurlik. En nog warm ook. Die kolle voor my oë het net van die ruik weggegaan. Maar ek het nie daarvan geëet nie. 'n Mens moet jou geluk uitbuit, dit het ek gedink. Hein was wakker toe ek met die brood by die kamer inkom. Ek het dit van 'n vrou gebedel, het ek gesê, en al het ek gelieg, weet jy, dit is snaaks, maar dis nou die eerste maal dat ek weer daaraan dink. Dit bekommer my nie.

Die brood met 'n mes daarby het ek op die kassie voor die bed laat staan. Ook 'n soort geloof van my ma. As daar nie genoeg kos is nie, laat staan die kombuisdeur oop, dan kry hulle al iets net van die reuk van die kos, het sy altyd gesê, maar ek weet nie hoekom sy dit gesê het nie, want daar was altyd genoeg in die huis.

Ek het een snytjie geëet. Met konfyt daarop, wat ek gewoonlik vir suiker in die tee gegooi het. Hein het doodstil gelê. Dat hy seker nie weer aan die hoes moet gaan nie, het ek gedink. Maar toe ek 'n ruk lank met hom gesels het, het ek gesien hy slaap weer. Nou, slaap is ook goed vir siekte. Ek het hom toegetrek en weer by die deur uitgeloop.

Weet jy waaraan ek gedink het toe ek uitloop? Nee, nie aan kos nie; ek het mos die snytjie geëet. Ek het daaraan gedink dat ek nooit weer sal werk as die oorlog verby is nie, daaraan het ek gedink. 'n Mens kry daar langsamerhand genoeg van. Goed, ons het goed gelewe op die twee van ons se verdienstes, maar dis nie die moeite werd nie, nee.

Nog 'n Besse vir my as jy dit kan bekostig. Toe maar, daar loop die Duitser na die kas toe. Hy speel altyd jazz-musiek. Nie dat ek nie van jazz hou nie. In my beroep kan ek nie op mense se tone trap nie en elkeen het sy eie smaak, sê ek altyd. Maar ek kry daar gou genoeg van, weet jy? So die hele aand jazz luister, dis nie vir my nie. Nou, opera ook weer nie, hoor. Ek is gemiddeld van smaak. Nie te veel van die een nie en nie te veel van die ander nie.

Drie het ek dié aand gehad. Mens, dit was 'n fees. Ses tientjies so ná mekaar, nou ja, ek bedoel vir die hele aand, maar 'n fees was dit wel.

Dié jazz . . . dit is wel soms mooi ook, vind jy nie? En wat kan die man suip, nè? Daar moet jy ook genoeg geld voor hê. Ek? Ja-seker! Nee, nie vanaand nie, maar soms wel. Daar moet jy nou eg op 'n aand voor *voel*. Dat jy sê: vanaand gaan ek suip. En nie as jy bekommerd is nie, nee. Jy moet opgeruimd voel. Tevrede ook. Dan kry jy daar ook nie so 'n kop van nie, weet jy?

Met die geld? O, van dié aand, bedoel jy? Ek het die draad van die storie verloor. Nee, vir my nie meer vanaand nie. Ander aand miskien.

Die laaste man was 'n Duitser soos die een daar voor die spieël. Dis die een waarvan ek gepraat het. Hy kon goed Hollands praat. Het vertel van sy grootjie wat uit die Agterhoek gekom het. Ek moes hom stilmaak met die trap op, na die tweede verdieping toe. By Hein se kamer verby.

Het jy nog 'n gulde? Voor die Duitser weer met sy jazz begin. Nee, enigiets. Piaf maar weer as daar nie iets anders is nie. Koud hier in die hoek, nè?

Op die trap het ek dit al geruik. 'n Mens kan dit ruik. Die vriendin van my in Arnhem, weet jy, sy kon dit ook ruik. Toe haar vader dood is. Niks om oor te seur nie, nee, hy was oor die sewentig, hy het sy lewe gehad. Mooie lewe ook. Sy kon dit ruik. Die aand voor hy gesterf het, toe het sy dit geruik. Geen ydele praatjies nie, sy het dit vir my oor die telefoon gesê, en die volgende oggend toe sterf hy.

Ek het nie in die kamer ingekyk nie. Daarvoor het ek nie die moed gehad nie. Ek het net gedink: dis snaaks dat ek die vars brood nie ruik nie, wat ruik ek dan? Toe het ek geweet. Dit het niks met die helm te doen nie, maar ek het gewéét.

Hy wou baie praat, dié Duitser, maar ek het nie daarvoor gevoel nie. Toe hy die geld vir my gee, toe het ek eers 'n rukkie by die venster gestaan en uitkyk. Oor die dakke. Kry jy moed. En ek het gekla van hoofpyn. 'n Kunsie natuurlik, maar ek het gesien hy is die soort wat daarvoor sal val.

Die treetjies het ek een vir een met hom saam afgestap. Maar ek kon dit nie langer hou nie. Ek het verskoning gemaak en gesê hy moet voor die deur wag, want hy het gesê ons moet iets gaan drink. Vir die hoofpyn.

Toe ek in Hein se kamer kom, toe sien ek dit: hy het die hele brood opgeëet. God, hy moes honger gewees het, want so iets sou hy anders nooit gedoen het nie. Hy het op die bed gelê met die laaste stuk brood, die bruin kors, nog so half by sy mond uit, en sy oë oop, maar glaserig. So met die brood in sy mond. Ek het sy oë vinnig toegedruk en uitgehardloop.

Die Duitser het buite in die koue vir my gestaan en wag. Hy is die enigste man by wie ek ooit in my lewe gehuil het en hy weet – as hy nog leef – seker tot vandag nie waarom nie. Ek weet dit ook nie.

Dit was tog 'n móói dood. 1965

Terug na die natuur

Thys van der Vyver het tien jaar gelede op sy eentjie en beskeie begin kort rolprente maak. Eers van sy geboortedorp en omgewing, toevallig, maar tot sy voordeel, een van die plekke in ons land, met die mooiste natuurskoon en die meeste besienswaardighede vir geïnteresseerdes. Towerkop, die Kango-grotte, Langenhoven se woonhuis, volstruisveerplase. En met die interessante mense. Ou Paai, Beukes die skilder, De Vries die skrywer, wie se verhale hy gebruik, 'n skoenmaker, talle boere. Die onderhandelinge met die Departement om eers net maar na die rolprente te kýk, was kort duskant eindeloos.

Eerste vertoning : een oggend om half-nege in 'n rooibaksteengebou. En :

Applous!

Verdere onderhandelinge, meer werk. Die vertonings het verskuif na saans, met strikdasse en groot swart motors.

Vyf jaar gelede het hy vir die eerste maal 'n koevert gekry waarop *streng vertroulik* gestaan het en daarin was 'n brief met die berig dat hy 'n prys gewen het vir sy eerste films. Vyf jaar sonder vakansie. Lila het twee miskrame gehad as gevolg van ooreising.

Belofte : as hierdie een klaar is, gaan ons 'n maand lank nét vakansie hou aan die Natalse kus. Buitendien : „Dit lyk asof Van der Vyver nie meer hou van die mense oor wie hy sy rolprente maak nie. Ek is seker daarvan dat daar oor hierdie omgewing 'n gróter film gemaak kan word, en die mense van Ladismith moet my vergewe as ek dit sê."

Toe, skielik, een agtermiddag laat, met die son agter die see – waarvandaan?

„Lila, luister gou hier."

„Ek hét die boek al gelees, en ek hoú nie van De Vries se goed nie. Buitendien is my hare nog nie droog nie."

„Los die hare."

„Here-tog, wat is dit nóú weer?"

„ ‚My wêreld, dames en here, mý wêreld bestaan uit motors, blikkiesvleis, tandepasta, skoenpolitoer, mense wat op ander mense teer, hongersnood, vrede, stamoorloë, koperbeslag op deure, gou-gaar hawermout, radio's, politiek, bioskope, koerante, wasmasjiene, handdoeke, yskaste, moord en haarnaalde; en ek háát motors, blikkiesvleis, tandepasta, ek háát . . .' "[1]

„Sê my niks. Hou jou liewer by die scenario's wat hy geskryf het toe hy nog ‚budding young' was."

1. *Passenger in Transit* uit *Vliegoog* deur Abraham H. de Vries, Tafelberg-Uitgewers, Kaapstad.

Hy laat die boek sak.

As daar skielik een oggend oral waar daar nou mense is, net diere wakker word . . . As ons opstaan en uitvind ons is weer wat ons glo eers was. Die mens: 'n herinnering, 'n snaakse soort draai van die kop, grawe met 'n voorpoot waarvan een toon beskuldigend na die wortels wys, onnodige gegrom . . .

„Wat sê jy nou?"

„Niks."

Vyf jaar later het Lila alleen met vakansie vertrek. Thys het haar vanoggend self lughawe toe geneem.

„Jy is moeg. Jy moet ook vakansie kom hou, Thys."

„Ek kan nie nou nie. Vanmiddag gaan ek die eerste tonele skiet. Vanaand gaan ek weer saam met De Vries eet. Ons *moet* hierdie fantasie – ons moet dit vir die mense wýs. Dat hulle kan sien! En dat hulle ook kan begin twyfel: wat is sigbaar vir die mens en wat nie?"

Wie en waar en wat? – die gorilla?

„Jy met jou fantasieë. De Vries skryf sélf hý het g'n verbeelding nie.[2] Jy hou aan. Gló kamma in hom. Liewe, liewe mens, wanneer gaan jy agterkom jy het met 'n Boereverneuker, 'n . . . 'n aartsskelm te doen?"

„Toe ons saam gewerk het aan die Klein-Karoo-kortetjies was hy goed. Waarom sou ek hom nou . . . Jy het self gelees wat Antonissen geskryf het: dat daar in selfs sy eerste goed, verhaal na verhaal ‚iets besonders' aanwesig is: ‚die besef van iets onvatbaar geheimsinnigs onder die gang van die alledaagse lewe' . . . iets wat ‚te make moet hê met die dood'.[3] So diep is die fantasie ge . . ." Hy het homself in die rede geval: „. . . die dood is sélf miskien 'n fantasie, hoe kan ons weet?" En Lila het nie verder gepraat nie, want as hy eers begin stotter en sy sinne nie klaarmaak nie . . .

Net een kort oomblik daardie agtermiddag vyf jaar gelede: *ek wil eendag 'n prent maak oor 'n man wat goeters sien wat niemand anders sien nie. Hy loop in die straat en hy word gevolg deur 'n gorilla met drie klawerblare waar sy oë moet wees. Mense loop verby, déur die gorilla; agter hom verdwyn hulle en hulle sien niks. Maar die man loop al hoe vinniger. Hy hardloop later.*

„Vang die man!"

„Konstabel, 'n gorilla het my gevolg. Een met drie klawerblare waar sy oë moet wees. Niemand sien hom nie!"

Koel, groen mure. Iemand soos hy, maar met 'n wit jas aan paai: „Lewe saam met hom, lewe saam met hom."

„Is hy nog hier? Waar? . . ."

„Hy is altyd by jou. Dood is terugsink, verbý die dier, grond toe."

2. *Op pad Sjina toe* deur Abraham H. de Vries uit *Herinnering se Wei*, Afrikaanse Pers Beperk, Johannesburg.

3. *Spitsberaad* deur Rob Antonissen, Nasou, Kaapstad.

Thys het die stuk fantasie vir De Vries vertel, maar hy was nie baie geïnteresseerd daarin nie. „Ek ruik sielkunde – in die halfgaar poging van jou om te verklaar wat die gorilla is," het hy droog opgemerk. „Fantasie is sèlf 'n verklaring; die raaisel is elke dag."

„Toe maar, as almal dit kan sien, sal ons hom hokgeslaan hê."

„Nóú já . . ."

„Jy het die eerste ruk en die gesukkel vergeet."

„Pas jou goed op . . ."

Die vliegtuig het betyds vertrek. Hy het in sy motor geklim en stadig na sy huis toe teen die hange van 'n rots by Kampsbaai gery. Al die apparate was reeds opgestel. 'n Voorjaarsoggend in die tuin.

Maar hoe – dié gorilla.

„Los die gorilla," het De Vries eers gesê. „Ek sal vir jou een skryf van 'n man met 'n ystervarkie in sy maag." Maar later: „Nou goed, dan. Ons los net die dood-storie. Ons maak dit die verhaal van 'n gorilla wat vlieg – aan sy sambreel, die wind skep hom skielik . . . A la Van Wyk Louw."

'n Venster, met daaragter, aan die regterkant in die onderste hoek, 'n gedeelte van 'n tuin. Daaragter: die see, misblou: geheimsinnig. Thys het die kamera reggestel en moeg agteroor geleun in die stoeltjie agter die kyker.

Toe swaai die kamera om op sy eie rollers sonder dat hy daaraan gestel het, en begin vanself verder fotografeer. Dis waarskynlik 'n veer in die monteergedeelte wat gebreek het, dink hy. En rook verder. Maar omdat dit nog nooit vantevore gebeur het nie, stap hy na sy telefoon toe, wit op die bruin leikliprakkie (glimlaggend: – nee, dit het niks te make met die kleurprobleem nie; my rolprente het hul eie kleurprobleem; jul wantroue was altyd ongegrond. Kleur is nie meer nét fantasie nie.)

Maar toe hy omdraai, terwyl hy met Jacques oor die moontlike fout praat, staan die kamera agter hom, met vlak by sy gesig die lens: 'n oog wat outomaties die lig meet, asof dit deur al die jare tot versigtigheid gekondisioneer is.

En later, terwyl die mis oor die see aan die opklaar is, begin hy sweet. Oral waar hy hom draai, is die kamera se oog en die gezoem van die meganiek.

As ek net self deur die visier kan kyk . . . Wat sien die oog? Wat moet ek doen? Iemand bespied my.

Die ou bediende bring tee en beskuit. Haar gesig behou sy gewone strakheid.

Toe kom vra Johnson waar die grassnyer is, die nuwe waarvan maaster gepraat het. „Ek sal dit kom uithaal." Hy trek vinnig die deur agter hom toe en stap garage toe.

Maar agter hom gaan die deur weer oop, die kamera rol stadig sy oog, die swart plaatjies vou toe om die helder lig uit te sluit. Johnson merk niks, want hy stoot die grassnyer uit die garage uit met 'n klap van sy tong, asof hy homself vir die soveelste maal blameer vir sy vermeende domheid. Dan skakel hy die motortjie aan.

As ons wakker word . . .

Thys ontwikkel 'n stekende hoofpyn en gaan haal pille in die badkamer. Toe hy tussen die koel mure is, draai hy skielik om en sluit die deur. Vervloeks, as niks dan wil help nie, miskien help 'n beroep op die kamera se goeie maniere – Thys klap die toiletstoeltjie se raam demonstratief op, dat dit hard teen die waterpyp bons. Maar sy verligting duur kort, want die knop draai en die deur gaan oop. Hy lig sy glas, laat die pil daarin val en drink dit. Dan glimlag hy en sorg dat sy tande wys.

Toe hy wil uitstap, gaan die kamera skuins teen die bad staan. „Dankie!" En hy stap eetkamer toe, waar die middagete al gedek is tussen blink messegoed op die damaswit tafeldoek.

Troosgedagte terwyl hy die vleis sny: só sal dit moet eindig, want daar is nie genoeg film in die kamera oor nie. Hy buk ver vooroor, steek na 'n bruin aartappel, rangskik daarna al die groente op sy bord só dat hy elke soort apart kan eet. Hy het dié gewoonte nie van kleins af nie. Hy het dit in 'n advertensie gesien, dit het vir hom mooi gelyk, en van toe af doen hy dit altyd.

'n Man het vir hom 'n nuwe grassnyer gekoop. Die naam van die fabrikant is duidelik in fokus. Toe stuur hy een van sy bediendes om die gras te gaan sny, terwyl hy hoofpynpille drink en daarna aan tafel gaan sit. Die moderne man is tuis. Hy bid: Dankie Vader . . .

Maar waar is sy vrou? En waar is die diere? Die gorilla met die klawerblare vir oë?

Thys het hom misgis. Toe hy ná ete na die rusbank toe stap en nonchalant die naaste film optel, is die blik leeg.

Dit gaan dus aanhou.

Hy begin weer sweet, en hierdie keer méér.

In die daaropvolgende sewentig minute het Thys op sy rug op die bank gaan lê, probeer dink aan sy nuwe motor, in die spens gaan staan en kyk na die blikkies met vleis, ingemaakte vrugte en speserye en skoenpolitoer, die radio aangeskakel en gehoor dat daar in die Kongo weer onluste uitgebreek het; by sy voordeur gaan staan en oor die koperknop gevryf asof hy iets soek om te liefkoos, sy tande gaan borsel, sy pyp gestop, toe sy hande gaan was en doelloos gestaan en kyk na 'n paar haarnaalde van Lila wat op die rakkie bokant die wasbak lê en oplaas weer Jacques gebel. Waar bly hy?

Weer die telefoon, die leikliprakkie, die koerante, 'n tafeltjie met buitelandse tydskrifte en Suid-Afrikaanse vrugte in 'n bak van Venesiaanse glas. Maar Jacques antwoord nie. Natuurlik! Hy het vergeet wat Jacques gesê het. Jacques het 'n nuwe horlosie gekry wat hy vanmiddag gaan skoonmaak. Hy versamel horlosies. Horlosies uit verskillende lande. Die tyd bestaan oral. Hy het seker die telefoonkabel uit die muur getrek, begin werk en so verdiep geraak daarin dat hy vergeet het. As hy die meganiek skoonmaak wat sy lewe reël, dan raak hy heeltemal in vervoering, vergeet hy alles rondom hom. Wat moet wees, kan net sowel mooi ook wees, sê hy altyd.

Hoeveel sweet is daar in 'n mens se liggaam?

Hoeveel ure, hoeveel sekondes, hoeveel minute is daar wérklik in 'n dag? As Jacques nie met sy horlosies peuter nie, filosofeer hy oor die tyd.

Ek droom. Toe maar, laat die droom homself uitdroom. Moenie my wakker maak nie. Môre sal die wekker lui en ek sal opstaan en Lila vliegveld toe neem, sodat sy betyds die vliegtuig kan haal. En ek sal betyds terugkom. As die vliegtuig net nie as gevolg van die mis laat is nie. Van Honk en die duiwel rook saam. Toe ek vir De Vries gaan kuier het, het ek gemerk dat hy om die beurt 'n pyp en sigarette rook; en hy is uitgemes soos 'n Patrisiër-seevaarder. Hy met sy galgegrappe. Ek sou nie in die gemors begin belang stel het nie, ek was tevrede met Ladismith en met sy mense, dié klein en tog verwikkelde siele; dit was net die gorilla-ding.

Maar Thys word nie wakker nie. Toe hy besef dat hy wakker ís, begin daar iets in sy brein weerkaats soos die son op die see smiddags. Lila, wat gewoonlik die gordyne toetrek, is met die vliegtuig weg. Hy begin met homself redeneer.

Die gorilla-storie kom van my af. Ek het dit bedink. Hoekom ek die bliksemse verklaring ingesleep het daarby, weet ek nou: ek het altyd van verklarings gehou. Vir 'n skeppende kunstenaar is dit gevaarlik, ek weet dit, maar alle probléme is tog ánder mense s'n. En De Vries kan sê wat hy wil, maar daardie stuk dat die dood terugsink is, verbý die dier, grond toe – dis góéd! Ek dra 'n stuk van die dood saam met my. In my fantasie. In my gedagtes. Wie van die grootstes het dit nie al gesê nie! Opperman, de lot. En 'n mens hunker na die dood – dit het ook honderde voor my al gesê. En dit agtervolg jou omdat jy bang is daarvoor. Daarom. Die kamera – daar is doodgewoon iets verkeerd met die ding. Buitendien moes ek al lank vakansie gaan hou het, mens kan nie werk en werk en werk tot in jou malle maai nie.

Aaaaa! Daar is geen filtreerder voor die lens nie. Die tyd begin jou inhaal, kamera. As die son sak in die weste, is die luiaard op sy beste; en dan is jou ogie ook waardeloos! Thys kyk op en hy besef skielik dat hy die hele dag lank nog nie iets raakgesien het as hy opkyk, behalwe die kameralens nie. En hy het 'n donkerbril op. Polaroid.

Groen polaroid soos klawerblare! Julle kan nou maar smaal op verklarings, maar daar steek tóg verdomp baie in. Groen polaroid soos klawerblare . . . Ek dra altyd 'n donkerbril. Maar dan . . .

Buite begin die see harder teen die rotse slaan.

„U moet die huis nie te na aan die hoogwatermerk laat bou nie, meneer Van der Vyver. Hier was al 'n oorstroming. Lank, baie lank gelede, maar wat al gebeur het, kan weer gebeur, sê ek altyd. Ons het hier teen die hange van die berg fossiele gekry. Vroeër was die Karoo ook 'n see," het die argitek gesê.

Thys luister nie na die see nie.

As ek dan alles, alles wat ek sien en alles wat ek weet en alles wat ek my verbeel, moet uitstal voor jou oog, goed dan. Dan is jy nou maar my gewete, dan is dit nou 'n gewone, half-simboliese film – sulkes moet daar ook wees. Komaan!

Hy stap na die drankkabinet toe, haal die een bottel na die ander uit, hou dit voor die oog van die kamera. Daarna stap hy na die yskas toe. Hy wys met sy vinger na die fabrikant se naam, voordat hy die wit deur oopmaak. Hy glimlag. Botter, bier, vleis. Dit raak 'n speletjie.

My wêreld, dames en here, mý wêreld bestaan uit . . .

'n Moderne huis het, anders as dié waarin ons voorouers gebly het (ek sal 'n wa inlas, daarna 'n plaashuis wat nou 'n museum is), *het die volgende artikels nodig. Toe, kyk nou kamera, kyk nou.*

Maar die kamera kyk na hóm.

Hy stap na die slaapkamer toe.

Vir rustige nagte, op skuimdrome . . .

Maar die kamera kyk na hóm. En buitendien het die ding al bewys dat hy nie goeie maniere het nie. Dus . . .

Besige huisvrouens het vandag nie meer tyd om borde te was soos ouma dit gedoen het nie. 'n Paar druppels.

Maar die kamera kyk na hóm.

Wat het jy aan my, hè? Hoekom kyk jy nie na die goed wat ek vir jou wys nie? Dom-oog. Of . . . weerkaats dié goed in my oë? Sien jy die goed in my kop? Yskaste, koperbeslag op deure, haarnaalde . . .?

„As die maaster klaar is, kan die maaster maar maaster se koffie kom drink, ek het dit in die sittingroom neergesit vir maaster."

Sommige mense beweer dat hier aan die suidpunt van Afrika vandag in die kleine 'n probleem van die hele wêreld bestaan. 'n Probleem wat, as ons die oplossing daarvoor kan vind, ook die probleem van die groter wêreld kan help oplos.

Maar die kamera kyk na hóm.

Fyn pikkewyn, einde van die gewete-episode . . .

Eers nadat hy die kamera weer die rondte van vader Cloete laat doen het deur alles in die huis, kom hy by die proteas wat aan die rand van die tuin, naaste aan die afgrond staan. Die proteas is byna toe onder die water. Dit kabbel om die kroonblare. Hy wys met sy vinger daarna.

Verdomp, as die dood, verstedeliking, die massa-mens, die kleurprobleem – as niks dan genoeg is nie, vooruit! Hier, meneer, het u die nasionale blom van die verdrukkers van hierdie wêreld, die blanke Suid-Afrikaners. Hulle besetting van hierdie land duur al drie eeue, word beweer. Teen hierdie blom moet die wapen gerig word, totdat hierdie blom net een pappery bleek . . .

Maar die kamera slaan nie ag daarop nie. Thys se gesig vertrek soos iemand s'n wat na 'n gruwelprent kyk en bang raak vir die monsters in homself. Hy hardloop garage toe. Moenie u gras sny solank dit nog nat is nie . . .

Die grassnyer staan halfpad toe onder die water. Hy haas hom om dit in die garage te kry, maar moet dit selfs daar op 'n tafel tel, waarop die ander gereedskap staan.

Die see wag nie vanaand dat die son moet ondergaan nie. Die see stoot op oor die son. Die horison word vaal en daarna donker.

Slierte mis begin teen die berg afloop.

Die kos staan op tafel, maar die bediendes is nêrens nie. Hy roep na hulle, maar hulle antwoord nie.

God, dan is dít wat aan die gebeur is. Weer soos vroeër. En verkeerd voorspel: daar is nêrens vuur en swael nie.

Thys stamp sy kop teen die sitkamer se dak omdat hy op die tafel geklim het. Die gordyne dryf gedrapeer om hom.

Wat moet, kan net sowel mooi ook wees. Die kamera op die rusbank volg wiegend elke uitdrukking op sy gesig.

Thys hou sy hande voor sy oë, maar dan besef hy die nutteloosheid van alle melodramatiese gebare, laat sy arms langs sy sye sak en staan so gebukkend onder die plafon. Hy sien sy oë groter word in die spieël van die lens.

Nou weet ek, maar nou eers:

Miskien is ek nog nie gebore nie.[4] *Miskien het die water nog net gebreek. Ek dryf en ek soek na uitkoms, ek moet eers alles op die proef stel. Wat weet ons van wat was en wat is, en van wat kan word?*

Dan wil ek self seker wees. Ek haat die selfgenoegsame mense wat eet en slaap en skoene maak en boer en klein dorpies bevolk en sterf soos lupine wat maar net die grond moet voorberei. Maar my haat is die haat van 'n onderdanige hond wat met sy stert kwispel.

Kom dinge: ek sien julle nou vir die eerste maal: swart, wit, koper, groen. Ek het julle kleure genoem en ek het julle nooit raakgesien nie. 'n Haarnaald lyk soos 'n snaakse syfer agt, maar wat is 'n haarnaald en wat is 'n syfer agt? Dinge wat ek nie ken nie, maar wat tog aan my bekend is. O blinde, blinde wat tóg oë het om te sien, maar nie wíl sien nie.

Julle kom staan agter my oë: koerante, wasmasjiene, handdoeke . . . Ek het altyd geweet hoe om julle te gebruik, maar ek wou nie sien dat julle ook is soos julle is nie.

Nêrens is daar 'n geluid nie, behalwe die gezoem van die kamera en die geklots van die water. En ín my, die geluide van 'n stad, van 'n mallemeule, van verkeer op 'n groot teerpad.

Johnson! . . . Miena! . . . Wat is jou naam, Johnson, jou régte naam? En jy, Miena, wat is jou van?

4. *Dorp in die Klein Karoo* deur Abraham H. de Vries, Afrikaanse Pers Beperk, Johannesburg.

Ek het gedink dit sal dramatieser wees. Storms en hael. Bliksems uit die hemel. Maar die lug is oop. Net die sterre beweeg nader aan die bewegende spieël van die water.

Hy kan nog net die tafel onder die boonste kosynplank van die groot deur uitkry. 'n Oomblik lank verdwyn die oog onder die water, maar kom daarna soos 'n periskoop weer te voorskyn en bly langs hom totdat die hoogste punt van die berg, die dak van die kabelhuisie, onder die water verdwyn.

Hoër en hoër. *Maar hiervandaan is alles geloof, want daar is niks om hoogte aan te meet nie. Die sterre is ver. Lila se vliegtuig het 'n skip geword, maar wáár in hierdie nag? Of is daar bokant die nag iets anders? En was sy maar altyd 'n swaan?*

Toe begin Thys skielik verskriklik angstig word, en hy begin lag. Harder, al hoe harder; hy kan dit aan sy keel voel, maar hy kan homself nie keer nie.

„Luister!" skree hy tussenin. „Luister, so maklik sal dit nie kan gebeur nie. Ek is Thys van der Vyver. Ek bestáán!"

Maar daar is niks om te bewys nie. Op die film is alles ook net tekens.

Toe begin hy huil en sy trane val iewers in die water, maar hy kan hulle nie hoor nie, want alles is doodstil.

„Ek is tóg," snik hy, „ek *is*!"

So – baie later, maar daar is niks om dit aan te meet nie, duisend jaar of 'n nag later – breek die dag uit die water, 'n lugbel vol kleure. Om hom dryf alles. 'n Bank. 'n Tafel. 'n Boekrak. 'n Skoendoos.

Min dinge wat vroeër sy hele lewe was. So min is die werklike noodsaaklikhede van die mens.

Eers half verwilderd kyk hy na sy arms, sien daarop en oral op sy lyf sy hare blink. Blink van die nattigheid van die eerste lig.

Dan krap hy met 'n lang voorpootnael aan die goed voor hom op die ding waarop hy sit, steek iets in sy mond en kou daaraan. Hy is gelukkig, baie gelukkig, asof hy iets vergeet het wat hom lank sorge gemaak het. Langs hom in die water dryf twee goed met drie blare elk. Hy tel dit in sy harige poot op en knyp dit onder sy ooglede vas.

Die kamera dobber weg – hik skelm van die lag. En al wat oorbly om te kyk, is sy eie oë.[5]

1969

5. Ek het die film waarom ek hierdie verhaal oor 'n verre voorsaat gebou het, self ontdek en dit, om die kinders te vermaak, terúg laat loop deur my projektor. Dis tog – só bekyk – verbasend dat iets wat so vrolik begin, so tam en treurig kan eindig by so 'n mooi ruïne soos Ladismith. (Get. Abraham H. de Vries.)

Ek kan nie met my sole sien nie maar

Toe hy die oggend by die voordeur van sy familiehuis uitstap (sy linkervoet al buite) het sy regtervoet in die huis bly vassit. Dis jammer dat ek nie met my voetsool kan sien nie, het hy gedink, want dan kon ek nog weer vir oulaas terugkyk na die portrette van my voorgeslagte wat teen die mure gehang het in ovaal rame, na die outydse plakpapier teen die mure, na die meubels wat elkeen die vorm gehad het van my hele familie se lywe. Dan kon ek vir oulaas nog weer my verwonder het oor die stof, die seep, die koelte van die voorhuis, die swart stoof in die kombuis, my ma se voorskoot, die blink wateremmers, die balke en die riete in die dak, die gedroogde wors en biltong, die werwelpaadjie teen die agterdeur.

Maar hy kon nie met sy voetsool sien nie en hy moes 'n plan maak, want die son het warm begin raak (dit was somer) en oor die verlatenheid van 'n boereplaas in die Klein Karoo bak die son aansporend.

Dis jammer dat ons bure ook nie meer hier woon nie, het hy gedink. Dan kon ek hulle met my linkervoet gaan opsoek het. Milly, wat altyd gesit en hekel het by die blougeverfde tafeltjie op die stoel, waarlangs haar man op 'n bank in 'n boek gelê en lees het. Al was sy hoe so haastig na die ewigheid toe, sy sou nog tee gemaak het. En Oupie Jonie, my ou maat, my bruin vader, wat die beeste se spene saans getrek het met die reëlmaat waarmee die staanhorlosie se pendule swaai en swaai. Oumoekie. Hy ruik bossietee en sismateriaal. Behalwe Oumoekie was daar al die ander. 'n Bossie sleutels aan 'n lang stok langs die bokknieë kakiebroek. 'n Haastige glimlag oor 'n leë wieg, terwyl die vloere nog blink moet kom en die borde wéér gewas moes word, daarna die hande. Die ou vragmotor en die toegegroeide tuin. Dikglasbril en 'n wit stok, wat voel na 'n vrou wat nie haar hand onder die grond kan uitkry nie.

Miskien moet ek met my ander voet probeer sien en met die een wat vassit, probeer loop, dink hy, maar dit luk hom nie.

„As ons niks anders kan doen nie, moet ons dink." Dit het Van Wyk Louw gesê. Maar dit help hom nie verskriklik baie nie, hoewel hy met die boek 'n ruk lank tóg die son van sy kop af hou.

'n Boer maak 'n plan. Daar is natuurlik die moontlikheid om die huis af te breek, maar hy wil dit nie graag doen nie, want op die voorstoep maak swaeltjies nes en van die stof en die geraas kan hulle dalk wegvlieg, weg van die nes vol eiertjies af.

Dis buitendien nie seker dat hy sy voet sal loskry nie, want vader het dit altyd gehad oor die onsigbare mure van 'n huis wat die sigbare mure sterk maak, en sy woord was wet, hoewel hy die huiswerk grotendeels aan moeder oorgelaat het.

Die ander moontlikheid is om die situasie te aanvaar. Om hom is die son en die verlatenheid en die leë lusernlande, want die oes was goed, maar die oes is af. Saans sak die koelte toe en die vredigheid. Wat bykom is eintlik onnodig en dit het hom nog altyd verwar. Maar hy het al opgemerk dat – en dit het nie in sy klere gaan sit nie – dat ander wat maar gods huis aan gods voet laat vang en dit vertel soos dit nié is nie, later ou seurpotte word. Van toe af het hy die verwarring aanvaar en dis moeilik om twee ewe sterk teenstrydige inhoude in die bewussyn wakker te hou.

Hy kan natuurlik vir die politiek gaan staan. Maar dan sal hy moet maak asof hy met sy regtervoet se sool kan sien en dis nie menswaardig nie. Daarteenoor staan dat dié eenbeen-houding later tot gevolg kan hê dat sy maagspiere verswak, waaroor 'n goue horlosieketting uiteraard mooi sal drapeer. Maar, nee, dis pretensie daardie. 'n Mens kán nie met jou regtervoet se sool sien nie, al het jy dit wat agter jou is hoe so lief, en verslapte maagspiere is nou eenvoudig ongesond, al sê die kenners van goud ook wát.

Hy versit sy linkervoet omdat 'n mier daaroor wou loop en hy ken miere. Ook te lui om ander te ontsien, dink hy. Die ontmiering van die platteland is nie ver nie.

Teen sy regtervoet se sool voel hy iets warm raak. Dis die son, dink hy. Hierdie tyd van die dag skyn die son altyd deur die eetkamer se venster en op die deur. Ek het nooit kon dink dat dit eendag op my voetsool ook sou skyn nie.

Iets bekommer hom nogal. Hy kan nie verwag dat 'n ander mens, selfs al is sy 'n engel, hierdie situasie met hom moet deel nie. In sy diepste wese is die mens eensaam. Buitendien is vrouens gesteld op hul mans se voorkoms en hy sien hom al – hy lag – hy sien hom al met kaal voete deur 'n huwelik gaan. En tog : as hy trou, kan hy 'n nuwe huis langs die ou-huis bou, ná genoeg dat dit nie ongemaklik is vir hom nie. Ander boere het dit gedoen, dis dus moontlik.

Die telefoon hang onder die Slag van Bloedrivier.

Maar toe dit aand se kant word en die dag se hitte daal, word die drukkendheid ook minder en dink hy aan 'n omvattender oplossing.

Almal, sê hy vir homself, almal sal met my saamstem dis 'n moeilike posisie hierdie. Politici, boere, onderwysers, almal. Dit beteken dat juis hierdie situasie, indien dit bekend sou word, my kan laat instap in die volledige begrip van álle mense. En wie sal meer verlang?

Ek lyk bowendien soos die standbeeld van iemand wat op pad is iewers heen.

Of soos dié van iemand wat wag op verlossing.

As ek my kop oplig, kan dit as hoop vertolk word. Laat ek hom hang, is dit smart.

Steek ek my hande uit, lyk ek soos 'n vliegritadvertensie. Vou ek my arms voor my bors, lyk ek soos 'n boegspriet.

En as ek verander, kan die huis ook nie dieselfde bly nie, a nee a. Nes die omgewing. Hulle moet vir hulle roer om by my aan te pas. Dis die sin van my voet se gevangenisskap : dat, as ek vanoggend hier uitgestap het soos gewoonlik en als soos gewoonlik gebly het, het ek nooit geweet nie :

Wat vryheid betref, het ek niks om oor te kla nie. 1975

Die uur van die idiote

(vir Sue)

Nie 'n see nie (and a star to steer me by), nee, in die stad was daar nie 'n see nie, maar om die huis was daar ook nie 'n heining van gegote ystertralies nie. Boonop swart geverf. Jou laaste kans vir uitbreek, dink hy wrang, be thankful. Die vorige eienaar was 'n argitek wat tot aan die einde in die onklaar huis net gesit en planne teken het.

Die huis is deur 'n boer gebou, toenterjare met die volstruisveertyd. Hy wou hier by die see 'n kleinerige replika hê van sy plaashuis in die binneland.

Drie maande gelede het húlle hier ingetrek – dit was al herfs. Maar die bouers was nog gewillig. Die kelderverdieping is nou 'n gimnasium en 'n sauna – hy het die apparaat vir sy verjaarsdag present gekry. In 'n ander vertrek onder die vloer is sy drankkelder wat hy volgemaak het nadat 'n hotel op Riversdal bankrot gespeel het.

Drie maande, en alles het al weer bekende patrone begin aanneem. Binne lyk die huis byna bekend, die meubels, die gordyne, die skilderye. Behalwe die stok en katrol op die stoep en die pitlamp onder die growwe visnet wat tussen die balke gespan is, laat alles hom voel asof hy in 'n bekende plek verdwaal het.

Dié tyd van die jaar is hier nie baie vakansiegangers nie en die inwoners van die stranddorp is min. Dis hoekom hulle (sy) die plek uitgekies het. Hulle vriende was jaloers op hulle, want almal droom, maar almal kan nie by die koerant, die skool, die bank of die firma bedank nie.

Die boeke, die skryftafel, die liasseerkabinet in sy studeerkamer, die Breughel-afdruk bokant die kaggel, alles is bekend, maar teen die laatmiddag as die mis van die see se kant af begin opkruip, slaan die vensters aan die binnekant aan, selfs al brand die vuur.

Hy het nog nie begin werk nie. Wegkom is nie noodwendig iewers heen gaan nie, het sy optimisties gesê, dit kom vanself.

„Is die skuitpad se bote vanoggend uit?" vra hy.

„Ons het vis in die huis," antwoord die vrou oorkant hom in die diepinsakstoel en sy laat haar tydskrif sak. „Tensy jy vanaand wil vis braai."

„Ek gaan kyk," sê hy. „Dis verstikkend warm hier."

„Sit 'n serp om jou nek, want buite is dit koud. Ek maak tee vir wanneer jy terugkom." Sy steek haar hand uit toe hy verbystap, maar hy maak asof hy dit nie gesien het nie. Sy laat haar kop sak en begin weer in die tydskrif blaai.

Melodrama, dink hy. Jy kan dit bekostig. As iets eendag moes gebeur wat die emosie uit jou sal uitpers, dan – maar hy weet nie wat dan nie. Wat het buitendien van my eie geword? dink hy. Hy trek die voordeur versigtig agter hom toe en slaan die kraag van sy duffelse jas om sy keel op.

Sy tel die boek op waarin hy gesit en lees het. Hemingway. Sy dink: hy tree op soos die karakters in die boeke wat hy lees. Verlede week se drinkery het iets te doen gehad met *Les volets verts,* maar sy kan nie Frans lees nie en sy weet nie wat dit is nie.

Hy het met 'n potlood ('n draaipotlood wat sy vir hom gegee het) iets onderstreep:

‚Your bloody money,' he said.

‚That's not fair,' she said. ‚It was always yours as much as mine. I left everything and I went everywhere you wanted to go and I've done what you wanted to do. But I wish we'd never come here.'

Sy gooi nog 'n stomp op die vuur, staan op en teken 'n prentjie in die wasem teen die ruit, terwyl sy die opstand in haar onderdruk. Sy doen dit so lank al dat sy met 'n eenvoudige, soms kinderlike gebaar daarvan ontslae kan raak. Dit het sy van haar pa geërf. Hy was 'n ingenieur en hy het hom altyd te veel bekommer oor die werkers op 'n projek wat soms nie eens baie gevaarlik was nie. „Die dokter" het hulle hom agter sy rug genoem. En dis hy wat gesê het: „Jy kan ander mense net beheer as jy jouself kan beheer." Oor en oor het hy dit gesê, asof hy homself daarvan wou oortuig. Sy was die enigste kind.

Hy het dit nie met opset gedoen nie, sê sy vir haarself. Hy het nie geweet sy sal die boek optel nie. Hy doen so min dinge in die laaste tyd met opset. Met 'n ander potlood, sodat hy dit móét sien, onderstreep sy.

‚I'd like to destroy you a few times in bed,' he said.

‚Yes. That's the good destruction. That's the way we were made to be destroyed . . .'

Ondanks, dink sy 'n bietjie wrang, ondanks, want sy is jonk en sy weet dat sy nie onaantreklik is nie. Selfs haar naaktheid – en sy hou daarvan om in deurskynende kaftans deur die huis te loop as hulle alleen is – selfs dit is meermale nie meer genoeg nie. Sy skuldgevoel gebruik soos kanker alles wat normaal is in hom en bly self morbied voortbestaan. En waarom? Daar is geen rede voor nie. Daarom maak dit haar magteloos.

Soms voel dit vir haar soos iets wat langer bestaan as wat hy bestaan, iets van voor sy geboorte af.

In die kombuis maak sy slaai gereed vir die aand. As hy vis wil braai vir die gaste is dit minstens iets wat hý wil doen. So nie is die sop gereed.

Die water in die riviermond het weggetrek met die gety en al wat onder die grys lug oorbly, is 'n kou moeras. By die kafee naby die swemplek staan die eienaar lusteloos agter die toonbank en rook. Die seilstoele wat somers uitgehuur word, staan teen die een muur opgestapel en binne het net 'n paar van die tafels kleedjies oor. Teen die muur agter die toonbank hang 'n plank met 'n grap daarop waarvoor die boere soms lag: Hier bars Hans en Kitty om 'n lewe te maak. Maar in die winter is daar niemand om dit raak te sien nie.

Ek wil 'n storie skryf van 'n man wat na 'n waarsêer toe gaan. Sy kyk in die kristal of in sy hand, maar sy sien niks, en nogtans vertel sy vir hom die wonderlikste verhale oor dinge wat met hom gaan gebeur. Toevallig kom een van die voorspellings uit. Hy gaan gereeld soontoe. Sy vertel verder. Toe kom hy agter dat sy vir hom gelieg het.

Op die krop van sy maag trek 'n vuis saam, asof hy vir iets bang is. Hy draai by die verlate swemplek om en stap in die rigting van die brug oor die rivier. As hy ver genoeg stap, sal die gevoel verdwyn. Of as hy by die hotel instap en iets gaan drink. Maar daarvan het hy ook al genoeg. Anderkant die brug dreun 'n boot op die rivier. 'n Skiër staan stadig op uit die water uit, soek gebukkend na balans terwyl hy die trektou styf vashou en dan begin hy in wye halfmane sy vastigheid tart. Toe die boot se motor gaan staan, sink hy weer in die water weg. Hy roep na die bestuurder wat sukkel om die enjin aan die gang te kry.

. . . dan begin hy homself dinge wysmaak oor die toekoms, maar hy slaag nie daarin nie, want hy glo homself nie. Hoe kom ek by die slot uit? Want die slot ken ek: die besef, as hy haar leuen kon glo en gelukkig wees daarmee, hoekom nie my eie nie? Maar hoe kom jy daaruit as jy die leuen eenmaal raakgesien het? O shit, he said. Shit. Having said that, what now? she asked.

Hy onthou: op Oudtshoorn, oorkant die berg, is daar 'n moord gepleeg. Die koerante was vol daarvan. Jong meisie verkrag en toe vermoor, of andersom. By 'n winkel waar dit lyk asof alles van plastiek gemaak is (die somer is kort en daar is min nut vir blywende dinge, dit raak te veel om saam te neem) koop hy 'n koerant. Lees gou die opskrifte. Met sy hande in sy jassakke en die koerant onder sy arm stap hy oor die brug.

Oorkant die rivier woon net 'n paar mense. Bester, die skilder wat sy naam teen 'n melkhoutboom vasgespyker het. Jana, wat hom nog soms in geselskap vermy omdat sy weet hy was nuusredakteur tydens haar hofsaak. Hoekom het sý – van alle mense – daarin betrokke geraak? Jong mediese dokter betrokke in A.N.C.-komplot. Sy het nou al afgetree, bewerk al die tuine in die buurt terwyl die eienaars weg is. Van al haar belangstellings van vroeër was dié in die grond die hardnekkigste, het hy haar eenmaal hoor sê.

Hy sien nie dat sy besig is om langs haar huis te werk nie, hoor eers toe sy na hom roep. ,,Kom hier," sê sy. ,,Wat het jy verloor?"

Hy besluit om haar op haar eie manier te antwoord. ,,Lus," sê hy, ,,En jy?"

Sy ignoreer sy vraag. ,,Is jy nou uit?" vra sy. ,,Uit waarin jy ook al was?" en haar oë is op skrefies getrek asof sy antwoord werklik belangrik is.

Hy trek sy skouers op.

„Ons moet praat," sê sy. „Die mense hier weet van my. Hulle verstaan. Want ek kan sê: ‚ek het 'n man liefgehad en was in die tronk' of, ‚ek was nou oor my middeljare en ek is bang vir die dood'. Dit help nie om in raaisels te praat nie." Haar stemtoon verander skielik. „Julle het nie kinders nie, nè?"

„Nee."

„Saterdagoggende lees ek stories vir die kinders in die biblioteek, dis hoekom ek vra. Party mense praat agter my rug al van ou mal Jana, maar ek gee nie om nie." Sy steek haar hande in haar ferweelbroek se sakke en kyk voor haar op die grond, sê half weemoedig, half spottend: „Die polisie hier is al glad vriende van my. Ons speel gereeld poker. Hulle stel nie meer in my belang nie."

„Ek moet loop. Daar kom vanaand 'n spul mense na ons toe. Wil jy nie ook kom nie?"

Sy skud haar kop. „Ek het nog nie vandag se koerant gelees nie, môre is daar al weer een," sê sy.

(Van ons plaaslike korrespondent)

Die gruwelike moord verlede week op Oudtshoorn het tot gevolg gehad dat een van die bes bewaarde geheime van die Klein Karoo oopgevlek is. Navraag het aan die lig gebring dat tydens die volstruisveertydperk daar kinders van welgestelde families met mekaar getroud is, ondanks reeds bestaande familiebande. Die huwelike is gewoonlik deur die ouers gereël om die rykdomme bymekaar te hou.

Uit hierdie huwelike is dikwels idiote gebore. Die meeste van hierdie idiote is onder die groot volstruispaleise gehou, want elke huis se kelderverdieping is 'n skaduwee van die groot huis bo-op die fondament, vandaar die hoë stoepe wat vandag nog op 'n paar plekke gesien kan word. Daar het hulle gebly. Daar het hulle hul lewens deurgebring. Hulle oppassters was gewoonlik weesmeisies of dogters uit arm families.

Net een uur per week is die idiote toegelaat om buite rond te loop: Sondae tussen twee en drie, terwyl almal ná die middagete geslaap het.

In die Klein Karoo staan dit bekend as die Uur van die Idiote.

Uiteraard lewe daar vandag nie meer enige van die idiote van die volstruisveertydperk nie, maar verlede week se moord het tog merkwaardige ooreenkomste met wat vroeër gebeur het. Die vermoorde meisie was 'n weeskind wat later as toonbankklerk by 'n plaaslike bank gewerk het. Die moord het, volgens wat vasgestel kan word, in die uur van die idiote plaasgevind en die lyk is gevind naby die Xenia-restaurant, waar vroeër die volstruispaleis van die Meckler-familie gestaan het. Dit is in 1952 heeltemal afgebreek.

Niemand is nog in verband met die moord in hegtenis geneem nie.

Nadat Bester met Marie gepraat het en Tonie gestaan en knik het vir Boet se bewerings oor die verarming van die kleinboer, nadat Rita niks meer wou drink nie, nadat Tina vir Mona gehelp het met die southappies en Birgitte gevra het waar die toilet is, nadat hulle gesels het oor die politieke situasie, die prys van nuwe bande, die energiekwessie, vrouekwale, sakrekenaars, honde, die gebruik van plastiek in die boubedryf, nadat hulle gepraat het oor Laingsburg waar Nils vandaan kom en Grabouw oor Tonie daarvandaan kom, oor Groblersdal, Nylstroom, Hennenman, Aberdeen, Umdloti en Kaapstad,

toe dit stil word aan tafel omdat almal gelyktydig besig is om aan iets te kou of iets te sluk, en die silwereetgerei blink in die dowwe lig van die twee geëlektrifiseerde Miller-lampe wat bokant die geelhouttafel hang, en die skaduwees oor die skouers en nekke val, en die bouillabaisse die aandag opeis van die medikus en die bankbestuurder, die bouer, die huisvrou, die garage-eienaar, die tandarts, die Libanese kruiedokter, die regter, die kruidenier, die onderwyser,

terwyl die verlate baaiplek en die verweerde kafee en die hotel met sy halwe kroegtoonbank en die viswinkel se reuk en die hoenders onder die paar krom bome op die leë erf, en die karavaan waarin niemand woon nie en die skiër op die water vergete raak,

toe die swaar fluweelgordyne en die bokhaaroortreksels en die antieke banke en die persiese matte en die rooileerdiepinsakstoele en die boekrakke en die koperskeepslamp begin grense en topografie en verlange word,

toe,

ondanks die breë stoep en die toe luike aan die oostekant, en die volvloermatte en die netjies versteekte Mozart uit die Bang en Olufsen-luidsprekers en die Land-Rover van die polisie wat gereeld die gebied van die duinesand tot by die harde teerpad patrolleer,

begin – al is dit ver – die harde slae van die see teen die rotse met tussenpose hoorbaar word.

Na die nagereg staan almal op (koffie en likeurs word in die studeerkamer bedien) en elkeen loop verlate in sy eie klere rond, versadig maar 'n bietjie lomp, en elkeen met 'n dowwe opstandigheid of verlange of albei.

„As ek net gewil het," sê Nils.

„As, ja," antwoord sy vrou.

„Dis 'n gedonner met die idioot wat die meisie vermoor het," sê Boet.

„Jy het verkeerd gelees, Boet," sê Bets, die afgetrede aktrise, en almal bewonder haar omdat sy nog so duidelik kan praat, al hou sy soos gewoonlik aan 'n stoelleuning vas en staan skeef. „Jy's nou nes ou Jana, sies tog. Lees elke koerant wat sy kan kry en al waaroor sy praat, is toeka. As ons so moet word eendag . . ."

Hy tel die Hemingway op, maar blaai nie daarin nie en soek nie na die plek waar hy laas gelees het nie. Hy dink: ons het niks om so oor te word nie. Sy het 'n man liefgehad en hy het haar misbruik en sy het in die tronk beland, dis maar nou eers dat sy poker speel met die polisie en vir kinders stories lees. Iets het haar laat uitbreek. Iets het haar weggeruk. Dis waarop ons almal wag.

Drie maande, en die patroon is al bekend; julle het almal net ander name en ander gesigte, maar julle is soos melkbottels, soos buisies tandepasta, soos motors van dieselfde fabrikaat. Julle duplikate loop rond in elke stad, op elke dorp. (Wie is ek om te praat? Drie maande lank al is die heining van gegote ystertralies om die huis, soos 'n in memoriamraam. En ek woon hier.)

„As ek wil, sal ek," herhaal Nils en hy gaan sit in 'n stoel.

„Die herhaling," sê Dirk, die afgetrede professor. „Die plek van die moord, die tyd." Aan sy gasheer: „Wat dink u?"

Hy trek sy skouers op.

„Die idioot is so 'n enigma," peins die professor. „Keer als altyd om. Daar sal baie vrouens by die verhoor wees."

„Ons moet gaan," sê Boet se vrou.

„Haai, ja," sê Bets.

„Wag vir ons," sê Birgitte.

„Kan ons nie eers help opwas nie?"

„Nee, nee, ons het al 'n bediendetjie."

Nag, nag, goeie mense, nag. Kyk na my hand. Dit wuif. Kom weer. Kom weer. En weer. Slaap gerus. Die ergste wat met ons kan gebeur, het al gebeur.

As dit stil is, hoor 'n mens die see.

Om hom bou die hitte op, die hele aand al. Die sauna se deur staan oop. Op 'n metertjie teen die muur kan 'n mens sien hoe warm dit is, maar niemand steur hom daaraan nie. Die bouer stoot vir die soveelste maal sestig kilogram met die een been op. Die huisvrou wip oor 'n springtou, haar arms twee wiele langs haar. Op die fiets wat nêrens heen ry nie het die bankbestuurder dertig kilometer voltooi teen veertig kilometer per uur, maar die metertjie is stukkend, miskien het iemand voor hom dit ook al gedoen. Die tandarts is teen die muur aan die rekstok besig om sy maagspiere te oefen. In 'n hoek staan die aktrise en buig heen en weer met 'n handgewig in elke hand. Die prokureur lê op die skuins plank, sy voete vasgegespe soos op 'n pynbank, en dit lyk asof hy rus. Maar dan trek hy sy swetende spiere saam, kom orent, tien maal, rus weer.

Hy gooi water op die verwarmer omdat die lug droog geword het en in almal se kele brand en die mis wat smiddags uit die see uit opkom, wasem opnuut teen die ruite aan. Alles is ondeursigtig. Hy probeer die deur oopkry, maar niemand help hom nie, nie die medikus of die garage-eienaar of die kruidenier nie. Kyk hoe hang hulle monde oop. Kyk hoe sweet hulle. Hulle lang hare hang nat tot op hulle skouers. Hulle beweeg almal 'n bietjie lomp rond, almal met 'n dowwe opstandigheid en verlange, almal.

Lees solank, sê sy vrou en gee vir hom 'n boek, maar sy oë brand nog. Oral op die banke lê tydskrifte rond met prikkelfoto's op die buiteblaaie, nat en verkreukel en geskeur.

Hoe lank nog? vra die onderwyser terwyl hy beur aan die kortstang-gewigte, en sy asem jaag, en die bankbestuurder se gesig is wit, maar hy ry en hy ry, waarheen? Hoe lank nog? Is dit die mis uit die see uit of is dit hulle asems? Hoekom wil die deur nie oop nie?

Alles is bedompig en nat. Almal lyk asof hulle nie verder kan voortgaan nie, maar niemand hou op nie. As hulle van die een apparaat na die ander toe loop, hang hulle arms swaar langs hulle sye en die sweet rol uit die hare op die bouer se rug, maar hy vat die gewigte weer met sy beswete hande vas en maak sy nek dik.

Almal is moeg, maar wat maak dit saak? Toe onthou hy die tydmeganisme. Hy maak die ruit met sy hand skoon en kyk uit.

Buite op die rivier ry 'n boot rond, 'n motorboot, en uit die water uit staan 'n meisie op, 'n jong meisie, en haar rok wapper in die wind, in die son, dit wapper. En sy wink. Sy wink vir hulle. Kom. Kom.

Hulle asemstote kom in golwe. In die mistigheid kan hulle mekaar nie meer herken nie.

Wanneer? Wanneer? Hoe lank nog?

Hy kyk op die horlosie bokant die swaar deur.

Dis vyf minute voor twee. Netnou is dit tyd. Dan sal almal sien ons is sterk genoeg.

Ons kan 'n lewe maak.

1980

Die boksers

Dit het dus niks gehelp nie: die Franse onderklere, die ingevoerde swart sylakens, die gekonsentreerde Halston, die hele komedie van verleidster speel met eindelose geduld en die selfverloëning van 'n animeermeisie. (Een nag op die agterstoep in 'n rottanghangstoel in die klam lug, die eerste alleensiddering sedert haar universiteitsdae, en die stoep was vol muskiete en nerwe maanlig.) Hannes het met Joubert by die deur ingekom daardie middag en Moira het olie oor die groenslaai gegooi en geweet sy moes veg vir iets meer as net 'n getroude lewe. So het dit begin.

Toe hulle getroud is, was sy jonk en hy was eerlik.

Nee, korrigeer sy haarself, selfs sinisme sal nie help nie, eerlik is hy nou nog. Hy het vir haar van Joubert vertel. Nie alles nie, want hoe kon hy vir haar sê dat die nuwe onderwyser met sy Carducci-skoene en sy silwerpistoolhangertjie om sy nek volslae sonder inhibisies is. Sy manier van stap, sy gekartelde hare, sy wiegende stem, die hele heksebroedsel waarop sy skerp gelet het by Hannes (om sy eie onthalwe), dit is by Joubert normaal, niemand sal ooit verwag dat hy anders moet optree nie.

„Sny net na daardie sin, Keith," kom die stem van die regisseur oor die interkom. Die drie lede van die koortjie het al die eerste note gesing, maar bly skielik stil.

„Watter sin?"

„Die sin is ‚Waar die blou waters van twee oseane die kuiwe van golwe word', net voordat Bronwin inkom met ‚Waar elkeen vry is om sy smaak te kies, waar tra-tra-tra-ta . . . kies hulle Kikuyu special' of wat dit ook mag wees. Ek wil 'n sakkie daar hê, dat ek die naggeluide 'n sekonde of so kan opskuif. Right?"

Sy moet haar paar woorde in die volgende advertensie onderstreep, Keith-hulle is oor 'n ruk klaar.

„Net voor julle aangaan, ek is langsaan in die dooie ateljee, roep maar," sê sy.

Die regisseur agter die glasgordyn leun vorentoe oor die redigeerbank en sê: „Ag nee, Moira, jy's ongesellig. Bly by ons. Of is jy haastig? Waar is die disco vanaand?"

„Jy's laf, Alex."

„As jy haastig is, maak ons eers jou vlieëgif."

„Nie nodig nie."

„Ek wil jou spreek na die opnames. As dit kan . . ."

Die ander spelers fluit en maak 'n grap daarvan. „Hans gaan jou dôôô-dinges, Alex," sê Gerrie.

„Laat rol, Keith. Onthou die sakkie. Bronwin, onthou die pousetjie tussen ‚elkeen' en ‚vry', byna asof jy dit nie kan gló nie. Oor 'n kwartier wil ek opneem. Koor, is julle gereed?" Alex skuif die interkom-kanaal toe.

Terwyl Moira haar woorde onderstreep, wonder sy: maar waar is my emosies dan vanaand? Dié wat 'n mens van 'n mens verwag. Ek het nie woorde vir dié rol nie. Het iemand agtergekom dat daar iets skort? Waarskynlik nie. Met almal skort daar nou en dan iets. Maar dis vir haar belangrik om te weet. Haar masker het alles wat van 'n gesig verwag kan word. Dit behoort genoeg te wees, dit is lank al genoeg.

Alex wil haar spreek na die opnames. Onder haar glimlag skuif verbittering in. En vernedering. Waarom juis nóú? Almal ken Alex. 'n Welluidende, byna trae stem wat draal om die woorde, en twee van sy kort liefdes sing in die advertensie-koor.

Hannes is na 'n Rapportryers-vergadering toe. Sy het met haar eie motor van La Lucia af ingekom. Met haar eie motor en met haar nuwe Pam Shepstone-uitrusting, dat die ander weer kan wonder waarheen sy op pad is. Want sy móét voor hom by die huis wees.

As iemand onverwags by hulle opdaag en hom by . . .

Sy haal diep asem, dwing haarself om te ontspan.

,,Waar die blou waters van twee oseane die kuiwe van golwe word . . ." Alex stoot die interkom-kanaal oop, sodat die geluide van krieke en vlermuise in die ateljee hoorbaar word. ,, . . . Waar elkeen vry is om sý smaak . . ." Bronwin kyk op. ,,Wat het die twee oseane, seker by Kaappunt, met naggeluide te make, Alex?"

Hy lyk gesteurd. ,,As ek seegeluide inspeel, is dit maar net geluide by die woorde wat Keith sê. Die naggeluide vertel 'n ander storie ook. Nag én see. Maak dit verskil aan die manier waarop jy dit sê?"

,,Nee, maar die twee seestrome wat mékaar so van weerskante af bekruip, klink vir my ook so snaaks."

,,Dink aan boksers en een se kuif wat so opspat," sê Alex. ,,Ek het nie die teks geskryf nie. Onthou dat ek vir julle vertel van Saterdagaand se fight. Niël, was jy daar?"

Niël knik.

,,Bristoe ken sy storie, nè?"

,,Ek kom nou. Ons speel nog een maal deur. Oor vyf minute neem ek op."

Die koor sing klaar en Alex sit 'n rukkie en dink. Dan steek hy sy duim in die lug. Dit het goed gegaan. Hy staan in die deur na haar en kyk voor hy ingestap kom en haar 'n sigaret aanbied.

,,Ek het nog nie geëet nie. Stasie-diens. En Saterdagnag was 'n verlore nag. Na die boks. As jy lus het om saam te gaan, wou ek sê, maar ek sien jy's aangetrek vir iets anders. Ek wou net met jou praat oor iemand wat 'n stemtoets afgelê en glo geslaag het. Hy en Hannes werk saam."

Sy antwoord nie, vra ook nie uit nie, deels omdat sy bang is dat haar stemtoon iets sal verraai.

,,Jong onderwyser, Joubert."

Sy trek haar skouers op.

,,Liewer later," sê hy en begin met die ander spelers gesels. Sy staan op, praat eers met Jean by die deur en stap toe tog na die dooie ateljee langsaan toe.

Sy gaan sit op 'n stoel en vou haar tekste voor haar op 'n groen tafeltjie oop, sodat dit moet lyk asof sy haar woorde oorlees as iemand inkom. In die een hoek staan 'n honkie-tonk klavier. Die mure is klankdig, rye, rye gaatjies, eentonig soos 'n tronk se mure.

Sy staan vinnig op, vat 'n koerant wat op die klavier lê en kyk na die opskrifte. Sou die lugversorging in hierdie ateljee nie werk nie? Dis so benoud. Toe sy ingekom het, was dit koeler binne as buite onder die waaierpalms. BEBLOED MAAR BO. Van watter boksgeveg sou Alex gepraat het? Sy begin die berig lees.

Saterdagaand op Westridge . . . geveg van sy loopbaan . . . goeie tydsberekening . . .

gesorg vir die beste boks . . .

Sy lees vinniger. Hulle sê nie wie gewen het nie. Asof sy iets van boks af weet! Maar Alex het Jack Bristoe se naam genoem. Hy was die kampioen, dit weet sy darem.

Toe Bristoe se hand opgelig word, was sy vorige vernedering gewreek . . .

Daar is foto's ook, sien sy nou: op een is sy mond en neus heeltemal skeef waar sy teenstander se handskoen hom tref, dit lyk asof hy in 'n pretpark se spieël kyk. Hy staan op die een langsaan op sy knieë, maar die grootste foto wys waar die skeidsregter sy hand in die lug hou.

Nee, die lugversorging is aan, sy voel dit nou.

Sou woorde help? As daar woorde kon wees, woorde wat niemand anders ooit sê nie? Antwoorde op vrae wat sy nog self nie geformuleer het nie. Antwoorde wat name is vir gevoelens, ondervindings. Maar al die woorde wat sy ken, pas skeef op haar gevoelens, soos KITSDODER in die advertensie wat sy gaan maak. Kitskoffie, kitspap, kitsroom – dit pas. Maar kitsdoder pas nie. Sy kan haar dit nie voorstel nie. Selfs 'n koeël is nie 'n kitsdoder nie. As jy 'n mier dood trap? Ook nie.

Een aand in Wenen het die ander toeriste in hul groep na 'n musiekkonsert gaan luister, maar sy en Hannes het na 'n blou film gaan kyk. Dit het haar gewalg en eintlik was dit 'n bietjie komieklik ook. Maar dit hét haar vryer laat voel, hoekom weet sy nie. Later op die toer het hy een middag gesê hy gaan na 'n museum toe, maar hy was nie by die museum nie. Hy was in die hoerebuurt. Hy het deur die sekswinkels geloop en na al die artikels gekyk en hy wou haar nie in die verleentheid bring nie, het hy verduidelik en sy het hom geglo, maar gewonder: watter verleentheid?

Waarna het hy gesoek?

Dis by terugskouing wat die vraag by haar opkom. Tóé het sy hom vertrou. Geglimlag oor sy mengsel van preuts- en grofheid, maar sy het hom vertrou.

Kitsdoder, dink sy, soos kitsdoder pas vertrou ook nie, nie hier nie.

Selfs al sou hy probeer het, die daad is op sigself – ja wat?

Hý praat altyd van die „daad". Asof hy daar eintlik nie deel aan het nie.

Wat beteken dit vir haar? Nog 'n woord. En beelde van verydeling: haar motor se pap wiel onderweg op 'n sonnige oggend, die tuinier wat die verkeerde tak afsaag, water wat nie uit die wasbak wil loop nie, Bach se Fluitsonates met 'n krapmerk op, dae aaneen mistigheid. Soms ook beelde van vryheid: alleen in 'n sweeftuig op Fisantekraal, warm brood. Maar dié beelde is min en boonop romanties.

Moenie toelaat dat u natuurlike behoeftes u in die verleentheid bring nie, bestel by ons. Sy laat die koerant lê en stap terug.

Die koor sing nie en Alex is nie in die redigeer-ateljee nie. Hy staan in die opname-ateljee met Roy en Niël en gesels. „ . . . het jy daardie linker van Bristoe gesien? Jassas, ek dog die Yank droom van cotton fields back home.

Ghoef!"

„Maar hy bly op sy voete," sê Roy.

„Bristoe ken sy boks, maar daardie Yank kan sy houe vat. Die ref was jou wragtag nog nie tussen hulle uit nie, toe slaan hy Bristoe reg bokant ons tussen die toue in. Roy, Niël sal seker met my saamstem, weet jy, dis die mooiste geveg wat ek in my hele lewe gesien het." As Alex opgewonde raak, raak hy dramaties en sentimenteel.

„Ek glo jou," sê Roy en niemand weet of hy ernstig is en of hy met Alex spot nie.

Alex slaan met sy vuis in sy hand. „Nou goed, kom ons maak klaar. Waar's Moira en die vlieëplaag? Hierdie goed help net as jy die vlieë met die blik doodslaan. Maar kom ons lieg maar vir die volk. Ek is honger."

Sy wag vir hom by die deur van die ateljee. Hy spoel die bande terug, vir redigering later.

„Die sigaret-spot het nie te sleg uitgekom nie. Dié Bronwin . . . Toe moes ek nou eers verduidelik." Hy trek die ateljee-deur agter hom toe. „Gaan jy saam?"

„Jy wou vir my iets gevra het," antwoord sy.

„Staan 'n oomblik stil, dat die ander maar kan verbykom. Ek wil nie in die voorportaal praat nie."

Sy staan langs hom en sien dat een van sy hempsknope op sy maag los is. Hy het nie 'n onderhemp aan nie, sy vel is wit en harig. Hy moes vroeër aantreklik gewees het, maar nou is sy vel los en sakkerig, ook om sy kake. Sy kuif is té netjies, sy das los.

„Dis oor die Joubert," sê hy. „Hy steek dit nou nie juis onder stoele en tafels weg nie, soos my pa sou sê. Daarmee het ek natuurlik niks te make nie. Ek het net gewonder, miskien kan ons hom gebruik in hoorspele ook. Maar," voeg hy vinnig by, „onnodige krisisse wil ek nie hê nie. Aan die ander kant weer, sulke mense krepeer as hulle verstoot word, jy weet dit. Jy ken die spelers en jy is tops, ek wil hê jy moet my raad gee."

Die gang om hulle is heeltemal leeg, maar die drie koorlede en Roy het iets in die kafeteria gaan drink, hulle sal binnekort verbykom.

„Dis jammer jy kan nie saamgaan nie. Hel, ek kan nie uitgepraat raak oor Saterdagaand se geveg nie." Dis sy manier om nóg 'n keer te probeer, sy weet dit.

„Ek weet baie min van boks af. Het jy die geveg uitgesaai?"

„Opsommings gedoen." Hy trek sy skouers op. „Die base het geld genoeg. Spikes was hier van Johies af vir die kommentaar."

Skielik is dit asof sy die hele aand, die hele week, hoe lank al, in 'n kykdoos nie die patrone kon raaksien nie, maar asof sy nou terwyl hulle staan en praat . . .

„Wreedheid," sê sy. „Jy hou daarvan, nè?"

Sy maak ongeërg die knoop van sy hemp vas en laat haar warm hand op sy maag rus.

„Ek sal uitvind en vir jou sê hoe hy saamwerk," antwoord sy.

„Arme ou Lex; elke keer is ek besig. Volgende week? Wat van volgende week?"

Die ander sal verbykom en wonder en hulle sal praat, almal – laat hulle praat, laat hulle skinder, dan is dit oor háár, laat hulle skinder so veel as wat hulle wil.

Sy voel verlig.

Sy voel soos iemand wat wéét hoe om 'n vernedering af te weer.

1980

ETIENNE LEROUX

'n Dag in Berg-en-Dal

Drieduisend siele

Die strate is bedek met wit kalk en blink so skerp in die somerson dat REGINALD, die winkelier, sy hande voor sy oë hou en terug in sy winkel stap waar

NOENS, sy vet vrou, in die donker na negosie ruik. Noens, sê hy vir haar en beduie vermanend, Noens . . . en sy haal 'n laaste handvol lekkergoed uit die glasbak uit. Sy keer terug tot haar taak en waggel woelig weg na die vroueafdeling waar dit nog donkerder is en die materiaal vanaf die boonste rakke uitbundig blom. Sy verkoop 'n gerekte blou bloomer aan

GERTRUIDA GERTZEN wat die sterkte van die rekke met haar kneukels toets. Gertruida praat oor vroueprobleme terwyl Noens met 'n oranje roosknopmondjie glimlag en die orige lekkergoed in haar klewerige hand aan Gertruida Gertzen se geeloogkleuter gee. Het sy nie mooi geword nie? vra sy terwyl

DIE VOORWERP VAN BELANGSTELLING met bollende kieste terug in die voorvertrek van die winkel die vaderlike hand van Reginald op haar voorhoof betyds vermy.

Liewe klein WANDATJIE, sê Reginald skynheilig voor KLASIE die klerk met die horrelvoet. Klasie breek 'n toutjie om sy pinkie, beduie en besluit: Oubaas Bêrend is weer bedonderd vandag met 'n skouer-beweging verwysend na die

LANG OUBAAS met die bakkebaard wat so pas in sy blou Buick geklim en gery het tot by

POPOLOUS, die Griek, wat guitig uit sy kafee uitkom, groet, glimlag en genoeë neem met die grappie: Jou bleddie Griek, jy maak seker weer groot geld vandag, het jy tamaties? – Waarop,

PANDROS, sy broer, deur die gaasdeur, tussen die kroom, langs die frigidaire, agter die groen sodafontein, opkyk en afkyk. Met nette, presiese, klappende hande berei hy 'n bruismelk in 'n skommel. Hardhandig gooi hy die skuimende vloeistof in die plastiese glas en kyk hoe dit skuim en borrel en dreig om te stort. Dit rys tot die kruin en sak af.

WARRELWINDE waai oor die plein, jaag stof en niks en slaan vas teen

MARKTAFELS wat leeg is.

OOM PIET, 'n rustende boer, trek onhandig en onverskillig weg in sy Hudson op hierdie sy daaglikse uitstappie na die dorp waarin hy 'n plesier en 'n paslike afronding van sy lewe vind. Hy ry na die hotel en koop 'n bottel Klipdrif vir gesondheidsredes by

GOTHRIET MORGENTHAU wat in die dorstige dorp welaf word en sy welvarendheid onwillekeurig adverteer met wit baadjies en klaargeknoopte strikdassies. Hy leun met gevleuelde elmboë oor sy greinhout-toonbank en gee 'n vals glimlag vir al die karakters wie se privaatlewens hy selfs beter ken as al die wasvrouens. Met die muur van sy kroeg omsoom deur afgesnyde dasse en onheilige tekste, met sy bottels vervrolik deur vals etikette, met sy gewete gesalf deur kollektedosies vir die armes en blindes, kyk hy op hierdie Vrydagmôre na

KOOS DIE KOSTER wat fortuin vertel, sy vrouens verwaarloos en bystand kry; na

GERRITSEN GRUNDELING GROENEWALD wat bouwerk doen en die dorp vul met hobberige huise, skewe skoorstene, gekrulde gewels, swanger mure (sy vrou soos sy mure) en bystand kry; na

LODEWYK LODIJSEN, die groot boer met sy klein plasie waarvan die morge en roedes strek tot die nimmereindigende grens van sy verbeelding, wat alles weet wat orals aangaan en bystand kry; na

dik donkerbaard JOHNNY, werker na willekeur as plaasvoorman, mallemeulebestuurder, klerk, agent, smid en opsigter van die skut, wat in Sidi Barrãni spitfires met sierlike behendigheid oor die woestyn kon loods; na

LAMBERT MANEWEEK, die mooiste, die bekwaamste, die rykste man van die omgewing, wat homself tot horries drink omdat hy aan die wagtende meisies net woorde gee, sy een meulsteen van onvermoëndheid swaarder wegend as al sy vermoëndheid; na

JOHAN BARNARD met die groot buik, met bergespiere wat spreek van sy onuitputlike uitbundigheid, onder die aanslag waarvan menige maagde hulle madeliefies tussen die riete langs die rivier verloor; na

RUDOLPH LEFEBRE, liefling van almal, mooi van voorkomste, verfynd van geaardheid, vader van slanke dogters, faktotum van liefdadigheid, gedoem tot respektabele ondergang met al sy ware ambisies onvervuld, vasgevang deur sy verbond met die omgewing waar hy sy tyd, sy genie en sy jare verspeel; na

HANDELSREISIGERS met spit-balls, seduksieplanne en slegte spysvertering; en na

AL DIE ANDER, drank-bevry van hulle gewetes, vrolik uit die aard van die vergunning wat hierdie laaste weeksdag bied. Voor hulle in die muurspieël weerkaats die verbygaande toneel en wys

MEV. JOLANDE VAN NIEKERK, hoof van die Vroue-Landbou-Unie, op pad na 'n vergadering met haar hoof vol mosies en haar hart vol woede teenoor mev. Van der Westhuizen wat uit protes bedank het omdat sy ontevrede is met die organisasie van die komende skou, haar handsakkie vasgeknyp onder haar arm en die pluim van haar hoed wuiwend in die nadraai van die warrelwind, haar gedagtes meteens op die dromerige man wat die vorige aand 'n lesing gehou het oor die behandeling van die adolessente kind, die seksaspek van die huwelikslewe en die oorgangstadium in die lewe van die vrou. Sy onthou die laaste sin terwyl sy die straat oorkruis en ongemerk aan haar borsrok met haar plomp hand skuif: ‚Netsoos die Lewe begin het, word die Golwinge na die be-eindiging van die Hartstogte al hoe wyer en Verdwyn hul in on-ein-dig-heid . . .' Behalwe (met wrewel) behalwe (daar klim sy nou in haar sportmotor voor die slaghuis).

JOAN LEFEBRE, met haar hooghartige houdinkies, wat GELAG het – sy met haar swaaiende rokke wat nou ook swaai as sy 'n slank been in die lae motortjie plaas, agter die wiel inskuif en die deur met 'n sagte, klikkende geluid toetrek, haar grys oë bedek met 'n groen sonbril met 'n geel rand, haar tingerige skouers skuins teen die sitplek geskuif as sy die Simca in eerste versnelling plaas en met sidderende wiele wegtrek. ‚God, hoe moeg is ek nie vir hierdie skynheilige Gomorra nie . . .' Sy ry tot by die garage en merk met 'n rooi glimlag op hoe Marcel self uitkom en die jong opsystoot, sy een voet op die loopplank plaas met sy elmboog in die venster leun en vrypostig vra: ‚Hoeveel?' ‚Nege gelling," sê sy en loer met dalende wimpers na hom, half uitdagend en half lui, haarself herinnerend aan die aand toe hulle mekaar toevallig in die stad op 'n dansparty gesien het en sy (God, sy was 'n bietjie oor die vier) hom toegelaat het om sy een hand op haar bors te rus terwyl hulle dans. Hy gooi die nege gelling in en het skaars die dekseltjie opgeskroef toe sy met rasende wiele wegtrek en hom oogverblind, oogvrywend gans alleen in die stof laat staan.

So 'n bleddie Sy-Satang, sê MARCEL, maar glimlag en staan terug as oom Piet terugkom van Gothriet Morgenthau om weer petrol in te gooi. ‚Maar dis nou net volgegooi, Oom,' en Oom Piet wys met sy vinger na sy slape om die gewiegel van sy gedagtes aan te dui. Hy verdwyn uitgelate om die draai met 'n wuiwende hand en 'n uitbundige gevoel in sy binneste, op pad na sy plaas.

MAAR

sonder doel of rede ry hy deur die dorp soos iemand wat vir oulaas laaste indrukke wil vaslê.

OOR die dwarswalle

DRAAIENDE LINKS en DRAAIENDE REGS

NA willekeur

verby die DOMINEE se huis, toegegroei deur rankdruiwe, oor skaduwee deur erotiese sipresbome, blinkend in die son met die nuwe sinkdak wat die gemeente gesamentlik opgesit het; en verby

die KERK met die geteëlde toring wat sweef oor die asters in die tuin waar die bye gons – die grou mure gerofkas, die vensters grys en vaal, die deure gegrendel; die kerksaal langsaan verbleik en versteek agter 'n paar gombome met verdroogde takke; en verby

Die JOODSE kerkie met die Semitiese Ster;

die ANGLIKAANSE KERK tussen twee armsalige acacias;

die BANTOEWINKEL met die gekleurde kombers en die vliegwegwaaiende Basoeto's op die stoep;

verby die TENNISBANE en terug (doelbewus nou na die plaas) via die MARKPLEIN waar 'n seuntjie so pas van sy fiets afgeval het en stadig orent kom, vrywende aan die rafels van 'n afgeskuurde vel, behep met die rooi bloed wat net-net begin deursypel, op pad na sy huis waar sy ma,

MEV VILJOEN, ongeduldig wag met die ete wat besig is om koud te word – 'n tweede oproep alreeds tevergeefs deurgeskakel na Gothriet Morgenthau se onheilige huis, haar oë gerig op die stof wat in die vensterbank vergader, die meid verwensend, haar klere taai aan haar hangige lyf, 'n warmte in haar wat tevergeefs wag op bevrediging; ongeduldig, magteloos, behoeftig, vies en sonder kennis, 'n probleem vir

DIE SPREKER OOR VOLWASSE OPVOEDING (maar sy het sy vergadering vergeet) wat nou so pas aan die welgevulde tafel van die prinsipaal se vrou plaasgeneem het en met sjarmante glimlaggies, en 'n gedraaide pinkie na 'n pas-uitgesproke komplimentjie, onder die bewonderende oë van die hele vrouevolk begin eet aan 'n gebakte gans, onderwyl

die PRINSIPAAL self, verdiep in sy eie personeelprobleme, deur sy lewenstaak verander in 'n afsydige outomaat, deur vitterige probleempies, deur 'n gebrek aan 'n behoorlike personeel, deur 'n warm son en onvoldoende fondse gevoer tot betekenislose kompromieë en steeds toenemende verydeling, met donker oë onder swaar wenkbroue na die idealistiese indringer tuur en met elke mondjievol geleentheidskos vergelykings tref en oplaas, alleen en uitgesluit, by die venster uitkyk na die huis oorkant waar

MAGRIET, 'n MAAGD van sestien jaar, haar vlegsels oor haar skouers trek en belowe om saam na die konsert te gaan met die besope, buikige Barnard wat by Gothriet Morgenthau 'n bottel, 'n kamer en bykomstighede gekry het.

Dis meteens stil oor die etensuur in die dorp. Niks beweeg nie behalwe 'n Korannajong op 'n ysterwielkarretjie wat met sy selfgemaakte sweep die donkies tussen die ore piets.

DR. DÖHNE vee sy kuiltjieken met sy servet af en jaag haastig met sy vinnige motor na mev. Veenstra wat handverwronge glo dat Sannie sterf. Dis masels, sê dr. Döhne en knik vir

SANNIE, wat gloeiend in haar bedjie lê en kyk na vlieë op die muur. Die son skyn deur die blindings. Sy voel die verdwyning van die direkte lig, word bewus van die skaduwees wat aanwas, en dink met heimwee aan 'n koringblom.

Op die TENNISBAAN speel die posmeester se vrou, die sersant se vrou, die dokter se vrou, die burgemeester se vrou 'n dubbelstel tennis.

Hulle kla oor die balle wat te lig is.

Die standerd agts swem in die swembad onder die toesig van

juffrou FRANSCINA VAN ROOYEN wat puntige pêrelwit uitstaande tande het en een keer in haar lewe gesoen is deur 'n dronk man op 'n partytjie.

Die Sub B's sing in die skoolsaal, „Witter as sneeu".

Koos die Koster, sjerrie-mal, slaan Siena met 'n skaapvelsambok.

Johnny vertel vir Gothriet van Bengazi.

Lambert is terug op die plaas te midde van die Maneweekmorge merinoveld, dronk soos sy volk.

Lodewyk Lodijsen koop driehonderd dorperhamels, onbesiens onbesuis, van Woudenstein die spekulant, teen 'n bedrag van driehonderd pond wat hy nie besit nie.

Rudolph Lefebre het een van die handelsreisigers na sy plaas toe genooi en hulle sit aldrie voor in die motor terwyl Joan bestuur en 'n geringe drukkie teen haar knie agterkom.

Die dominee poleer sy gemeentemotor.

Die ouers wag by vriende en in groepies onder die skaduwees van sipresbome vir die skool om te sluit. Een na die ander ry hulle weg van die dorp. Die stofwolke word al hoe swarter as hulle mekaar selfgeldend probeer verbysteek.

Allengs word dit laat-middag

en daar kom 'n nuwe lewe voor die naderende skemer.

In Popolous se kafee begin die radio speel en glim die neons teen 'n spesiale nagtarief.

Meteens begin die enjins van die kragsentrale dreun en die skaduwees onderneem hulle nagvlug.

'n Allenige nagvlinder verskyn in Morgenthau se sitkamer en die maagdelike Magriet verloor vir ewig haar voorvoegsel in monnikheilige Morgenthau se gastekamer. Met 'n momskerm van onderdanigheid bedek hy Momus met eerbiedige buiging as Barnard en beskaamde bruid verbygaan.

RONALD RORICH se rondreisende toneelgeselskap, bestaande uit Ronald self en twee blonde helde en heldinne, het so pas gaan eet nadat hulle 'n paar puntige aanmerkings oor die hotel, die dorp, die saal en die omgewing gemaak het. Met snedige snorretjies en krullebolkapsels lyk hulle kettervreemd en keuwel spottend superieur hulle keurbendetaal.

‚Sondagmiddag gaan ons vir die Lefebres kuier,' sê die aflosmagistraat vir sy vrou en skroef die veertjie van sy horlosie styf. ‚Dis tyd dat jy moet aantrek vir die konsert.'

In die lokasie brand die vure en dit ruik na mis; die rook rol breed oor die rommelhuisies en spiraal op en oor die lae rantjie.

Die konsert begin en die strate is leeg –

in teenstelling met die stadsaal waar elke grappie, elke gebaar, elke verwikkeling in die saaie storie van die grootste betekenis is.

Dis pouse en almal haas na Popolous en Gothriet,

die tuisblyers luister na Springbokradio, of slaap alreeds.

Die hoofkarakter verklaar sy liefde te laat vir Linda. Sielig sterf sy.

Wee word

'n werklikheid

'n Vrou vee 'n stille traan weg

en deel in die dawerende applous as die akteurs met geboë hoofde en gemaakte nederigheid die toejuiging ontvang.

Die ligte word een na die ander verdoof sodat nog net die straatligte brand en die donkerte en eensaamheid besit neem. 'n Sinlose swerwer doem af en toe onder 'n ligkol op en verdwyn in die nag. Daar is 'n groteske stilte wat daal oor die dorpie: dit klem alles met 'n doodsgreep vas, dit wis herinnering aan die dag volkome uit.

Vergete is vir die nag:
Vergete is vir die nag die maskers en die maskerades;
Lodewyk se vals verkopings aan Woudenstein;
Barnard se saad in sy bruid;
Rudolf se ambisies;
Johnny-Tripoli;
Spitballs;
'n koring-
blom.
Maar in 'n
kamer in een van
die huise regoor 'n brandende
straatlig beskrei klein Gert Groenewald die wande
en word presies om twaalfuur aldus met die helm
gebore . . .

1964

ADAM SMALL

Klein Kytie

Roses!
Carnations!
Mooie bossies narsangs!

HAWKER
Hél, ma djulle kan daam heller oordag
bagrafnis hou!

FLOWERGIRL
Gwaan voetsêk djy moet djou
vakrimpte piesangs!

HAWKER
Got hoe wiet djy dáái, hi?

Kôs even so was sy my kind nog gawies meneer. Nai.
Dja even so lat 'n mens jou kind nie soema só weggan nie

KLANKBEELD
Diekaapseklopse
(Y-town,
bie-town,
bie-town,
sie-town,
sie-town,
die-town,
hie kom ons
hie kom ons
hie kom ons an)

Dou ek wiet ons moet ammal weggan ek wiet nie, kôs om só te gan.

KIEK

Klêngoed innie straat

Hê'k nie vi djulle gasê moenie kirjink innie pat innie hê? Djulle soek djulle eie doed, wil djulle doed wies hê? So dis daarie bloed gawies ek wiet, ek moet nóút dou ek het vi Djakop se liefgahad meneer Got troos sy siel moet hom gatrou hettie, kôssit wassie wyn gawies meneer sê ek die dop oppie plaas in sy bloed meneer en nawieke oppie dorp Got troos sy siel innie kantien o Here meneer.

Sirenes van die ambulans huil, húil strome verkeer tot stilstand, skreeu uit Hanoverstraat kantelend 'n swart kring om die rooi eiland, Darlingstraat, Sir Lowryroad ín, huil, húil tussen Distrik Ses, tevergeefs, en Groote Schuur. Die lyk is uitgetrollie in 'n wit laken; die verkrimpte ou weduweegesiggie wat die coons gasien het niewedjare ennie kinners doedgan specially vi Kytie kôs even so was sy my kind gawies en om só te gan; die verkrimpte ou handjies, dis so gabars sien meneer vannie ouderdom hêhêhê ennie char specially die char, kôs ek het vir 'n rukketjie die blomme oek gahad en oekie pars, wat, toe die polisie daarmee klaar was, Klein Kytie se lyk ingeneem het, die skandes reg gesien en toe ma gatry het ommit yt te lê virrie kis en daai's toet ekkie eeste attack gakry het meneer, raai daas 'n man hy priek altyd daasoe oener oppie parara meneer, hy priek die waarheid.

VOLFLITS

Pararaprediker

EERSTE DJOKER

Wie's daai lielake ou
daa
moerie grootbek
ennie bênjo?

TWIERE DJOKER

Daai ene daa so rou
gabrand vannie son
en vannie swiet ennie stof
skoon grou?

Dja!

Lyster!

o die Here vagewe my, 't was alles my skild o God gawies meneer ek moet nout, kôssit wassie wyn in Djakop sy bloed gawies, dou ek het hom liefgahad, so vi Djakop gatrou hettie. Toe's hy doed oppie plas meneer so daa was niks vi ons gawies nie, Klein Kytie het allienag by my oorgably kôs Skoen-hulle was unemployed innie Kaap en ek kannie eintlik mee so wêk nie sien meneer dou ek moet sê ek het 'n bitji gatry moerie char, meneer sien selwers hoe lykie ou lyfie hêhêhê, toe moet ons oek ma Kaaptoe wat kannôs tog doen oppie plas het die bas oek gasê. Dja's swaar om doed te gan dja's swaar om te lewe meneer miskien sillie Here my vagewe. So toe sit ons marie furniture oppie karrentjie.

LANGAFSTANDFLITS

Donkiekarretjie met bietjie
huisraad op die grootpad.
Ou Kytie
(sy hou die teuels)
en Klein Kytie

KLANKBEELD

O staragstaragoorieklippertjies

Daar was die lykwa van Goodall and Williams en die dubbeldekkerbus. Hulle het nie geweet waar om 'n predikant in die hande te kry nie, toet die undertaker die lyksrere gahou, so't hulle die gat toegagooi toet hulle abaid whit mie gasing ou Diena het ingasit; haar swart rok het gablink moerie rooi spry op, dose were de days toe sy en Ou Kyt wat nou hie onner die grond galê is same nog by ou Mêrim Kanskie God troos haa siel sy was 'n goeie ou Joremiesies, kristalik en alles, palemyds gawies het. Dis daai Klein Kytie wat haa ma oek nou hieso onner die grond gabring het God troos haa siel, dis daai Klein Kytie.

En Gód weet, wie sal my glo wat nie gesién het nie, wat nie wéét of kán weet nie –

KLANKBEELD

Die trane die rol oor
djou bokkie

(nie nie
nie
my dolla nie nie
nie
nie
nie my dolla nie
nie
nie
nie nie my dolla nie
nie
nie
nie my dolla nie)

– Ou Kytie haar oorlewende seuns, die vyf, Klein Kytie se broers, hulle's die vyf wat oorgably het kôs Klein Kytie sysie ienagste meisiekind van my en Djakop, die vyf, mesmerke soos pokke se merke op hul gesigte, elkeen met sy mes onder sy baadjie toe die kis sak, die twie hawkers en drie unemployed hulle het soos klein kindertjies gehuil toe die kis sak net soos drie maande gelede met Klein Kytie se begrafnis.

Goodall and Williams het weggery. Toe het ons almal innie City Tramways se bus hystoe gaklim. Hulle het alles decent gadoen, Djakop kôs hysie oudste moet sy pa se naam dis sy kênnertjies dié foeitog kô vie af djou snotnies dê, Daad, daai was sy oupa my pagoed se naam gawies meneer, hulle issie twie hawkerkinners; Djimmy en Toffie en Skoen foeitog hysie bybie meneer. Tea is byrie hys gaserve. Ma Skoen het al lankalal een djoker daa innie oeg gahad, toe kom sy chance. ‚Hèl, daai undertaker, sy blêrie manel assit net 'n bietjies langere gawies het so lank soes sy gavriet ek bêt hy't gatrip en homselwers soema dêr-in-den bagrawe!' Hy't gabagint lag toet Skoen hom alklaar in sy bek gastamp, ‚Clear yt, djou vokkieng bastard! Dis ma se lyk, dissie 'n blêrie concert nie!' Ons het vi Skoen gatry om te keer kôs hy's ma bietjies gou virrie mes, toe staan daai Roel moet sy bloedbek vannie grond af op, o.k. sê hy o.k. ons miet wee.

Skoen het ga-explaint. Hy ry vaniet in onse blêrie bus, hy hou vi hom heilag die vark 'nas hy een van daai Poena se bastards! Wassit nie vi ma se lyk nie, het ek hom daa byrie gat al in sy moer . . .

‚Ma Skoen, ou Roél . . .'

SKOEN

Djakop, sê, issit true?

JAKOB

True.

'Kós is true.

Hulle het al vyf gepraat. Die ander het met groot oë in die rondte begin staan. Die vyf was eenkant, sáám.

Daar was die bloedbad in die buurt na Ou Kytie se begrafnis, selfs 'n hele ruk nog nadat Poena Hendriks opgehang is. Snaaks, tussen Klein Kytie se dood en haar ma s'n, en dit was drie maande, het niks om van te praat gebeur nie. Enigeen van die vyf sou Poena Henriks die mes gagie het, marie lô het die vark gavat, en hulle het tevrede gelyk. Maar die middag met Ou Kytie se begrafnis . . . Hulle het natuurlik alles geweet, al vyf, hoe Ou Kytie die eeste attack gakry het daa by Klein Kytie se skoengawaste lyk, kôs why . . .

,'Kós ons miet wee, vylgoed! Ons sil djulle 'n vokkieng stryk wys! Dink ons believe daai blêrie Poena was allien, hi, en daai klomp wit varke wat soes ritsage hondjies hie angatjank gakom het vi lekkekry, Klein Kytie was mossie lielak nie, hi, ampe wit en lang hare, God en cheap! Waantoe het hulle nou suddenly gadisappear? Dink ons wiet nie, hi?'

,Ons was unemployed gawies, en ma moet lewe!'

Die kamertjie was klein, warm, te vól om die ovaal eettafel waarop die kis die oggend en die vorige twee dae gerus het. Die vyf het skielik dommerig half besef hulle het onnodig veel gesê. Die vrouens het begin fluister. Got, as ek gewiet het, was ou Kytie dáái type gawies en ons dink allie tyd . . . Gêgêgê! Ou Kytie, kan djy galoef, hi? Die ou djintoe, got ou Kytie! . . . In ek sing nog iewe abaid whit mie en kennitie 'n vok nie vi Ou Kytie die tief! Dan't sy haa eie kind . . .

Toe het dit lelik geword. Skoen het soos 'n malman geskreeu, dreigend gevloek en 'n stoel tussen hulle ingeskop. Een het daaroor geval en begin huil toe sy die arm verstuit. Iemand het gegiggel, toe het die eerste hou geval. ,Hou djulle vyl bekke van ma af! Hou djulle blêrie vyl bekke van ma af!'

van ma af!

van ma af!

Dit was besetenheid. ,Voetsêk, djy moet djou rooi pikei wat djy innie blêrie villisblik opgatel het, skynheilage biets! Abaid whit mie, hi? Abaid whit mie?' Toet die ambulance ga-arrive ennie poelies.

Dja meneer dis swaar om doed te gan, om 'n living te mak is baie swaar specially hie innie Kaap, en toet ek baginne ytvinne vannie slegte Poena. Eeste het hy gatry om my weg te hou vannie hys af, dja hy't my altyd so mooi gatriet ek moet sê meneer hy was nout onbeskof moet my gawies nie, nai. Ma toet ek ytgavinne en ek het niks gatry om te sê nie meneer kôs Kytie sy't vi ons gasôre, en ek het niks gatry om te sê nie.

VOLFLITS

Natterage floral rok byrie knietjies

So ek het niks gatry om te sê nie meneer.

VOLFLITS

Tierende Pararaprediker

KLANKBEELD

Wáár is Moses?

Hulle was gatroud en alles, decent soesit hore dou nie innie kêk nie voorie magistraat meneer, daais die sêdste part daavan hoekô Poena so sleg gawies het hy willie wêk nie, daais hoekô hy so sleg gawies het, verder was hy nie so sleg nie; so hy wil baie geld easy gahad het kôs hy't gadrink, dit kos geld meneer ennie dagga so hy't nie gakan wêk nie. Poena het baie sleg gaworre later kôs later hy't selwers – ek het tog gawiet, dit was net hieso langesan meneer – even nie mee same moet haa gamaak nie, sieke annerplek, so hy't haa net hieso geleave dan kom allie anner, die wit base oek het hieso gakom. So later het Kytie innie aand se kant baginne hyl, soggens kan sy nie roer nie, lýster djy meneer, en ek het niks gatry om te sê nie, innie aand het hulle alwee gakom o Here Got help my dááis die kooi meneer.

VOLFLITS

Krom ouvroutjie met verwarde
oë en vrot tandjies se
verrimpelde gesig

Ma Klein Kytie was al klaa doed gawies meneer, so afterôl dit maakie saakie, sy was 'n plasmeisie so sy was al klaa doed kôs ons het oek altyd die Bybel gahad, so ek het ma niks gatry om te sê nie. En Klein Kytie Got troos haa siel meneer sy't gadink om vir my te help so sy't ma galyster vi Poena kôs sy wiet hoe swaar het ek en Djakop haa groetgamaak en nou's ek 'n wierewie sonner sôre. En elke keer het Poena die geld gakô haal meneer, nai, hy't altyd ganoeg galat staan vi ons, hy was regtag nie so sleg gawies nie meneer, en so Skoenhulle het oek altyd iets by my gakry, foeitog Djimmy en Toffie is oek unemployed, Djakop en Daad vadien dammers iets moerie groentetjies, so Poena hy't nout gasê wanner hy gan kom nie meneer ma altyd innie aand lat hy kan sien of Klein Kytie wêk, Klein Kytie was baie bang vi hom gawies meneer ma ôl de sym hulle het makaar liefgehad ofkôs.

VOLFLITS

Mooi duisendmaal verkragte bruin meisie se
geel gesig onder maar effens kroes hare
verwaarloos. Vrees van die dood

ROFFELINGE SOOS VAN TROMME

OU KYTIE

Poena! . . .
(sy pleit)

POENA

Marie geld word al minere, kyk net hie!
Sy worre te blêrie ly . . .
Kýk net hie . . .

KLEIN KYTIE
Poena . . .
(sy pleit)

AFSTANDHOEKFLITS VAN BO
Vorm van man wat wankelrige trap afsluip
na dagga in die nag, wég van duet
van sy naam agter 'n toe deur

HOEKFLITSE
Ou Kytie en Klein Kytie.
Die bed, 'n bottel, die Bybel, die buurt

TERUGFLITS
Poena in die nag

TERUGFLITS
Klein Kytie

LANGAFSTAND HOEKFLITSE NADER TOT VOLFLITS
Die manne wat kom, gesigte van
die manne wat kom in half-,
in kwartprofiel, lywe

TERUGFLITS
Ou Kytie.
Ou Kytie en Klein Kytie.

HOEKFLITS AF HOEKFLITS OP
Trappe

VOLFLITS
Deur

Toet Klein Kytie pregnant gaworre meneer, toet sy weer 'n anner wêk wil baginne doen, Poena dou hy't gasê nai daas gan ganoeg geld daa innie, nai daasie profit daa-in nie, nai hy wil niks vastaan nie die dagga het hom gehad. Nai ek praatie vir Kytie skoon nie meneer sy's glattie skoon te praatie, ma toe het sy nie meer gakan nie, hóór djy meneer kôs sy't toe die bybie ga-ekspêk sê ek, so toe stop ek hulle die aand ek het vi hulle mooi ga-explaint en raai hulle het ammal galoep tog raai, hulle't respek vi my gahad altyd ek kannie kla nie, en toe kom Poena die aand.

Toe kom hy dieselfde aand en well, hy't niks eintlik gasê nie, hy't moet haa gan lê ek was so bly kôssit was lank laas gawies soes ek ga-explaint het meneer onthou, en sy't niks gasê nie kôs sy't oek ma gahoep hy kom en daai was haa mistake gawies. Daai was net haa mistake gawies meneer, well toe't hy klaa is toe staat hy op ma hy was mal vannie dagga sê ek, oh so ek het gadink djy's te moeg djy kannie wêk nie sê hy vi Kytie, en Kytie het wit gaworre soes 'n lakent.

So daais wat ek alles gasient het o Here Got help my meneer.

FLITS

Ouvroutjie in hoek hulpeloos
met vrees van die dood
tussen vrot tandjies

FLITS

Klein Kytie, wit soes 'n lakent'

WARRELENDE VOLFLITSE

Hande. Oë. Die Kéér. Monde.

KLANKBEELD

Doof roffelinge uit. Kitaars, saggies.
Mense wat opstaan, keelskoonmaak, regmaak
om te loop. Die fliek is uit.

Snaaks issie toe lat ekkie eeste attack gekry hettie meneer, raai marie oggent eeste toerie poelies vir Klein Kytie truggabring het toet ek gasien die plekke wee reg ennie anner plekke oek meneer. So onthou ek niks meer nie, toe ek bykom was my Skoen-hulle daa. Raai, en Poena, ek het die aand gadink wat gan hy moet my maak, en hy't tog niks gamaak nie meneer, nie eeste na my toe gakyk nie, die Here wies 'n ou vrou ganarag meneer, Djakop sil in sy graf in omdrai hy wassie sleg gawies eintlak nie meneer, kompliet of hy my nie eeste ganotice het nie. Hy't net dit afgavat vannie hakkie agte die kombysdeur meneer, die poelies het dit wegganiem ek kan djou nie wys nie meneer o Here Got help my, Klein Kytie het die hele nag deur gaskrou. Dit was eeste die oggent toe's sy yt, ek wiet nie eeste wanner is Poena daa-yt nie, toe't ek wee sien toe sit dit nog allie tyd daa innie plek . . . daa . . . wat Kytie pregnant gawies het meneer, o Here Got help my, die handbyltjie . . .

VOLFLITS IN KLEUR
Ouvroutjie wat hartaanval kry

KITAARS
(die Hiemelpad is nou
ma dis vi djou, nie vi my
ons pad se naam is Broadway)

DOOF UIT IN HOEKFLITSE VAN BO,
VAN ONDER VAN

My stad

DOOF UIT

1964

BREYTEN BREYTENBACH

selfmoord 2

Was dit selfmoord? Wie sou weet? En as dit was, waarom was dit? Maar dis alles alles normaal as mens 'n busbestuurder is. Ek is. In hierdie besondere geval moes ek my vrag toeriste gaan aflaai in 'n gesogte kusdorp. Dit was reeds aand 'n ruime blou aand toe ons die laaste nek in die rits berge oorsteek en afdaal die draaie af na die see. 'n Lang vrou het op die bank net agter my gesit en elke dan en wan leun sy vorentoe en lek aan die bel van my oor. In die agtertoe-kykspieëltjie kon ek sien hoe haar eggenoot se gesig opblaas en verrooi. Maar dis deel van 'n busbestuurder se roetine. Ek het my mense afgelaai voor die hotel waar ons almal die nag sou tuisgaan dit was 'n reuse-plek. Swartjas hotelbeamptes wag ons in ene pikkewyne en miskien omdat hotelkamers identies is val dit toe so dat ons 3 (lang vrou eggenoot en ek) (maar hy wis dit nie) in dieselfde kamer te lande kom. Maar dis deel van 'n busbestuurder se roetine. En teen die tyd dat hy hulle swaar koffers die trappe opgesleep het was die lang vrou en ek reeds die venster uit oor die afdak af laer op 'n ander dak af met die brandtrap deur die hoteltuin en op die strand. Die nag was fantasties mooi en verlig deur 'n onaardse blou maan agter die berge op iedere bergtop hurk 'n wit geheimsinnige stad die koepels glim in die lig en ons kan plesierige dansmusiek hoor uitsypel uit die stede en af na ons toe. Eendag so sê die lang vrou sal ons net twee swart figuurtjies wees in die strate van een van die stede op 'n bergspits. Toe gaan lê ons op die warm sand en vat aan mekaar se lywe dis alles normaal as mens 'n busbestuurder is. En as die nag laat is loop ons terug na die hotel. Swartjas hotelbeamptes ene pikkewyne wag ons in en vertel ons benoud dat 'n sekere eggenoot huilend navraag kom doen het na sy vrou en dat hy dan kwansuis 'n vreemde man se pet in sy kamer sou aangetref het en hy het 'n graaf kom leen want hy sou optrek en die donder se kop gaan afspit en hy het die venster uitgeklim die afdak af laer op 'n ander dak af met die brandtrap en deur die hoteltuin tot op die strand. Ek het die hotelbeamptes verseker die man is 'n gek en die hoofkelner 'n fooi in die hand gestop en ons het almal daaroor gerunnik. Toe klim die lang vrou en ek op na ons kamer en gaan lê die bed warm en vat aan mekaar se lywe. Dit is alles deel van 'n busbestuurder se roetine. Die eggenoot het nie weer sy opwagting gemaak nie. Die graaf het ons die volgende môre aangetref langs 'n vars omgedolwe hopie sand. Blykbaar het hy daar 'n graf gegrawe met die bedoeling om my afgespitte kop daarin te plant en ons toe voorgelê. En 'n seeskilpad wat in die vroeë môre op die sand uitgekruip het het hom verwar met 'n eier en hom die graf afgestoot en toegeskrop. Daar was nog slegs 'n swak skopping onder die hopie. Maar ons moes verder en kon nie vertoef nie. Ek het 'n nuwe vrag mense opgelaai om hulle die nek in die rits berge oor te karwei na 'n gesogte rivierdorp. 'n Kort vrou op die sitplek agter my het elke nou en dan vorentoe geleun en my in die nek gebyt. In die agtertoekykspieëltjie kon ek bemerk hoe haar man se gesig opblaas en verblou. Maar dis alles normaal as mens busbestuurder is.

1964

die boenk

Die boenk is 'n nuwe dier: met 3 oë en 5 bene en dus altesaam 31 tone. Dit dra stewels want dit se voete is teer. Die ore is lank en pesig en bedek met hare wat dien as skokbrekers of klankkussings want die geluide van dié wêreld is te brutaal vir sy oordromme. Sy ore is van meer nut, of dien as vlerke. Alhoewel die boenks lomp in die lug rondval is hulle geharde vlieërs. Hulle leef op land of in die water. Eintlik is hulle gek na water en dis glad nie verrassend om soms as jy jou hande wil was 'n boenk uit die kraan te sien peul nie. Hulle is rustige diere en byna heilig omdat hulle so nutteloos is. Soms in die somer kan jy 'n boenk pylregop in die lug sien opvlerk (oor) tot bo-op 'n wolk waar dit dan hemels op die rug gaan lê en snork. Soms loer hulle af oor die rande van die wolke en roep. Dié klank ontstel vele aardlinge want dis kompleet asof hulle onbedaarlik skater oor iets wat belaglik is hier onder. Hulle leef van boomvisse maar hulle klim met moeite want met hulle stewels aan is dit moeilik om vas te trap en te klou. Snags hoor mens hulle in die bome vroetel en as hulle versadig is kraai hulle van die lag met doodernstige gesigte. Ki-ki-ki-ki-ki-ki-ki-ki-ki-ki-ki giggel die wyfies (met plat sterte) en die reuns antwoord met 'n skommelende ku-ku-ku-ku-ku-ku-ku-ku-ku-ku-ku. Hulle sou graag groter geluide wou maak maar omdat hulle bril dra vir hulle swak knippende oë is hulle beperk tot die klank wat die mins moontlike wasem op die brilglase sal blaas. Hulle hou daarvan om oor hul mae te streel.

1964

fascistiese pampoen

'n Man het 'n pampoen gekoop vir sy verjaardag die sestiende september. Hy het die pampoen in 'n ou koerant gevou en dit sorgvuldig onder sy arm gehou. Op pad huis toe het die reisigers in die bus hom agterdogtig aangekyk en die kondukteur het ontevrede vlak agter hom sy snor kom stryk. Hy weet nie of dit sy verbeelding was nie maar dit was kompleet asof daar 'n grommende geluid van die pampoen kom. Tuis het die man die eentonige trappe na sy vyfde-verdiepingwoonstel blasend opgeklim en hy had moeite om die deur oop te sluit want hy moes die pampoen al stywer onder sy blad vasklem. Sy swartoogdogtertjie het hom kom soen en gesê naand pappa wat het jy onder jou arm. Sy vrou het stuurs iets gebrom en gevra wat nou so danig in die vuil ou koerant mag wees en gekla dat sy moeg is. Die man het gesê dis 'n pampoen wat ek gekoop het vir my verjaardag die sestiende september en sit dit met sorg in die yskas sodat dit vars kan bly. Sy vrou het gesê dat daar vis sal wees vir aandete en die kind het nuwe skoene nodig vir die skool. Skielik was daar 'n kabaal vanuit die yskas en sy vrou het gaan kyk en gegil die verdomde pampoen het die vis opgeëet. Die man het haar probeer gerusstel dis maar net 'n ou pampoen kom laat ons hom op die vensterbank in die aandlug sit om af te koel dis vir my verjaardag die sestiende september. Maar in die môre was die pampoen weg en van die dogtertjie het slegs haar ou skoene onder die bed oorgebly. Die man se vrou het vir dae aaneen geween. Die maan het kleiner geword soms het brokkies daarvan op die aarde geval en toe opeens een aand was daar 'n groot rooi rollende grommende bal soos 'n pampoen in die naglug. Nou het die man geweet sy dogtertjie is die prinses in die maan. Maar hy was diep ongelukkig. Hy het sy kop vasgehou en gekreun my pampoen my pampoen wat sal ek nou hê om aan te smul vir my verjaardag die sestiende september.

1964

INGRID JONKER

Die bok

Deur die venster waar sy staan, kan Susan die klipperige heuwel deur die oggendmis sien. Êrens in die nabyheid moet die bok wees. Hy sou die rant afgekom het, wit geloop het onder die mis. As sy haar kop draai na die bries se kant, sal sy hom sien staan onder die rooikransboom net buite die draadheining van haar blomtuin. Maar haar oë bly binne die kring van die eerste ry roosbome. Hier en daar is reeds 'n rooi bottende knop. Net toe die effense luggie weer verbytrek, draai sy haar weg van die venster en vou die blou syjapon toe om haar bultende maag.

„Hein!"

Hy roer nie in sy slaap nie. Dis asof hy gewoond is aan die stem wat sy naam altyd gebiedend roep. Hy lê op sy sy, die een hand onder die songeel wang waar die los vel klein rimpeltjies maak. Sy wit spitsbaardjie lê bo-op die komberse. Susan onthou hoe sy hande met die bokke werk, hoe hy melk en spit en plant, die deeglike krag van sy maer polse en die vreugde van sy vingers. Tog word hy deesdae meer en meer uithuisig, raak alles verwaarloos.

Toe sy die eerste koppie koffie bring, kom hy stamelend orent en begin drink met rukkies en klein slukkies. Nou kyk sy reguit oor die blomtuin tot onder die rooikransboom. Sy kan skaars die gestalte van die dier in die mis onderskei, en tog is daar dié digte kol. Toe sy lank genoeg daarna kyk, sien sy die skaarse omlyning van sy vorm. Langsamerhand verdwyn die mis en onder haar oë tree die bok na vore met sy versigtige, raak passies, om haar uit te daag.

Hy knik 'n paar maal astrant met sy kop, die gelerige hare van sy bene lig in die bries, sy uitdrukkinglose oë is naelvas op haar. Agter hom staan die rooikransboom met sy yl spiesblaartjies en geel donsies teen die dunblou lug.

Die man het uit die bed geklim, kaal en witterig, kleingespierd, met rimpels op sy maag, en harde knieë.

„Wat kyk jy, vrou?"

Die bok draai om en staan ongeërg aan die gras en vreet, sy agterkant na haar toe.

„Ek sal daardie bok nog vrekmaak!" Sy draai haar om na hom, waar hy in die middel van die kamer staan. Sy hande vryf koesterend oor sy bors.

„Wie, die bok?"

„Ek sal hom nog vrekmaak. Ek waarsku jou."

„Maar, vrou, wat kan jy teen die stomme dier hê?"

Sy wys ongeduldig agteruit deur die venster.

„Teen hom hê? Jy moet hom verkoop, ek sê jou."
„Ag toe nou, vrou."
„Wat soek hy hier?"
„Wêreld, vrou, die bokke loop maar rond. Dis mos ons grond."
„Waarom bly hy nie op die rant soos die ander bokke nie? Wat wil hy hê?"
„Wêreld, vrou, wat het die onskuldige bok nou vir jou gemaak?"
„Hy moet net hier in my jaart kom."
„Hy kom nooit in jou jaart nie. Daar's mos 'n hek."
„Ek wag vir hom."
„Ag toe nou, vrou."
„Ek sê jou, ek wag vir hom ... hy met sy ... sy sondige oë!"
„Ag, vrou ..."
„Maar trek jou aan, vir wat staan jy daar met jou kaal lyf? Dink jy ek wil heeldag na jou kaal lyf kyk? Opskud, man, en ja die bok na die rant waar hy hoort."

Hy draai hom na die stoel waar sy kakiebroek en wolhemp lê, buk weg van haar om dit aan te trek.

„Kyk waar sit die son," sê Susan, en gedemp: „Dan wil hy ook nog pa wees."

Hy het hom vinnig aangetrek en wou net die kamer uitloop toe sy sê:
„Jy hoef jou seker nie te was nie, jy's mos 'n man."
Toe verdwyn hy haastig om die deur.

Deesdae dwaal haar gedagtes af in sy senuweeagtige omhelsings, dink sy eerder hoe hy wegstap met iets styfs en afsydigs in sy skouerblaaie. As hy naderhand stil lê, en sy liggaam hom slap tuismaak in eie warmte, verwyt sy hom met haar magtelose swye. Dan word hy vir haar soos 'n onbekende, en die kind wat kom, kan geen verskil maak nie.

Nadat sy haar aangetrek het hoor sy die vragmotor uit die stilte dreun. Dis asof sy meteens agterkom hoe stil die huis is, en dat sy nêrens vir Lena besig kan hoor nie. Buite die venster het die mis heeltemal opgetrek. Miskien het Hein die bok na die rant verjaag, want dis leeg onder die rooikransboom.

In die kombuis staan die skottelgoed in die wasbak opgestapel. 'n Paar vlieë sit rustig daarop. Op die stoof het die blourandbekertjie met Lena se koffie oorgekook. Susan kyk by die agterdeur uit en sien die Kleurlingmeisie swaaiend tussen die bottende bome aangestap kom. Daar is iets in haar stap wat lyk asof sy die pas hou met 'n geheime, weemoedige deuntjie; maar toe sy uitkom in die son, kan 'n mens sien sy glimlag. Die lig val skerp oor haar skouers en op haar borste, los onder die wolstof van haar bloes. Sy staan stil toe sy by die tuinhekkie kom, en met haar hand daarop, draai sy haar kop asof sy nog luister na daardie liedjie wat deur die vrugteboord wegtrek.

„Lena!"
Die meisie maak die hekkie oop en kom haastig nader.

„Was jy al weer by Jager? Kyk hoe staan die skottelgoed in die bak!" Toe Lena wil verbyloop, laat iets in die vrou se houding haar vraend opkyk in die geswelde gesig.

„Het jy nie 'n tong nie?"

„Miesies?"

„Was jy al weer by Jager, vra ek jou."

„Ja, Miesies."

„Om te?"

„Ek het net sy koffie gegee, Miesies."

„En die hele huis moet lê? Kyk, Lena, julle bruinmense word glad te voorbarig. Jager kan mos sy eie koffie kom haal as hy dit wil hê. Hoeveel maal moet ek praat?"

Toe Susan naderhand haar tuinskêr in die kombuis gaan haal, is Lena besig om die skottelgoed vinnig en behendig af te droë. Sy kyk vir 'n oomblik na die meisie se rug en die beweging van haar skouers.

„Julle vry seker ook al, hè?"

Sy draai haar om, om die skêr van die hakie af te haal. Weg van die meisie praat sy gedemp:

„Hy's in alle geval te oud vir jou. Vroeg ryp, vroeg vrot." En hervat driftig:

„Ek wil ook nie 'n gelêery hier hê nie. Hoor jy my?"

Toe sy verbyloop, kry sy die indruk van die jong gesig, die mond effens oop, asof om 'n soen te ontvang. En daarbo, die gekwetste oë, donkerbruin en dof.

In die tuin flikker die skêr en gooi sy vuur om die gewitte mure van die huis. Sy buk swaar by die eerste boompie, en haar hand vroetel tussen die blare. Sy voel 'n bottende knop raak, waar die blaartjies by die punt sag ineengevou lê, en skud haar kop:

„Dat die goed nog kan blom in so 'n aarde!"

Onder haar hart roer en beur die kind. Sy hurk gemaklik tussen die roosbome. Die son op haar blote kop en die geur van die bloeisels het haar lomerig gemaak. Dis snaaks hoeveel sy deesdae daarvan hou om in die grond te werk. Dit het sy seker van Hein. Want toe sy as jong meisie saam met hom na hierdie klipperige lappie grond bo die baai gekom het, wis sy niks van tuinmaak nie. Sy het in die stad gewoon, saam met haar groot familie, 'n bloesende nooi toe sy hom ontmoet het. Hy was twintig jaar ouer as sy, maar regop en stil, soos een wat gewoond is aan die veld.

Die bloed stoot in haar wange op en terselfdertyd kry sy 'n muwwe reuk in die lug. Toe sy omkyk, staan die bok agter haar. Terwyl sy haastig orent kom, knoop sy haar bloes voor toe, sonder om haar oë van hom af te neem. Hy maak 'n paar passies asof hy haar nooi om te kom saamspeel, dan krap hy ritmies met sy voorpoot op die grond.

Met lang hale stap sy na die tuinhek en ruk dit oop. Die skêr flits in haar hand. Die bok kom spring-spring nader.

„Kan jy nie sien ek sal jou doodmaak nie?" Maar hy staan nader, stoot sy tong klapperend in en uit by sy bek, half speels, half brutaal.

„Doodmaak!" waarsku sy, maar hy knik stuitig met sy kop en staan vas in sy glinsterende wit hare. Toe sy na hom gryp, val die skêr uit haar hand, en sy druk hom skielik styf teen haar vas, sodat hy 'n kortaf falset noot uit sy keel stoot, eer sy hom los en langs die tuinpaadjie na die kombuis hardloop.

Lena wat die besem netjies in die hoek staangemaak het, kyk 'n oomblik medelyend na die vrou waar sy by die kombuistafel gaan sit het, haar kop in haar hande.

„Moet ek Miesies se lunch maak?"

Susan staan moeisaam op.

„Nee . . . nee dankie, Lena." Ingedagte loop sy die gang af. Sy gaan sit op die voorstoep op die groen houtbank, van waar sy in die verte onder haar die baai blou kan sien blink.

Daar tussen die vissers moet Hein wees, waar hy in een van die koue kliphuisies sit en wyn drink, of miskien op die skuitpad waar hulle aan hul bootjies werk, of op die kaai met sy vis- en aasruik in die nate van die hout. Ja, miskien sit hy daar, plat tussen die mans met hul nat bruin bene; miskien staan hy en gesels met een van die stadsmense wat Saterdags kom hengel, in hul vakansiedrag, met hul gesigte rooi verbrand onder hul wit strooihoede.

Dis reeds laat middag toe sy die vragmotor by die slingerende opdraande sien uitklim. Sy rol die paar kouse wat sy gestop het op in haar skoot. Voor die deur klim Hein uit en kom in die laaste gloeiende lig nader met 'n huiwering in sy stap.

„En toe, vrou, hoe sit jy dan so op die stoep?"

„Nee..." antwoord sy met 'n beweging van haar lyf.

„Ja..."

Hy sug en gaan sit langs haar, strammerig, terwyl hy die verkreukelde kakiebroek optrek by die knieë, en begin sy pyp stop.

„Dis natuurlik te laat om nou die heining reg te maak," sê Susan. „Een van die dae is die bok daar deur."

„Maar dis mos Saterdag."

„Dit maak niks. Jy't beloof om dit te doen."

„Ja, vrou . . . Maar ek het die vissers 'n bietjie gehelp nette regmaak. Hulle trek vannag. En ek het vir 'n paar nuwe kêrels wat hier wil vang, beduie waar om te gooi. Ek kon ook nie bra gou wegkom nie."

Hy voel verleë as hy onthou hoe die manne hom geterg het oor sy vrou wat 'n kind verwag. Hy's mos nie meer so jonk nie. Hulle meen ook hy's 'n halwe miljoenêr, met sy vragmotor en sy grond. Hy's nie juis een van hulle nie, meer 'n man van die veld as van die see, en hulle sien op na hom. Hy voel wel half jammer vir die vrou, swanger en heeldag so alleen by die huis, maar sy is seker ook dankiebly as hy haar met rus laat. Buitendien, noudat hy 'n kind het wat kom, hoef hy hom nie meer so in te span nie, hy het darem 'n hulp vir sy oudag.

Links van die huis, tussen bloeiende peerbome, sien hy Jager na sy kamertjie loop. Hy wil-wil opstaan om die skepsel te vra of hy darem iets uitgerig het, maar sit dan terug teen die houtleuning, skielik skaam, aangesien hy heeldag uit was.

„Dié Lena en Jager lyk my danig met mekaar," sê hy, om 'n grappie te maak.

Susan, wat ook die bruinman met sy slenterende houding gesien het, staan op.

„Kyk hier, man, as die gevryery vir jou snaaks is, kan ek jou net sê dat ek g'n niks daarvan hou nie. Wat weet jy van hoe ek met hulle sukkel? Jy, jy boer heeldag in die baai. Jy't mos vergeet dat jy 'n vrou het, en 'n kind wat kom. Dis mos niks! Maar een van die dae lyk daardie klemeid soos ek, opgesit vir jul plesiertjie, en dan, waar's die danigheid dan? Nee, dan's daar niks..."

„Maar hoe praat jy dan nou, vrou?" Hy staan ook op, sy wit kop skerp afgeteken teen die rosige lug; sy baardjie sit effens bewerig aan sy kin, maar sy ligte oë is uitdrukkingloos.

„Ek praat pront."

„Wêreld, vrou..."

„Man, hou jou mond as jy te onnosel is..."

Sy loop by hom verby van die stoep af en om die hoek van die huis. Toe sy onder die rooikransboom stilstaan, sien sy die bok in die blomtuin, waar hy vreedsaam in die skemering vreet aan die lote van die nuwe rose. Daardie rose sal nooit weer bloei nie, nie nadat 'n bok hulle afgevreet het nie, sê die geloof.

Sy gooi haar kop agteroor en roep uit haar keel:

„Jager!"

Al die lote is afgevreet voordat Jager uit sy kamer kom. Sy hemp is oop tot in sy middel en sy broekspype is opgerol. 'n Spottende glimlaggie is op sy vol lippe.

„Miesies?"

„Magtig, het jy dan nie oë in jou kop nie? Kyk daar!" Hy draai sy kop na waar sy wys en haal sy skouers op, stel dan sy vraende oë op haar.

„Man, pak die blerrie bok en stoot hom die skuur in! Toe loop, vat hom!" Die bok kyk nou eers in hul rigting en kom brutaal nader, reguit na haar toe, doelbewus.

„Vat hom, Jager!" Hy spring bo-oor die draadheining, beland op sy voete aan die ander kant en gryp die bok. Hy vat die een horing vas, die spiere bol op sy arms en rug onder die dun hemp en hy skop die dier hard in die sy voordat albei sy hande vas om die horings kan sluit. Dan tree hy agteruit en trek die bok vorentoe. Die dier gly telkens op die klipperige grond. Lena het gehardloop en die skuurdeur wawyd oopgemaak. Onder die rooikransboom staan die vrou styf, haar oë op die skuifelende bok, wat nog sy kop na haar draai eer Jager hom instoot en die skuurdeur toeklap.

In die kombuis trek Susan 'n laai oop, sonder dat sy weet waarna sy soek; tussen die toue en vuurhoutjies en rommel glim die lang lem van die slagmes. Haar vingers span saam oor die hef.

„Wat is dit, vrou?"

Sy stoot die laai met 'n slag toe en leun daarteen, maar hy het reeds gesien. Sy haal asem deur haar oop mond en antwoord nie.

„Ek praat mos, vrou!"

Hy kom 'n treetjie nader, sy hande bak. Hy voel 'n benoudheid in sy keel opstoot. „Jy't mos vergeet dat jy 'n vrou het," het sy gesê, en „opgesit vir jul plesiertjie." Hy kyk verwilderd rond en vas teen die mure waar die skaduwees roer, en hy voel haar aantyging teen hom; hy sien dit in 'n vloed op hom afkom in die stuwing van haar groot moederborste.

Sy het haar nie verroer nie, maar terwyl sy na hom kyk, weer gedink aan die verwekking van haar kind, die kind wat die verwydering moes wegmaak, wat hulle een moes maak. Nou's dit net háár kind, nie hul kind nie, nie soos sy gedink het nie, anders. En hy wat eenkant staan en toekyk, êrens van 'n koue rant af.

Vanuit die skuur hoor sy meteens die vals, kortaf blêr en sy weet dat die bok teen die skuurdeur staan; dis asof daardie oë nog steeds na haar kyk, eisend. Toe besef sy dat sy vaskyk in die ligte oë van die man voor haar.

„Wat het jy daar, vrou?" Sy stem is onvas.

Meteens stamp hy by haar verby. Hy ruk die laai oop sodat die hoek in haar rug slaan. Sy val teen die tafel en staan met haar hande daarop, vooroor gebuig, haar kop op haar bors. Agter haar het hy die mes uitgelig en hou dit met die lem na bo in sy vuis. Toe laat hy dit willoos sak en vra:

„Wat wil jy met die mes maak, vrou?"

„Ek wil hom skerp maak, dis wat ek met hom wil maak."

Hy deins terug in die donkerende gang, staan 'n oomblik stil en draai toe met sy ou vinnigheid om, loop struikelend, potsierlik, deur tot op die voorstoep. Onder hom lê die baai, donker, én die visserhuisies, waar die manne nou met hul sop en brood voor die stoof sit. Snaaks hoe warm hy gevoel het vanmiddag toe hulle hom terg:

„Wanneer is haar tyd? Dis seker 'n jongetjie, jou ou ram!" Nou voel hy net die lem van daardie mes asof hy reeds koud bloei.

Toe hulle naderhand eet, sit sy met haar arm op die tafel geleun, haar oë op die oop venster aan die skuur se kant. Die man se kake beweeg hortend heen en weer soos hy op 'n stuk growwe brood kou. Toe sy opstaan, skrik hy effens terug in sy stoel, maar sy loop by die kombuisdeur uit.

Sy wag voordat sy hard aan Jager se kamerdeur klop. Daar is 'n gekraak van die bed. Sy maak die deur wyd oop. Jager het op sy elmboog orent gekom.

Sy oë lig warm in hare. Die meisie, wat wakker geskrik het, draai haar met 'n sagte kreet na hom toe en druk haar gesig teen sy bors.

„Wat gaan hier aan?"

„Miesies?"

Lena sit meteens regop en trek die komberse op.

„Miesies kan nou maar sê ek moet loop," sê sy. 'n Klein, harde trekkie het om haar mond gekom en haar kop is agteroor gegooi.

„As ek vir haar sê sy moet loop, Jager, hoe sal jy dan maak? Maar weer vir jou 'n ander een vat?"

„Ek? Nee, ek sal maar saam met haar loop, Miesies."

„En dan? Een, twee, drie is die aardigheid daarvan oor . . ."

„Miesies?"

„Staan op en gaan haal die bok uit die skuur."

„Ja, Miesies."

„Bind hom vas aan die rooikransboom."

„Goed, Miesies."

Buite is die lug skraal, en 'n yl halfmaantjie skyn op die wit bloeisels van die peerbome. Toe sy in die slaapkamer kom, lê die man waaksaam. Die halwe lig skyn grys op die verslete meubels. Sy trek haar uit en klim in die bed, waar hy opskuif en styf eenkant op die randjie bly lê. Net voordat hy uitgeput aan die slaap raak, sien sy die glinstering van sy oë na haar gedraai.

'n Swaar wind het in die bome opgekom, en al kon sy niks hoor nie, wis sy die bok staan daar, vasgemaak aan die rooikrans. Sy lig haar saggies op haar elmboog en die komberse val weg van die man se kaal bors. Sy baardjie staan spits na bo, soos sy koppige kake dit uitstoot. Sy buig vooroor en trek die komberse van hom af, sodat hy heeltemal ontbloot lê, witterig in die flou lig, skraal, hard. Sy sit haar hand sag op sy maag tussen die smal heupe.

Hy ruk hom op, stamelend:

„Moenie!" en beduie met sy hand, gryp dan na sy bors asof hy dáár reeds bloei, maar hy het in sy slaap uitgeroep en lê weer stil agteroor, die verdrietige lyn van sy mond gesak. Versigtig bedek sy hom en klim uit die bed.

Buite waai die wind van die rant af die koue lem in die binnesak van haar kamerjas vas teen haar maag.

„Nou gaan jy boet, jou vark!" Die bok staan waaksaam, asof hy weet. Sy trek die mes uit en gryp die bok aan sy horing.

'n Lui gestalte tree uit die skaduwee en leun teen die boomstam.

„Wat doen jy, Miesies?"

Jager skiet sy brandende sigaret uit tussen sy duim en middelvinger. Dit val vonkend bo-oor die tuinhek. Dan kyk hy anderkant toe, na die rant.

„Ek het net vir Miesies kom sê dat ek saam met Lena sal loop, Miesies. En ek meen ook maar, daar's blomtyd en daar's afvaltyd. Maar nou sal ek saam met haar loop."

Hy staan nog, kyk dan af na die bok en sê spytig:

„Sies tog, en hy lyk net soos die oubaas."

Die sterk horing ruk in haar greep, wat reeds verslap het. Die hare onder haar hand is syig en golwend soos dié van Hein in sy fleur. Sy sien hom ineens soos op 'n ou foto, op 'n vergete môre, op sy graaf geleun in die roostuin, in die sagte lig, met 'n soet, geheime glimlag, sy blik reguit, rustig, onveranderlik.

Die bok worstel onder haar greep. Dan sny sy hom los.

Lank nadat hy wit in die halfdonker na die rant gekoers het, staan Susan nog daar. Eers toe die kind in haar begin roer, stap sy stadig deur die hekkie. Agter haar lê die rant donker en beskuttend, en daar voor, die baai, net soos die eerste maal toe sy hier kom woon het. Die wind het gaan lê en 'n singende stilte kom uit die duister. Sy kyk op na die wit huis waar haar man slaap; dan buk sy by die boompies om aan hulle te raak.

Volgende somer sal daar geen rose wees nie.

1964

ANDRÉ P. BRINK

Dertien

(variasie op 'n tema van Grass)

„Du, Nachbar Gott . . .
Nur eine schmale Wand ist zwischen uns"
– Rilke

Agtuur in die môre, as al die ander van hul kamers en woonstelle straat toe stad toe kom vir die dag, kom hy van die nagwerk terug by Olympic Heights en reis allenig in die hysbak boontoe. Eentweedrieviervyfsesseweagtnegetienelftwaalfdertien. Die hokkie is ses by ses by agt en vaal en vuil, met baie inskripsies en tekeninge en kolle. 'n Diep gekerfde hoofletter F met 'n onleesbare veegsel daarna. 'n Uitroepteken met bene weerskant. Die getal 69. 'n Lang telefoonnommer met 'n uitnodiging *Want a nice time honey phone me tonight* daarby. Die twee opvallendste graffiti is links en regs van 13 getatoeëer. Links die diagram van 'n kersvlam. Regs twee koeëlronde oë met 'n lang dun neus daartussen. En 'n stippellyn skuins bo-oor die 13 loop van die punt van die neus na die kersvlam.

Hy staan elke oggend as hy opry en elke nag as hy afry en tuur na die twee sketse by sy nommer en wonder waarom hulle *juis* met soveel sorg ingegrif is. Niemand anders ry tog ooit op na 13 of kom daarvandaan nie. Tot by en vanaf 2,3,4,5,6,7,8,9,10,11,12, ja, maar nie 13 nie. 13 is bo hoër as al die ander geboue in die omtrek verder van die grond, nader aan. En 13 is kleiner as 1 tot 12. Op 1 tot 12 is daar ses woonstelle elk. Soms loop hy snags voor hy werk toe gaan met al die gange van die gebou langs, op elke verdieping, om kennis te maak met die nommers waarmee hy saamwoon. 12A, 12B, 12C, 12D, 12E, 12F. Dan weer 11A, 11B, 11C, ensovoorts. Hy ken al almal uit sy kop, tot by 1F in die portaal onder by die hysbakdeur. Maar op 13 is daar nie ses nie. Daar is net 13A en 13B. Ek is 13A. 13B is net 'n deur. Nee: 13B *was* 'n deur. Dis nie meer nie. Dis nog 'n deur, maar daar is nie meer 'n leegte agter soos tevore nie. Daar is iets agter. Daar is agter 13B, in 13B, iets wat beweeg. Daar is iemand wat beweeg in 13B. Daar is iemand wat waarskynlik soggens van 13B af met die hysbak uitry stad toe soos die ander en saans of laat smiddags weer uit die stad opry na 13B en oopsluit en ingaan en toemaak. Ek weet nie wie dit is nie maar ek vermoed wel dat. Dit kan die wind wees. Dit kan 'n wind wees. Ek stel my soms voor dat dit die son is wat daar slaap in 13B, in 13B langs 13A, langs my. Ek woon in 13A. Maar soms as ek agtuur in die môre agter my deur terug is, in 13A, en die son al op is, is daar nog roering langsaan in 13B. Tensy die maan bedags daar bly, maar soms skyn die maan bedags oor. 'n Wind kan dit natuurlik wees, maar ek sou dit tog vreemd vind dat 'n wind langs my woon in 'n woonstel met die nommer 13B in 'n blok met 'n Engelse naam Olympic Heights. En ek weet nie of die wind sou bad nie terwyl iets iemand in 13B wel soms bad ek hoor dit deur die muur as ek my oor daarteen druk, tensy ek slaap dan kan ek natuurlik niks hoor nie.

Hy wonder nooit oor die ander nommers in sy gebou nie, dis tog vanselfsprekend dat daar niks omtrent 'n nommer soos 3D of 7A of 10F is wat mens kan nuuskierig maak nie. En as daar 13ABCDEF was sou dit hom ook nie ontstel het nie maar daar is net 13A en 13B en 13B is langs my en daar roer soms iets stap soms iets kaalvoet kaal rond trek soms 'n toiletketting maak soms 'n kasdeur saggies oop en laat soms 'n enkelbedjie effens kraak. Net soms. Een maal 'n week, een maal in drie dae miskien, want hy slaap bedags, hy kom agtuur smôrens tuis en begin weer middernag werk, hy kan nie heeldag teen die muur staan en luister nie. Buitendien is daar nie heeldag iemand langsaan nie iets langsaan nie, net vroeërig soggens of in die aand. Dit vind ek vreemd. Mens sou verwag dat as daar net twee inwoners op 13 is, in 13A en 13B, hulle dieselfde gewoontes sou hê, dat 13B soos ek middernag sou gaan werk en agtuur terugkom, mekaar sou ontmoet, soms sou gesels, soms sou. Maar nou is 13B se gedrag nie net anders nie dis ook ongedurig dit ontstel my. Mens behoort dit met die opsigter te bespreek, maar ek sien hom nooit en die saak is te delikaat om per brief te bespreek, ek kan nie. As ek snags gaan werk, slaap die opsigter al en soggens agtuur is hy uit ek het al gaan kyk. Ek sien nooit iemand nie. Ek het die advertensie in die koerant gesien en skriftelik geantwoord en 'n kontrak ontvang en geteken, en elke maand stoot ek my huurgeld in 'n wit koevertjie vierbyses deur die opsigter se gleuf, gewoonlik net voor ek werk toe gaan die dertigste of een-en-dertigste van die maand Februarie die agt-en-twintigste en eenmaal elke vier jaar die nege-en-twintigste.

By die werk ook. Hy het skriftelik aansoek gedoen en moes daarna die baas bel, die telefoon was krakerig, hy sal die man se stem nie weer herken nie. Hy het 'n aanstellingsbrief ontvang en in die vaal koevert, vierbyagt, was 'n klein stadsplan met die fabriek waar hy sou werk daarop aangedui, en S.O.S. onderaan gedruk, en ommesyde was 'n diagram van die fabriek met 'n pyltjie na die deur waar hy moes ingaan. Daar was 'n volledige stel regulasies ingesluit. Snags gaan hy by die deur in, net hy, want die skofte is so gereël. Teen 'n muur is 'n bord met rye kaartjies, elk genommer, syne 31, dié haal hy van die hakie af en druk hom by 'n gleuf van 'n ponsmasjien in wat die juiste tyd van aankoms daarop druk, dis noodsaaklik vir kontrole en loonberekening. Daarna stoot hy die kaartjie deur 'n gleuf en wag tot 'n hand 'n sleutel deurskuif. Hy gaan sy masjienkamer oopsluit en maak weer die deur agter hom toe, en tot halfagt beheer hy die masjien volgens die aanwysings op 'n metaalplaat agter die deur. Van die masjien loop 'n band deur 'n gat hoog in die muur. Wat anderkant die gat is, weet hy nie. Wat anderkant die gat is weet ek nie ek het nog nooit gekyk nie. Halfvier het hy 'n halfuur etenstyd. Daar is 'n self-service in die gebou waar mens op 'n kaart die nommer soek van die gereg wat jy wil eet en dan die betrokke hefboom gaan trek en wag tot jou kos deur 'n luik geskuif word. Daar is 'n lang ry eethokkies waar mens afgesonder by klein tafeltjies een-een kan sit en eet. Halfagt skakel ek die masjien af, sluit toe, lewer my sleutel in, kry my kaartjie terug, laat dit pons, en hang dit weer aan sy hakie op. Dan kom ek met die ondergrondse trein huis toe en gaan alleen in die hysbak op eentweedrieviervyfsesseweagtnegetienelftwaalfdertien met die in-skripsies en die kersvlam en die neus-en-oë.

Dis gewoonlik net mooi agtuur in die môre as hy in sy woonstel terug is, in 13A. Dan maak hy dadelik aandete, sop of iets, en gaan slaap. Woensdae en Sondae bad hy eers. As hy die aand wakker word, lê hy eers na die plafon en kyk, daar is 'n kolletjie, staan dan op en maak ontbyt, maak die plek aankant, en gaan 'n ruk op die balkon staan en uitkyk. Onder kan mens niks sien nie, want die straatligte is ver uitmekaar en dis gewoonlik mistig of rokerig. Hier en daar is ligte in vensters van ander geboue, maar ver, en almal veel laer as myne. Die sterre kan ek wel sien, al maak die stad se gloed hulle dof, en die maan as daar 'n maan is, en die wind natuurlik. Daar is altyd effens wind hierbo en ek het gou met hom maats gemaak. Ons kom goed klaar. En dan is dit weer tyd vir werk. My dae is dus baie vol, ek het nie tyd vir leeglê nie. En as ek wel 'n kwartiertjie vry is, besoek ek die deure van my groot gebou, almal netjies eenders, almal bruin, maar elk met sy eie nommer, elk verskillend.

Eers was 13B net so 'n deur soos die drie-en-sewentig ander in Olympic Heights, 'n deur met 'n nommer, 13B, 'n nommer wat ek uit my kop geleer het, dit was nogal maklik om te onthou want dis baie soos my eie, 13A, net die letter verskil. Maar toe het daar eendag iets geroer, iemand dalk, agter die deur, binne-in, langs my, naby my. Dit was nag, elfuur die aand, en ek het so pas ontbyt geëet, ek wou regmaak om te gaan werk. 'n Effense geluid, dit kon 'n voetstap gewees het, of iets wat skuif oor 'n sagte mat, of 'n roering van 'n bed, iets. Hy het na sy balkon gestap en uitgekyk, menende dat dit die wind kon wees, maar dit was nie. Hy het na die partisiemuur teruggekom en sy oor daarteen vasgedruk, maar dit was doodstil. Dalk het ek my dit verbeel, maar ek het nie, ek verbeel my nooit dinge nie. Daar was 'n geluid langsaan, 'n voet-stap, of iets wat skuif oor 'n sagte mat, of 'n roering van bed, iets. Maar wat was dit as dit nie die wind was nie, wie was dit? Was daar dan in 13B ook iets, ook iemand, soos ek, maar nie ekself nie, iemand wat ook eet, ook slaap, ook werk toe gaan en terugkom, ook aantrek, ook uittrek, ook soms verbaas aan sy eie liggaam raak en nakend voor 'n spieël gaan staan, ook praat met die wind, met net 'n muur tussen ons? Maar wie? maar wat? en van wanneer af? en sou dit so bly? en sou ek ooit weet wie? en hoe sou ek voortaan kon opstaan-eetwerkterugkomeetslaap as ek nie weet nie? As ek nie. Weet nie.

Langsaan was dit stil. In 13B was dit stil.

Hy het uitgegaan in die gang die skemergang die lang gang tussen die mure tussen die roerlose mure onder die dak, hysbak toe, op die verste punt, ver van 13A af, nog verder van 13B af. Maar hy het 'n paar maal gaan staan en omgekyk: sê nou 13B gaan oop, sê nou iets kom uit, sê nou iemand kom uit en ek is alleen in die gang, ek is alleen, sê nou. Ek kon nie meer my rug draai nie. Ek het agteruit geloop tot by die hysbak en die knoppie gedruk en eers weer veilig gevoel toe ek alleen binnekant hom met die ry knoppies die ry syfers en die kersvlam en die neusenoë wat my bly aanstaar bly aan bly staar aan het bly.

Hy was twee minute laat by die werk.

Halfvier in die selfservice het hy gereg 13B gedruk vleiskoolspinasie wat hy nooit eet nie.

Agtuur het die oë my aangegaap en die kersvlam was 'n mond wat glimlag vir my en vir die oë wat vir die neus sê kom kom gerus kom.

Die gang was leeg. Die deure het niks gesê nie. Die son was buite al uit. Hy moes aandete maak en gaan slaap. Maar hy het teen die partisiemuur bly staan en geluister geluister. Buite het die stad geraas. Ek het iets gehoor, ek weet nie wat nie, iets. Toe die deur, 13B, die deur wat klik. Ek het doodstil bly staan. In die gang het ek niks gehoor nie die mat is dik. Ek het opgespring en deur toe gehardloop en dit oopgeruk maar die gang was leeg. Die hysbak het gezoem. Dan tog dan tog dan was daar iets in 13B iemand langs my wie wie wie. Ek het nie geëet nie ek het bly wag dwarsdeur die dag, maar toe aan die slaap geraak, verslaap, niks weer gehoor voor ek weg is werk toe nie weer laat drie minute.

Daar was drie dae niks. Hy het sleg geslaap hy het begin droom dat sy deur snags oopgaan al het hy dit gesluit en die grendeltjie ook toegeskuif wat hy voorheen nooit gedoen het nie, en gedroom dat iets inkom, ietsiemand uit 13B op sagte voete iets onsigbaars want ek kon my oë nie oopkry nie en eenkeer het ek wakker geword van 'n stem wat skree dalk was dit ek self my eie stem maar dalk was dit die vreemdeling langsaan, en sy werk het daaronder begin ly en een nag was daar 'n nota van waarskuwing langs sy masjien. Ek sou iets moes begin doen anders verloor ek my werk maar wat maar en toe ek in die hysbak terugkom, het ek die vanselfsprekende oplossing gevind.

In sy kamer het hy 'n potlood gaan haal in sy badkamer 'n nuwe ongebruikte lemmetjie en daarmee na sy deur gegaan, na 13A, en buitekant, netjies onder die chroomletters 13B het hy die Neusenoë van die hysbak nágeteken en die buitelyne met die lemmetjie diep wit in die bruin sagte hout uitgesny en toe my deur toegemaak 13A en gerus gaan slaap want in my drome snags het die deur nie meer oopgegaan nie.

Maar hy het nog bly luister. En hy het amper verlang dat hy weer iets moet hoor.

Sagte voetstappe een nag net voor hy uit is, langsaan heen en weer, en sy oor teen die muur, maar toe het dit opgehou en hy het 'n skakelaar hoor klik, 'n bed, en stil. Die gek gek ding langsaan het gaan slaap. Maar hy het 'n plan gekry en saans vroeër opgestaan en dan op sy balkon gaan staan en ver oorgeleun oor die afgrond oor die stad onder die dowwe sterre en soms kon hy 'n effense skynsel lig oor die balkon langsaan, 13B, sien uitstreep, dit moet deur 'n gleuf in die gordyne gewees het. Dit het hom rustiger laat voel.

Maar hy kon tog nie net geluide hoor en lig sien nie. Ek moes uitvind ek moes weet anders, Anders sou. Hoe kon ek gerus wees leef as ek nie eers weet wie hier langs my woon nie. Ek kon tog nie altyd dink *iets, iemand, dit, ding,* nie, ek moes dit 'n naam gee, dit moes tog 'n naam hê, dit moes na iets lyk, dit moes *heet*.

Hy het weke bly soek na 'n naam 'n woord, maar hy kon niks kry nie. By die werk was hy te besig en tuis het hy geslaap of tuis het hy geluister. Sy enigste dinktyd was in die hysbak op smôrens in die hysbak af snags. Hy het ontdek dat hy makliker dink as sy hande streel oor die mure van die hokkie oor die Kersvlam die Neusenoë. Oor en oor het sy vingers die buitelyne van die tekeninge gevolg, oor en oor, en hy het begin om elke keer wanneer hy hysbak ry drie keer heen en weer te ry, of hy opgaan of afkom, sodat hy beter kon dink.

Dit het stadig gekom, nie skielik nie, stadig, soos die buitelyne van die stad soggens as hy voor die venster staan vorm kry deur die mis. En toe het dit gebeur, toe het die naam gekom, toe hy een aand vroeërig die deur langsaan hoor klik, 13B hoor klik. 'n Rukkie het hy roerloos bly wag, toe na sy eie deur gestorm, uit in die gang, die gang was leeg. Maar by die onderpunt van die gang was die hysbak se buitedeur aan die toeswaai en ek het 'n vae silhoeët daardeur gesien, deur die matglas, 'n vae silhoeët van 'n wit rok, en toe het die deur geklik en die hysbak het weggezoem.

Toe het ek geweet wat in die kamer langs my woon, 'n vrou. In my woonstel het ek 'n potlood gaan haal in die badkamer 'n nuwe ongebruikte lemmetjie ek het my klere uitgetrek my kaal uitgetrek en uitgeloop in die gang se skemerlig, by my eie bruin deur uit, 13A, na die bruin deur langsaan, 13B, en stadig en versigtig en met behoedsame vingers die Kersvlam daar geteken en ingegrif, diep en sekuur, en toe teruggestaan en gefluister : „God."

En ek het skaam geword omdat ek nie klere aanhet nie en na my eie kamer teruggegaan en my deur agter my gesluit en begin lag en begin huil en op die vloer neerval en heen en weer begin rol rol rol tussen die deur en die balkon rol rol rol en gestik van die lag en gesnik van die huil godgodgodgodgodgodgodgodgodgodgodgodgod dertien maal.

Hy het nie geweet waarom hy juis dié woord gesê het nie, dit was een wat hy tevore al gehoor het, uit sy kinderjare dalk onthou het, daar was soveel ander wat hy kon gebruik, die woorde in die hysbak byvoorbeeld, dié het ook amper almal drie letters.

Die res van die nag het ek bly wag bly lê en wag tot die deur langsaan klik en ek stil voete oor die mat hoor roer en die bed en die skakelaar, en ek het geweet dat my woord goed was en gaan slaap, want daar was lig, die son was amper op, gelukkig was dit sondagnag afnag.

Maar nou dat hy geweet het, moes hy meer weet, nou moes ek sien, ek wou haar sien, ek wou haar van aangesig tot aangesig sien, god, maar hoe kon ek daar was 'n muur tussen ons en twee geslote deure 13A en 13B, albei 13, noodlottig eenders maar die een A en die ander B, noodlottig anders. En ons was alleen op ons hoë verdieping, op ons hoogte, hoër as die stad, tussen die winde, onder die sterre en soms die maan en bedags die son en altyd altyd die wind diewinddiehemelsekind altyd en ek hier en sy daar die onbekende daar die vrou kersvlam god daar en tussen ons die muur alleen op ons verdieping op 13 alleen saam en die wind god die wind.

Hy het geluister en min gehoor. Hy het soms gaan klop aan 13B, maar dit het toe gebly, dan was daar niemand binne nie, en as sy binne was god dan was ek te skaam of bang vir klop omdat ek dan sou moes weggaan van die muur waar ek kon luisterluister na stappe of 'n bed of watertap en altyd na my hart, my hart in my bors in my oor in my oë in my kop in my hart in my in my, duskant die muur. En anderkant ook 'n hart, haar hart, 'n ander hart, maar ook 'n dertienhart, anderkant die muur. Wat beteken dit dertien 13 doodengeboorte 13 dertien dit beteken wat.

Hy het begin tuisbly snags om meer te hoor, die bed te hoor, sy hart te hoor, my hart te hoor al harder slaan. En toe was daar een nag 'n finale gedrukte kennisgewing by sy masjien met 'n koevertjie geld daarby, sy ontslag.

Een nag laasnag my ontslag.

En vannag:

Ek kan nie langer hier bly nie, ek moet weggaan, ek het reeds die opsigter laat weet, ek het nie geld om te bly nie, nog net vannag is ek hier, môre moet ek weg, môre moet ek weet. Ek sal ná vannag nooit weer kan staan en luister nie. Vannag sal ek moet. *Vannag sal ek moet. Sal. Ek. Moet.*

Hy was netnou op sy balkon. Daar was a strepie lig langsaan. Maar nou, nou dat hy weer gaan kyk, is die lig dood. Sy slaap. Dis donker. Oor die stad hang 'n newel. Hy is alleen wakker op 13. Ek voel my hart agter my oë klop en in my hande klop en baie laag in my onderbuik klop. Ek voel sweet sweet sweet op my voorkop onder my neus tussen my blaaie tussen my dye. My oë brand my bors brand. Hart. Sy hande beweeg sonder hom, beweeg op na sy nek en begin sy hempsknope losknoop. Hy probeer sy hande keer, maar hulle knoop-knoop laer los. Sy hande laer laer los. My hande dringender. Ek weet ek word koud en gloei van vuur.

Hy skop sy klere uit, oor die reling van die balkon, uit oor die newelstad, weg van hom. Hy gaan sit op die reling wat koud onder hom brand. Hy swaai sy bene oor die reling uit oor die stad onsigbaar in die newel. Hy voel met sy tone na 'n dun gleufie tussen sierstene. Hy voel met sy vingers na 'n dun gleufie tussen sierstene. Sy gewig trek aan sy arms en sy kuite. Sy kaal lyf is vas teen die growwe stene. My kaal. Ek klop soos 'n hart teen die muur. Ek skuif duim vir duim vir duim. Dit pyn godditpynhoorjymynie. Ek kom. 'n Duim 'n duim 'n duim. Die balkon langsaan is naby. Ek gooi my kop agteroor en hang oor die afgrond en sien die sterre wegdraai. Ek sien sterre en maan en ver son verduister kolke kolke sfere, ek hang oor die afgrond en sien die uitspansel, sien my hart rooi klop-klop teen die hemel. As ek val verskiet ek soos 'n ster. Draai draai, pyn, klop draai. Duim. Duim. Duim. My vingers raak aan 'n ysterreling. Balkon.

Hy swaai sy lam bene oor. Hy gaan huil. God ek is hier god ek is hier. Ek huil. Hy voel-voel met sy hande vooruit na die glasdeur. Dit gaan oop in sy hande. Ek voel verder voel in die donker voel my hart slaan.

Ek huil.

'n Lig gaan. 'n flitslig. 'n ronde kol skrikwekkende lig in sy oë in die donker.

Neem weg die lig, wil ek vra, dat ek kan sien, jou gesig kan sien, dat ek jou kan sien, ek woon al so lankal langs jou ek ken al so goed en jy is heeltemal vreemd vir my. Neem weg die lig ek wil jou sien ek wil sien. Neem weg ek wil. Maar ek huil.

'n Stem vra : Wat maak jy hier? 'n Sagte stem 'n vrouestem meisiestem mooi stem godstem, 'n sagte stem, bang. Wat maak jy hier?

Gaan weg! Loop. loop! Wat maak jy hier loop loop!

Ek skud my kop. Ek kom nader. Ek steek my hande uit.

Ek sien 'n klein swart sirkeltjie langs die lig verskyn.

En sonder dat hy sien wie, sonder dat hy sien Wie, skiet iets hom dood.

1964

KAREL SCHOEMAN

Die park na die val van die blare

Hulle het altyd bymekaargekom in die park, wat die gerieflikste was, want hulle het in verskillende dele van die stad gebly, en wanneer hulle wou uitkom of wegkom van die medeloseerders, die beperkte uitsig, die kamers waar die son nooit skyn nie, het hulle hul na die park begewe, na die vriendelike bankies en die sonskyn, met die wye tuin rustig om hulle en die geraas van die stad saam met sy kantore en woonstelgeboue teruggeskuif anderkant die relings. Vroeg reeds kom hulle van hul bankies besit neem, en niemand betwis ooit hul reg daarop nie. Wie stel trouens in hulle belang? 'n Klomp nogal armoedige ou mense wat in 'n vreemde taal gesels en met uitlandse driftigheid beduie: daar is niks meer nie.

Ou mense vir wie die lewe verbygegaan het sodat geen hoop of verwagting meer oorbly nie, saamgewaai uit hoeveel lande, opdrifsels van hoeveel oorloë, pogroms en agtervolginge, totdat hulle uiteindelik beland het onder hierdie vreemde son, toevallig saam op bankies in die park. Hulle is oud, die lewe is verby, en dit is geen tyd om wortel te skiet in vreemde aarde nie. Buitestaanders sal hulle bly, en hulle het ook geen begeerte om in hierdie laaste jare iets meer te word nie, want mens bereik 'n punt wanneer dit moontlik is om jou terug te trek van die barheid van die hede en geen verdere stut of steun te vra nie as dit verby is: dit wat volmaak staan en afgerond, onaantasbaar vir altyd.

Toevallig byna het hulle bymekaargekom en begin vergader in die park. Hoeveel ander mense was daar wat nog hulle taal kon praat; hoeveel kon die ou, verlore wêreld onthou wat eens aan hulle behoort het, of het selfs belang gestel daarin? Niemand nie, net hulle, en dus het hulle steeds meer krampagtig vasgehou aan mekaar – die mense wat nog kan verstaan en begryp, en wat daagliks die versekering bied dat hulle nie alleen is nie.

Van almal wat daar op die bankies byeenkom, is meneer Treisman die mees teruggetrokke. Gewoonlik bly hy 'n toeskouer aan die rand van die groep, tevrede om net te luister met 'n halwe glimlag terwyl sy oë van die een spreker na die ander beweeg: ou meneer Marcus met sy serp en breërandhoed, meneer Seidel met sy verslete Hebreeuse koerante, meneer Jedeiken dubbelgeboë oor sy wandelstokkie, mevrou Abel met die jubelende lag en juffrou Guret met die wolmussie – húlle, en al die ander lede van die groepie. Mens sou sê dat hulle hom oorstem en oorweldig met hul vertoë en argumente, dog sy stilswye is heeltemal vrywillig. Vir hom beteken hierdie byeenkomste en gesprekke miskien ook die meeste: die vertroude taal, en mense wat 'n ou en verlore wêreld aan die lewe kan hou oor jare en myle heen.

Die herfs kom altyd as dreigement: die ligte karteling aan die rand van 'n blaar, die koelheid in die lug en die vergang van die blomme. Die dae word korter en killer en die ure van hulle samesyn verminder. Hulle wag tot later voordat hulle hul uit begewe, en vroeër reeds vryf die een of die ander die hande inmekaar: ja, die weer word koud.

Soos die blare oor die wye paadjies en sonnige gras kom daardie woorde langsaam en rustig oor die geselligheid van hul gesprek. Die winter kom, die winter kom, en die kring word opgebreek; die blare val en die bome staan troosteloos. Slegs af en toe, toevallig byna, loop jy in hierdie maande die een of ander lid van die kring nog raak.

Vir Treisman is dit 'n eensame tyd, die wintermaande met hulle naakte bome en die kil blou skaduklowe van die stadstrate waar die son nooit kom nie. Net aan die einde van daardie strate sien jy nog verre sonnigheid soos 'n belofte waaraan jy kan vashou. Die lente sal kom, groen waas oor die bome en die jubeling van narsings in die formele blombeddings; en op 'n dag sal meneer Marcus weer meteens op die rand van 'n bankie sy hande sit en vryf in die sonskyn met sy serp om sy nek. Mooi weer, ja werklik.

Die een na die ander tree hulle te voorskyn uit verspreide woonstelletjies en kamers om die dae om te gesels in die son. Treisman kom weer sit en luister. Dit is tog al wat saak maak: vertroude stemme in 'n bekende taal oor 'n geliefde wêreld: wit dorpies en ganse in die pad, feesmaaltye en begrafnisse, ou verhale en gesegdes wat hulle as kinders gehoor het. Hand in hand staan hulle in 'n kring, gestut en gesteun deur hulle gemeenskaplike verlede, die enigste werklikheid wat daar vir hulle behoue gebly het.

Op 'n dag het meneer Marcus egter skielik en sonder waarskuwing uit die groep ontbreek. Toe hy die tweede dag nog nie opdaag nie, het meneer Seidel onderneem om op pad huis toe by sy kamer aan te gaan, en hy het hulle ook die volgende oggend kom meedeel dat Marcus dood is, weggevoer na die dodehuis en kerkhof voordat hulle selfs bewus was van die feit.

Treisman het 'n kilheid gevoel teen sy hart, soos die kilheid wat in die somer reeds dui op die herfs en die winter wat gaan kom. Eén minder, het hy gedink, en gewonder waarom dit vir hom so 'n skok is. Hulle is immers almal bejaarde mense. Van die mans het een aand saamgekom om die kaddisjgebed op te sê ter gedagtenis van die oorledene, en toe het hulle almal 'n bietjie breër opgeskuif langs die bankies in die park. Dog daar het 'n blaar verkleur, lig gekartel met goud langs die rand, en die kanteling van die aarde vanaf die son kan nie gekeer word nie.

Die volgende lente toe hulle weer byeenkom om die fontein, is dit mevrou Abel wat ontbreek en juffrou Guret kom met driftige gebare vertel hoe sy drie weke lank in die bed gelê het en soos 'n kind geroep het om haar moeder voor haar dood. Die winter is maar 'n moeilike tyd as jy begin oud word, besluit hulle. Soos 'n vyand wag dit, dink Treisman, soos 'n vaal wolf op die sneeuvelde van sy jeug, wat skuil in die skadu van die dennebome om te spring.

Die lente hou vir hom nie meer dieselfde blymoedige vooruitsig van hereniging in nie. Blare en bloeisels, warmer sonskyn en singende voëls is van verbygaande aard, en die aarde kantel in sy draaiing in 'n dieper skadu, in 'n kouer en donkerder gety waaruit daar geen terugkeer is nie. Elke lente moet jy versigtiger die groepie na-tel wat in die park vergader, en telkens weer ontbreek hierdie gesig of daardie een. Meneer Jedeiken is in 'n outehuis opgeneem, vertel iemand; hy is ook al by die negentig. Meneer Winik lê lank in die hospitaal (Seidel gaan hom gereeld besoek met lemoene in 'n kardoesie) voordat hy sterwe. Van blaar na blaar, langsaam en in groot stilte en suiwerheid, verkleur die bome, en die wind waai skerper langs die paadjies. Juffrou Guret is kromgeboë van ouderdom en rumatiek. Ja, 'n mens word oud, knik hulle saam in die sonskyn. Hoeveel jaar gelede reeds dat Marcus dood is?

Nie slegs die terugkeer van die lente hou vrees in nie, maar elke nuwe oggend. Wie sal daar ontbreek in die park? Een dag bly Treisman lank sit op die bankie voordat Seidel aangeskuifel kom deur die drywende sproeiwater van die fontein. Nou is daar net húlle twee.

Hulle praat weinig met mekaar, want dit is genoeg om net die versekering van mekaar se aanwesigheid te hê, en hulle is trouens ook so oud dat woorde al minder nodig geword het. Seidel vou die verfomfaaide blaaie van sy Hebreeuse koerant oor en weer, en Treisman kyk na die son, die gras, moeders met kinderwaentjies.

Een oggend bly hy lank daar wag, maar daar kom niemand nie, en dié aand stap hy alleen huis toe. Miskien is Seidel ongesteld, dink hy, en bly wag met groot geduld, die volgende dag en dae, die volgende weke; maar geleidelik vergeet hy om te wag en bly maar net daar sit, alleen in die sonskyn. Eers baie lank daarna gaan hy na die sinagoge om die gebed vir die oorledenes op te sê. Vir Seidel wat seker dood is, vir Marcus – vir almal, besef hy skielik, wat hy ooit geken het, vir ouers, familielede en skoolmakkers, vriende en kennisse, want van hulle almal het net hý oorgebly.

Hy is alleen agtergelaat in die suiwer en helder lig van die winter, hoë hemel en naakte takke uitgestrek teen die lug: alleen op die bankie in die park, 'n ou man wat dommel in die sonskyn; alleen raak hy saans aan die slaap, en alleen word hy wakker.

Eers is dit moeilik om te wen aan die algehele stilte waarin hy nou leef: niemand meer met wie hy die moedertaal kan praat of van wie se lippe hy dit kan hoor nie, niemand wat meer onthou nie, behalwe hy. Geleidelik is dit egter of die vereensaming kristalliseer in glansende prag om hierdie besef heen, met skitterende yskeëls en ryppatrone. Net hý onthou, en net in hóm leef die geliefde ou wêreld nog. Wanneer hy doodgaan, sal dit alles finaal verby wees en verlore, sonder bestaanplek meer op aarde.

Die wete gee aan die dae nuwe sin. Hy is baie oud en nogal armoedig; hy tel stukkies tou op op straat en versamel ou koerante uit snippermandjies; hy mompel by homself in 'n vreemde taal en praat met niemand nie. In die park of die kille gange van die losieshuis waar hy woon, kyk mense hom aan in die verbygaan, maar hy merk dit nie. Bewus van sy eie waardigheid en verantwoordelikheid, gaan hy deur die dae; hy dra iets waardevols, hy alleen, in sy gang deur die donker, alles wat kosbaar en bemind in sy arms geskut is. Dit is hý wat dit moet bewaar teen vernietiging.

Hy praat met niemand nie en slaan ag op geeneen; hy is kinds, sê die mense, 'n arme, armoedige ou man. Hy het geen familie nie, of vriende, hy kom van oorsee, heeltemal alleen hier oorgelaat. Wanneer hy doodgaan, word hy ook deur die munisipaliteit begrawe, en daar is niemand om hom in die kaddisjgebed te herdenk nie.

1966

CHRIS BARNARD

Bos

Daar is 'n soort stilte wat meer behels as die afwesigheid van geluid; 'n stilte sonder beweging; 'n stilte wat byna die dood self is. Die lug is stil, die blare en gras is stil, die voëls is ongelooflik stil. As die meide smiddae die mangopitte los en wegraak tussen die bome, dán kom dié stilte. Dis die uur sonder sonbesies – die dooie uur waarin 'n mens begin vermoed dat selfs die son iewers vasgesteek het.

In só 'n uur kom Kirst.

Die bos se hol voetpaaie bring hom hiernatoe, oor 'n honderd riviere en net soveel vlaktes – elke rivier, elke vlakte, elke nag se hiënas náder aan 'n godverlate oomblik. Hy kom oor die klipplaat aangestap waar die meide soggens mangopitte droog, oor die blink en harde werf; ek hoor sy voetstappe oor die klippers, sien hom teen die houttrap van my hoë stoep opklim, onder die skaduwee in. Dan staan hy tussen die potvarings en ek wag dat hy oor die drumpel moet tree.

Sy gesig blink waarskynlik van die sweet. Hy kyk na my waar ek langs die tafel sit en miskien dink ek hy het oud geword. Maar ten spyte daarvan herken ek hom. Ek het sy voetstap reeds al herken.

„Dag, Kirst," sê ek.

Of miskien praat ons nie. Kirst praat in ieder geval nie. Ek hoor hom aankom en wag op hom soos ek al die jare op hom gewag het. My hart tamboer in my, ja, en daar is 'n warm gevoel op my tong; maar dis al wat anders is. Ek roer nie. Ek probeer nie vlug nie. My oë is op die deur gerig en ek wag hom in. En hy verskyn – sy gesig nat van die sweet. Dit reg : sy gesig blink van die sweet. Hy sê niks, en ek sê niks.

Dis doodeenvoudig.

Miskien nog dieselfde rewolwertjie; 'n klein swart Beretta met 'n stomp neus. Hy rig dit op my en ek haal my pyp uit my mond uit en sit dit op die tafel neer.

Wieg hy effens op sy voete? Of is dit ek wat heen en weer beweeg? Aanvanklik kan ek nie besluit nie. Eers later besef ek wat skeel : dis my kop; ek is besig om my kop te skud. Miskien wil ek daarmee sê : „Nee, Kirst – nie ná al dié jare nie!" Of miskien wil iets in my maar net sê hoe verskriklik oud hy geword het.

Maar dis nie ek wat uiteindelik praat nie; dis Kirst wat sê : „Dis jy . . ."

Hoe goed onthou ek jou nie, Kirst! Byna 'n leeftyd lank haal ek jou gesig dag vir dag uitmekaar en herbou dit weer stuk vir stuk: die breë voorkop onder windverwaaide hare, bruin oë wat deur alles kyk, skerp wangbene en 'n vol en manlike mond, 'n vierkantige ken. Maar nou? Wat is dit hierdie, Kirst? Wat vir 'n verrimpelde voorkop, yl hare, hol wange met stoppelbaard, tandelose rosyntjiemond? Net die skedel is nog onmiskenbaar jy.

Jy tree oor die drumpel en sien my en sê „Dis jy . . ." asof jy nog tot 'n oomblik gelede geglo het al jou gesoek na my sal op niks uitloop nie.

As jy verbaas is om my hier te sien sit, Kirst, is dit miskien omdat ek self nie jonk gebly het nie: jy het byna 'n leeftyd lank na 'n jong en onervare man gesoek, en nou dat jy hom ingehaal het . . .

Dit sal onvanpas wees om jou iets te drinke aan te bied. En oor jou welstand durf ek ook nie vra nie.

Oor myself praat? Wat kan ek sê? Dat ek jou verwag het? Dat ek bly is jy het gekom?

Daar is dalk tóg iets waaroor ons lank sou kon gesels. Eensaamheid. Maar ook weer: jou soort eensaamheid en myne was nooit dieselfde nie. Myne was die van iemand wat op sy straf wag; joune die van iemand wat straf moet uitdeel.

Selfbejammering en haat. Dis miskien tog maar dieselfde.

Ek dink daaraan, elke dag. En aan al die plekke in Afrika waar ek jou op 'n straathoek gewaar het, of in 'n kroeg, langs 'n kaai, op 'n rivierboot, by 'n doeane, in 'n herberg. Maar elke keer was ek teleurgesteld dit was tog nié jy nie.

Op 'n godverlate wit pleintjie in Zanzibar sien ek 'n man met sy skouers. En dit is hy. Na al die jare is dit hý. En hy draai om en sien my en kom aangestap. En ek wag hom in, wag dat sy hand na sy sak toe beweeg, wag vir die klein Beretta en die wit kneukels. Maar die man met Kirst se skouers stap verveeld verby en sien my nie.

In 'n broeiende hotelkamer in Luanda, 'n kamer met kakkerlakke en krake in die mure en kokkerotte, kom iemand stadig teen die trap op. En ek herken Kirst se voetstap. En wag. Weet: uiteindelik, nou. Maar hy gaan verby; sy voetval raak weg in die gang.

Iewers in die Karoo, op 'n koue stasietjie waar ek tussen die melkkanne wag op die volgende trein, verskyn hy skielik uit die sinjaalkamer. Hy het 'n vlag in sy hand, maar sy vlag en verslete uniform lei my nie om die bos nie. Ek herken sy neus en hoë voorkop. Hy kom nader in die skemer, baie stadig. En ek wag. Ek weet: as hy langs my kom, sal die Beretta onder die vlag verskyn en hy sal die loop oplig en daar sal 'n blou vlam uit die skemer spring. Hy staan naby my, meer as 'n kwartier; en die trein kom en ek klim in sonder dat hy hom aan my steur.

Voor die poskantoor in Mbabane, tussen die dooie vis-oë op die mark in Beira, skielik op 'n middag 'n ent agter my tussen die silwerbome teen Seinheuwel, op die gaasdek daardie nag op die Victoriameer onderweg na Muhutwe, in Swakopmund, Coquilhatville, selfs in Ibadan die laaste somer voor ek hierheen gekom het.

En sedert ek hier is, verwag ek hom.

Ek staan tussen die piesangbome en kyk hoe twee bantams in die stowwerige agterwerf onder 'n verskrompelde suurlemoenboompie skrop. Die middagson bewe teen die wit kombuismuur en die bougainvillea is 'n koorsige pers dans teen die staalgrys lug. En hy staan ineens in die voetpad wat van die rivier af opkom, die sweet silwerig in sy wenkbroue.

Dis anders as wat ek verwag het dit sou wees. Al die jare het my laat berus by die gedagte aan sy uiteindelike koms. Ek het gedink ek sal doodstil bly staan as ek hom sien; ek sal nie roer nie, ek sal nie wil vlug nie.

Maar die vrees is eensklaps in my en so verskriklik soos die son. Hy staan daar, moeg en verwaarloos, baie ouer as wat ek verwag het.

Sy hand beweeg na sy sak toe en ek weet hy wil sy Beretta uithaal, maar my hand lig na my gesig toe en ek wil sê: „Wag, Kirst – wag eers!" Tog: ek sê niks. My keel is kurkdroog en ek kry geen geluid uit nie; niks. Dis hy wat eerste praat; dis Kirst wat sê: „Dis jy..."

Jy weet seker teen die tyd al self: 'n mens se geheue, as hy ouer word, verloor sy skerpte. Jy het dit tog al ondervind? En nogtans huiwer ek om uit te vra – jy mag dalk dink dis 'n set om my onskuld te probeer bewys. Soos 'n naïewe kind wat 'n kat vermoor en dan met engel-oë fluit-fluit sy ma tegemoet stap as sy kom straf uitdeel.

Nee, Kirst. Ek sal niks vra nie. Ek sal miskien selfs nie eens my vrees probeer verberg nie. Ek moet net na jou kyk. En wag.

Tog: dit sou eintlik makliker gewees het, sou dit nie? As ek net weer kon onthou?

Vreemd, en miskien selfs 'n bietjie komieklik, dat 'n mens om die een of ander rede begin vlug, en verplig word om aan te hou vlug, sy hele lewe instel op dié vlug, hom uiteindelik geheel en al toewy aan die vlug – só toewy daaraan dat hy op die duur vergeet wat die oorsaak was van alles.

Dis nie ter sake nie. Ek weet. Wat ter sake is, is dat jy uiteindelik gekom het; dat jy my oplaas ingehaal het.

Dis laatmiddag en die riete staan roerloos in die lui rivier. Ek kniel kaalvoet tussen die ronde klippe, skep die lou water met bak hande op, spoel die seep van my gesig en skouers en bors af. Die skuim dam om my bleek knieë, raak dan los en verdwyn weerskante van my kuite. Druppels water klou tussen my ooghare en in dié druppels gaan die son onder, hurk kameeldorings windskeef op die oewer, prik 'n rietsteel die groen aandlug. En, skielik, skuins langs die son, tussen die bome en riete, staan hy roerloos na my en kyk.

Ek maak my oë toe. Maar sy beeld bly. Deur my rooi ooglede sien ek hom staan en kyk, sy gesig uitdrukkingloos, sy arms slap langs sy lyf – net die een hand effens wakkerder as die ander.

Hy kyk na my nakende lyf soos na 'n klip. En ek onthou skielik hoe ek lyk. Die borsspiere reeds verslap, die skouerknoppe deesdae heelwat prominenter, die elmboë skerper, die dye witter en skraler, die are op my hande blouer.

Dít kon jy my gespaar het, Kirst! Dié nakende oomblik.

Maar ook dit, vrees ek, is nou van minder belang. En ek sukkel orent, trap onseker tussen die ronde en donker klippe. Ek staan regop voor jou in die water en my hande tas verneder oor my vormlose skaamte.

God, was dit dan nodig? By alles ook nog dié oomblik van algehele weerloosheid? Jy was van jongs af genadeloos, Kirst, baie deeglik en verskriklik sekuur.

Dít is dan die oomblik, neem ek aan.

Moenie lag nie, maar ek onthou ineens 'n vreemde vinger op die kaart van Afrika. Hoeveel verskillende nagte het ek hom uitgestuur op safari, al verveelder, 'n klein mikstok op soek na water, wat skielik seëvierend oor Angola of die Soedan stuit en sê: hier is Kirst vannag.

En soms, minder seëvierend, moeër, meestal in die lou en soet hitte van die somer, gebukkend oor 'n al verkreukelder kontinent, die verbitterde gebed: ek gee oor; ek speel nie meer nie.

In die wit lamplig, die nag 'n onuitgesproke woord buite, die nag soet om die varings en die vlermuise, weet ek skielik dis hy wat voor die venster staan. En ek kyk op en sien sy eensame gestalte, effens onseker onder sy hoed.

Hy kom uit die nat nag uit. Terwyl ek voor die venster staan en wag dat die klein grys geitjie sy korreltjie suiker kom haal, flits die weerlig byna onsigbaar vinnig agter die reën. Maar die vlietende oomblik is genoeg om hom te herken: hy staan na die huis en kyk, moeg in sy broeiende reënjas.

Waar die meide bedags hulle bruin mangopitte droogmaak in die son, tussen die donker bome, die eerste lig rosig teen die trosse frangipani's, staan hy skielik.

Hy weet nie ek sien hom nie. Of miskien weet hy. Maar hy staan lank en kyk. Hy wag.

En ek hou hom dop terwyl hy wag. Ek weet nie of ek bang is nie. Ek weet net dis heeltemal anders as wat ek my dit voorgestel het. Niks in die oomblik is buitengewoon nie. Dis maar net dagbreek en hy staan op die werf.

Dan, baie later, beweeg hy. Ek sien sy hand wegraak in sy broeksak. En dit bly daar. En op die agterwerf, halfhartig, hoor ek die bantam kraai. En hy kom oor die werf aan, tussen die bome uit.

Die môre ruik na klam grond, na herfsgras, na kiewieteiers.

Die môre ruik na Afrika, Kirst.

En ek sien jou kom. Ek sien jou stadig aangestap kom oor die droë grint. En die houttrap kraak as jy dit bestyg, op jou gemak, glad nie haastig nie, glad nie bang nie.

Ek kyk nie na jou broeksak nie, al wil ek ook. Nee, ek kyk na jou oë; ek soek na jou oë – want, God, jy het oud geword, Kirst! Heeltemal te oud.

Heeltemal te oud.

En ek sê, sonder dat ek wou: „Dag, Kirst."

En hy sê: „Dis jy . . ."

1968

Hoogsomernag

Ons droom almal soms dié soort drome. En seuns veral. Swaar en donker drome waaruit ons langsaam en teensinnig wakker word en wat 'n dag of drie daarna nog by ons bly soos 'n mooi en treurige herinnering.

As kind had ek 'n dik, blou boek met prente van al die vreemde plekke in die wêreld. En op bladsy soveel was daar 'n prentjie van die Swartwoud. Die nááam het my gevang, die naam meer nog as die prentjie. Dit is die soort naam wat enige kind se verbeelding sal aangryp, hom drome sal laat droom.

Die Swartwoud sou 'n plek wees met myle-myle donker bome, met kastele en kuile blou water en wit swane. En prinsesse, miskien, en prinse op perde.

Toe ek sestien was, het ek nog die boek gehad, maar dit toe al reeds te goed geken om nog daarin te blaai. Ek het ook nie meer aan kammaland geglo nie. Ek het nie meer van dwergies gedroom en van feetjies met towerstaffies nie. Ek het gedroom van dogters in my klas en van sonde en van groot, swaar vroue en die see.

En warm somermiddae as ek verveeld was en nie werk had vir my hande nie het ek die veld ingegaan met koorsige gedagtes. Tussen die bome en die warm gras sou ek op my rug gaan lê en my verwonder aan die blou lug en aan miere wat op takkies loop en aan meeldou op die blare.

En dan het ek myself probeer voorstel ek lê in die Swartwoud. Maar dit was nie altyd maklik nie; die landskap om my was te oop en te lig, te bekend. Die Swartwoud sou 'n donker en klam plek wees wat ek nie ken nie, 'n eindelose woud met sneeu en snoesige herberge en dakkamers met smal vensters en groot, wit dubbelbeddens en fluistergesprekke. Elke herberg sou sy meisies hê: robuuste, blonde goed met haelwit tande en koper-oorringe en heupe.

'n Mens verander baie in tien jaar, en bly baie dieselfde. 'n Man van ses-en-twintig moet soms glimlag as hy terugdink aan die drome van sy puberteitsjare. En dan, op 'n dag, betrap hy homself dat hy dieselfde drome droom.

Maar nie meer, soos vroeër, in sy slaap nie.

Ek het die aand so teen vuilskemer in die stasiekafee in Stuttgart gesit – tussen twee vure. Ek wou 'n trein haal Basel toe maar kon nie mooi besluit watter een nie. Daar was twee om van te kies: die sneltrein oor Karlsruhe, en 'n boemeltreintjie oor Herrenberg en Titisee. Die sneltrein sou my die volgende oggend voor dagbreek in Basel besorg, die boemeltreintjie eers die nag daarná teen twee-uur se stryk, en ek sou 'n paar keer oorklim – maar die boemeltreintjie sou my deur die hart van die Swartwoud neem.

Na 'n bietjie wik en weeg het ek téén die sneltrein besluit en 'n kaartjie gaan koop Herrenberg toe. Tyd was nie 'n probleem nie en ek wóú die Swartwoud sien.

Daar was nie baie mense op die trein nie, maar die paar wat daar was, het die beknopte drinksalon vol gesit. Dit was in die hartjie van die somer en die aand was drukkend warm. Ek het in die gang by 'n venster gestaan met my kop buite om 'n bietjie vars lug te kry.

Die landskap was geheimsinnig in die vroedonker: spitsdakhuisies uit 'n vergete dwergland, af en toe blougroen dennebosse, dan weer lappe oop veld met koeikampe, skielik 'n haltetjie met 'n naambord, melkkanne, 'n paar roetswart huisies met televisie-antennes, nogmaals bosse, plasies, kampe. Dit was asof ek na jare weer deur my blou prenteboek blaai.

Ek het daardie nag min geslaap. Elke keer as die trein by 'n haltetjie tot stilstand kom, was ek wakker. Dan was daar lui stemme op die perron, en aflaaigeluide, die gekners van voetstappe oor gruisklip, lang stiltes, en uiteindelik sou ons weer beweeg, langsaam spoed wen, al hoe vinniger, wiegend, en ek sou weer slaap.

As dit nie was dat ons op byna elke haltetjie 'n halfuur of wat moes vertoef nie, sou ons Basel waarskynlik vroeg die volgende oggend kon bereik het. Die roete was immers korter as die een wat die sneltrein oor Karlsruhe moes volg – ek glo nie dit was verder as tweehonderd kilometer nie. Maar 'n boeretrein ken geen haas nie.

Ons was die volgende oggend tienuur in Rottweil, en ek moes tot eenuur daar wag op 'n aansluiting na Neustadt. As ek maar geweet het ons sou eenuur vertrek, kon ek 'n huurmotor gekry het om my 'n bietjie in die distrik rond te neem, want ons was nou midde-in die Swartwoud. Maar niemand het presies geweet wanneer wat gebeur nie en ek had geen keuse nie as om in die bedompige stasiekroeg 'n onlesbare dors in bedwang te probeer hou.

Sesuur die aand was ons in Titisee en ek moes weer wag op 'n aansluiting, maar dié keer kon ek darem vasstel dat my trein eers teen tienuur die aand sou vertrek; ek het van die geleentheid gebruik gemaak om die dorpie in te gaan en vervoer te soek.

Maar Titisee het blykbaar nie huurmotors nie. As die dorp so iets het, was ek seker ongelukkig. En kon in ieder geval nie een opspoor nie.

Ek het gevolglik maar op dapper en stapper besluit.

As ek sê ek was teen daardie tyd lankal nie meer in die beste van buie nie, stel ek dit lig. Al die moeite om die Swartwoud te sien, en al wat ek nog tot in daardie stadium te sien gekry het, was godverlate haltetjies, stasiekafees en die eenselwige binnekante van 'n paar tweedeklas-treinkompartemente.

Titisee lê weggesteek tussen beboste heuwels. Veel van 'n dorp is dit nie – net 'n paar strate, 'n paar huise, 'n paar winkeltjies. Die heuwels rondom was donker van pers denneplantasies en die lug was blou en oop en dit was stil. Ek kon my eie voetstappe tussen die bruin baksteenmure hoor opklink terwyl ek aanstap, sommer 'n koers in.

Daar was niks besonders aan die toneel nie. Daar was geen houtherberg nie, geen laggende blonde meisies nie. Die enigste meisie wat ek gesien het, was 'n skraal donker kind wat my stuurs begluur het met die verbygaan. Sy het 'n tamaai kruisbeeld aan 'n kettinkie om die nek gehad wat effens geblink het in die laatson.

Ek was gou uit die dorp uit. Die pad het die bosse ingeslinger, maar ek het dit nie gevolg nie, ek het 'n voetpad gekies wat in 'n eikelaning af loop. Daar was voëls in die bome wat die warm middag met hulle eensame gefluit getrotseer het. Ek het my baadjie uitgetrek en aan 'n vinger oor my skouer laat hang. Hier en daar links en regs van die laan was daar weggesteekte woonhuise – maar nêrens 'n lewende siel nie.

Dit was al sterk skemer en ek het begin dink aan omdraai toe ek die grootpad sien, en oorkant die pad 'n herberg. Omdat ek dors was het ek besluit om eers 'n dop te gaan maak.

'n Paar ou mans het in die kroeg gesit en gesels, maar hulle het stilgebly toe ek binnekom. Dit was drukkend warm in die vertrek, donker – só donker dat ek eers ná my tweede bier die meisie in die hoek gewaar het. Sy het in 'n rottangstoel gesit met haar elmboë op die tafel voor haar. Langs haar op die grond het daar iets gestaan wat ek aanvanklik nie mooi kon uitmaak nie. Dit het effens geblink en ek het my verbeel ek kan 'n groot tuit uitmaak soos die van 'n blaasinstrument.

Ek was besig aan die laaste bietjie van my derde bier toe die meisie opstaan. Die oubasies, wat intussen weer aan die gesels geraak het, het haar oor hulle skouers dopgehou en vriendelik gegroet toe sy uitgaan.

Dit wás 'n musiekinstrument wat sy by haar gehad het – 'n yslike tuba. Die ding was so groot dat sy moes meet en pas om dit by die deur uit te kry. Sy was jonk en skralerig, en blond. Ek het haar dit nie beny om daardie tamaai gevaarte te dra nie.

Ek het my bier klaar gedrink en betaal en uitgegaan.

Dit moet 'n rapsie oor sewe gewees het.

Die meisie het 'n entjie van die herberg af langs die pad gestaan, die tuba soos 'n opgerolde koperluislang langs haar op die grond. Toe ek naby haar kom, tel sy die instrument op en begin met moeite daarmee aanstryk, oor die pad en in die laan op waarmee ek gekom het.

Ek het maar 'n entjie agter haar gehou, want ek het besef dat as ek by haar verbygaan, dit niks minder as my plig sou wees om hulp aan te bied nie. Maar na 'n honderd tree het ek skaam gekry vir my blatante lyfwegstekery, haar ingehaal en aangebied om te help dra.

Sy het die instrument neergesit en na my gekyk, toe gesug en geglimlag en die sweet met 'n moupant van haar voorkop afgevee.

„Jy red my lewe," was al wat sy gesê het.

Ek kon haar gesig nou vir die eerste keer ordentlik sien, en iets daarin het my nuuskierigheid geprikkel. Daar was iets bekends aan haar wat ek nie kon plaas nie. Sy het só bekend gelyk dat ek op die punt was om haar na haar naam te vra, maar ek het net betyds besef: dis onwaarskynlik dat ek haar ooit voorheen sou ontmoet het; sy lyk waarskynlik maar na iemand wat ek ken maar op die oomblik nie aan kan dink nie.

Ek het die tuba opgetel en ons het begin aanstap.

Die ding wás swaar – en boonop nog ongemaklik om behoorlik vatplek aan te kry.

„Is jy op pad dorp toe hiermee?" wou ek weet.

Sy het geknik, tot my ontsteltenis. My lot was dus beklink; ek sou haar tuba die kilometer of wat dorp toe moes dra.

Ons het maar min gepraat op pad. My Duits was nog nooit van die beste nie. Die dinge waaraan ek kon dink om te sê, kon ek nie op Duits geformuleer kry nie, en die dinge wat ek geformuleer sou kry, was niks om van te praat nie.

Ek sou byvoorbeeld graag wou weet hoe dit gekom het dat sy met die tuba opgeskeep sit – ás dit 'n tuba was; want daaraan het ek al hoe meer begin twyfel. Die ding was groter as 'n tuba en beslis swaarder: dit kon miskien 'n bombardon wees. Ek het gewonder of sy die instrument kan bespeel. 'n Tuba word nog net hier en daar in dorpsorkeste gebruik en dan moet jy dit dra. Sy kon die instrument skaars oplig, wat nog daarop loop en blaas.

Sy het die hele tyd 'n tree of wat voor my geloop, en terwyl dit nog lig was, het ek van die geleentheid gebruik gemaak om haar onderlangs dop te hou, te probeer dink aan wie sy my herinner. Maar later was dit donker onder die bome en haar gesig het sy buitelyne begin verloor.

Hoe minder ek van haar gelaatstrekke kon sien, hoe meer het sy my herinner aan meisies wat ek geken het, aan meisies wat ek wou ken, aan meisies oor wie ek gedroom het. Haar oë was iemand s'n en haar mond het my aan iemand anders herinner. Haar hande was bekend, maar ek kon nie dink hoekom nie; haar manier van stap . . .

Ek het almal weer onthou, die een na die ander. Met die swaar tuba op my skouer, skuins agter haar in die voetpad, die someraand swaar en soet, het ek hulle onthou.

Die donker een by die groen dorpsdam wat ek nooit wou soen nie omdat sy vir my heilig was. Haar het ek eerste onthou.

Maar daar was ander. Na haar; ná die wit klein maagd was daar ander, minder maagdelik. Die gedroomdes en dié tussen die bladsye van vergeelde tydskrifte, die wat wydsbeen staan en terg terwyl hulle oplag na my bruin seunsknieë tussen die geniepsige turksvye.

Die groen meisie onder die water wat afduik langs my heupe, en sak, en sak, haar hare soos seegras om my knieë, afsak en weer styg terwyl ek wag dat sy haar borste instuur in die holtes van my hande.

En die kloosterkind met die bokhaarjas en die warm mond wat na wildeklapper ruik; die afsydige wat my in die sneeu soen voor 'n swaar houtdeur kort ná middernag eenkeer.

En die ander heilige meisie in die grys hotelkamer by die see; die amber een met die treurende borste en die foto van 'n guru in haar handsak wat haar vreugde met haar naels hiëroglifies op my rug skrywe, sonder 'n geluid.

Met die reuse-tuba oor my skouer en vensters lig ver agter bome, die voëls lankal slapend, het ek hulle in my geheue getel. En elkeen met haar vergelyk. En sy was almal van hulle. En sy was niemand.

Intussen, tree na tree, het die tuba aan gewig gewen – totdat ek later, naby die dorp, net nie meer kon nie; ek het die instrument op die grond neergesit en gesug.

„Is hy swaar?" wou sy weet.

Ek het geknik en geglimlag, toe plat op die grond gaan sit. Sy het nader gekom en op haar hurke neergekniel, só dat sy met haar voorarms op die instrument kon leun. Om die een of ander rede was die aand nou ligter as 'n rukkie tevore – ek kon haar gesig weer naastenby uitmaak. Ek het oor die bos uitgekyk en die bleek skynsel bokant die bome gesien en geweet die maan kom op.

„Dis lief van jou," het sy gesê, „om my te help."

Iewers het 'n koekoek geroep, vlugtig, tussen die bome. Dit was laat in die jaar vir 'n koekoek, het ek nog gedink. Ek onthou dit, want net daarná, asof sy my gedagtes geraai het, het die meisie gesê: „Hulle roep altyd as die maan opkom."

Die tuba se tuit het na my gekyk, 'n ronde swart kol, 'n swaar oog wat my dophou en wag om weer opgetel te word. Die koekoek het weer geroep, nader nou, en ek het gesê: „Ek dag hulle roep net in die lente."

Sy het oor die instrument gestreel, byna liefderyk, glimlaggend. „In liefdesverhale, ja." Sy het fluisterend gepraat asof sy bang was iemand hoor wat sy sê. „In Titisee roep hulle dwarsdeur die somer." Sy het nog steeds die instrument gestreel, saggies, baie saggies, en iets in die gebaar het my verleë gemaak en my laat wegkyk.

Reg agter die donker oog van die tuba het die maan nou verskyn, 'n koeëlronde skyf; maar die tuit het 'n deel daarvan onsigbaar gemaak en dit soos 'n sekel laat lyk.

„Hulle roep tog net as hulle paar," het ek gesê. „En hulle paar net in die lente."

Sy het haar wang teen die instrument gedruk. „Daar is altyd die wat nie 'n maat kan kry nie. Húlle roep dwarsdeur die somer. Hulle gee nie moed op voor die herfs nie."

Die maan se skyf het elke oomblik voller geword; later was dit byna rond, behalwe vir 'n happie heel onder.

„Is hier nagtegale ook?" wou ek weet.

Sy het geknik.

„Ek sou graag 'n nagtegaal wou hoor. Ek het nog nooit 'n nagtegaal gehoor nie."

„Miskien," het sy gesê, „as ons gelukkig is, hoor ons een. Maar ek dink jy gaan teleurgesteld wees."

„Ek glo nie."

Ek het na die tuba gekyk. Dit het geduldig tussen ons gelê, blink en eensaam. Maar ek had die gevoel, die hele tyd, dat hy luister na ons gesprek.

„Toe ek nog 'n kind was," het ek gesê, maar nie verder gekom as dit nie. Ek was bang my woordeskat laat my in die steek. En ek was spyt; ek wou graag vir haar vertel van die nagtegale wat ek as kind hoor sing het snags as ek van die Swartwoud droom.

Die maan was nou los van die tuba se tuit, los en drywend en lig soos 'n geel ballon.

„Dink jy ons kan weer probeer?"

Ek het geknik en opgestaan en die instrument opgetel, op my skouer gelig, aangestryk, baie stadig, baie teen my sin.

Die maan was al hoog toe ons die dorp oplaas bereik. Daar het 'n paar straatligte gebrand, maar dit het onnodig gelyk, want die nag was helder en oop.

„Is dit nog ver?" wou ek weet toe ons al 'n hele ent die dorp in was. Die instrument het teen dié tyd reeds 'n ton geweeg en ek het geweet ek sou nie meer kon veel verder nie.

„Nog so twee blokke," het sy gesê, en ná 'n rukkie: „Ek is jammer ek moet jou dit aandoen."

Ek wou nog sê ek weet nie hoe sý die ding gedra sou gekry het nie, maar ek was te moeg om my brein ook nog in te span.

Ek stel my voor dit sou 'n mooi aand kon gewees het, was dit nie vir die tuba nie. Ek was immers in die Swartwoud en dit was hoogsomer en volmaan en daar was koekoeke in die bome. Maar die tuba was te swaar vir my; dit was soos 'n berg op my skouers en ek weet net ek het gebid, met elke tree, dat die oomblik moes aanbreek waarin ek dié las vir goed sou kon afwerp.

Dit het vir my gevoel ons is al déúr die dorp toe die meisie oplaas by 'n tuinhekkie gaan staan. Die heining was vol wit rose en iewers was die swaar, soet geur van iets soos katjiepiering.

„Hier," het sy gesê.

Sy het voorgegaan en ek moes sukkel om my vrag deur die smal prieel te kry. Die tuinpaadjie was van los gruisklip en ek kon hoor hoe sleep my voete toe ons daaroor beweeg. Sy het die voordeur oopgesluit en ons het die donker huis binnegegaan. 'n Lig is iewers aangeskakel en ek het 'n trap voor my gesien en byna hardop gebid dat ek nie nog dáár ook moet uit nie. Maar sy het teen die trap begin opklim en ek had geen keuse nie as om te volg.

Weerskante aan die mure was geraamde prente van houthuisies en sneeuberge en dennebome en takbokke, en bo teen die trap was daar 'n oudmodiese koekoekklok.

Die meisie het by 'n swakverligte kamer ingegaan en omgedraai en gesê: „Hier." Ek moes weer sukkel om die tuba tussen die kosyne deur te kry. Maar daar was 'n bed voor my en ek het die laaste twee, drie tree soontoe gestruikel, die tuba op die bed neergegooi en self op die voetenent neergesyg, hygend en nat van die sweet.

Eers toe ek opkyk, 'n oomblik later, het ek die ou vrou teen die kussings sien sit. Sy was skrikwekkend maer; haar gesig was benerig en hol en bebaard, en daar was 'n swart slaapmussie op haar kop. Anderkant haar het 'n kers op 'n hoë tafeltjie gebrand en die donker bedstyl agter haar skewe tralieskaduwees teen die muur laat gooi.

„Moenie met haar praat nie," het die meisie agter my gesê. „Maak asof jy haar nie sien nie."

Maar ek het skaars gehoor wat sy sê, ek het net roerloos gesit en kyk na die bleek kadawergesiggie. En op haar beurt het sy mý dopgehou, baie agterdogtig. Haar pap mond het af en toe inmekaar gefrommel tot haar ken byna aan die punt van haar neus raak. Ek kon nie haar oë sien nie, maar ek het gemerk sy draai haar gesig stadig van my na die meisie en terug, van my na die meisie en terug. Toe begin haar een hand beweeg, baie stadig, soos iets wat oor die laken kruip – 'n slu, geel diertjie. Ek het die hand dopgehou, gesien hoe dit tot by die tuba vorder, hoe die benerige vingertjies voel-voel oor die koper kruip. En toe begin die instrument beweeg, so ongemerk dat ek die eerste paar oomblikke gedink het ek verbeel my dit. Maar later kon ek sien hoe trek sy dit nader na haar toe, baie versigtig oor haar knieë, duim vir duim, tot op haar skoot. Toe lig sy albei hande en tas oor die tuba rond, stuur haar arms daaroor uit, omhels dit soos 'n jaloerse kind sy enigste speelding.

Ek het die meisie aan my skouer voel raak en omgekyk. Sy het met haar kop gewys ons moet uitgaan. En ek was ineens verlig om te kan gaan; dit het my gevoel ons hoort nie daar nie; ons blote teenwoordigheid het ons skuldig gemaak aan die een of ander vreemde en onvergeefbare sonde. Ek het saggies opgestaan en deur toe geretireer, my oë nog onseker en verskonend op die ou vrou gerig.

Die meisie het die deur versigtig agter ons toegetrek.

„Hoe kan ek jou bedank?" het sy saggies in die donker gevra.

„Ek moet gaan," het ek gesê. „My trein vertrek tienuur."

„Rus net eers," het sy gesê. „Jy's nat van die sweet. Ek sal solank vir ons iets maak om te drink."

Ons het met die trap af gegaan en agter ons het die koekoek skielik geroep – nege keer.

Die meisie het beduie ek moet saamkom kombuis toe. Sy het my 'n stoel aangebied en ek het langs die swaar houttafel gaan sit, haar dopgehou terwyl sy koffie maal, die ketel kook, die koppies regsit. Dit was 'n stil nag en die huis was stil. Haar werskafgeluide het eensaam geklink in die groot en skemerige vertrek, en tussen dié geluide deur kon ek my horlosie hoor tik.

Ek het die hele tyd aan iets probeer dink om te sê, maar daar was niks; daar was niks op aarde wat die moeite werd was om oor te praat nie. En ek moes die stilte verdra, ongemaklik en teen my sin, soos lank tevore as ek en die donker maagd gaan stap het en by die groen dorpsdam op die mankolieke pier wag op mekaar se woorde.

Toe, ineens, was daar die rare geluidjie iewers in die huis. 'n Kortaf blêr. Ek het na die meisie gekyk en sy het geglimlag en met haar kop plafon toe beduie.

„Die tuba?"

„Ja."

„Kan sy dan speel?"

„Sy probeer."

Vir die tweede keer het ons die blêrgeluid gehoor, harder dié keer, maar die toonhoogte was dieselfde. Ons het saam geglimlag en gewag. Maar lank was dit stil. Die meisie het vir ons rogbrood gesny en ons het bokmelkkaas daarby geëet en ons koffie proeënd gedrink.

Af en toe was daar weer 'n vals en onseker noot uit die dak uit, dan twee note, dan drie. Dan 'n wysie wat begin posvat, koers verloor, wegraak. En weer stilte.

Ek wou aan ander dinge dink, maar telkens as ek die tuba hoor, het ek weer die instrument in die ou vrou se arms gesien, bronstig opgekrul in haar skoot.

Hoe dit presies gebeur het, weet ek nie, maar ek het my trein verpas die aand. Ek het teen kwart oor nege aanstaltes begin maak om te loop. By die voordeur, toe ons groet, het ek gevra hoe ek moet stap om by die stasie te kom. Die meisie het probeer beduie, maar later aangebied om liewer self vir my te gaan wys.

Die dorp het al geslaap. Die strate was bleek en verlate en ek het die hele tyd gevoel ek wil op my tone loop om niemand wakker te maak nie.

Na vyf minute se stap het ons op 'n plek by 'n smal steeg ingegaan en toe oor 'n donker binneplein gestap, deur nog 'n steeg, en toe kortpad deur 'n park.

Ons was in die middel van die park toe die meisie skielik gaan staan. Ek het na haar gekyk en gesien sy luister, haar hand half gelig.

„Dis 'n nagtegaal," het sy gefluister. „Hoor jy?"

Ek het geluister, maar kon niks hoor nie. Nie dadelik nie. Eers veel later het ek iets gehoor wat dalk 'n nagtegaal kon wees; maar ek was nie seker nie – die metale gebalk van die tuba het nog steeds in my nageklink; dit kon dít wees wat ek in my verbeelding hoor.

Maar toe die meisie weer vra of ek die nagtegaal hoor, het ek geknik en gesê ek dink so.

„Daar is nog tyd," het sy gesê. „As jy wil, kan ons nader gaan."

Ons het tussen die donker bome begin deurstap. Die maan was reeds hoog en klein in die lug, en daar was wolke aan die verbygaan wat ons beurtelings in lig en skaduwee laat loop het.

Die nagtegaal het net af en toe geroep, en elke keer kon ek dit duideliker hoor. Later was hy so naby dat ons hom in die takke kon hoor rondspring. En verder vorentoe het daar nou 'n tweede hoorbaar geword, en 'n derde. En tussen die geroep deur het ek steeds nog in my verbeelding die tuba gehoor, 'n treurige geluid uit die woud van my blou prenteboek.

Ek het nie aan tyd gedink nie, maar in die tyd ín terúg. Totdat my trein gefluit het – 'n minuut voor tien.

Dit was die tweede nag agtereenvolgens wat ek nie kon slaap nie. Op elke kwartier het ek die muurhorlosie sy deuntjie hoor speel, op elke uur na die koekoek geluister. En tussen-in, soms minute aanmekaar, soms net af en toe, noot vir noot, was daar die gebalk van die ou vrou se tuba.

Die meisie het by haar in die kamer geslaap. Aan die begin kon ek die twee hoor praat, maar later het die meisie nie meer geantwoord as die ou vrou vrae vra nie. Ek het gevolglik afgelei die meisie slaap. Sy was waarskynlik gewoond aan dié soort nagmusiek. Maar ek nie. Die tuba het my wakker gehou, en die tik-tak van die muurhorlosie teen die trap, en die deuntjie elke kwartier.

Daar was ook nog 'n ander geluid, 'n huiwerige gekraak van hout of sink af en toe. Eers het ek gedink dis die dak wat krimp na die dag se hitte, maar later was ek nie meer seker nie.

Net ná drie het ek opgestaan en by die venster gaan uitleun. Die kamertjie was klein en bedompig, maar met my gesig buite kon ek die tuin se rose ruik. Die maan was reeds onder en dit was so donker dat ek niks van die tuin kon uitmaak nie.

Later het ek by die deur gaan staan, my oor daarteen gedruk. Die tuba was stil, maar ek kon die getik-tak hoor by die trap. Ek het my hand op die deurknop gesit maar dit nie gedraai nie; dit was 'n troos om te dink ek kan dit draai as ek wil. Ek kan dit draai en die deur oopmaak en uitgaan. In my verbeelding het ek die deurknop gedraai en die deur oopgemaak, uitgegaan.

Ek het probeer dink hoe dit moet voel om die meisie teen my vas te hou. 'n Mens verander baie in tien jaar, en bly baie dieselfde.

Die muurhorlosie het die halfuur geslaan. En terwyl die klank daarvan aan die wegsterf was, het ek skielik weer die gekraak gehoor, en ek kon die vloerplanke onder my voete voel meegee, baie effentjies.

Daar was iemand in die gang.

My hand was op die deurknop en ek het gevoel hoe die deurknop onder my vingers begin draai. Maar dit het nie ver genoeg gedraai om die deur te laat oopgaan nie. Instede daarvan het dit begin terugglip; ek het dit probeer keer, maar my vingers was nat van die sweet en kon nie vat kry aan die gladde knop nie. Ek het my hand aan die laken afgevee en weer na die deurknop gesoek, dit gekry, dit gedraai. Ek kon voel hoe sy weerstand bied. Ek het die knop stadig heen en weer in haar hand gedraai, heen en weer, baie versigtig. Ek kon voel hoe sy dit vashou en dan weer los, vashou en los. Ek het teen die deur geleun, my oor teen die hout, en geluister, en die knop in haar hand gedraai, links en regs gedraai, saggies, en gevoel hoe sy dit vashou en los, vashou en los. My hand het weer begin sweet en die knop het al hoe gladder geword in my palm. Dit het weer begin gly. Maar ek het dit gedraai, heen en weer, baie saggies heen en weer – totdat sy dit na 'n ruk skielik stewig vasgegryp het, so styf dat ek dit nie meer kon roer nie.

Ons het lank so gestaan, weerskante van die deur. My lyf was klam en moeg, en ver in die dorp het 'n klokhorlosie vieruur geslaan.

Ek het gestaan en luister hoe die geluid wegsterf, hoe dit stil word, hoe die stilte ons inneem, die huis inneem, ons en die huis verower. En toe alles stil was, die vloer, die gang, die hele huis, die dorp – toe, vir die eerste keer dié nag met selfvertroue, nootvas, het die tuba begin speel. 'n Stadige statige, melankoliese mars.

1968

HENNIE AUCAMP

'n Bruidsbed vir tant Nonnie

Ons het almal voorsien dat dit só gaan gebeur: op 'n kwade dag laat tant Nonnie se nikswerdseuns haar in die steek; 'n maand of drie probeer sy uit haar spaargeld die woonstel betaal, net om 'n oordeel uit te stel, maar eindelik moet sy, woedend oor die vernedering, 'n bedelbrief aan Pa skryf, nie om geld dié keer nie, maar om verblyf – om 'n dak en kos.

Pa het die hand van die Here in die saak gesien, Ma 'n moedswillige streek van die lot: sal sy dan altyd haar man met familie moet deel?

Dié dinge het in my afwesigheid gebeur; ek was in geen jare op die plaas nie. Op pad huis toe het ek my op verskillende veranderings probeer instel: Pa en Ma wat, soos ek uit foto's kon aflei, ouer en selfs oud geword het; 'n huis wat verbou en verbreek is; nuwe bediendes; 'n troetelperd wat dood is. Maar geen brief of berig het my voorberei op tant Nonnie nie. Ma het wel gesê dat sy „baie agteruitgegaan het", en Pa, in sy skaarse briewe, het gedurig na haar verwys as die „stomme ou mens" of „die arme ou sus", maar hoe kon ek weet dat sy 'n wrak geword het? Toe ek haar laas as skoolseun gesien het, was sy 'n vietse vyftig of wat, hare gehenna, potloodstrepe vir wenkbroue, presies soos die mode dit toe wou hê. En haar stem was soet en helder. Op Lankverwag se stoep het sy in die maanlig 'n ghitaar getjingel en smagtend gesing:

„Beautiful isle of somewhere . . ."; en by die godsdiens saans voor die serfyn, met ewe veel verlange:

Zullen w'eenmaal, eenmaal komen
In dat oord, zoo rein en schoon,
Aan de kristallijnen stroomen,
Vloeiend uit des Hemels troon?

Nou, op sewentig, die prooi van rumatiek: haar lyf, wat die liefde so goed geken het, lyk of dit in die liefdeskramp gestol het.

In dié dae moet sy haar „gereed" kry, want die ongerief van pyn het 'n sondebesef by haar uitgebroei – nie die pyn soseer nie, maar Pa, Bybels en hardvogtig, 'n ouboet wat ook vader is. Wanneer tant Nonnie oor haar laste kla, sê Pa streng: „Tel jou seëninge, Nonnie." En onwillig begin tant Nonnie hulle op die knobbels van haar kloutjies aftel, maar in die proses kry die knobbels name: Harry – Jan Koelie – Benna – Mike, en 'n wufte trek sprei oor haar ou gesig. Dis dan dat Pa keel skoonmaak: Nonnie, Nonnie, verhard nie jou hart nie, my suster; beween jou sonde, dink aan die mens dat hy stof is . . .

As die wintermôres stil is, wieg tant Nonnie in haar rystoel voor die buitekombuis. Sy wieg met die drif van 'n kind wat met sy swaai óp in die lug wil klim. Pa loer vir haar deur 'n gaatjiesgordyn en lag 'n snaakse laggie: „Ek sê, die ouvrou ry hom bloots vandag!"

Tant Nonnie se kappie het agtertoe geskuif op haar kop. Sy lig haar gesig na die dag wat wydsbeen oor haar staan en haar wange word warm onder die rooisel wat sy elke môre aanbring: 'n bokspoortjie op elke wang.

Sy dink haar mémoires in die son.

Eers was daar die seuns agter die kraalmuur, die hooimied, die bos: wat was hul name, Diek, Tom en Herrie? En wat maak dit saak, en wat het dit tóé saak gemaak?

„Word dit nie te warm vir haar nie?" vra Ma.

„Dit was nooit te warm vir haar nie," sê Pa.

„Moenie vir haar kyk nie," pleit Ma, en sy trek my agter aan my hemp. „Moenie vir haar kyk nie."

Ek neem haar tee buitentoe.

Sy moet tee uit 'n tuitkannetjie drink, die stout ou kind.

Sy slurp en sluk, en knipoog teen die son.

„Vertel my," sê sy wanneer sy klaar is, „was hier vanjaar weer kwepers?"

„Nie vanjaar nie, maar 'n jaar of vyf gelede."

Dit was 'n kweperjaar soos min. Ná die heining 'n paar jaar oorgeslaan het – ouderdom, en dan die droogtes – kom 'n nat najaar, en reën in die winter, én reën in die lente. Die kwepers het soos klosse gehang, borriegeel en blink onder hul wol, en als was weer 'n vroeër tyd. Die hele distrik het kom kwepers haal, ballasmandjies vol. En nog het die kwepers sulke knoeste gehang; en Ma het smeer gemaak, en flesse en flesse rooi konfyt; en elke dag 'n klompie kwepers in die oond. Toe pak sy weg vir die winter, kwepers op strooi, ry na ry; en later toe die wors en biltong begin droog word op solder, raak die kwepers ryp en mild, die suur daaruit, maar hul kwepergeur behoue.

„Dis al," sê tant Nonnie wulps, „of ek weer kwepers ruik."

Maar skielik raak sy skaam vir die son. Sy trek haar soel gesig diep terug in die tuit van haar kappie, waar sy in haar duister mompel:

„Al was dit dan ook sonde, Heer . . ."

Ook ék is soel. Ek skrik nie vir die son nie. Ek dra 'n veldstoeltjie buitetoe en gaan sit aan tant Nonnie se voete. En agter die vensters bid Ma vir my.

„Van die seekaptein, tant Nonnie, toe!"

„Nie van die seekaptein nie, nee!"

„Ja, ja, ja!"

Die hoeveelste was hy? Die soveelste.

Sy hawebruid staan boep in die wind op die westerkaai. En sy waai en sy waai op die westerkaai.

„Miskien" – tant Nonnie ry in volle see – „miskien hét sy skip in die Ooste gesink."

Ma hou niks van ons gesprekke nie.

„Hoekom nie, Ma?" vra ek verveeld.

„Jy's 'n man en jy hoort te weet hoekom. Kyk na haar, en sien dat God nie slaap nie."

Ek kyk na buite. Tant Nonnie is skeef en klein, en bruin soos 'n pruim. Ek lig 'n rafel van my mou.

„Sy was tog getroud met die seekaptein!"

„Met hóm, ja."

Dis 'n gedagte wat my al jare tart: tussen al die mans wat tant Nonnie geken het, moes daar één gewees het wat vir haar meer was as die ander; één wat, terugskouend, alles was: 'n wrede minnaar, selfs 'n vriend. Ek noem name wanneer sy die minste daarop bedag is: Benna, Mike, Dennis, Koos; toets haar terugwerking. Toets dit dag ná dag. Eén moes haar seergemaak het, en gans en al besit het. Maar slinks omseil sy my vrae. Haar oë lag jonk in 'n plooigesig.

Soms mislei sy my met 'n herinnering:

„Toe vat hy my gesig in sy hand en verf my wange met moerbeisap."

„Wie was hý tant Nonnie?"

Sy kan nie dadelik op sy naam kom nie. Veins sy onverskilligheid?

„O, nou onthou ek," sê sy onbewoë, „'n klein Viljee van Drakenstein. Jy kon so ver uit die moerbei sien."

„Maar die klein Viljee – was jy gek na hom?"

„Og, soos 'n suster; niks meer nie. En hý wou ook niks meer nie. Soms gevry, ja" – tant Nonnie giggel by die gedagte – „maar net uit lawwigheid. Want hy was een van die ander soort."

Lamplig val op die pluisverweel soos water val uit 'n gieterkop. Pa het van Ouma se meubels oorgeneem: die lang tafel met sy seeblou kleed en tossels, 'n lamp wat bo die tafel hang, en rondom die tafel, regop en hoog, agt stoele van beukehout wat grootjie uit Holland saamgebring het. Miskien help die dekor tant Nonnie om haar terug te dink in 'n meisietyd, want sy is opgewonde oor die foto-albums wat ooplê op die pluisverweel.

Kort-kort stuur sy my met 'n foto na Pa wat voor die vuur sit en lees. Pa geniet die herkenningsparade, maar Ma, wat ook voor die vuur sit, hou haar rug styf: sy wil geen deel hê aan dié skandalige séance nie. Nonnie roep dan net haar minnaars op! Daar is 'n soort patroonmatigheid in die portrette en kiekies waarop tant Nonnie verskyn. Byna sonder uitsondering is sy die middelpunt van belangstelling; die mense om haar – meestal mans – wedywer om haar geselskap, of dit nou 'n piekniek-, 'n tennis- of 'n gymkhana-geleentheid is; dié wat langs haar staan, lyk trots en besitlik, maar soms ook onseker, al of hul twyfel oor haar guns.

„Maar dis mos Nolsie van oom Zacharias!" roep tant Nonnie met 'n skurwe stem. „Gaan wys vir jou pa!"

Pa bestudeer die sepiafoto op armslengte en sê dan byna bestrawwend: „Nee, a, Nonnie, dis Nolsie se broer Ben dié; die een wat in 18 se griep oorlede is."

Tant Nonnie vlam op: „Maar hoe sal ek vir Nolsie nie ken nie! Hy het dan vir my 'n perd gegee!"

„Midnight," sê Pa, „mag, maar so 'n perd het vir jou 'n gang geloop!"

„Dit was nie al present nie," lag tant Nonnie onderduims.

„Julle kort diskoers," sê Ma koud en vat haar breiwerk bymekaar. „Kom, Jan, laat ons gaan slaap."

Lank ná Pa en Ma bed toe is, sit ek en tant Nonnie nog voor die vuur. Die gloed wat opslaan uit 'n kolebedding flikker oor die teëltjies om die haard. Ek gooi stronke op die vuur, kyk hoe hulle verskrompel tot wurms as.

„Tant Nonnie, sê my een ding: is dit so dat 'n mens net een maal in jou lewe werklik liefhet, met jou hele hart en jou hele siel en jou hele verstand, ja, tot in jou niere toe?"

Tant Nonnie se onstuimige antwoord is vir my 'n openbaring: „Reine onsin, kind, onsin, onsin! Ek was dan al op twee mans gelyk verlief, en as ek by die een is, voel ek glad nie ek skeep die ander af nie! Ek sê wéér: onsin."

Was dit nie vir haar woorde voor die vuur nie, sou ek my Scheherezade die diens opgesê het, want haar opgewarmde romanses uit 'n naïewe era het my hartlik begin verveel: een verslinding soos die ander. Maar haar ontkenning van die Groot Liefde wat sy skaduwee gooi tot aan jou graf, het my opnuut laat glo dat sy een besondere naam onder al die ander name toekrap.

En weer het ek soggens aan haar voete in die son gaan sit. Een oggend kom sy nie na buite nie.

Ek gaan soek haar in haar kamer. Sy't kop gewas; sit nou ken op die bors, met haar grys hare voor haar gesig.

„Môre," groet sy vanagter haar sluier.

Soos 'n oerwoudkat deur lower, só bespied sy my.

Ná 'n pouse wat veels te lank duur, splyt sy haar sluier met die snykant van 'n hand, vat met elke hand 'n helfte hare soos 'n gordyntjie bymekaar, loer vanagter haar omlysting koket na my. Sy lag murmelend oor my kyk.

„Mans of seuns, almal eenders, altyd moet jou hare los."

Op dié oomblik, wat nie sonder gruwelikheid is nie, word dit vir my duidelik waarom die mans op die foto's om haar meegeding het. Om haar skoonheid kon dit nie gewees het nie, want mooi was sy nie, selfs nie in haar jeug nie, tensy lewenslus, nee, lewensgulsigheid, 'n eie skoonheid skep. Die antwoord is dit: sy't geleef – leef nóg – of dit haar goeie reg is om te leef. En om nóg 'n eis wat sy nooit betwyfel nie: haar reg om vrou te wees. Maar as sewentig en siekte jou nie van jou vrouwees verlos nie, raak dood mos 'n genade?

Nog dieselfde middag kry ons besoek van verlangs familie uit die Vrystaat wat op pad is na Oos-Londen.

Die gesels dobber op 'n stroom burgerlike gemeenplase. Ek raak kriewelrig van verveeldheid : tant Nonnie sit stuurs na 'n mat en kyk. Die gesprek beweeg nie van die algemene na die besondere nie. Nooit is daar 'n oorspronklike kyk op droogte, dood en babas nie.

Dan, so skielik dat dit ons almal betrap, kom daar spanning in die lug : 'n naam is genoem.

Die verteller, 'n groot vrou, kraakstyf onder 'n pienk *moss crèpe*-rok, praat onverstoord voort :

„Ek dag toe, dít moet ek vir Nonnie vertel as ek haar ooit weer sien. Lyk ook al sy jare, hoor, maar skop nog na sy kwas. Leef nou met sy vierde vrou – kon sy dogter gewees het. Dogter, wat praat ek! Sy kon sy kleindogter gewees het. Skat-, skatryk. 'n Twakplaas in Rhodesië . . ."

„Ek is nie geïnteresseerd nie."

Tant Nonnie se stem is só verbitterd dat die vet vrou rooi word onder haar poeier.

Ma probeer die gesprek in ander bane stuur, maar die middag is gedoem. Nog voor die gaste weggaan, staan tant Nonnie op en groet :

„My kop is seer, ek wil gaan lê."

Ná die Naudés vertrek het, laat ek Ma nie 'n oomblik met rus nie. In die spens gaan sit sy langs die tafel, volg met 'n maer vinger die patroon op die linoleum terwyl sy nukkerig vertel : „. . . maar van die baba het niemand geweet nie, net die broers en susters . . ."

„So dan het sy tóg die Groot Liefde geken."

„Liefde ?" vra Ma nugter. „Ag, my kind, ek weet nie; hy was die man wat sy nie besit het nie. Die baba was lank nie vir haar die ergste nie, maar dat hy met haar woer-woer gespeel het, nes met al die ander . . ."

„Waar pas hy in, Ma ? Voor die seekaptein ?"

Ma bly 'n lang ruk stil. „Voor die seekaptein."

Miskien dwing ek die kloutjie tot by die oor.

Dalk wás dit toeval : die besoek van die Naudés uit die Vrystaat, tant Nonnie se siekte onmiddellik daarna, en toe haar dood. Maar ek verkies om te glo dat sy gesterf het omdat sy wóú sterf. Omdat die Naudé-vrou haar onwetend teruggeruk het tot in haar grootste vernedering, haar enigste neerlaag.

Iemand wat van kindsbeen af die lewe voorgeskryf het, driftig en onboetvaardig geleef het, altyd geëis het, selde gegee het, en dan net as sy niks kon verloor nie – só 'n mens genees nooit van vernedering nie. Bolangs, ja, maar onder die vel bly klop die seer.

Hoe dit ook sy, tant Nonnie is dood.

Ek moes my weggaan uitstel om op die begrafnis te help dra. Oor die begrafnis het ek niks te sê nie. Die diens is gelei deur 'n jong predikantjie wat, genadiglik, niks van haar lewe geweet het nie.

Dis die middag vóór haar dood wat 'n soort demoniese herinnering word:

Tant Nonnie yl in haar kamer wat na patente medisynes ruik. As laaste toeverlaat het sy gekies die reuke wat vertroudheid spel: lewensessens, staaldruppels, balsem-sulfuris. Sy sit teen die katelstyl, haar oë nie op die berge buite die venster nie, maar op 'n afdruk wat in Ouma se kamer gehang het, ná Ouma se dood na Nonnie se woonstel in die stad verhuis het, en toe saam met haar na die plaas toe teruggekom het. 'n Vet engel leun lui op sy voorarm en handpalm, dop sy oë om na 'n geskrif deur angeliere omkrans:

HUISELIJKE DEUGDEN.
Zindelijkheid is des huizes sier;
Gastvriendschap des huizes eer...

„Ou broer," praat tant Nonnie skuins oor my Pa se kant toe – ek ruik dat haar asem suur is – „ou broer, jy moet my gat laat grou..."

„Ag, Nonnie," sê Pa ongemaklik, „jy verbeel jou allerhande dinge..."

„Môre nog!" Stem, oë, krom handjies – alles eis.

„Die volk maak draad."

Ma kyk kwaai na Pa.

„Goed," sê sy, en buig oor na tant Nonnie en maak haar slape met oliekolonie nat, „ons sal sorg daarvoor."

„Môre nog!"

„Môre nog," sê Pa gedwee.

„Langs die wilderoos."

„Goed, Nonnie, langs die wilderoos."

„Aan die ander kant van Sienatjie."

„Langs die wilderoos, aan die ander kant van Sienatjie."

Tant Nonnie, wat tydens die gesprek penregop gesit en woes beduie het, sak terug teen die kussings. Haar mond val oop in vervoering; 'n blink draad span van lip na bors.

Het ek erbarme met haar gevoel? Ek weet nie. Miskien. Maar ek onthou dat ek gedink het:

Ek sal jou bruidsbed regkry, tant Nonnie. Met kwepers sal ek dit uitvoer, en ou, nat blare uit 'n winterbos. Die skemer sal oor jou kom, tant Nonnie, met kwepergeur, en die duiwe rinkink op 'n vars boep grond.

1970

Armed vision

Die dokter maak die deur toe. Dis 'n skuifdeur van kunsleer. Sy spreekkamer is sober, maar nie klinies nie : roomkleur en groen, en weinig wit.

„Sit maar," sê die dokter, en wys na 'n troonstoel van chroom en leer.

„'n Teregstelling?"

My grappie slaag nie. Die dokter sê niks nie.

Skielik kyk die dokter op van 'n tafel waar hy met papiere werskaf.

„Dit hang van u af."

Het die dokter geglimlag of het hy sy tande vir my gewys?

„Wat doen u – ek bedoel : watter werk?"

„Ek skryf."

„O, 'n skrywer."

Ek het nie die moed om „ja" te sê nie.

„Sit maar," sê die dokter weer.

Die stoel het 'n nekstut.

„Net na die lig daar vóór kyk; vergeet van mý lig."

Die dokter loer by my oog in. Ek voel sy kyk : 'n sonstraal tas deur water na 'n anemoon.

Die lig daar vóór : dit word 'n embleem. Dit stoot ligpunte in die omringende duisternis uit.

„Nou die ander oog."

Die lig daar vóór is 'n amoeba. Ligvoete stoot oor swart fluweel. Die dokter soek kontaklense in 'n lêer.

„Dis by benadering," sê hy. „U moet nie perfekte visie verwag nie. Dis proeflense. U moet kyk of u hulle kan verduur."

„Ek begryp. Dis hoekom ek hier is."

„Moenie bang wees nie; ek gaan hulle nou vir jou opsit."

Ek moet nie vrees nie : in U lig sien ons dié lig. Maar as die lig duisternis . . .

Ek ruk en kreun effens.

„Dit is *nie* seer nie," sê die dokter beskuldigend. „Dis u verbeelding."

Daar's sand in my oë. Gruiskorrels. En al die rook van 'n nanagparty.

„Moenie skrik nie," sê die dokter, „jou oë verset hulle teen die vreemde element, daarom traan hulle so."

Trane loop oor my wange.

„Hier," sê die dokter, „vee af." Hy sit 'n doos papiersakdoeke langs my neer.

„'n Korrel skaaf die oesterdier." Of so iets. Ag, Here, tog nie pêrels nie. Nie op my oë nie.

My huil is verby. Ek kyk na 'n spieël wat teen die muur hang; kyk vinnig daarna, maar nie in die spieël nie.

Nie voor die dokter nie. Ek wil nie kaal voor hom staan nie. Ek wil my beeld behou.

„Die dinge gaan nie dadelik vir u duidelik wees nie. U oë moet hulle nog aanpas by die nuwe omstandigheid. En onthou : dié lense is by benadering. Dis nie spesifiek vir u nie. Die lig sal u hinder. Proporsies gaan vir u anders wees as gewoonlik – onthou, u dra 'n bril : u visie is effens verwring."

'n Kleurdruk wat nie sy onderwerp dek nie. As die dinge net enkel wil word. As ek net behoorlik kan sien.

„Maar kyk, gaan nou uit die stad in; bly lank weg, 'n uur of twee. Alles gaan geleidelik in fokus kom. Dit sál."

Voor ek loop, gee die dokter vir my 'n groot donkerbril. „Vir beskerming," sê hy, „as jy selfbewus voel."

As jy káál voel. Dís dan wat dit beteken om kaal te voel : om in 'n vreemde lig in te stap wat meer is as 'n lig – 'n element wat die vel soos spelde prik. Die vel om die oë. Die kaal vel om die oë. Dis wat dit beteken om kaal te voel : om terug te keer in die wêreld van jou kindertyd, maar as vreemdeling, 'n ongenooide gas.

Ek kyk na die asgaaifigure op die African Life Centre.

Sien ek hulle omdat ek wéét hulle is daar, of sien ek hulle regtig?

Ek moet die dinge uitsoek wat ek nie ken nie.

Na mense moet ek kyk.

Ek fikseer 'n vrou wat met twee seuntjies oor die straat stap. 'n Blonde vrou met 'n baret, en laarse wat blink in die son. Die kleinste seuntjie – sien ek hom so klein as wat hy ís? – dra speelgoed-rewolwers op sy heupe. Die rewolwers is swaar, trek hom grond toe.

Ek moet nie net ná mense kyk nie, ek moet hulle in die oë kyk. By 'n skakelwinkel is 'n uitverkoop. Ek kyk lank na 'n hemp in die uitstalvenster. 'n Grys hemp met donker, regaf strepies. Daar is 'n smal baan tussen die strepies. Die hemp kos R2,75. Dit het vroeër R5,50 gekos.

Oupa en al die ooms van vroeër: het sulke hemde. Ek móét een hê. Die hemde van 'n kindertyd, hoe duur hulle tog nie. Gaan niemand my bedien nie? Stoot ek die mense af?

Ek kyk skrams na 'n spieël op die dastoonbank.

„Kan ek help?" vra 'n stem vermoeid. 'n Vrou het agter 'n stapel hemde opgestoot. Haar vinger sit gevang in 'n ring.

„Asseblief. Daar's 'n hemp in die venster."

Die vrou leun terug op haar tweede ken en glimlag suur.

„Hy's grys en het strepies."

„Kom wys vir my," sê die vrou en sug.

Lyk ek dan só sleg? Sy maak dit vir my onmoontlik om haar in die oë te kyk.

„O, dáárdie een? Daar's nie meer van hulle nie."

„Dan wil ek die een in die venster hê."

„Dis 'n regular."

„Dalk is ek 'n regular."

„Mister Bernie!"

Die vrou skree so onverwags dat ek skrik.

Haar óú rooi mond gaan oop soos 'n blom.

„Mister Bernie, dié man wil 'n hemp hê. Jy moet dit uit die venster loop uithaal."

Die vrou onttrek haar aan die saak.

Ek kyk na Mister Bernie. Van ver af het hy na 'n seuntjie gelyk; nou, van naby, is hy 'n óú seuntjie van vyf-, ses-en-dertig. Sy ronde gesiggie het hom skielik in die steek gelaat. Dit lyk nie meer jonk nie. Dit het 'n moeë, beteuterde aapgesiggie geword.

„Voel u sleg?" vra die apie.

„Lyk ek sleg?"

„O, nee," sê Mister Bernie verskrik. „But distant. Ek wil weet of u wil aanpas. Die hemp is eintlik 'n regular."

Nóú. Ek kan dit nie vermy nie. Nóú.

„Goed dan."

Ek trek die gordyn voor die aanpashokkie sorgvuldig agter my toe. Ek sit die donkerbril versigtig neer op 'n stoeltjie wat op hoë pote staan. Ek trek my baadjie uit en hang dit aan 'n haak.

Ek trek my hemp uit en gooi dit op die vloer.

Ek kyk in die spieël.

Ek word naar. Ek moet my red in ironie: „Was this the face that launched a thousand ships?"

'n Mens kan net tot op 'n punt toe seerkry. Daarna raak jy moedswillig. Ek kom so ná aan die spieël dat my asem 'n wasem oor die glas stoot. Driftig vee ek die spieël met my sakdoek skoon.

'n Nonnetjiesuil. 'n Regte nonnetjiesuil. Foei tog. Is dít wat van jou oë word in daardie lange jare van gevangenskap? Hulle word klein en raak skaam vir die lig. Daar is 'n sakkie onder elke oog, sag en wit, en effens pers. Jy merk dit nooit nie, want as jy sonder bril voor die spieël staan, sien jy nie. Jy vermoed net. Ek het gedink ek sou jonk lyk sonder bril. My jeug terugkry met één slag. Ek het nie.

„Is u klaar?"

Hoekom is die apie so ongeduldig? Oor ek vir hóm 'n spieël is?

„Nog nie."

Ek pas nie my nuwe hemp aan nie. Ek betaal vir die hemp en loop met 'n gestreepte pakkie weg.

Voor die winkel sit 'n jong en bedel. Hy merk my gebrek en lag.

Haastig sit ek die donkerbril op wat die dokter vir my geleen het. Vir twee blokke loop ek met die donkerbril. Skielik kan ek my waarnemings beheer. Ek kan hulle in toom hou. Ek is nie uitgelewer aan die lig nie.

Nou's ek mos belaglik. Ek wil wegkruip.

Ek pluk die bril van my gesig af.

Maar hoekom wou die apie en die vrou nie na my kyk nie? Maar hulle hét na my gekyk. Dis ek wat nie na húlle kon kyk nie! Ek sit die bril weer op en stap haastig na Die Laan. Ek soek 'n bank in 'n stil buurt en haal die bril af.

Só, rustig sit en rustig dink; ek het op hol geraak. Sien ek soveel beter as gewoonlik? Net by tye. Want niks bly̌ in fokus nie. En van als is daar te veel. 'n Hele hemel, en 'n hemel vol lig. Ek gaan die skille van my oë afkrap! Ai, ai, tog; stadig nou. 'n Mens moet die dinge kans gee. Oor 'n halfuur is dit alles beter. Dit is nou al soveel beter as in die winkel. Dit was moeilik in die winkel, met al die mense om my. Ek wonder of ek kan lees? Ek wil vir Ria 'n boek koop. Dis nóú die kans.

Sonder bril stap ek na die naaste boekwinkel.

Daar staan 'n nuwe reeks boeke op die kunsrak. Derain, Bonnard, Pascin. Jules Pascin. Ek blaai opgewonde deur die boek, buig laag oor die gedempte kleure wat soos poeier op die blad lê.

„Vee asseblief die prys uit, dis 'n present."

Die verkoopsdame vee die prys uit en kyk vriendelik na my. Sy't oud geword van ek haar leer ken het, maar stil, byna ongemerk en sonder paniek.

„Dis 'n mooi boek," sê sy, „ek wens ék het dit gekry."

Sy kyk na my – nie jammer nie, nie geskok nie.

Ek wens ek het beter gelyk. Om háár ontwil.

My tweede pakkie rem aan my.

Wat sal ek drink: tee of koffie? Of bier?

Die kroeg het die bruin kleure van 'n middag wat moeg word.

Ek bestel 'n Gunnar.

Aan die eindpunt van die toonbank sit 'n man met 'n litteken oor sy voorkop. Sy oë is rokerig, asof hy aan pille of 'n verborge passie verslaaf is. 'n Bokser?

Hy's dom geslaan. 'n Dorpsidioot. Hy gaan met my praat.

Ek sit die bokser gespanne en inwag. Elke mens word vir my 'n toets: kan ek deurbreek sonder masker?

Die bokser grinnik familiêr. Hy kom sit op die kruk langs my.

„Why so sad?" vra hy.

„Ek het my onskuld verloor," sê ek.

„Go on," sê die bokser.

„Wat sal dit wees?" vra ek. „'n Bier?"

„'n Bier is O.K.," sê die bokser.

„'n Gunnar?" Skielik is dit vir my belangrik dat die bokser 'n Gunnar drink.

„'n Lion vir my."

„O."

As hy 'n Gunnar wou drink – dit sou vir my iets beteken het.

Wát? Dit weet ek nie.

„Is jy seker jy wil nie 'n Gunnar hê nie?" vra ek dringend. „Dis gesond, man."

Die bokser lag dawerend.

Sy tande is geel en sy keel is bruin. Die middag word ál bruiner.

„Wat is jou naam?" vra ek. Ek proe aan my bier. Dit het 'n soeterige nasmaak.

„Henry de Goede," sê die bokser. „En jy?"

Ek lag in my bier en moet die bier wat op my broek spat met my sakdoek afvee.

Dit moet ek vir meneer Leroux vertel as ek hom ooit weer sien. Ek het meneer Leroux in die Metropole ontmoet. Hy het 'n stigtelike pak aangehad, met 'n blinkerige onderbaadjie daarby; swart skoene van die veterlose soort. Dit moet ek hom vertel: Henry de Goede.

„Wat is jou tweede naam? Begin dit met 'n H?"

„Ek het nie 'n tweede naam nie."

Die bokser neem sy glas en drink nukkerig.

Etienne Leroux lyk soos sy foto's, maar hy was korter as wat ek verwag het. En die hele middag het hy 'n donkerbril opgehad. En hy't gesels oor Saul Bellow, maar later het ek nie meer 'n woord verstaan van wat hy sê nie, want ek het net één ding bly dink: hy lyk of hy nie sien nie, maar dis net hý wat deurkom, deurbreek. Want sy visie is bewapen.

„En jy?" vra die bokser woedend, en sit sy glas hard op die toonbank neer. „Wie is jy?" Hy is teenaan my; sy oop, bruin mond is teen my.

Sy vel ruik benoud. Dalk was hy hom gereeld, maar al was hy hom gereeld, sy vel sal nóg bedompig ruik, want dis van nature so – altyd klam. En dit ruik na siekte en alles waarmee siekte bestry word: boegoe en kanfer en bloekom en die vader weet wat.

„Wie's jy?"

„Dit traak jou nie!" skree ek.

„Bloody fool! Bloody owl!" skree die bokser.

Ek drafstap deur die strate met 'n groot donkerbril voor my oë en pakkies in my hande.

Die dokter druk sy pinkie in 'n bakkie water.

„Jou oë het dit goed gevat."

Hy haal die kontaklense met 'n eksperte beweging van my oë af.

„U sal vind," sê die dokter, „dat u vir omtrent 'n halfuur nie so goed gaan sien soos gewoonlik nie. U visie sal effens wasig wees. Die oog moet terugkeer na normaal."

Ek proe die bier in my mond. Ek moet nóg drink. 'n Goeie hotel dié keer, 'n hoflike kroeg. Groen leer en skeepslampe, en houtbeskot teen die mure.

Ek bestel 'n dubbeldop.

Ek móét my weerloosheid te bowe kom.

Die laatmiddagson skyn deur die stof teen die ruite.

„Die stof word goud, word stofgoud, word stof tot dankbaarheid." Was dit 'n phoney reël? Wat maak dit saak, ek het dit nie hardop gesê nie. Of het ek?

Here goes. „Nog 'n dubbel, 'seblief. Nie water nie, dankie; nét so. Dankie."

Die warmte sprei deur my lyf.

Sprei van my maag af uit. 'n Amoeba wat sy ligvoete uitstoot – uit, uit, tot in my pinkies toe. Oeps, hoe mors ek.

Armed vision, dis die ding. Met of sonder kontaklense. Met of sonder bril. Afstand behou. Waarneem, nie waargeneem word nie. Nie weerloos wees nie. Ander in húl weerloosheid inkyk. Nog 'n dop : vat so!

Ek is dronk. Net nie 'n scene maak nie. Stil sit tot ek reg is.

Boek, waarsie bleddie boek?

Jules Pascin.

Naakstudies. Aha-a-a.

Maar nie met naakte oë gesien nie deur 'n sluier gesien 'n sluier van chiffon die lyf is pêrels met tinte van pêrels lig opgebreek in perlemoer maar swyne sal nie hou van hierdie pêrels nie sorry swyne Jules Pascin Jules Pascin Jules Jules o soetste naam jou het ek lief bo alles en nie net pêrels nie maar ook vrugte en ook vrugte van die see *les fruits de la mer* o Jules Jean Welz móét jou ken en liefhê en meestal haat.

Die boek val uit my hande. Haai, boek!

Ek moet dit so ongeërg moontlik optel, want die kroegman kyk na my.

Stilsit, tot als weer vas word.

Ek kyk deur die venster na die oop stuk grond waar vroeër die stasie was.

Waste Land en Grysland, maar nou, op dié oomblik, in die laaste lig wat verheerlik, 'n goue akker; en mooi, met 'n mooi wat nie té oop is nie.

1970

Dae lank loop ek met 'n knaende behoefte om te huil. Maar ek huil nie maklik nie, al wil ek ook. Toe kom die huil in my slaap. Ek ruk en ruk en net voor ek wakker word van my eie stem, hoor ek Pa bekommerd vra: Wat is dit tog, my arme kind?

Ek sit op die bedrand en wonder of ek verlig is. Ek steek 'n sigaret aan. Na 'n ruk begin ek bewe, want ek onthou: my pa is dood. My pa, die vreemdeling.

En nou's die poort gesluit: die laaste oom van Die Poort is weg. Ooms met baarde en wysheid en koppigheid, heer van hul hoewe, baas op hul plaas. Verby en soos 'n nagwaak, en hul plase en plasies ken hulle nie meer nie. Patriarge: oom Sefanja en oom Nols. Kleinboere, bywoners: oom Terpie en oom Rosie en oom Jan. En sommer net ooms, Pa en oom Teuns en oom Kas en oom Tien. Verby soos die trots mooi diere van 'n vroeër tyd: die kwagga en die Kaapse leeu.

Ek luister na die meulsloot wat voor die woonstel verbyloop; dis twee-uur en dis stil. Af en toe hoor ek 'n padda, of 'n hond wat in die verte blaf, soos op 'n plaas. Dit word baie stil na 'n duif in die stilte gekoer het.

Daar is mense wat die aarde 'n leeftyd bewandel en dit nooit ken nie.

Daar is mense wat sê: niks op aarde bind ons nie. En vergeet dat die grond hul bind. Uiteindelik.

My ooms het almal goed geaard.

Sal ek probeer slaap? Maar slaap slááp jy, jy probeer nie. 'n Nagwaak, weet ek, het begin.

Hoe't dit gekom dat ek saam met Pa na die waak is? Dit was tog g'n gesig vir 'n kind nie: 'n ouman wat hardop bid om verlossing, maar nie sterf nie? Die kamer was galsterig en muf en benoud, die gordyne byna toe. Die Botha-vrouens, jonk reeds swaar van lyf en traag van beweging, het agter sakdoekies gesug, gehuil, en gefluister: Dat die dood so taai kan wees. Arme, arme Pa.

Oom Sefanja se lippe was – ja, nou onthou ek die uitdrukking weer – sy lippe was so swart soos pypolie.

Ek is saam met 'n klomp kinders in 'n dubbelbed gebondel. Een van die groter seuns het gevra: Is julle reg? en die kers doodgeblaas. Eers toe ek die venster in die donker uitmaak, kon ek weer asemhaal. Twee van die seuns het lê en fluister:

„Dis oor Oupa die kaffer doodgeslaan het."

„Watter kaffer?"

„O, baie jare terug; Oupa was nog ongetroud. Die magistraat het die ding toegesmeer. Oom Doon het mos dié man se naam."

Net na oom Sefanja sy asem uitgeblaas het, het die sweer onder sy arm oopgebreek.

Ek en Pa is in die vroeë ure met die kapkar huis toe; 'n silwerige môre met mis in die vleie. Pa het kort-kort by 'n plaas ingedraai en die tyding gebring: Ja, vanmôre om tien oor vier. En toe breek die sweer nét na sy dood. Met permissie gesê, 'n kommetjie vol.

Ou dominee Landman het uit Kronieke gepraat:

„Doch deze dingen zijn oud."

'n Vrou met 'n sluier het so 'n entjie van die graf af by oom Doon gestaan en hom probeer troos, maar oom Doon was nie te keer nie: „O, die skande. Om alles op sy sterfbed uit te blaker. Ek sê vir jou, ek's kwaad vir Pa!"

Oom Rosie was nie 'n boer nie, hieroor was almal dit eens, maar hy had 'n kop vir boeke, en hy was uit 'n goeie familie. Hy was baie jare lank deelsaaier by oupa; van sy platdakhuis staan vandag nog net een kamer. Nie dat die huis veel groter was nie: daar was 'n sitkamer, 'n kombuis, 'n slaapkamer; die slaapkamer 'n trap laer as die sitkamertjie, 'n donker vertrek met 'n grondvloer en velle en 'n voorstelling uit Jesaja: die lam en die wolf wat in vrede leef. 'n Platdakhuis van rooiklip – klip wat afgee aan jou, en blus in jou mond en souterig proe; kriebosse op die kaal erf en op die wal van 'n leidammetjie. En in dié omgewing het hy sy spreuke gedink. Hier en daar kan iemand nog 'n spreuk onthou, dinge soos:

Effens skeef is Engelsgesind;

Of: *Jaloesie is 'n siekte, maar ook 'n straf, want jy gaan nie daarvan dood nie;*

En bowenal: *Daar is nie 'n hel nie. Die een mens is die ander se duiwel.*

Laasgenoemde lank voor Sartre.

Aardig, het die mense oom Rosie genoem, en eienaardig, die klein oompie met sy skewe skouer en knypstappie.

Nooit: verskriklik nie.

Oom Rosie het ook musiek gemaak. Op someraande het ons oorgery of -gestap na sy platdakhuis en stoele op die kaal werf uitgedra. Dan het oom Rosie konsertina gespeel en die paddas en krieke doodgesing:

Jy lyk vir my so mooi in jou ou papawerjas:
ek kry jou altyd liewer en ek druk jou vas!

Die Else het op 'n keer in die roubaksteenhuisie by oom Tien gebly. Baie aantreklik, het die mense van oom Doorsie gesê en bedoel: hy trek hom dinge so aan. Die mans, selfs sy eie broers en pa, het gedurig gekgeskeer met hom. Hulle vat 'n sak vol miskoeke en sit dit langs oom Doorsie neer: „Toe nou," sê hulle, „kyk mooi, dis 'n vroumens; sit op met haar." En oom Doorsie slaan sy arm om die sak, en koer en kwyl, en kyk op na die meisie, maar sy oë kon ek nie sien nie, want sy laphoed was te laag oor sy oë getrek.

Maar niemand het nodig gehad om hom te vertel dat blomme getoorde prinsesse is nie. Langs die tuinmuur het 'n vlieërbos gestaan waarin bye en vlieë somers gedreun het. Met die blomme het hy gepraat, sag en vriendelik en paaiend. Soms het hy hulle afgepluk en in 'n ry op die tuinmuur staangemaak. Maar vir sonneblomme was hy bang.

Oom Rosie het nooit vir oom Doorsie gelag nie; tussen al die rooi gesigte, dik en lelik van die lag, één ernstige gesig. Want oom Rosie het geweet: die waansin is 'n ander syn.

As ek 'n towenaar was, sou ek die eerste miskoektoring in die veld, die eerste bessiebos of kopseerblom besweer en sê: Wórd oom Rosie, en terstond! En ek sou nét daar met 'n bandopnemer gaan sit en die wysheid van 'n leeftyd opeis.

Daar is rose wat in verlate tuine blom, gewillig in weerwil van droogte, en blom en verval. Maar 'n roos moet tog vir iemand bestaan? Is dit dan nie so nie: dat ander ons bestaan bepaal? Of dít altans: die gehalte van ons bestaan?

Pa en Ma het nie hul kinders maklik uitgeleen nie. Ons het net die twee, het hulle gesê, ons gaan nie skade soek nie. Maar na oom Tien en tant Nel kon ons altyd weer gaan.

Ek onthou een laatmiddag, 'n somermiddag met heuninglig. Ousie en tant Nel was by die huis, ek en oom Tien was in die vlei. Die vlei het mals geruik: na jong gras wat 'n dag lank in die son gestowe het, na wilde-als en balderjal en modder; en ek was dronk van eie jeug.

Toe hoor ons 'n koei kreun. Haar horings en ore en die bult van haar maag steek bo die blougras uit. Pa sou my weggelei het; nie oom Tien nie. Want oom Tien was 'n deurwaste kinderkenner. „Ons bly," fluister hy opgewonde, „dit kom."

En sowaar die voorpote en snoet van die kalfie kan al gesien word. Die koei steun laag en kom orent. Kort voor lank is die kalfie daar: blink en verward, op onseker pote, 'n wit driehoek op sy voorkop.

„Mooi geteken," sê oom Tien, en vee oor sy oë. „Mooi." En hy praat nie net van die kalfie nie.

Oom Tien was nie 'n boorling van ons wêreld nie, en al het hy dié raadgewer van Die Poort geword – hy't onder andere die hingste van die buurt reggemaak en families en man en vrou met mekaar versoen en in rade gedien – sou hy altyd 'n Bolander bly: 'n mens wat hom bo die ellende van die oomblik uit kan lag. Oom Nols het die ding só uitgelê: „Onse mense is harmansdrup-in-die-winter, maar Tien se olie, broertjie, Tien se olie lóóp!"

Liefde en respekte: die dinge hoort saam. Nee, hardop het ek hom dit nooit hoor sê nie; sy werk was sy getuie. Sy appelboord, sy rose, sy perskes. En perskes ruik soos rose, en rose ruik soos perskes; water in die leivoor, oom Tien se broek opgerol tot onder sy knieë, en hy sing: Vanaand gaan die volkies koring sny, of hy gooi 'n kluit dat die water so spat. Soms het hy so lank oor 'n akker gebuk gestaan, sy wit bene wyd uitmekaar uit, sy vingers in die grond, dat ek benoud begin word het: sê nou daardie vingers en tone groei af in die grond in, áf, áf, áf?

Ek was onlangs op jou werf, oom Tien; ek móés gaan. Ja, die plaas is nog verhuur en Dries is 'n goeie huurder, hy verniel nie die grond nie, maar wat kan ons teen die droogte vermag? Verlede jaar was darem baie mooi, net jammer van die kraakstewels en die bitterbossie. Geel plate, van Oos-Londen af op; en Attie Jordaan van Pimgradia sê van sy plaas af tot in Natal toe het hy dieselfde ding gesien: geel net waar jy kyk. Ja, iets moet gedoen word. Die Boerevereniging of die Regering moet inspring en doodspuit.

Groei is mooi, het oom Tien geglo, maar groei moet bedwing word; snoei terug die boord; snoei terug die rose.

Ek was op Vinkelfontein se werf.

By die strooise geen teken van lewe nie; geen kleingoed, honde, rokies nie; die drade kaal, sonder komberse, elke stroois 'n leë dop.

Maar die huis self, vreemd genoeg, het my nie as verlate getref nie; dis 'n huis wat op sy mense wag. Agter die blindings, so stel ek my voor, staan elke meubelstuk op sy plek. Die erdekruik en die ingeduikte blikbeker. (Dis die eerste ding wat hy doen as hy van die veld af kom, oom Tien, drink bekers vol uit die erdekruik.) Die rak met die rooikoperketel. Die stoele wat uit Tulbagh kom.

Voor die deur sing die telegraafpale; daar's water in die krane; die werf is bont van gousblomme en syerige Kaliforniese papawers, en in die denne raas die duiwe. Ek weet dit nou, oom Tien, maar ek sal dit nie verder aangee nie: op maanligaande kom lei jy in die boord. En die snoeiskêr waarna almal op die vendusie gesoek het, dié't jý weggesteek. Lag harder, oom Tien, kom nader?

Ek moet oom Tien van die begrafnis vertel. Tant Nel was dapper, nes oom Tien dit wou gehad het. Nie gehuil nie. Sy't regop die kerk binnegestap, die kinders en skoonkinders agter haar aan. Mooi gelyk; hare netjies, lippe rooi. Soos dit hoort. Smart is 'n private saak.

Hoe dit nou met haar gaan? Goed en ook nie goed nie. Sy soek nog altyd. Almal droom van jou, sê sy, net sy nie. Ek wil nou nie voorbarig wees nie, oom Tien, maar as jy iets kan reël? Net één mooi droom: 'n dood-, doodgewone werksdag op Vinkelfontein?

Oom Kas kón nie duur nie: hy was te gul. Boude soos boerpampoene, en 'n lag en 'n stem wat 'n huis laat skud.

Beeste was sy lewe. Hy was 'n stoetboer wat swaar bulle uit Friesland laat kom het. Op 'n keer sélf een gaan haal. Dit was soos 'n monumentonthulling: 'n nuwe bul van oom Kas. Die ou saaier, het die boere 'n bul genoem, en met 'n ondeunde lig in die oë: „En die bôgger dink hy wérk!"

Op 'n dag moes ek opsluit saam met Klein-Kas na sy pa. Hy wou trouplanne aanroer en het steun nodig gehad.

„Met ou Tewie se meisiekind?" Oom Kas begin gevaarlik swel.

„Hoekom nie, pa? Sy kan nie help vir haar pa nie."
„Dis waar. Maar sy's nog 'n tweetand."
„Sy's mondig en aangeneem."
„Sy's te lank in die lies."
„A nee a, Pa, kyk weer. Sy sal 'n kalf gooi soos min."
Oom Kas het weer gekyk en Klein-Kas het sy sin gekry. En Klein-Kas doop nog al die tyd.

My ooms het huise en krale en stalle gebou, meestal van sand- of ysterklip van Die Poort; hulle't kweperlanings en peer- en moerbeibome geplant en aanteeluie ingeboet en ertappels opgeërd en moddervisse uit Holspruit getrek; hulle het in die Bybel geglo en hul tiendes gegee en die vanselfsprekende dinge gedoen: getrou, kinders versorg, gewerk, met die seisoene saamgeleef en uiteindelik gesterf; en nooit geweet dat eenvoud 'n deug is nie.

Durf ek sê: één van hulle was doodgewoon?

Pa was ook 'n oom. Oom Petrus vir almal op die dorp, van die dominee tot die grofsmid; oom Petrus vir die laaste kind; oom Petrus vir Die Poort. En ná oom Tien moes hý probeer om vrede te herstel waar daar onmin was, en met die roekelose mannetjies praat wat hul erfgeld aan vertoon bestee. Maar vir my was Pa nooit volledig nie. My suster had 'n sleutel tot hom, ek nie. Vir haar was hy volledig, vir my nie. Tot vannag toe.

En nou't dié nag my ingebreek tot mededoë, maar jy sal dit nie weet nie, Vader. Móét pa's dan sterf om vir hul seuns te lééf?

Dit word dag teen die ruite en voëls begin kwetter, en melk word afgelewer.

Het ek tóg geslaap, of wakend gedroom?:

Om 'n oop graf – miskien my eie – staan al die ooms van Die Poort, hoed in die hand, maar hulle kyk nie in die gat af nie; hulle kyk na bo of hul wolke soek, en hulle sing sleperig en skor: Kent gij dat volk?

1972

Georgie

Dit was 'n slegte week vir Georgie. Trade was skaars en genade min; 'n sigaret af en toe, 'n tien sent hier en 'n twintig sent daar, maar dan moes jy ook mooi pleit en onskadelik lyk. Die regulars begin draaie om hom loop, of kyk dwarsdeur hom, en een – die bankklerkie met sy blou safaripak en kouse – het sowaar die cheek gehad om vir hom te sê : „Dis tyd dat jy jou brood verdien." Sy moer, so 'n snotneus : wat weet hý van die lewe af? Georgie sit langs Bezuidenhout op 'n parkbank in die Kompanjiestuin. Bezuidenhout sit half in die koelte, sy kop skuins gedraai om die vroemoreson te ontwyk.

„As dit só aanhou," sê Georgie, „we'll be out of work soon." Bezuidenhout lag nie. Georgie sê altyd vir die ander bums : „Nie 'n slegte ou nie, dié Bezuidenhout; hy kan 'n grap waardeer." Wat één ding beteken : Bezuidenhout lag vir sý grappe. Georgie probeer weer : „As dit só aanhou . . ."

„Hou jou bek," sê Bezuidenhout.

„Kyk hier . . ." kap Georgie verontwaardig teë.

Maar Bezuidenhout lig 'n enorme hand – vingers soos worse – en sê dreigend : „Relax?"

Georgie sak terug teen die bank : hy ken dié moerse hande. En skielik haat hy Bezuidenhout, nie net om sy krag nie, maar ook om sy hangover. Want 'n hangover spel voorspoed. Bezuidenhout moet 'n goeie nag gehad het iewers – dalk 'n sagte bed, 'n ete, 'n bad, drinks on the house.

Bezuidenhout het aan die slaap geraak. Selfs met babelas en al lyk hy goed; fris, jonk en sexy : enough to turn a corpse on. Ek moet stasie toe gaan, dink Georgie, gaan was en skeer. Maar dan onthou hy : sy lemmetjies is op. Van gister af al. En daar is nie meer 'n skoon hemp en kouse in sy locker nie. Sy bedruktheid neem toe : Ek stink en kry nie trade nie; ek is vyf-en-dertig en my tande raak vrot . . . Die skrif is teen die muur : hy moet werk soek. Tog net nie iets wat hom in 'n kamer vaskeer nie. 'n Werk in 'n park miskien; 'n halfdagwerk. Of 'n soft job op 'n skip.

Bezuidenhout se slaap was van korte duur. Die son skyn vol in sy gesig, maar hy is te lui om 'n koeltebank te gaan soek. Hy vloek, en gaap dan; rek hom uit dat sy hemp oor sy bors span en plooie van sy knope af wegskiet.

'n Eekhoring het voor hulle kom sit, sy stert na hulle gekeer. Georgie loer skelm na Bezuidenhout voor hy skel :

„Gaan wys jou gat op 'n ander plek – you're in decent company, old chap!" En hy gryp na 'n leë bottel en gooi die eekhoring daarmee.

Bezuidenhout lag geluidloos; sy groot lyf ruk en skud. „Jy's 'n blêddie card, Georgie," sê hy, en klap Georgie op die knie. Ná 'n rukkie snuif hy : „Decent company," en begin weer lag. „Dè," sê hy en hou 'n twintigsentstuk na Georgie uit, „loop kry vir ons koffie." Hy kyk Georgie goedig agterna: arme ou donner, weer op die outers.

„Stingy bastard," dink Georgie op pad na 'n koop-en-loop, „hy't klaar gebrekfis en dink nie aan 'n ander nie." 'n Breuk van 'n sekonde oorweeg hy dit om met die geld weg te loop, maar hy bedink hom: bloed sal loop, vroeër of later, en dit oor twintig sent. Nie die moeite werd nie.

Terwyl hulle koffie drink, hul hande styf om die warm kartonhouers, waag Georgie 'n onbeskeie vraag:

„Wie was die gelukkige customer?"

„Same old bitch – die een in Claremont," sê Bezuidenhout misnoeg. Georgie wag op meer inligting, maar Bezuidenhout sit bot voor hom en uitkyk. Hy dink aan die Claremont-bitch: 'n gretige mondjie in 'n plooigesig.

„Jy's seker dik van die brood?" vra Georgie flikflooierig. Bezuidenhout weet nie wat om te antwoord nie. Sê hy ja, wil Georgie by hom leen; sê hy nee, tas hy sy eie reputasie aan.

„Vir my om te weet, vir jou..."

„O.K., O.K.," sê Georgie beledig.

Hulle skiet die kartonnetjies oor die grasperk weg. Georgie s'n rol tot in 'n bedding petunias: rooi en wit. Aarbeie met room. Georgie vee oor sy mond, loer na Bezuidenhout; bedink 'n nuwe strategie.

„Hel, ou Bezuidenhout," sê hy, „dit gaan sleg met my. Gister, eergister, naaseergister. Ek word te oud vir die ding. Toe ek jonger was, soos jy..."

„Elke dag het genoeg aan sy eie kwaad," sê Bezuidenhout vroom. „En voertsek, Georgie, ek wil slaap..."

Georgie staan traag op, stap sleepvoets weg; een tuinpaadjie ná die ander. Op die buiterand van die tuinkafee bly hy staan en kyk hoe 'n vet kind oor 'n bak roomys sit en slobber. Georgie mompel 'n verwensing; stap na die voëlhokke. Hier steek hy verras vas: 'n ou customer staan hand aan hand met 'n meisie; verlief, kan jy sien. Georgie glimlag gemeen; gaan staan aan die ander kant van die voëlhok. Die customer, 'n skraal man met verbouereerde handgebare, sien Georgie raak en verbleek. Hy trek aan sy meisie se hand; sy lyk verbaas, bied weerstand; hy praat met haar, dwing haar vriendelik in die rigting van die kafee. Georgie volg hulle; sorg dat die customer hom sien. Die skraal man praat met sy meisie; sy knik glimlaggend: goed, sy bestel solank.

Georgie wag agter 'n struik.

Die customer se stem is hoog van opwinding, maar ook van vrees: dít merk Georgie onmiddellik.

„Moet nie 'n nuisance van jouself maak nie, of..."

„Of...?" Georgie glimlag spottend; 'n vadsige, half tandelose glimlag.

„Hoekom los jy my nie uit nie?"

Georgie staan doodstil, sy lelike glimlag asof bevries.

„Wat wil jy hê?"

Georgie vryf sy vingerpunte teen mekaar: geld, beduie hy.

Die skraal man vroetel in sy beursie. „Hier, loop net weg; get a move on."

Georgie gryp na die aangebode randnoot.

„Dankie, meester; dankie, my ou koning."

En hy skree agter die stywe rug van die skraal man aan:

„Ek sê, wat is koning?"

Georgie soen die randnoot; steek dit versigtig in sy boudsak.

Bezuidenhout sal dié grap geniet.

Maar Bezuidenhout is nêrens te kry nie.

Georgie gaan sit op 'n bank. Hy maak 'n sommetjie: 'n bottel soet muskadel, 'n pakkie lemmetjies, 'n hamburger . . . dêmmit, 'n rand is ook fôkôl werd.

Dié nag slaap Georgie op 'n matras van koerante op 'n harde bank in een van die kioske op Rondebosch-stasie.

Die slaap kom gou, want Georgie is voos van al die muskadel. Selfs 'n geskeerde vel en die ontspanning van rus versag nie sy gesig nie; veral nie die harde lyne om sy mond nie.

Rondom twee-uur maak iemand hom wakker.

Georgie kom vervaard orent. Die polisie, dink hy, weer die blêddie polisie.

Voor hom staan 'n onbekende, 'n ou man, dik, grys, vriendelik, meer as effens dronk.

Georgie gaap aanhoudend en vee die slaap uit sy oë; maar eintlik is hy besig om die ou man te takseer. Varkleerhandskoene, tweedy klere; selfs sy dronk spraak openbaar 'n keurige agtergrond.

„You can't sleep out here in the cold, my boy."

Georgie glimlag op sy mooiste: „'n Tramp soos ek . . ."

„Kom saam met my huis toe."

Die ou man skuif agter die stuur van sy Bentley in. Georgie is opgewonde – die nag begin opnuut; avontuur wag – kos en drank.

Die ou man bestuur slordig. Een keer moet Georgie na die wiel gryp; 'n tweede keer moet hy skree dat die ligte rooi is.

Uiteindelik draai hulle by 'n oprit in; bome en grasperke; 'n herehuis.

Ligte brand in die woonvertrek. Persiese matte, ouderwetse meubels; houtbeskot en kopergoed; swaar gordyne.

„Sal ons vuur maak?"

Georgie skud sy kop. „'n Drankie sal 'n beter idee wees."

„Help jouself," sê die ou man, „daar's die kroeg."

Likeure, groen en giftig pers, word van onder af belig; brandewyn, whisky; 'n bruiskroeg op die koop toe.

Die ou man wil whisky hê; met ys natuurlik, en soda, maar nie te veel soda nie.

Georgie soek soetwyn; kry dit en vul 'n glas tot aan die rand toe.

Hulle klink op mekaar, hy en die ou man; klink vanuit diep leerstoele. Die oggendstilte is dringend; verleen ekstra geluid aan hul stemme.

„Is hier ander mense?" vra Georgie. „Ek meen: dat ons sagter kan praat?"

„Almal weg met vakansie. My vrou en twee seuns."

„Seuns?" vra Georgie verbaas.

„Twee jong seuns; tweede huwelik – jong vrou."

„Op jou seuns!" Georgie lig sy glas, maar merk dat die ou man s'n leeg is. „Hier," sê hy galant, „laat ek gaan volmaak." Van die toonbank af vra hy: „Jy't nie dalk snacks nie? Kaas of so?"

„Ek is bietjie under the weather," sê die ou man, „loop kyk in die kombuis – help jouself, maak jou tuis."

En Georgie help homself, en maak hom tuis. Hy kom met twee borde van die kombuis af, beide gelaai met koue hoender, kaas, lappe gerookte vleis, tamaties.

Die ou man maak 'n afwerende gebaar. „Eet alles," sê hy.

Georgie veins gematigdheid: „Have a heart."

Die ou man hou hom dop. Georgie se kake maal; sy mond en ken is blink van die hoendervet.

„Enjoying yourself?"

„En hóé," sê Georgie.

„Gooi vir ons nog 'n dop."

Nog twee keer moet Georgie kroeg toe tydens sy ete.

Die ou man se tong raak ál dikker; sy mond hang oop, hy haal swaar asem; met rooi oë kyk hy na Georgie.

„En nou: 'n sigaar?" 'n Swaar hand met twee swaar ringe beduie na 'n koffietafel.

Op die koffietafel staan 'n bak neute en 'n sigaardoos.

Met 'n rookskerm tussen hulle sê die ou man skielik: „Nou kan jy iets vir mý doen."

„Hier kom dit," dink Georgie met beroepsgelatenheid.

„Anything you mention," sê Georgie met geforseerde gesellighheid. Die ou man word vir hom leliker, grotesker by die minuut. Mog sy hart gaan staan.

Die ou man leun oor na Georgie. „Ek kan dit nie hard sê nie," beken hy verleë.

Georgie hang oor die leuning van sy stoel; voel hoe die warm asem van die ou man die haartjies in sy oor kielie.

Hy sak terug in sy stoel, onthuts: „Met ink?"

„The works," sê die ou man. „Met ink."

„Eers nog 'n dop," sê Georgie beslis. By die kroeg skink hy met 'n swaar hand vir die ou man. „Blêddie freak," mompel hy.

Die ou man het skuins afgesak in sy stoel; sy kop hang op sy bors, rus op sy kenne. Georgie klap die ou man se wange, maak sy das los.

Die ou man skud sy kop, maak sy oë 'n paar maal oop en toe; kry alles weer in fokus. En veral : Georgie.

„Come on," sê hy, „jy moet aan alles gewoond wees in your walk of life." Hy stoot sy tong oor sy onderlip. Georgie sien sy stokou, goudbeslaande tande; sy nat onderlip.

„Hier," sê hy, „drink eers."

Die nag vorder. Oor 'n uur of twee sal die voëls in die bome begin raas, dink Georgie, en dan moet ek weg wees.

Nog twee drankies en die ou man is uit; kragteloos, bewusteloos. „Uitgepaas," sê Georgie tevrede; kyk met veragting neer op soveel ingestorte waardigheid. „Kinky bastard."

Nou laat Georgie hom 'n toer deur die huis toe. Hy klim met die trap op; draai deure oop : 'n badkamer, 'n studeerkamer, 'n slaapkamer. Die ou man se slaapkamer is 'n saal. Ingeboude kaste van ryk hout; volvloertapyte, 'n badkamer wat uit die slaapkamer lei.

Georgie maak die hangkaste oop : rye en rye rokke; rye en rye pakke klere. Soos in 'n winkel. Net jammer die ou man se klere gaan vir hom te groot wees. Sulke goeie materiaal : wol, sy, tweed. Georgie voel aan die materiaal; haal 'n sinnelike genot uit al die weelde. Skielik trek hy hom uit, poedelkaal; paradeer voor al die spieëls in die vertrek; voor die groot spieël in die badkamer. Hy draai die krane oop : 'n bad is so goed soos seks. Maar voor hy bad, loop hy trap toe, leun oor die trapleuning en kyk af op die ou man wat soos 'n semelpop in sy stoel lê en moeisaam snork.

Ná sy bad, en baie olie, parfuum en talk wat hom na 'n herbore mens laat voel, trek Georgie skoon kouse en onderklere en 'n hemp aan – alles uit die ou man se kas. Ook swig hy voor die versoeking om 'n syerige grysgroen pak aan te pas – te groot, ongelukkig.

Georgie staan voor 'n spieël in 'n goue raam. Hy steek sy hande in die baadjiesakke van die grysgroen pak; bekyk homself van kop tot tone. Selfs met die lomp pak aan lyk hy vir hom aanneemlik; meer nog : vernaam, besadig; 'n man met 'n nis in die lewe.

In een van die sakke voel Georgie 'n brief. Hy gaan sit op die bedrand; lees 'n brief met 'n skoolwapen bo-aan :

Dear Father,

I'm so privileged to have a father like you . . .

'n Seun wens sy pa geluk met dié se vyf-en-sestigste verjaardag; spreek kommer uit oor die ou man se gesondheid.

Die deernis en die liefde in die brief is so eg dat Georgie hartseer raak. Hy dink aan 'n verre jeug; aan 'n toneel in 'n agterplaas : 'n man in 'n oorpak tussen duiwe, 'n geroeste sinkplaatheining; 'n papajaboom. Hy wens dat hy sélf 'n pa kan wees – een met 'n seun wat mooi briewe huis toe skryf; 'n seun wat vir hom bier skink en raad vra; 'n blonde seun, frisgebou; 'n sokkerspeler.

Georgie is skielik bekommerd oor die ou man: hy kan sterf in dié toestand. Georgie trek die groen pak uit; hang dit weer netjies op in die kas. Maar die brief steek hy in die binnesak van sy eie baadjie. Sy kouse en onderklere knoop hy in sy vuil hemp vas.

In die woonkamer pak hy twee, drie drankbottels in 'n plastieksak wat hy in die kombuis gekry het. Dan gaan sit hy langs die ou man, voel sy pols. „Still going strong," ontdek hy verlig.

Georgie kyk stip voor hom uit. Bezuidenhout se woorde kom na hom terug: Elke dag het genoeg aan sy eie kwaad. Dié gedagte troos hom, al verstaan hy dit nie mooi nie.

Op die koffietafel lê 'n neut, bruin en spoelvormig, en balanseer versigtig op sy eie weerkaatsing. Die fyn, tergende spanning tussen neut en weerkaatsing hou Georgie gevange; dis eers wanneer hy 'n melkafleweringsvragmotor hoor dat hy tot sy sinne kom, sy vuil klere in sy dranksak stop en haastig sy nag-asiel verlaat.

Baie ure later, teen skemeraand, sit Georgie op 'n stasiebank, dié keer by Claremont. Hy is wéér bedruk, wéér ongeskeer; wéer saf van te veel drank. Langs hom staan 'n plastieksak. Hy het net een bottel drank oor.

Hy sit met 'n brief in sy hande – 'n brief van 'n seun aan 'n pa; 'n brief wat hy oor en oor gelees het. Nie met ontroering nie. Met stygende woede.

Dat die brief hom kon betower het: 'n ordinêre brief. 'n Ryk klein bastard wat sy pa soft soap – om meer geld, that's for sure. En hý gee 'n deal prys, 'n groot aand; hy kon nou baie geld gehad het, méér drank, klere – en wat doen hy? Tjank. En loop soos 'n kerkmuis weg uit 'n blêddie paleis!

Georgie verfrommel die brief. „Wat sal ek daarmee doen?" wonder hy. „Daarop skyt?"

Georgie word lomerig; die brief val uit sy hande, 'n Ruk later kom 'n windvlaag om die latrine, raap die brief op en smyt dit op die spoorlyn. Georgie kyk die brief met lede oë agterna.

Hy smeul. Die groewe om sy mond is lelik en strak.

„Bloody freak," sê hy.

En ná 'n rukkie: „Depraved bastard."

Skielik daag die lig vir Georgie: hy byt op sy onderlip, knik sy kop of hy na goeie raad luister.

„I'll do a Godfather on him," sê hy hardop, en staan op en gaan koop 'n enkelkaartjie Kaap toe.

Bezuidenhout sal dit doen, of Power of Dampies; dis min gevra vir 'n bottel drank: 'n klip of drie deur 'n ruit of drie. Hy weet presies waar die ou man bly: oor die brug by Rondebosch, dan regs by die eerste robot . . . en so voort. Georgie voel tevrede dat hy 'n roete so foutloos kan herskep. Dis nou maar van 'n old hand: hy neem waar en onthou, al is hy ook dronk.

Iewers sal hy een van die drie kry: Bezuidenhout, Dampies of Power. Selfs

O'Toole sal game wees. Hy sal soek tot hy een van hulle kry, al moet hy ook heelnag soek: in die Seamen's Heaven of Die Pers Pikkewyn; in vlooiflieks, Die Laan of Burgstraat; op die stasie, die Parade of by Die Pool.

Op die trein bied 'n jong seun Georgie 'n sigaret aan. Georgie klap hom op die rug: „Dankie, meester; dankie, my ou koning."

Hy leun terug teen die bekleedsel; trek die rook diep in sy longe in.

Hy voel hom klaar gewreek en in sy eer herstel: weer 'n man tussen manne, sonder smet of kink.

1973

Swart-ys

Ná twee maande van swerf in Europa het Jean-Jacques vermoed dat hy eensaam is, en sy spieël het dit bevestig, want verwaarlosing is 'n neerslag van eensaamheid. Sy oë het gedra ná 'n rustelose nag, en daar was 'n geel puisie tussen sy baardstoppels. Jean-Jacques het hom teruggetrek, bang om deur sy eie beeld besoedel te word, maar gou teruggekeer, met die perversiteit van 'n misdadiger, en dié keer so naby aan die glas gekom dat daar 'n waas tussen hom en sy mooi asketiese gesig was.

Jean-Jacques was nie nét ydel nie: herhaling (soos elke ouer weet) is 'n gerusstelling; en veral op 'n alleenreis. Hy het die puisie verwyder, so versigtig en onbetrokke moontlik; maar 'n uur of wat later kon hy nog karbol ruik, want selfs sy potentste náskeermiddel kon dit nie verdryf nie. Ter wille van sy gemoedsrus is hy na 'n kapper, waar hy sy hare laat was, sny en stileer het; en elke ligte, presiese aanraking het hom gevlei en getroos. Hy het Kurt of Vienna 'n ruim fooitjie gegee en sonder glimlag versoek: „'n Taxi, asseblief?"

„Waarheen?" het die taxibestuurder gevra; en met verbasing het Jean-Jacques aan homself herhaal: „Waarheen?" Tot dié inval gekom het: Sloane Square. Want dis waar hy eenmaal twintig was. En op pad het hy hom enkele luukses toegelaat: name en gesigte van toe; veral één gesig: foutloos, edel, ontoeganklik.

Jean-Jacques het óú kroeë gesoek en nuwes gevind; deur klapdeure geloop, en omgedraai. 'n Vertroude boekwinkel was nóg daar, maar onder nuwe bestuur. King's Road was 'n antiklimaks, en Jean-Jacques het sy toegewing aan nostalgie betreur; wou net hotel toe gaan toe 'n winkelpop 'n beroep op sy menslikheid doen. Want die pop lyk net soos Annebelle, veral in haar winterse kaalheid: dieselfde rooi hare, dik en sterk, byna nylonagtig; dieselfde wimpers en oogopslag.

Dan verskyn daar 'n winkelmeisie langs haar; 'n vensterversierder met lappe om haar voete wat haar soos 'n oorlogsvlugteling laat lyk. Wanneer Jean-Jacques opkyk na haar gesig, skrik hy. Sielvolle Victoriaanse oë; van 'n ouderwetse pop ook die preuts mondjie, die hoë, rooibruin wange, die kroesdroë krulle om 'n bleek gesig. En om haar hals, soos 'n bloedstreep, 'n pruimpers bandjie van fluweel. Sy beantwoord Jean-Jacques se blik, en raak gevange. Nou dwing sy om aandag: haar hand kruip smagtend op teen haar dy; sy glimlag sonder voorbehoud. Elke tand in haar mond is met silwer beslaan; 'n blink lag, 'n metaallag. En Jean-Jacques ril en stap haastig weg.

So vinnig vlug hy dat hy by die galery verbyloop waar hy David Hockney ontdek en gekoop het: sy etsreeks *A Rake's Progress*. Jean-Jacques sak met 'n steil trap af na 'n kelderverdieping, nog altyd ontstem oor die meisie met die tande, en besluit om nie na Annebelle te verlang nie.

Die uitstalling is streng gekeur: vier beelde; enkele potlood- en inktekeninge teen die muur. Drie uit die vier beelde sou óók as voorstudies kon geld: die hele tentoonstelling is gemonteer om één beeld wat sentraal staan, 'n skag lig op hom; en dis nie of dié lig uit die lae plafon val nie, maar van baie ver en baie hoog kom, soos op 'n Rembrandt-skildery.

Die beeld – 'n torso – is van Amerikaanse marmer, wat nóg sinneliker is as Carrara: 'n wit gloeiing onder die oppervlak. 'n Danser staan soos 'n vlam op sy voetstuk; 'n vlam wat wil opspring en lug raak en weg. Die bors is twee plate wat mekaar in gevaarlike ewewig hou; laer, middelpunt van dié skaal, 'n jong geslag wat traag ontwaak; agter sluit die hoë blaaie om die nek; die boude is ferm: knooppunt, energiebron; en van die kant gesien, word die lyn van heup en maag 'n finale stelling omtrent ... ja, omtrent wat?

Dis 'n pynlike oomblik vir Jean-Jacques: hy wens hy kon skoonheid anders ervaar. Alles wat hy weet of vermoed omtrent God, liefde, seks en dood trek saam in dié oomblik, en lewer hom uit aan sy eie ontoereikendheid. Hy druk sy wang teen die marmer; klamp sy hande om die boude.

Die eienaar van die salon kug hoflik: „U is nie veronderstel ..."

„Ek weet," sê Jean-Jacques onboetvaardig, „maar dis ál manier om 'n beeld te ervaar. Veral as jy dit wil koop."

„Ja," verset die eienaar hom, „maar ..." Hy swyg voor Jean se uitdrukking; hervat eers na 'n rukkie: „Iemand anders is ook geïnteresseerd."

„Verkoopsgrepe," glimlag Jean-Jacques, „laat my koud."

Die eienaar van die salon is gekrenk: „U misgis u; ek wil u bloot beskerm ..."

Jean-Jacques maak 'n gebaar wat vertolk kan word as „Vergeet daarvan" of „Loop weg"; tree dan 'n paar tree terug; kyk lank, en byna verwoed, na die torso; loop stadig óm en óm die beeld.

„Dit kos £1 500," kom 'n stem vanuit die skemer buite die ligbalk, „maar ons kan terme reël."

„Ek stel nie belang in terme nie," antwoord Jean-Jacques gesteurd, „maar wel in die beeld. Ek sal u môre bel."

Hy stap 'n kroeg binne, dié keer vasberade. Die rooi bekleedsels lyk geskaaf; op een plek peul kapok by 'n skeur uit. Maar as hy deur 'n gemmerwyntjie kyk, lyk die banke beter, selfs beleë. Hy bestel 'n derde gemmerwyn, van die ligte amber soort, en dink: „Moet ek my aan 'n beeld verwarm?" en, terwyl hy 'n bootjie uit 'n servet vou: „Hoe lank nog gaan ek my bekostig?"

'n Blok laer af is daar 'n elegante boetiek, en hierop stuur hy nou af. In die venster, teen 'n agtergrond van swart fluweel, en vasgepen deur verskeie skynwerpers, hang 'n pelsjas, met leerbande wat die polse en kraag nóú kan laat sluit. Dit kos £1 600.

Die jong assistent skrik merkbaar wanneer hy hom sien; Jean-Jacques wag tot dié reaksie afgeloop is. Dié keer gebeur dit nie, veral wanneer Jean-Jacques vra of hy die jas in die venster mag aanpas.

„Ek het dit geweet," sê die jong man. „U bou vra daarom, en u houding. Toe u by die deur inkom..."

Die pelsjas is van geskeerde bewer.

„Om ligter te wees," verduidelik die assistent. „Ons klant het dit só bestel."

Die bestuurder staan senuweeagtig nader, bang dat sy assistent 'n belangrike transaksie mag verbrou. „Ja," neem hy die verhaal van die assistent op, „'n tragiese geskiedenis. Ons klant het twee keer van Parys af gekom om aan te pas, en toe is hy in 'n motorongeluk dood, kort voor Kersfees. Ys op die teerpad, weet u; swart-ys, soos dit soms genoem word."

Die jas self is skimmel, of 'n ligte sneeutjie daarop neergesif het.

Die assistent probeer sensasie as mistiek aandien: „Toe die eerste mense by die wrak kom, toe speel die radio nog. In daardie yslug – Bach."

„Händel," verbeter die bestuurder geniepsig, want die assistent het hom voorgespring met dié nuusbrokkie. „Definitief Händel."

Jean-Jacques wil alles van sy voorganger weet, maar vra nie uit nie; stryk aanhoudend oor die pels; lees met een vinger die watermerke op die voering.

Die bestuurder sluit aan by dié beweging: „Net die beste vir ons klant – hy't self die voering gekies. 'n Edel grys, nie waar nie? Hy was 'n individualis, ons klant, maar nie eksentriek nie. Want hy had smaak."

Die jas pas Jean-Jacques of dit vir hom gemaak is. Eenmaal binne die omhelsing van die jas, wil of kan hy nie daaruit nie. Jean-Jacques was al in baie arms verstrengel, dikwels sy eie, maar nooit het hy dit as sonde ervaar nie; nou, op hierdie oomblik, wat soos durende orgasme is, wéét hy wat die bose is, en selfverheerliking.

„Môre," sê hy gejaag, „môre sal ek u laat weet."

Die jong man skryf iets op 'n kaartjie. „Vra vir Peter as u bel," sê hy, en kyk pleitend na Jean-Jacques.

Dis baie laat voor Jean-Jacques daardie aand aan die slaap raak, en dít eers na hy pille gedrink het. Wanneer die foon om drie-uur lui, kan hy nie tot verhaal kom nie; hy tas, tas in die donker tot hy die rooi liggie op die skakelskyf sien pols. 'n Oomblik vrees hy : die man wat op die ys gegly het?

Dis Annebelle, dringend bewus van alles wat hulle skei: 'n kontinent, 'n oseaan, 'n lewenswyse. „Jean," huil sy, „kom huis toe : ek het jou lief . . ."

„Weet jy hoe laat dit is?" Jean-Jacques se stem is dik van die slaap; wil na verwyt klink maar kan nie.

„Jean-Jacques, ons kan nie wegkruipertjie speel tot aan die einde van ons fleur nie."

„Wanneer," spot Jean-Jacques, „is 'n fleur verby? Volgens my pas na ontmaagding."

„Hou op!" skree Annebelle.

Jean-Jacques kan hom voorstel hoe sy lyk: ontsier, verwring, verwelk. „Luister," sê hy gebiedend, „ons gaan nie dieselfde ou gesprek voer nie. Wat jy as liefde beskou, Annebelle, is niks anders as onbereikbaarheid nie. Koop 'n beeld, en jy het nie meer behoefte aan hom nie. En nou gaan ek afsluit; ek het slaappille gedrink en kán nét nié langer nié . . ."

Hy plaas die gehoorbuis versigtig op sy mik; lê vyf, tien minute grensloos verlig teen die kussings. En sypel dan terug na sy ondergrond.

Die volgende dag het Jean-Jacques die jas gaan koop en, geborge in bewerpels, sy winterreis hervat.

1978

Vir vier stemme

'n Grap is 'n grap

Die hele affêre het as 'n grap begin (vertel oom Toon Lourens); 'n Boerepoets. Want sonder grappe sou die lewe in Die Hoek 'n man ondergekry het. Dit was depressie en droogte, en ons ongetroudes – ek en Beimen Botes en die klein Skotsman wat toe net die winkeltjie en poskantoor oorgeneem het – kon nie elke naweek gaan kattemaai nie. Geld en vervoer was die kwessie; en bowendien wóú jy op jou werf wees om te red wat daar te red is. Maar Saterdagaande was almal se doodsteek. As jy jou kom kry, is jy maar weer op pad na oom Frik toe. Hy was beter daaraan toe as ons, maar dit was nie die groot oorweging nie: hy was 'n opgeruimde man, en sy dik vrou, tant Das, ook; daar kon jy 'n aand lank van jou ellendes vergeet, en lag ook, en vetkoek eet en koffie of lemoenstroop drink, en somtyds dans, want oom Frik had 'n grammofoon en 'n dogter. Aan die dogter, Let, het niemand ooit as 'n lewensmaat gedink nie; sy self ook nie, raai. Oor die moedervlek wat haar so geskend het, soos 'n pers lap oor die een helfte van haar gesig. Maar ook sý was vrolik, en het lekker gedans. En dikwels is daar kaartgespeel, veral in die winter – „nap" en „whist" en klawerjas.

Freddy, die klein Skotsman, moes ook die eensaamheid in 'n wêreld vol verdriet gevoel het, want hy het hom af en toe by ons aangesluit; maar hy kon hom beter verweer daarteen, want hy was 'n boekwurm. Net sulke dikkes; en hy lees hulle deur, soms dwarsdeur die nag. Die liewe Beimen, aan die ander kant, het seker nooit weer in 'n boek gekyk ná sy katkisasie nie, behalwe in die Bybel, en ook hieraan, tussen vriende gesê, twyfel ek. Nie dat hy dom was nie. Hy was net nie die soort mens nie. 'n Man van die daad, ja; van aksie. Jag en swem en perde inbreek. En dis hy wat die knaendste oor 'n nooi was. Oor hy so verveeld was ná werk.

Dít het oom Frik die aand op die plan gebring. Ons was almal in die voorhuis bymekaar, Freddy ook; net Beimen moes nog kom. „Freddy," sê hy, „jy's amper te mooi vir 'n mansmens. Kom ons trek nou vanaand vir Beimen 'n streep, en trek jou aan soos 'n meisiekind." En „toe, toe, toe" skree ons almal, die vroumense vooraan; want vroumense, het ek al dikwels gesien, is gek na speletjies, en dink nooit wat daaruit kan voortkom nie. Freddy wou nog teenstribbel. „Wat van my snor?" pleit hy. „Jy kweek 'n nuwe," sê oom Frik, „ en dié keer bemes jy hom van die begin af, om die brakkolle te wys wie is baas."

Die snor is afgeskeer, en die vroumense is kamer toe met Freddy. Onder die wyl hou ek en oom Frik die pad dop, wanneer Beimen nou kom; want ons was so opgewonde soos skoolseuns.

Toe oom Frik se „niggie" uit Kimberley haar verskyning maak, het ek en oom Frik na ons asems gesnak, so volmaak was die prentjie. Tant Das het jare gelede 'n bolla van haar lang meisiehare laat maak, en dit gedra tot sy te grys begin word het; dié bolla was presies Freddy se kleur hare, strooigeel, en amper goud as die son daarop skyn; en hierby 'n ou rok van Let, wat Beimen nie sou herken nie, want niemand het ooit aandag gegee aan Let se rokke nie; en baie poeier en sent, en 'n bloedrooi mond, en oorkrabbetjies. En tant Das en Let katkiseer Freddy van 'n kant af: hoe 'n vroumens moet loop en sit, altyd baie „ladylike".

Nooit sal ek Beimen se gesig vergeet toe hy Freddy die eerste keer sien nie; verwondering en blydskap, of dit om gebedsverhoring gaan. En hy draai om Fifi, soos die niggie uit Kimberley kortweg genoem is.

Oom Frik moes kort-kort uitgaan om te gaan lag; ek ook. Die ou het dubbel gevou, soos een wat osse inspan, en om ons te versukkereer ná ons lag- en hoesbuie, het ons dop loop steek agter die kweperheining.

Ons lang afwesigheid het Beimen gepas. Toe ons terugkom, nog rooi van die lag, is hy en Fifi in mekaar se arms, en hulle dans die Kalfiewals, en Beimen loer met sulke poepogies oor Fifi se skouers en sing:

My ma se melk in die boer se glas
En die oorskiet moes ek kry

En tant Das en Let sit aan mekaar en stamp in die hoek, en geniet die speuletjie só dat hulle maak of hulle ons brandewynsasems nie ruik nie.

Teen drie-uur dié nag toe dans ons nog. Ek en oom Frik probeer kamtag 'n dansie met Fifi inkry, maar Beimen sê botweg: ,,Jammer, mense, daar is Let en tant Das; maar dié nooie het ek vir my bespreek."

Hoe Beimen so maklik bedrieg kon word, bly vir ons almal 'n raaisel. Want Freddy het met sy gewone stem gepraat; 'n tenoorstem. (Ek hoor hom nog sing: Bonnie Prince Charlie.)

Miskien omdat Freddy so goed gespeel het. Die manier waarop hy opgekyk het na Beimen. En sy oë neergeslaan het. En sy kop teen Beimen se skouer laat rus het.

Beimen was onstuitbaar – 'n afspraak; vir die volgende dag nog. En wanneer hy in Kimberley kan kom kuier?

Tant Das en oom Frik moes net wild begin wal gooi. Douvoordag, sê hulle, vertrek Genoveva.

Beimen se teleurstelling het 'n mens skoon arig laat voel. Nie net teleurgestel nie. Dis of hy bang was. Of iets kosbaars van hom afgeneem gaan word. En toe reeds het ek gevoel: 'n grap is 'n grap.

Oom Frik nie. Nog nie. ,,Skryf vir haar," moedig hy aan.

,,Natuurlik," sê Beimen, al was dit glad nie vir hom natuurlik nie. Hy wat nooit lees nie, en selfs opsien teen die skryf van 'n notisietjie.

Hoeveel ure daardie briewe hom gekos het. En elke week twee, het ons met 'n omweg gehoor. Want Freddy het niks daarvan gesê nie, tot hy baie verleë by oom Frik-hulle gekom het, en van die korrespondensie gepraat het, moes praat, bygesê, want hy het die mondering, bolla en al, kom leen vir 'n foto. ,,Beimen dring aan op 'n foto," het hy gesê.

Freddy kon die briewe-ding maklik beheer, want hy was winkelier en posmeester. Hoe hy met die stempels gemaak het, weet ek nie; dalk had hy 'n Kimberleyse stempel. Maar Beimen het, gereeld soos klokslag, sy twee briewe per week gekry. En siek van spanning gewag op die volgende.

Oom Frik het die groot woord gaan praat met Freddy; ek, as medepligtige, was ook by as getuie.

,,Dié nonsens moet nou end kry, Freddy. Ek het dit begin, en is baie spyt daaroor; ons moet Beimen inroep en verduidelik."

Hiervan wou Freddy nie weet nie. ,,Hy gaan julle, hy gaan mý vermoor."

(Sou Freddy aan hul afskeidsoen gedink het, daardie diep soen wat ek en oom Frik deur 'n kantgordyntjie afgeloer het?)

„Beimen is 'n boer, en is mans genoeg om te lag as hy 'n poets gebak is. Hy sal ons terugbetaal, op sý manier."

Freddy het snaakserig gelag. „Ek wil nie naby wees as dit gebeur nie." Hy het oor sy bolip gevee wat bleker was as die res van sy gesig. Skielik het ek besef dat hy nie weer 'n snor gekweek het nie.

„Ons durf hom nie beledig nie. Hy mag nooit weet wat gebeur het nie. Dit sal hom breek." Freddy se stem het ál hoër geklim.

Ek en oom Frik het na mekaar gekyk.

Freddy het voortgegaan, maar al meer opgejaag.

„Die niggie moet sterf. Ek sal sorg vir die telegram."

Die niggie hét gesterf. Hand aan eie lewe.

Toe 'n jong daardie Saterdagmiddag laat by die poskantoor verbyloop, sien hy iets roois onder die deur uitkom. Verf, dink hy, verf wat omgeval het. Maar loop tog nader. En ruik aan die rooi. En proe daaraan. En hardloop weg om hulp te soek: blóéd.

Ag, Here, hoekom Freddy daardie rok en bolla moes aanhê voor hy homself . . . ek meen, dit was verskriklik genoeg, en so onnodig . . .

Want hoekom, hoekom, hoekom? Kan een van julle geleerde mannetjies my dalk help? Ons het soms saam geswem, ná 'n jag of so, en ek kan julle verseker, daar was niks verkeerd met Freddy nie. Om die eerlike waarheid te sê . . .

Aan alles moet 'n einde kom

Kort na sy aankoms in Die Hoek het Freddy McTavish aan 'n boesemvriend in Kaapstad geskryf: „The landscape is quite Brontëesque, stark and desolate, but breathtakingly beautiful towards the evening, and the mountain air is invigorating, as Dr Sim promised me it would be. That, of course, is the whole purpose of my exile, for the mountain air is supposed to cure my asthma. But will I survive the Afrikaners? There is not a single English speaking person in the whole of Die Hoek. Luckily for me I have learnt The Taal at a very early stage, when my dear Mother, an Afrikaner by birth, was still alive. I can therefore converse with ease. But the Boers have so little to talk about, except the drought, which, by the way, *is* very severe. Basically they are kind, but naive, the whole style of living nineteenth centuryish. There is one character though who is fun, called oom Frik. His wife, tant Das, is rather corpulent; the daughter Let has no choice but to be virtuous, on account of a birth mark that disfigures her completely . . ."

Van dié aard het sy briewe gebly: iets oor die landskap en die weer, iets oor die mense; soms 'n lang brief oor 'n jakkalsjag of 'n buitenagmaal. Enkele mense het bestendige verwysings geword: oom Frik en sy gesin; 'n plaaslike „filosoof", ene Toon Lourens; en in toenemende mate 'n jong Simson, Beimen Botes, wat 'n sak koring dra of dit 'n kardoes is, maar soos 'n riet bewe as hy 'n vorm moet invul.

Op 'n keer het Freddy 'n paar kiekies saamgestuur, maar almal swart-en-wit, wat niks van die sagte aandkleure wys wat die Stormberge so groots en verdrietig kan laat lyk nie. Dit was ontmoedigende kiekies: een van die baksteenhuis wat sy tuiste en werkplek is (poskantoor, winkel), met twee tamariske op die kaal werf; een van homself, maar uit fokus, want Beimen wat die kiekies geneem het, het gebewe. Die vriend in Kaapstad het nooit kom kuier nie, soos hy 'n keer of wat beloof het; en later het hy opgehou met skryf.

Maar dit het Freddy nie gehinder nie. In werklikheid het dit hom gepas, want sy briewe het vir hom na verraad begin voel. Jy skinder nie oor jou vriende nie. Hy het ook agtergekom dat die Boeremense wel iets te sê het as jy eers agter die fasade van droogte en Calvinisme kan kom. Hulle ken die veld, en kan elke veldding by die naam noem, van die kanniedood tot by die rivierkat; en hulle kan wonderlike verhale vertel wat teen velddinge afspeel; party bloedstollend, wat van donker drifte in die mens getuig. Van 'n seun van neëntien wat 'n kind verwek het by sy suster van dertien, en haar toe uit wanhoop vermoor en homself opgehang het aan die tak van die reusagtige ou bloekom by die tolhuis, ja, die einste boom wat vandag nog daar staan, by die bek van Die Hoek; maar van die tolhuis is skaars die fondasie oor.

Freddy het weer begin teken; klein presiese tekeninkies van plante en diere. En hy het boek begin hou van die stories en sêgoed van die Boere. Saans het hy in Dickens gelees, want hy het hom voorgeneem om die versamelde Dickens deur te werk tydens sy ballingskap. Hy het sy tyd in Die Hoek „vrugbaar" bestee, soos dit heet.

Maar daar was aande, veral oor die naweke, wat hulle nie laat inbreek het nie; aande waarop die emosie 'n ander fokus wou hê as boeke; aande waarop hy verlate was, en mense wou hê, of beter gesê: een bepaalde mens. Maar dít het hy te laat besef.

Op 'n Saterdagmiddag, met nog 'n uur of twee son oor, klim hy op sy trapfiets, voortgedryf deur 'n onbestemde rusteloosheid. Eers ry hy in die rigting van die dorp, vyf-en-twintig myl daarvandaan; maar ná 'n kwartier draai hy kortom, en ry maar weer na oom Frik-hulle toe, soos dikwels in die jongste verlede.

Voor oom Frik se huis met sy hoë stoep en bokhorings groei 'n heining saliebosse, van die rooies met hul suikersoet sap; en dis ook al beduidenis van 'n tuin in hierdie droogte.

Freddy suig een blommetjie na die ander uit, nes die kinders altyd maak. Die soet smaak en die hitte bedwelm hom, maar tant Das se stem verbreek die ban. Sy leun oor die onderdeur en wink hom nader.

„Kom binne, Freddy, jy sal sonsteek kry. En oppas vir die salies, die blomme is verlip."

Tant Das bedien lemoenstroop op die stoep. Toon Lourens het ook al aangekom, en kom saam met oom Frik van die stal se kant af huis toe. Freddy kan sweer hy ruik drank, maar oom Frik en Toon is albei ewe sedig. Te sedig, volgens Freddy; dis gewoonlik 'n aanloop tot korswel en jil. En daarmee kan hulle dan weer nie end kry nie, selfs lank na snaaks nie meer snaaks is nie.

„Ek wonder my of Beimen vanaand oorkom. Ou Streepsak sê hy sukkel met 'n windpomp," vertel oom Frik, en korrel na die yl wolkies, of daar 'n regstreekse verband tussen die droogtehemel en die windpomp-kwessie is.

„O, hy sal kom," grinnik Toon Lourens. „Hy is banger vir die eensaamheid as vir 'n skoot hael. Maar eers as die windpomp reg is."

Daar trek 'n luggie op die stoep, maar tant Das waai haar uit gewoonte koel met 'n sakdoek wat nat is van sweet en oliekolonie. Let kom op die stoep uit met nog 'n beker lemoenstroop. „Sjoe," sê sy, „wat 'n hitte."

„Skink nog vir Freddy," beveel tant Das moederlik. „Hy lyk so bek-af. Hoe gaan dit met jou mense, kind?" Let stamp aan haar ma, wat al weer vergeet het dat Freddy se moeder onlangs oorlede is.

„Goed," glimlag Freddy afwesig. Hoekom was hy teleurgesteld toe oom Frik oor Beimen gewonder het? Beimen dra tog niks by tot die gesprek nie; lag net oor alles. En is in almal se pad met sy allemintige lyf.

Later, wanneer die luggie 'n suidewind word, trek hulle binnetoe, na die voorhuis waar die grammofoon sy eie tafeltjie het, en die Statebybel op 'n ander tafel staan, 'n geelhouttafeltjie met inlegwerk van been en stinkhout.

Weer kom Beimen ter sprake.

„Arme sondaar," lag tant Das, „het sorg nodig, kan jy sien. En sy enigste suster in Tzaneen."

Oom Frik kom tussenbeide, sommer dwarsweg, soos dit lyk.

„Kom ons trek die ou vanaand 'n streep," sê hy ondeund en kyk aandagtig na Freddy. „Sal jy saamspeel, Freddy?"

Freddy voel bedreig, maar op 'n vae manier ook opgewonde. „Hang af, oom Frik."

„Kyk," sê oom Frik, „jy is amper te mooi vir 'n mansmens, Freddy. As ons jou nou opmaak . . ."

„Toe!" skree Toon Lourens, „dit sal sports wees. Dan vergeet ons 'n slag van die droogte en ons Landbankverbande."

„Ja, toe Freddy," pleit Let.

„Ek het nog 'n bolla," sê tant Das, „en ons vat een van Let se ou rokke.

Toe, jong, lag kan niemand mos kwaad doen nie."

Freddy probeer stry teen sy stygende opwinding. „My snor . . ." skerm hy.

„Kweek 'n nuwe. En maak dié keer 'n goeie job daarvan. Elke môre en aand 'n lagie hoenderstront." Oom Frik lag dawerend oor sy eie grap; Toon Lourens val by hom in, en saam runnik hulle tot albei vervelig raak.

„Ek sal," sê Freddy stil.

Daar en dan skeer Let Freddy se snor af, ná sy seep, water, 'n skeermes en 'n strop gaan haal het; en dan gaan die vroumense kamer toe met hom, waar hulle 'n halfuur lank aan hom arbei. Hy kom mooi uitgevul uit die kamer uit, met rooi lippe en wange, en sy strooigeel hare saamgevat in 'n bolla; 'n effens vulgêre vrou miskien, maar met 'n plus-kwaliteit wat nie te ontken is nie.

„Ramkat se moses! As Beimen nou net wil kom . . ." En oom Frik is eers by die venster en toe uit op die stoep. Haastig kom hy terug: „Hy is op pad, kêrels; nou moet ons gou ons dinge agtermekaar kry. Kyk, Freddy, jy is my niggie uit Kimberley. Ons noem jou Genoveva."

„Te lank," sê tant Das, „ons noem hom Fifi."

Let en Toon Lourens lag hulle byna ongelukkig.

„Moet nou nie staan en lag as Beimen hierso is nie," waarsku oom Frik. „Gaan buitentoe as julle dit nie meer kan hou nie."

Beimen se hemp is oop oor sy bors. (Géén hemp bly toe oor sy skof en breë spiere nie.) En dit lyk of hy nog groter swel met Genoveva wat amper broos voor hom staan. Hy druk haar hand te styf vas, en hou dit lank in syne. „Welkom," jubel hy, en kyk diep in haar oë, en bedoel: welkom in mý lewe; en sy sein dieselfde boodskap na hóm oor.

Nog nooit het 'n aand in Die Hoek so omgevlieg nie. Ná die aandete – grofbrood, varkvet en gouestroop – word die grammofoon opgewen: Ou Hessie se wit perd en Die Kalfiewals. Soms verdwyn tant Das, dan weer Let, en lag hulle magteloos in die kombuis of in die slaapkamer. En ou Hessie se wit perd sterk oom Frik en Toon Lourens in hul kwaad, want hulle gaan vier die grap agter die kweperheining.

Met die terugkom bespied hulle Beimen en die niggie deur die venster. So van buite bekyk, lyk die dansery nóg intiemer, en met die instap sê oom Frik: „A nee a, Beimen, half time change partners." Maar Beimen is weerbarstig: „Oom Frik het vir tant Das, en Toon kan met Let dans, maar dié nooie het ek vir my bespreek."

Hoe later dit word, hoe onwerkliker word alles vir Freddy: speel hy iemand, of is hy uiteindelik tuis by homself? Hy skrik vir sy gedagtes, en probeer, baie letterlik, afstand kry tot Beimen, maar Beimen, natgesweet en vrolik, herwin gou sy buit. (Sien hy dan nie? dink Freddy. My hande en vel? En die mense wat so giggel en kort-kort wegraak?)

Ná 'n dans vra hy om verskoning, en gaan rook 'n sigaret in die kamer. Oom Frik loer om die deur. „Jy sit te ope, Fifi," bulder hy van die lag.

„Hoe lank moet dit nog aanhou, oom Frik?" vra Freddy. „Ek begin Beimen jammer kry."

„Nee, jy gaan nie nou die sports bederf nie, man! Ons moet 'n korrespondensie aan die gang sit. Dink net aan die briewe, en aan al die moeite wat ou Beimen gaan hê om die woorde in te span!"

Maar die briewe was nie Beimen se verdriet nie. Dit was Freddy s'n. Beimen het na hom gekom, by die poskantoortjie, en groot en lomp en verleë voor hom gestaan, soos die Saterdagaand.

„Met die eerste oogopslag, Freddy," bely hy. „My briewe moet haar terugbring, maar ek het nie die woorde nie. Jy móét my help, ou maat . . ."

Twee keer die week het Beimen briewe uit Kimberley gekry; twee keer die week het Beimen oorgery en sy hartstog kom dikteer.

„Freddy," vra hy eendag in die middel van 'n sin, „wat is dit met jou? Jy is so anders."

„Ek het my snor afgeskeer."

„Is dit wat dit is? Ek kon sweer . . ."

Maar wat hy kon sweer, het Beimen self nie mooi geweet nie; wel het hy rusteloos by Freddy gevoel, of Freddy sy verlange na Fifi versterk het; iets in Freddy se gebare, se oogopslag het Fifi vir een martelende oomblik na hom teruggebring, en dan moes hy haar by hom hê, hoe dan ook.

„'n Foto," sê hy, „vra 'n foto. Ek wil 'n foto van haar hê."

Na lang beraadslaging met homself, ry Freddy oor na oom Frik-hulle toe om die mondering van die groot aand te gaan haal.

„Maar skryf julle dan wragtag en laat ons nie weet nie?" vra oom Frik kwaad. „Magtag, man, die hele plan was mos myne."

En wanneer Freddy met 'n kartondoos vol klere vasgeknyp in sy karet wegry, is oom Frik nog gebelg, en besluit om Toon van die affêre te gaan vertel.

Die volgende dag daag oom Frik en Toon by die poskantoor op.

„Kyk, Freddy, die nonsens het nou lank genoeg aangehou. Ek kan nie sien dat twee uitgegroeide jongetjies spektakels van hulself maak nie."

„Maar dis presies wat oom Frik wou gehad het."

„Ja, tóé, maar nie nou nie. 'n Grap is 'n grap, maar aan alles moet 'n einde kom. Ons moet Benjamin gaan vertel." (Net wanneer hy ernstig is oor Beimen, het oom Frik hom Benjamin genoem.)

Freddy verbleek. „Dit sal hom vreeslik verneder. Hy sal ons, hy sal mý vermoor. Nee, nee, hy moet liewers niks weet nie. Die niggie van Kimberley moet verdwyn – verongeluk, of trou, of buiteland toe gaan. Laat alles asseblief aan my oor."

Oom Frik stap knorrig weg. Toon lyk of hy wil agterbly, sy lang gesig skielik ernstig, maar oom Frik skree: „Toe, toe, waar bly jy?"

Freddy staar hulle agterna. Die middag is nog nie mooi nie. Dit is te vroeg.

Later sal die berge pers word; die kaal bulte geklee raak deur die laaste lig. Maar nou is dit nog droogte, en alles is verlate en leeg.

Hy stap heen en weer in sy kamer, gemartel en verward. Soms kyk hy uit op die werf, maar sien die twee tamariskbome nie raak nie. Drie keuses het hy aan die niggie uit Kimberley gelaat, die een so moeilik soos die ander. Hy dink terug aan Beimen se ruie soen; aan sy porseleinblou oë wat helder is, selfs ná 'n dag in die stof en son, en weet dat hy verlore is.

Of dalk het hy tog 'n kans. Een kans uit 'n duisend.

Met sorg, soos vir 'n huwelik, trek hy Let se ou rok aan; 'n blouerige rok met fyn blommetjies. Hy sukkel met sy hare, maar kry die bolla tog op 'n manier vasgespeld. In die winkel, wat met sy kamer verbind is, kry hy mooimaakgoed, poeier en 'n lippestiffie, maar sy hande bewe so dat hy ál buite die lyn van sy mond beweeg. Sy mond lyk verwond, besmeer met bloed.

Ure later kry Beimen hom. Wydsbeen sit hy, met sy kop tussen sy bene, asof hy naar is, en wanneer hy uiteindelik opkyk, is sy oë leeg, sonder hoop of herkenning of liefde.

En hadde de liefde I

Op pad huis toe dink Beimen Botes met stygende skaamte: Ek het te ver gegaan. Ek moes dit nie gedoen het nie. Ek moet omdraai en gaan kyk.

Hy laat hom voortdra deur sy perd, al dieper die middag binne. Want sien wil hy nie: die besmeerde mond, die verkreukelde bont rok, die bolla skeef in die nek. Die droogteson druk soos hande teen sy blaaie, druk hom vooroor, al nader na die perd toe wat na salpeter ruik. Met 'n ruk kom hy orent: die laaste hek voor sy huis. Die hek blink en verdwyn, blink en verdwyn. Beimen skud sy groot kop heftig: lyk sonsteek só? En klim af en maak die hek oop, en lei die perd die werf binne.

In die bitter koelte van die peperbome kom hy tot verhaal. Hy laat die perd uit die trog drink, en lei hom koud, maar saal hom nie af nie: wie weet, dalk later; en gaan binnetoe waar hy op sy dubbelbed neerval en diep aan die slaap raak. Maar nie rustig nie. Hy sien Genoveva voor hom sit, in 'n tuin of in die veld, en stap nader, maar as hy sy hande op haar skouers sit, is dit Let wat na hom omkyk, met rooi oë in haar pers, geskonde gesig, en 'n lelike lag op haar lippe.

Teen melktyd word hy wakker, natgesweet, en met 'n swaar hoofpyn. Dalk help dit as hy was, en met 'n handdoek stap hy na die klipdammetjie toe, wat te smal is vir swem, en in elk geval te min water het, maar waarin hy darem sy warm lyf kan afkoel. Hy laat homself afsak, tussen die flardes paddaslyk deur; stoot die slyk vies opsy, en begin hom driftig was, veral die geslag; gaan lê dan 'n oomblik lank plat op die bodem, die water en slyk 'n dak bo hom.

Sy bad het hom verfris, maar nie van kwellings verlos nie: van pyn en woede wat om voorrang veg; en van emosies wat vreemd is aan sy aard, en waarmee hy geen raad weet nie: selfveragting; haat teen sy medemens en God; berou; mededoë. Iemand, voel hy in sy radeloosheid, moet verantwoordelikheid aanvaar; die grapmakers, nie hy of Genoveva nie. Al het sy saamgespeel. (Die liggaam het nie teëgestribbel nie, maar die oë was leeg; die bemorste mond oop, maar sonder geluid.)

Beimen gaan wys net sy gesig by die kraal, en klim dan weer op Poon. Hy leun oor na 'n spits oor: „Jammer, my dier"; en ry na die Van Onselens; na Oom Frik en tant Das, en na Let met haar pers gesig. As húlle nie verantwoordelik is nie, wie dan? God? En as dit Hy is, wat maak jy dan? Leef jy tevrede voort met jou skande en jou pyn? Maak jou windpomp reg en bid om reën?

Die Van Onselen-werf is verlate; gordyne toe, deure gesluit. Tog hou Beimen aan met klop; loop van venster tot venster. Die westelike ruite is lou onder sy vingers, en skielik begin hy huil: hy wil mense hê, want hy is reddeloos verlate.

Streepsak kry hom op die stoepbankie. Wydsbeen sit hy, kop vooroor, terwyl sy groot bolyf ruk van die snikke.

„Dan weet die baas?"

„Weet ek wat?"

„Van die ander kleinbaas; van baas Freddy." Streepsak sper sy mond vol óú tande oop en bring sy hand mond toe; trek, maar baie stadig, 'n vinger krom.

„Hè?" vra Beimen dom.

En Streepsak herhaal, met wellus eerder as simpatie, sy trae handgebaar. Beimen kyk met afgryse na die vinger wat vinger is én sneller. „Kapukile!" skree Streepsak aan die einde van sy gebarespel. „Dood, hom se kop weggeblaas."

„My God, my God," kerm Beimen, maar hy huil nie. Sy vroeër trane word droog op sy wange, want die suidewind het opgesteek.

„En die mense is almal soontoe?"

„Die polies hy was hier, en die dokter. Die ounooi het gaan help . . ."

Streepsak het die woord vergeet, en Beimen is dankbaar, want hy wil dit nie hoor nie. Maar op pad na die poskantoortjie-en-winkel waar Freddy gewerk het, prewel hy aanhoudend: uitlê, uitlê, uitlê. En net 'n paar uur gelede het dié liggaam, dieselfde liggaam, ónder hom gelê, die bont rok opgestoot oor die wit boude; en hy het sy woede en teleurstelling in dié liggaam geledig.

Twee weke gelede het hy Genoveva ontmoet, oom Frik se sogenaamde niggie uit Kimberley. En sy hart aan haar verloor. Almal was laggerig dié aand, maar hy het gedink: Dis oor ek so verlief is. Laat hulle maar lag: ek het die gevoel, en hulle nie, en dis 'n goeie gevoel, want iemand wil my hê. Iemand wat nog mooi is ook.

Daar was nie lampe dié Saterdagaand nie, net kerse. En ook nie te baie nie. ,,'n Lamp maak die kamer so warm," was tant Das se verskoning, en hy het dit aanvaar, want in die sagte lig kon hy nader kom aan Genoveva. Maar hulle wás na aan mekaar, van die oomblik dat oom Frik gesê het: ,,Laat ek jou interesseer by my nig Fifi." Op dié oomblik het Toon Lourens met sy lang gesig geproes en tant Das het kwaai gesê: ,,Maar gedra jou dan, Toon! Vir wat is jy so stuitig?"

Later was dit weer Lelike Let wat in sy gesig gelag het toe sy met haar ewige lemoenstroop kom ienterfeer het. Hy was op die punt om te sê: ,,Hier is my hart. Vat dit. Trap daarop. Maak wat jy wil daarmee. Want dit sal nooit weer myne wees nie." Net só wou hy dit sê, maar Let het alles kom beneuk met haar verdomde lemoenstroop. Daar is 'n tyd en 'n plek om 'n ding te sê, en die tyd was presies daardie oomblik, en die plek was die settié in die voorhuis van ou Frik van Onselen. Hy het dit tog probeer sê later, met 'n soen, toe hulle afskeid neem, en sy het teruggesê soos geen vrou dit nog ooit met 'n soen kon sê nie, sterk en sonder valse skaamte. In soveel woorde: Vat my hart en mors daarmee.

Die volgende dag al het hy 'n brief probeer skryf, maar die woorde het onwennig geraak net as hy hulle wil inspan, en die Maandag is hy douvoordag na Freddy toe. In die winkeltjie, tussen sis en katruwa en blouseep en koffie, het hy sy liefde verduidelik, en Freddy het vertolk met mooi, geleerde woorde. ,,Dis darem nie wat ek gesê het nie," het hy Freddy betig. ,,Maar dis presies wat jy dink en voel, nè?" het Freddy hom geterg. ,,Skryf nou mooi oor solank ek vir ons tee loop maak en roep my as iemand pos wil hê."

Dit was wonderlik om met Freddy oor Genoveva te praat. Freddy het alles verstaan. Hy het amper nie na haar verlang nie, solank hy by Freddy was: sy was skielik so naby.

Poon struikel, en Beimen moet hom met 'n kragwoord oppluk. Dis vuilskemer, die lig is vals. En 'n matelose verdriet neem van Beimen Botes besit. Hoekom het hy dit aan Freddy gedoen? Oor hy Genoveva wou terughê, Freddy wou straf? Maar só straf? Met geweld en vernedering?

Hy het vroeg die middag na Freddy gery. Gehoop daar is 'n ekstra brief van Genoveva, een met 'n foto daarby. Maar Genoveva self het hom ingewag in Freddy se kamer, en sy was anders in die daglig as by kerslig, haar mond morsig en haar bolla skeef, en haar hande was manshande, en haar kaal voete groot, met knoppe op die tone. Hy wou hom wreek op haar; hy wou haar hê.

Beimen spoor sy perd aan. Dis die uur wanneer vlermuise vlieg en uile steun. Eers wanneer hulle oor die nekkie is, en Beimen die lig in die poskantoorhuis kan sien, kom hy tot bedaring.

Hy wil Genoveva sien voor hulle die deksel oor sy gesig skuif; hy wil haar gesig skoon sien, sonder smeersels en vals hare. Maar dan onthou hy wat Streepsak gesê het, en hou sy perd in. Bang vir die huis van die dode, banger nog vir die dood in eie huis, só sit hy, en voel hoe die nag in hom intrek soos dou.

En hadde de liefde II

Die Van Onselens drink hul vieruur-koffie op die voorstoep, want hier is koelte en 'n luggie. Hulle sit regop langs mekaar op die bank: oom Frik, beenderig, ondeund en met 'n hangsnor, met langs hom sy gesette vrou, tant Das; en dan hul ongetroude dogter, Let, wat wel haar jare het, maar verbygegaan word vanweë 'n moedervlek wat haar gesig ontsier. Sy het iets van haar pa se sin vir die snaakse geërf, maar by haar het dit verdiep tot ironie wat af en toe versuur tot sinisme. Van haarself sê sy dikwels: „Ek moet my verkoop aan 'n sirkus as 'n clown: ek is al klaar opgemaak." En nou onlangs, toe sy dit weer sê, was dit so hittete of oom Frik haak af met: „Ja, doen dit gerus, dat daar 'n ekstra geldjie kan inkom." Want die tye is nie goed vir die boere in Die Hoek nie: droogte; depressie. En met oom Frik gaan dit nog beter as met die ander, veral die beginners soos Beimen Botes en Toon Lourens, wat behoorlik wurg in dié dae. Daarom ontvang hy hulle graag, en trakteer hulle; maar van die lusern in sy klipskuur staan hy nie 'n enkele baal af nie, al wil wie ook wat betaal.

Die Van Onselens sit soos vir 'n portret, doodstil, asof hulle vergeet het van die koppies in hul hande. Bokant hulle is 'n stel bokhorings wat oom Frik se swaer uit Duitswes gebring het: koedoe, gensbok en eland.

Hulle sit doodstil, of hulle bang is die horings gaan op hulle val.

Dis Let wat uiteindelik die swye verbreek: „Sjoe, wat 'n hitte."

Tant Das vererg haar, en trek haar sakdoek, nat van die sweet en die oliekolonie, tussen haar borste uit: Let is jonk en skraal, en weet nog nie van gloede nie.

„Ek wonder my of die knape weer vanaand kom kuier. Ou Streepsak sê Beimen sukkel so met sy windpomp."

„Al weer?" vra Let.

„Ja," sug oom Frik. „Kyk maar mooi: altyd in die droogte. Wanneer jy jou hande vir ander dinge nodig het."

„Die stomme Beimen," sê tant Das.

„Hy sal regkom," praat oom Frik haar dood. „Hy het karakter."

Let neem die koppies agtertoe. „Hy sal nie regkom nie," sê sy hardop in die kombuis. „Want hy het nie karakter nie." En driftig begin sy opwas.

Twee jaar lank stop en herstel sy reeds vir hom, sonder betaling. Hoekom doen sy dit? Want hy kyk haar nie aan nie. Hy kán haar nie aankyk nie, vanweë die vlek op haar gesig. Vir hom moet dinge volmaak wees. Hy gru vir verminking; vir afwyking. 'n Dier moet vir hom mooi geteken wees. En tóg stop sy, en werk die nate en ander skeure toe wat oopbreek in sy broeke en hemde telkens wanneer hy te wild buk of strek. As daar niemand naby is nie, ruik sy aan sy klere, of daar iets van hom daarin agtergebly het, sweet of pyprook, of iets heimliks, iets soeterigs en stinks, iets bedompigs soos ou paddastoele.

Let droog die koppies af. Een glip uit haar hand, maar sy keer dit betyds. Laat dit breek. Laat gebreke word, iemand of iets. Beimen het nie karakter nie, en nog minder geld. Maar wat maak karakter nou saak as jy geld het? Haar pa het geld, baie meer as wat hy voorgee. Hulle kan op Wolfiespoort gaan boer; die verband oorneem by haar pa. Want Beimen kan werk. Hy het groot hande. En saans, in die donker, is alle katjies grou, ook die gevlektes, en hoef hy nie te gril nie.

„Let! Le-e-t!" roep haar pa van die stoep af. „Hier kom Toon aan. Gooi daar iets."

„Iets" sal nie koffie wees nie, besluit Let boos. Dit sal lemoenstroop moet wees. En as die water in die watersak nog nie koud is nie, kan Toon en haar pa hul eie planne maak. Dit sal hulle wel doen, maar later, want Toon bring altyd iets saam vir haar pa; en dan drink hulle skelm, in die stal of agter die kweperheining, en kou pepermente, en dink in hul eenvoudigheid dat sy of haar ma niks agterkom nie. O, hulle is 'n paar: haar pa en Toon Lourens; lag vir mekaar se grappe, tot sewentig maal sewe toe, en spog met hul lewenskennis.

As iemand lewenskennis het in dié kontrei, dan is dit Freddy McTavish, al sê sy soort kennis niks in 'n godverlate uithoek nie. Hy het die poskantoor en winkeltjie oorgeneem, maar net tydelik, sê almal; hy is op die Stormberge vir sy gesondheid. Hy is van die Kaap en was al oorsee; hy ken mense. Ook vroumense, al gee hy nie regtig vir hulle om nie. Hy is soos 'n broer vir haar. Hulle gesels oor alles onder die son, van die depressie tot hoendersiektes. Sy wys haar borduurwerk vir hom, en hy gee raad omtrent die kleure wat sy moet gebruik. Soms bring hy Engelse boeke vir haar, maar daar is te baie moeilike woorde in en die druk is te fyn. Nou lê hulle maar op haar bedtafeltjie, bo-op haar Halleluja.

„Let! Moet jy dan 'n perd loop opsaal!" skree oom Frik van die stoep af.

„Ek kom . . . ek kom . . ."

En Let speel die dienende Martha, 'n rol wat haar aanvaarbaar maak vir almal, af en toe selfs vir Beimen Botes. Sy laai haar bont skinkbord met bont glase, en 'n glasbeker met valerige lemoenstroop en 'n glasbeker vol water. Soos sy loop, klink die kraletjies van doilies teen die bekers; 'n fyn musiekie, soos dié van 'n musiekdoos.

Sy groet Toon Lourens met die hand en sê: ,,Sjoe, wat 'n hitte."

,,Ek wonder my of Beimen vanaand kom," sê haar pa. ,,Hy sukkel glo weer met daardie windpomp."

,,O, hy sal kom," grinnik Toon Lourens. ,,Want hy kan vrek oor geselskap. Ry sommer in die middel van die week oor na die poskantoor om met Freddy te gesels."

,,Wat húlle vir mekaar te sê het," lag tant Das.

,,O, baie," sê Toon. ,,Freddy teken van sy stories op."

,,Maar wat weet Beimen nou van stories af?"

,,Nie daardie stories nie, oom Frik. Stories oor Die Hoek," verduidelik Toon.

,,Maar dié ken ek tog beter as hy, en ek kan hulle nog beter vertel ook. Ou Beimen is maar swaar van tong."

,,Jy ook soms," kry tant Das 'n hou in, en stamp teen Let. Let giggel agter 'n sakdoek.

Oom Frik vererg hom. ,,Kom, Toon," sê hy, ,,die vroumense kort diskoers."

Let vat die glase en bekers kombuis toe. Sy voel nie nou al lus vir opwas nie, en gaan haal haar kappie en voorskoot.

,,En nou? In dié hitte?" vra tant Das verbaas.

,,Ek gaan eiers soek," sê Let bot, ,,daar is weglêhoenders by die plaat kriebosse."

,,In dié hitte? En met al die slange?"

,,Juis om die slange, dat hulle nie my profyt opeet nie. Ek is nie bang vir 'n slang nie. Ek vat 'n kierie saam."

Dit ís te warm vir eiers soek: Let weet dit. Die hitte val van alle kante af aan, van bo en van die grond af. Sy voel dit deur haar skoensole. Maar sy wil dink, en daarvoor moet sy alleen wees.

Later stap sy met 'n ompad stal toe; en met een hand hou sy 'n paar eiers bymekaar in haar voorskoot. Sy betrap haar pa en Toon op heter daad, soos sy vermoed het sy sou. Hulle probeer nog haastig om 'n half-jack agter 'n blik Dubbin in die muurkassie weg te moffel, maar dis te laat.

,,Let, as jy vir jou ma . . ." sê oom Frik, half kwaad en half skuldig.

Let lag. ,,Pa weet mos ek is 'n ou sport, maar dan moet Pa my vanaand help: ek het 'n plan vir groot sports. Dis nou te sê as Beimen en Freddy vanaand kom, want ek het albei nodig."

,,O, hulle sal kom," sê Toon met 'n gemene laggie.

„Freddy ook?"

„Ja, want waar Dawid is, daar sal Jonatan ook wees. Lees maar jou Bybel."

Eintlik hou Let nie baie van Toon Lourens nie, maar vanaand sal hy 'n ideale bondgenoot wees. Hy het ook 'n aksie teen Beimen, want voor Freddy gekom het, was hy en Beimen gedurig bymekaar.

„Ek wil hê ons moet Freddy soos 'n meisiekind opmaak. Dan stel ons hom voor aan Beimen as Pa se niggie uit Kimberley. Ons noem die niggie Genoveva."

„Ek weet darem nie," sê oom Frik. „Sulke malligheid. En Beimen sal mos dadelik weet?"

„O nee, hy sal nie. Nie na ék met Freddy klaar is nie."

„Nou toe dan," sug oom Frik.

„Maar Pa moet die ding aan Freddy voorstel. Hy het groot respekte vir Pa."

„En sê nou hy wil nie?"

„O, hy sal," lag Let met dodelike selfversekerdheid, „o, hy sal wil."

En sy het reg, want Freddy het uiteindelik net een beswaar: sy snor.

„Dis die minste," sê oom Frik wat nou self begin opgaan in die speletjie, „ons skeer hom af, en jy begin hom weer van voor af. Maar dié keer dokter jy hom met hoenderstront."

Let gaan haal die skeergoed; die mes, die strop, die seep en water.

Daar is iets doelgerigs omtrent haar bewegings: iets manliks omtrent die hale waarmee sy die mes oor die strop trek, wat oom Frik verbaas. Hy kyk na Toon, maar dié sit net en glimlag.

Freddy lyk nie baie gretig om deur Let geskeer te word nie, maar oom Frik stel hom gerus: „Sy skeer my gereeld."

En Let ken haar werk, blyk dit gou: geen verwondings nie; nie 'n enkele druppel bloed nie. Sy skeer Freddy se snor af, maar begin dan ook met sy wange. „Ek hét vanoggend geskeer," protesteer hy tussen skuimbolle deur, maar Let gaan kalm voort. „Ek wil jou gesig glad hê," sê sy, „soos die boude van 'n baba."

Daarna neem sy hom kamer toe waar sy 'n rok uitgesit het, 'n bloue met 'n madeliefie-motief. Tant Das sit by, self verwonderd oor die gedaanteverwisseling wat Freddy ondergaan. Haar bolla wat nog uit haar jongmeisiedae kom, smelt mooi saam met Freddy se langerige blonde hare; en Let se rooi oorkrabbetjies laat sy bessierooi lippe nog rooier lyk. Selfs skoene is geen probleem nie, want Let het besonder groot voete vir 'n meisiekind. Iets snaaks gebeur in die proses: Freddy verander ook van binne-uit. Hy lag koket, sy stem effens hoër as gewoonlik, van pure opgewondenheid; en sy handgebare raak vroulik.

Let van Onselen het nooit weer gelag soos daardie aand nie; so intens en so dikwels. Soms het sy haar lagbuie in haar kamer gaan smoor, in haar kopkussing; en soms het sy agter die bakoond gaan staan om asem te skep.

Met die voorkennis van 'n beproefde vrou het sy geweet dat Beimen die groot woord gaan spreek. Sy het dit in sy oë gesien toe hy styf met Genoveva gedans het – eenkeer selfs binneboud – en luidkeels gesing het:

> Toe ek nog eens 'n kalfie was
> toe moes ek honger ly

Suip dan, het Let minagtend gedink, suip dan tot jy die wildeskyt kry.

Sy het in die gang gewag met 'n skinkbord, en met perfekte tydsberekening sy perpousel onderskep. „Hier, julle moet al dors wees," het sy gegiggel, en lemoenstroop aangebied.

Die Van Onselens het niks van die briefwisseling tussen Genoveva en Beimen geweet nie. Eers toe Freddy een middag per fiets by hulle aankom met die gek versoek om sy Genoveva-mondering te leen, het hulle daarvan te hore gekom. Natuurlik was hulle boos: die hele plan was hulle s'n, en nou sit hulle eenkant, glad nie deel van die sports nie. Maar die klere het hulle tog geleen.

Terwyl hulle Freddy agterna kyk, sê oom Frik: „Ek wonder my of dié kêreltjie gesond is. Hy lyk dan so bleek."

„Dis oor sy snor af is," verduidelik tant Das. „Dís wat hom so bleek laat lyk."

„Daar is iets anders," sluit Let by haar pa aan. „'n Onrustigheid."

„Ja, ja," beaam oom Frik, „'n onrustigheid."

„Noudat julle so praat," sê tant Das, „hy het gebewe toe hy die boks by my aangevat het. Ja, ek onthou dit nou duidelik: gebewe."

Nog jare later sou die Van Onselens hierdie kort gesprek bly herskep, tot in die fynste besonderheid toe, want mense hou nou eenmaal daarvan om as profeties aangesien te word.

Die ongeluk het die volgende dag gebeur. Sersant Zietsman het die tyding gebring, dokter Rowland by hom, in die syspan. En albei hierdie mans, sterk en gehard, het gelyk of hulle kan knak.

„Met 'n rewolwer, oom Frik, wat hy in sy keel afgetrek het. Sy harsings peul uit soos kapok by 'n kussing. En die naarste is die vrouensklere wat hy aanhet. Dis hoekom ons hier is."

Dokter Rowland neem oor by die sersant: „Kan tant Das kom help uitlê, asseblief? Dis tragies genoeg, 'n mens wil nie nog praatjies hê nie. Hy was so 'n liewe seun."

„Ek wil saamgaan," sê Let. „Ek kan help."

Dokter Rowland aarsel. „Dink oom Frik . . ."

„O, Let is baie sterk, dokter. En sy en Freddy was soos broer en suster."

Dis Let wat die leiding op haar neem, want tant Das is onmagtig vanweë die skok. Dis Let wat handdoeke, seep en gaas bymekaarsit, en prakties vra:

„Sou hy 'n doodshemp hê?" En nie wag op 'n antwoord nie, maar haar pa s'n uit die kamferkis gaan haal.

Let lyk strak, iets waartoe die donker helfte van haar gesig grootliks bydra, maar in haar sied dit; en sy dink aaneen, terwyl haar hande nou hier vat, dan daar: As dit maar Beimen was. Beimen Botes se lyf.

1981

JOHN MILES

Gustav gaan speel

Die manier waarop ek hom ontmoet het, moes my gewaarsku het dat dit moontlik is. Maar dan ook slegs dat dit móóntlik is.

Dís hoe ek Pieterse leer ken het: Hulle was besig om 'n sloot te grawe, reg voor my huis. Maar naweke werk die slootgrawers nie. Hulle het hulle uitgrawing net so gelaat, darem met tekens omhein om te waarsku dat die volgende vyftig tree net eenrigtingverkeer kan dra.

Skielik gebeur dit toe Saterdagmiddag. 'n Bus en 'n motor kom staan kop aan kop in die bottelnek en altwee bestuurders weier om agteruit te ry. Gou is daar 'n tou aan elke kant. Maar iewers uit die niet kom 'n man en begin die verkeer reël. Beduie hier, beduie daar. En binne vyf minute vloei die verkeer weer normaal.

Wáárom sou hy so iets doen? Is dit 'n oordrewe gevoel van eiebelang? Of was dit bloot die daad van 'n toevallige Samaritaan? Dit was egter nòg die een nòg die ander. Aandagtig het die man die verkeer 'n rukkie dopgehou. Maar die twee strome het nou sonder wrywing deurbeweeg. Die kinders begin weer met hulle speletjies en die man gaan toe tussen die oorkantste heining en die werkers se sleepwa staan in 'n tipiese houding: sy bene wyd van mekaar, hande voor hom en oë op die grond.

Toe hy weer heellyf uitkom, hardloop ek buite toe:

– Ekskuus Meneer, hoekom het jy nou net daar staan en fluit?

Hy was besig om liggies te voel of sy gulp goed toe is. Hy het sy skouers opgetrek en gesê

– Jy begaan 'n fout, kêrel, ek was besig om my hande te was.

Ek het agter uit my keel gelag en hom genooi vir koffie.

Só het ek Gustav Pieterse leer ken. Hy was seniorlektor aan die universiteit, in staatsleer. Vroeër vanjaar het sy vrou hom verlaat. Dit het hom oënskynlik nie veel ontstel nie.

– Ons was buitendien twéé wêrelde, het hy glo eenkeer gesê. (Later was dít alles in die koerant.)

Ek onthou dáárdie middag en aand nog. Ons het koffie gedrink. En dit was eers veral ék wat gepraat het. Ek het hom aan Dora voorgestel en ons het begin wyn skink en oor ou romans gesels. In die asbak langs sy stoel het 'n tennisbal gelê. Ek onthou hoe hy dit kort-kort hanteer het – terwyl ons meer en meer sit en luister – en so 'n paar keer voor hom laat spring het. En dan het hy verder gepraat. Die hele aand.

Hy het heelwat vertel, skerp en indringend, soos iemand wat los kom uit sy probleme.

Hy het gepraat oor die etiese implikasies van juridiese verskille, van die *Lumpenproletariaat* as neweproduk van 'n kapitalistiese stelsel, oor die leë sosiale waardes van sy kollegas en skoonfamilie. Maar – ek onthou dit goed – telkens het hy, heeltemal op 'n ander toon, iets vertel van sy jeug.

Iets was omtrent só: (Gustav praat:)

– My pa was 'n bakker en ek het ook brood gebak, kleines. Man, ek onthou so goed: bruin, rog, wit, Bremer. En ek dink ek kon beter bak as hy. Snaaks nè? Syne het so dikwels verbrand omdat hy lank saam met my in die agterplaas kom vlieërs vlie het. En as dit reën, dan het ons in die meelkamer dambord of bal gespeel. Ek sou só 'n pa wou wees. Dít het ek vanmiddag besef; in al my frustrasies en probleme is dit my enigste begeerte.

Gustav het ek nooit weer gesien nie behalwe, miskien, gisteraand. 'n Maand na ons ontmoeting is hy dood. Hy het bo van die tandheelkunde-gebou se dak afgespring.

Gisteraand was ons by die Van Rensburgs. Eintlik is hulle vriende van Dora. Hulle woonstel is op die agtiende verdieping. Ons het drankies gedrink en Van Rensburg het oor potplante gepraat. Daarom het ek meer drankies as gewoonlik gedrink. Teen tienuur het hy my sy nuwe aankoop op die vensterbank gaan wys. Hy het weer 'n bietjie daaroor gesels, ook sy uitsig bewonder. Toe sê hy.

– Ek hoor Dora sê julle het die klein Pieterse 'n ruk gelede ontmoet? Ek het sy pa goed geken. Hy't so ses weke voor sy seun se dood verongeluk. Net hier, sien jy op daardie hoek.

Ek het by die venster uitgeloer en Gustav se gesig was na my gedraai. Ek kon sy oë sien toe hy verbyval. Hy het weggeraak soos wat iemand wegraak as hy aan sy kleindae probeer dink al verder en verder, nader aan sy geboorte.

1970

Voorgevoel

Ek het die man die straat sien oorsteek, van die kafee se kant af. Hy het óór die voor getrap, óp na die sypaadjie en moet 'n blomknop of twee sien lê het – die vorige nag het die wind nogal erg gewaai – want hy het vinnig opgekyk na my tuin en toe sy oë die groot struik vind, kon ek sien hoe vorm sy lippe die vier sillabes van *kamelia*.

Ek ken sy gesig al. Daagliks kom hy van die kafee se kant af as ek my tee staan en drink, hier voor die venster. En elke keer volg ek sy figuur se stokkerige bewegings deur die ou ruit, half onbewus, terwyl ek besig bly met een of ander formulering vir my proefskrif. Dis amper 'n soort dwangaksie om so te speel met die distorsies van die ou ruit: Ek draai my kop net baie effens en merk hoe sy voete buite verhouding is met die res van sy lyf; dan dans sy kop weer glaserig 'n ent voor sy lyf uit.

Maar dié keer het ek my werk geheel en al vergeet: hy ken dus ook die kamelia. Vir wie sou hy werk? Hy was nogal goed versorg. Ek het gewonder of hy Sotho of Zoeloe is. En hy ken 'n kamelia.

Ek het dadelik besluit om 'n geselsie met hom aan te knoop en het my reeds begin wegdraai van die ruit . . ., in my spore verstyf. En net daar bly staan. Hy wou net-net by die volgende huis wegraak maar met my effense beweging van so ewe het hy skielik oor die hele onderkantste helfte van die ruit versprei. Hy't die kamer ingestroom met sy kleur, op my stoele gaan sit, deur die naslaanwerke vir my proefskrif geblaai en gevra of hy sy pyp mag stop.

1970

P. J. HAASBROEK

Vir Sipho

Nomsa se voete ken die voetpad en sy hoef nie te kyk nie. Haar oë is gretig hoog by die visarend. Die voël trek sy een vlerk effens in, stoot die punt van die ander uit en kantel af. Die vis in sy kloue flits soos 'n lem.

„Kinders toe, kinders toe, hul' is honger!" jubel Nomsa, en toe die arend roep, roep sy terug.

Die voël draai sy kop om te sien wie sy stem ken. Oor die rivier val hy vinnig, maar die wind wat oor die moeras kom en soet van die son teen die hang opstoot, druk in sy borsvere en hy maak sy vlerke oop. Hy lig sag op oor die suikerrietwang van die rant. Onder hom roer die saad wit en donserig soos sy kuikens in die wind en hy klap sy sterk vlerke 'n paar maal vinnig voor hy oor die kruin van die rant begin afgly na die lang streep duinwoud waar sy nes is.

Nomsa se hart skop soos 'n kind onder haar bors. Dit is gisteraand wat haar so laat voel, dink sy; die vuur en die trom en Sipho se lyf, swart en blink soos die beeste wat hy vir haar betaal. Sy wil dans en haal die rooi pot van haar kop af. Die kafferboom spat vars bloed tussen die skildvelblare van die wilde piesang. Sy ruik die son op die water van die Umlalazi soet en loom. Sy weet dat onder die blink vel van die rivier die water koud is soos 'n boom se wortels. Die kleipot sal ook koud wees as sy terugloop en Sipho sal baie kere drink. Hy sal drink soos 'n kalf met sy keel wat ruk en die water sal deur sy baard afloop op sy nek. Nomsa wil sing, maar haar keel word vol van die groot gevoel.

Die pad breek nounek deur die gramadoela en spring tussen die klippe af water toe, maar Nomsa hoef nie te kyk nie. Haar voete ken elke klip se voel, weet waar die doringboom sy droë takkies afskud in die wind, ken die breekkolle in die skaduwee waar die son sy warm vingers deurgedruk het op die sand en die ander plekke waar sy moet koeltetrap-koeltetrap loop. Sy is trots op die kennis van lankal se waterhaalloop.

In die rietboskasie langs die water het die rietrot sy neus fyntjies getrek toe hy Nomsa hoor aankom. Die wind het die water in klein riffelrige brandertjies gestreel en die riet 'n slag vinnig gekarnuffel. Die son het deur die rietsplete nuwe gange gebreek en voor die rot op twee klein stil oë geblink. Instinktief het die rietrot gevlug en die voetpad, 'n nou warm kloof in die riet, met een sprong oorgesteek.

Sonder om die wasige beweging van die bruin diertjie in sy sprong oor die voetpad te sien, voel Nomsa die trillinge van die klein angs op-eggo en sy steek vas.

Die mamba het deur die riet gekom asof dit sy spesiale pad is. Sy lyf het die gladde stele en die blare vasgegryp en verbygeruk sodat hy sy kop vinnig heen en weer moes swaai om te verhoed dat hy nie in volle vaart teen die rietstamme stamp nie. Die voetpad was egter nie meer net 'n warm oopte nie, 'n rooi vlam het sy pad versper. Sy lyf het nog vorentoe gebeur, maar die harde, stil oë het gesien. Soos 'n veer wat losbreek, het sy kop boontoe gesweep sodat hy van bo kan kyk na die groot rooi blom van die kafferboom.

Nomsa wil skree, maar haar keel is dikvol soos die lae wolke wat met die seewind oor die duine kom. Sy hoor 'n groot reën en die hartkind onder haar bors skop of hy wil uitkom. Die pot waarop sy trots is, val en breek. Nomsa se hande spring vinniger as die geelpootreier se bek vorentoe en sluit om die dun swart nek.

Nomsa pleit met die stem van 'n kind in 'n swaarweernag: „Help tog, help tog ek gaan dood!"

Die slang hoor en beur sy oopbekkop heen en weer. Sy lyf ruk so en trek dat Nomsa al hoe harder pleit, maar net die krappe in die bek van hul moddergate gee daarop ag en skuifel agteruit dieper in die donkertes.

Nomsa kyk verlangend na die voetpad terug en na die witblink water. Die slang soek eers vatplek om haar been en toe buig sy lyf soos 'n jongboontjieplant op en kronkel swaar om haar arm. Nomsa begin terughardloop. Haar voete vergeet die warm sandkolle en haar oë die mistigheid van die rivierkloof, voor haar is die ligroos vleis binne-in die mamba se bek en die klein blink splintertjies waar die tande in hul opgeswelde skedes skuil. Die boosaardige oë vermy sy.

Toe sy tussen die suikerriet kom, weet sy: langer kan sy nie meer vashou nie. Die mamba se houvas om haar arm is verlammend stewig, die stert swaai om haar lyf en sy kan voel hoe trek die spiere saam om die kop deur haar hande te laat gly. Sy kom die sweet in haar hande agter.

Nomsa sê: „Sipho", en toe al harder: „Siphosiphosípho. Sí-phó!"

Haar oë soek op na die visarend en af na die stil groen koelte van die rivier. Die slang trek stil soos 'n tak al stywer.

Nomsa dink aan haar hut en eensklaps is die slang in haar hande die stamphout; glad van baie gebruik. Sy lig haar hande op en laat sak, lig hoër op en laat sak, lig nog hoër op en die slang se lyf kring blink en swart om haar arm soos 'n swart koperring. Die kop gly effens.

Toe byt Nomsa. Haar tande skeur deur die swart vel. Soos 'n hond ruk sy haar kop. Die stert agter haar rug swaai op, om haar nek. Sy byt dieper en die seningrige, koue vleis gee mee. Nomsa kyk nie meer nie, haar oë is toe. Sy proe die soet smaak van die vleis en onder haar tande kraak diep been. Nomsa trek terug met haar nek teen haar hande wat die swart lyf van haar af wegdruk. Die stert om haar nek swaai los en krul teen haar borste. Nomsa byt tot sy skielik voel hoe die kronkels om haar bo-arm loswoel. Een vreeslike oomblik dink sy die slang het sy kop losgetrek en haar oë skrik oop. Die lyf val grond toe en krul in die gras. Die ligroos bek is nog 'n oop blom in die kring van haar duim en voorvinger, maar oor die oë is 'n vaal stowwerige vliesie. Sy gooi die kort stuk lyf en kop weg van haar en hardloop.

Die visarend lig weer op oor die ruie duin en gly af teen die wind na die rivier. Hy sien die mens hardloop tussen die riet, 'n rooi warreling in die see van groen. Hy draai sy kop skuins en roep, maar sy bly hardloop. „Siphó, Siphó," hoor hy; 'n lang uitgerekte huilklank soos 'n donkermaanwind deur die bome.

1974

Terugkeer

Net 'n skreeu ver van die vulstasie breek die riet en 'n blits water skyn 'n oomblik. Is jy haastig op pad na die brug oor die Umlalazi, mis jou oog die flentertjie ver water in sy elmboog bos. Saadtyd meestal ook, want dan is die suikerriet witsilwer. Vroegoggend egter smelt koper in daardie kuil en dan hoef jou oog nie te soek nie.

Naby lyk daardie ver water anders en veral daardie oggend toe Bam Nienaber skoppend soos 'n hond gesterf het: iets wat mens deesdae nie dikwels sien nie, was ons nogal erg bewus van ons omgewing.

Daar was nog in die bottel oor en toe Harry klaar gesluk het, gee hy die bottel vir my aan. Ek sluk ook en voel die sterk vloeistof brand in die leegte van my maag. Toe ek omdraai om dit vir Bam aan te gee, lê hy daar en skop. Sy hakke kap-kap so in die gras en die dou spat kolletjies teen die verweerde ferweel van sy broekspyp.

„Bam, jy skop nou die bottel om! Kry jy koud? Harry, kyk vir Bam, hy is weer besig met sy dinge."

„Gee hom 'n dop. Dit hou die muskiete weg. Bam, vat 'n sluk."

Bam sê niks nie, hoewel sy mond oop is, en skop met sy voete. Hy kyk vir my en kyk ook nie. Toe wonder ek of hy dood is.

Bam bak alewig op ons poetse. Laas Dinsdag was dit weer 'n slang wat hy op Harry gegooi het. Die ding was wel papgery en bloederig, maar as hy eensklaps op jou val, skrik jy.

„Maak jy grappies, Bam? Mens maak nie sulke grappies nie, maat!"

„Druk die bottel in sy kies, dan sal ons gou sien wat is sy storie."

„Nee Harry, ék sal vir jou sê. Kom ons gooi hom in die water. Dan kan hy lekker skop."

Ek was regtig nie ernstig nie. Ek het sommer so gesê dat Bam moet ophou so kyk.

Harry neem Bam se voete en ek neem sy hande en ons sleep hom oor die gras. Die gelyktetjie is 'n bietjie hoër as die water. Daar is bome met baie groot, groen blare en 'n klipplaat lê skuins tot in die water. Die rivier is breed en stil en sononder kom die kabeljou saam met die soutgety op en jaag die harders rond en bont oor die oppervlakte. Bam het van die plek geweet.

Hy het gesê hy het al voorheen hier geslaap.

Hy en sy vrou.

Visgevang ook.

Harry hou nie van die veldslapery nie, maar dit was Bam se bottel. Harry sou seker andersins deurgedruk het Empangeni toe, of daar by die vulstasie agtergebly het en in een van die ou motors in die agterplaas 'n slaapplek gekry het. Toe sê Bam :

„Nee, as julle wil dop hê, slaap julle vanaand onder die Liewe Heretjie se dak saam met my."

Harry wou eers nie. Sê hy het genoeg moeilikheid sonder om nog bosluissiektes ook op te loop tel. Op die gelyktetjie is die gras sag en die sterre heelnag tussen die groot groen blare.

Bam was 'n ander man dié aand. Hy het nie grappies gemaak nie. Hy het hom in die koue water gaan was terwyl ek en Harry vuurmaakhout soek. Toe ons met 'n klomp doringtakke terugkom, was hy nog in die wit kringende water. Hy het dit met sy hande opgeskep en oor sy bors en arms laat afloop. Hy het sy gesig daarin gedruk en sy kop opgeruk dat die druppels wild vlieg. Ek en Harry het ons skoon verwonder oor Bam se manewales.

Die vuur het al mooi gevlam toe Bam terugkom. Hy het hom met sy kakiehemp droog gevryf en daar langs die vuur kom sit. Die vlamlig was oranjerooi op sy kaal lyf. Voor die ding was Bam boer. Nog van die sterk soort. Party boere het groot vet mae en wit hande, maar Bam is nie van hulle soort nie. Bam het heelwat te sê gehad dié aand. Oor Sera en die dae voor die ander ou; dinge waaroor ons gewoonlik nie praat nie. Ek en Harry het naderhand skoon ongemaklik gevoel. Dit het nie gelyk of Bam lus was vir sy eie bottel nie. Hy het net so met sulke honde-oë sit en kyk na die water en af en toe iets snaaks gesê oor die paddas of die sterre, maar ons het nie eintlik geluister nie, want ons het van Gingindlovu af geloop en was moeg. Niemand laai jou ook deesdae op nie.

Ons sleep Bam tot op die klipplaat en Harry sê lag-lag :

„Skei uit met jou grappies Bam, of jy gaan swem !"

Toe gebeur die ongeluk. Hoogwater is die klip toe onder die water en die slyk daarop is glad. Ons wou nie vir Bam regtig in die water ingooi nie. Ons was onseker en wou net graag sekerheid hê. Harry se voete gly en hy val skuins soos 'n boom in die water. Bam het afgeruk en met dié plas ek ook agterna. Ek wou nog lag toe skrik ek van die onthou van die krokodille. Bam het gesê daar ís nog in die Umlalazi. Ek spartel kant toe en skrik erger, want toe ek rondkyk sien ek Bam is weg. Ek skreeu vir Harry wat op sy rug op die water dryf en soos 'n walvis water blaas.

Die son het oor die suikerriet-bulte losgeraak van die mis en 'n paar swart mense het sing-sing verbygekom en pad op begin kap aan 'n stuk gebrande riet. Harry duik weer in en toe hy opkom, kan ek aan sy gesig sien dit is hopeloos. Die water is diep : vyf meter of meer en gatdonker. Onder is die modder slymerig en sag.

Hulle het later vir Bam daaruit gehaal met 'n swaar haak aan 'n lyn en wou eers nie ons storie glo nie. Tot ná die lykskouing.

Mens gaan by 'n plek verby en toevallig sien jy 'n bietjie water blink. As die son dit nie op daardie oomblik gegryp het nie, het jy dit misgekyk. Dus weet jy van die water, maar wie kan net van sien weet dat 'n man sy vrou daar gehad het en later daar gelê en skop het?

1974

Aardrykskundeles

Hulle kom sluip-sluip deur die kreupelhout op die sang van die kinders af sonder om presies te kyk waar hulle trap, want baie oefening het hulle voete bekend gemaak met die bos. Hulle dra hulle wapens soos klere en beduie vir mekaar met handgebare terwyl hulle af en toe glimlag en met troebel oë na die hoek van die son en die wegval van die vlak vallei na die spruit aan die noordekant kyk.

Uit die gras en struike tree hulle in 'n sirkel vorentoe om die harde, warm oopte waarin die skooltjie en 'n groot maroelaboom staan. Die generaal skreeu en die kinders hou op met die melodie of hulle skielik deur meneer Enias Mukunga stilgemaak is. Die generaal wag hom in met sy bene wyd geplant terwyl die son sy skaduwee swart ets op die hardgespeelde grond.

Meneer Enias Mukunga se oë is amper rustig, maar hy hou sy hande plegtig styf voor sy withemp-bors. Hy praat sonder om te pleit oor die kinders wat altyd in die son speel waar hulle nou staan, oor die groot, oop land en die kartelinge van riviere. Dit klink soos 'n aardrykskundeles vir die kinders wat saamhok in die hoek van die klaskamer en aan mekaar vasklou.

Die generaal wys na die kinders en twee manne draf met hulle bosuniforms (hulle lyk soos tiers met bruin en groen kolle) en met hulle karabyne in die swetende koelte van die geboutjie in en dryf die kinders by die deur uit. Die wyse waarop die kinders by die deur uitstroom laat dit soos speeltyd lyk vir meneer Enias Mukunga wat nog steeds praat oor die land of hy 'n aardrykskundeles gee.

Die generaal lig sy wapen en vuur 'n kort, blaffende sarsie sodat meneer Enias Mukunga op die hardgespeelde grond val en met sy voete lustig skop in die grond van sy aardrykskundelesse.

1975

Anatomieles

Die lig val gloeiend wit oor die ronde kruine van hul koppe, reg in die oopgesaagde, oopgesperde borsholte van die liggaam. Dit is so warm dat die groepie mans kort-kort die sweet van hul voorkoppe en uit hul oë moet vee en dan hul hande teen hul sye vryf, maar sonder om regtig van die gevoel van taai klamheid ontslae te raak.

Hulle weet dat dit die swartpers klonte bloed in die kom van die oopgebreekte ribbes is wat hulle so laat voel, maar Beske se stem bly egalig, afgemete en selfs koel.

„Dit is die longkwabbe," sê hy, „linkerlong, regterlong." Hy tel die twee slap, wigvormige lobbe, perserigblou, effens kollerig en slymerig glad, een-een op en laat dit tussen die ribbes terugval. „Agter die bruingrys vlies sit die hart," sê hy, „na díe ding sal ons nou-nou kyk!" Hy druk 'n seningrige laag opsy en 'n reusagtige rooibruin slak lê rustig ingepas bo die sagte ligroos bult van die maag en die kronkelende derms. „Dis die lewer," sê hy onverskillig en druk met sy voorvinger 'n duik in die meegewende knol.

Sy hande gryp skielik en 'n kronkelderm span soos 'n dik, elastiese gomlastiektou in sy hand. Hy grawe dieper en ruk in die bloederigheid. Sy voorarm is rooinat en swart drade bloed klou aan die fyn, goue hare vas. Hy beur sy regterhand met die lem ook in onder die skommelende maagsak, saag met sy elmboog en ruk 'n ronderige, bruinpers niertjie in die helder lig in. Hy string die derms uit tussen die swart dye.

„Ek het dié klein skelm vergeet, dis die galblaas!" Hy draai 'n sakkie wat soos 'n kondoom vol diepgroen water lyk, in die rondte, wen die string op en sny dit met een vinnige haal van die blink lem deur. Hy hou die oop kant versigtig met duim en voorvinger toe en druk die groen sakkie tussen die oop grynsende tande in. „Die lewe is maar bitter, nè?" sê hy. Die dun vloeistof spoel oor die ken waarop die bloed reeds bruin opskilfer. Dit druppel soos rondgeslypte toermalyne waarin die son blits in die lang, kroeserige baardhare.

Sy hande begin al vinniger beweeg in die helder lig. Sy stem dikteer die name soos hy die organe losruk uit hul rustige lêplekke; die pers milt, die vurk van die lugpype, die strot en die hart met sy wit wolke vet en vingerende are. Uiteindelik kom hy regop, vee die nat rooi lem van die bajonet in die gras skoon en kyk na sy lang, mooi hande in die skroeiende son. Hy kyk baie aandagtig na sy hande asof dit iets heeltemal nuut vir hom is, asof dit iemand anders se hande is.

Die rivier is glad en blinkwit (tussen die bome) soos die skerp staal van die bajonetlem. Hulle hang die geslagte aan 'n dik tak op. Sy ingewande hang voor sy stowwerige knieë af oor sy stewels tot op die lang, malse gras.

„Wat het van sy ballas geword?" vra een van die soldate. „Hou jy hulle vir 'n soewenier, Beske?"

„Ek weet nie," sê hy ingedagte. „Hy het so te kere gegaan."

„God! Die lewe is maar bitter," sê die soldaat en grinnik. Hy tel die galblaas op wat tussen die tande uitgeval het. Hy prop dit terug.

„Of stem jy nou skielik nie saam nie, bliksem!" sê hy en hy spoeg, maar sy mond word nie leeg nie.

1975

In die Hoëveld waar dit oop is

Ons het 'n rukkie op die bopunt van die wye trap gestaan en na die gebou opgekyk. Die voorkant was volmaak vierkantig sonder 'n enkele venster in die gladde blouswart graniet. Net die swaar, ysterbeslaande deure het die reusevlak verbreek. Ek het omgekyk na die wintervaal Hoëveldse vlakte wat tot by 'n ver reeks rantjies weggestrek het, en gesien hoe nog motors onder die kop stilhou. Drie middeljarige mans en 'n meisie met 'n kniebroek was besig om teen die trap op te klim, die meisie voor. Sy het haar handsak vrolik geswaai.

„Dis nie uitgesluit dat die weerlig nog meer skade kan aanrig nie," het Sylvana Kometsie nadenkend gesê terwyl ons na 'n ru, swart gebrande gat in die plafon van die ingangsportaal kyk. „Weerligafleiers ten spyt."

„Die geniepsige engel met die swaard wat vlam en flikker . . ." het eerw. Königsberg ouder gewoonte sy sin onvoltooid gelaat.

„Gerhardus Potgieter, Hermaans Gabriël Jacobs, Jakkie Brits," het Sylvana die name op die eerste brons-ererol gelees. Haar harde altstem in die hoë saal het steurend geklink.

„Dit maak nie sin as jy nie prestasie en datum noem nie. Hou liewer op." Ek het skerper geklink as wat my bedoeling was, en sy het verbaas na my omgekyk. Ek het my skouers opgehaal en na 'n tapisserie gestap wat die slag van Mosega uitbeeld. Langsaan was Boomplaats en verder Langlaagte, Bourke's Luck en Greytown. Die marmerfries wat die Botha-Liebenberg-verdrag uitbeeld, was 'n lang wit venster vol ernstige sneeumanne.

In die tweede saal was 'n aantal bronsbeelde op hoekige granietblokke. Die grootste beeld was die bekende Kruger deur Van Wouw, maar daar was ook 'n dramatiese Sarel Cilliers, De Wet op Fleur, Botha, Verwoerd en 'n aantal mindere figure. Teen die hoë mure, van die vloer tot teen die dak, het skilderye en foto's van mans en vroue gehang, te veel om na te kyk, maar hier en daar was tog iemand wat elke beeltenis uiters noukeurig bestudeer en aan 'n metgesel met 'n uitgestrekte hand uitgewys het. 'n Kolom-rysleutel is op 'n strategiese plek teen die muur aangebring en daar was 'n bordjie wat besoekers na 'n alfabetiese katalogus verwys. Met sorgvuldige organisasie is verseker dat die maksimum in die beperkte ruimte van die saal besigtigbaar is, maar eerw. Königsberg was nie beïndruk nie en het aanhoudend sinfragmente in sy grys baard gebrom.

Ná 'n ompad verby verskeie taferele het ons die oudio-visuele afdeling bereik. Ek het Sylvana en eerw. Königsberg oortuig dat indien ons elke toespraakruimte besoek, ons ure sal vermors, en toe ondervind dat dit moeilik is om 'n keuse te maak. Uiteindelik was Sylvana se „Hy was die laaste; 'n tragiese hel" deurslaggewend.

In die skemer saaltjie het reeds 'n aantal mense gesit toe ons binnekom. Ek het 'n paar Ghanese herken wat vroeër by die lughawe was. 'n Kollig het aangeskakel op 'n lang bleskopman op die verhogie. Die tros blaaie in sy hand het fel en onbeweeglik wit geskyn in die skerp lig. Dit was moeilik om sy gesigsuitdrukking te peil, want sy mond, wat deels vrolik was, se ander hoek het sinies afgetrek en sy oë, waarin ek naarstig na 'n vriendelike glinstering gesoek het, was genadeloos afwesig agter die blink brillense. Ja, dit was asof hy uit sy hoogte bokant die tafeltjie verby ons kyk, of déúr ons; 'n gevoel dat iemand agter ons sy aandag trek, het so sterk by my opgekom dat ek wou omkyk.

Ons het geduldig gewag dat hy moet begin praat, wetende van sy voorliefde vir die dramatiese stilte. Hy het sy kop van kant tot kant gedraai asof hy ons bestudeer en sy hande palms na onder op die tafel voor hom geplaas en teruggeleun. Toe sy brillens flits, was ek seker, soos van die wette van die optika, dat hy spesifiek na mý kyk, en het 'n skielike koue teen my nek gevoel.

Dit was sy Mei-toespraak en hy het kort-kort sy regtervuis opgelig en met 'n reguit vinger gewys, boontoe, vorentoe na ons toe en na homself, 'n gevaarlik-vyandige figuur om wie alles toe reeds begin verkrummel het.

Ons het al drie al die toespraak gelees en ná tien minute opgestaan. Toe ons uitstap, het die drie middeljarige mans met hul hoede in hulle hande by die deur ingekom. Die meisie met die kniebroek was nie meer by hulle nie.

„'n Goeie gelykenis van hom," het eerw. Königsberg gesê: „Verbasende tegnologie; die spul moes miljoene gekos het." Hy het geaarsel en na my gekyk asof hy steun soek. „Dit was nogtans 'n sinvolle vergunning aan hulle. Dink julle nie so nie?"

„Ja," het Sylvana gesê. „Na alles het dié minderheidsgroep ook op grond van hulle bydrae sekere regte verdien. En dié het ons goed bewaar."

Ek het dit nie in dié stadium gerade geag om oor my eie bydrae te spekuleer nie.

Dit was vreemd hoe troosteloos leeg die Hoëveldse vlakte gelyk het toe ons weer buite kom.

1982

J. C. STEYN

Die dag toe ons agtergekom het dis oorlog

Saterdag, 29 November 1975. In 'n koel toegeboude stoepvertrek van 'n Noord-Vrystaatse dorpshuis sit 'n man van 'n paar in die twintig en skrywe. 'n Entjie weg op die tafel lê die vorige middag se *Volksblad* wat vroeg die oggend met die pos gekom het. Groot hoofletters: „SA VEG IN ANGOLA". Die aanhef van een van die ander voorbladberigte lui: „Die stryd in Angola is nie meer 'n terroristiese oorlog nie, maar 'n verhewigde vorm van konvensionele oorlogvoering en dit sou nie gebeur het as daar nie inmenging van buite was nie, het die Minister van Verdediging, mnr. P. W. Botha, aan buitelandse nuusmanne in Pretoria gesê." Op die hoofartikelblad veroordeel die politieke rubriekskrywer die optrede van die digter Breyten Breytenbach wat die vorige dag gevonnis is op aanklag van terrorisme.

Die briefskrywer, reeds op sy derde of vierde vel, skryf: „. . . en dít, saam met Breytenbach se nege jaar tronkstraf, maak daarvan 'n skokkend ongelukkige week. Ons kan vandag met reg noem: ‚Die dag toe ons agtergekom het dis oorlog'.

„Jy sal seker ook persoonlike nuus wil hê. Op die oomblik is ek besig met 'n nogal sinlose M.A.-verhandeling oor die werkwoordstuk in die enkelvoudige sin. Voorbeeldsinne uitdink met *sou moese, sou konne* en *sou woue:* ‚As dit maar gekeer sou kon word'; ‚Ons sou 'n ineenstorting moes verhoed het' (*sou kon* is moontlik en ook *sou moes,* maar nie *moes sou* of *kon sou* nie: ‚Ons kon die oorlog sou gewen het' en ‚Ons moes meer aandag aan ander sou gegee het,' is bv. uitgeslote); ‚Ons sou so 'n dilemma moes kon vermy het', ensovoorts.

„Eergister het Dirk (ek meen jy ken hom: my oudste broer, suksesvolle sakeman) my saamgebring hiernatoe. ‚Hier' is by my ander ouer broer Piet en sy vrou Christine. Dirk se vrou het glo ander verpligtinge; sy is dus elders. Dirk gaan moreoggend suide toe vir sake. Ondanks proteste van die familie ry ek vanaand terug, want die verhandeling lê op my gewete. Buitendien sou ek ook betrokke kon raak in ons ‚betrokkenheid' in Angola. Eintlik moes ek dié vakansie my jaarlikse drie weke kamp toe gaan, maar ter wille van die tesis het ek uitstel afgesmeek. As sake aanhou versleg, sal die verlof waarskynlik gekanselleer en mense soos ek opgeroep word. Vir vandag se familie-reünie is Marié Viljoen – ook háár ken jy dalk: sy was saam met ons in die Afrikaans III-klas – genooi (deur my liewe skoonsuster wat al soveel gelukkige verhoudinge, verlowings en huwelike vir my probeer reël het).

„Vertel my, skryf die Hollandse koerante iets oor Angola? Dit sou interessant wees . . . Dit lyk my ek sal maar later verder moet skryf, want ek hoor opstaangeluide ná die tradisionele middagslapie."

„Johan, sit jy tog nie en brief skrywe nie? Pleks dat jy 'n bietjie gaan rus het. Vir watter nooie is dit?"

'n Warm, vriendelike 35-jarige vrouestem wat nie op die begin van 'n verleë apologetiese stameling wag nie, maar vrolik van die stoepdeur af die huis ingalm: „Opstaan almal! Koffie!"

In werklikheid moes die koffie nog gemaak, die water nog gekook en die ketel selfs nog volgemaak word. Terwyl daar vir die water gewag word, vra Piet: „Wat sê julle van Breytenbach se vonnis?"

Christine: „Hoeveel hét hy toe gekry?"

Marié: „Nege en 'n half jaar."

Piet: „Nege jaar."

Marié: „Is jy seker? Dis nege en 'n half jaar. Johan?"

Johan: „Ek is nie seker nie, maar ek dink ook nege."

Marié: „Ek is weer seker dis nege en 'n half."

Christine: „Ek het gister in *Die Volksblad* gelees toe hy in die hof vertel het van alles, hoe lief hy die land het en ek kry hom om die waarheid te sê tog so 'n bietjie jammer. 'n Mens kan amper verstaan hoekom hy dit gedoen het . . ."

Piet: „Twak! Jy moet jou jammerte in jou sak steek. Hy was 'n bleddie vabond. Terwyl ons seuns aan die grens sterf . . ."

Christine: „Die mense wat ek eintlik jammer kry, is sy ouers."

Piet: „Dis die moeilikheid met ons Afrikaners – ons ly altyd aan 'n bleddie minderwaardigheidskompleks, ons wil altyd om verskoning vra vir alles. Dis nonsens. Hy verdien sy straf. Ek wonder net wat daardie *Rapport* weer more oor hom gaan skryf . . . Die ketel kook, Christine."

Terwyl Christine in die kombuis doenig is, gaan Piet en Dirk tuin toe om te kyk hoe 'n nuwe tuinjong vorder met die uitskoffel van kakiebos, maar natuurlik – „nes 'n kaffer is!" – onvermydelik ook al die ou afrikanertjies. „Christine kry wragtig 'n kleintjie as sy dít moet sien!"

Op die stoep vra Johan Marié uit oor hoe die eerste jaar van skoolhou gevoel het en hulle gesels oor die Kindersendingkrans, die verveling van netbal-afrigting, die moontlikheid van 'n motortjie koop, die Taalbeweging-vasvra oor die radio waarin die Vrystaatse skole so mooi gepresteer het („En ek is bly Voortrekker-hoërskool het gewen!"), die plattelandse skole . . .

„Ons moet 'n bietjie praat," val Marié Johan in die middel van 'n sin in die rede.

„Praat?"

„Oor ons."

„Die oorlog?"

„Oor my en . . ."

Die telefoon begin rinkel.

„Dirk!" roep Marié wat moes gaan antwoord het.

Piet kom met die skinkbord koffie in, Christine met yskastert. Dirk kom staan in die deur.

„Ek is 'n bietjie in die moeilikheid, ten minste, ek wil julle 'n guns vra. Vriende van my bel nou net, sakekennisse, en sê hulle kar het hier op die Petrus Steyn-pad gebreek. Hulle ken g'n mense hier rond nie, maar toevallig het ek vir hom gesê ek kom hierheen en hy het toe 'n paar nommers gebel wat hy in die foonboek gesien het. Hulle is bereid om te betaal tot Maandag toe wanneer die garage'e ..."

„Ag nee, nonsens, wat se gebetaal. Christine, ons het mos genoeg plek?"

„Ja, wat, hulle kan maar kom. Daar's nog Johan se kamer ook as hy regtig vanaand al wil gaan."

„Maar," vervolg Dirk, „daar is . . . ek weet nie hoe om dit presies te sê nie: eintlik maak dit nie saak nie, maar daar ís mense wat beswaar sal hê: dis Indiërs ..."

Piet: „Wat!"

Dirk: „Soos ek sê, die man is 'n sakevriend van my; dis vreeslike ordentlike mense; hulle lyk ook soos wittes, praat Afrikaans in die huis ..."

Piet: „Maar man, dis mos buite die kwessie! Hoekom gaan soek hulle nie in die lokasie plek nie? Wat moet hulle in die blanke dorp kom maak?"

Dirk: „Niemand sal agterkom nie. Hulle lyk nes wittes. Ek sal in elk geval oorbly tot Maandag ..."

Piet: „Dit kan my g'n bliksem skeel hoe hulle lyk nie. Dis die prinsiep van die saak."

Dirk: „Hoe bedoel jy, watter prinsiep?"

Piet: „En dan nog tot Maandag toe! More kom Christine-hulle se ouers kuier en wat moet ons dan vir húlle sê?"

Dirk: „Goed, ek sal hulle sê julle het nie plek nie."

In stilte drink hulle verder koffie.

„Jy moet tog verstaan," sê Piet, „wat gaan die mense sê as hulle hoor ons gee slaapplek vir koel ... vir dié mense?"

Niemand antwoord nie.

Ná 'n rukkie vervolg hy: „En hoekom het hulle nie liewer lokasie toe gegaan nie?"

Dirk: „Hulle gaan nie met swartes om nie."

Piet: „Jy sien? En nou wil hulle hê óns ... En nou wil jy hê ..."

Christine: „Wat het hy gesê toe jy sê daar is nie plek nie?"

Dirk: „Baie vriendelik soos altyd. Gesê hy verstaan. Gelukkig is dit darem 'n groterige kar."

Piet: „Ja, baie van die bokkers is baie ryker as die wittes."

Dirk: „Hulle sal maar tot Maandagmore langs die pad in die kar bly tot die garage oopmaak. Hy het darem gesê hulle het kos en water en so, want hulle vat altyd genoeg saam wanneer hulle deur die Vrystaat moet ry, want hulle is bang dat. . ." Hy bly stil.

Piet: „Bang waarvoor?"

Almal bly stil.

Christine: „Waar sou hy vandaan gebel het?"

Dirk: „Van 'n plaas af. Hy is so wit 'n gewone Vrystater sal nie kan sien hy is nie wit nie. Sy vrou is donkerder."

Christine: „Ek wonder in elk geval of ons iets kon doen."

Dirk: „Hoe so?"

Christine: „Mag 'n mens nie-blankes in jou huis laat slaap?"

Dirk: „Natuurlik mág jy. Geen wet verhinder ordent . . . verhinder so iets nie."

Piet: „Dis alles behalwe ‚natuurlik' dat hulle by 'n mens kan oorbly. Daar is tog 'n wet dat Asiate nie langer as 'n sekere tyd in die Vrystaat mag wees nie, vier en twintig uur of so iets."

Dirk: „Die wet is tog anderdag verander."

Piet: „O ja? Hoe is hy nou?"

Dirk: „Nee, ek weet nie presies nie."

Piet: „Nou ja, ons moet liewer aan die veilige kant bly."

Marié: „Het dit iets te doen met die nuwe wet dat dié van die plase, van die swartes bedoel ek, dat hulle nie meer op die dorp mag kom werk nie? Mense wás al daaroor in die hof."

Piet: „Nee, dis iets anders. Dis buitendien wittes wat in die hof was daaroor."

Dirk: „Maar wie sal so iets vir die polisie of iemand gaan sê? Wie gaan daarvan weet?"

Piet: „Dit maak nie saak nie. Die wet is die wet."

Dirk: „Sê nou dis 'n nonsens-wet? Ons weet ook nie eens of ís dit die wet nie."

Piet: „En al was dit nie die wet nie, ons doen wat reg is, dis al wat belangrik is."

Marié: „Dis darem goed dat die ou Vrystaat so 'n wet gemaak het, anders het ons ook nou 'n Indiërprobleem gehad, nè Johan?"

Johan: „Die Transkei is glo darem ook so."

Ná weer 'n rukkie stilte vra Piet: „Hoe lyk dinge vir julle in Angola?"

Die ander bly almal stil totdat Johan antwoord: „Ek sien vanmore in die koerant ons is in in die ding, ‚betrokke' soos hulle sê. As jy so tussen die reëls lees, lyk dit vir my ons is dieper in die gemors as wat ons kan dink . . . Dis eintlik vandag 'n geskiedkundige dag: Die dag toe ons agtergekom het dis oorlog."

„Nee wat, ek dink jy is te swartgallig," sê Piet. „Miskien waai alles gouer oor as wat ons dink. En Amerika sal tog sorg dat die Russe nie 'n vastrapplek in Angola kry nie. Die koerante oordryf ook altyd alles."

Niemand antwoord nie. Marié stel voor dat sy en Johan maar die koppies gaan was om darem ook 'n ou ietsie te doen.

„Onthou jy nog vir Willie Hamman?" vra sy hom in die kombuis.

„Ja, onthou jy, ek en hy het mos eenkeer saam elkeen vir jou 'n briefie geskryf met dieselfde woorde: ‚Liewe Marié, jy sal seker baie verbaas wees om hierdie brief van my te ontvang. Ek skryf net om te sê dat ek baie van jou . . .' ensovoorts. Het jy regtig daardie tyd 'n sent opgegooi om te besluit wie? Dit het my vreugde oor jou keuse 'n bietjie gedemp."

„Natuurlik nie! Maar Willie het weer anderdag iets in dié trant . . . Maar jy stel seker nie meer belang nie?"

„Nee, ek stel belang . . . Het hy jou gevra om te trou? Moet ek gelukwens?"

„Dit hang af van wat jý . . ."

Maar die ander drie kom die kombuis in. Christine maak bekend dat daar besluit is om die aand vleis te braai.

Dirk en Piet hervat 'n gesprek oor waar dit die beste vir eersgenoemde sal wees om grond vir 'n vakansiehuis aan die Kaapse kus te koop: Gordonsbaai? Rooi-Els? Bettysbaai? Kleinmond? Selfs Hermanus?

„Die wind waai glo verskriklik op Rooi-Els."

„Eintlik stel ek meer belang in die blote belegging as in die vakansiehouery. As dit eendag te warm raak hier in die noorde, het 'n mens darem 'n soort toevlugsoord."

„Twakpraatjies!"

'n Rukkie lank help Johan vir Christine die uie rasper vir braaibrood. Marié is elders besig. Christine praat – aaneen en sonder logiese oorgange – oor die voortreflikheid van uie op *toast,* die swak kwaliteit slaghuisvleis deesdae, Johan se sosiale lewe: „Jy moet jou oë oophou, jong. Daar is iemand hier . . . Ek bedoel, ek weet van iemand wat graag jou *girl-friend* . . . Jy weet 'n mens word nie jonger nie . . ."

Buite word bier gedrink, argumente geopper, landsvraagstukke opgelos, oordele gevel („Ek stem saam met die pa van daardie outjie wat by die grens doodgeskiet is dat hulle 'n koeël deur daardie bleddie Breytenbach se kop moes gejaag het!"), 'n pleidooi vir die verdediging gelewer („Hy was 'n ou wat sterk gevoel het, hy wou al die baie dinge wat verkeerd was beveg, hy het die land hartstogtelik liefgehad. Is ons land honderd persent reg? Is geweld altyd verkeerd? Wat van die Rebellie? Wat van Jopie Fourie?"), vir die staat betoog („Wat hy gedoen het, was om die volk te verraai. Dis Afrikanerbloed wat vergiet sou gewees het as hy sy sin gekry het.") en die Christelike gesindheid gepredik („As iemand so opreg berou het soos hy, kan 'n ware Christen iets anders doen as om hom te vergewe?")

„Kom julle nog soms op die plaas?" vra Dirk ná ete.

Piet: „Nee wat, vandag is daar nie meer mense nie . . . Alles is aan die verwaarloos. Die swartes wat nou daar is, verniel alles so – die bome is afgekap, die ruite stukkend gegooi en binne is kwaad gedoen. Ek weet nie hoekom het die mense eintlik die plaas gekoop as hulle hom so verwaarloos nie."

Dirk: „Dink julle ook nog soms aan die ou dae? Ons het nog op die ou manier grootgeword. Ek kan nie dink dat dit dertig, veertig jaar voor ons anders moet gewees het nie – geen radio, geen trekker, motor nie, niks. Ek wonder... Kan ons nie vanaand boekevat soos destyds nie?"

Piet: „Ons kan maar as jy wil."

Christine gaan haal die Bybel en gesangboeke uit 'n kassie met vroegtydige Kerskaarte, onbeantwoorde briewe, onbetaalde rekeninge en kwitansies wat gebêre word vir die Ontvanger van Inkomste. Sy sit dit tussen Piet en Dirk, en Piet skuiwe dit na Dirk se kant toe oor: „Lees jy maar."

Dirk blaai 'n rukkie rond totdat hy 'n plek gevind het.

„... Want Ek het honger gehad en julle het My nie te ete gegee nie. Ek het dors gehad en julle het My nie te drinke gegee nie; Ek was 'n vreemdeling en julle het vir My nie herberg gegee nie; naak en julle het My nie geklee nie..."

Piet val hom in die rede: „As jy só wil lees, kan jy dit net so goed laat staan."

Dirk: „Waarom?"

Piet: „Dis 'n skande! Pa-hulle sou in hul grafte omdraai as hulle moet weet hoe jy vanaand die Bybel vir politiek misbruik. Skaam jy jou nie? Hier moet ons mense aan die grens veg, dalk moet Johan ook nog gaan, hulle moet gaan veg teen die terroriste en jy wil hê ons moet Indiërs in die huis ontvang. Dis 'n skande! As jy so wil boekevat, moet jy dit maar op jou eie gaan verder doen. Ek speel nie saam nie."

Terwyl hulle met Piet se motor stasie toe ry om Johan te gaan wegbring, merk Christine op: „Soe, die luggie bly darem maar nog skralerig saans," en 'n rukkie daarna: „Ek wonder, Dirk, het hulle jou gesê waar die kar presies staan?"

„Ek weet nie presies nie, so tien, twaalf myl hiervandaan, skat ek. Ja, dis seker koud in die kar, veral teen die more se kant."

Piet (vererg): „Probeer julle op my gevoel speel, of wat? As 'n mens se bleddie kar op die pad breek, is dit net jou eie bleddie vrotgeit. As hulle hul goed behoorlik versorg, sal dit nie gebeur nie. En as hulle kastig vir gebeurlikhede sorg wanneer hulle deur die Vrystaat ry, moes hulle maar gesorg het dat hulle komberse saamvat."

Op die stasie blyk dit dat die trein, soos altyd wanneer Johan moet ry, laat is. Hulle praat dus voort – een of twee sinne per onderwerp, die eindelose onsamehangende gesprekke van wagtendes op 'n stasie: „Ja, dis mos skrikkeljaar volgende jaar, Johan, verwag jy enige aansoeke?" en Christine gee hom 'n stampie in die ribbes waar hy agter in die motor tussen die twee vroue sit; „Julle kan maar regtig ry, ek sal nie omgee om alleen te wag nie."; „Vyf twee agt nege voet bo seespieël, ek wonder wanneer sit hulle dit in meters om?"; „Ek wonder of dit by dié bultjie was waar hulle president Steyn amper gevang het in die Oorlog?"

Marié: „O? Wanneer was dit? Ek weet niks daarvan nie? Hoe het dit gebeur?"

Dirk: „Een van die Boere het vir die Engelse gesê die president is hier. Maar sy agterryer, ou Ruiter, het hom laat wegkom. Dis eienaardig as jy daaraan dink – dat die Boer verraad gepleeg en die bruinman dit reggekry het om ..."

Piet: „Is jy al weer besig met insinuasies? Ek is siek en sat vir julle liberaliste wat alles verknoei soos dit julle pas."

Dirk: „Maar ek het niks bedoel..."

Piet: „En jy kan maar aangaan soos jy wil, ek sal daardie Indiërs nie vat nie."

Daar is 'n langerige stilte totdat die gesprek oor die kwessie Angola hervat word: „Miskien moet ons 'n dagboek hou soos van die Boere in die Engelse Oorlog?"; „Wat sal gebeur as ons nie teen 'n oormag kan stand hou nie?"

Dirk: „Die groot ding is wat die swartes gaan doen as dit regtig oorlog raak. As ons die nie-blankes aan ons kant kon hê..."

Piet: „Maar magtig, man, kry nou end kerm oor die ,nie-blankes' of ,swartes' of wat ook al! Jy hou aan maak of dit mý skuld is dat die mense teen die pad sit. Ons is hulle niks verskuldig nie!"

Dirk: „Maar ek het mos niks oor hulle gesê nie."

Piet: „Maar jy plooi alles so om jou te pas te kom."

Dirk: „Miskien pla jou gewete jou."

Piet: „En waar de hel oor nogal?"

Die vroue begin praat oor koekresepte en breipatrone – dit word aanknopingspunt vir die genot van herinneringe aan lekker etes van die verlede („Witwortels is die lekkerste soetkos." – „Nee, gebraaide patattatjies.") wat eskaleer tot jeugherinneringe in die algemeen.

„Onthou jy, Piet," sê Dirk, „daardie keer toe ons die agtermiddag so lank by die plaasskool gedraai het en die haelbui ons kry? Gelukkig het die ou meid ons in die stroois laat wegkruip tot dit oor was en sy't nog vir ons vet en brood en koffie gegee."

'n Ent verder – „seker al by die lokasie" – hoor hulle die sirene van die diesellokomotief („O, ek dag dis nog stoom?" – „Nee, dis maar anderdag eers verander.") Johan se bagasie word uitgehaal en terwyl hulle na die stadig aankomende trein staan en kyk, draai Piet hom skielik na Dirk en sê vinnig:

„Orraait, jou bliksem, jy wen. Ons kan die mense gaan haal. Hulle moet die naweek maar... Christine se pa-'le moet maar 'n ander keer kom."

„Baie dankie."

„Te hel. Waarvoor?"

Dirk glimlag en vervolg: „En nou kan jy seker maar sommer vir Breytenbach ook vergewe, of hoe?"

„Dit sal vir jou ...", maar die diesel raas so dat niemand kan hoor wat iemand sê nie.

Terwyl die trein noordwaarts ry, skryf Johan verder aan sy brief :

„Dit het al amper middernag geword. Dit was ook so 'n gewag. Suid-Afrikaanse treine is altyd laat. 'n Nag sonder einde, het dit gevoel. Maar, ,die more kom, en ook die dag'.

„My broer gaan 'n mede-Suid-Afrikaner van 'n ander kleur in sy huis laat slaap. Wat 'n stryd was dit nie om so ver te kom nie ! En nou dat alles verby is, nou dat hy besluit het om te aanvaar, amper of hy gretig was.

„Uit-einde-lik. Dis dan die uit-einde.

„Dis donkermaan, ongelukkig. As dit ligtemaan was, sou ek darem kon sien hoe die wêreld lyk. Ons ou gewese plaas lê so regoor waar ons nou ry – êrens tussen Blydskap- en Heuweltop-stasies. Maar die maan is eintlik nie nodig nie. In my verbeelding kan ek alles sien : die plaas en die ou opstal soos hulle tot 'n vyf, ses jaar gelede nog gelyk het. Ek sien my pa, besig om 'n hek te repareer, my ma wat aan 'n bedelaar-Bantoe 'n blikbeker koffie en 'n vrag brood met konfyt gee, ek sien myself saam met die plaaswerkers agter die skoffels loop op 'n broeiende somerdag terwyl die donkerwolke opsteek. Wat 'n verskriklike heimwee voel ek nie, wat sou ek nie wou gee om 'n dag, nee 'n uur, nee 'n minuut, weer dit alles te kon belewe nie.

„Dit alles is verby (die ou soort skoffel is in alle geval uit die mode). Ek het 'n eindelose verlange na 'n wêreld wat ek al hoe verder agter my laat, die óú Afrikaanse wêreld wat besig is om verlore te gaan. Maar die nuwe Afrikaanse wêreld dié sou ek vir geen geld ter wêreld, geen kleur ter wêreld, geen ander taal ter wêreld sou ek dit wou mis nie."

1976

WELMA ODENDAAL

Baker

Die reën was laat dié seisoen. Besoedel met die geweldige somerhitte het die land lê en skroei in die son, broeis onder die oop vlaktes en bosse, bedompige klowe, kaal doringbome en woude styfgetrek teen haar sweterige lyf.

Die reën het gekom. Ná die reën het die hitte met nuwe geweld neergedaal. Weer en weer het die reën geval; met baldadige lafenis die somerse aarde ná die hittevlae deurdrenk.

Tot nou was dit 'n goeie jaar.

Van ver kom die groenigheid van die stad nader, grense wyer as wat ek onthou. Ons ry langs hoëveldgras vol stof, oop, kaal valleie met groen bosspruite wat hier en daar uitsteek. Langs die panne, gevul met bruin water, lê beeste in gekolde massas. Die panne geil en blink. Rondom die stad hang vuilgrys rookkolomme van vooruitgang. Vinnig nader. Die ou sirkel met sy spuitende waterfonteine lê binne 'n netwerk van duikweë en paaie wat heen en weer en oormekaar vleg. Dieper rys die hoë spanboë van blokkige geboue, hul bovlakbuitelyne wasig van besoedeling en hitte.

Ek hoor die gedruis van die stad voor ons sy hart binnedring. 'n Warm klopklank, anders as die stad waaruit ek kom – soos elke hartklop anders is. Ons dring binne. Die strate is vaagweg bekend. Hou stil. Ek is vreemd, paniekbevange. In die oorvol lughawegebou met bondels mense wat stamp en stoot, na kinders roep, hul swetende lywe vas teen myne druk, is daar iets gerusstellends in die reuk, die walm van mens. Ek val op. My klere is vuil en bedompig, ek ruik roet aan my hande, proe verbrande vlees in my mond.

Die bus ruk. Ek haal my tasse van die rak af, trap 'n vrou agter my se voet raak, mompel verskoning. Die mense skuur by my verby, hou hul oë af na die grond en probeer om nie aan my te raak nie.

Dan sien ek hom. Hy's bekend voor ek hom herken. Raven! Kleinboet! Hel, dit is hy. Ek weet ek het jou laat weet wanneer ek kom, maar hel, om jou hier te sien . . . Hei, Boet! Hel, Raven. Ek waai my arms. Hy staan skouers effens vooroor, 'n sigaret slap in sy hand langs sy sy. Hy stoot sy donkerbril weg van sy voorkop, soek met opgeskroefde oë deur die busruite. Hy sien my nie. Hei man, Raven . . . hier's ek, kyk! Ek klap oophand teen die ruit. Hy begin lag, hardloop na die bus, waai sy arms. Ek stoot my pad deur die trae mense, spring van die trap af, land met my voete hard op die teerblad. Tuis. Staan voor Raven terwyl hy lag en my hand gryp.

Hy ontmoet my ná vyf jaar en ek het nie geweet of hy sou kom nie. Hy vee met sy voorarm oor sy gesig, lag steeds, druk my hand. Raven, Kleinboet. Jy met jou nuwerwetse songegoude haarlokke wat langs jou neksening afkrul; jy met die gewoonteglimlag wat styf span om jou mondhoeke, verskuil in jou oë agter die ovaalvormige bril; jy met die lag, met die smal blank hande. Ai, Raven, Kleintjokker, Boet. Jy vat my hand en jou vat is warm en klam. Jy dra 'n silwer, growwe ring wat in my palm inbyt. Jy lag met my, sê: Dag, hel, dag, Ouboet."

Hy byt sy lip, ek herken die kepie in sy voortand wat ek lank terug uitgeneuk het met 'n krieketbal: „Hoe gaan dit, jong? Here, jy's bruin!" Pluk skalks aan sy oor. „Welkom tuis."

Hy dra my tas, sê ek moet by hom kom bly; dis klein maar nie te beknop nie, hy's heeldag uit, die meisie is vir 'n ruk na haar ouers op die platteland. Raven lag aanmekaar, is bly om my te sien al ken hy my nie, vra my hóé dit was in Afrika.

Tuis, na vyf jaar. Alles voel mistig, wasig met bekendheid wat telkens wil deurslaan. Deur alles heen staan hy, Raven. Word sy lyne helder, hard, omlyn en duidelik. Hy is mooi en jonk, vul my soos 'n lou gedagte. Ek ken hom – ek ken hom tog nie. Hy loop langs my, skop 'n klip, kyk op en glimlag. Sy mond is sag, bewe soms in onsekerheid. Hy neem my arm wanneer ons oor die straat stap. Ek ken hom. Hy is Raven, hy is klein stiefboet. Hy is winteraande voor die kaggelvuur, hy is piepie in die kooi, hy is stories van Jesus en die apostels in die vroegnag, hy is sapryp perskes wat droog op die sinkplaatdak, hy is bang vir die donker, hy is knopknieë en kakiebroek. Hy is twintig. Geklee in 'n denimpak en blou hemp, verslaggewer vir 'n Engelse koerant in die stad.

Ons loop deur die middagstrate. Ek kom bekende strate, nou stegies en geboue teë. Ouer geboue is reeds gesloop, met hoë staal-en-glaskonstruksies in hul plek. Mense haas verby met emosielose gesigte, elkeen met sy eie angs, sy eie vrese. Hulle dra handtasse, reënjasse oor hul arms, pakkies en boeke; hou dit beskermend teen hul somerlywe vas. Kyk dwarsdeur my, sien my nie raak nie. As ek hulle sou vertel wat ek gesien het, wat ek weet, wat ek vermoed, sou hulle my nie glo nie. Niks kan hulle nou raak nie. Haastig stap hulle op oorvol sypaadjies, talm voor winkelvensters, klim in rye by busse in. Elk met sy kop, elk met sy dop – onbewus van enige bedreiging.

Dalk is Raven soos hulle. Ongeërg, onverskillig neem hy my af in 'n donker parkeergarage en met 'n blou persmotor na sy woonstel. Die stadsverkeer woel knellend, bedompig en ongeduldig onder die middagson.

Sy woonstel is luuks. Van die dertiende verdieping kan 'n mens die oosrantjies van die stad, die Moot, die Magaliesberg en die Uniegebou sien. Sy woonstel het net een groot vertrek. Een muur is swart geverf, 'n ronde oranje ballig hang aan die growwe plafon. Die kombuis en badkamer is klein, reg oorkant mekaar. In die groot kamer staan 'n groot, blinkgeel dubbelbed van dennehout.

„Hoop nie jy gee om om met my te deel nie." Hy gooi sy hare uit sy gesig. „Dis al wat ons het; ek en Jackie het die bed self gemaak, nogal trots daarop, hier's ook niks plek vir nog iets nie." Hy beduie oor die volgepakte vertrek, glimlag verleë.

Op die vloer lê 'n dik, donkerblou mat. In een hoek staan 'n rooigeverfde lessenaar vol papiere en koerantknipsels. In die middel van die vertrek staan twee gehawende leerleunstoele rondom 'n moderne glaskoffietafel. „Die stoele kom van Jackie se ouers. Hulle is vreklelik maar darem gemaklik . . ." Hy staan besluiteloos rond, steek 'n sigaret aan, vee oor sy hare. „Wag, ek gaan koffie maak." Hy loop haastig kombuis toe. „Swart of wit?" roep hy.

Dis jóú plek, Raven; jou deurmekaar huis. Dis nie nodig om te verduidelik nie. Hier is ek die indringer. Ná 'n ruk sal jy wens ek het nooit gekom nie, en jouself oor jou eie slu gedagtes haat. Ek wil hom oor sy verdwaalde strooikop vryf. Moenie bang wees nie, Kleinboet. Ek wil g'n kwaad nie; ek soek nie na die hoeke en draaie van jou lewe nie. Ek wil nie meer van jou weet as wat jy wil vertel nie. Ek is oud en onskadelik. Ek is ervare. Ek ken jou miskien nie, maar jy kan my weinig vertel wat ek nie reeds weet nie. Jou stoele is gehawend en vuil, teen jou muur hang 'n plakkaat van 'n swart man wat sy vuis vir my bal. Dit raak my nie. Niks kan my meer raak nie.

Hy kom sit oorkant op die bruin stoel; gee my 'n beker soet kitskoffie. Sy oë is vol vrae. Hy wil alles weet – waar ek was, hoe dit was. Alles van my. Hy wil meer as dit hê. Dié dinge wat ek nie ken nie, wat ek weet maar nooit in woorde kan sê nie.

„Is die koffie reg?" Hy bied my 'n sigaret aan. Smal, geurige Camels. Steek aan. Ek asem diep. Praat oor dit en dat.

„Lekker plek wat jy het. Nou ja, vertel my . . . gaan dit goed met jou? Hou jy van die koerantwerk? Ek het nie geweet jy's by die Mail nie. Maar jy wou altyd skryf. Ek het baie joernaliste daar anderkant leer ken. Klomp hardegatte . . . Nie gedink dis jou tipe ding nie . . ." Ek wil nie sy vrae hoor nie, nie nóú nie. Later. Daar's baie tyd. Ek is nie reg daarvoor nie.

„Ek het dit nie die jaar op universiteit gemaak nie. My pa't jou seker vertel." Hy kyk na my, vrae in sy oë. Twee jaar gelede het ek nie gekom vir die begrafnis nie.

„Ja, die slag toe hy in LM was vir besigheid. Hy het gesê jy vind die varsity-storie effens vervelig. Jy kon nie die fisika baasraak nie, het hy gesê." Sy pa, my stiefpa vandat ek twaalf was. Dapper, stoere Engelsman.

„Wat het jou laat besluit op joernalistiek?"

„Dad het gehelp ná die varsity-fiasko; my ingekry by die Mail se opleidingskool. Ek het goed gedoen. Aanvanklik gedink dis die één koerant waarvoor 'n mens kan werk. Dit is nie. Hulle is minder opreg as enige van die spul Afrikaanse koerante. Ek is so teleurgesteld. Als is 'n illusie. Ek wil weggaan maar weet nie waarnatoe nie. Hierdie stad! Hel, dis die beknopste plek op aarde. 'n

Mens sal verdomp versmoor hier. Die mense is bysiende, so donners verkramp!"

Ek lag hard. Hy ook, maar ek weet dat dit hom dieper raak. Hy rook knaend – gooi sy hare agtertoe, vee soms met die brug van sy neus langs. Ons praat nog; oor dinge hier: die Mail, koerante in die algemeen, Breyten, Credo Mutwa, oor digkuns, oor vergete skrywers, oor TV. Hy kyk op sy horlosie; sê hy moet afgaan kantoor toe om 'n berig deur te teleks na Johannesburg. Ek moet my solank tuis maak; sodra hy terugkom, neem hy my uit vir ete na 'n aaklige bourgeois restaurant omdat hier niks anders in hierdie „verdomde plek" is nie.

Hy gryp sy baadjie, klap die voordeur toe. Ek hoor die klop van sy vinnige voetstappe die gang af hysbak toe. Ek is alleen. Ver onder klink die rumoer van die laatmiddagse stadsverkeer. Ek gaan lê op Raven se ruim dubbelbed. Die reuk van sy meisie kleef aan die vlootblou kussings. My rug pas in die duik wat haar liggaam gemaak het. Ek lê op my rug, maak my oë toe. Die bed kantel, die vertrek tuimel om my. Hy is weg sonder om weer te vra oor die vyf jaar. Ek glimlag; raak aan die slaap. Diep en donker soos dood.

die lug is helder. groeiende spreiligte vasgepen in die blink staaldak hou hul oë waaksaam op my. aanhoudend hoor ek die gedreun van vliegtuie wat opstyg. vinnig sekuur roekeloos opstyg die pers hemele in. ek is buite. die geboue is vreemde helderwit blokke wat geboog agtertoe leun en vanuit 'n visooghoek reik na die hemelpers nag. die gras is groener, dieper groen as groen: 'n oopgespreide kleed. van ver kom Raven aangehardloop. ek maak my arms vir hom oop. hy ontduik my, spring rats bo-oor my kop; draf met die groen grashelling op. sy hare sweef in gebreekte vlerke agter hom aan. begin hardloop spierbenig asof ek lug is hardloop met skreeuende vaart krete wat hyg in my keel hardloop Raven Raven. hy is ver vooruit hardloop sy bene in swaaiende ritme. ek bereik hom steek my hand uit elke keer wanneer ek naby hom kom gryp ek na niks. stadig stadig loop ek nou, hy staan stil, ek kniel voor hom probeer hom met my hele lyf terughou. hy beur van my weg, sprei sy arms oop sy gesig donker sy hare 'n golf goue golf op sy skouers. hy verdwyn verder en verder ek swik kan nie keer nie my hande oplig om oor my gesig te vou nie. my oë volg sy deinende rug my oë is die getuies my oë is die ankers wat losskeur. hy gooi sy kop agtertoe sy hare lig op soos 'n voël wat met 'n koeël in sy lyf wil boontoe vlie. sy voete trap oormekaar. kantel. trap op 'n blou vlam wat in vonke die nag in bars. sy hande gryp, bly dan 'n sekonde hang in die lug, klou 'n stuk uit die pers, die hemelpers skiet soos gebluste kerse uitmekaar. sy kop vonk vuur soos 'n vuurspuwende berg, sy oë spuit vuurkole, sy arms en bene word omvou deur 'n rooigoue skitterkleed van vuur. sy liggaam 'n veldbrand wat aansteeklike vlamme die nag in stuur. die grond rondom raak kletterend aan die brand die vlamme in die lug ek skree en skree – Ravenravenraven heregodraven.

Hy staan bo-oor my, sy hand 'n swaar klem op my skouer. Ek stamp hom met 'n kreet van my weg dat hy eenkant teen 'n swaar stoel land.

„Nee!" Sy oë is groot en bang, hy hou sy hande beskermend voor sy gesig.

Ek staan op en voel hoe my enkels meegee. Loop na sy hurkende bang lyf. „Hel tog . . . jammer, Boet. Staan òp, man!" Moenie voor my kniel nie, jou vrekbang klein luis, moenie met jou skraal wit hande denkbeeldige houe afweer nie.

Ek pluk hom orent. Hy kyk nie op na my nie; vee sy hande aan sy broek af, glimlag skeef, tel sy bril op wat eenkant op die vloer lê.

„Jissis, jy't my laat skrik." Hy lag verleë.

„Kry vir ons iets om te drink, klong." Ek tik hom teen die skouer; gaan sit in een van die leunstoele en strek my bene voor my uit. Die rugleuning ruik na mensesweet en asem. Vaagweg gerusstellend. Ek steek een van sy Camels aan. Dis donker. Ek het lank geslaap.

Later gaan ons uit in die vroeënagstrate.

„Ons loop sommer; dis naby."

„Ja wat."

In die strate rumoer en loop dit oor van mense. Hulle stoot en stamp, lag en praat hard met mekaar. Almal is haastig. Dwarsoor die strate loop hulle voor motors in wat met helder ligte op hul afpyl, toeters blaas, ligte flits. Robotte verander van rooi, oranje, groen na rooi; neonligte flikker; kafees se deure staan wyd oop, vol warm menseliggame en stemme. Musiek dreun by die deure en oop vensters uit. Die mense drom in swart en wit bondels, skuur haastig verby. Ek wil elkeen voorkeer en met die hand groet. Ek wil hê hulle moet my op die wang soen en „welkom tuis" sê, maar hulle vermy my oë. Hulle dra skoon klere, ruik na parfuum en skeerseep. Hul mae is kolrond en vol ryk kosse. 'n Wyngloed kleur hul somernat gesigte. In hul oë lê die glans van 'n goeie lewe: hul oë is helder met die glans van neonligte, winkelvensters en spieëls. Hulle verorber hulself. Hul oorgroot lywe is goed gevul met warm etes en koue drank. Hulle stamp aan my, loop verby.

Hulle lyk en praat eenders, dra dieselfde blink klere. Langs my loop Raven, my stiefboet, met 'n ongeërgde slenterpas, sy hande in sy broeksakke, sy oë op die grond gerig.

Ons gaan by 'n ouerige hotel in, loop af na die kelder waar mense lawaaierig by dik houttafels sit en peusel aan opgehoopte borde kos wat hulle met lang slukke bier afsluk. Die plek is ingerig soos 'n Duitse Bierhalle, is dof verlig, ruik na rook, warm somermense en alkohol.

„Dis vol . . . Hel, dis nie gewoonlik só erg op weeksaande nie." Raven kyk verskonend na my.

„Kom ons gaan eet; ek's honger." Ek stap vooruit.

Om my maal dit. 'n Jong meisie stamp haar stoel reg voor my in, gooi haar kop agtertoe en lag hard en kru. Sy sien my nie raak nie. Ek kyk af na haar. Haar kop leun terug, sy klap haar hande opgewonde, lag uit haar keel – haar mond bloedrooi oop, haar tande klein glanswit pitjies. Om haar nek is lang ritse kleurkrale wat heen en weer oor haar volgeblomde borste wieg. Sy lag verleidelik, vry en vol. Ek kyk af na haar tot haar lag rukkerig end kry en sy hygend haar asem terugwin.

„Verskoon tog . . ." My hand rus swaar op die armleuning, word vasgepen deur haar ronde skouer. Sy kyk op na my. Haar oë is lig. Sy kyk rakelings oor my, skuif haar stoel vorentoe en praat steeds laggend met die twee jong mans by haar. Ek wil haar aan die bolpunt-skouers vat, haar omswaai na my toe, sê: „Dag, mens. Kyk 'n slag behoorlik na my, moenie my oë vermy nie, sê jy's bly om my te sien."

Raven pluk my aan die arm. „Kom." Ons kry 'n oop tafel, bestel bier en 'n bak Duitse kos. Dit raas uitbundig rondom. In een hoek sit 'n kring mense; elkeen dra 'n laggende gesig. In hul hande hou hulle bekers skuimende bier, stukke vleis en brood. Tussen mondevol kos en slukke bier sing hulle hardop – Duitse drinkliedere, Sarie Marais, en nou en dan klap hulle 'n maat op die rug en sing: Hy's 'n lekka kêrel. Hulle gooi hul koppe agtertoe in vreugde, die bier stort oor hul nekke en drup op hul borste. Eenkant speel 'n oempa-orkes met vuurwarm blaasritme. Mense spring op en dans in kringe. Twee mans klim op 'n tafel, haak hul arms en begin tol en draai op die maat van die musiek totdat hulle afval en die tafel saam met hulle omkeer. Glase spat op die vloer, stukke kos lê in plasse bier tussen die skerwe. Hulle lag, klap hande, juig. 'n Vet man met 'n safaripak waarvan die onderste knope los is, kom slingerend aangestap. Hy krap aan sy boud, breek 'n wind op, skop die kos onder die tafel in en loop verder. 'n Swart kelner hurk, begin die gemors opvee, pak die bierdeurdrenkte vleis en brood in 'n plastieksak. Hard blaas die orkes en die twee mans begin weer opgewek op 'n ander tafel dans.

„Dis Desember, vakansietyd. Afrikaners is plesierig," sê Raven. Die kos en bier kom – stukke Duitse wors, slaai en suurkool. Raven kry twee gekookte eiers en 'n bak slaai.

Hy sê hy's 'n vegetariër. Ons drink gulsig aan die bier. Hy vertel my dat hulle hom eenkeer by die koerant gevra het om 'n indrukstorie oor 'n sirkus te skryf.

„Ek het botweg geweier. Weet jy hóé wreed en siek sirkusse in werklikheid is? Hel. In die verlede het hulle bere op warm kole gesit sodat hulle moes ‚dans'. Die arme goed het geen kans gestaan nie, hulle het op en af gespring van die pyn en gedans-dans dat dit vrek!"

„Nou, waarom skryf jy nie eerder 'n storie om sirkusse aan die kaak te stel nie!"

„Ek wil nog. Nou is ek te besig met provinsiale raadsvergaderings en sulke kak. Soms voel ek nes daai sirkusbeer. Ek dans, dans maar net omdat die kole onder my voete so verdomp warm is."

Ons kry nog bier. Dit gly koud en glad in my keel af. Ná 'n tyd begin ons oor Mosambiek praat – teen hierdie tyd onvermydelik.

„Vertel my, van jou tyd dáár . . . Hel, ek weet nie eens behoorlik waar jy was nie."

„Ek was lank in Mosambiek. Hulle maak slegte bier, die Portugese . . ."

„Húlle. Grootste gemors in Afrika. Hulle het die skuld aan alles wat nou daar gebeur. Ek hoor van ons militêre verslaggewer dat hulle die mense daar soos varke behandel het. Hel, hulle kry net wat hulle verdien." Hy praat opgewonde, rook en drink tussenin. Sy wange word ligrooi. Dit maak sy gesig sag, laat hom eerder na 'n jong, blosende meisie lyk.

„Portugal!" roep hy uit, gooi 'n lang teug bier in sy keel af.

„Ja, baie het teruggegaan. Portugese burgers. Baie van hulle *assimilados* wat na 'n vreemde Europese land gaan waar hulle nog nooit was nie."

„Ek voel nie jammer vir hulle nie." Nee, jy sal nie.

„Sou jy nie ook vlug as jy 'n kans kry nie?"

„Nee . . . of nee, ek weet nie." Hy lyk verleë. „Ja, miskien kan jy dit vlug noem. Ek wil nie hier bly nie. Hierdie plek vreet my op."

Ons is 'n ruk lank stil. Bestel weer bier.

„Was jy in LM gedurende die opstand?"

„Ja, ek was." Maar moet my nie daaroor vra nie.

„Vertel my daarvan." Sy oë lag effens; vol afwagting lek hy oor sy lippe, vee vinnig met sy hand se agterkant oor sy voorkop – soos hy maak as 'n storie kom, opwinding.

Die bier trek kop toe. My oë brand van die rook. „Wat wil jy eintlik weet?" Nog 'n koerantstorie, nog 'n tragiese staaltjie . . .

„Hel, jy was daar . . . Radio Clube, die opstand . . ." Ja, alles. „Ek wil weet van Mosambiek, nie wat die koerante sê nie – werklik weet."

„Hoekom, Raven?"

Sy oë word donker, hy kyk af, skud sy kop. „Vertel my."

„Hulle was wit kolonialiste. Verlore toe Moeder Portugal vlug. Sestig van hulle is dood. Niemand weet wie die opstand gelei het nie . . . Sommige dink dit was die Drake van die Dood. Dit was bloot vrees wat in paniek verander het. Gewere het die stad binnegekom, pamflette is versprei – die wit broers in Suid-Afrika sou soldate stuur. Jy kon die vrees ruik. Die strate was vol mense met vrees soos sweet aan hul liggame.

„Sestig is dood. Geen wit soldate het gekom nie. Hulle is dood met die hoop – maar nie voordat hulle 'n klomp verdwaasde burgers van die *canhicos* as slagoffers geëis het nie.

„En toe het die wraak gekom. Dit het nie saak gemaak wie hulle was nie – alle wit honde moes boet. Die paaie na die stad is geblokkeer. Frelimo se swart magte het die stad binnegekom. Daar was chaos vir 'n dag of twee, maar dit was gou oor. Vryheidsbaniere het dae lank verwilderd in die strate bly lê. In die buitewyke het bendes enigiemand wat wou vlug met staalpype, wielspeke, kettings en pangas binnegehou. Jy kon dit lank daarna nie in die strate van LM waag nie."

Sy was op pad na my toe. Sy was mooi, Boet, lenig, ryp en mooi. 'n Bottel *Casia Garcia* in haar sak . . . Ons sou dit bêre vir Kersfees. Sy was in die omgewing van die stadion waarheen strome mense met vraende gesigte geloop het. Sy was nie deel van hulle nie, Boet; hel, sy't 'n vrees gehad vir massas mense, het hulle op 'n manier selfs verag; sy was net op pad na mý toe. Daar was vier in die motor. Hulle het gewere gehad. Onseker, wit: aggressiewe welpe sonder Moeder Portugal.

„Teen Dinsdag was alles oor. Nou en dan het verlate geweerskote nog uit dele van die stad opgeklink – maar alles was eintlik oor. Vroue het hul mans by die Radio Clube kom haal. Alles was oor."

Sy het tog gekom. Die bottel wyn nog heel in haar sak. Ek was verwonderd oor al die bloed.

Dit raas in die restaurant. Mense dans, lag, sing en eet. Raven kyk stroef na my, sy oë nog vol vrae. Dis genoeg. Hy suig aan sy glas, skud sy hare weg.

„Nou nog Angola . . ." sê hy ingedagte. „Die Portugese se spore lê diep in Afrika; waarom moes hulle net waai? Eeue prysgee en net padgee?"

„Dis soos kolonies werk . . . Buitendien, die ankers aan Europa lê net so diep."

„Dan noem hulle dit nog beskawing ook!" Ons lag; dis beter nou.

Hy begin praat oor Angola. Praat van soldate, vriende van hom wat weggestuur word. Sy oë is vol kommer. „Waarom gaan dit? Dis net asof mense ál hul verdomde ideologieë hier in Afrika wil kom toepas. Hel, as daar 'n ideologie bestaan, dan het hy Afrika getref . . ."

„Ja," ek moet vir hom lag, „maar soms slaat só 'n ideologie terug; al vat dit vier eeue, hy boemerang soms op 'n vreemde manier. Ken jy die storie van Dona Beatrize?"

„Nee, jong, maar vertel . . . Die aand is reg vir 'n lekker storie."

„Sy was 'n jong vrou in die ou Kongo-republiek, honderde jare terug toe daar nie daadwerklike grense was nie; nie soos nóú nie, nie grense wat deur kolonialiste opgestel is nie. Sy was 'n *chimpa vita,* jonk, 'n Katolieke volgeling. Onder haar eie mense, 'n soort priesteres."

„Was sy swart?"

„Ja, sy was 'n swartvrou. Is in 1706 deur die Portugese op 'n brandstapel verbrand."

„Het hulle gesê sy was 'n heks?" Sy oë is groot. Ek lag . . . Hy het altyd van 'n goeie storie gehou.

„Miskien wás sy 'n heks. Sy't in elk geval snaakse dinge gedoen. Haarself beskou as 'n reïnkarnasie van Sint Antonius. Vreemd. Elke Vrydagnag het sy stilweg in die diepoerwoud wanneer almal slaap – die monnike, die wit priesters, die gode, almal rustig onder hul velkomberse sluimer – doodgegaan.

„Alles is nie 'n legende nie. Dona Beatrize hét bestaan; sy was 'n opruier onder die swartmense van die destydse Kongo-republiek." Hy skuif nader. „Sy het aan hulle die pragtigste stories vertel. Sy't vertel dat die hoofstad, São Salvador, die geboorteplek van Jesus was. Dat Jesus en Maria albei swart was."

„Ek kan dink dat die Porras nie veel daarvan gehou het nie! Waarom het sy ‚doodgegaan'?"

„Vrydagnagte? Wel, sy het Vrydae 'n staande afspraak met God gehad. Ná haar tydelike dood het sy opgevaar daar na Hom toe en dan het die twee saam aandmaal genuttig." Hy lag plesierig. Sluk bier.

„Terwyl Dona Beatrize en God wyn drink en heerlike gebraaide wildsboud eet, het sy sommer van dié geleentheid gebruik gemaak om 'n bietjie te kla oor die swarigheid van die Portugese onderdrukking. Sy het met God die sake bespreek en ernstig gepleit vir die vryheid van haar mense; gevra of God nie kan kyk of Hy dalk iets aan die verdomde Portugese kan doen en dan sommer die óú Kongo in ere kan herstel nie."

„Daarvoor is sy verbrand?"

„Ja. Die Portugese het hul Christelike plig om na die swart massas van Afrika om te sien daardie tyd nog ernstig opgeneem. Een goeie dag het die vlamme haar verslind terwyl ene vader Lorenzo da Lucca die kruis oor haar rokende vlees swaai en vurig bid vir haar siel."

„Hel! Sy was dan seker die heel eerste terroris!" Hy gooi sy kop agteroor en lag kraaiend uit sy keel. „Stel jou voor, byna driehonderd jaar gelede is die eerste terroris in Afrika vervolg!"

Ja, miskien was sy. En miskien het God geluister daardie gesellige aande saam met Dona Beatrize om die etenstafel.

„Haar legende leef. Nuwe Christenprofete van Afrika het haar leer begin aanhang en een van hulle, Simão Toco, was 'n leidende aanhitser in die rebellie van 1961."

„Hel."

„Ja. Hel. Het hierdie Duitse keffie van jou nie wyn nie?"

Ons kry 'n bottel dieprooi droë wyn en soos die aand aanloop en die digte vloeistof dieper sak, gooi ons meermale ons arms om mekaar, lag ons dikwels en praat ons van onsself.

Ons loop die warm stadsnag in – vol wyn en half dronk. Ons loop. Ek sit my arm om Raven se skouers, voel sy skraal lyf; voel 'n deernis wat lawwe trane na my oë bring. Ons stamp teen mekaar, struikel van sypaadjies af. Mense wat van filmvertonings af kom, uit restaurants, krioel om ons. Hulle is vir my naby, ek kan aan hulle raak. Voor ons loop 'n breedgeskouerde jong man met 'n militêre uniform aan. Hy praat dringend met die meisie wat langs hom loop. Sy dra 'n kort rok, is geset en hang dronk en giggelend aan sy arm.

Ons loop in stilte tot by die woonstel. Die lug is stikwarm, stil. In die hysbak is daar spieëls. Ek draai my rug na my eie beeld. Ons ry op en op na die dertiende verdieping; loop in die donker gang na Raven se songebakte, bedompige woonstel. Die swartman teen die muur wys sy gebalde vuis vir my. In sy oë is daar geen simpatie, geen genade, geen verstaan nie. Ook na hom draai ek my rug. Ek maak my oë toe en die vertrek begin met mallemeulse gekheid rondom my draai.

Raven gaan lê op die bed op sy rug met sy bene uitgestrek, sy arms onder sy kop. Sy vae buitelyne swem voor my oë. Hy begin sag praat. Ek hoor hom nie goed nie. Dit maak nie saak nie. Sy stem is sag en vol kommer en vul my met weemoed. Buite begin dit skielik hard reën. Hy vertel my van sy drome, sy angs, sy dilemma in 'n land vol verwarring. Marionet, doellose jongeling in Afrika. Hy sê hy verstaan so min, weet nie meer wie om te glo nie. Sy koerant is vir hom meermale soos 'n dwarrelwind wat bondels stof opskop en geen vastigheid het nie.

„Hulle is so donners oneerlik. Verander hul beleid na politieke winde wat meermale net 'n redelose ontlasting is."

Hy het 'n Indiërvriend wat as prokureur praktiseer en die afgelope jaar die hofsaak van nege jong mans, almal van Saso, behartig. Hulle het opruiende pamflette versprei, seuns in swart lokasies probeer werf vir militêre opleiding elders in Afrika, vergaderings gehou en word nou aangekla van Kommunistiese bedrywighede.

„Dis so maklik hier om aangekla te word van sulke dinge. Hel, ek ken hulle nou en hulle is maar donners jonk en idealisties." Hy lag wrang. „Ha! Hulle is sommer lekker hardegat met die polisie soms, maar loop telkens deur onder die platpote se verwronge humorsin wat dit nodig ag om stinkbomme in die vangwa te los waarmee die ouens hof toe vervoer word."

Hulle saak duur al meer as 'n jaar, sê Raven, en die pers daag nie eers meer op vir die verhoor nie. Shun, sy vriend, is gevul met weersin en soms verstaan hulle mekaar nie.

'n Opstandige wind waai die reën in harde vlae teen die venster. Op die oostelike horison skiet wit bliksemstrale deur die swaarbewolkte naghemel. In die breuk van die donker sien ek 'n oomblik die grys kolos van die Uniegebou.

Hy swaai sy bene van die bed af en sit gehurk vooroor. „Wat gaan ek doen?"

„Waarom vra jy mý, Boet? Wat kan ek tog sê?"

„Jy was in Afrika, werklik buite hierdie noustrop-grense. Jy was daar toe LM inmekaargestort het. God, jy moet kan sien wat gaan gebeur . . . Jy moet 'n antwoord, iets hê." Sy stem breek. Hy vee met sy voorarm oor sy voorkop; skud sy hare uit sy gesig. Buite val die reën sagter.

„Ek ken jou vrae; ek het hulle lank terug ook vir myself gevra. Nie meer nie. Ek het geen antwoorde, geen oplossings nie. Dis te laat, honderde jare te laat om nou te begin dink aan verandering. Ons staan met ons rug teen die muur en durf nie omkyk om die skrif te lees nie."

„Weet jy wat noem hulle jou land, deesdae?" Sy stem is sag. „Weet jy wat noem hulle dit nou al hier . . . Azania."

„Ja, ek weet : geweld kom."

„Ag, God . . ." Hy laat sak sy kop, sy skouers krom en slap. Hy praat rukkerig, sy stem sag en op een toon. Hy vertel my dat hy 'n brief van die Weermag gekry het; dat hy hom vroeg in die nuwe jaar moet aanmeld by Voortrekkerhoogte. Hy gaan weggestuur word na een van die nodelose grense. Sy skouers ruk; hy begin sag huil soos 'n kind. „Heregod, Ouboet, ek wil niemand skiet nie, ek glo nie daaraan om enigiemand te skiet nie . . ."

Ek voel lomp, onhandig; raak ru aan sy skouers. Hy druk sy gesig teen my. Sy trane brand en word taai in my nek.

Buite neul die wind. Sy snikke word droog. Ek voel sy knopperige, seningrige lyf in my arms. Die maan stoot sy helder vol kol deur die grysdonker wolke. Die dag se hitte is gebreek. Die maan bot vol tussen die houtskool wolke. Sewe dae voor Kersfees. Ek dink aan die grofgebeitelde Afrikafiguurtjie van swarthout in my tas vir Raven. Glimlag, my oë dof en brandend.

Hy maak hom los, mompel : „'skuus."

Ek klop hom teen die skouer. „Kom, slaaptyd." Ek gaan sit eenkant, steek 'n sigaret aan.

Hy snuif, begin stadig – sy bewegings slap – uittrek. Die wind mor; 'n sagte gromgeluid saam met die reën. Hy gooi sy hemp eenkant, sy ribbes span soos boë teen sy skraal bolyf; stroop sokkies af, skoene, gooi dit eenkant; knoop sy broek los, skop dit weg van hom. Sy maer, gespierde bene is bedek met 'n laag donshare, silwerwit soos die dekking op groen kwepers. Hy swaai sy bene onder die laken in, sy voete is wit, gebult met are; lê op sy rug, sy arms oorkruis op sy bors, sy ligte hare uitgesprei oor die blou kussing. Ek wil aan hom raak, hom streel, teen my vasdruk.

Later gaan lê ek langs hom in die groot bed. Die wind, die reën is uitgetjank. Net die maan bly hang in die koelte ná die dag. Rug teen rug raak ons aan die slaap.

Voor dit dag is, word ek wakker. Lê lank stil met oop oë; voel sy warm asem en lyf langs my. Hy lê op sy rug, sy arms agtertoe gegooi, sy hande weerloos met die palms uitgestrek. Ek trek aan, gaan uit na buite. Die vroeë, donker oggend is koel en pershelder. Die stad skoongewas ná die reën. Die donker lê op die horison.

Ek loop langs die moeë stadstrate. Afgebaande straatligte wys my pad vooruit. Die strate is halfdonker, leeg. Winkelneonligte adverteer flikkerend hul produkte : Vars vis . . . Life is great . . . Maak vriende met Bols-brandewyn . . .Teen 'n hoë gebou jaag rondekorrel-ligte een na die ander die tyd en temperatuur oor die stad : 04h30 . . . 23 °C . . . 04h31 . . . 23 °C . . .

Ek loop. 'n Halfhartige wind waai papiere teen my bene. Agter my hoor ek voetstappe – 'n vinnige klapgeluid op die sementplaveisel. Dit kom nader. Ek kyk om, loop af in 'n systraat. Die voetstappe word harder. Ek sien twee figure in die donker straat agter my. Hulle loop vooroor, vinnig, hierheen. Ek begin drafstap, vinniger, hardloop. Hulle volg my. Ek hoor iemand lag – 'n swartman. Ek gaan staan styfgedruk teen 'n baksteenmuur, gryp 'n leë bottel, voel die sweet uitslaan op my voorkop. In 'n helder winkellig sien ek twee swartmans aankom. Hulle kyk nie na my nie, loop haastig verby.

Ver weg hoor ek stoomtreine blaas. Vroegoggend. Van die buitestedelike swartes begin inkom stad toe. Ek het vergeet van dié gebruik, gooi die bottel in 'n vullisblik, stap verder. Alles is stil. Mense slaap in hul digte steenhuise agter gegrendelde deure en diefwering. Later, in die hitte van die dag, sal die stad oorloop van swart- en witmensstemme, handgebare en voetstappe.

Die pad loop met 'n helling; ek kom vlak by die tuine van die Uniegebou. Oor die golwende grasperk, agter die kop van Louis Botha op sy klipperd, oor die stywe pilaregebou en Meintjieskop word dit lig. Die dag breek plek-plek. Ek gaan deur 'n swaaihek en loop met die steil grasperk op boontoe; herken dit as die grashelling waarteen Raven uitgehardloop het in my droom. Ek loop tot bó, klim die stel kliptrappe, gaan sit met my rug teen 'n koue, nat muur.

Dit word dag oor Kerkplein, dag oor die middestad. Oor die oostelike rantjies, die geilgroen voorstede – helder word dit dag. Dag oor die Voortrekkermonument, die Fonteinesirkel, die teerstrate, die hoë geboue, die biblioteke, die universiteit, die weeshuise, die hospitale, die lokasies, Melrose-huis en die Paleis van Justisie. Vandag oor vyfhonderdduisend mense. Warm, beknopte vroegdag: Afrikadag.

1977

Mamy Blue en ek onthou

Dis toe hullé vanoggend Mamy Blue speel dat ek onthou het.

Geweet ek sal weer moet onthou. Eendag. Het probeer om nié. Maar geweet ek sou . . . Want 'n mens vergeet nie. Tog het ek probeer om alles diep weg te bêre. En gehoop ek sal onthou op 'n dag wanneer ek beter kon verstaan.

Toe, vanoggend, speel hulle Mamy Blue – en ek onthou. Alles. Alles soos dit gebeur het. En op Mamy Blue se maat het alles weer voor my afgespeel. Onwillekeurig het ek saam op die maat geneurie. Sonder om te dink of my woorde saamval. Sonder om te weet of ek nou beter kan verstaan as toe dit gebeur het.

Een vir een met die klank van Mamy Blue het die skyfies van daardie aand voor my oopgeval. En ek onthou.

Ek wat in die Klub inloop en hulle speel Mamy Blue iewers uit die donker. Groot fun, het Alma by die hokkieoefening gesê. Kom saam vanaand, dan kyk jy. Toe, kom en kyk hóé ons ander leef. Kom, sê Alma en lag vir my. Soos altyd spottend en uitdagend. Sou sy dan altyd geweet het? Hoe alles gebeur het?

Ons is die aand met Alma se motor weg. Driekwartier op die dubbelpad en ons is in Johannesburg, Hillbrow. Alma kry parkering, 'n blok of wat van die Klub af. Glyn, Alma se vriendin, en nog iemand anders wat ek nie ken nie, net af en toe gesien het by die hokkie (sy speel vir 'n ander klub) is saam. Ek is die enigste in die motor met 'n rok aan – 'n Maksi-romp met suede boots en 'n oranjebont serp om my nek. Hulle ander het langbroeke aan. Alma s'n blouwit verbleik, met 'n loshangende T-hempie met die woorde LUV voorop. Glyn dra 'n witte met 'n gulp voor, styfgespan om haar gespierde bobene, en 'n liggroen hemp wat voor oopknoop. Die ander meisie het 'n rooibruin klokbroek aan, sy-agtig en nou om haar heupe, sy's mooi gebou, 'n geel hempie waaragter haar tepels span, en lang stringe gekleurde houtkrale om haar nek. Sy't my die hele ent pad Johannesburg toe geïgnoreer, eenkant in haar hoek agter in die motor gesit en rook; nou en dan in vulgêre Engels met Glyn (wat 'n Australiër is en nie lank in die land nie) geskerts. Alma het af en toe uitbundig gelag, soos altyd. Want sy is seker van Glyn, weet ek.

'n Snaakse soort opgewondenheid het my beet toe ons parkeer en afklim; afstap op Hillbrow se oorvol sypaadjies na die Klub toe. Ek loop 'n ent agter die drie. Alma is tussen ons, reg voor my, en telkens kyk sy om of ek nog aankom. Hoe verder ons loop, hoe sterker stoot 'n gevoel van – wat? opgewondenheid, angs, afwagting – in my keel op.

In 'n gangetjie tussen lendelam geboue stap ons deur. Hillbrow koer en rumoer rondom. En ek loop agter die ander drie aan. Toe gaan ons met steil trappe op en Alma is agter my. Dis 'n steil trapgang wat aanhou kronkel. Alma hyg agter my. Dis donker en ek struikel een keer. Alma gryp my elmboog van agter en ek ruk weg. Ek hoor haar sagte lag. Donker. Net skewe rooilig-lanterns by elke draai wat die trapgang maak. Dit voel asof ons nooit ophou trappe klim nie. My asem lê swaar in my keel. Maar terwyl ons opwaarts beur en hyg, hoor ek 'n geruis nader kom. En dan, soos 'n orgasme wat oopbars, val 'n kamer voor my oop met helder geel ligte wat heen en weer knak, rooi flikkers, ligdraaie en donker hoeke. Die Klub. Sweet bou op in my nek en bo my lippe.

Elkeen oorhandig 'n kaartjie aan 'n persoon agter 'n toonbank by die ingang. Dit word gestempel en teruggegee. Ek huiwer. Alma fluister iets, kry 'n stempel op haar kaartjie en stoot my vorentoe. Ek hoor die man by die deur sag lag en kaal sonder my kaart stap ek agter Glyn se bonkige rug aan. Ek sien niks anders raak nie; volg Glyn se gestalte deur die warm liggame van mense wat teen my skuur. Vader, waarom het ek gekom? Ek loop met Mamy Blue wat fluister in my ore. Ek loop flegmaties voort en voel dat my keel toegestop is en ek nie weer sal wil praat nie.

Ons gaan sit aan 'n klein tafeltjie teenaan 'n muur. Bokant draai 'n lig en flits sy kleure. Geel, oranje, rooi, geel, oranje, rooi . . . Die meisie wat agter by my in die motor gesit het, gooi haar bene wyd oop en sit agteroor op haar stoel; haar kop rus teen die mure en sy skree: „Haai, Tillie, howzat, Girl?" aan iemand tussen die dansende, stampende figure op die wiegeliedmaat van Mamy Blue. Glyn sit regoor my en met iets van 'n, ek kan sweer, simpatieke glimlag kyk sy na my; hou 'n pakkie Bensons na my toe uit. „Smoke, Girl?" My hand bewe toe ek hom na haar lokaas strek. Ek sien dan opeens dat Alma nie teenwoordig is nie. Waar tog is Alma? Sy kom van iewers en dra 'n ronde skinkbord met vier biere. Ek vee oor die skuim van myne.

„Well, Ou, wat dink jy van die Klub, huh?" lag Alma en klap my op die bobeen. Dan kyk sy na Glyn, steek haar sigaret aan en, terwyl ek met vuurhoutjies vroetel, myne. Sy strek haar lang bene en neem 'n teug van haar bier – Alma met haar besitlike selfversekerdheid. Die ander meisie se voet raak aan myne, per ongeluk, dink ek. Ek kruis my bene, stamp onhandig aan die tafel sodat die goue bier oor die glase spoel. Ek sien die stofkol aan die punt van my een skoen. Ek sluk aan my bier maar voel steeds die onrus soos 'n klont slym in my keel.

My bier is halfpad toe trek Alma vir Glyn regop en hulle loop in die rigting van die klotsende, malende dansfigure. Ek sluk 'n koue mondvol bier. Kyk hulle agterna. Later is hulle slegs 'n deel van die spattende geel-oranje-rooi, wat omgedolwe word in die smeltpot van klouende mense. Die ander meisie (haar naam is Jeanne, het ek gehoor) sit steeds langs my; klop met haar vingers op die tafelblad, neurie hard saam met die musiek, kou oopmond kougom, sigaret in een hand, en gooi telkens 'n skuimvolsluk bier in haar keel af. Ek is bewus van haar lewendige nabyheid; kyk so min na haar as ek kan; hou my oë stip op die dansendes, my hand styfgeklem om my bierglas.

Ek sien die pare mense rondom my. Die bier gaan goed af; sy bitter smaak nou en glad in my keel. Niemand steur hulle aan my nie. Waarom sou hulle? Ek voel my ledemate ontspan met die bier saam; is later nie meer bewus van die oopmond-, oopbeen-, kloppende Jeanne langs my nie. Die musiek tril hard. Hard. „Dance?" Sy kyk na my. Jeanne. Haar mond net effens oop. Haar bene. My keel, my keel span toe. Die klont bou op. My keel rek en ruk aan sy spier. My oë wil nie fokus nie. Ek voel haar leë oë op myne; haar pepermentasem meng met myne, haar hand is stil, haar bene wyd. Ek vee oor my mond. „Ag, piss off." Dan staan sy op. Kyk weg van my asof ek nie meer naby is nie. Rek haar arms agter haar kop. Haar borste vorm haar borste span haar borste is fyn omlyn deur die lig. Sy loop weg. Ek kyk nie waarheen nie. Ek laat sak my kop en my wang rus teen die harde rand van die leë bierglas.

God, hier wil ek uitkom. Ek wil hier opstaan en met woede tussen die malende figure deur stamp. Uit. Ek wil uit. My pad na buite soek. Die buitelug oor my warm gesig voel spoel. Ek moet uitkom uit hierdie plek waar hulle fuif en dans en lok en gryp. Uitkom.

Alma en Glyn keer terug. Hulle dra nog vier bottels bier. Hulle vra waarheen Jeanne is. Ek weet nie. Ek sluk vinnig aan my bier. Spoedig trek die goue vloeistof laag in my glas af. Alma maak 'n grap daaroor en ons lag al drie. Begin dan gesels. Sommer oor hokkie. Ons praat. Dis moeilik, want die harde musiekklanke tril en galm en ons gesels gaan dood. Alma lag aaneen, hard en uitbundig. Ek wil hulle daar hou, maar hulle trek aan mekaar en loop weer in die rigting van die dansendes. Hierdie keer kyk ek hulle nie agterna nie.

Die mense bondel en die mense maal en ek kan nie my oë sluit nie. Ek wil toilet toe gaan maar is bang om hier op te staan. Die mense tol. My hart stoot vinnig. En ek drink en drink. Eenkant sit twee mense en soen, hul arms om mekaar se nekke. Eenkant sit mense op mekaar se skote, hul arms en bene gevleg. Eenkant verdwyn een se hand in 'n ander se kraag in. Eenkant deel twee mense 'n glas bier, hul hande vasgewurg in mekaar. Eenkant, hard, begin Mamy Blue speel.

Ek kyk en sien hom in my rigting aangeloop kom. Van ver. Maar hy kom hierheen na my toe. Ek weet – weet aan sy doelgerigte stap, weet aan sy oë wat van ver af na my toe beur. Hierheen. Oh Mamy oh Mamy oh Mamy Mamy blue . . .

Hy is lank en breedgebou. Sy arms swaai langs sy bene verby. Hy dra 'n leerbaadjie en serp wat styf soos 'n das om sy kaal nek geknoop is; uitpunthempskraag; nou, swart broek en sandale. Ek sien dat sy voete ook groot is. Hy kom staan voor my; strek 'n lang, maer hand na my toe uit. Rondom sy ringvinger is 'n breë, goue band grof uitgegrafeer. Ek kyk op; op na sy glimlag, breë oë, digte wenkbroue. Sy hare is agteroor gekam, kort bo maar laag af in sy nek. Sy vingers gryp rondom my hand. Hy trek my op. Op tot teenaan hom. My kop kom skaars by sy nek. Met sy hand in myne loop ons na die mense wat skuur en skuur op Mamy Blue.

Die mense verdwyn rondom my. Ons staan stil regoor mekaar. Hy trek my nader. My gesig raak vas teen sy nek en ek ruik die speserye van naskeermiddel. Soos parfuum omvou dit my. Die gladde leerkraag van sy baadjie vloei teen my nek. Sy arms is om my, sy hande om my middel. Oh Mamy, oh Mamy Mamy . . .

Hy trek my styf teen hom, sy vingers voel deur my sybloes. Ek druk my hande binne sy baadjie in, voel die koel, sagte materiaal van sy hemp. Sy kop knak af en hy vat met sy lippe aan my oor. Ons wieg heen en weer, my oë is toe en Mamy Blue is slegs 'n onduidelike gefluister van die donker.

Sy een hand skuif op en kom lê in my nek. Sy tong dring gebiedend deur tot diep binne my oor. Sy ander hand trek die bloes weg en kom lê kaal op my brandende liggaam. Hy druk sy heupbene hard in my maag in. Mamy Blue hou my vas, suig diep aan my, ontdooi al die kriewels binne my. Ek voel duiselig maar gly nie uit sy hande nie. Oh Mamy.

Sing deur my brein. Vou my toe. Ek voel my hande aan sy styfgetrekte ribbebene. My hande gly op teen sy koel, gladde liggaam. Op vloei my hande. Op en op. Sy liggaam is glad en styfgespan soos satyn. My hande sprei oop. My hande kom tot rus op die uitblom-volheid van vroueborste. Die laaste kreet van Mamy Blue slaan my vol in die gesig en kreun vanuit my keel.

Ek stamp hom van my weg. Sy onkanthande gryp in die lug. Hy struikel agteroor. Val uitgestrek op sy rug op die vloer. Sy mond 'n verbaasde oop gat. My bene wankel. Die speeksel trek saam in my kuwe. My oë huil vanself. Ek loop weg tussen die mense deur. 'n Nare braakgevoel stoot op in my. Ek loop aan. Weg. Weg van die donker hoeke, die flitsende ligte, die saamgesmelte figure, die tart van Mamy Blue.

Alma en Glyn wag by die uitgang. Ons loop af met die kronkel-trapgang. Driekwartier se ry. Hulle laai my af en alleen stap ek die gang af na my kamer. Ek skakel die lig aan; staan voor die spieël. My bloes hang los oor my romp. My bloes is laag voor oop. My hare is nat op my voorkop. My oë sien ek nie raak nie. Maar wanneer ek hulle toemaak, hoor ek, sien ek, voel ek; reik ek na die warm vlees van die nag.

1977

PIROW BEKKER

Die ontslag

Ek weet net die verhouding tussen my en jou het nou onhoudbaar geword. Die maatskappy sal dit in alle geval nie agterkom nie. Een minder, een meer in die verpakafdeling – wat maak dit saak? Elke maand verdwyn name uit die boeke. Niemand vra daarna nie.

Veral nie na die vroue nie. Dis maklik om te sê: verwagtend. Of met 'n knipoog-woord die oggendnarigheid die laaste tyd.

Ek het jou aangestel, ek kan jou ontslaan. Ek het jou geld getrek, maar ek het gewerk ook. Twee mense se werk gedoen. Dit kan jy nie ontken nie.

My siekte maak dit vir my onmoontlik om jou langer aan die lewe te hou. As ek gesond was, was dit 'n ander saak. Maar dié ding dat jy ook elke keer siek is wanneer ek nie by die werk is nie, maak dit te gevaarlik. Met die kaart kan ons nie verkul nie. Dis al erg genoeg dat ek soveel toegewings met my verlof moes maak.

Ek het jou lêer vanaand getrek. Dis 'n „skoon" lêer. Geen ernstige probleme nie. Behalwe nou in die jongste tyd – natuurlik – die afwesigheid weens siekte.

Ongetroud – geen „huislike omstandighede" nie. Stil. Goeie werk. Mooi so, goeie en getroue . . .

Jy móés goed wees. Dit kon nie anders nie. En omdat jy moes goed wees, moes ek ook goed wees.

Onthou jy die eerste ineenstorting? Ek het net drie dae van die werk weggebly, want vir langer was 'n doktersertifikaat nodig. Ek wou nie slapende honde wakker maak nie.

Miskien is daar iets wat jy vir my kan doen. Ek weet, ek weet. Die geld wat jy verdien het, het ek wel getrek. Maar ek het dit nie gebruik nie. Ek het dit weggesit.

Snaaks, vanaand is ek nie skaam vir jou nie. Miskien is dit omdat dit die einde is, die einde van ons formele verbintenis.

Eers iets aanmekaarslaan om te drink. Ek is nie vanaand honger nie. Ek voel weer daardie ligte duiseligheid wat nou al 'n paar keer oorgeslaan het in niks. Agterna, as ek bykom, weet ek daarvan, van die waarskuwing, en die merke wys dat ek onverwags moes omgekantel het. Deesdae kan jy my ook met 'n veertjie omtik.

Jy sien dus; daar is nie ander genade nie. Ek kan dit nie langer met jou op kantoor waag nie. Ek durf nie. Ek was altyd 'n goeie beampte met personeelsake.

So. Liewer sit hier by die lêer.

Jou aansoekvorm was destyds net 'n speletjie. Waarom het ek daarmee begin? Die streek van 'n soetseun wat op 'n dag 'n bevlieging beleef en hom wreek op sy voorbeeldigheid? En agterna selfs verveeld raak en krap aan die dop wat keer dat hy ontdek word.

Daardie spieël. Hoe ouer 'n mens word, hoe groter moet jou ore blykbaar word. Dis net ene ore nou. Die stoel effens na regs skuif sodat hy sy krulle op iets anders kan mors. Muur is beter.

Ek wou sê: jy was nooit vervelig nie. Daardie eerste dag van die aansoek het my vingers gebewe. Ek moes oor en oor improviseer voordat die linkerhand goed genoeg was. Daarna het my hande elke keer getril wanneer ek iets aan jou moes doen, jou op datum bring.

Van watter dorpie af kom jy weer? Nie ver van waar ek kom nie. Bekruipkop.

Doringbome word huise, word weer doringbome. Net 'n bietjie meer stof op die blare omdat die pad van wes na oos loop en die wind gewoonlik wes waai. Die sand onder die bome loop deur en word net in die paar strate 'n bietjie opsy getrap tot walle. Verder net sand en spore met ou peule daarin en die doringbome probeer al weer blom en dis alles geel sand en geen stuifmeel nie en tog waar kom die peule dan vandaan? Skielik 'n vendusiekraal, van swart teerpale onder die kaalgevrete stamme, altyd mooi gesellig, en die bome word ruier. Dit het waarskynlik verander, weet jy.

Kyk, ek weet dis sommer 'n speletjie. Ek is vervloeks banaal. 'n Groot seun droom van 'n meisie êrens, hy sien haar lyf tot in die fynste verskansings. Hy laat haar kom wanneer hy alleen is. In uiterste erns.

Op jou manier het jy my gevange gehou. Wat doen jy vanaand? Nee, knyp iets af van die aand, van die nag, van jou. Van my.

Ek kan nie met verlof gaan en jou hier alleen laat bly nie. Môre is dit weer werk. Op kantoor is jy in jou dop gekruip. Die naweke is lank en jy wag êrens.

Nou moet ek jou laat bedank, voordat ek self my bedanking indien. As jy ontslaan is, gaan ek eers lank verlof neem. Ons kan nie so saam-saam loop nie. Dit kan agterdog wek. Eers jy, dan ek.

As jy weg is, kan ek met 'n geruste hart êrens gaan rus.

Wag, hier is die vorm vir die bedankingsbrief. Dis die gewone: naam, geboortedatum, laaste werksdag, volgende posadres, telefoonnommer (indien moontlik). Telefoonnommer is nie moontlik nie, natuurlik nie. Die klaringsbewys is moeiliker: ek sal dit ook deur 'n paar ander beamptes moet laat onderteken. Sleutels en uitrusting is ingelewer. Geen voorskotte nie. Maar die hoofrekenmeester se handtekening is nodig.

En hier, hier kan ek weer myself wees. Ek teken daarvoor: verlof in orde.

So ja, dan is dit ook afgehandel. Môre net die paar handtekeninge kry. Dan is dit verby.

Nou 'n warm bad. Vanaand 'n uitsondering en my midde-in die week 'n bietjie olie veroorloof. Tien jaar is nogal lank. Jy gaan weg. Druk die olie uit oor my lyf. Smeer my lyf vet. Druk die sagte plastiek tot hy asemhaal.

As jy die kasterolie drink, kan jy môre uit die skool uitbly.

Die olie meng met die water. Hande streel oor my bors. Vryf dit buite aan en dit help binne.

Ek raak benoud. Ek moet uit hierdie warm, glibberige bad. Ek sit my voete neer op pad na die troon. Bly by my o bly by my.

Dit is verskriklik snaaks. Ek hoef nie jou bedanking nou al in te dien nie. Jy kan vier en twintig uur kennis gee.

1977

HENK RALL

Bloedbroers

Die silwerkruis het ons as bloedbroers uitgewys. Voor dit was ons bloot reisgenote. Of het hy geweet? Hy was immers ouer as ek en langer bewus van die drang ín ons. Ons ontmoeting op die vliegtuig is bepaal deur die feit dat ons langs mekaar gesit het, albei sonder verlede of vrae. Hy het oor Afrika gepraat terwyl ons oor Malta se geel Bybelse landskap gesirkel het en gesê dis nou nie meer ver nie toe ons oor die aanloopbaan na die doeane stap. Hy het gesê Afrika is in sy bloed. Miskien hét hy ook gesê ek en hy is bloedbroers.

Afrika wás in hom: sy woestynlug in sy skor stem, sy son en doringmerke in sy vel, sy siektes genees in sy liggaam deur die immuniteit van baie aanvalle. Ons het dit gedeel in die skemer kroegie in ons hotel en later die aand in die casino tussen die kort, donker Maltese en Britse offisiere. Selfs toe ons in 'n *hansom* oorgeklop-klop het Valletta toe het ons nog steeds oor Afrika gepraat. Hy het my vertel van die woestyn se *mehari* en sy Joodse meisie in Tripoli en gesê hy het haar en die matroos saam in die kamer doodgeskiet. Mens raak jaloers op jou eie in Afrika, het hy gesê.

Die nag was lou van die sirokko en die perd voor ons het gesweet. Die drywer het die eilandname soos ryp olywe laat val: Senglea, Vittorosia, Cospicua, Città Vecchia. As mens reis, is jy geneig om oorsigtelik waar te neem. Dis eers by nabetragting dat jy die hoogtepunte en gevaarpunte kan uitlig. Ek het dit meermale so meegemaak en ook daardie keer het die eiland se sandsteenkerke en die reuk van gedroogde vye in die nag by my verbygegaan. Maar later het ek daaraan gedink hoe lank gelede dit al bepaal is dat ons saam daar sou wees, nog vóór die Feniciërs en Hospitaalridders, ons twee saam. Tóé het ek ook geweet dat mens nooit geleenthede moet uitstel nie.

As ek nie die volgende môre gaan swem het nie, sou ek waarskynlik nie in die hotelsaal met sy marmer beland het nie. Ek sou ook nie die uitstalling van plaaslike weefwerk en skilderye, en die groot silwerkruis in 'n nis in een van die mure gesien het nie. Op daardie oomblik het ek vergeet van die dinge van die eiland. Die silwer was 'n bietjie klam van die seelug, koud – 'n kunswerk na die motief van die Malteserkruis. Dit was vas aan 'n tydelike staalpen in die nis, geld werd in die swart tente van die Berbers.

Ons het die stof van Afrika geken op middae wanneer die hitte erger as die stilte was en blasies om die enkels gemaak het van die sweet. Ons móés al twee gevloek het in daardie hitte teen die ding in ons bloed. Ek het gewonder of hy ook gesien het hoe 'n vloek tussen die sandmure van die Spaanse Sahara op loop kan gaan en tonne sand laat verskuif. Dit was nooit oor die hitte, die stilte nie. Dít sou weer vergeet word, ná ons sending as ons elders was. Maar die drang sou saamgaan en die vloek tussen die sand, iets wanhopigs oor die dinge in die Landrover en die geld met die terugtog, pakke note versteek in die veilige dele van die voertuig. Oor daardie dinge het ons niks vir mekaar gesê nie, ek omdat ek nog onervare was en bang vir wat kón gebeur as ek sou praat, hy omdat hy ervare genoeg was om te weet wát gebeur as jy praat.

In die skemer nis het ek vinnig die staalpen ondersoek. Dit kón verwyder word. Die vliegtuig sou eers die volgende oggend vertrek en ek het die hele nag voor my gehad. Dan Accra en dan die swart tente in die woestyn, later, as die ligte masjiengewere waarvoor ek in Europa was, ook aangekom het.

Hy het tydens die middagmaal by my aangesluit. Daar was 'n harpspeelster teen die muur naby ons tafel en hy het onbeskaamd na haar gekyk. Sy het nie weggekyk nie en daarom het ek die bokvleis en rooi eilandwyn laat staan en my verskoon sodat hy en die olyfkleurige meisie alleen na mekaar kon kyk. Solank hulle in die nag saam was, kon ék alleen wees.

In Afrika was ons ook soms alleen : wanneer 'n skerpioen gesteek het, diere tropsgewys deur ons toedoen uitgewis is, ons alleen in die nag was, sónder vrou. Dit was selfopgelegde alleenheid, kere wanneer ons alleen moes wees vir wat ons besig was om te doen.

Laatmiddag het twee pelikane uit die rigting van die Noord-Afrikaanse kus oor die hotel gevlieg terwyl ek op die balkon gewag het op die aand. Iets van die groot vasteland het in hul vlerkslae gesit en ek het gewonder of hy hulle ook gesien het, hy wat so vol was van Afrika, soveel langer as ek deur sy nagte gewag het vir die reis om voort te gaan. Want wat anders het ons daar gedoen? Dit was telkens 'n reis net tot by 'n afsetplek en dan terug.

Gelukkig was Afrika groot genoeg daarvoor. Ook om te skuil wanneer dit nodig was. En God, waar het ons nie oral al geskuil nie? Een nag in die vrot modder van 'n gistende moeras met die muskiete so erg op my gesig en hande dat ek gehuil het, stil, omdat iemand treë anderkant die koorsboom gewag het vir 'n geluid. Die keer toe die polisiejeep eers ná ure vertrek het. Ons het geweet van die angs wat skuil in Afrika.

Hy en die harpspeelster het die aand met sekerheid na mekaar gekyk. Ek was dus vry vir die nag en die swaar stuk metaal in sy vlekkerige marmernis.

Hy kon nie geweet het, nie toe al nie. Ons wat in Afrika leef, ken die dodelike spanning van die jag en uitdaging. Ons het nie die spanning wat daar tussen hom en die meisie teen die muur was, tussen ons gehad nie. Nee, hy het nie toe daarvan geweet nie, net van die meisie agter haar harp.

Ek het ná ete weer deur die saal gestap, verby die dowwe stuk silwer, uit in die gang met sy matte waarin Maltese roeibote geweef is, en af met die sandsteentrappe tot langs die see. Ek was alleen voordat die ander alleenheid sou kom. Langs die stil see het ek gedink aan die magdom skepe wat daarop handel dryf en hul onheilige ware wat op kamele en in Landrovers oor die boggellandskappe van Afrika vervoer is.

Ons moes al twee gevloek het, hét gevloek onder die son van die land wat ons help vernietig het. Of het hy nie?

Ek het tot laat langs die see gestap en toe in my kamer gaan lê en rus. En wag. Met die wag het herinneringe gekom: die gille van swart vroue wat voor rebellesoldate uitgejaag en neergeskiet word, die tjankgeluide van honde en kaal kinders tussen lyke en leë doppies, krakende vlamme waar 'n dorpie uitbrand. God, hoe skuldig wás ons nie.

Teen twee-uur was dit laagwater oor die nagsee. Ek het afgegaan na die saal en die groot deure agter my toegemaak. In die donker het ek die nis gevind.

Dit was leeg en die staalpen uitgetrek.

Mens hét soms te laat aangekom. Partykeer was daar niks, ander kere . . . Maar mens raak gewoond aan vinnige verrotting in die bos en die aasdiere se netheid. En daar is altyd weer die volgende keer. Mens gaan altyd weer terug, soos diere na hul suipplekke.

Maar vir die silwerkruis sou daar nie 'n volgende keer wees nie. Daar sou nie silwer in die swart tente wees nie, nie oorbelle en armbande en silwer in 'n bruin danseres se naeltjie nie. Iemand anders was vóór my, soos hulle in Afrika ook soms voor my was. Ek het gewonder hoe lank mens in Afrika moes wees om eerste daar te wees.

In die donker saal het ek die reuk van nat gangreen gekry.

Ons moes vroeg ontbyt eet om betyds met die hotel se bussie by die lughawe te kom. Hy het gesê dat dit darem nou die laaste skof is. Die dag was blou soos die eiers van die groot reiers in die soutpanne van Afrika, skoon blou. Dit het my getref hoe ook ek nie kon wag om terug te wees in Afrika nie.

By die doeane het hy my gevra om sy reissak 'n oomblik te dra. Ek moes geweet het, voor hy dit anderkant die hokkie weer by my geneem het, dat hy langer as ek in Afrika geleef het.

1978

JAN SPIES

Van Duiwel Pontius na Dominee Pilatus

Uit ons kerklike lewe het daar al baie staaltjies te voorskyn gekom. En dié wat vir die oorvertel nie so lekker was nie, is ómgebroei tot hulle soos 'n goeie grap die loop deur baie monde kon neem. En so het ons kerkgesigte nog altyd twee kante gehad: die een is ernstig, en die ander is dié van 'n platjie.

Op 'n dorpie wat ek Kalkfontein noem, om ek nie weet hoe wáár die storie is nie, het die gemeente vir jare lank in die skoolsaal diens gehou. En almal het pragtig saamgewerk en geld ingesamel vir die bou van hulle droomkerk ééndag.

Maar kerkbou is nie sommerse ding nie; jy moet vir hom rus-rus pak, soos dié gemeentetjie – miskien toevallig – ook gedoen het. Eers het hulle vir 'n behoorlike nes-eier gesorg en daarmee 'n stuk grond gekoop. En toe moes hulle van voor af wegspring en elke jaar die boufonds met 'n stewige stoot laat klim, want dis 'n lang leer voor jy by die balansstaat se weerhaan kom.

Maar hulle werk, en uiteindelik is die boufonds só sterk dat hulle die gebou kan oprig sonder om 'n enkele sent te leen. En dit sê veel, want kontant by die troffel vind 'n mens in ons tyd nie meer so dikwels nie.

En vandat die lidmate hoor dat dit nou sulke tyd is, begin daar 'n gees van onverduurlikheid onder hulle vaardig word – daar moet aan die gang gekom word, en gou ook. En die kerkraad voel insgelyks daar durf nie meer getalm word nie.

En dit was toe dat daar vir die eerste keer onsmaaklikheid kom tussen van die lede van die kerkraad en ook onder die gemeentemense.

'n Sekere ou oom Piet, 'n ou strydros op die kerkraad, het 'n paar erwe in die nuwe deel van die dorp gehad. En elke keer as die kerkbouery ter sprake kom, dan praat hy in die rigting van dié erwe. Sy argument is dat die kerk in die nuwe deel gebou moet word, omdat die dorp soontoe aan die uitbrei is; dis as 't ware waar die toekoms van die dorp lê. En hy voel nou dat die gemeentegrond in die óú deel verkoop behoort te word en die kerk gebou moet word waar die meeste mense eendag sal woon.

En verder is dit ook so dat die kerkraad nie grond sal hoef te soek nie, want hý wat oom Piet is, sal twee van sy erwe wat aan mekaar grens, beskikbaar stel – een vir die kerk en een vir die nuwe pastorie. En daarby is dié twee erwe sommer langs sy huis sodat hy namens die kerkraad 'n ogie sal kan hou oor alles waaroor die kerkraad 'n oog gehou sou wou hê.

Na oom Piet gepraat het, word daar dan so 'n rukkie oor die moontlikheid bespiegel, en dan is dit eers weer stil.

En so herhaal oom Piet elke keer sy aanbod. Maar, hy wil nie afstand doen van sy kaart en transport nie. Hy voel dat as hy die grond verniet beskikbaar stel, dit genoeg is. En dié houding van oom Piet maak die predikant versigtigerig. Daarom praat hy soveel as hy kan, die ding weg.

Maar later is die kerkraad en die gemeente altwee in twee kampe verdeel, en toe word hulle bang vir mekaar, want niemand weet watter kant die sterkste is nie. Daarom laat die predikant die ding nooit tot stemming kom tussen die „oom Piet-kamp" en die „dominee-kamp" nie.

Vir 'n ruk wen die dominee tyd, maar uiteindelik is die dwarstrekkery só erg, en die druk om met die bouery te begin so sterk, dat hy 'n kerkraadsvergadering byeen moet roep vir die genadeslag na die een of die ander kant toe.

En almal het gepraat – en party het baie gepraat –, behalwe een ouderling. Hy sê g'n woord nie, en hý sou die skaal kon swaai. Daarom sê die dominee toe dit lyk of niemand meer wil praat nie: „Broer, jy het nou nog nie 'n opinie gelug nie. Kan ons dan nie hoor wat jou standpunt oor die saak is nie?"

Toe staan die stil ouderling op.

„Eerwaarde voorsitter," begin hy, en wag 'n lang ruk voor hy verder praat. „Ek het 'n droom gehad, maar ek weet nog nie hoe om hom uit te lê nie."

„En wat het jy gedroom, Broer?" vra die dominee.

„Dominee," sê die ouderling, „ek het gedroom ek kom in die warmplek, maar ek is nie dood nie; ek kry net kans om te sien hoe dit daar lyk. En ek het daar rondgestaan en alles betrag, en later hoor ek die ou groot duiwel roep al die klein duiweltjies bymekaar.

„En ek beweeg ook nader – om te hoor wat hulle praat.

„En dís wat toe daar gebeur":

Die ou groot duiwel sê: „Kinners, ek het nou 'n slag ons boeke nagegaan, maar wragtag, ek kan nie 'n plek vind waar ons laas iemand uit Kalkfontein hier ingeskrywe het nie. Hoe doen julle julle werk?"

En die klein duiweltjies (party sê vir hom „Oupa", en ander „Pa"), hulle sê vir hom: „Ons mors ons tyd met Kalkfontein se mense; daar is nie salf aan hulle te smeer nie."

Die ou groot duiwel sê: „Dis nie moontlik nie. Julle dink net nie."

Hy sê: „Het julle al aan die politiek gedink?"

Hulle sê dít help niks; die setel is onbetwis. Daarom spits hulle hulle maar op die ander setels toe.

Die ou groot duiwel vra: „En die boere? Hoe staan dit met hulle?"

Hulle sê nee, daar's geen jakkalsklubs nie, en dis buitendien vredige mense.

Hy vra: „En die pers en die pornografie?"

Die klein duiweltjies sê aikonna. Die mense léés nie. Al wat hulle lees, is die Bybel.

Die ou groot duiwel vra: „Nou hoeveel kerke is daar?"

Hulle sê: „Net een. Dis nou een gemeente van dieselfde Kerk."

Die ou groot duiwel sê: „Maar dan verneuk julle my mos nog allietyd met julle halwe werkery. Die Kerk bied altyd 'n moontlikheid, veral as daar net een is, want dan is verdeeldheid 'n kleine kunsie."

Een van die klein duiweltjies sê vir die ou, hý wat die klein duiweltjie is weet darem nie so mooi nie. Want die gemeente van Kalkfontein staan vas. Hulle het dit glad reggekry om suffel geld bymekaar te maak lat hulle nou vir kontant 'n ýslike kerk kan bou.

Die ou groot duiwel sê: „My liewe hel, hoekom het julle my dit nie al lankal gesê lat daar 'n kerkbouery gaan plaasvind nie? Hierie kans kom nóóit weer nie."

Een van die klein duiweltjies vra: „Hoe so, Pa?"

Die ou sê: „Nee, twee goed ken julle nog nie; julle moet nog baie leer van die moontlikhede van 'n gemeente wat kerk bou. Die een ding is die gemeente se swakheid, en die ander is Pa se krag – dis die twee goed wat julle moet ken. En natuurlik die manier waarop 'n man moet te werk gaan.

„Daarom moet julle mooi kyk na die stappe wat Pa volg solat julle volgende keer weet.

„Wie is die leidende figure in Kalkfontein se kerkraad?"

Die klein duiweltjies sê vir hom dit was oom Tewie en oom Hans, maar hulle-twee het nie in die warmplek uitgekom nie.

Die ou groot duiwel sê: „Nou ja, sien julle? Met die siele wat verby is, sal ons meule nooit weer maal nie. Wie is nóú die manne na wie die anner sal luister? Dís waar die begin van ons sukses lê."

Die klein duiweltjies sê vir hom: „Pa, die staatmakers is die dominee en oom Piet."

Die ou sê: „Reg, nou pak julle vir my genoeg kos en kooigoed in vir 'n paar maande. Ek wil die besigheid op Kalkfontein persoonlik hanteer. En dan kyk julle wat ek doen.

„As die dominee en oom Piet elkeen net eers 'n klompie volgelinge het, dan kies ek oom Piet se kant en dan moet julle sien wat Pa se gewig kan doen."

Tot sover vertel die ouderling en hy bly stil.

Die dominee sê: „Broer, en wat het jy toe verder gedroom? Dit sal goed wees as ons die ding end-uit te wete kan kom."

Die ouderling sê: „Dominee, toe sien die ou groot duiwel my raak en hy vra: ,Wie is dié vent?' En toe sê hulle vir hom ek is die ouderling van Kalkfontein wat droom dat hy in die warmplek is, en toe sê die ou groot duiwel: ,Maak hom dadelik wakker anners loop vertel hy al my planne op die kerkraadsvergadering oor.' "

Die dominee vra: ,,Broers, is hier nog iemand wat 'n gesig gesien het?"

Daar is toe niemand nie, en almal – tot oom Piet – is doodstil. Daarom reël die dominee vir die soveelste keer dat hulle van die punt afstap. En hy sluit die vergadering af.

Die volgende môre ontvang die dominee 'n briefie van oom Piet. En dit lui toe so:

Eerwaarde Dominee, ek kies met duiwel-en-al jóú kant. Bou die kerk waar jy wil en sê wat se hulp jy nodig het.

Dit was vir die dominee die teken dat hy die swartspan onmiddellik bymekaar moes kry om die yster te slaan solank dié nog warm is. En met die nodige sin vir humor is die boosheid toe besweer.

Hy het ook gedroom hy is in die warmplek, nes die stil ouderling, vertel die dominee. En toevallig het dit gebeur op die dag dat die groot duiwel onverrigter sake van Kalkfontein af teruggekom het. En die klein duiweltjies vra vir die ou grote: ,,Pa, en hoe't dit met Pa en oom Piet gegaan?"

,,Moenie nog daaroor praat nie," bulder die ou. ,,Ek mors nie langer my tyd met hom nie. Laat hom na die duiwel gaan as hy liewers die dominee wil help as vir my."

1977

INA ROUSSEAU

Onthou jy vir Helena Lem?

Onthou jy vir Helena Lem? staan daar geskryf in die brief wat 'n vrou so pas ontvang het van die man aan wie sy verloof is, 'n fagotspeler verbonde aan die simfonie-orkes van 'n stad in 'n ander provinsie.

Onthou jy vir Helena Lem? 'n Meisie met eienaardige liggrys oë wat, toe ons kinders was, soms saam met ons by die steengroef gespeel het? Dit spyt my om jou te moet vertel dat sy twee jaar gelede blind geword het. Ek was gister by die tandarts en sy het daar gesit toe ek by die spreekkamer aankom. Sy het vir my effens bekend gelyk, maar dit was eers toe die ontvangdame met haar praat en haar „juffrou Lem" noem, dat ek haar herken het. As ek reg onthou, is sy jonger as jy – maar sy lyk nou ouer as ons albei. Sy sê sy onthou jou. Sy moet binnekort 'n operasie ondergaan wat haar haar gesig miskien gedeeltelik sal laat herwin, maar die kanse is glo skraal. Dink maar aan haar.

Helena Lem.

Die naam verbrokkel tot vier enkelklanke wat glipperig op die oortrom val, maar dan voeg hulle hulle weer saam tot 'n eenheid, en hierdie eenheid word 'n herinnering; dog dit is nie tot die óór wat die herinnering hom rig nie, maar tot die óóg. Die aanskouingsbeeld wat uit die klanke te voorskyn tree en wat die vrou in die tuin teen haar geslote ooglede sien, is só skerp dat dit die nabeeld kon gewees het van iets van 'n sekonde gelede, eerder as die herverskyning van iets van baie jare gelede.

Dít is wat die vrou teen haar ooglede sien:

'n Vlinder met sy oorwegend purperblou vlerke trillend na bo oopgesprei, hurkend teen 'n agtergrond van blomkrone en blare.

Dan 'n hand wat van regs af verskyn en stadig opbreek in vyf knuppelvormige vingers: die vingers van Helena Lem.

En dan twee van die vingers wat die vlinder se vlerke tussen hulle soos in 'n knyptang vasknyp en met twee vingers van die ander hand aan flenters skeur.

„Hoekom het jy dit gedoen, Helena?"

„Oor ek lus was om dit te doen, natuurlik. Vir wat anders?"

Dit wat daar tussen die vingers oorbly – 'n paar rafels met iets lewends daaraan vasgeheg – word soos vuilis weggegooi; 'n windvlaag vee dit in die sand vorentoe en dan bly dit op een plek lê, maar dit lê nie stil nie, dog woel wild van al die lewe wat daarin vasgevang is en nie kan uitbreek nie – totdat Helena Lem haar voet daarop druk.

Die vrou in die tuin maak haar oë oop en knip haar ooglede vinnig, asof sy haarself wakker maak uit 'n beklemmende droom.

Die somermiddag met sy bontheid wil haar deur haar wyd oop oë binnestroom, maar wat sy so pas teen haar ooglede gesien het, word 'n versperring wat niks wil deurlaat nie.

Sy gaan haal in die huis haar skryfblok en pen, en daar in die kwynende sonlig begin sy haar verloofde se brief beantwoord:

Haar derde paragraaf begin so:

My herinneringe aan Helena Lem is nie gelukkig nie en ek is haar nie goedgesind nie. Ek hoop die operasie slaag nie, want – Dan is dit asof haar pen meteens heeltemal oorneem en die woorde vanself uitstoot op die papier, die een woord ná die ander, 'n sneeustorting van woorde:

ek wil hê dat, soos sy die afgelope twee jaar nie in staat was om 'n vlinder se vlerke te sien nie – die vlerke wat hy soos 'n uitspanseltjie bokant hom saamdra; die vlerke soos opgevoude Sjinese ryspapierwaaiertjies; die vlerke bespat met kolletjies wat soos confetti deurmekaarskommel wanneer hy beweeg, maar soos die gebrande glas van 'n katedraalvenster word wanneer hy roerloos is; die vlerke met ingeskulpte rande wat met swart kartelkoord omgeboor is; die vlerke waaroor daar 'n netwerk spekies soos dun borduurgaring rank; die vlerke wat hy teenmekaar druk en dan weer oopsprei asof hy 'n prenteboekie oop- en toemaak – dat, soos sy, Helena Lem, die afgelope twee jaar nie in staat was om hierdie vlerke te sien nie, sy in die jare wat daar vir haar voorlê, ook nie daartoe in staat sal wees nie.

En nou beskryf sy tot in die fynste besonderhede die herinnering wat daar in haar opgelewe het by die oproep van die naam Helena Lem.

Elke keer in die daaropvolgende dae wanneer sy aan die kind Helena Lem dink, voel sy beklemd; maar dan dink sy aan wat daar met die vrou Helena Lem gebeur het, en die beklemming word vervang deur 'n gevoel van genoegdoening.

Sy wag vir 'n antwoord op haar brief, maar, soos haar verloofde se tweeweeklikse telefoonoproep, bly dit uit. Dan begin sy om dikwels die telefoonnommer van sy woonstel te skakel, maar word elke keer deur 'n vergeefse gelui begroet. Desperaat stuur sy dan aan hom 'n telegram waarin sy hom beveel om aan haar te skryf, en drie dae later maak sy 'n brief van hom oop. Dit was nog altyd vir hom moeilik gewees om hom onder die invloed van 'n sterk gemoedsaandoening skriftelik uit te druk, en die brief sien daar slordig uit vanweë al die woorde, woorddele en woordgroepe wat deurgehaal is, asof hy met sy pen gestotter het.

Hy skryf:

Helena Lem sal nooit weer sien nie, en sy sal ook nooit weer gesien word nie. Ek hoop jy is nou ~~gelu~~ tevrede.

Jou beskrywing van wat sy met die vlinder gedoen het, het my nie geskok nie. Ek kan jou verseker die meeste kinders vang ~~erg~~ wreder dinge as dit aan. Vernielsug is algemeen onder kinders.

Wat jy Helena Lem nie kan vergewe nie, is nie dat sy ~~destr~~ vernielsugtig was nie, maar dat sy iets vernietig het waarvan jy gereken het dat dit vir jóú kosbaar is. ~~Met mooiskrywe-~~

~~ry Met In blomryke taal Geaffekteerd Presieus~~ In blomryke taal gee jy vir my 'n lang beskrywing van die ~~vler~~ vlinder se vlerke, en vergelyk hulle met allerlei ander dinge wat vir jou ~~kosb~~ mooi is. As dit 'n vlieg was, of 'n wurm, of 'n vlooi, of 'n luis, of 'n muskiet wat sy ~~verwoe~~ vernietig het, sou dit jou nie geraak het nie. En wil jy vir my sê dat toe sy die vlinder doodgemaak het, sy meer ~~vernie~~ destruktief was as wat jý was toe jy daardie sin geskryf het waarin jy sê wat jy haar toewens? En as Helena Lem die vlinder doodgemaak het sommer maar net omdat sy „lus was" om dit te doen, sommer maar net so terloops, dan ~~bewys~~ beteken dit tog dat die vlinder nie vir haar die ~~waarde~~ betekenis gehad het wat dit vir jou gehad het nie. ~~en daarom behoort sy nie aanspreeklik geh~~

Eintlik wil ek vir jou iets ~~verskriklik gewigtigs~~ belangriks meedeel. Dit is naamlik: dat, soos jy nie vir Helena Lem wil vergewe nie omdat sy iets vernietig het wat vir jou ~~mooi~~ kosbaar was, ek vir jou ook nie sal vergewe nie, omdat jy iets vernietig het wat vir mý kosbaar was, naamlik ~~ons liefde vir mek die verhouding tussen jou en my~~ my liefde vir jou. Jy het deur vir my te skryf wat dit is wat jy vir Helena Lem ~~toewens~~ hoop – deur daardie sin wat jy geskryf het – dit heeltemal ~~doodgem verwoe~~ vernietig en nou bestaan dit nie meer nie. Met ander woorde, ons verlowing bestaan ook nie meer nie. Die vrou wat ek ~~bem aanbid~~ liefgehad het, het opgehou om te bestaan. Van die oomblik af toe ek daardie sin gelees het, bestaan sy nie meer nie. En ek wil jou dit nie vergewe nie dat jy iets so ~~moo~~ kosbaars – dit wat meer as enigiets anders betekenis aan my ~~besta lewe verleen~~ gegee het – dat jy dit met een sin kon ~~verwoe~~ vernietig het, soos Helena Lem 'n insek ~~se vlerke~~ met een ~~beweging~~ gebaar kon vernietig. Ek sou ook 'n lang reeks mooi dinge kon opnoem waarmee ek ~~die lie verhouding tussen on~~ my liefde vir jou sou kon vergelyk, maar ek doen dit nie, want ek weet ~~jy sou nie daardeur~~ dit sou jou nie raak nie. Dat jy dit so ~~ongeërg terloops~~ maklik kon vernietig, sonder dat jy eers behoorlik besef dat jy iets lewends ~~verniei~~ vernietig, dat jy daardie sin sommer net so kon skryf, blykbaar net omdat jy op daardie oomblik „lus was" om dit te skryf, sonder om te dink aan ~~die onv moontlike~~ die uitwerking wat dit op ons ~~verh~~ liefde sou kon hê, bewys vir my dat dit nie vir jóú die betekenis gehad het wat dit vir my gehad het nie, nes die vlinder nie vir Helena Lem dieselfde betekenis gehad het as vir jou nie. ~~Dat dit vir jou belangriker was van groter belang was op daardie oomblik om daardie sin te skryf as om ons liefde om uitdrukking te gee aan wraaksug as om ons liefde in stand te hou~~ Dat die uitdrukking van jou wraaksug vir jou op daardie oomblik belangriker was as die instandhouding van wat daar tussen jou en my bestaan, beteken dat wat daar tussen ons bestaan het, nou nie meer kan bestaan nie, en daarom wil ek jou nooit weer sien nie. Jy het nie die reg gehad om daardie ~~bose sweer in jou gemoed swart kol in jou bemoed~~ voos plek in jou siel aan my te toon nie. As jy nie daardie sin geskryf het nie, sou ek nie daarvan geweet het nie en die vrou wat ek ~~liefhet~~ liefgehad het, sou nog bestaan het. ~~Miskien dra alle mense so iets diep in hulle rond~~ Miskien dra ons almal so iets diep binne-in ons rond. Maar dis ons plig om dit verborge te hou vir diegene vir wie ons dierbaar is. Miskien lewe ons almal agter 'n ~~sluier front~~ fasade, en is dit ál wat dit vir ons moontlik maak om naby diegene te lewe vir wie ons dierbaar is. Niemand van ons het die reg om ~~die sluier te verskeur ons fasade geweld aan te doen die sluier van onsself af te ruk~~ ons fasade te beskadig ~~ten aanskoue van~~ voor diegene vir wie ons dierbaar is nie. En as die fasade eenmaal beskadig is t.o.v. iemand vir wie ons dierbaar is, is dit vir altyd beskadig, want as die waarheid eers eenmaal ~~onthul~~ ontbloot is, kan niks op aarde dit ooit weer ~~verberg~~ bedek nie. Voordat die fasade beskadig is, weet 'n mens dat daar moontlik iets ~~onaangenaams~~ ~~leliks~~ skokkends agter die fasade kán wees, maar 'n mens ~~bly hoop~~ ~~hou aan met~~ glo dat dit nie die geval is nie, tótdat die fasade beskadig word en dit klinkklaar aan 'n mens bewys word dat die skokkende ding wel bestaan. Daarná is dit ~~totaal~~ ~~geheel en al~~ absoluut onmoontlik om ooit weer ~~deur die fasade bedrieg te word~~ om ooit weer aan die fasade te glo. Hierdie ding het jy my aangedoen, en ~~daarom is al wat daar tussen ons en~~ daardeur al wat daar tussen ons bestaan het, vir goed vernietig. Moenie met my in aanraking probeer kom nie. Ek wil jou nooit weer sien nie.

Dit is van hierdie tyd af dat die vrou stadigaan, dog opvallend, agteruit begin gaan. Sommige mense sê dat die verbreking van haar verlowing haar 'n knou gegee het waarvan sy nooit heeltemal kon herstel nie. Ander sê weer dat daar meer as dít in die spel moet wees. Menigeen probeer op 'n subtiele wyse, maar tevergeefs, in gesprekke met haar uitvind watter geheim sy in haar ronddra. En dan, wanneer sy reeds bejaard is en sommige mense beweer dat sy kinds is, gee sy die geheim prys teenoor 'n predikant op huisbesoek. Sy sê vir hom dat daar vir haar geen genade kan wees nie, omdat die sonde wat sy gepleeg het onvergeeflik is: dat sy as kind eendag 'n vlinder se vlerke verskeur het, hom in die sand neergegooi het en toe haar voet op hom gedruk het.

1979

MARGARET BAKKES

Inkrimp

Hulle keer die skoondogter in die gang voor. Die gang loop van die hysbak af verby die hospitaalafdeling van die ouetehuis tot by enkele kamers aan die punt van die verdieping. Hierdie kamers is nie deel van die hospitaal nie. Dis luukse-dubbelkamers met private badkamers en groot vensters na die noorde toe uit. En in een van hierdie kamers woon die ou, ou vrou, haar skoonmoeder.

„Ons moet met u praat, mevrou."

Sy bly staan omdat die verpleegster se stem streng klink.

„Mevrou, julle moeder sal oorgeplaas moet word na die hospitaalafdeling. Sonder versuim. Sy het nou sonder twyfel daaglikse versorging nodig. En dié kan ons alleen aan haar gee as sy hier in die hospitaalafdeling is. En daartoe moet haar kinders toestemming gee."

Sy bly stil, sonder woorde. Eindelik dus, die vonnis. Die finale inkrimping.

„Sodra daar 'n sterfgeval is, reserveer ons vir haar die kamer. Praat solank met haar daaroor."

Sy stap verder na haar skoonmoeder se kamer toe. Sy stoot die deur oop en stap binne nadat sy liggies geklop en geen antwoord gehoor het nie. Dit is tog 'n mooi kamer, dink sy vlugtig. Sy het dit sélf nog so ingerig, vyf jaar gelede, toe die ou vrou van die luukse-hotel af hiernatoe getrek het. Sy het probeer om die oorgang makliker te maak. Sy het die kamer met sorg en smaak probeer inrig. Met iets van die sfeer van die luukse-hotelkamer. Maar deur die jare het sy geweet dat haar skoonmoeder die verskuiwing na die ouetehuis aan háár deur gelê het. En haar dit nooit vergewe het nie – dié noodwendige, noodsaaklike inkrimping.

Die blougroen gordyne is byna heeltemal toegetrek sodat slegs 'n enkele dun sonstreep op die dik blougroen mat val. Die ligte meubels van Japanse essehout en die blou skommelstoel in die hoek wag haar swyend in. Maar daar is die weeïge reuk van ouderdom en verval en agteruitgang in die kamer.

„Môre, Mamma."

Die ou mens lê op die bed met haar rug na die deur gekeer. Die somersnagrokkie ontbloot die skeletagtige skouers en die geswelde bene en voete. „Moet ek nie 'n ligte dingetjie oor Mamma gooi nie?"

„Ek kry warm."

Dis nou reeds weke dat die ou mens selde meer uit haar eie praat. Sy beantwoord slegs vrae. Wanneer die skoondogter oor haar buk, weet sy dat hier sorg nodig is. Sy voel 'n magtelose verset. Dwing die woorde uit.

„Sal ek vir Mamma 'n skoon nagrokkie aantrek? En 'n lekker warm seperige waslappie bring?"

Die hande met die skewe wysvinger maak 'n afwerende gebaar. Die yl stem is verstommend beslis.

„Ek het gister 'n skoon nagrok aangetrek."

„'n Bietjie tee? Het Mamma geëet vanoggend?"

„Die ontbyt wat hul ingestuur het, was oneetbaar."

„Maar Mamma móét eet. Wat van Mamma se vitamine-drankie saans? Dié wat ek by die apteek gekoop het?"

„Ek is te moeg saans om dit aan te maak."

„Wat dan van nóú 'n glasie daarvan drink?"

„Nee, dit maak my naar." Sy hoor die toenemende ongeduld in die stem. Hou tog aan.

„Ek gaan vir Mamma 'n koppie Bovril maak. Daarvan hou Mamma mos." Sy soek in die muurkas na die vleisekstrak. Sien dat dit nog presies so toegeseël is soos sy dit dae gelede daar gelaat het. Sy haal 'n koppie uit – die mooi blou-en-wit Italiaanse Spode-koppie wat sy as jong meisie in haar man se moeder se huis leer ken het. Duursame, elegante koppies.

Sy help haar om regop te sit. Die borsbeen is hol en hygend en oor die gesigsbeendere span die vel styf en geel. Agt-en-tagtig somers. Eintlik agt-en-tagtig winters. Want háár jare was by uitnemendheid moeite en verdriet. En as jy baie sterk is . . .

Die woorde van Jacques Brel se liedjie draai in die jong vrou se kop:

Die oues praat nie meer
of hoogstens af en toe.
Die oues droom nie meer,
hul het te lank geleef . . .

Sy weet dat die verpleegster reg het. Maar besluit ineens: dis nie háár taak nie.

Tuis die aand praat sy met haar man, die ou vrou se jongste kind.

„Dis nou al tien jaar lank wat ek omsien. Maar dié keer kan ek nie. Jou suster moet kom."

„Ek sal haar laat weet."

Sy vra hom twee dae later of hy sy suster laat weet het. Sy suster moet van ver kom.

„Nee," sê hy. „Is dit dan só dringend?"

„Jy sien mos."

Sy gaan elke dag. Sy doen wat sy kan: maak aan kant, trek reg, was 'n stukkie klere. Maar haar skoonmoeder se stil verset, naweë van die ou trots, beperk haar. Dring die jare aan haar op.

Pas uit die skool en vreemd in die groot stad was sy toe sy haar man ontmoet het. Hy het haar geneem na sy moeder se huis – 'n stylvolle, ietwat verweerde huis in een van die beste voorstede. Daar was ruimte en plate en boeke en mooi porselein – die blou Spode – en goed beplande maaltye. 'n Ouer broer en suster was reeds uit die huis. Haar man was die jongste kind van die vrou wat pas na sy geboorte haar man verloor het en daarna drie kinders alleen grootgemaak het. Met beperkte middele, maar met fyn aanvoeling vir lewenstyl en sekure beplanning. Sy het van die begin af ontsag en agting gehad vir die streng, statige mens wat haar alleen-lewe met ysere dissipline gevoer het. Maar warmte gesoek en blyheid . . . Veral in die laaste jare waarin sy nouer as tevore betrokke was by die ou mens. Omdat sy en haar man teruggetrek het na die stad waar haar skoonmoeder nog steeds gebly het. Eers in haar huis met die groen tuin, toe in haar luukse-hotelkamer: nou in haar mooi kamer in die ouetehuis en binnekort . . .

Die dogter het so dikwels moontlik probeer kom van die ver plaas waar sy gebly het. Die oudste seun het selde gekom. Maar as hulle kom, was die ou vrou vir hulle steeds die trotse, die streng, onafhanklike mens.

„Hoe wonderlik is Moeder nie."

Van die dodelike vermoeidheid ná hul vertrek en die pynlike insinkings het slegs die skoondogter geweet.

Sy het op 'n dag na 'n gesprek geluister wat die drie kinders oor hulle moeder gevoer het. Dit was die dogter wat gesê het:

„Ons sal op haar graf kan skryf: ‚Sy het ryker geword namate sy haar aan ander gegee het.' "

Die oudste broer het geantwoord:

„Sy hét haar gegee. Maar slegs aan haar kinders. Nooit aan ander nie."

Die skoondogter het geweet van die waarheid van hierdie woorde en haar verwonder oor die insig van die man wat sy moeder se huis vroeg verlaat en eintlik selde teruggekeer het.

En nou was dit sy wat die ou vrou op die laaste pylvak moes bystaan. Sy het gedink aan die Bybelse woorde. Geweet: die wedloop wás straf. En probeer vergewe. Maar by haar besluit gebly. Die dogter moet kom. Want sy hoor die woorde al die afgelope vyf jaar: „Julle het my nou uiteindelik hier. Maar julle moet my nooit na die hospitaalafdeling laat gaan nie. Hier in die kamer wil ek bly. Beloof my."

Daarom sou sy niks sê van die verpleegster se woorde nie, net maar elke dag gaan en doen wat sy kan. Tot die dogter kom.

Op 'n dag keer die verpleegster haar weer voor.

„Daar was 'n sterfgeval vannag. Môre word die kamer ontruim en uitgeverf. Oor die naweek kan julle moeder intrek."

Die aand bel sy self die dogter.

„Jý moet haar kom sê. Hierdie keer moet jy haar kom skuif. Jy moet môre op die trein klim."

Die dogter arriveer twee dae later. En van daardie dag af gaan die skoondogter nie meer na haar skoonmoeder toe nie. Sy sien dat haar skoonsuster vermoeid en hartseer lyk wanneer sy saans terugkeer om by hulle te slaap. Maar sy vra nie uit nie. Omdat sy eintlik nie wil weet nie. Buite wil staan. Eindelik, ná 'n week, kondig haar man se suster aan: ,,Mamma is nou oorgeplaas na die klein kamer in die hospitaalafdeling. Dis 'n suidkamer. Koud. Ek het dit soos haar ou kamer probeer inrig – dieselfde mat en gordyne – alles. Maar dis so klein, so klein . . . Ek sal moet teruggaan na my man toe. Dis appeloestyd. Ek kan nie langer vertoef nie. Tot oormôre sal ek bly. Sy praat tog selde meer. Ek het haar gevra of sy vir my kwaad is omdat ek haar uit haar mooi kamer weggeneem het. Sy het my nie geantwoord nie. Net maar na my gekyk . . . Sy is tog na alles so wonderlik sterk. So trots. Wat doen 'n mens?''

,,Wat 'n mens moet.''

,,En as ek nou weer weg is?''

,,Ek sal elke dag gaan, soos ek gereeld gegaan het, met die jare. Ek weet dat jy nie langer kan bly nie. Ek sal gereeld gaan en jou laat weet. Noudat jy kom doen het wat jy moet.''

Die man sit sy suster twee aande later op die trein. Hy is vermoeid en verlig toe hy van die stasie af kom.

,,Nou is dit ook agter die rug. Ons moet maar vroeg gaan slaap.''

Die telefoon lui om tienuur. Dit is die verpleegster.

,,Julle moet kom. Moontlik moet julle moeder opgeneem word.''

Tog nie dit ook nie, dink die skoondogter. 'n Vreemde, groot, koue hospitaalsaal met net 'n bed en 'n bedkassie tydelik joune.

Sy gaan vir die eerste keer die nuwe kamer binne. Voel die koue van 'n suidkamer. Daar is dieselfde meubels, dieselfde mat, dieselfde gordyne. Maar dis klein en oorvol. Sodat die dokter en die verpleegster en sy en haar man beswaarlik by mekaar en by die suurstofsilinder verby kan beweeg as hul voor die bed wil kom.

Dis te vol, te verskriklik vol, weet die skoondogter. Sy sal môre moet kom om dit leër te maak. Vir die laaste pylvak is daar immers net die basiese nodig. Jare se peuterytjies en snuisterytjies en tafeltjies en boeke en foto's en vase vol blomme is nie meer van belang nie.

,,Dis byna verby,'' sê die dokter. ,,Geen sin om haar weg te neem nie.''

Die skoondogter kyk na die ou vrou en weet dat hierdie vermoeidheid dodeliker is, dat hierdie insinking die finale insinking is. Die dogter het vertrek. Sy is êrens in die nag op 'n voortsnellende trein.

Hulle begrawe haar dae later in 'n ou kerkhof langs haar man. Sonder wie sy twee-en-vyftig jaar geleef het.

Die skoondogter staan vlak by die graf en sy weet verwonderd: hoe klein, hoe héél klein is hierdie laaste smal omhulsel, hierdie laaste aardse woonplek.

1979

ELSA JOUBERT

Die sendeling se dood

Die vrou van die sendeling het vroegoggend buite na die tuin gegaan. Soos sy in die tuinpaadjie afloop, het haar hande half onbewus aan plante geraak, die nattigheid van dou op die blare gevoel. Haar vingers het getalm toe sy by die rose kom, lig begin bewe toe sy die roosknoppe aanraak.

By die voorhekkie hoor sy hoedat die melkman om die draai kom.

,,Die oubaas is toe vannag oorlede."

Die melkman het die oubaas dikwels soggens vroeg in die roostuin teëgekom. Hy haal sy hoed af. ,,Ai, my nooi."

,,Maar dit was rustig, sonder pyn," sê die vrou van die sendeling. ,,En hy was nie meer jonk nie. Ons kan hom dit nie misgun nie." Hy het 'n rukkie by haar stilgestaan, toe hoor sy weer die geklink van sy melkmandjie verder in die straat af gaan.

Die verpleegster is nog in die huis. Haar suster wat haar die laaste paar dae kom bystaan het, is op die stoep.

,,Ek het koffie op die kombuistafel. Kom drink eers 'n koppie."

,,Het jy vir die suster geneem?"

,,Ja, sy het alles wat sy nodig het."

Toe sy klaar gedrink het, sê sy: ,,In die agterkamer op die kas, in 'n doos, is 'n hoed. En in die kas hang 'n jassie. Bring dit vir my, asseblief. Dit voel my so asof dit kouerig geword het."

Haar suster bring die goed en sy trek dit in die badkamer aan.

Haar suster draai om haar. ,,Maar Maria, gaan jy uit?"

,,Is dit dan nog so vroeg?" vra die sendeling se vrou. ,,Is dit te vroeg om te gaan? Dis tog al seker om en by agtuur."

,,Dis pas agtuur. Waarheen wil jy gaan?"

,,Ek wil na die dominee. Aans gaan hy uit. Ek moet met hom praat oor die begrafnis. Dis mos nie te vroeg nie."

,,Nee, maar sal die ondernemers nie . . ."

Die sendeling se vrou skud haar kop. ,,Ek wil met die dominee praat."

Toe sy buite op die sypaadjie kom, het sy onvas op haar bene gevoel en dit het haar verbaas, want sy het die heengaan van haar man so lank reeds in die gesig gekyk, daarmee saamgelewe. Sy het die gesig in die siekekamer uit haar gedagtes probeer wis, tydelik, om krag te kry vir wat voorlê; en deur lang jare van selfbeheersing geskool, daarin geslaag. Haar tred het stewiger geword.

Omdat dit nog vroeg was, het sy niemand teëgekom wat sy ken nie. Net aan die wasvrou met haar kind op die rug, het sy gesê, in dieselfde stem as vir die melkman: „Die oubaas het toe vannag afgesterwe."

Die wasvrou het haar twee hande in haar eie vasgehou: „Ai, my nonna."

Sy het die hitte van die hande nog in hare gevoel toe sy verder stap.

Toe sy die pastorietuin se hekkie oopstoot, het die kinders uitgedraf, op pad skool toe. Die voordeur het nog oopgestaan en dit was nie nodig om die klokkie te lui nie, want die bediende was die gangvloer aan 't opvrywe.

„Wil nooi die miesies sien?"

„Nee, ek wil graag met die meneer praat."

Eers toe sy op die regop stoel in die studeerkamer sit en op die koms van die dominee wag, het sy haar selfbeheersing begin kwytraak. Haar onderlip het begin bewe, haar keel het toegetrek. Haar hande het ook so gebewe dat sy hulle op haar skoot moes neerlê. Sy was bly oor die jassie wat sy aangetrek het.

Die dominee is nog 'n jong man en sy is lief vir hom. Hy het na haar gekom en sy arm om haar skouers gesit.

„Tante?" vra hy, met deernis, byna vrees in sy stem.

Die trane wel in haar oë op sodat sy hulle eers met haar sakdoek moet wegvee.

Sy knik.

Hy het van die sendeling se siekbed geweet, het geweet dat die einde nie ver kon wees nie.

„Vannag?"

Sy knik weer.

„En was tante alleen?" Sy woorde wil te kenne gee: het u dan nie vir my laat roep nie? Maar dan besef hy: hoe kon sy, in die nag, alleen?

„My suster bly hierdie afgelope paar dae by my. Maar sy kon ook nie so in die nag alleen na u kom nie."

Die sendeling se vrou het haar sakdoek in haar sakkie toegeknip en die swakte is vir die oomblik verby.

„Dit is nie die eerste oë wat ek toedruk nie, dominee. Die dokter was vroeg vanoggend daar en hy het die verpleegster laat kom."

Die jong dominee buig sy hoof: „Die eerwaarde het my nie nodig gehad nie, hy was gereed om te gaan. As daar ooit iemand gereed was . . ." Hy het haar koue hande in syne geneem. „Ons sal hom mis."

Sy antwoord nie.

„Almal was lief vir hom. Een van ons Vader se heiliges . . ."

Die sendeling se vrou is, ten spyte van haar krag, tog onderskraag deur hierdie woorde van hom. Haar stem word saakliker.

„Ek het kom praat oor sy begrafnis. Ek wil graag hê dat u hom moet begrawe."

Dit skyn hom te verbaas dat sy so kort ná sy dood, op so 'n vroeë uur, alleen, sonder bystand van familie of manlike vriende, hom oor dié saak kom spreek het.

„Met graagte," sê hy. Hy roep na sy vrou: „Laat bring tog vir ons 'n bietjie tee. En, Christine, kom bietjie hier."

Sy vrou is nog jonk; omdat sy met huiswerkies besig is, is sy nog in haar kamerjas, en sy hou dit voor haar toe terwyl sy verskoning maak: „Ek moes die kinders weghelp, jy weet, tante."

Haar man val haar in die rede. „Die eerwaarde, tante se man, is vannag oorlede. Sy het my oor die begrafnis kom spreek."

Die vroutjie weet van, maar ken nie self die eerwaarde wat so lank siek lê daar eenkant in die dorp, in een van die ver strate nie. Sy voel skuldig; sy druk haar wang teen dié van die sendeling se vrou. „My simpatie, tante." Met haar het sy by vroueverenigings kennis gemaak, maar ook nie goed geken nie. „So kom die dood, nè? En hy was so lank siek." Sy struikel oor haar woorde. „Ek gaan haal die tee."

Die sendeling se vrou het weer gaan sit. „Die begrafnis kan oor drie dae wees," sê sy. „As my broers, veral die een wat ver woon, kan kom. Maar hulle is ook al oud, ek weet nie. Maar veral wil ek sy ou gemeente kans gee om te kom – van Ebenhaezer. U weet, dominee, my man het dertig jaar lank daar in die sendingkerk gestaan. Hulle was lief vir hom."

Die jong dominee het agter sy lessenaar plek ingeneem om die datum en tyd neer te skryf. „So drie-uur die middag?"

„Dis goed."

„En ek wil graag, dominee," sê die sendeling se vrou, „dat u genoeg plek in die kerk oophou vir sy kerkraad, ook die oud-kerkraadslede wat onder hom gedien het. Die jong prediker – een van hulle eie mense – sal ook kom. My man het sy lewe aan die gemeente op Ebenhaezer gewy. Ons het die kerk gebou, met die genade van die Here." Daar kom 'n glimlagtrek oor die gesig wat vanoggend so bleek is. „Ek sal ook bly wees om hulle weer te sien."

„U sê daar sal heelwat van u man se gemeente kom?" vra die jong predikant.

„Ek meen so, dominee. 'n Begrafnis is mos 'n groot ding. Daar is busse wat te huur is. En dis nie so ver nie. Drie, vier uur se ry."

Die jong dominee maak aantekeninge met sy potlood. „Ek sou dink so die helfte van die kerk?"

Die kerk op hierdie dorpie waar hulle kom aftree het en so rustig en vredig en in liefdevolle einddiens aan die Heer gewoon het, is nie groot nie.

Sy knik.

„Dankie vir die tee, dominee. Sê maar vir u vrou ook dankie. Ek loop sommer nou."

„Kan ek saamloop?"

„Dit sal gaan, dankie, dominee. Dis nie ver nie."

Maar hy loop tot by die tuinhekkie saam, en daar talmend, kyk hy haar agterna.

Haar voetstappe is nou vinniger as toe sy met hom die paadjie afgestap het. Dis asof iets haar aanja huis toe, of liewer trek. Die ou eerwaarde. Dit is iets om mens te ontroer, dié liefde. En iets om mens tot nederigheid te bring, dié aanvaarding.

In die loop van die oggend het die lykbesorgers die stoflike oorskot van die ou dienaar van die Here weggeneem, en daarna was die huis leeg. Selfs met bure wat inkom, met vriende wat gedurende die vyf jaar lange verblyf op die dorpie aan hulle geheg geraak het en kom simpatie betuig, het die huis leeg gebly. Die vrou van die sendeling het op die voorstoepie gesit en weer het dit skemer geword. Die geur van die rose het haar getroos waar sy op die stoepstoeltjie sit, op die verbleikte kussing. Dit was 'n wiegstoel, van rottang gemaak deur een van die blindes in hul eie gemeente. Sy was lief vir die stoel. Hý, weer, het op die oorkantse een gesit, saans, dié tyd, as die tuin nat is en die geur van die rose so soet.

Sy het so stil gelyk dat die dominee haar eers nie wou steur nie. Hy het gedink sy sien hom nie toe hy nader kom in die skemer nie, maar sy het gesê: „Sit gerus, dominee. Dis goed van jou om te kom. Sit hier oorkant. Dit was my man se stoel."

Die dominee is ongelukkig. Dit kon sy sommer aanvoel. Hy is verleë, en waar hý die oggend die een was wat sy arm om haar skouers gesit het om te troos, was dit nou sy wat gevoel het: ék moet hóm troos.

„Wat pla u, dominee?" vra sy, met mededoë.

Die woorde kom swaar. Hy stryk met sy hande langs die rottangleuning, en dit verbaas haar watter steekpyn dit deur haar hart stuur, net dié bekende beweging.

Toe praat hy. „As dienaar van die Here is dit vir my swaar om aan u te moet sê wat ek moet. Daar is nie 'n keuse aan my gestel nie."

Nog kan sy geheel en al nie dink waaroor hy praat nie. Al wat hulle tog nou gemeen het, is die begrafnis.

„Die begrafnis?" vra sy.

Hy praat vinnig. „Ek was verplig om lede van die kerkraad te raadpleeg, en hulle het my verplig om vanmiddag die volle raad bymekaar te kry. Daar sal nie 'n blok afgestaan kan word aan die lede van u man se sendinggemeente nie."

Die verleentheid waarin die dominee klaarblyklik verkeer, maak sy woorde bruusker as wat hy bedoel. As dit van hom afgehang het . . . hy het die vergadering probeer lei . . . probeer in sý denkrigting stuur, maar daar was nie te keer nie. Soveel gekleurdes . . . hulle het geweier.

Sy laaste woorde is moedeloos. „Hulle wou net nie."

„Ek begryp," sê die sendeling se vrou. „Dit spyt my." Haar woorde is opreg. As hy nie reeds opgestaan het uit haar man se stoel nie, sou sy haar hand uitgesteek het om aan syne te raak, ter versagting van sy boodskap.

,,Dit spyt my dat ek u in die verleentheid gebring het."

,,Dit bring mý nie in 'n verleentheid nie."

Die kleur stoot nou in sy wange op, oor haar houding. As sy liewer hartseer, kwaad, gekrenk was.

,,Maar wat van ú? Sal u toegee? Dit kwel my om te dink wat u aan die ou gemeente van u man sal laat weet. Ons wil tog nie seermaak nie."

Asof in antwoord op 'n onuitgesproke vraag wat tussen hulle hang, begin 'n kerkklok lui, uit die verte, uit die onderdorp. So dikwels het haar man vir haar gesê: As jy nie antwoord weet nie, sal die Here die antwoord gee. Vertrou maar net. Hy laat nie op Hom wag nie. 'n Glimlag, skrynend in sy soetheid, selfs hier in die halfskemer sigbaar, kom oor haar gesig. Dis asof sy met haar man verkeer, of met die Here, of met albei.

,,Ons sal nie seermaak nie."

Die kerkklok lui van die sendingkerk oorkant die rivier, waar die huise minder gegoed, die tuine kleiner is, waarvandaan die wasvrou die oggend gekom het, die melkafleweraar.

,,Ons ken die sendingleraar," sê die oud-sendeling se vrou. ,,My man en hy het dikwels saamgebid, in dié kerkie waar die klok nou lui. My man was altoos so bly as een van hul eie mense in hul bediening kon staan. Ek sal soontoe gaan. Hulle kan hom daaruit begrawe. Dan maak ons niemand seer nie."

Sy het toegestem dat die dominee hulle tot by die afdraandjie by die rivier neem, want dié keer het haar suster daarop aangedring om saam te gaan. Maar toe hulle by die bruggie kom, wou sy uitklim.

,,Ek het nie moeilikheid met loop nie, dominee," het sy hom verseker. ,,My suster ook nie. Ons gaan liewer alleen verder. Hulle sal 'n seun met ons saam terugstuur."

Hy het die motor omgeswaai by die sandpad en hulle het daar uitgeklim.

Hulle het stadig geloop, want die opdraand anderkant die riviertjie gee tóg moeite, versigtig om nie in 'n kol water of in 'n bemorste deel van die straat te trap nie, want hier loop nog diere rond. Dit was al sterk donker.

,,Hier is die huisie," sê die sendeling se vrou.

Hulle stoot die hekkie oop en loop met die paadjie tot by die stoeptrap.

Dan rus hulle eers. Die huis is van sink gebou, witgekalk soos die kerk.

Die suster druk met haar hand teen die kantmuur van die stoeptreetjies, vir ondersteuning; haar ander hand is deur Maria se arm gehaak. Sy voel die koue van die sink onder die hand. Sy voel ongelukkig.

,,Ek kan regkom," sê die sendeling se vrou, en loop stewiger as haar suster.

Die gesig van die sendinggemeente se leraar verhelder eers en vertroebel dan toe hy die deur oopmaak en sien wie aanklop.

„Ag, mevrou." Hy staan terug dat hulle moet binnekom. Sy gesette postuur vul byna die hele gang. Hy het net van die tafel af opgestaan. Hy het sy swart klere aan, maar is in sy onderbaadjie en die servet is voor by die tweede knoopsgat ingesteek.

Hy het van die servet vergeet. Die sendeling se vrou en haar suster gaan sit op die stoele wat té diep is, tweedehandse stoele in die bodorp gekoop, met pluisbekleedsels. Hulle sak ongemaklik daarin neer.

„Ag, mevrou." Die leraar het met moeite, want sy postuur is nie daarna nie, op sy knieë gesak voor die stoel waarop die sendeling se vrou sit.

Hy maak 'n gebaar asof hy sy hande na haar wil uitsteek, maar is onseker. Sy los die stoelleuning en plaas haar hand in syne. Hy bedek die ou wit hand met albei sy donkeres.

„Ek het gehoor van die eerwaarde se afsterwe. Ek sou vandag gekom het, maar ek het gedink: laat ek vandag eers u eie mense die kans gee, dan kom ek môre."

„U moes maar vandag gekom het," sê die vrou wie se hand hy vashou, sag. „U het hom liefgehad."

Die trane loop oor die gesig van die bruin leraar. Hy is eers nie daarvan bewus nie; toe hy die nattigheid voel drup, gebruik hy die servet wat nog aan sy onderbaadjie hang om dit weg te vee.

„Hy was vir my 'n vader. Meer as 'n vader. In die moeilike werk . . ."

„Hy was vir u ook lief."

Sy hoor skottelgoed in die kombuis raas. Sy dink aan die biduur waarheen hy haas moet gaan. Het hy klaar geëet?

Hy het van sy knieë af opgestaan en hom na haar suster gewend. „Verskoon my, mevrou. Ek moet vir u ook sê, my simpatie."

Dan gaan hy ook sit, sy bene wydgesprei, sy vingers tesame, en 'n oomblik lank kyk hy hulle aan, vraend. Daar moet tog 'n rede wees waarom hulle hier is, vanaand.

„Ek wil hê u moet hom begrawe, eerwaarde," sê die sendeling se vrou.

Hy kan haar nie mooi begryp nie. „Iets sê by die graf?"

Weer plooi die skaduwee van 'n glimlag om haar mond. „Nee, eerwaarde, begrawe." Sy wys na die kant waar die kerkie langs die huis staan. „Hiervandaan. Uit die sendingkerk."

Hy draai sy hande, palms na bo, na haar. „Was dit sy wens? Hy het nie veel van ons mense hier anderkant die rivier geken nie. Hy het altyd gesê: dis jou gemeente, eerwaarde, afgetredenes moet nie inmeng met ander se gemeentes nie. Daar is nie so baie wat hom geken het nie."

Die sendeling se vrou kan nie hier oneerlik wees nie. „Nee, ek kan nie sê dit was sy wens nie, maar dis mý wens. Daar sal 'n paar busse vol mense van sy vorige gemeente, van Ebenhaezer, na die begrafnis kom. Dis hoekom ek hier is vanaand, ek moet hulle môre laat weet."

Haar stem is moeg. Haar gesig lyk leweloos in die vaalgeel lig van die gloeilampie, asof sy reeds dood is. Haar suster staan op. „Kom, Maria, ons moet loop. Jy moet rus." Sy verduidelik aan die eerwaarde. „Sy het vannag nooit geslaap nie. Sy's tot die dood toe moeg."

Hulle help haar op uit die stoel. Die eerwaarde sê: „Dit sal vir my 'n groot voorreg wees om die begrafnisdiens te hou. Hier in my kerk. Ons het saamgebid in die kerk. Miskien is dit reg so." Ander reëlings, van die stoet, van die begraafplaas, kan hy nie nou aanroer nie.

Maar sy het nog nie klaar gepraat nie. Sy onthou haar belofte aan die dominee. „Dit gaan nie net oor sy vriende van Ebenhaezer nie," het die dominee driftig teëgepraat voordat hy hulle met sy motor na die bruggie by die rivier gebring het. „Ons was ook sy vriende. Óns in die bodorp." Hy het name opgenoem – hulle bure, die kerkraad, die susters van die vrouevereniging en hulle mans, boere in die distrik. „Ons wil ook daar wees. Ons wil 'n blok vir goed vyftig mense hê. U moet daarop aandring."

„Sal julle plek hou in die kerk vir so . . . dertig, veertig van sy ander mense?" Sy maak 'n moeë gebaar met haar hand na die ander kant van die rivier. „Vir ons vriende daar . . ."

Die eerwaarde knik. „Natuurlik, mevrou. Ag, mevrou."

Sy voel sy droefheid aan, en dit bring hare, van waar sy dit diep verberg het, na vore. Haar gesig breek op in rimpels van pyn. Sy hou aan sy hand vas. Haar suster begin huil. Sy het haar swaer dit vergewe dat hulle twee, hulle twee vrouens nóú, hiér moet wees.

„Hy was 'n goeie man," sê sy. „So sag van natuur."

Die sendeling se vrou is die eerste om haarself te beheers. „U moet nou gaan." Sy weet dis tyd dat die biduur begin.

„Ek kan u tog nie só laat gaan nie." Hy roep in die gang af na 'n kind wat nuuskierig, maar skaam, nader kom. Hy vat die kind aan die skouers. „Draf die straat af na oom Charlie. Sê hy moet sy teksie bring. Sommer nou. Toe draf."

„Sit weer," sê die eerwaarde. „Ek moet nou loop, maar oom Charlie is nou-nou hier. Dit spyt my dat ek nie kan bly nie. My vrou sal vir julle tee bring."

„Laat staan maar die tee," sê die suster. „Ek moet háár by die huis kry. Ek is dankbaar oor die motor."

Langsaan sing die gemeente al. Die sleperige soet sang van die hallelujaliedere is balsem. Die sendeling se vrou is byna spyt toe die kind kom sê die motor is daar, en sy en haar suster voel-voel die trappies afloop by die groot deur van die outydse motor wat oom Charlie vir hulle oophou, inskuif. Maar hulle is dankbaar om te sit. Die seuntjie wat hom gaan haal het, spring voor in, vir die saamry.

Hulle ry stamperig in die sandstraat op en draai toe met die pad af wat oor die bruggie loop, terug na die bodorp.

Toe hulle oor die bruggie is, sien hulle die agterliggies van 'n motor ingetrek in die sandpad waar die dominee hulle vanmiddag afgelaai het.

Die kind, wat motors ken – ook dié motor – het sy skaamte vergeet en sê vir oom Charlie. „Dis die dominee se motor."

„Haai, dan het hy gewag," sê die suster.

„Of ons weer kom haal," sê die sendeling se vrou.

Maar dis te laat om stil te hou, hulle is te ver verby. „Jy moet maar sê, asseblief, as jy terugry en hy's nog daar, dat ons terug is," sê sy vir oom Charlie.

Hy wil nie dat hulle betaal nie. „Ons sê maar dis vir die ou meneer," sê hy toe hy die deur vir hulle oopmaak, selfs die tuinhekkie vir hulle oopknip. „Ek het gehoor van die afsterwe. Met afsterwe is dit anders. Veral as dit die ou meneer is."

Sy moet tog geslaap het, dié nag, want vroeg, toe sy haar suster Ella met die koppies in die kombuis hoor, het sy nie herinnering gehad aan lank wakker lê nie.

Die Here is vir my goed, het sy gedink. Hy het my lank voorberei en die gawe van aanvaarding sal Hy nie van my weerhou nie.

Selfs na sy bed kon sy met teerheid kyk. Daar is nou net 'n deken oorgetrek, sy wil dit weer opmaak.

Sy het aangetrek en terwyl sy haar hare voor die spieël opdraai, hoor sy die tuinhekkie oopgaan. Deur die fyn gordyntjie sien sy dat dit die bruin eerwaarde is wat met die tuinpaadjie aangeloop kom. Hy klop by die voordeur aan en is huiwerig om binne te kom, tot sy aandring. „Kom ons sit." Sy kan nie onthou dat hy tevore hier by haar man gekom het nie. Het hulle ooit hier saamgebid? wonder sy vaagweg, maar haar gedagte is vanoggend moeilik om vas te vat.

„Nee, hier binne," sê sy vir hom. „Sit."

Die oggendluggie is nog koel buitekant. Sy maak die voordeur toe.

Die huis is klein en die sitkamer is in die voorportaal.

Hy het sy swart baadjie aan en 'n skoon hemp. Hy hou sy hoed tussen sy hande, sit ongemaklik op die regop stoel wat vir hom die naaste gelyk het.

„Dis vir my moeilik om vir u te sê, mevrou. U man was 'n goeie man. Hy was die Here se geliefde. Hy is ons geliefde. Ek wil hom begrawe, uit my kerk uit. Dit sal 'n seën vir ons kerk wees, om hom uit ons kerk te dra."

„Wat pla u, eerwaarde?" vra die sendeling se vrou.

„Daar was gisteraand moeilikheid ná die biduur. Iemand het dit te hore gekom en dit versprei dat die ander kerk nie 'n blok vir sy ou gemeente wou gee nie. Hulle voel seer daaroor. Hulle sê dan is hy ons s'n. Dan gee ons nie 'n blok vir húlle nie."

Die bruin eerwaarde is ontroerd. Daar is trane in sy oë: „Hy was vir my soos 'n vader. Ek wil my kerk oopstel, ek wil sê: kom almal wat vir hom lief was. Maar die kerkraad wil nie."

Hy het selfs die ongemaklikheid van in die wit vrou se sitkamer te sit, vergeet, of die ongemaklikheid van die suster. Sy droefheid oor sý vriend wat ontslape is, is diep, maar êrens, êrens, mag die Here hom vergewe, is daar tog 'n gevoel van: dit hoort so, dit sal hulle wys. Die adder in sy boesem, die duiwel wat hom bekruip. Erger as sy droefheid is nou sy walging van homself. Hy probeer dit afweer.

„Mevrou," hy sprei weer sy hande, palms na bo, na haar, „ek het probeer. Maar hulle wou nie. Hulle het gesê: die familie, na-familie, ja, maar nie hulle – nie dié wat in die bo-kerk geweier het nie."

„Die dominee?"

„Hulle het gesê nie die dominee nie . . ."

Sy het gedink aan die sagte, skoon gesig van die jong dominee wat gister by haar was, aan die vriende wat gedurende die dag gekom het, hulle offerandetjies van koek en poeding en blomme gebring het, maar tog betuigings van liefde.

„Ons kan hulle nie seermaak nie," sê sy sag aan die bruin eerwaarde voor haar.

Hy het opgestaan. „Ek gaan weer praat," sê hy, maar hy weet dis nutteloos.

„En nou?" sê haar suster toe hy weg is. „Ek het geweet hierdie heiligheid van julle . . . mens kan nie té heilig wees nie. Dan brand God jou. Nou moet jy hom onder die blou lug begrawe. Of by die Slamse." Maar sy skaam haar en bedwing haar. „Kan ons hom na sy ou gemeente terugneem?" sê sy sag, in groot deernis vir haar suster.

Die sendeling se vrou skud haar kop. „Hy sal nie toegelaat word om daar in die vreemde begrawe te lê nie. En dis so ver." Die moegheid wat sy tydelik kon aflê, bekruip haar, van die voete op na die bene, sodat sy bleek soos 'n laken word, weer moet gaan sit. „Dis so ver. Moet ons hom ná die diens dan weer terugbring hierheen, en sal hulle ons hom dan in óns begraafplaas laat weglê? Ná al die kwaaie gevoel? En sal hy daar wíl lê?"

Ag Here, bid sy, kon U hom maar soos Elia weggeneem het. Wat moet ek doen met die paar stukkies bene en uitgeteerde vleis wat oorgebly het van my man? Ag Here, kan U dit nie in u grootheid verteer, dat dit nie 'n struikelblok moet wees nie? In sy dood, waar hy dit in sy lewe nie was nie. Kan U nie u vuur stuur en hom verteer nie? Sy gees het U gedien, moet sy oorskot in die pad staan van u alwyse plan van Goedertierenheid?

Vir die eerste keer kom haar trane. „Maar as sy werk nog nie afgehandel is nie, Here, as sy liggaam 'n strydbyl in u hand moet wees, laat dit wees soos U wil."

1980

Agterplaas

My lewe beweeg op die periferie van 'n bestaansvlak wat ek nie ken nie.

Daar is kontakpunte, oppervlakkig: 'n woordjie aan die petroljoggie, die melkafleweraar vir wie ek môre sê. En daar is die swart vrou wat werk in my huis.

Sy is nader aan my as 'n suster, ken my intieme lewe op 'n dieper vlak as wat 'n suster my sou ken.

Maar ek ken haar nie.

Selfs die naam waarop ek haar aanspreek, is 'n gebruiksnaam, is na willekeur gekies, het nie die binne-verbintenis met haar wat mý naam met mý het nie. Haar eie naam word my nie verstrek nie; my tong sou dit nie kon hanteer nie.

Sy is my brug na die onbekende, maar dis 'n brug waaroor ek met moeite loop.

My huis is my verskansing. Ek ken die mure wat elke kamer omsluit. Ek kan van kamer tot kamer gaan. Ek kan 'n stoel verskuif, of 'n spieël teen die muur regstel, ek kan blomme pluk en in 'n vaas sit. Ek streel my huis met my hande, met my oë.

Maar sy het bygekom; ek is nie meer alleen nie.

Sy het kom woon in die kamer in my agterplaas en haar plek is afgepen.

Ek het groot struike geplant om dié kamer vir my oë te verberg. Saans as ek die venster toetrek van die kamer wat na haar kant front, hoor ek 'n gepraat agter die struike, of 'n skuifelende geluid soos van iemand wat uitkom en in die struike water.

Ek praat nie en ek kyk nie uit nie. Ek trek die gordyne dig.

Maar as dit oggend word, trek ek die gordyne oop.

Die lewe in die kamer in my agterplaas is verbonde aan my lewe. Sonder dié lewe is ek soos 'n liggaam wat nie skaduwee maak nie, is my werf, my huis vir my verlate, dwaal ek deur my huis, verlep die blomme in my vase en gee die spieëls teen die mure vir my 'n dowwe beeld terug.

Ek soek na die lewe in die kamer in my agterplaas om dit te ken. Ek vat aan die deur wat dig teen my toegetrek is, met vingers soos dié van 'n blinde. Ek kan nie sien nie.

God, sê my man, jy moet instap en kyk. Vir wat hierdie vreesagtigheid?

Hy stap werk toe en ek bly agter.

My kinders gaan skool toe en ek bly agter.

My gaste vertrek en ek bly agter.

Ek en die lewe van die swart vrou in my agterplaas.

Dis nie 'n enkelvoudige lewe nie, dis meervoudig. Dis die eerste wat ek moet leer. Haar lewe is verbonde aan 'n ander, en hierdie tweede aan nog ander, en ek deur hulle aan 'n amorfe liggaam wat my lewe binnedring. Die meeste van die tyd bult en roer dit in die kamer in my agterplaas, asof die mure beweeglik is, hulle digtheid verloor het en kan groei en inkrimp soos 'n tas van seil of sak, deur die vreemdelinge wat gehuisves word.

En hierdie vreemdelinge het 'n radar wat ek nie ken nie, wat hulle vertel van my aantog met die tuinpaadjie langs, van gevaar wat aan 't kom is. Die roeringe bedaar, die uitbultinge sak terug, die gesoem, die dowwe geluid wat kommunikasie aandui, verstil. Die mure krimp terug op hulleself, word solied, die kamer net 'n kamer, die deur dig toe.

Sou ek verder stap, met die sementpaadjie aanstap en die handvatsel draai en die deur oopruk, sou ek kry, miskien; op die bed 'n man, op die stoel 'n vrou, op die vloer 'n kind, en agter die deur nog 'n kind wat agter die klere skuil, en op die bankie voor die venster 'n man, die vette wat ek ken.

En hulle sal my roerloos aanstaar, soos beelde.

En die bekers koffie, of die bakke koue, gestolde kos, of die hopies kos op afgeskeurde stukke papier voor die kinders uitgegooi, sal ook verstrak; deur die stilte wat daarop toesak, niks word. Voor my oë wegraak, niks word.

En ek sal niks sien nie. Ek sal na die plafon kyk en sê: O, dan is Flora nie hier nie, of Emma, of Agnes, of Evangelina. Dit sou ek sê as ek sou binnegaan.

Maar ek gaan nie binne nie. Ek loop verby die toe houtdeur, verby die stil, strakgeworde mure van die klein vierkantige kamertjie. Ek trap op 'n droë tak op die tuinpaadjie om my teenwoordigheid des te duideliker te kenne te gee, en gooi die vrugtebome in hierdie droë stukkie agtertuin met die tuinslang nat. En dan, al pratende met myself, stap ek weg.

As ek sou wag, ongesiens sou kon wag, sou ek sien hoe die vreemdelinge weer aan 't roere gaan, en dan, asof my koms 'n gevaarsein was, begin uitkom uit die kamer; en deur die agtertuin begin die swart figure agter die struike uitloop, of dié wat selfvertroue het en 'n aktetas in die hand of 'n hoed op die kop, loop syhekkie toe, om die vryheid van die straat te bekom.

Uit die anonimiteit van my voortuin waar ek blomme natspuit, groet ek dié met die aktetas, en hulle groet my.

En somtyds, in die intimiteit van my agtertuin, groet ek dié wat wegsluip, en hulle groet my. En hulle kry vertroue en hulle waag dit uit hulle donker wêreld en kom my wêreld binne en sê, met oë wat knipper teen die lig: Help my.

Die vette wat ek ken, staan by my agterdeur.

„Ai, miesie . . ." Sy oë is blink en rond en leeg soos wit albasters. „Ai, miesie." Hy krap met sy vinger in sy oor. Hy bring sy hand af en haal uit sy voorste broeksak sy pas.

Hy wys dit vir my, kinderlik in sy plesier.

„Hy's daar, miesie. True, hy's daar." Dan krap die vinger weer in die oor. „Maar hy's verkeerd."

Die pas is verflenterd. Die stempels is nie in orde nie. Flora – want hy's haar broer – sukkel by hom om dit te laat regmaak, maar hy luister nie na haar nie.

„Hulle moet hom vang en wegstuur na Bethal," sê Flora. „Dat hy kan aartappels plant. Hulle slaat jou daar met die handvatsel van die graaf. Dit sal hom leer."

Hy lag omdat hy geslaan moet word, met die handvatsel van die graaf. Sy dik, oopgebarste lippe trek oop sodat die sagte rooi vleis binnekant wys en die geel wortels van sy groot ry tande. Hy lag en skud sy kop vir homself en sy eie domheid.

„Maar ek was dan daar, miesie, soos Flora gesê het. Soos sy gesê het, by die permit se kantoor."

„Ek het gesê jy moet vra vir Tebe, want hy sal jou help," sê Flora. Hy lag weer en krap met die vinger in die oor. „Ek het gevergeet die naam, my miesie, ek het gevra vir Febe, toe sê hulle hulle kin nie so iemand nie."

„Hy's mampara," sê Flora. „Toe staan hy net daar by die offies. Hy mors my bus-fare."

Ek vat die pas en blaai daardeur. Ek lees: Werkpermit en nuwe pas September 23.

Dis nou die volgende jaar April. Ek voel die radeloosheid in my opstoot. „Kan julle nie doen wat hier staan nie? Nou lê hy ses maande by die huis. En hier staan geskryf julle moet op 23 September die nuwe pas en permit kom haal."

Ook Flora begin met haar vinger in die oor krap. Haar mond gaan oop om te praat, dan maak sy dit weer toe.

Hy begin weer te glimlag, oor sy eie onnoselheid, begin weer te prewel: „Ai, miesie . . ." Maar ek sien 'n donkerte in sy oë opstyg, ek voel 'n klamte soos van vrees aan my.

Toe eers besef ek: soos Flora kan ook hý nie lees nie.

Ook die ou man het uit sy sak 'n brief gehaal.

Die ou man wat êrens in die donker ure van die nag of die skemervaal ure van die vroeë môre van die lokasie af sy pad hierheen gevind het, wat hom met sy kierie van die regop stoel in die donker hoek van die kamer in my agterplaas orent gedruk en met sy hand stuttend op die sementmuurtjie stadig die trappies opgeklim het na my agterdeur.

Hy sê nie veel nie. Hy haal sy hoed af, asof daar gebid gaan word.

„Praat," sê hy vir Flora.

Sy ooglede is neergeslaan, hy is maer en geboë, sy hare is platgedruk deur die rand van sy hoed, en klammerig. Daar is draadjies wit in sy snor, sy mond is klein en gedwee.

,,Dis my oompie," sê Flora.

Die ou man hang sy kierie oor sy arm sodat hy met albei hande die dun blou, goedkoop papier kan oopvou; gee dit vir my dat ek die potloodskrif daarop kan sien.

,,Ons het dit laat lees," sê Flora. ,,Ek sal vir die miesies sê wat daarin staan. Dis van sy kleinkind af, miesies, die kind se pa is dood en haar ma is dood, hier in die Kaap, want hulle is Kaapse mense, maar die pa is nie die Kaapse mense en toe hy dood is, het die broer die kind kom haal en na die land geneem om groot te raak, en nou wil sy terugkom na haar ou-tata en hier kom werk. Want dis droog in die land, sê sy en sy is honger en daar's nie werk nie. Die ou-tata stuur geld, maar hy's oud en hy kan nie meer stuur nie."

,,Het sy papiere?"

Die ou man haal nog 'n papier uit sy sak. Dis 'n skoolvorm, 'n geel, oudgevoude papier met 'n verbleikte stempel daarop. Ek kan die naam van 'n skool ontsyfer en Patience Makebe wat in standerd een daar was, maar dis lank gelede en die datum is so verbleik dat ek dit nie kan lees nie.

Ek neem hulle met die motor na die permitkantoor.

Flora soek na Tebe, sy druk deur die tou wagtende mense, sy laat ons saamloop. En omdat ek by is, laat hulle ons deurgaan. Ons kom by Tebe se werkhokkie. Hy is 'n klein, skraal swartman, met 'n pak klere en wit hemp en das en 'n bril op sy neus. Miskien is hy familie van Flora of 'n vryer, want hy staan op toe hy haar sien en druk deur nog langer toue, en neem ons deur wagkamers waar die mense sit asof hulle eeue lank daar sit, geduldig, tydsaam, vasgegroei aan die banke. Hulle oë kyk ons aan, of hulle oë is toe, asof hulle slaap.

Die wit amptenaar is moeg en ongeduldig. Tebe wat nog meer mense bring, maak hom kwaad, en Flora wat tussendeur praat, nog meer. Hy haal 'n sakdoek uit sy sak en vee sy voorkop daarmee af. Daar is 'n groot afstand tussen sy lessenaar en die bankie teen die muur waarop ons gaan sit het.

Flora bly nie sit nie, sy staan op en begin te praat.

,,Sit," skree hy vir haar. ,,Bly stil."

Daar is 'n onmeetbare groot afstand tussen die groot, leë, houtlessenaar waaragter hy sit en ons op die bankie teen die muur. Hy trek 'n vel papier nader en tel sy pen op; hy wag.

Flora haal die brief wat sy voor in haar rok gebêre het uit en vou dit op die lessenaar voor die amptenaar oop. Ek probeer praat, maar die amptenaar maak my stil.

,,Het sy papiere?"

Die ou man haal die stukkie vergeelde papier, wat hy weer opgevou en in sy sak gesteek het, uit en lê dit op die tafel neer.

Die amptenaar lees die vorm. Hy lees die brief.

Sy vingers slaan op die naam in die brief en die naam op die papier. Nhlanda Rhoda in die brief, sê hy, Patience op die vorm . . . watter een nou?

Die ou man praat met Flora in hulle taal, sag asof hy nie oor die tafel durf praat nie. Toe hy opkyk, is sy oë uitdrukkingloos, asof enige sekerte of hoop wat hy nog gehad het, aan die wegkwyn is.

„Die juffrou was 'n non en het haar 'n ander naam gegee," sê Flora.

„En dit is al papiere wat sy het, hierdie . . ." Uit radeloosheid voltooi hy nie sy sin nie. Hy kry die ou man jammer. „Kyk, sonder papiere kan sy nie hierheen kom nie. Het sy niks anders nie? Geboortesertifikaat?"

Die ou man skud sy kop, hy weet nie. Hy strek sy hand uit na die vergeelde vierkant papier op die tafel.

„Dis nie genoeg nie," sê die amptenaar. „Hierdie . . . hierdie Patience. Hoe moet ek weet dis sy?" Hy wys na die brief. „En selfs as ek dit geweet het" – hy wys na die verbleikte stempel – „wanneer was sy daar? Waar? Daar's nie eens meer so 'n skool nie." En dan, asof hy self nie meer raad het nie: „Hoe moet ek weet vir wié julle die vorm wil hê . . . of daar ooit 'n Nhlanda Rhoda was?"

„Ons moet maar loop," sê ek.

Ons druk deur die mense na buite. My hande voel sweterig, die reuk van baie mense saam omklem my. Die stuurwiel voel taai onder my hande, die motor is bedompig en vol van die reuk. Die ou man kom nie saam terug nie. Hy het nie in die motor geklim nie; hy het weer sy hoed afgehaal en staan effens vooroor gebuig; soos voor 'n gebed.

„Dan stuur ek maar die geld vir kos," sê hy.

Ek knik. „Ja, dan stuur jy maar weer die geld vir kos."

Daar is 'n vreemde radar wat van my agterplaas na die agterplase van die huise langs my en agter my en om my loop.

Daar is 'n verbintenis wat deur die ganse voorstad loop, soos drade wat gespan is, onsigbare drade wat die een agterkamer met die ander verbind, en die een voorstad met die ander, en die voorstede met die swart lokasies. Soos 'n mens 'n spinneweb wat eers onsigbaar vir die oog was, sien wanneer die lig uit 'n sekere hoek op hom val, of stof daaraan vaskleef, of rook dit opeens swart omlyn, so kom hierdie onsigbare drade te voorskyn in 'n tyd van krisis.

Rosy drink.

Rosy, wat vir Flora aflos, dra haar rokke lank, en sommige aande vra sy vroeg af om na 'n kerkdiens te gaan. Soms op 'n Saterdagaand sing sy selfs heelnag deur.

Maar op 'n aand sal ek iets hoor val in die kombuis en wanneer ek by haar kom, sien ek iets het padgegee in Rosy. Die kopdoek op die kop is skeef, en wanneer sy in die pan roer, spat die kos oor die stoof, want die koördinasie van bewegings is nie meer daar nie.

Dan maak ek die kos self klaar en stuur haar kamer toe om dit af te slaap.
Dit is wanneer die swakheid in 'n ligte graad is, oorsienbaar, iets wat verdra kan word.

Maar wanneer alles wat skerp en pikant smaak in die huis, opraak – die drank is lank reeds weggesluit – wanneer Rosy stil en afgetrokke raak, dan weet ons iets steek op, soos 'n mens onweer voel in 'n wind wat gaan lê, of soos 'n wasigheid wat uit die teerpad opslaan of 'n sekere platheid in die omlyning van bome of geboue in die verte van 'n storm vertel.

Dan kan ons maar net wag.

En dan op 'n oggend is Rosy nie daar nie, is sy weg, het sy êrens in die onkenbare limbo wat die swart woonbuurtes vir ons is, weggeraak.

Dan hang 'n eienaardige gevoel oor ons huis, soos 'n wolk. 'n Aanraking met die duistere, met die ongekende. In ons wêreld van witgekalkte mure en trosse rooi bougainvillea en blinkskoon stoepe, van gedekte tafels en 'n louoond waarin die skottels klaarstaan vir opskep, van skoon oorgetrekte beddens en 'n stapel gestrykte wasgoed om weg te pak, het 'n vreemdeling binnegekom.

Is die vreemdeling vrees, of skuld, of berou, of liefde?

Ons is lief vir Rosy. Ons deel ons klere en ons kos met haar, ons vertel haar wat ons bly maak en wat ons ontstel.

Waarom dan die vreemdeling wat in ons huis by ons kom woon wanneer Rosy weg is, êrens in haar eie limbo?

Ek werk in die kombuis, ek praat met die melkman, ek koop 'n nuwe groentemes, ek is besig.

Later word ek ongeduldig omdat ek besig is.

En ek word bewus van die radar wat in werking kom; van my leë agterplaas na die agterplase van my buurt, na buurte ver van my af, agter die berg, na werksplase in die fabrieksdeel, afleweringswaens, garagepersele, na die donker onbekende van die manskwartiere in die swart lokasies.

En die derde aand ná sy weg is, is daar laat, ná nege-uur, 'n klop aan die voordeur. 'n Jong swartman vra, keps in die hand: „Madam, is Rosy terug?"

Die telefoon lui – uit wie se huis, waar watter wit vrou uit is, net winkel toe, of pos toe? „Dis Agnes wat praat, Madam, is Rosy terug?"

Of 'n piep-piep in die gehoorbuis en die muntstuk word ingegooi, maar die buis sluk en ek hoor niks. En dit kom weer, die piep-piep, en nog 'n muntstuk val, en die oproep is deur en 'n skor manstem vra: „Madam, I speaking Rosy? Rosy not there?" En hy sê: „Madam, I find out. I let you know."

Daar is 'n eienaardige amorfe liggaam, waarvan Rosy deel is, wat haar gemis voel, wat êrens in sy intuïtiewe radar voel: 'n lyn is gebreek; êrens in die drade wat gespan is, het een van ons uitgesak.

En ná nog twee, drie dae, kom 'n swart vrou, weer in die aand, weer laat – dis ná tien, van waar sou sy kom, watter kombuis moes sy eers skoon agterlaat, by watter busstop staan en wag? – aan die deur klop en langs haar staan 'n jong meisie.

„Sy sal uithelp, Madam, tot Rosy kom."

En hierdie jong meisie, byna kind nog, wat ek nie ken nie, ken my, en sy ken die pad agterom na die kamer in die agterplaas, en sy weet onder watter los klip in die muur is die sleutel van Rosy se kamer, en die swart vrou sê: „Dis olraait, Madam kan haar in die kamer los." En Rosy se kleinerige uniform pas nie goed nie, dit span om haar fris jong borste en knope trek, sodat ek 'n hempie gee om onder die uniform te dra. En die volgende dag werk sy met die vertroue wat gewoonte gee, voor die wasbak in die kombuis. Die swart, sterk hande wring die vadoeke uit en hulle strek oor die vlekvrye staal en vee en vryf, en daardie vreemde droë blink wat net 'n swart hand aan my wasbak gee, kom terug.

Ná 'n week verby is, daag Rosy op. Dit is dieselfde vreemde swart vrou wat haar bring. Hulle kom in die aand, staan in die donkerte op die stoep, en Rosy skuil agter haar. „Sy's nog nie baie fris nie, Madam, maar sy is reg. Môre kan sy werk."

Rosy is skaam, haar gesig die kleur van as, en sy het maer geword. Die rok wat ek so goed ken, hang soos aan 'n klerehanger; haar skouers het klein geword.

Later, wanneer ek en die swart vrou in die kombuis 'n koppie tee saam drink, praat sy met my oor Rosy.

„Ons het hom gesoek, Madam. Hy't ook maar sy moeilikhede. Dan pak dit hom."

Ek weet van Rosy se moeilikhede. Ek het vir haar skoolgeld vir die jongste kind in Cradock gegee, die kind wat van haar geboorte af by ander mense inwoon. Ons het kos gestuur, want hulle skryf sy is maer en wil nie eet nie. Ek het haar gesê sy moet haar nie so kwel oor die seun in die Baai wat nie wil werk nie, sy moenie meer geld stuur om hom uit die tronk te hou of sy boete betaal nie. Hy gaan gewoontemisdadiger verklaar word as hy weer messteek, het hulle haar geskryf, en ek het gesê die pa moet nou help, maar die pa het sy jare laas gesien en die seun laas toe hy dertien was – hy was die kind van haar jeug – en hy het ook, omdat sy werk, by ander mense grootgeword. Ek het haar gesê: wat kan sy doen, dit help nie om te kwel nie.

En voorlaasweek, voor sy weg is, het die brief gekom. Sy kan dit nie oopmaak nie, want haar hande het te veel gebewe. Ek het die brief in die sak van haar oorrok gesien, onoopgemaak, dae lank, maar ek kon nie daaroor praat nie. Ons Rosy was reeds die waas van onaanraakbaarheid.

„Dis maar goed ons het haar gekry, Madam," sê die swart vrou vir my. „Hulle soek haar by die kantoor. Die papiere het gekom dat sy moet ry om die kind te gaan sien voordat hy hang."

„Ek dink, Madam," sê die swart vrou, „sy is bang om die kind te sien wat moet hang."

Die vrou in die skemerte van die kamer in my agterplaas, op die rand van die bed, is nog self 'n kind. 'n Kind wat opkyk na my, in wie se oë daar nie vrees of verleentheid is nie, maar 'n vreemde soort blink gelatenheid, 'n onomstootlike wete van te wees. En soos haar lyf duideliker in die halfskemer word en sy omdraai na my, sien ek die groot en geswolle maag wat voor haar op die knieë rus.

Sy het 'n oorrok van Flora of Rosy of Agnes aan. Die skouers is te groot en hang byna tot by haar elmboë. 'n Groot mens se kledingstuk aan 'n kind se liggaam.

'n Kind se liggaam? Sy vat met haar hande om haar buik. Beskermend vat die hande aan die buik, asof hulle 'n oerkennis het wat die kind nog nie het nie.

Die skraal hande van die kind is oerhande.

Maar haar gesig is maer en hoekig. Sy het uitgeteer terwyl haar kind groei. Waarvandaan het die krag gekom om die kind te laat groei?

Flora het my uit die huis kom roep om na die kamer te gaan. „Miesies, Nhlanda het teruggekom."

„Nhlanda?"

„Patience . . . Sy gaan die kind kry. Die buti op die land is dood en sy vrou wou nie sôre en hulle het Nhlanda gestuur dat ons kan sôre."

Daar is 'n vreemde poësie hierin. Die meidjie wat van nêrens kom, sonder papier, en die kind wat sy dra.

Daar is 'n redelikheid in die onredelikheid. Daar is 'n helderte in hierdie donkerte, en ek laat toe dat die helderte van die donker onbekende oor my stroom.

Ten spyte van die moeite wat sy meebring – waar gaan sy die kind kry, watter kliniek sal haar in hierdie laat stadium nog vat, watter hospitaal sal haar vat sonder die papiere, wie gaan die kind onderhou, die klere koop? – is daar tog poësie in die koms van die kind wat sy dra.

Selfs my skoonmoeder wat streng is oor hierdie soort ding en nie wil „bederwe" nie, het gesê sy gaan die doeke gee.

My dogter hekel 'n baadjie, en die sustertjie haal 'n pop uit 'n laai.

Was daar al ooit 'n kind so sonder papiere? Was daar al ooit 'n lewetjie wat so argeloos ontvang is en gebore gaan word? En op sy pad moet gaan?

Ons sal die kind wegsteek as hulle kom soek.

Ons sal die kind stilmaak met melk as hy skree. Ons sal hom klere aantrek as hy koud kry en ons sal hom was as hy vuil is.

Was daar al ooit 'n kind wat so ongevraag die wêreld binnekom? Ons was 'n week met vakansie en toe ons terugkom, was die werf verlate. Die kat het op die hoë muur van die agterplaas gesit en ons verwilderd en honger aangekyk.

Die kamer in die agterplaas het vreemd klein gelyk, asof dit êrens alleen op 'n vlakte staan, vier wit mure en 'n skuins dak en drie trappies wat na die deur loop. Dit het verwyder en witgekalk en eensaam gestaan. Die deur was bot toe en die vensters ook, die gordyne getrek. Aan die wasgoedlyn het twee uitgewaste uniforms en twee voorskote gehang; die wind het hulle gewaai dat die wasgoedpenne met die draad langs geskuif het, en hulle triestig teen die wasgoedpaal opgebondel.

Op die tafel in die agterplaas die sleutel van die kamer, niks daarby nie. En toe ons die deur oopsluit, was daar behalwe die muwwe reuk en die komberse en lakens op die bed gevou, ook niks.

Oor die koerantpapier waarmee die laai in die kassie uitgevoer is, het 'n lagie sandstof gelê, asof dit lankal daar opgespoel is, asof dit jare onverstoord daar gelê het. Ek het die gordyne oopgetrek en hulle het geskuif met 'n skuurgeluid, asof die gordynringe verroes en jare lank in onbruik was. Daar was 'n donker brandplek op die spieëltafel asof 'n stofie daar gebruik is.

En die bediende van langsaan het kom vertel dat hulle een nag hulle goed gepak en met die bondels en koffer op die kop geloop het, Flora, Nhlanda, 'n vreemde man, 'n seun . . .

Die kamer in my agterplaas is leeg.

Vanmiddag trek 'n nuwe swart vrou in.

Ek leef op die periferie van 'n bestaan wat ek nie ken nie.

1980

M.C. BOTHA

Liefde is sterker as plastiek

Hulle het almal in een huis gebly. Die meisies was jonk, in hul vroeë twintigerjare. Die winkelpop was 'n man, uit plastiek vervaardig en aanmekaargesmelt deur 'n masjien. Die Here het hom nie geskape nie.

Dis eintlik 'n snaakse verloop van omstandighede wat daartoe gelei het dat die meisies en die winkelpop saam in een huis woon. Maar die basiese gedagte, die eenparige besluit wat die twintig vriendinne geneem het voor hulle gesamentlike intrek, was dít: Die alledaagse lewe het vir die vrou as simbool van gevoel nie meer agting nie, dit is mans se skuld, en wie het in elk geval 'n man nodig?

Toe kry hulle 'n winkelpop.

Vandag staan hy in die middel van die grootste kamer in die huis, op die middelpunt van die sirkel wat perfek gevorm word deur die twintig meisies se beddens.

Hy lyk baie meer gehawend as twee jaar gelede, toe hy nog 'n netjiese pak klere aangehad het, mooigekamde pruik, wel, toe hy nog 'n blink winkelpop was. Maar hy kon nie die belangrike toets van die tyd weerstaan nie; van die intrek twee jaar gelede tot nou was miskien twee jaar te lank in sy lewe. Liefde is sterker as plastiek, en selfs vir 'n winkelpop is dit te erg om twee jaar gelyktydig liefgehê te word deur twintig ryp vrouens.

Wat nou oorbly, is slegs 'n kaalgestroopte, koue poplyf, met deurmekaar hare en oneindige lipstiffiemerke van alle kleure en geure geplak oor sy hele liggaam. Maar die meisies word by die dag nog net liewer vir hom.

Heel in die begin was hulle skaam en teruggetrokke, en twee jaar gelede sou net die waaghalsigstes dit gewaag het om voor hom te verklee. Niemand sou toe eers gedink het daaraan om aan hom te vat nie, wat nog te sê vertroetel. Inteendeel, so iets sou 'n verbreking van hulle hele ideaal en doelwit wees – om sonder 'n man te kan klaarkom.

Maar 'n vrou bly maar 'n vrou, en dank die Vader daarvoor. Een maand na die intrek het een van die meisies saggies met haar vinger aan sy mond gevoel.

Binne die volgende maand het 'n meisie sy hare gestreel terwyl sy liggies aan sy skouer druk asof dit uit vlees en bloed bestaan. Die ander negentien het gevolg en soos voëls met uitgestrekte nekke om hom beweeg, nuuskierig om iets te ontdek. Die eerste meisie wat daaraan gedink het om hom te ontklee was die lelikste van die spul. Sy het sletterige toutjieshare gehad, 'n gesig vol puisies, lippe te rooi en 'n lyf soos 'n stomp. Maar haar naam was Venus, en met eelthande het sy stilletjies die baadjie van hom afgeskil, toe sy hemp en frokkie, sodat sy met haar lippe haarself kon afdruk op sy bors.

Die ander meisies was verheug oor hierdie ontwikkeling, en het met verwondering die res van sy liggaam ontklee. Hoe het hulle nie alles saam ontdek nie!

Die merkwaardigste van hulle saamwoon, selfs nou ná twee jaar, is dat die meisies geen teken van jaloesie of afguns toon nie. Niemand veroordeel die ander oor wat hulle doen nie. Elkeen is geregtig om die man lief te hê soos sy wil. En elkeen het geglo mý liefde is uniek, mý gevoel die treffendste.

Hierdie toestand van algehele onbesitlikheid kon slegs heers omdat die man nie kon praat nie. Die winkelpop was stom.

Sou hy vir die een kon sê: „Jy het mooi voete," of vir die ander: „Jou borste is sag soos meel," sou almal dadelik mekaar se oë begin uitkrap. Inderdaad, dit was die waarborg vir die twintig meisies se gelukkige voortbestaan; die winkelpop was stom.

En hulle sou nooit oud word van kinders kry nie.

1980

Mona Lisa

Klaas van Wyk is 'n toeris. Hy staan saam met honderde mense in 'n reusagtige vertrek. Almal kyk na haar.

Die toerleier, wat reg voor staan, praat saggies in 'n mikrofoon. Al die lede van die toergroep is ingeskakel op dieselfde frekwensie as die toerleier, en met 'n langwerpige gehoorbuis vasgedruk teen sy oor kan elke toeris presies hoor wat die leier te sê het. Op die oomblik sê hy: „Uit Leonardo da Vinci se oeuvre blyk dit duidelik dat hy oor 'n geniale kunstenaarsvisie en verhewe estetiese vormtaal beskik wat vanaf die staanspoor gegrond is op 'n selfekspressiewe strewe na die daarstelling van 'n soort universele ruimte waarin lig, wat as die belangrikste motiverende element geïmplementeer word, manjifieke dieperliggende menslike en estetiese waardes ontbloot.

„Sy hele oeuvre is inderdaad 'n evaluerende getuienis en terselfdertyd 'n kulminasie van Leonardo da Vinci se persoonlike, universele en universalistiese belangstelling in die mens en sy verhewe waardes: Dit is sy eerlike, selfekspressiewe uitbeelding van die mens as enkeling, die mens in die mensdom, die menslike kondisie te midde van 'n nie-aardse werklikheid en die mens se ondergeskiktheid en afhanklikheid van die genade en Lig van God."

Mona Lisa het net bly hang.

Klaas neem die gehoorbuis van sy oor weg en laat dit slap in sy hand hang. Hy is besig om verveeld te raak. Die skilderye van Ingres het hom baie meer geïnteresseer. Sommiges wat hy gesien het, was 10 m by 10 m. Hy het gewonder wat die rede is dat geen moderne skilder groot skilderye maak nie. Het niemand vandag meer geduld nie? Of . . . dalk is die prys van olieverf te duur . . . wie weet, wie weet.

Dan dwaal Klaas se blik weer na Mona Lisa in 'n glaskas. Die vraag ontstaan by Klaas: hoekom in 'n glaskas? Sy kan mos nie gesteel word nie, dis duidelik: almal weet tog waar sy is, en as die vermeende dief haar gesteel het, kan hy skaars, as hy nie opgesluit wil word nie, êrens gaan aanklop en sê: „Wil u dalk Mona Lisa by my koop?" Al rede waarom die glaskas daar is, is klaarblyklik om te keer dat niemand aan haar vat nie.

Toe Klaas-hulle by die Louvre se ingangsportaal ingestap het, het hy dadelik gemerk hoe heelwat aanwysingsbordjies met pyltjies beduie MONA LISA – LEONARDO DA VINCI. Mens kan skaars in die Louvre beweeg sonder om 'n aanwysing te kry na Mona Lisa.

Dit was nie vir Klaas nodig om na die Louvre te kom nie. Hy ken Mona Lisa al van kindsbeen af, so volop verskyn haar gesig in boeke, tydskrifte, advertensies, ens. Daar was selfs 'n foto van haar in een van sy wetenskaphandboeke wat hy op hoërskool gebruik het; dit was in die hoofstuk oor kompers; hy kan die prentjie goed onthou, want die verskil tussen Mona Lisa en 'n komper was vir hom groter as wat dit was vir die skrywer van die handboek.

Onwillekeurig druk Klaas weer die gehoorbuis teen sy oor en hy hoor: „Hoewel sy oeuvre in die eerste plek ingevolge konfiguratiewe eienskappe in verskillende opeenvolgende periodes onderskei word, vloei dieselfde ekspressiewe intensie en aandrif voortdurend van een groep werke na die ander voort.

„In 'n sekere sin voltooi sy werk 'n kringloop ten opsigte van sy spontane keuse en intuïtiewe behandeling van die mens en sy geestelike waardes. Dit beteken sekerlik nie dat die algemene publiek hiermee die treffende integrasie van sosiale waardes en dienooreenkomstige estetiese kwaliteit reeds uitgeput het nie . . ."

Klaas laat sy gehoorbuis weer sak. Hy kyk om hom rond en probeer Brigitte Bardot onder die klein skare soek. Dit is al sy derde dag in Parys en hy het haar nog nie gesien nie. Sy moet mos hier êrens wees. Hy het al soveel foto's en films van haar gesien, hy sal wat wil gee om haar in lewende lywe raak te loop. Hy wonder of sy al vir Mona Lisa gesien het.

Klaas verstaan kuns nie. Hy het netnou 'n ondervinding gehad wat hom baie laat wonder het. Sonder dat hy dit werklik beplan het, het hy van die toergroep weggedwaal en hom alleen bevind in 'n kleinerige vertrek met beeldhouwerke. In die hoek was 'n vollengte beeld van 'n kaal man. Soos 'n professionele toeris het Klaas, toe hy reg voor die beeld staan, eerder na die beeldhouer se naam op die plaatjie aan die voet van die beeld gekyk as na die beeld self. Daarop het gestaan: Auguste Rodin. Klaas het toevallig onlangs 'n biografie van Rodin gelees, en daarom het hy geweet dat Rodin, voordat hy 'n beeld begin maak, sy modelle betas het. En terwyl hy die beeld maak, het hy nie soseer daarna gekyk nie, maar dit eerder betas – met sy hande oor elke holte en bult, elke spier gestreel om seker te maak die beeld is perfek. Toe Klaas se blik opbeweeg van die naamplaatjie na die beeld self het 'n merkwaardige ding gebeur: hy het onwillekeurig sy hand oor die beeld se boude beweeg; net soos Rodin het hy met 'n streelaksie die kwaliteit van egtheid bepaal. Skielik het Klaas gewonder of iemand hom sien, en hy was verlig toe hy sy hand vinnig wegneem en merk daar is niemand anders in die vertrek nie. Hy het na sy hand gekyk wat die koue beeld aangeraak het, en kon sy oë skaars glo: dit was vol stof! Hy het ombeweeg na die agterkant van die beeld en die duidelike hale oor die boude gesien soos sy vingers gedeeltes van die stoflaag afgevryf het. Hier was Klaas, in die middel van Parys, nog erger, in die middel van die hele kunswêreld, en niemand, *niemand* het nog enige opregte waardering getoon vir hierdie beeld van Rodin nie. Nie eers een uit die duisende kunstenaars en kunsstudente in Parys self het hierdie beeld van hul landgenoot en meester, Rodin, probeer verstaan deur dit te bevoel soos Rodin self sou nie. 'n Rodin-beeld in die Louvre vol stof! En Klaas, wat geen werklike konsep het van kuns, of 'n waardering het daarvoor nie, was die een om dit uit te vind.

Sy oë draai terug na Mona Lisa in die glaskas. Niks lyk anders as op die poskaarte wat hy in die ingangsportaal van haar gesien het nie. As daar 'n verskil is, lyk die een in die glaskas slegter, want die weerkaatsing is verwarrend. Wanneer Klaas sy kop effens laat sak, val die lig so op die glaskas dat Mona Lisa vier oë het. Staan hy weer regopper, het sy wel twee oë maar ook twee neuse. As mens na haar kyk op 'n poskaart het mens nie hierdie probleem nie. In elk geval, dink Klaas, ek kan ten minste nou, as ek terug is in Suid-Afrika, vir almal sê ek het Mona Lisa gesien. Die *oorspronklike* Mona Lisa.

En terwyl Klaas so dink, kom 'n toeris van agter aangehardloop en beur woes deur die mense. Hy druk vorentoe en swaai sy duur kamera aan die swart leerbande wild bo sy kop. Hy is teenaan die glaskas. Niemand herken sy gesig nie, want hy is nog nie in prentjieboeke gesien nie.

Sy naam is Leonardo da Vinci.

Toe die glas spat, kon Mona Lisa haar oë nie glo nie.

Nota van die skrywer Die toerleier se beskrywing van Leonardo da Vinci is uittreksels wat ek vir die doeleindes van die storie geneem het uit 'n werklike artikel wat 'n Suid-Afrikaner geskryf het oor Bettie Cilliers-Barnard.

1982

Frans Malan

1.

Frans Malan is 'n Afrikaner. Hy glo in God, gaan elke Sondag kerk toe, herdenk elke jaar Geloftedag, en stem in elke verkiesing vir die Nasionale Party. Hy het 'n sagte hart en lewe gelukkig.

Min dinge kwel hom. Hy stel nie belang in hoeveel kernduikbote Rusland in vergelyking met die V.S.A. het nie en hy is nie werklik geïnteresseerd in wat die Eerste Minister se planne vir Suid-Afrika is nie. Solank Frans sy werk goed doen en sy gesin behoorlik onderhou, is hy tevrede. In sy 37 jaar het hy nog nooit rusie gesoek of sy vuiste gebruik nie. Selfs in sy kinderdae al het sy ma gesien hier is 'n mens wat moeilikheid vermy.

Frans is die stadsklerk van Gansbaai. Dit klink bedrieglik, want Gansbaai is nie 'n stad nie; dit het skaars meer as duisend inwoners, maar niemand het nog daaraan gedink om Frans iets anders te noem nie – hy is en bly maar stadsklerk. Frans is lief vir sy werk, want hy is lief vir die inwoners van Gansbaai. Hulle is arm mense. Die meeste van hulle is vissers wat 'n soort hardheid het as gevolg van die hardheid van die see waaruit hulle hul bestaan maak, en Frans sien sy rol in die gemeenskap as een van beskermheer. Hy het gesorg dat die eiendomsbelasting met elke jaar se begroting so laag moontlik bly, en hy kon dit taamlik maklik regkry, want sy beleid is een van besparing eerder as verbetering. Hy sal 'n straat liewer nie laat teer nie eerder as om dit wel te teer en te weet hy moet die groot onkoste daaraan verbonde uit die belastingbetaler se sak verhaal. Afgesien van die vismeelfabrieke op die dorp is daar geen ander groot nywerheid of onderneming nie. Gansbaai is nie 'n dorp wat sal ontwikkel of uitbrei soos ander dorpe nie – die inwoners weet dit en hou daarvan, en Frans het gesorg dat dit so bly. Hy woon al sy hele lewe lank op Gansbaai, en hy weet wat die mense wil hê.

Een aand na werk het Frans op sy stoep gesit en oor Walkerbaai uitgetuur. Sy huis is naby Die Kelders-hotel, 'n baken in Gansbaai, en het 'n onbelemmerde uitsig oor die hele baai. Hy het so gesit en kyk, amper in 'n dwaal, en sy blik het effens na regs gedraai. Die Kleinrivierberge het in 'n blou dynserigheid gelê. Dit was einde Juliemaand, en hoewel dit laatwinter was, het Frans sonder 'n trui op die stoep gesit. Die noordoostewind, 'n warm bergwind, het met rukke gewaai. Frans kon die hitte op sy vel voel, en dit het hom laat uitsien na die somer. Nou nog kan hy nie die winterweer van die suidwestelike Kaap waardeer nie. Hy het 'n hartstogtelike liefde vir hitte, en koue gepaard met reën, eintlik enige koue, laat hom mislik voel, asof dit iets is wat dinge in hom uitbring wat nie sy ware self is nie.

Sy vrou, Susan, het die kinders van 'n sportbyeenkoms by die skool gaan haal, en behalwe vir die goudkleurige labrador wat by sy voete gelê het, was hy alleen. Hy kon hoor hoe die branders breek teen die rotse voor die huis. Frans het gedink, ek voel goed en ek is gelukkig. Dit is iets wat hy meer as enigiets anders in sy lewe gevoel het. Vanaand voordat hy gaan slaap, sal hy die Here daarvoor dank.

'n Beweging reg voor die huis het Frans se aandag getrek. Die oomblik toe hy daarop fokus, het 'n man wat klaarblyklik na Frans toe nader gestap gekom het, gaan staan.

Hy het Frans gegroet: „Middag, Maaster." Die labrador het opgestaan en lafhartig begin blaf. Dit was al 'n ou hond.

„Middag," het Frans gesê.

„Maaster sal-ie omgie as 'k Maaster die hand kô gie nie?"

„Wat wil jy hê, kêrel?" Frans het 'n kriewelrigheid in hom gevoel. Hierdie man was een van die baie wat in die bosse en duine langs die kus gewoon het. Hulle het nie gewerk nie en was in min dinge geïnteresseerd, behalwe om brandspiritus te drink.

„Maaster onthou my mos van verliede djaar."

Frans het gedink. „Ek ken nie jou gesig nie."

„Maaster het sieker vergiet, maa wag, lat 'k naderkô, almiskie sien Maaster my dan bieter . . . Maaster *worry* nie? 'K ka maa kô om Maaster die hand te gie?"

Die labrador het 'n laaste blaf gegee, haar kop effens geskud, en met 'n sug weer gaan lê.

Frans het ook gesug. Hy het sy geïrriteerdheid verraai met die uitgerekte lettergreep van sy antwoord: „Jaaa . . ."

Die man het stadig nader gestap stoep toe, wiegend op sy voete. Frans het gedink die man weet nie waar op die wêreld hy is nie. Die trappies kon hy net-net opklim sonder om te val.

Eindelik het hy Frans bereik en sy hand uitgesteek. Hy het gesê: „Hier's my hand, Maaster." Frans het sy hand uitgesteek sonder om op te staan.

„Maaster sa' my help?"

Frans het homself verwyt dat hy die man laat opkom het, want hy gaan nou moeilik van hom ontslae raak. Hy het gevra: „Wat wil jy hê?"

„Maaster, 'k loep allien, 'k loepie saam met daai annerie." Hy het 'n rukkie gehuiwer, gewieg, sy oë geknip. „Maaster ka mos sien, hier staat 'k allien."

Frans het weer gesug. „Wat wil jy hê? Kyk hoe lyk jy."

„Dis *just the point*, Maaster, kyk hoe lyk 'k. En 'k loep allien; Maaster, help my met 'n klein dop."

„Dink jy nie jy het al genoeg gedrink nie?"

„Maaster, net 'n klein dop." Hy het met sy vinger beduie. „Net so 'n kleintjie vir 'n groet babalaas; Here, Maaster, 'k voelie oraaitie."

Frans het opgestaan en begin om die huis in te stap.

„Jene Maaster, mens ka sien djy's 'n kind vanie Here."

Toe Frans eers binne is, het die man afgebuk en die hond gestreel. Sy het haar kop opgelig en haar stert het begin waai. Hy het op sy hurke gesit en met die hond gepraat.

Net toe Frans weer verskyn, het die man so kwaai gewieg dat hy van sy hurke op sy sitvlak te lande gekom het. „Daa val 'k nou af!" het hy uitgeroep, meer vir homself as vir iemand anders. Die hond het haar poot in die lug na hom uitgehou om weer gestreel en gekrap te word.

„Hierso," het Frans gesê, „vat dit en gaan."

Die man het na die dik sny brood en twee lemoene in Frans se hand gekyk. „Nou spiel Maaster dam nie die *game* nie. Kos helpie vi vekoue nie."

Frans het hom vererg. „Kyk, jy kan dit vat en loop, of loop sonder enigiets."

Die man het orent gestrompel en gesê: „Nes Maaster wil, nes Maaster wil." Hy het die brood en lemoene geneem. „Dankie, Maaster." Hy het omgedraai om te loop, hom bedink, weer omgedraai, die kos lomp na sy linkerhand verskuif, en gesê: „Hier's my hand, Maaster, en Maaster moet wiet, 'k loep allien."

Toe hy na 'n rukkie deur die onderste tuinhekkie stap en dit met 'n gesukkel agter hom toekry, het Frans nie meer so gelukkig as voorheen gevoel nie.

Die volgende paar dae het Frans hom oor die arme skepsel se lot bekommer. Dit het hom ontstel dat daar mense is wat so lewe – in die bos slaap, omtrent nooit eet nie, en net aan drank en brandspiritus dink. Hul gestel is so swak dat hulle min weerstand het, en elke nou en dan, met 'n vlaag onverwagte koue weer, gaan een aan blootstelling dood. Frans het homself gesien as iemand wat omsien na die hele gemeenskap, wat ook hierdie mense insluit. Maar hy was nie emosioneel ongebalanseerd oor hulle nie. Hy het geweet daar is al pogings aangewend om hulle te rehabiliteer, sonder enige welslae. 'n Paar jaar gelede is hulle almal in 'n inrigting in Kaapstad opgeneem, en enkele dae na die voltooiing van hul behandeling was hulle weer terug in hul boslewe.

Om hul verstand so te benewel dat hulle nie deel is van die realiteit nie, sodat hulle geen behoefte aan warmte of beskutting het nie, was vir hulle belangriker as om kos, klere en 'n bed te hê, maar nugter te wees. En Frans het gedink, maar daar moet tog een of ander manier wees waarop mens hulle kan help.

Susan en Frans het op die stoep gesit toe hy weer daar aankom. Hy het nugterder gelyk as die eerste keer, en ook nie gewag of gevra vir 'n uitnodiging nie. Die hond het 'n paar blawwe gegee en gaan lê. Hy het die treetjies opgeklim.

Susan was nie soos Frans nie. Sy het gesê: ,,Skoert hier! Waarvoer biedel jy? Gat soek werk!" Die hond het haar ore effens agtertoe getrek.

,,Madam praat nou hard met 'n skepsel vanie Here. 'K 't eintlik die Maaster kô sien."

Frans het opgestaan en nader gestap na hom toe. ,,Wat is jou naam?"

,,Antonie, Maaster. Antonie Spandeel."

Susan het gesê: ,,Wat lol jy met hom, Frans? Lat hom loep."

Frans het nie van sy vrou se onsimpatieke houding gehou nie. Sy was met almal en alles so, maar nou kon hy dit nie verdra nie. Hy het gesê: ,,Ek sal vir jou kos gee, maar nie drank nie.

,,Nie, Maaster, vandag drink 'k nie, maa as maaster vi my 'n bietjie koffie en suikertjies ka gie, somme soe *gemix* in 'n blikkie . . . dis al wat 'k wil hê, Maaster; al vi vandag."

,,Nou goed." Frans het omgedraai om in te gaan, skielik daaraan gedink wat Susan vir Antonie sal sê terwyl hy in die huis is, weer omgedraai, en gesê: ,,Kom saam met my." Toe het hy na Susan gekyk en haar met sy hand stilgemaak toe hy sien sy wil begin beswaar maak teen . . . wel, hy het geweet teen baie dinge.

Antonie het verleë sy mus afgehaal en hulle het saam na binne gestap.

In die kombuis het Frans twee stukke aluminiumfoelie afgeskeur, 'n paar eetlepels koffie in die een toegedraai, en 'n paar eetlepels suiker in die ander een. ,,Hierso," het hy gesê.

Antonie het sy lyf effens vorentoe gebuig toe hy nader kom en dit neem. Hy het gesê: ,,Baie dankie, Maaster, baie dankie." In die kleinerige kombuis kon Frans ruik hoe Antonie stink. Hy het na hom gekyk: sy skoene het soveel gate in gehad dat mens skaars kon sien dit is skoene, sy bruinerige langbroek was oortrek met vuil, donker vlekke en ook plek-plek geskeur. Aan sy bolyf het hy net 'n stukkende vuil trui gehad, en geen hemp nie. Hy het 'n breërige neus gehad en die wit van sy oë was bruin verkleur.

Terug op die stoep het hy sy mus opgesit en gesê: ,,'K sa vi Maaster 'n *present* bring, dis oraait, moenie *worry* nie, 'k loep allien. Da groet 'k vi iers, *bye* Maaster, *bye* Madam."

Frans het net sy kop geknik.

Susan het gesê: ,,Ja, loep!"

Die hond het met haar kop op haar voorpote gelê, en sonder om dit weer op te lig geloer hoe hy by die tuinhekkie uitgaan en om die draai verdwyn. Frans het binnetoe gegaan. Hy het ongelukkig gevoel.

Dié aand toe hy vir sy twee klein seuns gaan nagsê, het hy met sy Bybel in hulle kamer gaan sit. Hy het vir hulle gelees: „Jy moet jou naaste liefhê soos jouself." Op sy eenvoudige en onoorspronklike manier het hy vir hulle verduidelik dat mens in jou lewe ander mense moet help voordat jy enigiets anders doen. 'n Goeie Christen mag niemand veroordeel of haat nie, en dit help nie jy sê dit net of word 'n diaken nie. Jy moet dit voel en dit uitlewe. En hy het homself 'n bietjie verbaas toe hy sê: „Daar is baie verkeerde dinge in hierdie wêreld, maar die verkeerdste ding is om jou rug te draai en mense wat ly nie raak te sien nie."

Hy het hulle goeienag gesoen en die lig afgeskakel.

Later toe hy en Susan in die bed is, het sy gesê: „Daardie skollie wat hier was, jy gie nie wier vir hom kos-ie."

'n Dag of twee later het Antonie daar aangekom met 'n vuil wit plastieksak in die hand. Frans was besig om aartappels te plant in sy groentetuin, voor naby die tuinhekkie. Hy het nie 'n vroeë somer verwag nie, hy het maar net gehoop op een. So lief was hy vir hitte.

Antonie kon skaars op sy eie bene staan. Hy het aan die tuinhekkie vasgehou en die sak opgelig. Hy kon nouliks duidelik praat: „Hier's . . . hier's Maaster . . . se *present*." Hy het effens gegiggel, en voortgegaan: „Dja . . . my *present* . . . wat 'k . . . Maaster wiet . . . wat 'k ge*promise* . . . het."

Frans het oor sy skouer gekyk, nader gegaan en gesê: „Moenie dat my vrou jou sien nie."

Antonie het oor die hekkie gehang, die sak in een hand. „Hoe . . . sê . . . Maaster? Wi djy . . . nie . . ." Hy het weer begin giggel. „Wi . . . Maaster . . . nie my . . . *present* . . . hê-ie?"

Frans het met een hand die hekkie oopgemaak, en met die ander arm Antonie gestut sodat hy nie val nie. Hy het gesê: „Kom lê agter hierdie muur, dan sal my vrou jou nie sien nie."

Antonie het 'n paar tree van die hekkie padgegee, gestrompel, en eindelik geval. Met moeite het hy regop gesit gekom, en met sy rug teen die muur geleun. Hy was nou nie van die huis se kant af sigbaar nie.

Frans het hom dopgehou. Hy het niks gesê nie. Daar was 'n vae en verdwaasde uitdrukking op Frans se gesig. Die kort geskeerde hare op die kroontjie van sy kop het in alle rigtings gestaan soos hy dit die vorige nag verslaap het. Frans het daar gestaan soos 'n dom skoolseun wat algebra probeer verstaan.

Antonie het skuins geval en hom op sy elmboog gestut. Hy het gesê: „Maaster . . . 'k 't . . . hier's Maaster . . . se witmossels . . ." Hy het die sak met die ander hand opgehou.

Frans het dit geneem. „Dankie . . . Wag, wag net hier. Ek sal vir jou iets kry." Hy het haastig deur die hekkie gegaan en opgestap huis toe. By die stoepdeur het hy geaarsel. Hy het gesug van verligting toe hy die geluid van 'n naaimasjien in die rigting van sy vrou se naaldwerkkamer hoor. Op sy tone het hy na die kombuis geloop. Hy het die mossels op die tafel neergesit, die brood in die broodblik in die helfte deurgesny, 'n klompie appels geneem, en weer op sy tone na die deur geloop. Halfpad daarheen het die hond van die gang se kant te voorskyn gekom. Toe sy hom sien, het haar stert begin waai. Sy het hom vakerig dopgehou terwyl hy uitsluip, gegaap, en haar uitgerek net toe hy by die deur uitgaan.

Antonie het in 'n bondeltjie gelê toe hy daar aankom. Vandag het hy 'n baie ou en verflenterde baadjie aangehad, en hy het die bokant daarvan met albei hande half oor sy gesig getrek gehou. Frans het sy naam 'n paar keer geroep, maar daar het geen antwoord gekom nie.

Met die kos in sy hande het Frans die patetiese figuurtjie weer half verdwaas beskou. Sonder enige waarskuwing het 'n vlaag woede oor Frans gekom. Hier lê hierdie armsalige niksnuts, wat sal hy my simpatie verdien? Onmiddellik het Frans aan die mossels gedink. Hy het die bondeltjie mens voor hom gehaat. En toe hy dit besef, het hy liewer geword vir hom. Hy het afgebuk en die stuk brood en appels in een baadjiesak geprop. Hy wou Antonie gryp en hom teen sy eie hart vasdruk. Die vuil-soet reuk van spiritus het hom gewalg.

Dié aand het hy frikkadelle gemaak van die mossels, wat hy en sy seuns alleen geëet het. Susan hou nie daarvan nie. En sy het ook nie daaraan gedink om hom te vra waar hy dit gekry het nie. Hieroor was hy bly.

2.

Die somer het gekom en gegaan. En vir die eerste keer in sy lewe het Frans nie van die hitte gehou nie. 'n Ligte suidoostewind het knaend gewaai – 'n warm, droë wind, wat die temperatuur tot na aan veertig grade opgeskuif het. Die dae was lank en vol sweet. Vyfuur soggens was dit al lig, en na agt saans het die son eers gesak. Die skerp lig het Frans se oë seergemaak, en as hy oor die see gekyk het, het hy gehoop op donkerte.

Op 'n aand het hy vir sy vrou gesê: „Susan, ons het 'n bediendekamer, maar nie 'n bediende nie. Ek gaan Antonie vra of hy nie hier wil kom bly nie."

Sy het gevra: „Wie's Antonie?"

„Die man wat eendag hier aangekom het, onthou jy . . ."

Susan het gedink, en uitgeroep: „O, daai lae lak!" Sy het kwaad na hom gekyk. „Frans, jy's sieker gek! 'K sal-ie toelaat dat daai skollie in my hys woenie."

Frans het gesoebat: „Maar hy hoef nie in die huis te kom nie, die bediendekamer is buite, hy sal net daar bly." Hy het 'n rukkie gedink en gesê: „Susan, die man het geen heenkome nie, hy het nêrens om te slaap nie, hy het nie kos om te eet nie, die minste wat ons kan doen is om vir hom 'n dak oor sy kop aan te bied."

Sy het gesê: „En kort voor lank trek ieder wat inie bos woen hie in; nie, Frans, jy bemoei jou net al wier met anner mense se sake, jy ka dit vergiet, daai skollie kômie op my werfie."

Frans het na haar gekyk en gedink, sy sê *my* werf. Hy het hartseer en moedeloos gevoel, en geweet dit sal nie help om verder te praat nie. Wat doen 'n mens met so 'n vrou? het hy gedink.

Hierna wou Frans nie meer hê Antonie moes na hom kom om kos te vra nie, maar hy sou 'n ander plan maak, hý sou na Antonie gaan. Elke dag as hy met die hond gaan stap het, het hy geloop in die rigting van die Plaat, die lang sandstrook al langs die kurwe van die baai, en vir Antonie kos of geld geneem. Antonie het twee geliefkoosde blyplekke gehad: in 'n digte ghwarriebos, of op 'n duin met 'n oorhangende rots, en Frans het hom gewoonlik by een van hierdie plekke gekry, alleen of saam met 'n groepie ander. Frans het geweet dat wat hy so baie sê, „'K loep allien", nie regtig waar is nie.

'n Klein krisis het ontstaan toe Antonie Frans eendag vra of hy by sy huis kan gaan bad. Antonie het gesê: „Natierlik nie innie hysie, Maaster, daar's mos *servant's quarters*."

Frans het 'n rukkie hieroor nagedink en gesê: „Wag net vir 'n dag wat my vrou nie daar is nie, ek sal jou hier kom haal." Hy het weer 'n rukkie gedink, aan Susan, en gesê: „Goed, kom ons gaan maar nou." Hy kon hom nie meer aan haar steur nie.

En sy het dit toevallig nie eens agtergekom nie, hoewel sy by die huis was. Frans het die aand in die bed daaraan gedink om vir haar te sê: Antonie het vandag hier gebad. Maar toe dink hy verder, wat sal dit tog help? Hy het besluit om môre vir Antonie R10 te gee.

Dit was besig om winter te word. As Frans soggens op pad was werk toe kon hy die diep skaduwees in die Franskraalberge sien, 'n teken dat die son ver noord is. Dinge was besig om te verander in Frans. Hy het nie meer gelyk na die gelukkige mens wat hy altyd was nie. En die belangstelling wat hy gehad het in die welsyn van die inwoners van Gansbaai het verdwyn. Toe 'n gesondheidsinspekteur van die Afdelingsraad voorstel dat 'n nuwe rioolskema vir die dorp beplan word, het Frans sy voorstel gesekondeer. Die burgemeester het 'n spesiale vergadering belê, want hierdie skema sou 'n halfmiljoen rand kos, wat net gedeeltelik deur die Provinsiale Administrasie gesubsidieer sou word. Frans het steeds gemeen die skema is 'n goeie gedagte, en na die vergadering het die raadslede aan mekaar gevra: „Wat het oor Frans Malan se lewer geloop?"

Van die koue en nat weer het Frans se hond erg rumatiek begin kry, heelwat erger as die vorige jaar. As sy voor die kaggel gelê en slaap het, kon sy nie behoorlik opstaan nie. Sy kon haarself net met die voorpote oplig, want haar agterlyf was heeltemal lam. Frans het haar Caledon toe geneem en die veearts het haar aan die slaap gesit.

Die hond se dood het 'n groot uitwerking op Frans gehad. Hy het nie werk toe gegaan nie en met niemand gepraat nie. Hy het aanhoudend gedink: hoe kom ek by iemand of by iets uit? Regtig uit. Nie soos by my hond wat dood is nie. Regtig by iemand, 'n mens.

Die kinders het hulle ma gevra: „Wat's verkeerd met Pappie?"

Sy het gesê: „Hoe moet 'k wiet? Toe, loep spiel nou."

Sy het egter regtig bekommerd begin raak toe dit een aand laat word en Frans nog steeds nie terug is van sy wandeling nie. Later was dit tienuur en sy het daaraan gedink om die polisie op te bel. Maar sy het haar bedink en besluit om te wag vir môre. Miskien kuier hy maar net by 'n vriend, het sy gedink.

Dit was Julie toe Frans vir die eerste keer brandspiritus drink. 'n Motreëntjie het neergesif toe hy saam met Antonie en 'n groepie ander onder 'n rots sit en 'n halwe bottel brandewyn uitdrink voordat hulle die spiritus daarin gooi. Die mengsel het Frans se keel soos vuur gebrand, en dit het gevoel of daar kole in sy maag is. Hy het gekots, en soos een van die ander die oorblywende spiritus in die plastiekhouer skoon begin drink.

'n Vlaag wind het skielik met 'n ruk opgekom. Dit het baie koud geword. Frans het vir Antonie gesê: „Wi djy nie in my hys kô blyie, Maaster?" Sy oë was glasig.

Antonie het gesê: „Daa noem Maaster my Maaster." Hy het Frans 'n klap op die skouer gegee. „Dis dam lekke nè? Nou's ons altwie Maasters!"

Frans het voor hom probeer uitkyk, maar hy kon nie sy oë fokus nie.

1982

DALENE MATTHEE

Die Judasbok

Kinders is vloeksels! woed dit uit haar uit. Sy skuur met drif die aluminiumteepot blink en spoel die skuursand af in die sinkbad by die hoek van die huis.

Vloeksels!

Langs die huis staan die motor waarmee hy gekom het: Karel, haar enigste seun. Om die hoeke van die ander Kleurling-huisies, 'n ent daarvandaan, loer groot en klein soos dasse uit skeure na haar kant toe.

,,Loop lê!" skree sy en sien hoe die kinders spaander. Op Wolwedans se werf loop almal lig vir ou Bet se tong en lang karwats. 'n Onheil ruik sy van ver af uit en niemand wat al onder haar karwats moes deurloop, sal haar ooit weer daarna geringskat nie.

,,God, gee my krag lat my hart net hou," bid sy kliphard by die watertenk.

Langs die tafel in die koel voorhuisie sit die deftige man en wag. Hy besef dat hy 'n fout gemaak het, dat hy nie moes gekom het nie. Hy moes by sy oorspronklike plan gebly het en net geskryf het. Maar toe kom die finaliteit en saam daarmee die begeerte om self op Wolwedans te kom groet. Na tien jaar.

So ontsettend baie het met hom gebeur in dié tien jaar dat dit hom geskok het toe hy hier aankom en skielik besef dat die jare hier nie verbygegaan het nie. 'n Nuwe tapyt op die vloer, nuwe buffet en nuwe koppies op die rak, 'n gradedagfoto van hom teen die muur, maar nie verandering nie.

By die deur uit. Anderkant die klofie in die Sondagmiddagstilte staan Wolwedans se opstal nog net so groot en wit en onbereikbaar ver in anderland.

Een ding troos: Dat hy Lillian nie saamgebring het nie. Sy het aangehou om saam te kom, maar hy het dit nie verstandig geag nie en haar afgeraai. Nou is hy bly. Hy het vergeet hóé eenvoudig sy mense werklik is. Miskien het hy deur die jare sy ma in 'n mate begin idealiseer; die abstrakte onthou: haar krag, haar veiligheid as die donder blinkslaan oor Wolwedans se ysterklip. Maar ook haar hande in die spierwit deeg wat netnou oondkoek word met stroop daaroor.

Hy het vergeet dat sy eintlik Ou Bet is, wat die duiwel nie vrees nie en om wie se huis selfs die hoenders versigtig skrop.

Hy skaam hom vandag vir haar – vir haar groot, vet lyf, haar kopdoek en haar onbeskaafdheid, die skurfheid aan haar voete. En hy skaam hom vir sy suster, Nossie, wat voortandloos uit die kamer sit en loer.

Hy moes nie gekom het nie. Of miskien het hy juis hierdie foltering nodig om die laaste twyfel uit sy hart te haal.

Ou Bet kom donker by die voordeur in.

„Jy moet oorkant by die opstal loop groet," sê sy kortaf.

„Hoekom?"

„Uit ordentlikheid uit."

„Ma het teen hierdie tyd seker reeds vir al my gebrek aan ordentlikheid ingewerk?"

Here, versoek ou Bet dringend in haar binneste, sit 'n wag voor my mond, dis my vlees en bloed.

Sy haal die bêrekoppies van die rak af en spoel dit uit in die kom.

Eintlik het sy twee seuns grootgemaak: haar eie en die een oorkant by die opstal, Niel. Toe hulle klein was, het hulle soos broers gespeel, saam slae gekry, saam kos gekry. Niel is die oudste en is eerste skool toe. 'n Jaar later is Karel ook skool toe. En Karel se rapport moes ook opstal toe en by mies Hettie verby. In die groot klasse het hulle albei gesukkel met die Engels en mies Hettie moes naweke inspring en help.

Niel is universiteit toe om dokter te word en Karel was in Matriek toe mies Hettie en die baas die Vrydagaand tot hier gekom het. Simon het toe nog geleef.

„Simon en Bet," het baas Piet gepraat, „wat is Karel se planne vir volgende jaar?"

„Nee, hoe sal ons dan nou sê . . ." Arme Simon het ook maar nooit geweet hoe om te sê nie.

„Hoe meen baas Piet nou?" het sy toe gevra.

„Ons het eintlik kom sê, Bet, as Karel verder wil studeer, is daar niks wat in sy pad staan nie. Wolwedans sal daarvoor sorg."

Karel het vir prokureur gaan leer. Niel het vakansies teruggekom opstal toe. Karel het net die eerste jaar nog gekom.

„Ek het die hele pad van Johannesburg af gekom om Ma te kom groet," sê Karel.

„Jy het nie bietjie lank gewag voorlat jy kom groet het nie?"

„Ek vertrek volgende Woensdag oorsee. Vir goed."

„Oorsee?"

„Ja, Ma. Ek is aan 'n meisie met die naam Lillian Stewart verloof, ons gaan daar trou en daar woon."

„Hoekom het jy haar nie saamgebring nie, of reken jy ons is te eenvoudig vir die stadsmeisie?"

„Sy is Wit."

„God!" skrik ou Bet amper 'n koppie flenters. „Is jy mal?"

„Nee, Ma. Sy is 'n vrou en ek is 'n man. Ons erken slegs ons mensskap, nie die kleur van ons velle nie."

„Kak! 'n Voël is 'n voël. Die groot law sê die spreeu en die mossie sal saam sit op die tak, maar nie in dieselle nes broei nie. En die skaap en die bok sal op dieselle land wei, maar nie saam gaan lê nie!"

„Ma, asseblief . . ."

„Ek mog net stennerd vier se gelerentheid hê, maar ek is nie onnooslik nie; ek en mies Hettie praat baie oor dié dinge. Baie. Ek sê jou."

Hy kry sy humeur met moeite beteuel. „Ek het die hele pad van Johannesburg af gekom om Ma te kom groet en nou maak Ma met my rusie uit Ma se onkunde uit. Ek gaan na 'n land waar daar nie Wit- en Swartmense woon nie, waar daar nie Wit en Swart en Bruin wette is nie, maar waar die mens méns is en die wette vir almal geld."

Lat my hart net hou vandag, Here! skree ou Bet in haar binneste en skink die tee.

Wolwedans het ou Bet nog selde sien huil. Op hierdie dag sou hy haar weer sien huil: oor iets wat soos 'n adder lê en wag in die voetpad waar sy nie beplan het om te loop nie . . .

„Jy kan vlug tot op die maan, Karel Philander," sê sy en pluk haar voorskoot reg. „Die groot law sal vir jou inhaal, want wit en swart is 'n ander ding. Wit en swart word in die hart gedeel en ek is wit en jy is swart."

„Ekskuus? Wat sê Ma daar?"

„Ek is wit omlat my hart wit is en jy is swart omlat jou hart swart is. Wat se nasie is hierdie Wit meisie wat haar aan jou staan en verloof het?"

„'n Suid-Afrikaner wat oor Wit en Swart voel soos ek daaroor voel. Sy is Engelssprekend en 'n onderwyseres."

„Ja. Van haar soort het ek ok al gelees in die koerante. Haatsaaiers, opstokers, so swart soos die nag, sê ek jou."

„Ma!"

„*Ek* praat nou. Jy kan nie van die groot law wegkom nie en die groot law sê jy moet jou vyand liefhê, vir hulle bid! En voorlat ons dit nie geleer het nie, sal ons in onse moer in bly tot in lengte van dae, sê ek jou! En kan ons oorsee vlug, Wit meisies trou in die hoop lat van die skynsel op ons sal val . . ."

„Ma is lewenslank op Wolwedans voorgepraat."

„Wat weet jy van Wolwedans? *Ek* sal jou sê van Wolwedans solat jy daar annerkant die water sal onthou lat ek jou gesê het, solat jy jou Wit meisie ok van Wolwedans kan vertel. Op Wolwedans is daar net drie witmense: ek, ou Bet, mies Hettie en baas Piet. Die nuwe voorman dink hy's wit, maar hy issie. En wie rule op Wolwedans? *Ons*. Die drie wat wit is. By wie kom klop die anner as die kleintjie moet kom? By ou Bet. By wie klop hulle as daar siekte is? By ou Bet. Wie ry hulle dokter toe? Baas Piet. By wie leen hulle geld? By mies Hettie. Wie maak die rok vir die aanneming en die trou? Mies Hettie stik en ek vat die naald. En vir wie steek hulle in die rug? Vir baas Piet. En by wie steel hulle uit die kas? By mies Hettie. En vir wie skel hulle onner die rokke uit as hulle dronk is? Vir ou Bet. En wie bid vir hulle? Ons. Dís waar die verskil tussen wit en swart lê."

,,En met wie se sweet is Wolwedans omgeploeg?''
,,Wat anners kon hulle doen? Teach?''
,,Hulle moes werk vir 'n broodloon en 'n bottel wyn.''
,,Wolwedans se mense kry goeie geld en vleis vir die pot. Die wyn koop hulle self, en hulle is gelukkiger as jy.''
,,Ma verraai Ma se eie mense.''
,,Wát? Ek verraai geniemand nie, dis jý wat jouself verraai, sê ek jou.''
,,Ek skaam my vir Ma.''
,,En ek skaam my voor God vir jou.''
,,Ma se God is 'n Witmansgod.''
Dit moes hy nie gesê het nie. ,,God is 'n God vir almal en almal is sy kinders, hoor jy! Hy's vir die Swartes net so lief as vir die Wittes en ons moet word soos Hy. En nou kom staan jy hier met jou klas kak van Witmansgod? Het ek jou só grootgemaak? Die onkruid groei van dieselle son en jy kom sê vir my dis 'n Witmansgod?''
,,Ek dink nie Ma het 'n idee van wat in die wêreld aangaan nie,'' sê hy moedeloos.
,,Ek weet alles wat in die wêreld aangaan; en sien die wêreld iedere aand op die televisie.''
,,Ag so? Het *baas* Piet vir julle televisie gekoop?'' vra hy sarkasties. ,,Ek neem aan hy staan in die skuur en julle sit op die bale en klap hande dat dit bars.''
,,Ja. Ek en Nossie loop iedere aand en Vrydagaande gaan die karwats ook saam. Dis gewoonlik die aand wat die anner hulle eie show wil opsit.''
,,Dit skok my tot in my siel dat Ma nog vir die Witman kan opkom. Dink Ma hy wys vir julle alles wat aangaan oor sý televisiediens? Van die werklike hartseer en ellende van die stedelike Swartman en Kleurlinge?''
,,Ek bid iedere aand vir dié wat so swaar kry. Ek vra die liewe Here om vir hulle wysheid en leiding te gee, solat hulle kan ophou teel soos konyne en suip soos visse, solat hulle kan ophou om die Witman te haat, maar end van die maand Witman se welfare te gaan kollek. En ek bid vir die Witmense met die swart harte wat alles opfok en ek vra die Here om aan hulle die meeste wysheid te gee. En ek bid vir onse Eerste Minister.''
,,*Onse* Eerste Minister? Wat waar is?''
,,Die Eerste Minister van onse land.''
,,Ons het vir geen minister gestem nie, ons hét nie 'n minister nie, ons hét nie 'n stem nie!'' Die woede bewe in sy hande as hy 'n sigaret uithaal en opsteek.
,,Ek het vir hom gestem,'' sê ou Bet.
,,Wát? Gestem? Waar?''
,,In my hart. Stem op pampier het die wêreld nog nêrens gebring nie, ieder verder in sy moer in.''

„Ma is gebreinspoel."
„Wat beteken dit?"
„Los dit. Kan ek nog tee kry?"
Sy skink die tee en gooi nog melk in die bekertjie. Na 'n rukkie sê sy: „Karel, daar is 'n anner ding wat Ma jou darem baie graag wil vra."
„Vra."
„Al die ellende in die stede onner onse mense, hoe't dit dan gekom lat jy met 'n *tie* om jou nek sit en met 'n grênter kar as baas Piet ry?"
„Ek wens ma wil ophou met die ge*baas*sêery!"
„Ons ouvolk sê nog baas; die nuwes is die menere en mevroue, en ek moet sê dit klink vir my baie mooi en reg. Mies Hettie het ook al met my gepraat oor die ding, maar ek sê haar ek sal maar so doodgaan . . . Ek sien jy't toe nie my vraag geantwoord nie."
„Ek het nie antwoorde vir Ma se skynbestaan nie. Ma is 'n boereboetie en Ma is blind."
„En die Wit meisie, wat is sy?"
„Ek het dit nie teen die Engelse nie; dis die sogenaamde Afrikaner wat my bloed laat kook en die ondergang van ons mense was en steeds is!"
„En nou trou jy met 'n Witte omlat dit teen die Afrikaner se wet is?"
„Ek sal die Afrikaner wys dat hy my nie in sy land kan hou nie en ook nie onder sy wette nie!"
„Die Woord van God sê dytlik en uitdruklik lat ons moet vergewe en lat ons moet bid solat ons mekaar kan liefhê. Ons moet die Witman met die swart hart liefhê en vir hom bid totlat sy hart wit is. Haat en spite het nog nooit iets reggemaak nie en dit sal ok nie. Trou met 'n witvel sal ok nie jou hart wit maak nie en hare ok nie."
„Wolwedans het Ma voorwaar leer dans op hul wysie."
„Wie het jou laat leer?"
„Ma het daarvoor gewerk."
„Nie 'n pennie is van my loon gevat nie."
„Nie direk nie."
Nossie kom skaam-skaam uit die kamer uit en loop verby buitetoe.
„Kan ma nie kyk dat Nossie tande kry nie?" vra hy.
„Los jy Nossie se tande uit. As die geld daar is, sal die tande ook daar wees."
„Ek neem aan sy werk in die opstal se kombuis."
„Sy wou nie leer nie. Mies Hettie is goed vir haar en leer haar allerhanne fênsie kos maak, solat sy eendag in 'n goeie hotel sal kan gaan kook. Mies Hettie sê die kind se hanne staan vir niks verkeerd nie."
Hy staan op en loop om die tafel. Op die buffet staan die gekleurde hoenderhaan wat hy in sy Matriekjaar vir haar gekoop het, in die middel van 'n gestyfde kleedjie. Hy voel meteens skuldig. Hy moes haar geldelike hulp ge-

gee het, haar weggekry het van Wolwedans af voordat sy haar so totaal aan hulle verkoop had. Hy sal haar 'n tjek gee voordat hy gaan en sê sy moet kyk dat Nossie tande kry.

„Ma was inne koerant," sê Nossie toe sy terugkom en sku gaan skuil in die skemer vuurherd.

„Ag so?" probeer hy belang stel.

„Ja," sê ou Bet trots. „My petret was inne koerant. Ek het mos self vir my die ekstra vertrek aangebou. Baas Piet het vir my die vorm geleen en die sement gekoop, die klôgoed het die sand aangesleep en ek het die stene gemaak en gebou. Reken, en toe ek klaar is, toe kom die vrou van die dorp af hier aan en vat my petret. Die klomp sonsitters hier annerkant het nou ok kastig begin stene maak; snags steel hulle van mekaar se stêks en dan baklei dit eers weer 'n paar dae totlat ek met my karwats onner hulle inklim . . . Ou Moos het darem al fluks aangebou."

„Ai, Ma . . ."

„Ek sê jou glad wildvreemdes groet my nou op die dorp vanlat my petret innie koerant was."

„Ja," sug hy. „Maar in die oë van die Wit Afrikaner bly Ma net meid. Die oomblik dat Ma Ma se voet oor die streep sit wat húlle getrek het, is Ma vyand, opstoker, kommunis en is Ma gemerk soos ek. En ek kan aanloop, maar Ma nie."

Hy moes die ding nie só gesê het nie. In ou Bet se hart lê 'n trots waaraan sy nie laat raak nie. Deur niemand nie. Dis 'n trots so fier soos Wolwedans se kranse. En hy sien dit in haar oë en in haar skouers kom, en besef dat hy onverwags aan 'n regte snaar gepluk het.

„Ma se redding was nog altyd Ma se trots en Ma se verstand," volg hy vinnig sy voorsprong op. „Ma het vir ma 'n grensposisie bekom en slim aan hierdie kant van die grenslyn gebly. Ma het Ma se leierseienskappe verwerk tot 'n soort tirannie op Wolwedans se werf en só die Wit boer en sy vrou se guns gewerf en saam daarmee Ma se trots beveilig. Ek glo dat hulle Ma seker reken; die Afrikaner had nog altyd tyd vir 'n goeie Hotnot wat ja baas en nee baas en duskant die skeidslyn bly."

„Dis 'n lieg! Wat van al die plekke waar onse mense al kan kom? Dink jy ek sit hier en weet van niks? Dink jy koerante kom nie tot hier nie?"

„Ma glo al die halwe waarhede. Ons kan kom waar húlle sê ons kan kom; dis 'n kwessie van die lyn verlê. En ek daag Ma uit om te kyk hoe ver Ma oor daardie lyn kan kom!"

„Ek kom oralster waar ek wil kom."

„Ma bedoel: Ma kom oral aan hiérdie kant waar Ma wil kom."

„Sal ek jou sê hoeveel respekte die Witmense vir ou Bet het?" stry sy trots en tree onwetend nader aan die slagyster wat skielik in sy gedagtes begin vorm kry. „Toe ek hier gelê het en so siek was lat ek my kop nie kon oplig nie, het

Niel my uit die Kaap uit kom haal, my saamgevat en self gaan oopsny en reggemaak en weer toegemaak ok. En weet jy wat het hy in daardie grote hospitaal voor almal van my gesê? Die nursie het rof met my gewerk en hy het dit gesien. Toe sê hy vir haar sy moet mooi met my werk, want ek is sy ou Bruin moeder. Hy't nie vergeet wie se hande hom help grootmaak het nie. My eie kind het nie eens geweet ek is in die hospitaal nie."

„Ma weet goed Niel se brief het eers by my uitgekom nadat Ma al by die huis was."

„En dit het my nie 'n pennie gekos nie."

„Vir Niel ook nie."

„Jy praat van jou Wit broer!"

„Hy is nie my broer nie, hy is 'n Wit Afrikaner!"

„Maar jy praat soos hy en jy kom uit dieselle grond as hy!"

„Ek sal die Wit Afrikaner haat tot die dag dat hy uitgesterf het!"

„Mag God jou genadig wees soos ons genadig moet wees. Vervloek 'n man en jy maak sy wapens skerp, sê mies Hettie; bless hom en jy maak sy wapens stomp. Ons moet vir mekaar bid en mekaar liefhê, anners gaan die wapens nie stomp kom nie en anners gaan onse mense ok nie bo uitkom nie!"

Hy moet haar terugkry by haar trots, haar daar laat knak, besluit hy. Die afstand tussen liefde en haat is 'n vuurvonk se spat . . .

„Ma sê die mense van Wolwedans en die mense op die dorp respekteer vir Ma?" sleep hy die slagyster versigtig nader.

„Ja!" sê sy trots.

„Ma dien oppie Society ok," spog Nossie uit die vuurherd. Hy ignoreer haar.

„Glo Ma dat Ma vir hulle 'n mens is soos enige Witmens?"

„Ja."

„Sal hulle Ma leed wil aandoen?"

„Nee. Geniemand met 'n wit hart sal iemand leed wil aandoen nie."

„En hoeveel van hulle, reken Ma, het nou so danig wit harte?"

„Die meeste van dié wat ek ken," sê sy met die grootste oortuiging – en verskuif presies na die posisie waar hy weet hy haar in die yster gaan laat trap en waar hy haar wil hê.

„Nou goed, Ma," sê hy sag. „Bewys aan my dat Ma 'n gerespekteerde *mens* is en ek trek elke woord wat ek teen die Afrikaner gesê het, terug."

„Hoe meen jy nou lat ek jou moet bewys?" vra sy ergerlik.

„Bewys hoe wit hul harte is."

„Hoe moet ek dit bewys?"

Skaakmat.

Hy kyk op sy horlosie. „Dis Sondag . . . Oor 'n uur of 'n uur en 'n half gaan hulle vir die aanddiens kerk toe op die dorp. Die Wittes, die Afrikaners. Gaan trek Ma aan, dan neem ek Ma tot by die kerk en dan gaan Ma in en woon die diens saam met hulle by."

„Is jy van jou kop af?"

„Ma sê dan . . ."

„Se moer! Dink jy ek weet nie wat in die wêreld aangaan nie? Dink jy koerante kom nie tot op Wolwedans nie?"

„Maar hierdie mense reken dan vir Ma. Hulle respekteer Ma en hulle ken Ma dan so goed. Die gevalle waaroor daar in die koerante geskryf was, was vreemdes vir mekaar."

Buite word dit dynserig en die skemerte kom vroeër die voorhuis in. In ou Bet se hart gaan lê 'n onrus. Die dringendheid in haar kind maak haar bang; dis of 'n krag uit sy lyf uit kom en in sy pikswart oë 'n vuur word.

„Ma sê mos die meeste van hulle se harte is wit. As Ma dan vanaand saam met hulle in die kerk gaan sit . . ."

„Dis nie my plek nie en dis nie onse kerk nie!"

„God is almal se God en dis tog Sý huis."

„Hoe praat jy dan nou met my tong? Of praat jy soos die wind, nou hier en dan daar?"

„Nee, Ma. Al wat ek vra, is dat Ma aan my moet bewys dat Ma vir hulle *mens* is. Bewys dit aan my en aan Nossie en bo alles aan Ma self." Sy beste kaart bêre hy nog eers . . .

In ou Bet torring 'n verset los: 'n kind van haar só met haar maak? Haar openlik in die sloot wil staan en stamp? „Dis nie my kerk nie," stry sy. „Voor ons saam in een kerk kan sit, lê daar baie bid vir ons voor, baie vergiffenis en baie vee voor onse deure."

„En wat van die vuilis voor húl deure?"

„Ons mag nie mekaar daarmee gooi nie. Verstaan jy dan nie wat ek sê nie! Dié met die wit harte moet bid vir dié met die swart harte en hulle in hulle se moer in regkry met die liefde saam!"

„Sê liewer Ma is *bang*!" gooi hy die troefkaart vol in haar gesig. „Bang om oor die lyn te trap wat die Witharte vir Ma getrek het omdat Ma diep in Ma se hart net so goed soos ek weet dat hulle almal vuilgoed is!"

„Wat sê jy?"

„Ek sê ma is bang om in hul kerk in te stap en te bewys wie reg is: ek of Ma."

Niemand sê vir ou Bet sy's bang nie. Niemand nie.

„Hulle sal my nie uitsmyt nie. Nie vir ou Bet nie," sê sy trots.

„Bewys dit!"

Daar is 'n stil vreesloosheid in haar as sy hom antwoord: „Ek is nie bang nie. Ek sal my rok gaan aantrek en ek sal gaan en jou wys."

Dis soos die dag toe hulle kom skree het daar dryf 'n kind op die dam. Jou voete hardloop, jou lyf haal asem, maar jou kop sê: moenie dink nie, hardloop net. Jou hart weet dis jóú smart wat daar dryf, maar jou kop vat nie die dink nie, jy hardloop net.

„God, my Vader, hou vas my hand solank ek hierdie beker drink vanaand," bid ou Bet in die kamer. „Gaan my vooruit en berei vir my 'n plek solat ek nie voor hom val nie. En lat mies Hettie en baas Piet nie vanaand kerk toe gaan nie. Spaar hulle dit. Amen."

Sy ry in stilte saam. Dis soos die dag toe hulle geskree het daar dryf 'n kind op die dam. Jissus.

By De Kock se winkel en die eerste stopstraat skree sy: Draai om! Maar haar mond gaan nie oop nie en die woorde kom nie uit nie.

Dis al laat en stil om die kerk.

„Belowe my net een ding, Ma: nie agter teen die muur nie, maar reg in die middel."

Haar mond is droog; sy sukkel om die kardeur oop te kry.

Haar voete klim die treetjies . . . haar kop is duiselig soos wanneer sy die hoëbloed kry . . . haar lyf stoot die swaaideure wat na binne lei oop . . . haar ore suis. Here!

Sy kyk nie links nie. Sy kyk nie regs nie. Haar voete vat haar in die paadjie af tot waar haar liggaam móét gaan sit.

Here, help my dan!

Sy hoor nie die druising wat deur die kerk gaan nie. Deur die newels van haar vrees, reg voor haar, sien sy die goue letters: GOD IS LIEFDE.

Voete skuif, mense kug, die gemeente is in beroering.

Sy ruik haar eie angssweet om haar in die lug en hou haar oë brandend op die goue letters. Uit die toring galm 'n enkel slag en daarna is dit stil.

Sy sien hom kom uit die hoek van haar oog. Die koster.

„Ou Bet," fluister hy, „die kerk is vir Witmense, jy sal moet loop."

Die kerk is nou amper onstigtelik van beroering. Iemand sê los haar! Nog een en nog een en nog een . . .

Jy weet dis jou smart wat op die water dryf, maar jou voete vat jou lyf . . . Hande raak haar aan, maar sy kyk nie links nie en sy kyk nie regs nie.

My God, waarom het jy my verlááť?

Onder die trap wag Karel vir haar.

1982

E. KOTZE

Bloedige dag

Lya Solms skud die laaste stuk wasgoed met 'n driftige klapgeluid oop en pen die twee broekspype aan die draad vas. Dan buk sy en kantel die badjie blouwater in die gras om, gryp 'n stuk staalwol, skraap dit oor die seep en begin skuur die wateremmers en baddens met kort, haastige hale.

Sy hou die sonskaduwee dop wat om die watertenk se hoek kom. Sy het vanoggend vroeg, voordat sy plaas toe gekom het, haar eie bad wasgoed ingeseep en die suurdeeg net met meel deurmekaar gemaak en 'n bol gerol. Sy moet nog gaan knie.

„Wit en bont is op die bos," rym sy, „en hard en sag is in die pot," loop sy die tyd vooruit. Daar word agtermiddag geslag. In haar gedagtes ryg sy reeds die hamelskaap se binnevet van die derms af, ruik sy die bruingebraaide kaiings van die vetstert.

Die bloedige son brand haar tussen die blaaie. Dis 'n gruwelike dag. Met die draai van die somer kom daar soms sulke dae wanneer daar eintlik 'n swaelreuk uit die kliprantjies opslaan. Wanneer dit voel die duiwel krap vir oulaas kole uit voor die herfsgeel vlam in die bome. Glad nie 'n dag vir slag nie. Sulke dae dam die swoelte in die grasdak op en slaan snags binnetoe. Straks word die vleis bedompig. Maar daar is oesmense in die boorde wat rantsoen moet kry.

Lya sleep die blinkgeskuurde emmers deur die syferdam, keer hulle op die wasklip om en maak die blousellappie in 'n hoë mik sit. Dan sluk sy die laaste bietjie afgekoelde middagkoffie weg, spoel die bekertjie uit en begin haar eie goed bymekaarmaak.

Eenkant in die son lê haar kinders: die klein kind aan die slaap onder 'n luier, en die lam enetjie met sy vuil gevreetjie. Hy loer vir haar met helder wakker oë en lig sy lyf toe hy gewaar dis looptyd. Sy maak die kleintjie in die abbakombers agter haar rug vas, tel die lamme op haar arm en gaan sê vir die boervrou sy loop eers.

By die agterdeur kry sy haar wasgeld en 'n treksel koffie-en-suiker deurmekaar in 'n vaalkardoes, 'n dubbele sny vis-en-brood daarby. Die oorskietsplinter seep kan sy maar vat om haar eie goedjies mee te gaan uitvryf.

„En onthou nou van die slagtery, kom maar deur as jy die veewagter met die skaap op die werf gewaar," word sy herinner.

Met die uitgetrapte voetpad stap sy af rivier toe, oor die damwal en anderkant teen die skuinste uit, verby die ry enerse lae rietdakhuisies. Die Solmse woon in die heel laaste huis, langs die olienhoutbos, effens apart. 'n Kamer en kombuis is dit, met 'n venster en 'n deur en 'n skoorsteen. En 'n uitgetrapte stoep wat net hoog genoeg is om die vark uit die agterdeur te hou.

Die skoorsteen rook en die bodeur is oop, dus weet sy die skool is al uit.

Die opgeskote Mietjie het klaar geknie: 'n dubbele brood in 'n paraffienblikpan.

,,Ma," begroet sy Lya toe dié onder die lae kosyn inbuk en die lam kind op die drumpel laat sak, ,,Lewies-goed het weer aartappels in die as."

Lya gryp die houtriem agter die deur en slaan 'n lang hou oor die tafel, maar die twee onkruide spat by haar verby en sy kry net 'n windhou in. ,,Hoekom is julle so ongehoorsamig? Vanaand kan julle met jul bekke teen die wind sit!" Die boer is deesdae strik met die aartappeluithalery en staan self by om te kyk dat daar nie te veel raak gesteek word nie. Dis nie meer net vir loop haal nie.

En dit word al hoe moeiliker om die kinders elke aand dik te kry. Nié op geel skorsies en uitskottamaties nie.

Vanaand kan sy darem reken op die harslag. In die groot huis eet hulle mos nie long nie, en as sy die kop kap, val die koker ook nog haar kant toe. So prakseer sy terwyl sy die klein kind losknoop en laat drink.

,,Jy moet maak en winkel toe hol," sê sy vir Mietjie, ,,en vir my kom water dra. Ek weet nie of ons gespoel kom voor ons begin slag nie."

Die paar muntstukke wat sy met die was verdien het, lê op haar handpalm en sy stoot die kleingeld met 'n flitsbeweging van haar duim oop, oorlê dan prakties: Twee kerse, bottel lampolie, boksie mêtjies, pakkie twak, pakkie kerrie. Suiker? Maar nee, dan kom dit kort vir koffie, en die trekseltjie uit die plaaskombuis is mos darem soet gemaak. Nietemin is sy skielik watertand vir 'n lekker ding. Sy voer 'n kortstondige stryd, swig dan voor die versoeking. ,,Bring 'n pakkie tjips."

,,En 'n muis vir my? Vir die loop?"

,,Muis!" Die lam kind lig sy bolyf. Hy roei homself voort met sy elmboë en kom hang halfmas aan die tafelpoot.

,,Bring maar twee muise. Maar jy moet maak en kom. Jakkie, sie jy die kleidjie los, as jy Ma se breekgoed daar aftrek . . .! Lewies, kom vat die kind!" Maar Lewies is weg en sy sit Jakkie by die deur uit tussen die hoenderkuikens. Sy kan dit nie waag om hom alleen in die huis te los nie, hy pluk alles om.

Wat sy het, het sy swaar bymekaar gekry en geld om ander te koop, het sy nie. Sal daar ook nooit weer wees nie. Hulle is arm. Jan Solms loop dikgelap en Mietjie se klere span, die jongetjies-kinders se goed is gaar gedra. Hulle is deesdae aan alles kort: kooigoed en warmgoed, en agter met hul klops. Dis 'n treurigheid as jy daarmee agter is, as jy die dag moet rondval om jou dooies begrawe te kry.

Daar is nie ander genade nie, sy sal die naweek die kinders maar moet vat en gaan besemriet pluk. Hulle betaal nou ses sent vir 'n ordentlike bos en Mietjie pluk al fluks. Sy kan nog wasgoed ook vat en partymaal stuur missies Radyn van die bruin skool lap- en stopwerk.

Vir die afval se skraap word sy darem ook betaal.

Daar hang 'n donderweerbenoudheid in die lug en die wolke pak so wit soos blomkole oor die berg saam.

Lya staan teen die wasbad met 'n verwyt.

Dis sy wat die ongeluk oor hul huis gebring het. Dit was met Jakkie se kleinte. Sy het melkkoors gekry en moes hom hans grootmaak. Jan Solms het 'n varksog en jongetjies verruil vir 'n versie wat in die melk was en so het hulle genoeg melk vir die kleintjie en vir hulself gehad. Jakkie was rondvet van melkpap en hulle het dwarsdeur die winter snysels met kaneelsuiker geëet. Hulle het dit breed gehad daardie tyd.

Maar op 'n middag, toe die kind al 'n kruipkind was, staan sy voor die stoof die pot en roer toe sy iets agter haar hoor. Eers dag sy dis die kind onder die tafel, maar toe sy omkyk, sien sy dis 'n vrou, en toe sy weer kyk, sien sy die vrou se oë, en dis twee vlamme. En sy skrik en sy skree: „Jou mame se moer!" En met dié dat sy skree, kook die melkpot agter haar oor en toe sy weer kyk, is die vrou weg.

Dis die vuurgees, sê antie Kaatjie toe vir haar, en sy's nou kwaad, want jy't haar gevloek.

Op 'n middag toe die mansmense in die perskebome is en sy onder by die fontein met die wasbondel, maak die weer uier en las aan en raak aan die grom. Toe gee die wind een warreling en slaan daar 'n blits uit die lug uit en in die bloekom waaronder die koei op lyn staan. Net 'n vuurstreep en 'n swaelruik, toe staan die boom pikswart geskroei en lê hul melkkoei gaar verbrand.

Daarvandaan ry die ongeluk hulle.

Sy moes voetval vir 'n bietjie afgeroomde melk vir Jakkie. En die kind begin sommer agteruitgaan. Op 'n dag het hy net 'n koors en sy en antie Kaatjie staan bont, maar hy bly siek, tot hulle hom dokter toe vat en weg hospitaal toe. Toe hy terugkom, lyk hy soos hy vandag nog lyk, sy beentjies uitgeteer en hy sleep waar hy moet wees.

Sy kry swaar onder die vloek.

Sy staan en was met een oog op die plaaswerf.

Toe die slagtery begin, moet sy nog net spoel. „Ons sal nie nog vanaand daarby haal nie, vat maar in," sê sy vir Mietjie, „anners slaap die hoenders vannag daarop."

„Lewies," skree sy toe sy afsak rivier toe, „as ek skree, kom haal jy die harslag. En sôre dat daar water in die huis kom en kyk na die kinders!"

Sy's oorlams met 'n slagtery. Sy stook onder die swart driebeenpot met skraapwater en vat toe die slagding uit die mansmense se hande.

Die boervrou kom met 'n skottel vir die lewer en niertjies. ,,Vat jy maar die hart ook en die binnevette. Braai vir julle uit." En die lekker-lekker soetvleis.

Lewies kom haal die koerantpapierpak. ,,Loop gee vir Mietjie, sê sy moet solank opsit," sê Lya.

Kortendag hang die skaap. Toe pak sy die afval. Daar is niemand op hierdie plaas wat 'n afval uit Lya se hande kan kom vat nie. Maar vanaand sukkel sy.

,,Ek sal nog 'n blyts moet kry," bely sy met 'n skaam gesig, verleë oor die oponthoud. ,,Hy maak swaar skoon."

Daar het mettertyd 'n weer aangegroei en die wind warrel kort-kort onder die pot in. Sy druk die uitgebrande stompies dieper in en verskuif die blou skottel met die skoon pens en pootjies.

Af en toe blits dit. Maar ver weg. Die mense het uitgeval en staan en wag vir hul dop voor die wynkamer.

Die boervrou kom 'n slag kyk. ,,As jy nou met die kop klaar is, moet jy maar los tot môreoggend toe, dan kan jy mos maar kap en verder afwas."

Maar môrevroeg wil sy spoel en dan die kinders vat en kloof op om te gaan hoor of sy nie iewers 'n los werk kan kry nie – uie skoonmaak of twak ryg dalk . . . Sonder om op te kyk of op te hou met krap, sê sy: ,,Nee wat, ek maak gou klaar, die kind het gedrink voor ek gekom het." Sy sukkel met die pluis wol tussen die ore, kry dan tog die oorhand en eindelik lê die kop by die res van die afval in die kom.

Sy keer die pot water oor die vuur uit en maak die messe bymekaar. Net toe sy die kom optel om kapblok toe te stap, slaan daar 'n donderslag wat die grond laat tril. Op die dreuning volg 'n rukwind wat die papier op die blok verflenter. Lya kap kort, haastige houtjies, elkeen sekuur waar sy hom wil hê. Sy kap die koker weg en vlek die kop oop, kap die holtes bokant die oë af en rond nog hier en daar af, haastig deeglik.

Iewers kletter 'n paar los sinkplate.

Dan volg daar 'n geskreeu. Die hel breek los. ,,Die weerlig het Jan Solms se huis aan die brand geslaan!" roep iemand. ,,Hardloop, Jan!"

,,Lya!" skree die mense, ,,jou huis!"

Sy staan met die skottel afval in haar hande en sy sien die donker rookwolk bokant haar huis, met hier en daar 'n oranje vuurstreep daarin. Dan jaag die wind die vlamme op en brand die dak hoog.

,,My huis brand!" Lya gee 'n tree vorentoe, steek dan vas, trap rond met die afvalkom in haar hande. Die vuurtonge skiet in die lug op, vlamrooi teen die donker donderwolke. ,,My kinders, waar's hulle?"

Jan Solms steek kortpad tussen die nartjiebome deur.

Die plaasbakkie dreun met die vrag werkers en grawe agterop.

,,Sit neer die kom en gaan kyk wat van jou kinders geword het. Hardloop Lya!" skreeu iemand.

Sy voel skaars die gekrap van die wilde brame. Sy storm teen die rivierwal af en anderkant uit. Sy't eenmaal 'n kind gesien wat vooroor in 'n kolebak geval het. En die bees onder die boom met die swart weerligmerk oor sy vel.

Een van die vroue het haar klein kind. En die lammetjie hang aan Mietjie. Hy val na haar toe en sy gryp hom, kaalstert en bewend. Nie van koue nie, want die vuur skroei op 'n afstand. „Ma," skree hy, „Ma!" en hy klou met sy taai lekkergoedhande om haar nek. Sy ruik die skroei in sy kop toe sy hom teen haar aansus. Die vuur dreun in die dak. Alles aan die huis is oud en horingdroog en dit brand soos petrol. Die mansmense slaan die droë gras rondom plat sodat die vuur nie kan versprei nie.

Dan stort die dak stuk-stuk in. Wanneer die wind stoot, gloei die dakbalke in die donker en vonke skiet soos vuurwerk in die lug op. Te mooi.

Tant Raal sê: „Mietjie is nog met die twee kanne af water toe. En wat ek weer hoor, toe skree sy net en toe ek kyk, toe sien ek hoe gooi sy die kanne weg en sy hol en toe sien ek alles is onder rook. En ek skree vir haar: ‚Gryp die kinders.' Ampers het ons vir Jakkie nie uitgekry nie, hy was agter in die kamer onder die kooi in. Dit het min geskeel of Mietjie het hom nie daar uitgekry nie, want die vuur was toe al by die deur."

Mietjie gaan hard aan die huil.

„Bring die suikerwater, sy het sleg geskrik."

„Hulle kon algar doodgebrand het."

In die nagloed van die vuur staan die geraamte van hul lantern op die lae muur tussen die slaapkamer en kombuis.

Van alles wat in die huis was, is dit die enigste ding wat sy kan eien. Verder het alles uitgebrand. Lya staan sonder taal.

Haar kinders is veilig, maar hulle het nie 'n kooi om vannag op te lê of 'n beker om uit te drink nie. Nie 'n kers of 'n treksel koffie of 'n sent geld nie. Die vuur het alles gevat: haar tafel met breekgoed, die portrette aan die muur, die stuk tapyt op die kamervloer, die kleretrommel agter die kooi met haar beste rok en Jan se swart pak . . .

Lya maak haar gesig met haar hande toe. Twintig rand by die plaaswinkel; rand 'n week, maar meer as een week was die rand nie daar nie . . . amper 'n jaar voor sy die skuld dood gehad het. Hoe kry sy dit weer bymekaar?

„Tot die stouf ook," sê tante Raal.

„Met die brood nog in die oond. En die harslag en vette van die slagding." Potte en panne ook, die waterskepper, sitgoed, voetwasbad, slaapvelle . . . Lya Solms staan en kyk met nat wange na haar huis se murasie. Dit kraak en val binnetoe. Daar is niks meer aan te doen nie.

Slegs rook trek uit die puin op.

Hierdie skuld is nou gelyk gemaak, dink Lya en draai weg.

Om haar is die mense wat sy ken. Hulle gooi saam. Almal is goed vir haar. Die boer het iemand aangesê om die leë huis langs Anneries en Griet uit te vee en hulle is agter op die bakkie terug plaas toe. Daar kry hulle aandkos en 'n bietjie van alles om saam te neem: mieliemeel en koffie en kerse. En die komberse van die buitekamer se bed af. Kos en slaapplek.

Soos brand maar maak, trek die nuus vinnig in die kloof af. En almal wat vir Lya ken, die gee. Hulle kry kos. Kaas en botter en konfyt, tee en blikkiesmelk en rys. Hulle kry klere. Bokse vol. Somergoed en wintergoed en alles bruikbaar.

'n Ketel en 'n emmer en skottelgoed. Die ou man van die winkel stuur twee geblomde enemmelborde en bekertjies. Een vrou glad vadoeke en 'n skottel. Iemand dra 'n tafel aan wat Jan net so effens moet kalfater. Lya kan met mening nes skop.

Toe die boervrou teen die laat agtermiddag met 'n emmertjie melk kom verneem of sy wel regkom, ruik dit na stowekool wat oor die oop herd stadig gaar word, staan die mank tafel vas teen die muur gestoot met 'n geruite doek oor wat tot op die grond sleep.

En Lya gloei, want gisteraand het sy op die vlak gestaan, so kaal soos sy van haar mame af gekom het. Toe het sy op 'n kol gewens die vuur moet haar maar vat en klaarkry. Nou het sy van alles en nog meer. Tot 'n kooi met 'n springmatras. Streepsak ken sy, velle op die vloer, die angels van rogstrooi . . . nou het sy 'n hopkooi en 'n so te sê nuwe wolkombers.

Sy het fynmeel in die huis en melk en alles. Sy gaan snysels met pypkaneel en baie suiker maak. „Mietjie, bring hout in en kom vat vir Jakkie onder die tafel uit, hy's in die suikersak. Ek slat jou!" Jakkie word muisstil onder die lang tafeldoek.

Lya sing terwyl sy die deeg ooprol en meel strooi en weer toerol. „Liewer Heer wees ons naby, met hierdie grote fees, maak ons harte waarlik bly, met u goeie Gees . . ."

En sy probeer dink aan 'n hol ding om die melk in te kook. Aan potte is sy nog kort.

Dan, bo die skerp reuk van Fe'erwariemaand se kool, ruik sy onmiskenbaar rook. Behoedsaam kyk sy dak toe, snuif 'n slag, sien dan die vloer. Daar het fynhout uit die vuur geval en 'n hopie vuilgoed wat sy bymekaar gevee het, aan die brand gesteek. Nou vreet die vlammetjie al aan die groen en rooi ruitjiesgoed van die lang tafeldoek.

Lya kyk na die vinnig groeiende gat in die tafeldoek. Vuur, dink sy en loer vinnig oor haar skouer. Sy voel 'n warmte in haar opstoot en 'n woede pak haar. Sy hét mos al betaal. Haar skuld is klaar betaal. Wat soek die vuur nou nog? Sy gryp die bak met soetmelk en skiet dit met 'n boog onder die tafel in, oor die brandende doek en oor die koletjies van die fynhout.

Toe Jakkie met 'n verskriklike geskreeu en druipnat tussen haar bene deur peul, staan sy hygend en kyk na die nat kol waar hul aandmelk in die grondvloer intrek.

Sy sit die bak op die tafel neer, buk af en tel die kind sorgsaam op. Toe gaan sy buitentoe, waar die koelte van die aand reeds in 'n sagte lugstoot met die vallei afgestroom kom.

1982

PETRA MÜLLER

Marcu Taillefer
Vir H.A.

In die stad Vercour het ek 'n dubbelganger. Sy naam is Marcu Taillefer. Ek het hom natuurlik nog nie ontmoet nie.

Van tyd tot tyd gaan ek na Vercour om sake te doen. Ek handel my sake deeglik en vinnig af, en kom so gou moontlik na my tuisstad terug. Ek is nie daarop ingestel om my tyd in Vercour deur te bring nie. My woonplek lê ook effens afgeslote, in die gerestoureerde buurt langs die groot rivier waar kinders daglank op die groen grasperke speel. Ek woon daar in een van die wit huisies, ás ek oorbly in Vercour.

Met elke besoek word ek deur iemand aangesien vir Marcu Taillefer. Ek ken reeds die klanke van sy naam, soos dit na my geroep word! En altyd met 'n opgelugte glimlag – 'n blye groet, op hoop van geselligheid. Dit skyn my my dubbelganger is 'n man vir lewensgenot.

Die genot werk aansteeklik. Ek begin uitsien na hierdie amusante ontmoetings. Terwyl ek my tas pak om na Vercour te vertrek, sê ek vir Vera, my vrou: „Ek wonder wie my dié keer gaan eien as Marcu."

„Jy moet tog eenmaal die kans waarneem en in Marcu Taillefer se skoene instap," sê sy.

„Is jy van jou verstand af, Vera," betig ek haar.

Ons is albei goed onderleg in die tema van die dubbelganger en die gevare daarby betrokke. 'n Mens steur jou nie aan hierdie uitgediende besonderhede uit die oorspanne Germaanse verbeelding nie, maar jy behou tog 'n gesonde respek vir die uiteindelike gevaar.

My vrou, egter, is guitig en soms onverantwoordelik – 'n onbesonne middeljarige met 'n hang na gevaar. Eenmaal het sy op die impuls van die oomblik 'n sekuriteitswag wat 'n lading bankgeld op 'n sypaadjie bewaak het, skrikgemaak, en hy het haar byna doodgeskiet.

Dit is ook sy wat by geleentheid, nadat ons oor 'n tydperk van jare verkeerdelik opgebel is as sou 'n sekere Ben Norris die eienaar van ons nommer wees, vir die oproeper gesê het dat Ben Norris dood is. Die oproeper, geskok, het geantwoord: Jy lieg.

Nou as jy dan weet ek lieg, sê Vera, vir wat soek jy hom alewig hier.

Die man ('n seeman op soek na sy vriend) het haar in 'n vreemde taal gevloek.

Ek is geskok oor hierdie optredes van Vera. Dit vertoon 'n ongevoeligheid teenoor andere. Dit steur haar nie. Vera is 'n noodlotsvrou. Soseer het sy haar aan haar lewe oorgegee dat sy glo niks kan met haar gebeur wat nie vooraf bepaal is nie.

„Sou jý in 'n vreemde vrou se skoene instap?" vra ek haar nou.

„Natuurlik," sê sy, en sy hou my nuwe ligblou sporthemp omhoog om dit in mooi voue neer te lê vir die inpak. „Wat se verskil sou dit maak, ek is ek."

„Dit sou ek nooit doen nie," sê ek tussen die aantrek van twee sokkies deur. „Dit is hemeltergend."

„Liewe Vernon," sê sy, „daar is niks wat ons op aarde kan doen wat die hemele kan terg nie." Sy kyk my ernstig aan, en liefhebbend.

Ek sien dat Vera begin verswaar. Haar bo-arms is dikker as tevore en daar kom 'n stompigheid aan haar heupe. Nogtans bly sy, soos tevore, 'n vorstelike mens, toegewy aan die gawes van skoonheid en waardigheid wat sy in alle lande en by alle mense weet te ontdek. Hoe kan sy nie speel met daardie gawes nie!

Sy het die lewensgrasie van mense wat veel ervaar het; haar middel-Europese voorsate het haar met eeue van herinnerde kennis beskenk. Sy is nie, soos ek, die kind van 'n bar en onbeoefende land nie.

Teelt, sê Vera, tel altyd, en hoe later hoe meer.

Hoe kan sy nie speel met die *erns* nie!

Haar pragtig versorgde hande beweeg soos twee klein lewendige diere tussen die moue en materiale van my klere deur. Die meeste daarvan het sy self gekies, en met toe oë, op die gevoel van die materiale. Vera is 'n aartssensualis.

„Hy kan geëerd wees om soos jy te lyk, dié Marcu Taillefer," sê sy. „Hy kan hom wat verbeel."

Sy hou my baadjie oop, en ek buk en laat glip my daarin. Dis waar, op vyftig het ek 'n goeie figuur.

Agter my, in die spieël, sien ek haar staan. Sy beduie met haar ekspressiewe vingers al in die lug af, asof sy inderdaad besig is om iets te skep.

Vera boetseer my, uit vermoedens en uit moontlikhede.

„'n Vrou word aan haar hals en bors herken, maar 'n man, net soos 'n perd, aan sy agterkop en rug. Dit is wat my van jou onbekende Marcu interesseer. Jy word altyd van agter herken. Waar kan hy 'n rug en agterkop hê soos jy? Hy is 'n fynproewer. Hy het jou beste uitgesoek om na te boots!"

Sy vly haar agter teen my rug, en loer om my skouer.

„Wat weet hy tog van enigiets af, jou Marcu?"

„Nie myne nie, Vera," spot ek. „Joune."

„Hy weet van niks. Sê hom dit as jy hom sien."

„Ek sien hom nooit. Vra jy hom as jy hom sien."

„Ek sien nie eens die mense wat hom sien nie. Al wat ek van hom wil weet, is of hy ooit kavalleris was."

Sy tuit haar mond. Dit is al wat Vera teen my in te bring het: dat ek nie kavalleris is of was of ooit sal wees nie.

Vera is my tweede vrou. Ek is haar tweede man. Sy is grootgemaak in die offisiersgeslag; haar pa was kolonel. Sy het van oorlog tot oorlog gereis; ek ook, op my manier. Ons weet om mekaar te waardeer. Ons het van ver af na mekaar toe aangekom.

Die gevoel van bevreemding in 'n vreemde stad is aangenaam, veral as mense so ná aan mekaar leef soos ek en Vera, in die tuisstad. Ek dryf op die stroom van lewe in Vercour soos 'n blaar op water. Ek laat my meevoer deur flardes gesprekke om my, deur die geure en parfume van diegene wat my etenstafel met my deel, deur gesprekke met deurwagte en ander vreemdelinge.

In die openbare tuine van Vercour voer ek die duiwe gelate en ervare, asof ek dit elke Sondag doen.

Die naweek het my hier gevang.

Ek word in die glashuis van die tuine herken deur 'n vrou.

Van voor en van ver.

„Marcu!" roep sy bly, en haas haar deur die groenigheid na my, soos iemand wat langsaam deur water swem, op pad na iets wat hy graag wil bereik, miskien die oewer.

Op sulke oomblikke weet tyd om te verstadig.

Hierdie keer het ek – merkwaardig! – die vreugde om iemand te herken. Want hierdie skraal vrou met die broos enkels, wat vergeefs die tyd probeer aanjaag om by my te kom, is nie 'n onbekende nie. Sy het my reeds tevore so geëien.

Ek wag haar dus in, en glimlag meewarig, omdat ek weet.

„Marcu, is jy weer terug!" sê sy.

Sy kom tot by my, haar rooi rok swaaiend tussen die helderrooi blomme wat op hierdie deurwaterde binnemuurse loofgroen ry soos baaiers op 'n see.

Sy vat albei my hande saam.

„Ek het nie geweet jy sou reeds . . ."

'n Wonderlike oplugting pak my beet.

„Marcu is nie terug nie," sê ek, „dit is ek!"

„Inderdaad," lag sy, want ons het die wangedeelte van die situasie reeds tevore uitgespeel, „dit is u!"

Hoe vreemd, dat ek haar hande moet bly vashou.

„Nou moet u my vertel," sê ek, „hoe dit kom dat almal altyd so bly is om Marcu te herken."

„O," sê die vrou, en sy lig haar winkbroue sodat ek haar helder oë duidelik sien, en dit lyk of sy van soetheid omgewe is, „hy bring die vreugde met hom, weet u."

„Vertel my dan hoe," sê ek.

„Hy is so skaamteloos," sê sy. „Hy is so wáárlik roekeloos. As u Marcu kon ken, sou u van oomblik tot oomblik nooit weet wat met u gebeur nie. Dag is vir hom soos nag, somer soos winter. As die somer hom hier nie pas nie, versit hy elders. Hy gaan weg. Hy sê nie waarheen nie, hy verlaat jou. Waarlik, Gudrun ly onder hom. En hy weier om ons te vertel wat sy werk is, wat dit is wat hom so wegneem. Kan u dit glo dat selfs sy vrou nie presies weet wat sy werk is nie?"

„Sy vrou?"

„Gudrun."

„En u?"

„Haar vriendin. En een van sy gewese minnaresse."

Dit bevestig wat ek lank reeds van Marcu vermoed.

„Hy is 'n opportunis," sê ek. Nou laat ek haar hande los. En ek weet wat om met my hande te maak in die ongemaklike oomblik – ek steek hulle in die sakke van die tweedbaadjie wat Vera vir my uitgesoek het. Maar wat maak sy met haar hande? Heeltemal natuurlik beweeg hulle na die kante van haar mooi gesig en verstel haar sagte, ligte hare asof sy haar vir die afwesige Marcu skik.

„En u behou somaar sonder enige ongemak die vriendskap?" vra ek.

„Die vriendskap?" vra sy.

„Met Gudrun," sê ek.

„Ek sou tog nie so lomp wees om dit in gevaar te stel nie," sê sy. „As ons nie vir ons lewe glimlag nie, wat sal van ons word, vreemdeling?"

Ek hou daarvan dat die grasieuse vrou my op my eie begin sien. Ek weet ek staan hier in die skadu van die ander man, my voordanser, maar dit is aangenaam om te dink dat sy my tog ook begin ken.

„Vertel my iets van hom," sê ek. „Is hy 'n perdeliefhebber?"

„Maar natuurlik," roep sy uit, „ek het hom altyd gesê hy is half perd! As jy hom op die rug van een van die . . . hingste van hom sien, sou jy dink hulle is één."

Die nuus verbaas my glad nie. Is Vera ooit verkeerd?

„Besit hy dié?" vra ek.

„Marcu? Nee, hy besit nie. Eenmaal, glo ek, het hy. Dit was in Roemenië. Sy gesin, het hy my vertel, het die reg gehad om . . . hoeveel was dit nou: ses of agt perde te span. Voor die landau, begryp u. Dit was 'n reg wat deur die vors toegestaan is."

„Waar vind hy dan die perde?"

„O, hy is bevriend met almal. Veral perdeliefhebbers. Hy ry hulle perde vir hulle. Dis daarom dat hy ook nie swaarder word nie. Hy let op sy dieet. Marcu glo daaraan dat 'n mens jou lewe kan verleng deur die regte kosse te eet. Hy is nogal oppassend op sy kos. Dis vreemd, nè? By so 'n lewensgenieter sou 'n mens 'n uitspattige eetlus verwag. Maar nie hy nie. Uiters puntenerig.

Gudrun moet die ete nét so voorberei."

Sy raak met haar dun vingertoppe aan die rand van 'n omkrullende blom, en volg die are op die blomblaar tot waar dit doodloop.

„Gelukkig is Gudrun 'n goeie kok," sê sy, en kyk na my oor haar skouer. Sy het haar só weggedraai van my dat ek weet dat sy wil hê ek moet haar volg. Die groen lig van die kweekhuis het in haar oë ingeswem, sy lyk soos 'n seewese.

Ons wandel stadig deur die gange van die kweekhuis. Daar is nog: uit elke hoë glasbel bol 'n ander voort. Die kuns is om terug te kan kom waar jy was, om die helder blomme van vaneffe te herken.

So is die beroemde koepeltuine van Vercour beplan.

„Is jy lief vir Gudrun?" vra ek.

„Ek is baie lief vir Gudrun," herhaal sy. En met nog 'n klein ophaal van haar skouers sê sy: „Marcu is reeds lank weg hierdie keer. Gudrun treur."

Asof sy my daarvoor verkwalik.

„Ons wag op tyding van hom," sê sy.

Dis 'n delikate oomblik. 'n Mens moet versigtig wees wanneer jy by die grense van dinge aankom. Alle vlugtelinge weet dit.

„Kom jy dikwels na hierdie kweekhuis?" vra sy.

„Ja," sê ek. „Vreemdelinge soek maar . . . hierdie dele van die stad uit. Parke. Konsertsale."

Niks hier binne is 'n direkte weergawe van wat buite gebeur nie. Die ondeursigtige glas verrig altyd sy taak: om hitte deur te laat, om sonlig weg te hou. Wanneer daar wolke voor die son verbytrek, word ons lig hier binne sag verduister, asof ons op 'n verhoog staan waar die beligting gekontroleer word vir effek.

„Parke wel," sê sy glimlaggend en miskien bestraffend, „maar nie konsertsale nie."

„Nie?"

Ons adem vrank lug in. Die plante gee hul koelte en hul onbekende esters aan ons af.

„Marcu is nie lief vir musiek en konserte nie. Dit staan hom nie aan nie. Hy sê dis sekondêr."

Sy het óm die ronding van 'n orgideë-stapel beweeg. Ek kyk na haar deur loof. Sy dra 'n sagte soort rok, ook blommerig. Sy is 'n ranke vrou, maar klein. Jy kan jou haar ledemate net in dun en swewerige rokke voorstel. Sy plaas haar voete noukeurig op die klam vloer van die tuinery. Sy voel elke tree af voordat sy haar daaraan toevertrou. En dan gaan sy weg.

Daar is twee glasdeure wat die kweekhuis van die buitewêreld afsluit. Ek kyk deur lower hoe sy by die eerste deur ingaan. Net voordat sy by die buitenste glasdeur uitgaan, tref die sonlig haar verblindend. Dan is sy weg agter die ondeursigtigheid van die bestoomde wande.

Met my volgende besoek aan Vercour het ek haar weer daar aangetref.

„Marcu is dood!" roep sy. „Hy het nooit teruggekom nie. Hy het eenvoudig in die middel van die kontinent verdwyn. Dit was 'n lang reis, veels te lank. Ek het altyd geweet eenmaal sal hy nie terugkom nie. Hoe sal ek dit begin te glo? Iewers moet ek vir hom begin treur, dink jy nie?"

Ek neem haar buitentoe, in die verblindende son. Ek neem haar dwarsoor die stad, deur die lowerstrate waar die bome bo by mekaar uitkom, af deur die nou stegies in die ou buurt, na die vierkantige wit huisie langs die groot rivier waar ek woon.

Hoë bome gooi hul skadu oor die ringmuur.

Niemand kom ooit hier nie.

Deur al die strate hoor ek hoe haar asem agter my aan hyg.

Toe ons by die ringmuur ingaan, roep sy: „Daar is iets wat ek vir jou moet sê. Gudrun treur oor Marcu!"

„Treur oor Marcu, Gudrun," sê ek. „Moenie Marcu ooit vergeet nie."

Sy lê op haar rug op die gras, en die skadu van die blare speel oor haar. Sy glimlag en sy skud haar kop: *nee, ek sal Marcu nooit vergeet nie,* en haar gesig beweeg van kant tot kant deur die gevlekte skadu's. Sy is 'n wese van die groenigheid, soos ek haar van die eerste dag leer ken het. Ek raak haar aan.

„Vernon," sê sy, met 'n stem wat byna nie meer hoorbaar is nie.

Anderkant die ringmuur hoor ons kinders roep terwyl hulle speel. Soms klink die stemme naby, dan weer ver, soos hulle skaterend hardloop op die groen gras langs die groot rivier, wat wegloop uit Vercour na oewerlose strande ver ten noorde van ons reeds verdroomde stadsverblyf.

As sy eendag begin glo dat Marcu dood is, het Gudrun my beloof, sal sy vir my die klere aanstuur wat sy in sy lang afwesighede aangekoop het, en wat hy nooit gedra het nie.

So het dit gebeur. Voor die feestyd, foutloos verpak, het 'n besending klere by my opgedaag. Dit was soos nuut. Miskien wás dit nuut.

„Koop jy nou jou eie klere?" vra Vera my.

„'n Geskenkie van 'n bewonderaar," sê ek, „wat ek nie mag afwys nie."

Ek wys met my oop hand na die stapel, en ek glimlag.

My Vera gaan bevoel die klere. Sy stort haar daarop los. Sy laat die syhemp deur haar hande loop soos water, sy bevoel die stof van die krawat. Sy laat die baadjie teen haar gesigsvel rus. Tussen die voue van die kamerjas deur glip haar vingers. Oor die glanspels van die bewerpet kyk sy na my, en haar donker gevlekte oë met hul gedempte bisantynse vuur neem alles in, alles in. Sy spin en snor tussen die vorms van die klere deur. Een vir een hang sy die kledingstukke in die kaste op. Sy pas dit op bepaalde plekke in, sy stryk dit glad. Vir laas verberg sy haar gesig in die voue, en diep asem sy die geur van hierdie klere in; daar is niks wat voor Vera verborge bly nie.

Snags, sê sy, droom sy van die hoewe van 'n halfmens.

1982

Vlerke oop en vlerke toe

Dis die sprinkaantrekke uit die Kalahari wat vir Maans van sy verstand gebring het – kleintyd al.

Van al die kinders in die skooltjie is Maans die eerste wat opkyk as die voorvlieërs doef-doef soos donderdruppels op die hete sinkdak val, om na 'n kort geworstel daar te vergaan.

Sy gesig vertrek; die juffrou sien dit. Hulle kyk na mekaar, en dan is hy by haar. ,,Miss, die sprinkaan kom."

Hy sê dit sag. Dis net vir hulle ore.

Sy sit daar in haar wit moeselienrok, 'n vrou uit ander, koeler streke, met die twee stroompies sweet wat koel paadjies onder haar arms reguit af grond toe loop.

Van almal hier is dit net hulle wat die sprinkaan vrees; sy omdat sy dit nie ken nie, hy omdat hy dit te goed ken.

Die ander begin rinkink sodra die sonlig vertroebel in die swerm se aankomende verduistering. Sulke dae sluit die skool, want die kinders moet help wegkeer. Party van hulle word gehaal, ander sit self af in die rigting van die verskuiwende donkerte. Van alle kante kom mans te perd en mense in muilkarre. Hulle wiele wiebel in die lig. As die werkspanne met grawe afspring, skiet die speke lig uit, soos 'n windmeul wat baie vinnig draai.

Slote word gemaak, vure word gemaak, met nat sakke word die rookskerm in die lug gestuur. Die son kry 'n grysrooi glans, hy brand deur die rook. Mense hoes en hardloop. Kinders gooi strome stof in die lug op; dit val op hulle terug.

Wanneer die son sak, sak die stroom. Eers dam hy op, dan sak hy, derduisende vliegtuigies op soek na sitplek. Hulle val in die slote in, hulle kriewel en krioel, by derduisende brand hulle dood. En die mense slaan met die sakke, slaan en skreeu, en eenkant dans die swartmense want dis kos wat kom.

Net Maans is aan die vlug. Sy pa se lande kan maar deurloop, hy's die een wat vlug. Hy kan nie in 'n gekrioel kyk nie. Dan slaan sy oë oormekaar, sy tong begin te lala-maak. Hy begin na sy kop te gryp, asof die goeters binne-in sy kopbeen is, en hy skreeu van vlerke! vlerke!

Eenmaal het daar 'n kolonie rysmiere in die ou-huis ingetrek. Dit was

Maans se werk om hierdie mierstad uit die grondmuur op te kap en op die hardewerfie oop te gooi, waar al die hoenders staan en wag het. Hy laai die kruiwa vol met koeke miergrond, waaruit hulle in hul duisende krioel. En terwyl hy agter die kruiwa hardloop, hou hy oë toe.

Hoenders raas en flap; hy moet sy oë oopmaak of hy ry die hoenders raak. Swart uit elke oopgeskeurde gangetjie peul miere in hul angs . . .

In die middel van die werf laat hy die kruiwa wegloop. Hy gryp na sy kop en skreeu: „Hiaai, hiaau!"

„Kêrel," skree die werksmanne, „dis nie balktyd nie, wat skrou jy?"

Maans begin malkop in die rondte tol. Hulle pak hom beet. Hy druk sy oë toe.

„Vlerke oop!" skreeu Maans, „vlerke toe! Help tog, help!"

En daar was niks met hom aan te vang nie, tot die ou vrou uit die lang huis aangesukkel kom en hom bed toe neem met allerhande rate.

Hy't drie dae daar gelê, met kopseer in 'n donker kamer. Ma, dis vreeslik, bewe hy. Maar niks wat hy kan verduidelik nie.

En van toe af is hy *vlerke oop en vlerke toe.* As Maans weer anders is, dan klap die mense met die arms oop en toe, soos hoenders.

Daarná moet jy nie eens vir Maans vra om in 'n gewone vlam te kyk nie. Sonsteek, sê die oues. Die kind ruik na kaiing, hy's klaar kondêm van bo. Die sprinkaanstorie het hom heeltemal die kring in.

Van toe af begin ook die *gesien.* Hy't 'n wese van die buitenste tye gesien, sê hy.

Heeltemal reg, gee hulle toe, jy't met die sprinkaankoning gesels, vlerke oop en vlerke toe.

So gee hulle hom aan, van die een na die ander. Toe hy grootword, gee hulle hom 'n werkie, en 'n staning. Hy't selfs 'n vrou gekry, en op sy eie, 'n klein ronde rosyntjie van 'n meisiemens, uit die rosyntjieboswêreld. 'n Ou soet dingetjie, ook effens olik. Met haar handjies in haar skoot gevou, met haar onderlip ingevou oor die kaal rand van die onderbyt, sit sy en lag.

Ja, Maans is simpel, sê sy. Maar hy's goed vir haar, en wat is vlerke nou, dis mos nie sonde nie. As hy so op die werf staan en kyk of die vlerke kom, dan vat sy hom aan die hand en bring hom in.

Die ou mense sterf af – hulle was al stokoud toe hulle hom gehad het – en hy en Meisie erf die plek. Teen daardie tyd is sprinkaan in dié streke reeds getem.

Hy bid driftig by die wyksbiduur, 'n man van vrese en verlangens. Hy jy en jou die Here, en bid 'n openbaring af. Jy sal sweer hy praat met sy buurman op Vlakpan.

Dominee moet later aanspreek: „Broer, laat ons God nie so versoek nie."

Die bidgroep wag met ingehoue asem. Half skreefoog loer hulle wat hy gaan doen, noudat Dominee gepraat het. Dit lyk hy gooi ankers uit – hy staan met sy arms oop en weg van hom. Sy mond bly lewe. Dan laat hy die arms sak, hy gooi sy stryd af, hy laat sy kop sak en knik ja dis reg en goed so; hy gaan van bo tot onder op die bank sit soos dit moet. Sy openbaring: hy moet vir hom sy eie bidplek maak.

„Gedenk," hervat Dominee, „die groot gevare waarin land en volk verkeer. Moenie stryd in eie hart ontketen nie. Laat vrede heers!"

Vlakpan is nie geseën met grondwater nie. Daar staan maar 'n enkele sementdam op die groot vlak, 'n halfuur van die huis af, met die woerende windpomp langsaan.

Maans lê vir hom sy bid- en ontmoetplek langs die dam aan, in die middel van die veld, waar niemand hom kan sien of hinder nie. Daarheen loop hy en Meisie soms – net hulle. Sy weet, maar praat ook nie te veel rond nie, die mense is maar rof van doen. En die tye is nie goed vir manewales soos dié van haar Maans nie.

Maans het baie trapvloer gemaak. Hy gooi 'n ronde bed van goed gebreide klei, en trap hom vas. Hy laat hom deeglik uitdroog.

Dit moet in die oopte wees, om behoorlik van bo gesien te kan word. Maar ook nie te ver van water en skade nie: dus net 'n klipgooi van die dam af. Twee paadjies loop na hierdie bidplek toe: een van die dam-en-water af, 'n kort paadjie, en die ander 'n lang, reguit streep oor die dor veld, na die huiswerf by die rantjie. Duidelike boodskappe, 'n witter wit as die witvaal veld, en Maans hou hulle oopgetrap.

By die damwal drup daar water. 'n Aankomeling sal nie eens hoef te draai nie.

In dié nattigheid plant Maans 'n wilger, wat waaragtig vat. Dis 'n stok wat hy langs die dorpsrivier afgesteek het, eenmaal met Nagmaal. En met baie gebede aangehelp het tot dit grasgroen op die haai vlak staan, 'n baken wat niemand kan miskyk nie.

Die derde jaar al staan dit so hoog soos Meisie. En toe soos Maans met sy hoed op – en dis baie hoog.

Daarná groei die wilger stadiger, met rukkings van groen in die lente, wat Maans tot geduld maan. Groei en groei tot 'n vaderlandswilg, 'n ding wat groenighede reën soos water uit 'n gieterkop.

As dan 'n boom so stadig kan groei tot sy voleindiging, kan hy, Maans, ook bekostig om te wag.

Elke dag loop Maans die paadjie uit. Hy drink die water en hy bid, in die middel van daardie dorsvloertjie waarop nog nooit gedors is nie.

Wat is die betekenisse tog, bid hy, dat U my nooit wil sien nie! Ek maak vir u die wysters by die water, Heer. Ek is 'n tempeldienaar, net soos Simeon.

Maar dis net die windpomp wat grond-in antwoord gee, met diep en versadigde waterklanke. Hy waag nie om te kyk in die wiel van daardie windpomp nie. Dit vang die lig te veel, en hy begin onthou van die krioelery.

'n Baie groot wilgerboom. 'n Ou man, sy oë grondwaarts gedruk. 'n Ou en heeltemal tandelose vroutjie. Nagmaal, wat nooit oud word nie, is al wat hulle van die plaas af kry. En nou ook die biddag vir vrede. Iets wat nooit tevore was nie: 'n biddag nie vir reën nie, maar vir vrede.

Maans se bakkie loop die pad af dorp toe. Steeds bid hy, steeds stuur hy sy woorde een-een op boontoe, moeilik aan die Jakobsleer. Waar ander by is, bid hy nie. Maar hy luister, want dit mag dalk wees dat die tyding vir hom in antwoord op 'n ander se gebed kom.

Maans het baie nederig geword, van al dié leë tyd.

En so kom dit dat hulle nié daar is toe die mank helikopter met die stukkende seuns ver uit sy pad na sitplek soek nie, toe hy stippelklein uit die son se glans begin afgly op die boodskap van die oop kol en die groen boom, toe hy met 'n oneweredige vlerkslag soos 'n mens wat sterf met 'n gebroke asem, hotvlerk-haarvlerk tot stilstand kom in sy eie stofdwarrel nie.

(Die lang en soepel takke van die wilger swaai vervaard op, weg van die windveegsel, en kom weer tot rus.)

– nie gesien toe daar mense uit die helikopter klim, en steierend onder die damwal gaan staan en drink, en ook water aandra na die ander in die helikopter nie. Ook nie toe die dooie een voor die stuurstang weggehaal en plat neergelê word nie.

Ook nie gesien toe die nuwe vlieënier 'n oomblik rondkyk na die menslose plek met sy harde, ronde blad, sy water en sy koelte nie – voordat hy die wankel helikopter steierend laat styg en terugneem, daar waar hy vandaan gekom het.

Daar was weinig tekens oor dié Maandagoggend, maar hy kon hulle duidelik sien: die omgewoelde staanplek, die stofsirkel, die waterdruppels wat elk in sy eie stofdruppel gekrul en verdroog het, die voetspore, 'n plek waar iets gesleep is . . .

Die meeste het hy gewonder oor die verskrompelde blaartjies wat van 'n wilgerrits gestroop was, net soos hy dit doen, as hy onwillig is om die groenigheid van die boom te verlaat.

En by party van die stofkorrels moes hy lank buk, want dit was bloed, en die miertjies was daar besig.

Toe het hy opgestaan, 'n man nie net lank nie maar ook hoog, en nog met die hoed op sy kop en die skadu oor sy oë dank gesê dat hy die tekens kon sien maar die veldslag gespaar bly. Want God in sy genade weet wat die oë van 'n man soos Maans kan sien om te verduur, en dis nie baie nie. Kleindag, tog, het hy dit reeds leer ken: armaggedon.

1982

ALEXIS RETIEF

Voog

My voog is 'n professionele pornografiese fotograaf. Hy is vyf-en-veertig jaar oud en 'n vrygesel. Ons staan in sy ateljee en gesels. Die mure is van hoek tot kant beplak met kaal mans en dames. My voog bedryf sy besigheid in die aand as die ander huurders van die gebou nie daar is nie.

Op die ateljee se deur staan daar: „Photo-Pix. Troues en Paspoorte." My voog lyk eerder soos 'n suksesvolle besigheidsman as soos 'n pornograaf. Hy het staalblou oë, silwergrys hare en 'n aantreklike, bruingebrande gesig. Hy dra 'n rolnektrui en denims. Hy kon in 'n sigaretadvertensie gewees het. Hy kon 'n sportmotor gery het.

„Ek is baie bly jy het kom kuier," sê hy. „Ek het jou baie lank laas gesien."

„Ja," antwoord ek, en kyk na die foto's op die mure.

„Besigheid is besigheid," vervolg hy, verwysende na die naakte figure.

„Hm," sê ek en wend my na sy aantreklike gevreet.

„Hoekom doen jy dit nog?"

My voog kyk na die mure. „Ek gee die massas wat hulle wil hê. Ek neem hulle drome af en maak hulle werklik. Ek vervul 'n noodsaaklike funksie."

„O," sê ek.

Hy stap na die oorkantste muur. „Kyk byvoorbeeld hierdie twee meisies met die vodkabottel . . ." Maar hy sien dat ek besig is om te kyk na my suster se foto op sy lessenaar. In geïdealiseerde swart en wit tree haar gelaatstrekke uit 'n wasige agtergrond na vore: haar oë en haar mond – ek is terug in my spreekkamer met die grasperke en bome en voorstedelike huise in die goue waas van die middagson buite. In 'n flits is daardie bitter somer weer by my; ek kyk na die rye en rye uitgestalde geslagsdade op die mure: organe met liggame as 'n nagedagte bygevoeg. Op sy lessenaar staan my suster se foto. Hy is besig om dit op te tel. Sy hand bewe liggies.

„Sedert haar dood is dinge nie dieselfde nie," sê hy. „Ek kan nie meer met myself oor die weg kom nie."

Ek kyk na hom en sê niks nie.

„Die dae is lank en leeg. Ek probeer hulle maar vol maak met my werk." Hy sit die foto neer en vryf oor sy oë.

„Waar is sy nou? Waar is sy nou?" wonder hy retories. Ek kom agter dat my hande in vuiste geklem is. Ek laat hulle ontspan.

„Hoe hanteer 'n mens die verlies aan iemand soos sy?" vra hy. „Toe – jy behoort mos te weet." Hy staar na die foto. Ek ook.

„Ek weet nie," sê ek.

„Die begrafnis was so mooi," sê hy. „Onthou jy die mooi dinge wat Oom Dominee gesê het?"

„Ja," sê ek. „Ek onthou."

„En hoe stil die familie was, by die graf?"

„Ja," sê ek. Ek onthou ook hoe die son geflits het op die punte van die sipresse, asof dit meslemme was. Ek onthou hoe my tannie geheimsinnig agter haar sluier gesnik het, hoe my oom se kanonloop-oë die verdwynende kis gevolg het, hoe my voog met 'n vertrekte gesig gehuil het. Ek onthou alles baie goed.

Ek dink hoe my dooie familie rondlê, orals oor die aarde verstrooi; sommiges se as waai selfs in die wind.

Ek wil huil oor my suster, maar ek sal nie, want my voog is by. En voor hom sal ek nie huil nie, want ek het nie respek vir hom nie. Omdat hy nie geweet het wat sy was en hoe sy dinge sien nie. Daarom het hy gedoen wat hy gedoen het om haar uiteindelik te raam in swart en wit, daarom staan sy hier op 'n lessenaar in 'n ateljee, slegs verwant aan die statiese liggame met gesigte vol vals ekstase en ledemate wat gryp na niks.

„Jy maak hulle drome werklik?" vra ek nadenkend aan my voog.

Hy kyk steeds na die foto.

„Ja," sê hy, en draai sy aantreklike gesig na my.

„Ek moet nou gaan," sê ek en draai om.

„Wag, wag," keer hy: „Ek moet vanaand net gou 'n fotosessie doen. Die model gaan nou opdaag. Wag hier –", hy maak 'n deur in die muur van foto's oop – „en dan gaan drink ons iets. Jy kan gerus kyk as jy wil." Hy stoot my in 'n ander kamer in met donker matte en 'n rusbank. Die deur gaan agter my toe. Ek sien wat hy bedoel wanneer ek omdraai – die kamer is, afgesien van die deur, met 'n eenrigtingruit aan die ateljee verbind. Ek loer tussen die foto's deur wat aan die anderkant van die glas geplak is. My voog is besig om ligte rond te skuif, hulle aan te skakel en om kameras na te gaan.

Ek gaan sit op die rusbank, en wag.

Na 'n rukkie hoor ek dowwe stemme. Ek staan op en stap na die glas. My voog is blykbaar besig om aan die model te verduidelik wat sy moet doen: hy beduie uitdrukkingsvol; sy knik dat sy verstaan. Sy trek haar los trui en haar stywe langbroek uit en gooi hulle in die hoek van die vertrek. Dan gaan staan sy wydsbeen tussen die helder ligte. Dit is blykbaar 'n gimnastiekvertoning. Sy rek agteroor, staan op haar hande en vou haarself in knope terwyl my voog se kameralens om haar geslagsdele huiwer. Sy is baie atleties en vou en rek, vou en rek onder die kruisvuur van die ligte.

Ek merk op dat die een lig begin rook.

Sy strek ver agteroor, plaas haar hande op die grond. Sy vorm 'n pragtige, estetiese mensboog: gespanne, delikaat. Die helder wit van haar vel verhef die ligroos van haar tepels, my voog beweeg tussen haar knieë in, die kamera voor sy gesig.

Die lig ontplof en van die warm glasstukkies val op 'n hoop verfrommelde afdrukke op die vloer. Hulle begin dadelik brand. My voog kom stadig orent uit sy hurkposisie. Sy model ontvou haarself, staan regop en vou haar arms verskrik oor haar borste, asof iemand die ateljee binnegekom het.

My voog begin hardloop na die brandende papiere. Ek en hy sien gelyk dat die vlamme die plastiek van die bottel spiritus waarmee hy sy lense skoonmaak, gesmelt het. Sy aantreklike gesig vertrek in vrees. Hy stuit sy hardloop en gooi sy arms voor sy gesig op. Die spiritus ontplof geluidloos in vlamme wat my voog ekstaties omhels. Hy val op die mat waaruit wit rook opstyg. Die model leun terug teen die muur, haar hande steeds voor haar borste, haar pragtige mond is wyd oop soos sy skree; dan verdwyn sy in die vlamme en rook.

Ek draai om en stap na die deur wat lei na die brandtrappe. Deur die eenrigtingglas is nou net rook sigbaar: rook en die foto's wat teen die glas geplak is. Ek maak die deur agter my toe en hardloop met die metaaltrappe af tot in die steeg langs die gebou; met die steeg af hardloop ek uit tot in die straat.

Die naglug is koel op my gesig. Ek dink aan my suster; aan haar oë, aan haar mond.

Op die eerste verdieping van die gebou waarin my voog se ateljee is, is 'n judoklub. Deur die groot vensters kan ek sien hoe mense besig is om mekaar oor en oor, oor en oor in grepe toe te vou en op die vloer neer te slinger.

1982

KOOS PRINSLOO

Die jonkmanskas

Die eerste keer dat hy dié woord gehoor het, was by sy vriendin, Iris. Dit was op 'n Sondagmiddag aan etenstafel nadat Stoffel, haar middeljarige broer, se gebooie die oggend in die kerk gelees is. Mamfi, hulle moeder, het aan die punt van die tafel die ietwat rumoerige geselskap vir 'n oomblik onderbreek en eers die seën gevra. Toe sy „Amen" sê, het Helena, Iris se hubare dogter wat langs die glimlaggende verloofdes gesit het, vir Koos gevra: „Mag ek vir jou inskep?" Hy het sy bord aangegee.

„Koos, bring vir ons nog 'n paar wynglase," het Iris gesê.

„Waar?"

„In die jonkmanskas daar in die hoek."

Hy het van die tafel af opgestaan en na die kas toe gestap. Dit was 'n geelhoutkas met twee laaie bo en twee deure daaronder. 'n Hangkas wat aan die eenvoudige behoeftes van 'n vryer voldoen, het hy gedink, maar gesê: „Jonkmanskas – dit het amper 'n maagdelike klank."

„Cheers to the virgins." Stoffel het sy reeds halwe glas rooi wyn gelig. Almal het vrolik gelag. Toe sê Helena: „'n Mens kan 'n storie daaroor skryf."

Die woord bly hom by en die aand tuis is hy verontwaardig en verbaas wanneer hy dit nie in die HAT of *Die Afrikaanse Woordeboek* kan opspoor nie. „Jonkmansweer" en selfs „jonkmansbegeerte" is daar, maar nie „jonkmanskas" nie.

Die volgende middag loer hy by 'n tweedehandse-meubelwinkel in. Eintlik is hy op soek na 'n houtbed, maar tussen marmerblad-wastafels en riempiesbanke sien hy in die donker, teen die agterste muur, 'n jonkmanskas.

Dis 'n mooi kas, dink hy. Hy stap tot baie naby, versigtig om nie iets om te stamp nie. Eers kyk hy net. Dan leun hy vorentoe en ruik aan die kas. Hy staan weer terug. Hy kyk lank na die kas. Wanneer hy vir die tweede keer vorentoe leun, fluister hy met sy lippe dig teenaan die dofglimmende hout: „Jonkmanskas." Dan vat hy die ronde knop van die een laai vas en trek dit met mening oop en soos Marcel Marceau begin hy versigtig, een vir een, die volgende artikels in die laai uit te pak: Drie skryfblokke, *Croxley Cambric Linen Faced Writing Pad for Land, Sea or Air Mail,* genommer, in 'n netjiese stapel bo-op mekaar, *Ervaringe op Safari in Kenia – Jacobus Petrus Prinsloo* in verbleikte blou ink op die boonste een se omslag geskryf; 'n goue sakhorlosie, *JPP* onhandig, seker met 'n knipmes, op die rugkant uitgekrap; en twee verweerde foto's. En dan, met dieselfde geweld waarmee hy die laai oopgemaak het, sit hy vinnig 'n paar los getikte velle papier, die onvoltooide manuskrip van 'n storie, langs die ander goed neer:

DIE VERLANGSTE WAS TE GROOT

My ouma is op 12 Desember 1892 op Colesberg gebore. Sy is 'n nugter vrou en op nege-en-tagtig hou sy nog die lewe. My oupa het ek nooit geken nie. Hy is op vyf-en-sestigjarige ouderdom, op 30 Maart 1950, op Eldoret oorlede. Hy was, na wat ek kan aflei, 'n onverskrokke man.

Die kennis wat ek van my grootouers dra, is beperk en subjektief. Hierdie verhaal is dus blote fiksie:

Dit duur 'n rukkie voordat sy min of meer gemaklik sit. Die Volksie se bucketseats is nie vir ou mense ontwerp nie, dink ek. Ek klim agter die stuurwiel in en maak haar veiligheidsgordel vir haar vas. Sy wikkel op die sitplek rond, maar sê niks nie. Sy knyp 'n handsak onder haar arm vas. Ek trek versigtig weg. By die hoek sê sy: „Die mandjie." Ons hou stil en ek sit die mandjie met padkos wat by haar voete staan, agter tussen die ander bagasie neer.

Die rit deur die stad verloop sonder enige verdere onderbrekings. Ek konsentreer op die verkeer en die verkiesingsplakkate. Op een van die *Bly Blank My Volk*-slagspreuke het iemand die B's doodgeverf.

Dis die eerste keer dat sy saam met my huis toe ry, maar sy het besluit dis tyd vir haar jaarlikse besoek en die geleentheid het hom dus as 't ware self aangebied.

Net anderkant die Fonteine praat sy weer.

„Dis benoud."

Ek draai 'n venster oop en help haar om die veiligheidsgordel los te maak en vir die eerste keer sien ek sy het haar hare afgesny. Sy dra nog 'n haarnet, maar die bolla is weg.

„En Ouma se hare?" vra ek.

„Dit het 'n hennernis geword."

Ek het haar leer ken aan haar hare. In die oggend wanneer sy dit klaar gewas het, het sy buite op die stoep in die son gestaan, haar kop ver vooroor gebuig, en die Gileadkudde, 'n geil bos rooi kartels, met lang hale droog geborsel.

„Ja, dis seker die laaste keer," sê sy.

„Het Ouma dan ooit vantevore aan Ouma se hare gesny?" ontwyk ek wat vir my lyk of dit 'n emosionele onderwerp kan word.

„Toe ek klein was, moes ons. Dit was net voor die oorlog. Ons het Johannesburg toe getrek en daar was die een of ander siekte. Toe kry ons almal sere op ons koppe. Ek onthou die dag goed. Een van my broers het nog 'n loesing gekry omdat hy die hare aan sy gesig geplak het vir 'n baard."

Ek glimlag, maar ril 'n bietjie.

„En later in die kamp moes dit weer af," gaan sy voort.

„Die kamp?"

„Irene."

„Was Ouma dan in 'n konsentrasiekamp?" vra ek.

„Ja," sê sy en vat aan die haarnet, „ná die bomontploffing by die dinamietfabriek in Modderfontein is ons weg Bethal toe. My pa en broers is toe op kommando en die laaste elf maande van die oorlog was ons in die kamp."

„En toe sny die Engelse julle hare af?" Visioene van Auschwitz en Belsen doem voor my op.

„Nee, Moeder het. Daar was luise in die leë soldatekwartiere wat ons vir 'n skool gebruik het."

„En is daar familie dood?" kry my sin vir melodrama verder die oorhand.

„Nee. Daar was net 'n gerug dat Vader gesneuwel het; die kamp-kommandant het laat weet." Sy huiwer 'n oomblik. Dan sê sy: „Maar aan die einde van die oorlog het hy een aand van die trein afgeklim."

Lasarus, dink ek. Ek por vir nog inligting, maar sy lyk ongeneë om 'n woord verder te rep. Sy kyk deur haar oop venster na die plate kosmos wat die lappe sonneblomlande omring.

Anderkant Heidelberg haal ek in die ry die kosmandjie weer vorentoe. Sy skink vir my swart tee uit 'n fles en bied druiwe aan. Haar hande bewe nie. Tussen die blou are op haar voorarm is fyn wit littekens wat 'n operasie agtergelaat het nadat sy op twee-en-sewentig geval en haar arm gebreek het.

Op Standerton hou ek by 'n kafee stil. Ek stap saam met haar tot by die toilette en gaan dan die kafee in om sigarette te koop. Wanneer ek uitstap, hoor ek 'n rumoer agter my. Ek draai om. Die kafee-eienaar stry met 'n swart vrou. Skielik slaan hy haar met die vuis in die gesig. Sy val. Daar tuimel 'n rak lekkergoed op haar om. Bloed loop uit haar mond. Ek stap na die motor toe en help Ouma in. Ek sluit my deur oop. My hande bewe.

Anderkant Standerton kan 'n mens reeds van ver af Perdekop op die gelykte uitken. Die son bak warm. Ek draai my ruit oop. Ons ry verby die dorpie. Skielik skyn die *Jesus Kom*-heuwel helder in die middaglig voor ons. Die klippe wat teen die skuinste gepak is om die apokalips aan te kondig, is nuut gekalk.

„Is Ouma bang om dood te gaan?" vra ek.

„Nee." Sy kyk stip voor haar in die pad. Dis weer lank stil in die motor. Ons ry verby 'n motel.

„Ons sal nou-nou op Volksrus wees," sê ek.

„Oorlede Vader is in die distrik gebore." Sy klink opgewonde.

„My oupa?"

„Ja."

„Wanneer?"

„Die sestiende September 1885," sê sy dadelik, sonder om eers te dink.

Dit is ook Breyten se verjaardag. Hy's in goeie geselskap, dink ek. „Hoe het julle ontmoet?"

Sy haal haar bril af en sit dit op haar skoot neer. „'n Kêrel het kom opsit; ene Piet Joubert van Ermelo se distrik." Sy vryf met haar hand oor haar oë. „Wind, ja hy't vreeslik baie wind gehad; my nie juis aangestaan nie. Maar hy't vertel van sy vrind uit Oos-Afrika." Sy sit weer haar bril op en ek skuif reg vir 'n lekker storie. Sy maak eers haar handsak oop en haal 'n rolletjie pepermente uit. Sy bied vir my aan, neem self een en knyp die handsak weer styf onder haar arm vas voordat sy begin vertel.

„Piet se vrind se naam was Koos. Hy's ná die oorlog saam met sy vader en moeder na Brits-Oos-Afrika. Ja, so 'n lang kêrel," beduie sy met haar hand. „Piet het vertel dat dié Koos glo enige perd kon tem; geen dier was vir hom te wild nie . . ."

„O wys my 'n man wat sy man kan staan . . ."

Sy kyk gesteurd op oor my ontydige tussenwerpsel.

„Ja, hy was 'n harde man." Sy kyk weer vorentoe. „In alle geval, Piet het vertel dat Koos 'n lieflingperd had; 'n swart hings met 'n bles. En toe die perd die dag vrek, het Koos sy knipmes gevat en die bles versigtig uitgeslag. Die soewenier het al die jare agter sy kamerdeur gehang." Sy lyk skielik hartseer. „'n Jonkman so na my hart," prewel sy amper onhoorbaar.

Ek glimlag. „En toe?"

„Wel, hy't self die storie kom vertel." Sy sug. „Dit was op 'n aand by 'n konsirt in die plaasskool. Een van die ‚Chinese lanterns' wat ons gemaak het, het aan die brand geslaan." Sy rol die peperment in haar hand al in die rondte. „Hy en Piet was daar. Hy het oor my geleun en die vlamme met sy hande doodgeklap. En toe het hy gesê: ‚O, jy is seker Lalie.' "

„En toe trou julle en Ouma gaan saam met hom Kenia toe?" loop ek die storie vooruit.

„Ja," antwoord sy kortaf.

„Wat dan van Ouma se ouers?" probeer ek die situasie red, want ek besef ek het haar entoesiasme gedemp. Maar dis tevergeefs.

„Dit was ware liefde," sê sy en steek die peperment in haar mond.

Buite Volksrus waarsku 'n bord teen spoedlokvalle. Ons ry stadig deur die dorp. En dan, wanneer ons die grens tussen Transvaal en Natal oorsteek met Majuba net mooi in sig, praat sy weer: „Jy moet sorg dat jou oupa se boek gepubliseer word."

„Se boek?" Ek hou my oë op die pad.

„Ja, hy't sy jagervaringe opgeteken en dis nooit gepubliseer nie, maar jy't geleerdheid." Terstond knip sy haar handsak oop en haal drie volgeskryfde skryfblokke uit. „Hier's twee kiekies ook."

Ek probeer nie protesteer nie.

„Die een voor die riethuis is jou grootjie en dié is ons trouportret," sê sy en druk die foto's onder my neus in.

Ons ry teen 'n slakkepas die gebergte af.

„Waar is Oupa?" vra ek. Ek soek tussen die tien kinders rond.

„Hy was terug in die Unie toe dit geneem is."

Die troufoto van die statige paar is erg verrinneweer. Oupa staan met manelpak en keil en Ouma gekroon met 'n reusagtige hoed, maar nie 'n sluier nie.

'n Sieraad vir haar hoof, dink ek. „En die hoed?"

„Ek sou dit weer kon dra," sê sy en voel of haar haarnet nog stewig is.

Die naweek by Pa en Ma lees ek die „manuskrip" deur. Dit bied moontlikhede, dink ek.

Ek vra Pa en Ouma uit na die gebeure wat hulle persoonlik meegemaak het, maar hulle kry dadelik stry.

„Oorlede Vader het daardie tier in Elgeyo geskiet . . ."

„Moeder, dit was in die Masai-reservaat . . ."

„Dit was Elgeyo."

„Maar ek was saam . . ."

„Almiskie . . ."

Ek besluit om my liewer op die „manuskrip" te verlaat en vra Pa om vir ons 'n paar home movies te wys. Hy stel die Specto 8mm/16mm-convertible op en ons kyk na films wat nog in Kenia geneem is: Kilimandjaro uit 'n Vickers Viscount; 'n toets op Nairobi tussen 'n blanke tuisspan en die Britse Leeus; Ouma se tuinman, 'n Masai, wat tussen haar dahlias skoffel; en 'n film van die verrigtinge by die vyftigjarige herdenkingsfees van die bestaan van die N.G.-gemeente Vergenoeg op Eldoret.

„Dis waar die eerste bamboeskerkie gestaan het, op Will Bouwer se plaas," verduidelik Pa wanneer 'n voormalige predikant 'n gedenkplaat onthul.

„Die plaas het eers aan oupa Prinsloo behoort," sê Ouma. Ek lei af dat dit my oupagrootjie moet wees, maar kry nie kans om navraag te doen nie. Pa en Ouma is dadelik weer aan die stry. Ma red die situasie met 'n vergeelde eksemplaar van die gedenkblad wat uitgegee is by dié herdenkingsfees. Vir 'n verandering is Ouma korrek in haar feite. Op bladsy drie-en-twintig staan daar: „Kort na ds. Loubser se aankoms is 'n tydelike kerkgebou op die plaas van oom Koos Prinsloo, ongeveer agt myl ten ooste van Eldoret opgerig, wat vir jare diens gedoen het as middelpunt van die gemeente."

Veilig tuis in Pretoria, Ouma se bevel helder in my ore, neem ek agter my lessenaar plaas en haal die oortreksel van die tikmasjien af:

MIJ ERVARINGE

Ons boere trek uit Suid-Afrika, die trek van oom Jan van Rensburg, na Brits-Oos-Afrika, later genoem Kenia. Ons vertrek van Wonderfontein-stasie op die vyftiende dag van Maart 1908,[1] na Delgoabaai waar ons die skip sou vat. Ons het dieselfde nag nog daar aangekom. Ons was maar swak ingerig vir so 'n woeste landstreek. Ons had 'n klompie waens, 'n klompie perde en 'n paar honde. Dit was al lewende diere wat ons had. Ons had weinig huisraad.

Die volgende oggend is ons besig met grote bewonderings vir die grote seewaters. Ons was alger verbaas oor die oneindigheid van die see en die gedreun van die branders. Ons bly twee dae op Delgoabaai terwyl ons ons goed en diere op die skip[2] laai.

Nou kom die orders, die skip gaan oor een uur vertrek. Ons hoor die skip se droewige fluit blaas. Daar was meteens 'n groot rumoer. Die mense sê teenoor mekaar: „Sal ons ooit weer di liewe aarde sien? Dalk sink di skip. Wat weet ons wat wag fir ons daar ander kant in di freemde land waar ons na gaan net soos ons voorouwers ook na 'n onbekende land gekom het."

Hier en daar begin vrouens te huil en intussen blaas die droewige fluit weer. Ons word georder om op die skip te klim. Nog 'n skoot blaas die fluit. Die lere word opgetrek en die gekerm word hoe langer hoe meer.

Dit was dan ook geen halfuur of die skip begin bokspring en jy hoor: „Ik word naar." Later word dit so erg dat die mense begin opgooi. Nog tien minute en jy hoor net brul. Waar jou oog val, bid en huil en verwyt hulle: „Wat het ons hier op di see kom soek?" Daar is ook nie meer skaamte vir mekaar nie. Die jonkman en die jongnooi se koppe druk teen mekaar waar hulle besig is om die naarheid af te koel. Die ou vrouens bid en huil en bejammer hulle kinders wat volgens hulle meen gaan sterf. Net vroomheid hoor jy uit die mond van die rowwe mense. Almal het maar gemeen dis die laaste.

Die eerste klok het gelui en so 'n derde van die mense is na die tafel maar die meeste was met haas weer terug op die dek.

Die volgende oggend het dit gelyk of daar 'n bietjie beterskap onder die mense is. Tog was daar maar min, want party is so uitgeput dat hulle geen kop kan oplig nie. In party gevalle het dit gelyk of daar iets slegs kon gebeur het. Dit het darem langsaam beter gegaan.

Daar was dan ook 'n kaffer op die derdeklas dek wat met groot geskree die

1. Indien die trek, soos L.J.S. Changuion (*Die verhuising van Boere na Oos-Afrika 1902-1914*, M.A.-verhandeling, Universiteit van Pretoria, November 1975, bl. 132) beweer, op 6 Julie 1908 op Mombasa aangekom het, lyk hierdie datum verdag.

2. Volgens Elspeth Huxley (*No Easy Way, A History of The Kenya Farmers' Association and Unga Limited*, Nairobi, voorwoord 1957, bl. 59) was dit 'n Duitse skip, die *S.S. Windhuk,* wat Van Rensburg teen £1 750 gehuur het om die trek te vervoer.

Boere begin vloek en sê: „Ik gaan di Boere vanaand doodsteek." Hy spring daar weg met 'n groot mes in sy hand en klim die trappe op na waar die mense is. Ek en my maat, Jaap Smit, wat daar op dekstoele sit, sien die brutale kaffer met die mes in die lug. Ons stap die knaap tegemoet en toe ons binne bereik is steek hy Jaap se voet amper op die trap vas. Jaap, wat 'n vinnige Boer met sy hande is, trek los met die vuis en slaan die kaffer die trappe af dat hy twintig voet van ons af op die dek val. Toe is die knaap twee keer so briesend en hy kom weer die trappe op met die mes. Ek, wat hom inwag, haak af met die vuis. Ta is weer daar onder op sy rug waar ek en Jaap hom gryp. Net toe ons hom oor boord wil gooi keer die ou mense ons. Die kaffer is toe dadelik geboei en opgesluit.

Ek was toe 'n bietjie sleg humeurt en het my konsertina gevat en 'n paar lewendige stukkies gespeel waarop 'n ou tante wat verbystap vir my sê: „Jij frees nie eers die wreede see nie." Ek sê: „Maar ouw Tante, dit is hier op see net soos op di drooge aarde." Maar sy knor nog meer. Toe het ek maar my musiek gaan bêre.

Ons het die Duitsers van die skip uitgedaag om teen ons tou te trek; nege man teen nege man met 'n dik tou. Toe die vlag val toe loop die Boere met die nege Duitsers. Nog 'n skoot, maar die Boere stap met hulle. Ons daag twaalf Duitsers teen nege Boere. Die Duitsers weier. Hulle sê: „Nee, julle Boere eet te veel mieliepap."

„Ja," sê Jaap Smit, „di Boere het mussels en ook krag, maar julle ouw Duitsers is sommer pap fan fet. Dit is net fan bitter bier." Hulle lag toe en stap fort.

Ons het uiteindelik na nege dae op die water op Kilindinibaai geland.[3] Ons het ons waens, perde en al ons toerusting afgelaai. Van daar af moes ons loop, want die aand moes die goed op die stasie wees wat 'n paar myl van die dokke is. Die aand het ons in 'n groot sinkgebou op die sementvloer kermisbed gemaak, maar ons het maar min geslaap, want die muskiete het ons half opgevreet. Die volgende oggend het ons die waens en perde op die treinwaens gelaai. Van daar was dit driehonderd-en-vyftig myl na Nairobi waar ons 'n dag moes oorbly om geldreëlings te maak en 'n bietjie hiervan en daarvan te

3. Graaf Crewe, staatsekretaris in Londen, stuur op 6 Julie 1908 'n telegram aan die goewerneur in Suid-Afrika, lord Selborne: „Press telegram states that 280 Boers are sailing for Mombasa with purpose of settling. Is this true, and if so, where do they propose to go and why are they going."

Dit blyk dat sir James Hayes-Sadler, goewerneur van Brits-Oos-Afrika met wie Van Rensburg onderhandel het, nie geglo het dat daar enigiets van die onderhandeling sou kom nie en dus nie sy hoofde in Londen of lord Selborne daarvan in kennis gestel het nie.

Volgens die Immigrasieregulasies (£50 per persoon en kontant of bates ten bedrae van £200 per gesinshoof) het die meerderheid Boere egter nie gekwalifiseer om tot die land toegelaat te word nie, maar dit was onmoontlik om hierdie groot groep te laat terugdraai. (Changuion, bl. 132.)

koop. Van daar af is ons toe na Nakurustasie.[4] Daar is ons ontmoet deur oom Frans Arnoldi wat ons 'n staanplek belowe het op sy plaas sowat agt myl van die stasie af terwyl die afgevaardigde kommissie[5] na die hoëveld is om plase uit te soek. Met behulp van oom Frans se osse en kinders is ons na sy plaas. Van daar is die kommissie met 'n wa en agt man te perd na die Uasin Gishu-plato. Hulle was vir twee-en-twintig dae weg op die tog. Toe die kommissie terugkom was alles in rep en roer.

Ek had 'n wa en 'n paar jukke en toue van Suid-Afrika saamgebring. Ek had toe een van die gevreesde vlakvarke geskiet en omdat die ding na 'n erdvark lyk, dag ek die ding had seker 'n sterk vel en had ek vir my tien stroppe gemaak. Ek had toe tien ongeleerde osse gekoop. Twee van hulle was al voorheen twee of drie keer ingespan en moes nou as voorosse dien. 'n Mens kon dink hoe dit sou gaan. Ek had ook 'n Masaai-kaffer gehuur wat seker daardie dag vir die eerste keer in sy lewe 'n witmens sien – is heel waarskynlik onnoselder as 'n dier.

Dit het seker twee of drie uur gevat voordat ons die osse ingespan het. Ek het toe die redelose kaffer in Zoeloe, waarvan hy natuurlik so min verstaan as 'n aap, beduie om die tou te vat. Toe ek die osse skrikmaak neem die een helfte met blaas en brul en vaart een kant toe koers en die ander helfte die ander kant toe. Dit was geen twintig tellings of al tien die vlakvarkstroppe was af en elke os had sy eie koers. Dit het my toe die hele dag gevat om die osse weer bymekaar te kry.

Die nag by die vuur het ek vir my van rou wildsvelle stroppe gemaak; stroppe wat kon hou en nie sommer sou breek nie. Die volgende oggend het ons die osse weer ingespan en toe ek hulle skrikmaak was dit weer brul en blaas en stoot en nekomdraai, maar die stroppe hou en later is die spul aan die gang. Ek en die Masaai-kaffer is alleen want my broers moet my pa help. Die Masaai trek só aan die twee ongeleerde voorosse se koppe dat ek aanhoudend sê, maar in Zoeloe: „Moet nie di osse se koppe soo trek nie." Maar dan is dit of die kaffer dubbel soveel krag inspan.

4. Die geselskap het op 18 Julie op Nakuru aangekom. Op 29 Augustus 1908 besoek ds. J.M. Louw die Trekkers daar en die eerste kerk in Brits-Oos-Afrika word gestig. Hy gee die naam *Vergenoeg* aan die gemeente: „Met deze benaming heefte de stichter uitdrukking willen geven aan de gedachte dat de trekkers toen ver genoeg van de Moederkerk in Zuid-Afrika waren getrokken." (*De Kerkbode,* 1921, bl. 255.)

Nadat die Trekkers hulle op die plato gevestig het, is ds. M.P. Loubser na die gemeente beroep. „Kort na ds. Loubser se aankoms besluit die Kerkraad op 10 April 1911 (N.G. Kerkargief: Kerkraadnotule, Vergenoeg, bl. 16) om 'n tydelike bamboeskerk op J.P. (Koos) Prinsloo se plaas, ongeveer agt myl ten ooste van Eldoret op te rig." (*Gedenkblad,* Vyftigjarige herdenkingsfees (1908-1958) van die Gemeente Vergenoeg, Eldoret, bl. 23.)

5. „Die afvaardiging het bestaan uit Jan van Rensburg, J.P. (Koos) Prinsloo, Jan Fourie, Bernardus Enslin, Jan Minie, Piet du Plooy, Jan Smit, Izak Smit, Piet Steenkamp en Piet Nel." (Z. Enslin: *Pioniers van Oos-Afrika,* bl. 2).

Hy vat die tou met twee hande vas en lê vooroor, sy bors amper op die grond. Toe ek dit nie meer kon uithou nie draf ek die trekkende kaffer met die renostersweep by en had ek die eer om hom een streep te gee. Die snelle Masaai was binne een minuut die berg in en tot vandag toe, vyf-en-dertig jaar later, het ek hom nooit weer gesien nie.

Daar staan ek toe alleen met tien ongeleerde osse, raad op vir die lewe en die trek begin die volgende dag na 'n land sonder 'n pad deur swart houtbosse waardeur ons met byl en panga en pikke moet pad kap. So het ons dan aangesukkel en die honderd-en-agt myl binne een maand en agt dae afgelê. Toe ons op die plaas kom wat Pa vir ons gekies het, het ons 'n ent van die rivier af uitgekamp.

Nou begin meer moeilikheid. Ons het ongelukkig hier ingetrek met die lelikste meisies vir my oog, maar ek moes daarvan die beste maak. Ek was 'n skrander jonkkêrel uit 'n lewendige distrik en gebuurte en had nou 'n plan om 'n bietjie vir Anna te gaan kuier.

Ek het vir my 'n paar rooi skoene gaan koop waarvoor ek baie jammer was. Terwyl die gras in daardie dae so woes gegroei het en ek maar vroeg die môre moes begin stap, daar die enigste rygoed my twee voete was en ek ook maar bang was vir te laat in die veld wees, het ek my skoene se rieme aan mekaar gebind en oor my arm gedra om die woeste gras eers te laat afdroog. Op pad verwonder ek my aan die duisende wilde diere wat op die vlaktes loop; die een teenaan die ander. Elande, kwaggas, hartbeeste, blesbokke en nog ander kleinwild (dit lyk soos 'n kudde skape) oortrek die mooie vlaktes waar die rooi soetgras so 'n vaste blok staan en krul van mooiheid en geilheid.

Toe sien ek 'n erdvarkgat met vars stof wat voor hom uitslaan. Ek dog by myself, wat vir stof sou dit wees en besluit om nader te gaan en uit te vind. Toe ek by die gat kom was dit net een dreuning en hier half onder my voete bars 'n vlakvarkbeer uit met tande soos beeshorings. Ek dag dis my laaste dag en omdat die skoene my enigste wapen was, gooi ek die dreigende vark teen sy kop. Intussen moet ek rondspring en groot woorde gebruik, want agter die eerste vark kom nog ses ander uit die gat uit, elkeen reg onder my in. Ten laaste staan ek daar, roerloos van skrik, en daar is geen skoen te sien nie. Dit kom my toe in die gedagte dat die goed oor die vark se tande is en dis vir seker die laaste sien. Nogtans vat ek die douspoor en minstens negehonderd treë daarvandaan kry ek tot my grootste geluk my skoene, waternat en vol kwyl. Dit sou beter gewees het as ek die goed aan my voete gehou het, want dan het dit my ook al die onrus gespaar dat ek die aand dalk kaalvoet by die nooi sou moes sit.

Toe ek by Anna aankom het ek daar my avontuur meegedeel. Daar is baie oor gelag en ek het lekker gekuier.

Dit was dan maar armoedig in ons nuwe land en ek moes nou uitspring om 'n lewe te maak. Daar was 'n meneer Gleeman[6], 'n Deen, by wie ek gaan werk het. Ek moes 'n looiery opsit, want, sê hy, daar steek geld in. Ek het later die Deen se werk bedank omdat daar maar min voordeel in was.

Ek was skaars by die huis of ek kry 'n hewige aanval van Malaria. Dit het amper my lewe gekos en ek was vir nege-en-twintig dae in die bed. Toe ek beter word het ek besluit om terug te gaan na Suid-Afrika omdat hier in die wilde kafferland vir 'n jonkman geen lewe is nie; geen meisies. Alles is dood. Ek, wat 'n lewendige man is, is half oorbluf. Ek het toe ook aan die skeepsagente geskryf om vir my plek op die skip te kry. Toe ek van hulle geen antwoord kry nie het ek maar op goeie hoop per ossewa na Londianistasie vertrek waar ek moes trein vat na Mombasa. Toe ek uiteindelik op Mombasa aankom moes ek sewe dae lê en wag vir 'n skip. Twee dae voor die skip inkom was ek verras van blydskap toe ek op die stasie sien hier klim een van my ou vriende, Piet Joubert, uit die trein en dat hy aan my sê hy gaan ook terug na ons ou land.

Daar was dan ook 'n sterkgeboude Engelsman op die skip. Ek en maat Piet wat net van tafel bo-op die dek kom, sien die Engelsman en 'n arm onnosel Italianer het „boxing gloves" aan en die kêrel slaan die ou Italianer half dood. Ons gaan sit op dekstoele om die petalje te aanskou. Maat Piet wat 'n uithaler bokser van Ermelo is, sê vir my: „Ouw maat, vandag moet jij sien hoe 'n Boer 'n Engelsman slaan."

Die ou Italianer wat nou rooi van die bloed is, wil nie meer boks nie en die Engelsman kom sit by my en Piet en begin ons te vertel dat hy sy lewe lank al boks en hy reis na geen land of plek sonder sy „gloves" nie. Maat Piet sê aan hom: „Sal jij met mij boks?"

„Ja," sê die kêrel laggend, „dit is mij plesier."

Maat Piet wat al half vererg was vir die mishandeling van die Italianer trek toe die „gloves" aan, stap die kêrel by, vat sy hand en sê vir hom: „Ik is nie die ouw Taljander nie hoor."

„Oh," sê die Engelsman, „I am prepared for any man."

Die twee spring aan mekaar. Ek sien net die Engelsman skuif met sy kop en knie, soos 'n ruspe loop, tot teen die kant van die dek en keer om. Die bloed spuit uit die kêrel se neus. Alles wat om hom is, is bespat. Hy spring daar op en is die trappe af. Die nege dae wat ons op die skip was, het ons hom nie weer gesien nie. Maat Piet sê vir my: „Maat Koos, wat het ik jouw gesê, dit was 'n Boere hou."

So het ons dan 'n plesierige reis en al die beste grappies gehad.

Van Delgoabaai is ons per trein na Pretoria. Nadat ek en Piet van mekaar

6. Waarskynlik H. Gleeman wat opgetree het as Van Rensburg se privaatsekretaris tydens laasgenoemde se onderhandelingsbesoek aan Brits-Oos-Afrika in 1906. (Changuion, bl. 129.)

afskeid geneem het, het ek rond en bont verneem na my broer wat in Pretoria woon. Tot my grootste blydskap het ek by hom uitgekom. Ek is toe ook al kort van geld en moes begin werk soek. Ek en my broer het toe werk gekry in die Willies Deep-goudmyn. Dit het nie lank gehou nie, want na 'n dinamietongeluk het ek besluit dit is klaar met my en die goudmyn en het ek dadelik 'n applikasie gemaak vir die gevangenisdiens. Ek het twaalf maande daar gewerk as tolk in kaffertale en ook 'n goue sakhorlosie met 'n lootjie gewen. Ek is toe getroud en terug na Kenia, want die verlangste na my ouers en die oop vlaktes was te groot.

Ek was maar arm en moes op alle maniere probeer om 'n lewe te maak. Ek het toe vir my en my vroutjie 'n grashuisie van agt voet by twaalf voet gemaak. Daarin moes ons woon. Ek moes maar elke dag uitspring vir 'n verdienste en ek het begin om sommer groot jagterye[7] aan die gang te sit.

Ná die laaste voetnoot duur dit 'n lang ruk voordat ek weer my moeë vingers op die sleutels sit om verder te tik. Maar niks gebeur nie. Ek staan op en gaan maak koffie. Dan stap ek na my boekrak en haal Brian Easlea se *Science and Sexual Oppression* tussen die ander slapbande uit. Ek slaan eers „penile insecurity" in die onderwerpindeks na. Op bladsy sestig kry ek waarna ek soek.

Dit is nie 'n groot stap tot by die volgende aanhaling en daarmee die einde van die storie nie: „Hunting was typically one such exclusively male and prestigious activity which served to bestow virile status on the successful male. Thus according to David Maybury-Lewis: ‚Hunting is the most common expression of virility. Shavante men enjoy it for its *own* sake and delight in it, if they are good at it, because it enables them to make a public exhibition of their masculineness.' "

Sonder om die jagstories te verhaal, blaai ek tam na die laaste bladsye van Oupa se ervaringe:

„Nouw besluit ik om geen lisensie meer te fat nie daar ik voel mij kragte gee in. Ik is ook nie meer so finnig met di geweer nie – alles henner mij. Vroeër, as mij foete di grond fat is di geweer aan di kop en as di skoot klap, lê di bok. Nouw kan ik nie meer di korrel krij nie – di enigste is 'n skijf wat stilstaan.

„Ik is drie-en-sestig, mij hart is nog gewillig maar mij kragte is gebreek. Wat mij jagternatuur nog kalmeer is di wildskoppe, felle en karosse wat ik in di huis het – 'n fersameling wat ik al di jaare reeds bijmekaar gebring het."

As naskrif skryf hy:

„Ik kan di lesers fan hierdie eenvoudige jagtersverhale ferseker dat hierdie gebeurtenisse wat ik beskrijf het nie uitgedink is of uit geleesde boeke kom nie.

7. „Dit ly geen twyfel nie dat die Boere in Oos-Afrika hulleself skuldig gemaak het aan grootskaalse jag wat dikwels gegrens het aan 'n massa-uitroei en -slagting ter wille van ivoor en huide, soos wat hulle voorouers in Suid-Afrika ook maar gemaak het." (Changuion, bl. 168.)

Alles het werklik gebeur en is nie fersindsels nie, maar ware manlike ondervindings."

Die storie sou kon aangaan. Ek sou Ouma op 'n oggend kon gaan oplaai en uitry vir tee en skons by Jan Smuts-huis in Irene. Ons sou kon stry oor Jopie Fourie en sy sou uitvra na die vordering van Oupa se boek. „Voor die wind," sou ek dan huigel. En dan sou ons die begraafplaas, 'n monument ter nagedagtenis aan die gestorwenes van die konsentrasiekamp, gaan besoek.

Stel jou voor, sulke trietsige jonkmansweer. Ouma wat rondstap en vertel van die siekes en sterwendes wat hoes en huil dat dit soos 'n trop blêrende skape klink en van die paraffien wat hulle aan haar kopvel smeer teen die luise.

Ouma staan en rondkyk – soek na bekendes op die naamlys van gestorwenes. Sy brom dat die lys nie volledig is nie, want daar is minstens twaalf op 'n dag dood. Ek stap na my motor toe. Wanneer ek inklim, skakel ek die radio aan:

Imagine there's no heaven.
It's easy if you try.
No hell below us
And above us only sky

klink dit oor die luidsprekers. Ouma kom klim in die motor, maar ek ry nie, want skielik het die hartseer van jare my oorval. Ek huil met oorgawe asof die hartseer nooit weer gaan einde kry nie. En langs my sit my ouma. Miskien dink sy aan 'n jonkman op 'n vurige perd of aan 'n trourok met 'n hoed wat weer gedra kan word – ek weet nie. Al wat sy sê wanneer my trane begin bedaar, is: „Ek is moeg. Jy moet maar ry dat ons by die huis kan kom."

Die middag by Iris-hulle aan tafel het Koos net met 'n halwe oor geluister na die gesprek wat hoofsaaklik gewentel het om Stoffel se voorgenome huwelik, want hy kon sy oë nie van die kas afhou nie. Hy het wel gehoor toe Mamfi opmerk dat die bewoording van die gebooie, in Stoffel se geval, miskien gewysig moet word na „ ‚oujonkman' van die gemeente". Maar met die woord „jonkman" was sy gedagte dadelik weer by die kas. Sy mond was nog vol kos toe hy met sy vurk in die rigting van die kas beduie en sê: „Ek wil so 'n kas hê."

Helena het vir hom groot oë gemaak en gesê: „My ma sê altyd ‚Wilhê kry 'n pak'," en vir Iris geglimlag.

Wanneer hy omkyk en sien dat die winkelier na hom staar, druk hy vinnig die laai toe. Hy staan 'n tree terug en vou sy hande agter sy rug.

,,Ek sal die ander laai gebruik vir onderbroeke, kouse en sakdoeke . . .'' sê hy hardop.

Die winkelier staan nader: ,,Verskoon tog . . .''

,, . . . selfs miskien 'n skeerstel met 'n kwas,'' val hy die winkelier in die rede en gaan sit op sy hurke voor die kas.

,,Jammer, meneer, maar . . .''

Hy maak die onderste twee deure oop.

,,Meneer! Ons verkies dat klante nie die meubels betas nie,'' sê die winkelier, effens rooi in die gesig.

,,Hierdie jonkmanskas ruik na motwortel,'' sê Koos. Dan klim hy in die kas in en trek die deure dig agter hom toe.

1982

P. J. PHILANDER

'n Koeël vir 'n klou

Tussen Freek de Jager en sy uitsig oor die pan hang 'n spinnerak. Om sake te vererger, bly sit die groot, bruin spinnekop roerloos in die middel, soos 'n vleuelmoer wat daar vasgeroes is. Ook die wind wil nie volkome sy bondgenoot wees nie, waai wel uit die rigting wat sy teenwoordigheid in die boom nie verraai nie, maar roer die takke en trek aan die ankerdrade tot die spinnerak soos 'n oogpêrel sy korrel belemmer. Maar hy't gekom om wraak te neem vir die dood van sy seun en vertrou die wind sal namiddag gaan lê. Dan sal hy van die spinnerak ontslae raak. Op die oomblik is die ding onbereikbaar, selfs as hy die mauser gebruik om dit af te steek, en om verder vorentoe te waag, is ook nie raadsaam nie, want hy sit op 'n droë tak.

In die helder sonlig is al die ander takke om hom goudgeel van blomme en bye. Hy kan nie help om te dink aan sy huis op die koffieplantasie hier buite Nairobi nie waar bye nou om 'n menigte wit bloeisels zoem en sy oorlede seun se weduwee agter toe luike in haar donker kamer skuil teen die tropiese hitte. Freek, met soveel wraaklus in sy hart, pas nie in die boom nie.

Ook nie in die jaargety wat verlede week kom aanklop het met die eerste reëndruppels en die pan nou aanloklik groen hou nie. Dié tyd van die jaar kom maak die wolke elke dag uier bo die akasias en binnekort sal nuwe weivelde die wildtroppe al verder van die pan af weglok. Hier aan die leeppunt waar die gras op die oomblik geiler is, as gevolg van die sug, skuil 'n maanhaar en sy harem. Op die panrand, half verberg agter die gras, lê een van sy wyfies binne trefafstand, maar Freek bedwing homself, want hy moet eers doodseker maak dis dieselfde wyfie wat sy seun by hierdie pan verskeur het.

Hy skrik vir 'n naaldekoker se gewirwar in die radar van die spinnerak. Die spinnekop bly sit roerloos asof hy groter slagoffers verwag, en ook nie lank nie, of 'n hotnotsgot kom doen 'n skietgebed in die buitenste kring van die spinnerak. Die twee slagoffers belemmer sy uitsig nog meer en daarom bring hy sy verkyker by om die wêreld beter te bespied.

Al in die laagte langs roer daar iets pynlik stadig, tydsaam, asof die lewe nooit verbygaan nie. Hy verstel die verkykerlense: die donker kol op die sand is stellig die einste plek waar die leeuin sy seun platgetrek het. Dis 'n genade dat sy vrou nie die aaklige dood belewe het nie. Alles is hom nog so helder voor die gees. Die Masai wat die tyding gebring het. Die klompie los bene, 'n ontredderde geraamte, die verskeurde klere, die mauser wat sy seun versaak het . . . dieselfde een waarmee hy nou kom wraak neem.

Hy kyk stipter deur die verkyker, maar dit bly vaag voor sy oë. Hy sukkel tot hy dit reg ingestel kry en wonder toe nie meer waarom die ding oor die bloedkol so stadig beweeg nie. Die ding vervoer 'n berg en het 'n eeu en 'n half nodig om dit tot by die graf te dra.

Skilpad het klaar met haar agterpote 'n gat gegrawe in die sand, haar eiers daarin gelê en slepende op die buikskild sal haar kleintjies op hulle beurt hulle vragte moet dra.

Dit kom by hom op dat hy in sy kinderjare die skilpaaie dikwels as teikens gebruik het om te oefen met sy windbuks. Hy wonder of selfs dié skilpad nie nog sulke letsels dra nie.

Hy sien hoe die oue se kop 'n ruspunt soek, soos die pendule van 'n horlosie wat amper afgeloop is. Hy weet dis ondraaglik warm op die sanderige grond. Aan die hotkant van die skilpad lê 'n hopie bene wat oorgebly het ná gisternag se jag. Koedoe of dik-dik, dit maak vir die miere nie saak nie, hulle wil net die laaste leksel uit die murgholtes hê en laat die bene daarna in die son verbleik. Hier skuld die lewe die natuur niks meer nie.

Hy sien die grypvoëls hoog bo hom in die lug maal. Wanneer sy nek moeg word van die krukasbeweging, volg hy hulle skaduwee grond langs tot waar hulle op 'n halfgevrete karkas toesak. Met hulle skerp bekke knip hulle die senings los en skeur die orige vleis aan bloederige repe. Alles word gulsig afgewurg. Binne 'n halfuur is net die bene oor. Dié word opgehys en uit die hoogte stukkend laat val op 'n rots. Hy sidder om te dink wat met sy kind sou gebeur het as hy eers later op die toneel afgekom het.

Hy gryp die geweer, want hy't weer iets gehoor. Die skielike verdonkering word nie deur die wolke veroorsaak nie, maar deur 'n swerm flaminke wat voor die son uit die bloute neerstryk in die kantwater van die pan. Hulle het die sagte kleure van rose wat nie ryp gekry het nie en hulle bene tint die water ligrooi terwyl hulle rustig vis om wurms en slakke.

Weer eens gryp hy die geweer te gou. Dis dié keer 'n troppie gemsbokke wat ongestoord gaan suip. Die skaduwees van hulle horings lê uitgestrek soos heiningpaaltjies op die sand.

Dis die uur waarvoor hy lankal wag hier in die boom. Nou sal die leeuwyfie te voorskyn kom, geel uit haar grasskuiling onverwags op die voorste bokke toeskiet. En wanneer die verwarring oor is, sal daar 'n bok op die klam sand lê met oë wit omgedop soos lentebolle wat hulle skubblare verloor het; met die tong halfpad uit tussen die voortande, bloedloos soos 'n uitloopsel.

Maar niks gebeur nie. Hulle haal die pan en staan drie-drie en suip in die son tot die rimpels deur hulle veroorsaak teen die rooi beenskubbe van die flaminke opwip. En vir die eerste keer besef Freek dat hy ook dors is ná al die skroeiende ure in die akasiaboom. Die water in sy fles is heerlik koel.

Die gemsbokke kom talm op hulle gemak op die droë sand en stap daarna doodgerus deur die laagte, toe drie leeuwyfies vlammig en skielik uit die gras uit opskiet. Blitssnel spring die bokke om en hulle hoewe dreun oor die aarde. Die leeuinne is waarskynlik nie honger genoeg nie. Ná die stof gaan lê het, kom die drie wyfies aangeloop water toe en dit gee Freek kans om sy slagoffer uit te ken.

Dìs die een wat in die middel loop, met littekens deur skerp horings ingehark op haar linkerblad. Die wraak vlam in hom op en hy vind dit byna onmoontlik om homself te bedwing toe die groep regoor hom is, maar besef terselfdertyd dit sal nie 'n doodskoot wees as hy nou skiet nie, want die wyfie naaste aan hom vorm 'n lyfwag vir haar.

Hy voel hy moet wraak neem hier op dieselfde plek waar sy seun se bloed die sand nog vlek. Hy wil haar in die hart tref, ook 'n verbysterende slag in die kop gee. Hy wil haar brandmerk met die koeëls en dan dwarsdeur die nag in hierdie boom wag hou tot die hiënas al nader en nader kom huil. Hy wil hulle bekke soos slagysters hoor toeslaan op haar ruggraat. Hy wil in die maanlig haar binnegoed op 'n streep sien uitborrel agter hulle skerp tande aan. En ná die nagfees wil hy wag tot die arende kom om haar bene skoon te pik. Dan wil hy helder oordag haar bene hoor kraak soos hulle dit op die klippe sal laat stukkend val. Daarna kan die miere deur die beenholtes tonnel agter die murgvet aan.

Die gedagte aan sy skoondogter en kleinseun in die donker kamer kom weer voor hom en hy verloor geheel en al korrel. Uit wanhopigheid steek hy met die loop van die mauser na die spinnerak wat hom pla, maar weer misluk dit.

Wanneer hy eindelik weer duidelik kan sien en die geweer styf teen sy skouer druk, staan die verdoemde leeuwyfie afgesonderd van die ander twee. Eers hou hy die verkyker met sy linkerhand voor sy oë tot hy doodseker is: die linkeroor het 'n keep aan die spits punt en die stert 'n duik in die huidhuls omtrent 'n span van die haarklossie af. Dis waaragtiglik sy.

Versigtig hang hy die verkyker oor die tak waarop hy sit. Toe rig hy hom in. Die wyfie staan net mooi reg vir die kolskoot en tog talm Freek nog. Sy vinger verstyf op die sneller soos die kromming van 'n slot.

Drie welpies het uit die gras reguit na haar toe aangehardloop gekom en aan haar uiertjie kom pomp.

Toe hy blindweg 'n skoot in die lug afvuur, wip die laaste flamink met 'n padda in die bek uit die water op, vlieg met sy prooi na die ondergaande son en die pan lê glansig soos 'n brekende oog onder sy vlerkslag.

1983

GEORGE WEIDEMAN

(Gelykenis)

My vriend die kapelaan het die studeerkamerdeur agter hom toegetrek en voor die kaggel gaan sit, sy hande na die kole uitgehou. Ek kon aan die onophoudelike gepluk van die spiertjie in sy wang sien dat hy ontdaan is. Ek het vir hom 'n drankie ingeskink, my pyp opgesteek en gewag.

Hy het met die kole gepraat: Weet jy wat 'n wapenstryd aan mense doen? Sonder om op 'n antwoord te wag, het hy voortgegaan: Nee, hoe sal jy weet? Jy sit hier – gevaarvry agter jou tikmasjien, agter jou lessenaar, jy verbéél jou oorlog en vrede, jy's 'n god van veilige woorde, jou boeke is jou beskutting . . .

Ek verwyt jou dit nie dat jy ongedeerd is nie, begryp my goed. Ek lê jou dit nie ten laste dat jy stories versin nie. Maar ken jy die werklikheid van menswees in 'n verskeurde wêreld? Ken jy die ontsetting van 'n troep wat sy eerste mens doodgemaak het en by jou kom huil? Ken jy die leed van kinders wat op hul pa se bakkie afkom, uitmekaargeskiet? Ken jy die hartseer van ouers wat vanoggend hul kinders skool toe laat stap het – om hulle nooit weer te sien nie? Weet jy hoe hard dié dinge 'n sagte mens kan maak?

Hy het gesug: Die grens tussen liefde en haat word só maklik oorgesteek . . .

Maar daar moet 'n oorsaak wees, het ek dit lomp gewaag.

Daarop het hy 'n koevert uit sy bosak gehaal en aan my gegee.

My vriend die kapelaan het gewag dat ek die brief deurlees.

„Dis 'n gevoelige mens wat hier geskryf het," het ek gesê. „Maar dis nie voltooi nie." Ek het na die laaste vel gekyk. „Dis soos iemand wat dinge vir homself wou duidelik maak deur hulle neer te skryf. En toe hou hy sommer op."

„Dus?"

„Hy hét nie duidelikheid gekry nie."

„Presies. Kyk na die einde; daardie laaste paar paragrawe. Dis asof hy die gebeurde dramaties wou voorstel, soos wat dit plaasgevind het, maar sonder om by die klimaks uit te kom."

„Óf by die afloop. Wat hét toe gebeur?"

„Ek kry niks uit hom uit nie. Ek het gemeen . . . Miskien kan jy . . .?"

Hy het nie na my gekyk nie, maar heftig met die vuuryster tussen die kole gekrap.

„Waar sal ek hom kry?"

„By die Grossherzog," het my vriend gesê. „Hy sit daar, op die stoep. Elke dag sit hy daar. Drink hom onkapabel. Wag, ek sal jou 'n foto van hom gee."

Glimlaggende dienspligtige. Maar méér as die netjiese uniform val die paradoks op: skerp, intelligente oë, besonder gevoelige mond.

Waar het ek daardie mond al voorheen gesien?

„Drama geloop, toe 'n paar onderwysvakke. Hy wou blykbaar 'n paar jaar skoolhou, daarna skryf en vryskut vir die verhoog."

My vriend die kapelaan het opgestaan en gespanne na my gekyk.

„Sal jy hom gaan opsoek?"

Ek het na die foto gekyk en geknik. Toe die voetstappe oor die gruis wegraak, het ek die brief weer gelees.

Dag, Pa.

Dis moontlik die laaste brief wat ek skryf voor ek huis toe kom. Miskien word dit nie eens gepos nie – die pos is buitendien maar treurig. Hier op Wêreldsend verloor mens byna alle kontak met die werklikheid.

(Wêreldsend is 'n denkbeeldige naam, Pa, maar hier is 'n plaas nie baie ver hiervandaan nie wat wél die naam dra. Dieter het my vertel; dit het vroeër, voor die onteiening, aan sy pa behoort. Maar Pa weet mos die Army hou van geheimsinnigheid, so ek noem die plek maar Wêreldsend.)

Hier het 'n ontstellende ding gebeur. Ontstellend is ook nie eintlik die woord nie. Woorde laat my vanaand in die steek.

Miskien is dit die insekte; hulle gee mens geen ruskans nie. En tog het ons alles toegegaas, ek weet nie wáár hulle inkom nie. Hier lê al tientalle rondom die lamp en skoppend in die bakkie met water wat ek hier neergesit het, maar kort-kort skiet een hom vanuit die niet hier na die ligkol toe en vas in my hare of sidderend teen die skryfpapier. Party is werklik skrikaanjaend!

Maar wag, netnou sit my verbeelding weer met my op die loop. Een ding weet ek: vir 'n entomoloog sal dit 'n paradys wees.

Vir my sê hulle vanaand net een ding: Skoert, jy hoort nie hier nie. Jy is nie geharnas teen ons nie, en tog lok jy ons aan met jou lig.

Verskoon tog my neerslagtigheid. Ek weet Pa ken my nie so nie. Maar ek voel ek het vanaand by 'n grens gekom. Dis 'n grens wat alleen met mág betree kan word, en nie met redelikheid nie.

Ek sien so uit na 'n nuwe begin. Van my skryfwerk kom nie veel nie. Goed, ek hou skool, maar soms voel ek daar kon net sowel 'n lykbesorger voor die klas gestaan het – swaelstert en al.

Dis die uniform: agterdog ken geen perke waar die soldaat sy verskyning maak nie.

Dis waaroor ek eintlik wil skryf, maar ek weet nie of ek daarby sal uitkom nie.

Daar het iets gebeur wat alles verongeluk het. Maar ek kom daarby.

By tye was daar 'n goeie verstandhouding tussen ons, tussen my en die leerlinge. Maar dan het ek weer geweet: ek word geduld; dis iets voorlopigs.

Ek kan nie hul taal praat nie. Dit is natuurlik deel van die probleem. Dieter kan, en hy het eendag vir my gesê hy dink partykeer ons mors ons tyd. En Pa weet self watter idealis Dieter is.

Hy het twee van hulle hoor gesels, en omdat die een opgewonde was, het hy hulle afgeluister.

Ons moet soveel as moontlik uit hulle kry, het die een gesê. Laat ons voorlopig saamspeel; hulle het baie geld – laat hulle hul geld op ons mors. Die dag gaan kom dat ons sterk genoeg is, dan verjaag ons hulle. Hulle hoort nie hier nie.

Wat beteken dit? Die wilde praatjies van 'n ontevredene, 'n ophitser?

En tog is dit, na wat gebeur het, presies soos ek vanaand voel: ek hoort nie hier nie. Óns hoort nie hier nie.

Ons het kampe gemaak en draad gespan, maar die gate is nie met óns hande gegrawe, die pale nie met óns voete vasgestamp nie.

Eintlik weet of vermoed mens dit al lankal, ek kon dit aan hul oë sien, aan hul uitkyk by die flappe: dit was asof hulle geduldig sit en wag, soos mense wag op 'n boodskapper.

Intussen het ons maar die beste probeer maak van die omstandighede. Ek meen: ons het tog probeer om op 'n manier lig te bring in die oorlogsdonkerte, en diep binne-in my is daar hoop.

As dit net nie vir Gerrit se optrede was nie!

Ek dink ek het voorheen geskryf dat dit 'n landbouskool is; dat daar vanjaar daarmee begin is. Dit was eers blykbaar 'n sendingstasietjie. Miskien het ek dít ook al geskryf? Nogtans: ons bly in wat vroeër die pastorie moes gewees het. Pa weet mos hoe lyk oom Johnnie Diederichs-hulle se tuishuis? Gewelfde verêndatjie, heininkie met spits paaltjies rondom. Presies so, behalwe dat hier ook 'n groot dadelpalm staan, en die een hekpaal se boonste deel is in die vorm van 'n kruis.

Hier is nie veel ander geboue nie, en dié wat daar is, het ons ingerig as pakruimte, vir die implemente en so aan. Op 'n klipperige gelykte het ons 'n paar tente ingerig as klaskamers, terwyl die bouery nog aan die gang is. Die Owerheid het die koshuis darem al teen die einde van Maart voltooi. Stef, 'n veearts, doen sy diensplig as koshuisvader.

Ons het tuin gemaak – ek wens Pa kon my tamaties sien! Die Bevelvoerder van ons Seksie was voorverlede week hier; hy't omtrent my hele week se oes saamgevat. Pa sal nooit glo wat ons hier regkry nie – rondom is pure woestyn. Die rotse lyk soos uitgebraaide vet, verder net sand. En dit word skroeiend warm. Maar hier is volop onderaardse water. Toe ons hier aangekom het, het ons 'n suigpomp geïnstalleer; twee manne het met die seuns se hulp kampies gemaak, mielies geplant, en dadelsuiers. Dadels aard goed; Dieter-hulle het daarvan gehad, en hy sê as 'n dadel met sy wortels in die water en sy kop in die hel staan, groei hy!

Nou ja, as dinge sou kon bly soos hulle was, sal hier oor agt of tien jaar dadels geoes word, vir Afrika!

As dinge so sou kon bly. Pa weet nie hóé verward ek is nie. Die radiodominee het vanaand uit Jeremia gelees, die gesig van die twee mandjies vye. Hy het ernstig gepraat; gebid oor ons volksroeping. Dit het my laat terugdink aan wat Pa altyd sê: dat ons suile van lig moet oprig, pilare van die waarheid. Maar wat help dit as ons nie sélf die messelwerk doen nie? Of as sommige meen dat daardie pilare van Noag se dae af die vaste grens tussen „beskaaf" en „onbeskaaf" is?

Kan een slegte vy nie 'n hele mandjie vye bederf nie?

Dit is hoe ek oor Gerrit voel, en die Here moet my vergewe, want ek wil nie oordeel nie. Het ek nie ook skuld nie? Het ek genoeg met hom geredeneer?

Dis juis oor Gerrit dat ek skryf, miskien om helderheid te soek.

Wat gebeur het, het die agterdog wat daar aanvanklik teen ons was, opnuut laat opvlam; dit selfs sterker gemaak. Afkeer het tot haat uitgeswel. Die goeie gesindheid wat ons na die eerste paar maande gewen het – ondanks inmenging en propaganda van buite – het in 'n wantroue verander, dieper as ooit tevore.

Dinge het so mooi reggekom, Pa – daardie eerste paar maande. Ek meen, in 'n verdeelde en oorlogsgeteisterde land het ons iets gebring waarna gesmag is: kennis, onderwys, geleenthede. Selfs die agterdogtigstes moes dit erken. Wanneer ek les gegee het, was die handwapens, die geweer voor langs die skryfbord en die uniform vergete.

Ons was goed op pad om hulle aan ons kant te kry, of dan, ten minste: aan die kant van redelikheid.

Maar miskien is dit verwaand om so te sê. Miskien is dít juis waar ons die fout gemaak het. Ons? Ek kan ook nie namens die ander praat nie. Miskien het my geesdrif my verraai, en Dieter se ywer hóm. Gerrit was nooit juis geesdriftig nie. Julle mors julle tyd, het hy gelag. Ek het gedink aan die gesprek wat Dieter afgeluister het. En tog, Pa – 'n mens kan mos baie aflei van die reaksies in jou klas?

Soms het dit byna vervelig geword, die patrone van dae. Veral naweke. Ons het die seuns soms met die Bedfords op 'n uitstappie geneem, soos dié keer. Wag, ek kom nog daarby.

Aanvanklik was hulle nie baie gretig om agterop die Army-trokke te ry nie, veral nie om in 'n buurdorp agterop gesien te word nie. Maar hulle moes daaraan gewoond raak; hoe anders kom jy veilig van plek tot plek?

Ja-nee, Pa, party dae wou ons vrek van verveling. Soos Sondae. Dan het Gerrit ons uitgedaag om 'n bierblikkie bó van die kruispaal af te skiet. Hy kon verbrands goed skiet!

Ons wedywer ook met ons snorre: Ek en Gerrit en Dieter het mekaar uitgedaag. Arme Dieter – g'n boereraat sou iets op sy bolip laat wys nie! Gerrit s'n was gou welig – so 'n regte moestas.

Soggens vroeg is ons uit, akkers toe. En hét die seuns gewerk! Ná ontbyt lesgee. Ek reken ek het selfs 'n gevoel vir Afrikaans by hulle wakker gemaak. Watermeyer, byvoorbeeld. Onthou Pa nog die „Bloeddorstige jagter"? Hulle kon hul so maklik vereenselwig met die kraai se aanklag:

> Met hierdie snawel het ek self
> Elía in die grot gevoed,
> vereffen jy jou skuld, o mens,
> met moordslag en met lammerbloed . . .?

Maar hoe verduidelik jy „moordslag"? Hulle kén dit so goed! Hier 'n vader, daar 'n broer, iewers 'n familielid wat land uit is en nou êrens in die onbekende grensland deelneem aan wat hulle noem „die gewapende stryd", die „vryheidsoffensief".

En na wat verlede week gebeur het, vrees ek alles het te laat gekom.

Ons is die Saterdag met 'n klompie sportspanne hier oor na O. toe: ons eie sokkerspanne, ringtennis, vlugbal; twee netbalspanne van ons buurskool. Almal agterin die vragmotors. 'n Hele opgewekte uittog. Drie vragmotors: ek en Gerrit het vóór gery met die soheentoe-gaan, Dieter en Simon in die middel, en Stef agter.

Alles het mooi verloop; by die wedstryde ook, en met die oorslapery in die koshuise was alles honderd persent. Maar toe ons Sondag deur die buurdorp ry, op pad terug, het die moeilikheid begin.

Ons het by die kafee stilgehou om koeldrank te drink, toe een van die seuns 'n pakkie sigarette koop. Gerrit het hom gesien, maar toe hy hom voor stok kry, het die seun die pakkie tussen die bondel op die bak ingeskiet en dit was onmoontlik om vas te stel wat daarvan geword het. Intussen het Stef al gery, en ons was haastig, want dis 'n lang pad, en die kalkstof en die hitte is nie speletjies nie.

Ek het Gerrit se ergernis verstaan. Ons was nie oor die rokery as sodanig bekommerd nie, maar agterop was brandstof.

Vir Gerrit was die insident 'n bevestiging van sy beskouinge. Al die hervormingswerk wat ek die afgelope paar maande probeer doen het, het in die stof agter ons verdwyn. Ek kon sien dat hy onredelik kwaad was. Ek dink ek het al voorheen geskryf oor my redenasies met Gerrit. Oor sy onsinnige opvattings. Sy geliefkoosde teorie is dat mense wat na aan die ewenaar of in die warmer streke van die wêreld grootword, 'n dikker kopbeen het, en dat daar gevolglik minder plek vir verstand is.

„Hy kan mos nou sien daar's petrol agterop," het hy gebrom. „Dit wys jou net . . ."

Hier gaan ons al weer, het ek gedink. 'n Mens raak later moeg van redeneer, Pa. Ek weet net so goed as hy dat daar nie agterop gerook mag word nie, maar ek het in die stilligheid gereken dat hy die saak anders kon hanteer het. Hóé weet ek nou ook nie presies nie.

Dit was 'n moeilike terugrit. Gerrit was nors, en hy het kort-kort agtertoe gekyk asof hy iets verwag. Hoe ons daarby uitgekom het, weet ek nie, maar die gesprek het later gegaan oor vreesprojeksies, skuldgevoelens en die regverdigbaarheid van geweld. Ek dink ons het baie driftig geraak, en ek was dankbaar toe ek sien dat Stef ons by die grens inwag. Nou kon ons stilhou en eet; van daardie punt af is dit nog 'n goeie drie uur se ry.

Terwyl ek en Dieter en Stef en 'n paar van die groter seuns besig was om die padkos uit te deel, het Gerrit die seun wat die sigarette gekoop het, onder hande geneem. Ek het hom laat begaan, want hy het die seun by die kajuit ingeboender en ek het gemeen dit was buite sig van die ander. Buitendien, het ek gedink, dit sal hom laat afkoel.

Maar terwyl ek gehelp het om die kos uit te deel, het daar 'n beroering deur die rye gegaan. Toe ek omkyk, was ek net betyds om te sien hoe Gerrit, op die sytrap, sy arm terugtrek, gebalde vuis langs die skouer.

Snaaks, Pa, wat se gedagtes dan al in die rondte deur 'n mens se brein maal. Op die heilige Sondag, het ek gedink, op die heilige Sondag kom daar vandag moeilikheid.

Toe hy slaan, was ek by hom.

Maar toe reën die klippe al.

Hy het sy rewolwer uitgepluk, sy arm afwerend half voor sy gesig.

Ek het die rewolwer by hom afgeneem en hom van die treeplank weggestoot. Ek sal nooit sy gesig vergeet nie. Tussen vrees en haat moet daar 'n emosie wees wat nog nie 'n naam het nie. Ek het die deur oopgepluk en die seun aangesê om uit te klim. Die klippe het opgehou val. Alles het so vinnig gebeur dat Stef, Simon en Dieter nog daar by die kos gestaan het, te verdwaas om iets te doen.

Ek het na die hoofseun toe gestap, ernstig met hom gepraat. Hy het sy rug na my gedraai en op 'n rots aan die oorkant van die pad gaan sit. Die ander het sy voorbeeld gevolg. Plotseling was alles baie stil. Ek onthou net dat 'n boskraai iewers gelag het.

Ek dink Pa sal verstaan hóé ek gevoel het. Magteloos is nie die woord nie. Maande se harde werk, versigtige beplanning, opoffering – alles in 'n oogwink daarmee heen. Hulle het in roerlose botheid daar gesit, al sestig van hulle, met stroewe gesigte.

Ek was woedend.

„Tien minute gee ek julle," het ek gebulder, „en dan ry ek. Dan kan julle voetslaan as julle wil."

Ons het in die vragmotors gaan wag; Gerrit agter by Stef. Ná 'n paar minute van spanningsvolle stilswye het die eerstes opgeklim.

Ek wou Gerrit invlieg; is dit dan nie hý wat gedurig gal afgaan oor 'n wiskunde-onderwyser wat hom geklap het nie? Gelukkig was hy by Stef.

En nou, noudat alles verby is, twyfel ek weer. Is dit nie mý skuld nie? Moes ek nie toegesien het dat Gerrit nié die seun onder hande neem nie?

Erger nog: toe ek sien dat Gerrit die seun eenkant toe roep, het ek nie gedink – gehóóp! – dat Gerrit sy drang tot geweld moet laat botvier nie? Sodat ek in my verslag kon skryf . . .

Wat het ek nóú om in my verslag te skryf?

Ná verlede Sondag was niks meer soos voorheen nie. Ons het die aand vroeg gaan slaap, en alles was oënskynlik rustig, maar toe ek Maandagoggend by die prefab instap, sing die telefoon. Toe staak hulle reg rondom, by ons twee buurskole, en ook by ons was daar nie 'n beweging buite nie.

Net die varke het hul dors en honger uitgeskreeu.

Alles klink so onwerklik op papier, Pa. Maar miskien kry ek tog duidelikheid as ek dit neerskryf.

Ek skryf dit nie om Pa ongerus te maak nie. ~~Waarskynlik keer alles~~

Nee, ek moet alles neerskryf soos wat dit gebeur het. Miskien kry ek nie later die geleentheid nie. Miskien onthou ek nie alles soos wat dit gebeur het nie. Dit moet 'n verklaring wees.

Het Gerrit verkeerd opgetree? Dit was tog 'n uittarting van gesag?

Donderdag het dinge na „normaal" teruggekeer. Maar al die spontaneïteit van vroeër het verdwyn. Hulle het steeds geweier om Gerrit se klasse by te woon: ek het hom kort-kort in die prefab se deur sien staan met 'n sigaret.

Vrydag het dit gelyk asof dinge beter gaan. Hoewel hulle steeds nie 'n voet in Gerrit se tent gesit het nie, het dit gelyk asof alles kalmer is.

En tog: onder die oppervlak het daar iets bly roer.

Maar wat maak 'n mens anders, Pa – as om maar voort te gaan met jou werk, om te hoop alles kom weer reg?

Dit was nie soos met ons weerbarstige matriekjaar nie. Pa sal nog goed onthou: hoe rebels ons was oor ou Bok ons hare bygedam het. Ons opstand was maar kortstondig: ná 'n week het ons al ons griewe vergeet!

Maar hierdie ding met Gerrit en die seun – dis soos 'n onskuldige dwarreltjie, en voor jy jou oë uitvee, tol hy alles met hom saam, 'n weerstandswind, 'n orkaan.

Vanaand is alles stikdonker buite. Iemand het gisteraand die lampie wat ons op die hekpaal vasgesit het, stukkend gegooi. Dit het so vinnig gebeur, toe ons buite kom, was daar niks. Net die stikdonkerte. Die varke was onrustig, maar toe ons met die lanterns soheentoe is, was daar ook niks te sien nie. Hoe moes ons tóé weet van die klein varkie?

'n Mens lewe nog so rustig van dag tot dag, en eensklaps weet jy dat grense en vastighede nie meer bestaan nie, of dat nuwes ontstaan het.

Ons begin elke dag se skoolprogram uiteraard met 'n godsdiensoefening. Hulle hou daarvan; mooi en spontaan sing hulle die dag tegemoet.

Gister was dit Gerrit se beurt. Ek het gemeen dat hy nog 'n rukkie moes wag, maar hy wou volstrek nie. Miskien wil hy dinge probeer regmaak, het ek vir myself gesê en hom laat begaan.

Hy het uit Markus gelees, die gelykenis van die landbouers. Hoekom juis dié gedeelte? Ek weet nie. Dit het gelyk of Gerrit baie dinge toevallig doen; hy's 'n impulsiewe mens. Maar terwyl hy gelees het, het ek tog die indruk gekry dat dit verband hou met verlede Sondag se voorval. Dit was nie 'n gelukkige keuse nie. Nadat hy gelees het, was daar 'n soort onrustigheid onder die seuns; hulle moes gevoel het dat hy dit op húlle bedoel, die landbouers wat eers die diensknegte of boodskappers onverrigter sake teruggestuur en toe die enigste seun vermoor het.

Ek meen, alles was baie presies soos óns dit gedoen het: die wingerd, die heining, die parskuip, die wagtoring. Met so 'n bietjie verbeelding en verdraaiing het Gerrit hom – ons? – ingedink in die posisie van die diensknegte, van die erfgenaam.

Dit wat gister betref. Dit is vir my moeilik om oor vandag te skryf. Maar ek het geen keuse nie.

Vanoggend kom vra Jerobeam (ai, die Bybelname!) of hulle die Geskiedenisperiode kan gebruik vir dramatisering – 'n les in die geskiedenis. In die verlede het hulle dikwels – op my aandrang – 'n episode uit die geskiedenis (byvoorbeeld Van Riebeeck se aankoms), 'n Bybelverhaal of 'n greep uit 'n voorgeskrewe werk aanskoulik voorgestel.

Ek het vir Gerrit gaan soek om hom uit te nooi na die klas, want ek het gereken dat dit 'n soort versoeningsgebaar was van die leerlinge se kant.

Gerrit was egter nêrens te kry nie. Seker nog rou oor wat gebeur het, het ek gemeen; hy is waarskynlik veld toe, of pomp toe. Ek het nie verder gesoek nie.

Jerobeam het my by die tentflap voorgekeer. Hulle is nog nie gereed nie, het hy beleef gesê. Ek het solank 'n sigaret aangesteek en gewag, wetende dat die dag nog lank is. Hier haas 'n mens jou nie.

Toe het Jerobeam my kom roep.

Ek het agter in die tent gaan staan. Die leerlinge was nog stiller as gewoonlik; vol afwagting. Jerobeam het nog een keer van agter die kombers wat as skerm diens doen, te voorskyn gekom en by die syflap uitgeskarrel. Weer teruggekeer en die „gordyn" oopgetrek.

In die verste hoek het 'n figuur bewegingloos op 'n stoel gesit, sy rug na ons toe. Kakieklere en 'n laphoedjie wat in die dowwe lig nogal baie gelyk het soos dié wat ons bedags op die lande dra.

Dit val my by dat Jerobeam iets gesê het van die gelykenis van die landbouers.

Die laphoedjie . . . die boer, seker – maar waar is die landbouers dan? het ek gewonder.

Daar was meteens 'n gespanne, doodse stilte, asof iets met die beplanning skeef geloop het. Buite kon ek die sonbesies hoor, en my ore het begin sing, asof iemand 'n swaarkalibergeweer langs my afgetrek het.

En toe draai die figuur met die laphoedjie om. Of liewers: iémand draai hom om; dit het vir my gelyk soos 'n opgestopte figuur.

Die eerste wat ek herken het, was die weglê-snor. Die krytwit gesig. Daarna die gapende wond teen die regterslaap; die dik, donker klodders bloed.

„Meteens draai hulle na my toe om; gaffels en grawe en tuinvurke in die hand, asof ons landerye toe op pad is."

In sy teruggesonke oë, soveel anders as op die foto dat ek hom kwalik herken het, sit iets soos verwildering. Toe hy weer praat, is dit asof hy vir homself 'n vraag beantwoord.

„Ek moes padgee, ja – wat kon ek anders doen?"

Voor hom was die witgeverfde tafeltjie taai van bottelspore.

Tog het hy nie soos 'n dronk man gepraat nie. Kort-kort het hy net wild om hom geklap, asof hy insekte verjaag; toe subiet begin lag:

„Hulle't die lamp stukkend gegooi, ha!"

Ek het besef: daar kom 'n stadium wanneer die drank 'n mens nie meer aantas nie – altans, nie jou spraak belemmer nie. Want toe hy weer praat, was die skerp herinneringe van flussies uitgerafel tot flenters woorde en frases. Ek kon geen sin uitmaak nie, behalwe één, wat hy oor en oor gesê het, en selfs dié sin was vir my volkome verbandloos.

„Die varkie," het hy gesê, „hulle't 'n varkie oopgesny; dit op die hekpaal neergesit."

Ek dink nie hy het agtergekom dat ek opstaan en loop nie. In die straat kon ek hom nog hoor praat, en ek had minder duidelikheid oor my eie lewe as voorheen.

1983

ETIENNE VAN HEERDEN

My Kubaan

Ek het 'n Kubaan aan 'n tou. Soos ons geleer is by die SAW se Perde- en Hondeskool in die rooi poeierstof van 'n uitgetrapte Voortrekkerhoogte, hou ek die leiriem liggies om my linkerpols; die wurgketting om die Kubaan se nek verskaf geen pyn as ek ruk nie – slegs 'n skoksensasie wat hom op die noodsaak van dissipline attent maak.

Ook Barbara Woodhouse het dié primêre beginsels aan die volk verduidelik, met as agtergrond 'n pastorale Engelse toneel. Dit is egter dinge wat enige korporaal van die Honde-afdeling weet.

Ek het die Kubaan se ore nog nie afgesny nie. Dié ekstatiese daad, wat 'n mitologiese anker het in die Amerikas (wat tog nader aan die Kubaan se hinterland is as die stink, verkragte Angola), sal eers later plaasvind: soos die Rooihuide sal ek my trofee eers teen die éinde, die héél einde eis. Ek sal dit netjies insout, in watte toedraai en per weermag-lugvrag versend na Bellville, waar die familie dit in formalien sal bewaar en aan bewonderende gaste wys as hulle 'n Sondagmiddag-besoek aflê, of, soos ek gevra het, dit vasspyker aan die voordeurkosyn.

Sodat dié wat ore het om te hoor, kan hoor.

Dit klink wreed. Oorlog ís so. Maar aan die ander kant is die liefde ook wreed.

Ek sê dít nie om van die punt af te dwaal nie. Ses weke se patrolliewerk in die Bos in, en nóú eers verstaan ek wat beteken die koerante of die weerburo se *versengende* hitte. Daar is soveel in dié een woord opgesluit: die skril sonbesiesang wat soos radiogolwe deur alles priem, deur die been, deur die vleis, deur die murg. Ook: die sweet wat in druppels hang aan jou winkbroue; as jy 'n oomblik opkyk (en jy mag nie), sien jy die druppels. Die groen bos, die groen bosklere, die vlekke van ander liggame, die lig wat skuif en plas, die son wat breek en die ploeter met die één liggaam wat jy het. *Versengend.*

Ek dwaal dus nie af nie. Ek wil kom by my en dié Kubaan se sonderlinge verhouding. Ons moes mekaar eers vind, natuurlik. Soos in die ou slawehandel. (Hulle vertel dat Portugese meisies – sommiges erg uitgebaster, ongelukkig – nou te koop is effens verder noord as Gebied Rooikat. Ons was nog nie só ver nie, hulle sê die Rekkies moer soms daar rond.) Ek het hom eers deeglik bekyk. Sy kiestande was gesond. Sy voorste tande was effens aangekleur deur die Havaanse sigare wat hy gerook het. Maar sy neusvleuels het 'n aangename fynbesnedenheid aan hulle gehad. Sy hande was nogal slank, en ek kon in die geheel nie kla nie.

Wát van die ander gekry het, is, nou ja . . .

Ek het my Kubaan orals met my saamgeneem. Dit was die goue reël. Nooit sonder jou Kubaan nie, het die Kommandant gesê.

Want: die Totale Aanslag eis Totale Weerbaarheid.

Ek en my Kubaan gesels.

Ek: Wat is daar nou aan dié Castro?

Hy:

Ek: Sou jy per mortier, Stalin-orrel, AK-47 of bajonet wou sterf?

Hy:

Ek: Wat die Swapo's óók doen, is om jou oor 'n miershoop vas te maak. Die miere soek eers die sagte, klam plekke, die orale en ander openinge. 'n Mens is ook maar so: jy eet eers die kersies van die koek af. En die miere is eintlik onskuldig. Hulle weet nie. Op die uiterste ken hulle nie pyn nie. Die wriemelende, gillende liggaam van die slagoffer is bloot 'n groot eetbaarheid. Hulle weet nie daar is lewe, kosbare lewe in nie. Hulle kan nie intelligensie na waarde skat nie. Die vonk van die persoonlikheid gaan by hulle verby, die individuele gelaatstrekke. Kortom: dis vir hulle 'n maaltyd. Hulle word slegs gedryf deur 'n stom, dinklose, diep drif. Hulle moet eet, en hulle marsjeer met 'n meedoënloosheid wat uit geslagte se ingeteelde instink kom. Ek blameer dus nie die miere nie. Wie blameer jy?

Hy:

Ek: Miskien moet ons aan die lesers verduidelik hoe ek aan jou gekom het. Ons wil nie hê dat die lesers ook, soos ons, die gevoel kry dat hulle in die lug sweef nie, vingerpoppe aan drade wat komieklik rukkerige bewegings maak as 'n vinger iewers spring nie. Bowenal mag die leser nie soos 'n yo-yo voel, gedurig geloods in 'n ruimte waarin hy onveilig en onbegrens is nie. Ons verlei hom eerder met die bekende en kyk of ons iewers arriveer.

Hy:

Ek: Kom, sit nou stil. Ek maak jou vanaand weer buite vas, in die reën, as dit gaan reën, soos die ander soms doen, dink jy dit gaan reën?

Hy:

Ek: Dit was veel later as die Brug Veertien-episode. Of sage. Of sege. Ek noem dit om die leser te oriënteer. Al Venter was pas hier om *Into Angola* vir SATV te skiet, hy't sy kameras uiteraard net hier en daar gerig. Ek het so uit die skaduwees gekyk hoe hink die stukkende kinders al om hom en wedywer met die vet verpleegsters om 'n plekkie voor die lens. En hoe die vleis-in-foelie later soos by 'n supermark afgelaai is, het die lesers seker ook gesien.

So wreed soos die liefde, só ook is die oorlog. Dít het ek al gesê.

Soos donsvere dryf die valskerms en aan elkeen hang 'n puntjie. Soos dissels dryf hulle, met aan die onderpunt van elkeen die saadjie. Hoe wonderlik het die natuur nie sy meganika beplan nie! Só dra die wind die saadjie aan sy donserige valskerm tot op 'n stuk aarde waar hy kan val en ontkiem en léwe!

Ek was een van dié disselsade. O, hoe het ons gedryf, die pragtige jong manne van die Republiek. Groen was ons uniforms, rooi die blos op die wange, steil die wind, Afrika soos 'n oop hand onder ons – en weg, weg dreun die vliegtuie en onder ons, nog laer af, oor die bossiekoppie, karring die helikopters met die rooi kruise. Lieflik daal ons, in die son, die wind, my God! Ek was so naby, tóg so ver. In 'n oogwink kon alles verander. Dood/lewe. Net só, met die grens tussen die twee so toevallig soos die graadverskil in 'n geweerloop se mik.

Disselsade, heldedade. Seuns van die Republiek: Afrika is ons s'n, óns die wit, wit donsvere.

Lê stil, Kubaan, geen kos vir jou vandag nie. Hoor hoe blikkerig klap die varkpanne daar by die opwasbak. Daar's 'n kruppel oud-Swapo wat opwas. Hy staan op een been en kyk met een oog na die vuil skottelgoedwater waarin die blink varkpanne wegglip. Hy staan onder die seildak, by die enkele boom en kyk hoe die oorskietkos in 'n konka weggegooi word totdat dit ophoop en verveelde stewels daaroor trap en die manne later gaan lê soos jong, hortende honde, kaalbolyf in die tente, terwyl hulle foto's van hul geliefdes om en om in hul hande draai of daarmee na die toilette stap.

Wreed ook is die liefde, soms net so wreed soos die oorlog.

Dit was kort ná Al Venter en SATV laas hier was. Operasie Koedoe was toe nog in beplanning. Ons het nie geweet nie, maar tog gehoor. Soos dit maar gaan tussen die tente (dit was altyd soos 'n miernes) het die fluisteringe gegroei tot gerugte en die gerugte tot nuus, en die nuus het gepromoveer tot feit en algemene kennis. Dit was nog nie so nie, maar dit was so: ons sou dieper as tevore ingaan, diep, diep die omgedolwe land binne, verby die murasies en gestrande trekkers en motors en afleweringswaens, verby die murasies van Portugese winkels en verby die trosse nomade wat met oop, histeriese oë wag dat die jeeps en Bedfords kom en vertrek. Ons sou deurbreek, deur Savimbi se wêreld die grasplato oor, tot amper by – of, ja, selfs tot ín – Luanda.

Een groot eenheid sou al die eenhede word: 'n enkele masjien. Die gedagte aan penetrasie het opgewonde gemaak, dis te verstane.

Of soos met Jamesy, hei, Kubaan, luister, soos met Jamesy: hulle het hom in 'n nat beesvel toegedraai en die vroue het hom vasgestik binne die nat silinder. Toe die beesvel daar onder die boom droog word, het die bende lankal padgegee en ons kry Jamesy met sy tong wat op sy bors hang en die klosse groen brommers wat daarop koek. Ons het hom só, net so, begrawe met die uitgedroogde beesveldoodkis om hom.

Hoe lank vat 'n beesvel om droog te word en in te krimp in die son van Angola?

Jamesy was half Hollands, die kaaskop van die kamp. Hy't so half-half nog in Nederland gestaan. Op patrollie het hy Gerrit Achterberg of Nijhoff uitgehaal en dit was vir my histeries snaaks – die kosmiese revolt en „Voor dag en dauw" in die bosse van Angola. Ons was óór die grens – sý Nederland 'n milde landjie iewers uit ons kollektiewe onderbewussyn. Só het Jamesy Zeeman, vroeër van Amsterdam, gesterwe aan beesvelinkrimping.

Wat het geword van my en my Kubaan se gesprek? Hy antwoord nie, en as hy wél sou – nou ja, ek verstaan nie sy taal nie. Ek wonder watter taal praat hy? Het Kuba 'n eie taal? Hulle het ons nooit gesê nie. Die sigare smaak goed. Dit lê tussen lyke in ondergrondse bunkers of smeul in dooie hande. Die rook is nog in die warm longe as ons hulle uitsleep uit die bunkers; gooi ons hulle soos matrasse op die Bedfords, val hulle doef en blou hoes die dooie longe die rook uit.

Hul siele is lankal reeds na Kuba, neem ek aan.

In ieder geval het ons opdrag om nie te veel met die Kubane te praat nie. Húlle het seker ook die klassieke opdrag gekry: naam, rang en magsnommer. Verder niks. Al behandel hulle jou soos 'n hond. Of span jou oor 'n miershoop.

Operasie Koedoe was nog op papier, in die stratege se briljante breine aan 't vorm: 'n Disneyland van mag en kartetse en geweld en oprukkende jeeps en knetterende gewere en vleis wat skielik deur vel peul en die skrikwit splinter van 'n been. Ek sê nie sommer nie. Ek was daar.

Ander was nie daar nie. Van die ouens – en nie almal was Nusas-lede nie, hoor – wat by Brug Veertien was en ook daarná, het geawol. Nie weer nie, het hulle gesê. Die grond was te vreemd. Hulle kom (byvoorbeeld) uit kosmopolitiese Seepunt. Hulle leef heeltyd daar. Nou beland hulle in Angola. Hulle – nou ja, ék kan verstaan. Dis soos Jamesy Zeeman: iewers is daar 'n kortsluiting.

Baie het geawol. In een kamp glo oor slegte kos. Ons het geweet dat dit Operasie Koedoe was. Maar die blinksterre het nie geweet dat ons weet nie. Almal het geweet dat ons weet, van skutter op tot by die rang van eerste luitenant. Verder op het hulle gedink dis net húlle wat weet: dié wat die stokke onder die arm dra en soos poue rondpronk in die menasie saans.

Ons het dus geweet en ons voorberei. Wat doen 'n soldaat wat hom voorberei? Hy groet eintlik wat nie te groete is nie. Hy's nie soos 'n ou in Death Row nie. Hy weet nie. Wat jy eintlik groet, is die sekerte. Jy groet die sekerte en dít vat lank. Dit vat baie nagte. Dit vat baie dink, of baie wégdink. Sommige ouens dínk dit weg. Hulle raak wild, die kamp raak wild voor 'n operasie. Hulle drink en baklei soos tiere. Hulle vloek en bemors die latrines. Hulle steel die Bedfords en jaag deur die vlugtelingkampong. Hulle maak die moffies kaalgat vas op jeeps se neuse en ry dorp toe met hulle. Hulle drink, drink, drink.

Die ander ouens wat net dink: party loop weg. Hulle gaan op awol. Hulle kan nie huis toe nie, want dis die eerste plek waar hulle gesoek sal word. Hulle awol YMCA's toe – Durban, Port Elizabeth, Kaapstad, Johannesburg . . . maar later kan hulle ook nie meer soontoe nie. Die blinksterre het vaste oë op die YMCA's gesit om hulle dop te hou. Kan mens sê dat dit 'n hele geslag op awol was? Kubaan, wat dink jy?

Hy:

Ek: Weg van 'n oorlog wat hulle nie verstaan het nie? En jy, jy's ook van 'n eiland en jy veg ook op 'n plek – 'n ander kontinent. Of is jou vaderland 'n idee?

Hy:

Ek: Operasie Koedoe is aangekondig, op die daaglikse orders. Die offisiere wou ons voorberei, ons is op 'n groot dag saggies ingelig dat ons ingaan. Maar ons het reeds geweet. Ons was voorbereid.

Dít was 'n hele ruk terug. Ek het sedertdien my Kubaan, en hy is die resultaat van alles wat tussenin gebeur het.

My hele lewe het verander sedert ek dié Kubaan het. Ek mag hom nie alleen laat nie. Hy is altyd by my. Deel van my, kan mens maar sê. Ons is, by wyse van spreke, één. As ek afgaan na die latrineblok, moet hy saam. As ek gaan stort, moet hy ook dié private oomblik deel. Hy is so na aan my dat hy my drome deel. Hy weet al amper wat ek dink.

Ek: Hei, Kubaan, stem jy saam? Is dit so?

Hy antwoord nie, hy kyk nie na my nie, soos 'n bang hond bang is om na sy baas te kyk. Ek laat die wurgketting rinkel. Dit klink soos iets uit 'n Middeleeuse kelder, of uit 'n Barbara Woodhouse-program.

Mens het dit aangevoel. Elkeen het dit aangevoel – ná Operasie Koedoe sal sy lewe nooit weer dieselfde wees nie. Sommiges het dié gevolgtrekking op melodramatiese wyse bereik. Ander het dit stil-stil bedink. Ek het, dink ek, dit instinktief gevoel, op 'n meer realistiese vlak as die ander.

Die klein patrollies die Bos in (ek het al iets daaroor genoem) het begin lyk na Boy Scout-togte na die Vaaldam of Chapmanspiek. Iets groters het voorgelê, my Kubaan, iets wat jou aan my besorg het, wat jou na my gebring het, sodat ek jou nou by my het soos mens 'n stuk koeël in jou bobeen ronddra – nooit is jy sonder die dowwe pyn nie, nooit sonder die herinnering nie.

Disselsade. Heldedade. Binne die vliegtuig: die gedreun van die motore het alles gesmoor. Dit laat my altyd dink aan insekte: die groen helms met die net daarop vas. Die rugsakke met die kort gewere, die waterbottels op die heup, die geverfde gesigte. Soos insekte in die maag van 'n groter insek. In dié tyd soek mens ook eers die sagte, klam plekke. Daar is dinge waaraan jy dink, waarmee jy spook. En dis dán dat die liefde ook wreder raak as die oorlog. Op die uiterste ken jy nie meer vrees nie. Die vlakte wat onder jou verbyskuif, is bloot 'n kaart, die kaart wat by jou ingehamer is by Basis, voor die vertrek. Jy is 'n kopspeld; as jy takties reg beweeg, word die blou kopspeld op die kaart 'n vlaggie. As jy of een van die ander in jou peloton 'n fout maak, word die speld dalk uitgetrek en al wat oorbly op die kaart, is die gaatjie wat die speld se punt gelaat het.

Jy weet nie meer jy is lewe, kosbare lewe nie. Jy is daarom nie meer bang om te sterf nie. Dis die geheim van alle leërs. Dit is die magiese krag van die uniform, die stamdans, die marsjerende peloton, die vliegtuig in formasie.

Disselsade, heldedade. Binne die vliegtuig: die reuk van Afrika se wind is nie Etosha se modder of die swaar trope se reuk nie, dis nie die reuk van vars mis en gras en die vroeë oggende nie. Dié reuk, 'n mengsel van masjienolie, sweet, leer, skoenpolitoer, klere, tentseil, rubber, sperm, liggame, bloed en die skerp geur wat 'n mens in die hoogste angs afskei (angs nie as vrees nie, maar as hipergereedheid, adrenalien-angs), is Afrika s'n. Dit is die asem, die nuwe asem, van die kontinent.

Later weet ons ons moet gereed maak. Die enjins doof uit, die rooi liggie flits aan. Gou, té gou, is die tyd daar. Die kajuitdeur gaap, 'n gat na 'n donker en woeste land onder. Die reuk raak bedompig. Afrika se reuk. Ons sweet, ons kamoefleerverf en sweet smeer af aan die agterkante van ons hande. Mens raak lus om te spring, om uit te kom in die lieflike wind, die vryval wat onkeerbaar is. Mens raak lus om net te val en te val, 'n koeël op sigself, 'n missiel na die middelpunt van die aarde.

Ek moet spring. Ruk die wind in my wangvleise. Ek dink niks. Konsentreer net op die sprong, die meganiek wat die Valskermskool by my ingedril het. Ek val los van die vliegtuig, die groot staalvoël wat opeens weg is; sy skaduwee kan ek links onder oor die bosse sien glip. Onder my is die wit blomme van 'n paar oop skerms, murasies, 'n geroeste sinkdak wat tóg son vang. Ek pluk my skerm en ruk tot 'n rustige sweef. Ek is nou in die niemandsland waar alle sekerheid verdwyn het. Geen aarde onder die voete, geen skroef om my weg te dryf nie, geen wete van wat onder wag nie. Soos 'n dissel, oorgelewer aan die wind en die toeval en – volgens die Kapelaan – die Voorsienigheid, het ek gedryf.

Ek was heeltemal alleen, totdat ons op die grond weer sou aantree nadat ons ons van ons skerms losgevou het. Ek moes my vrees beteuel. Dink aan die operasie. Dink aan elke beweging. In my gedagtes my geweer nagaan. My skerm probeer stuur. Uitkyk vir 'n vyandelike patrollie. Al nader kom die vreemde land. Ek val soos 'n saad – 'n dood of 'n lewe binne.

Ek het die Kubaan nie verwag nie. Ek het hom nie gevra nie. Hy is aan my opgedwing – deur die tyd, die geskiedenis, die besondere politieke omstandighede. Maar hóé hy ook al daar beland het (deur toeval óf Voorsienigheid) – feit is, toe ek grondvat in 'n dwarreling wind, half skeef binne-in 'n bos wat omtrent manshoogte staan, met my valskerm wat eenkant toe bol in die wind en ek wat rem en struikel en terselfdertyd vloek en om my soek na die ander ouens – toe is die Kubaan daar.

Geel soos van 'n eiland, vreemd met die fyn neusvleuels en die sensuele neusvleuels het hy uit die skaduwee gestap 'n plas son binne, sy roomkleurige uniform kraaknuut en hiperkorrek aan sy lyf. Het hy met my geglimlag? Ek het my vloekend probeer loswoel uit my valskermharnas, my gevleuelde anker wat my geknel het. Uiteindelik was ek los, die kort karabyn in my hand warm het die son reeds in die metaal gesit half binne-in die bos het ek geval en die karabyn het onder my begin knetter en die stof het in klein wolkies om die Kubaan se voete orent gestaan maar hy het steeds glimlaggend bly aankom en ek het hom vervloek sy geslag en sy hoer van 'n moeder en sy eiland en hy het glimlaggend aangestap gekom maar my nooit bereik nie terwyl ek snikkend my karabyn lê en leeg skiet het, nog half in my harnas, met die valskerm wat in Afrika se wind rustig eenkant op en neer flap.

1983

T. T. CLOETE

Dokter Diedericks leer om te lag

Dit is in die nasomer aan die einde van Maart.

Dokter Diedericks is 'n geneesheer. Hy lê alleen in sy slaapkamer in sy ruim huis en dink aan sy langdurige en ongeneeslike siekte, waaraan al sy geld en al sy mediese kennis en dié van sy kollegas niks kan doen nie. Ook nie die liefde van sy vrou en al sy kinders, wat almal reeds getroud is en naby hom woon nie. Hulle besoek hom gereeld en probeer hom troos, koop allerlei vir hom, maar dit help niks nie. As jou lewe bedreig word, kan jy nie opgewonde raak oor 'n nuwe skeermes of 'n nuwe naskeerroom om die vel lekker te laat voel en sulke ietsies nie. Sy siekte maak hom somber. Hy kan nie verstaan waarom juis hý wat so baie ander se pyn help verlig het, nou so baie en so lank moet ly nie. Hy kon nog so baie vir ander gedoen het. Hoekom moet mens sterf as jy nog wil lewe. Hy het sy lewe lank met die siekte en dood van ander gewerk; nou moet hy aan sy eie werk. Het hy nie verkeerd gekies toe hy besluit het om medikus te word nie – om só jou lewe lank met siekte en dood te werk?

Sy vrou kom uit die kombuis en praat met hom. Sy kan sien hy voel al weer sleg. Sy probeer hom opbeur. Sy staan daar in die deur, besorg oor die lang siekte van haar man, self aangetas deur maande se medelye, vrees . . .

„Jan is ook siek," sê sy. „Hy moet glo 'n ernstige operasie ondergaan."

Sy het dit 'n uur gelede ook al gesê, en hy begryp dat sy hom probeer troos, maar soos netnou verval hy in homself, antwoord nie daarop nie. Dit maak haar bedruk dat hy so weinig spraaksaam is; dit maak haar so triestig as hy daar so stil sit sonder om 'n woord te sê. Met 'n sug wat hy nie kan hoor nie gaan sy weer weg.

Een van sy kleinkinders kom binne met iets lekkers wat sy dogter vir hom stuur. Hy eet dit nie maar vra dat sy dit vir hom moet gaan bêre vir later. Al die medelye en meelewing en sorg en besorgdheid laat hom nog sieker en ernstiger voel. Dit maak hom bang, verswaar die erns van sy siekte.

Toe hy weer heeltemal alleen is, dink hy: Ek kan dit nie haal nie: eendag sal die groot en finale verwoesting kom. Maar wat is daar in sy lewe om *verwoes* te word? Die dood het alleen sin as dit iets sinvols verwoes.

Hy gaan 'n entjie stap saam met sy kleindogter wat weer huis toe gaan. Hy wandel moeilik deur die strate. Dit is 'n pragtige laatsomer-oggend. Die bome staan in hulle veelkleurige blare. Die son is sag. Hy onthou: „In a somer seson whan soft was the sonne". Hy weet nie of hy weer 'n somer sal beleef nie.

Hy dink daaraan dat hy die laaste tyd – dalk die laaste tyd van sy lewe – so min met sy vrou en kinders gesels, dat hy hulle verwaarloos – 'n sieke wat die gesondes verwaarloos! – dat hy so met sy eie siek gedagtes besig is. Hy moet by sy dogter ingaan, dink hy. Hy moet iets doen vir die lewendes, tot die einde toe. Hy stap in, vra haar uit na haar gesondheid, en dit maak haar gelukkig dat hy ineens so spraaksaam is.

Toe voel hy skielik hoe 'n koue hom bekruip. Sy dogter sien dit. „Voel Pa siek?" vra sy besorg.

„Ek ís dan al maande siek . . ."

„Maar is Pa nou sieker . . .? Ek vat Pa gou terug met die motor."

„Nee, toe maar, dit is nie ver nie; miskien is dit goed dat ek die entjie stap. Die bietjie wat ek self kan doen, moet ek doen."

Sy stap saam met hom.

Toe hy by die huis kom, is hy reeds koorsig en duiselig. Hy wankel. Dadelik gaan hy lê, en terwyl daar 'n rilling deur sy liggaam gaan, sê hy vir homself: Daar het hy my nou; ek het dit maande lank al verwag . . .

Hulle ontbied sy kollega wat na hom omsien.

Die dae het weke geword, die weke maande, die maande byna 'n jaar – en nou is dit die einde, dink hy. Dae lank lê hy en yl, sien gestaltes wat nie bestaan nie. Soms is daar helder oomblikke, maar helderheid en beneweling gaan nou ongemerk en gemaklik in mekaar oor.

Toe versink hy in 'n droom. Dit is 'n durende droom, wat aanhou selfs wanneer hy by sy bewussyn is, wanneer hy iets drink, of ietsie eet, of sy natuurlike behoeftes doen.

Hy droom dat hy in 'n pragtige duur motor ry, iets soos 'n Jaguar. Dit is 'n lang reguit teerpad, uitstekend gemaak, en hy ry sag. Hy is sterk en bestuur self. Maar die rit beangs hom. Dit is nie 'n rit soos van iemand wat blymoedig is nie. Hy sit alleen in die motor met sy oë angstig op die lang reguit pad gerig, want 'n vrees is in hom dat hy by 'n hek sal kom. Daar is geen rede om bevrees vir 'n hek te wees nie, want daar is vandag mos nie meer hekke op die grootpaaie nie. En ás daar hekke was, sou hy hulle immers self kon oopmaak. Tog laat hy toe dat vrees hom oorheers. Tog maak die gedagte aan die hekke hom so bevrees dat hy vir niks anders aandag het nie. As daar afdraaipaaie, stilhouplekke, omdraaikans is, dan sien hy hulle nie. 'n Skok gaan deur hom. Daar sien hy inderdaad 'n hek. Toe hy nader kom, sien hy dit is oop. Met 'n sug van verligting ry hy deur.

Hy voel onrustig. Hy maak sy oë oop, maar die wakendes by hom kan sien dat hy verby hulle kyk en deurmekaar is. Hy maak bewegings met sy hande asof hy 'n motor bestuur, en mompel ongeduldig oor die hek wat daar is, maar oop is – dis tog sinneloos.

„Daar was 'n hek," roep hy verskrik uit. „Maar gelukkig was dit oop."

Sy vrou sit haar hande op sy hand en kop.

Hy bedaar.

Hy reis verder. Daar is weer 'n hek, en weer 'n hek, maar hulle is almal oop. Tog laat elke nuwe hek hom skrik – die feit dat hulle oop is . . . dit word dus vir hom makliker gemaak om voort te reis, voort, die eindeloosheid in, sonder terugkeerkans. Hy dink daaraan dat hy nog nie vasgestel het of daar remme aan sy motor is nie. Hy soek met sy voete, vind die remme, toets hulle; die motor gaan staan. Toe sien hy dat hy betyds gerem het. Hy staan voor 'n hek wat toe is. Daar staan 'n man, 'n gewone verkeersman soos by 'n padblokkade. Die man loer by sy venster in.

„Waar reis u heen?"

Hy weet nie dadelik wat om te antwoord nie. Toe sê hy: „Waar almal heen reis."

Die man maak die hek oop.

„Ry dan maar," sê hy.

So hou dit aan. Elke maal is daar 'n hek en staan daar 'n verkeersman wat vra waarheen hy ry. Altyd gee hy dieselfde antwoord, en elke keer mag hy dan verder reis. Maar sy vrees word al sterker. Dalk kom daar 'n hek en 'n man wat nie wil oopmaak nie. Maar voorlopig gaan dit goed. Altyd weer maak 'n verkeersman die hek vir hom oop.

Toe kom daar 'n hek met 'n man wat anders lyk, wat 'n nuwe vraag vra:

„Wie is u?"

„Ek is dokter Diedericks. Ek is 'n geneesheer."

„Ja, ek weet van jou. Ons weet van al jou weldade. Ry maar."

Die man maak die hek vir hom oop.

Hy ry nou deur baie hekke en wys net elke keer na die kenteken op sy voorruit wat aandui dat hy 'n geneesheer is. Dan laat hulle hom vriendelik deur. Party keer hom voor net om hom te groet en 'n goeie reis toe te wens. Party van die hekwagte was sy pasiënte wat lankal dood is, hom nooit betaal het nie en hom nou eers bedank. Aan die een kant stel dit hom gerus, aan die ander kant ontstel dit hom – die reis vorder te maklik en te vinnig, sonder dat hy weet waarheen.

Toe kom hy by 'n hek waar daar twee manne staan. Dit maak hom weer beangs. Hy besef instinktief dat dit hier moeiliker sal gaan. Hy hou stil. Bang wag hy vir hulle.

„Wie is jy?" vra een.

„Ek is dokter Diedericks. Ek is 'n geneesheer, ek het baie mense gesond gemaak. Ander kon ek nie genees nie, maar ek het hulle lyding verlig, dikwels sonder vergoeding. Ek is onderweg verby party van hulle en hulle het my bedank en deurgelaat."

Die twee manne aarsel, en 'n tyd lank staan hulle eenkant met mekaar en beraadslaag sonder dat hy kan hoor wat hulle sê. Lank bekyk hulle hom twyfelend.

Toe vra een: „Is dit jy wat met die groot treinongeluk in Johannesburg by die arm derdeklaspassasiers aan die agterkant van die trein begin dokter het . . .?"

„Ja, dit is ek."

Hulle maak vir hom oop.

„Dan kan jy maar ry."

Lank ry hy ongesteurd verder. Dit lyk of daar nie meer hekke is en manne wat vrae stel nie. Wyd en oop lê die wêreld, sonder iets wat jou keer, met 'n landskap wat boomloos en hemelloos is, eindeloos uitgestrek, sonder sonskyn, maar nie donker nie, asof onder bewolkte lug, grys, met 'n reguit pad wat onbelemmerd in die verte oor die vlaktes uitstrek.

Naderhand ry hy deur 'n digte mis. Plotseling is daar weer 'n hek, en weer staan daar twee manne.

„Ons het oor die radio van die ander hekwagte gehoor dat jy kom. Jy is dokter Diedericks, geneesheer."

Groot angs bevang hom.

„Ons moet jou uitvra. Wat het jy vir jou pasiënte gesê wat jy gesond gemaak het?"

„Wat bedoel u?"

„Het jy hulle ooit vertel dat jy nie die enigste of eintlike geneesheer is nie, dat die pasiënte moet saamwerk . . .?"

„Ja, dit het ek dikwels . . ."

„Het jy hulle ooit vertel van die genesende krag van God die Here?"

Hy laat sak sy kop in skaamte.

Nee, dit het hy nooit vertel nie. Maar hy het hulle altyd bemoedig, hulle min geld gevra – hy het baie arm pasiënte verniet gedokter.

„Ek het nie ryk geword uit my praktyk nie . . ."

„Ja," sê hulle, „ons weet dit reeds."

Hulle aarsel nog so 'n bietjie. Toe, langsaam, asof hulle nog twyfel en hom 'n groot guns bewys, maak hulle die hek oop.

Neerslagtig ry hy verder. Dit word al moeiliker. Netnou sal hulle hom weer vrae stel wat hy ontkennend moet beantwoord. Dan sal hulle hom nie laat deurgaan nie. Waarheen dan? Daar is immers nie omdraaikans nie. 'n Lewe van toewyding en harde werk – en tog het hy foute gemaak; hy was nalatig, sonder om te weet dat hy nalatig was. Hy het baie ellende verlig of weggeneem, maar het hy vreugde verkondig? Moes hy nie liewer predikant geword het nie? Hy het baie aan ander mense, vreemdelinge, gedoen, maar het hy ooit aan homself gewerk? Aan sy geliefde huismense? Hy voel skuldig – maar hy weet nie mooi waaroor nie. Hy het lus om te probeer omdraai en te kyk of hulle weer die hekke vir hom sal oopmaak op pad terug huis toe. Hy maak wilde stuurwielbewegings met sy hande asof hy vinnig met 'n motor draai. Sy vrou sit haar hande op syne. Hy bedaar.

Toe sien hy iets wat hom tegelyk van hoop en wanhoop laat bewe. Hy sien 'n hoë rots voor hom en bo-op die rots 'n groot kerk, soos hulle in die Middeleeue gebou het. Dit is 'n pragtige groot kerk. Ineens is daar sonlig oor die landskap. Die sonlig blink in die groot kerk se vensters. Daar staan talle groot blink motors om die kerk. Maar hoe sal hy daar kom? Hy sien nog hekke voor hom, en 'n steil, kronkelende pad na die kerk toe, hoog op die rots.

Hy het verwag dat hy 'n gesing en gebede uit die kerk sou hoor kom. In plaas daarvan hoor hy 'n aanhoudende jubelende gelag uit die gebou opklink. Dit verstom hom. Dis of hy deur die groot vensters teen die hoë mure silhoeëtte van verminkte gestaltes sien, maar hulle lag, of hulle krul so van die lag.

Daar is hy ineens al weer voor 'n hek. 'n Indrukwekkende man staan voor die hek, lank en fris gebou, met deurdringende juweelagtige oë. Hy staan vreesloos orent, soos iemand wat baie mag het, soos 'n regter, soos 'n engel wat soos 'n regter aangetrek is in 'n toga.

Hy hou vol vrees 'n hele ent van die hek af stil.

„Waar gaan jy heen?" roep die man van ver af.

„Na die kerk toe, u edele," antwoord dokter Diedericks.

„Wie is jy?"

„Dokter Diedericks."

„Waarom is jou gesig so strak? So bevrees? So ernstig? Waarom lyk jy so bedruk? Waarom lag jy nie? Ek laat alleen mense deur wat lag. Hy wat in die hemel woon, lag." Om te bevestig wat hy gesê het, wys die man met 'n vinger na 'n plek in 'n dik boek wat hy by hom het, oopgeslaan, met die oopgeslane kant na Diedericks toe. Diedericks kan egter niks daarvan lees nie, dit is te ver, en dit is in klein skrif, gedruk op dun papier. Hierdie woorde verbaas hom. Dit klink amper spottend.

„Ek weet alles van jou af. Dat jy gely het in jou jeug, dat jy daarom besluit het om geneesheer te word om ander se lyding te verlig, dat jy 'n baie swygsame en stug mens is omdat jy so baie lyding gesien het, dat jy baie siekes genees het, baie behoeftiges en armes gratis behandel het, dat jy hard gewerk het, baie nagevors het om die mens se lyding te verlig, maar dat jy nooit gelag het nie, nie Bergson oor die lag gelees het nie, of Norman Cousins nie."

„Maar ek het baie in die Bybel gelees. Ek was nie 'n kerkmens nie, maar ek was 'n Bybelmens."

„Dan het jy nie goed gelees nie."

Skielik raak Diedericks opstandig, begin hy sy man staan: „Waarom moet ek lag? Moet ek lag oor my een kind wat dood is, oor my eerste vrou wat ek verloor het, oor al die lyding wat ek in my lewe gesien het, oor my eie lang siekte van nou al byna 'n jaar, oor die pyn wat ek self gely het van my geboorte af tot nou toe? Dit is nie maklik om daaroor te lag nie."

Die man is inskiklik: „Nee, dit is nie altyd maklik om te lag nie. Abraham en Sara en Hagar se seun het al moeilikheid met die gelag gehad, en Job met die mense wat jonger as hy was, en die Prediker, maar Dawid . . ."

Diedericks raak al dapperder: „Moet ek lag as die ongeluk my tref? Moet ek oor verwoesting en broodgebrek lag? Moet ek oor my sondes lag, of oor dié van ander mense?"

„Maar het jy ooit jou pasiënte leer lag? Het jy ooit dié wat gesond geword het, aangemaan om te lag, dié wat jy genees het, gewaarsku om te gaan en te lag? Het jy ooit gelag omdat jy geneesheer was en nie die pasiënt nie? Het jy daaraan gedink dat jy tot jy siek geword het 'n lang lewe gehad het om te lag? Dat jy nou nog daaroor kan lag?"

Dan volg daar 'n lang stilte.

„Wat moet ek nou doen?" vra Diedericks.

„Omdraai."

„Waarheen?"

„Terug na waar jy vandaan gekom het."

„Om wat te doen?"

„Om te gaan leer lag. Daar móét 'n tyd wees om te lag."

Die man lag en laat hom omdraai.

Toe hy terugry, is daar skielik geen hekke nie.

Stadigaan word hy weer beter, langsaam, met tye van nuwe verswakking. Ure lank sit hy sonder om te roer, sy gedagtes soos 'n groot glas water. Dan dink hy oor sy droom . . . „Die droom wil my iets leer, ek weet nie hoekom nie."

Toe kom die predikant op besoek, iets wat nooit vroeër gebeur het nie. Die predikant het altyd gedink die dokter het hom nie nodig nie, en die dokter het gedink die predikant is iemand wat redeneer: „Van lag moes ek sê: dis sinloos, en van plesier: wat bring dit?"

Hy hoor weer hierdie gedagte toe hy die predikant daar voor hom sien. Dit klink vir hom bekend-vreemd, asof dit nie sy eie gedagte is nie, asof hy dit dink met die stem van die man wat hom laat omdraai het.

Dokter Diedericks sien hoe die predikant hom aankyk. „Dalk dink hy dit is klaar met my."

„Moet ek vir u iets lees, dokter?" vra die dominee.

„Graag," antwoord Diedericks.

„Wat sal ek vir die geneesheer lees?" dink die dominee. Hy soek. Blaai rond. Vra: „Wat moet ek lees vir u?"

„Dominee kan maar lees wat u wil."

Die man is sterwende, dink die predikant, sy taak is voltooi, hy gaan huis toe, al kon hy nog lank gelewe het.

„Dan sal ek vir u lees uit Prediker 7. Ek lees van vers 1 tot vers 16."

Hy begin lees. Dokter Diedericks neem elke woord op, al lyk dit of hy skaars hoor. Toe die dominee by vers 3 kom, roer dokter Diedericks asof hy die dominee wil stilmaak. Maar hy sê niks. Toe die predikant by vers 6 kom, roep

Diedericks: „Dit is genoeg." Dit is of hy helder raak. Asof hy iets ontdek het, roep hy: „'n Mens kan lag terwyl hy treur." Hy raak stil. Doodstil sit die predikant en mevrou Diedericks in die vertrek by die dokter, verstom. Hulle kyk na die sieke. Sy mond is nog oop in 'n naroep. Sy oë is toe. Hy sak terug in die groot leunstoel met die hoë rug. Sy mond vertrek. Dit lyk asof hy dood is . . . of hy lag . . .

1984

PIETER W. GROBBELAAR

'n Swakheid van die vlees

In die oorlog was daar twee soorte verraaiers – sê oom Basjan: die selfgemaaktes en die geskapenes. Oom Schalkie was so 'n skepsel.

Hy het dit nie geweet toe die moeilikheid begin het nie, of anders sou hy seker maar 'n ander skeet uitgedink en by die huis gebly het, soos daar oorgenoeg diésulkes was. Ons Vrystaters had laas in '65 'n veldtog, teen die Basoeto's, en toe was dit nie vir oom Schalkie nodig om te gaan veg nie. En dit was al '99 toe die Ingelse gekom het.

Toe die oproep uitgaan, het oom Schalkie sy perd, saal en toom en geweer reggekry, en met mondprovisie vir agt dae, soos die kommandeerbevel gelui het, saam met ons ander Poorters bymekaargekom, en onder veldkornet Neethling het ons verder getrek om by die Petrusburg-kommando aan te sluit, want ons sou in dié afdeling veg. Die ding met oom Schalkie het ook nie sommer oornag bekendgeraak nie, want die oorlog was aan die begin maar 'n harmansdrup-affêre. Ons het gehoor dat daar in Natal kwaai baklei word, maar hier aan die westekant het ons rondom die Ingelse in Kimberley en Mafeking gaan lê en wag vir iets om te gebeur.

Ek was die dag by toe oom Schalkie saam op patrollie uitgegaan het en ons vir die eerste maal onder die lood gekom het, en nadat ons 'n paar sarsies teruggeskiet het net om te wys dat ons ook kan as ons wil, het ons omgedraai kamp toe. Ek merk toe dat oom Schalkie nie reguit saam met ons gaan afsaal nie, maar eers agter 'n bos indraai en lank daar vertoef, maar ek steur my nie verder daaraan nie, want elke mens het mos sy behoeftes.

Die tweede maal was ek elders toe 'n klompie van ons Poorters met oom Schalkie daarby in 'n skerp skermutseling betrokke was, en by hulle terugkoms het ek die burgers hoor praat.

„Ai, oom Schalkie, hoe het Oom se broek dan so klam tussen die boude uitgeslaan toe die Ingelse op ons lostrek?" sê Douw Radys, soos ons hom genoem het omdat hy nooit ordentlik bruin gebrand het in die son nie en altyd half bleek gebly het met net sulke kolle-kolle rooi afgedop, maar sy eintlike van was De Waal. Hy wás so kontant met sy mond.

Oom Schalkie was 'n besadigde man, dienende ouderling toe die oorlog uitgebreek het, skraal van postuur met so 'n skimmel bokbaardjie, en ek sien nou nog voor my oë hoe dit teen die vuurlig wip terwyl hy kortaf antwoord: „Aag, jy praat dinges, man!" Toe draai hy om en stap weg, en daardie aand het hy gaan slaap sonder om saam te eet.

Maar niemand het hom te ernstig aan oom Schalkie se moeilikheid gesteur nie – tot by die Slag van Modderrivier, toe die Ingelse ons al aan die hardloop had met hulle kolonnes soos sprinkane oor die veld, en ons weer 'n keer wou probeer vasskop. Ons Poorters was in so 'n baster-klipkoppie, en ek moet sê: dit het daardie dag bars gegaan. Die Ingelse het hulle kanonne op ons oopgetrek, en as hulle nie sulke vrot skuts was nie, was ons almal saliger gedagtenis. Soos dit moes kom, het Douw Radys langs oom Schalkie gelê, en toe die skietery 'n oomblik stil word, roep hy kliphard: „Sies, magtig, oom Schalkie; wat stink so?"

Daar bars oom Schalkie in trane uit. Hy lê met sy kop op die kolf van sy geweer, en sy hele lyf ruk soos hy snik sodat 'n mens hom moet jammer kry, en tussen die snikke deur sê hy: „Ek . . . kan dit nie help nie . . . Dis my maag . . . As hulle op ons begin skiet . . . bevuil ek my broek."

Ons kon daar en dan nie dieper op die saak ingaan nie, want die Ingelse het juis weer begin vuurmaak, en dit was elke man vir homself. Maar die volgende dae en weke terwyl die Ingelse ons hot en bles oor die Vrystaatse vlaktes begin jaag het en ons net so dan en wan kon terugbyt voor ons weer spore maak, het ons baie oor oom Schalkie gepraat. Douw Radys wou nog spot, maar die Veldkornet het hom gou-gou die swye opgelê. „Dis 'n siekte wat enigeen van ons kon oorgekom het," het hy gesê. „Ons moet oom Schalkie help."

Dit was maklik om sommer so openlik oor alles te gesels, want oom Schalkie het al meer en meer eenkant gebly en selde nog tussen ons kom sit. Daar en dan gee die Veldkornet vir oom Hans Vandeventer, 'n befaamde man met kruierate, opdrag om iets vir oom Schalkie te berei. Oom Hans het gebrou, oom Schalkie het gesluk, maar dit het niks gehelp nie.

Toe het die Veldkornet ernstig met oom Schalkie gepraat. „Oom moet Oom nie so aan die Ingelse steur nie," het hy gesê. „As hulle begin skiet, dink net aan . . . Wat is vir Oom die lekkerste ding op aarde?"

„Groenvyekonfyt," antwoord oom Schalkie sonder om twee maal te dink, en dis g'n wonder nie, want sy ou vrou, tant Grieta, kon sulke onoortroffe groenvyekonfyt kook.

„Dan dink Oom net aan groenvyekonfyt en vergeet al die ander dinge," sê die Veldkornet.

Ek weet nie of oom Schalkie die raad gevolg het nie, maar daar was g'n verbetering merkbaar nie. As 'n vyandelike skoot klap, is daar 'n vy in sy broek.

Oom Schalkie het by die dag agteruitgegaan. Ek het mos gesê hy was net vel en been. Dit was te naar om hom so in die saal te sien heen en weer slinger. Noudat almal tog van die ding geweet het, het hy baiemaal sommer sonder broek gery, want dié moes tog darem kans kry om droog te word.

Die Veldkornet het oom Schalkie glad nie meer laat veg as hy dit kon verhelp nie. Hy moes net die perde vashou, maar selfs die geluid van die skote agter die rantjie was vir hom te veel. As ons weer by hom kom, staan hy in sy velskoene, en sy broek hang oor 'n bos. Toe wou die Veldkornet hom kok maak, maar daarteen had ons almal begryplike besware.

Dis toe dat Douw Radys – vergeet sy groot mond; hy was 'n man met 'n kop op sy lyf – met die plan vorendag gekom het. „Oom Schalkie moet gaan hendsop," sê hy waar ons een aand teen die saals skuinslê. „Ons Poorters se naam stink al publiek by die kommando's."

Douw het nie oordryf nie. Die ander manne het ongenadiglik met ons die spot gedryf en ons die „Sk-tbroeke" genoem.

Uit beginsel het ons kwaai teen Douw se voorstel geprotesteer – te kwaai, soos 'n mens maar maak as hy nie seker van sy saak is nie. Toe het ons stil geword en begin nadink. Met so 'n maag sou oom Schalkie in elk geval niks vir die vyand beteken nie.

Die daaropvolgende dae het ons swaar geleef. Die Ingelse moet 'n Hans-kakie of so gehad het om hulle te lei, want niemand anders kon daardie skelm paadjies so goed geken het nie, en elkers het hulle ons so amper-amper op die nes vasgetrap. Oom Schalkie het omtrent pal broek in die hand gery, maar kopgee was min. Hoe vuriglik ons ook al gehoop het dat hy tog liewers in die Ingelse se hande sal val, elke slag het hy ontkom. Douw Radys se plan was al oplossing. „Gaan gee oor, oom Schalkie. Toe, Oom. Dis die beste so," het ons hom vroeg en laat aangemoedig, maar vergeefs. Oom Schalkie het sy ry gery, seer maag en al.

Die Veldkornet het hom tot dusver nog eenkant gehou as ons van oom Schalkie se moontlike hendsoppery praat, want dit het darem nie 'n offisier van die Republiek betaam om sy burgers tot verraad aan te spoor nie, maar hy het gesien dat ons kommando'tjie dit nie veel langer gaan uithou nie. Daarom roep hy oom Schalkie een middag en sê vir hom:„Oom, vat nou Oom se perd, saal en toom – die geweer sal ons hou – en trek aan Oom se broek, dan gaan hendsop Oom."

Oom Schalkie was 'n pligsgetroue mens. Toe die Veldkornet hierdie woorde met hom praat, is dit asof daar 'n groot rustigheid oor hom kom. „As Veldkornet nou sê ek moet dit doen vir ons Republiek, dan doen ek dit," antwoord hy.

„Vir ons Republiek, Oom," sê die Veldkornet.

Oom Schalkie het sekuur gemaak soos die Veldkornet vir hom beduie het. Hy het sy geweer vir hom gebring en sy perd opgesaal. Toe het hy ons elkeen met 'n handdruk gegroet.

Ek sien hom nou nog soos hy van ons oorstaning af wegry: 'n lang, maer figuur op die rug van sy kolperd wat ook al beter dae geken het. Toe hy so 'n entjie weg is, draai hy in die saal om en wuif vir oulaas.

„Dag, oom Schalkie!" roep ons terug.

Iemand sit in. Dit moet seker weer Douw Radys gewees het, want hy was 'n mens wat aan sulke dinge gedink het. Een vir een tel ons die wysie op totdat ons almal saam uit volle bors die verdwynende oom Schalkie dra op ons lied. „Dat 's Heeren zegen op u daal," het ons gesing.

1984

JAN VAN TONDER

Aandenking vir 'n vry man

,,Hoe kom mens uit dié plek uit?" vra die nuweling. Hy is jonk en sterk. Dit voel vir hom of sy skouers vel-af skaaf teen die mure, of hy nie kan gedraai kry sonder om êrens te skuur nie. Elke bevel van 'n bewaarder voer hy uit eers nadat hy die man reguit in die oë gekyk het.

Langs hom staan nog 'n man in gevangenisdrag. Hý lag wit wasem, hande in die sakke teen die koue. ,,Die mure is hoog, hè?" Hy lag weer. ,,'n Man doen maar sy stretch, dán huis toe."

Allies leun teen die rooibaksteenmuur van die selkompleks; hy het sy een voet in die gras geplant en die ander hoog opgetrek as buffer tussen sy boud en die koue muur. ,,Ek praat van vóór die tyd, man," sê hy driftig.

,,Dis nie vir jou nie, Allies," maan Bill. Hy weet waarvan hy praat, want hy het voorheen vonnisse uitgedien en het self eenkeer probeer ontsnap, maar is gou weer gevang. Toe het hy nie parool gekry nie. ,,Nee, mate, doen jou tyd."

,,Ek bly nie hier nie, no ways. Dis maklik vir jou om te praat met die drie jaar wat jy oor het, maar weet jy hoe lank is twin-tig fffókken jare? Op my ouderdom?"

Bill trippel rond om sy bene warm te kry. Hy vryf sy hande in die koue son. Hy skud sy kop aanhoudend. ,,'n Mens kom reg hier, later. Jy leer om nie so teen die jare vas te kyk nie. Geduld, my mate. Hier kan jy ook vir jou 'n lewe maak. Dis tog amper soos buite: goeie mense, slegtes, vriende, 'n job. Die reëls is nie so lekker nie, ek weet, maar buite is daar ook mos wette, nes hier."

,,Hoe kan jy dit 'n lewe noem? Ek wil hier uit, man!" Hy moet hom bedwing om Bill nie voor die bors te gryp nie. Hy staan 'n ruk doodstil en sê dan: ,,Ek kan nie, Bill, sowaar as die Here." Sonder dat hy wil, begin sy oë traan. Hy snuif 'n slag en spoeg langs sy voete, sak op sy hurke neer. Die rook van sy sigaret draai tussen sy geel gevlekte vingers deur.

Bill onthou hoe hy lank gelede in 'n ander tronk ook so gesit het. Daar is niks wat help vir dié ding nie, behalwe as jy regtig so ver kom om springbokkie te word . . .

Maar nee, hy durf Allies nie aanmoedig nie.

Terug by die sweiswerk waarmee hy besig was voor ete bly die gedagte aan ontsnapping by Bill. Twintig jaar het Allies gekry. 'n Kwart daarvan remissie: vyftien oor. Vyf of ses daarvan parool as hy hom gedra: nege oor. Maar Allies se humeur is te kort, uit die baklei sal hy nooit kan bly nie. Hy sal veertig wees wanneer hy hier uitloop, of amper veertig.

Hy slaan die sweisreste met die skerp hamertjie van die gloeiende lasplek af. Sy aandag is nie by die werk nie. Meet en pas, staal teen staal. Allies 'n springbokkie? Is die hoek haaks? . . . Knyp die nuwe sweisstaaf vas en buig hom en slaan zoemende vonke met die punt uit die staal . . .

Aandete in die gevangenis word vroeg genuttig en dan word die inwoners toegesluit voordat die dagskof van diens kan gaan. Allies en Bill deel hul sel met 'n stil, versigtige ou man met skrefies-oë. Die oue is die ene tatoeëermerke – sy lyf 'n trotse kerfstok van talle vonnisse. Vroeër was hy ook die tronk se meestertatoeëerder.

Ná die geklap van deure en slotte volg die kenmerkende stilte. 'n Klein rukkie is daar niks, en dan eers begin almal rondskuif om alles gedoen te kry voor die ligte afgeskakel word. Bill skryf 'n brief aan sy vrou.

Die oue kook water vir sy tee: die elektrisiteit kom van die ligsok teen die plafon met 'n draad langs na twee skeermeslemmetjies in 'n beker water. Hy luister behoedsaam ingeval 'n bewaarder die gang afgestap sou kom en hom met die toestel vang. Wanneer hy klaar is, versteek hy die „ketel" in 'n klein skeurtjie in sy matras.

Allies bestudeer die tralies voor die venster. Hy staan op en gaan na die deur, dié bevoel hy en gaan lê weer op sy bed, onbewus daarvan dat Bill nou en dan van sy skrywery af na hom opkyk.

Bill kan nie slaap nie. Hy hoor Allies rondrol. Dis al na twaalf.

„Daar's 'n ou trick wat al vir baie gewerk het," sê hy uiteindelik saggies.

Allies sit regop in sy bed. „Bill?"

„Ek sê daar's 'n . . ."

„Gaan jy my help?" val Allies hom in die rede.

„Ek vertel jou net van dinge wat al gewerk het vir ander manne – ek wil nie my parool bedôner nie, mate."

„Vertel."

Bill vertel en dié nag droom Allies van 'n nuwe lewe en hy droom van bloed en skarrelende mense in wit klere. Met die opstaan besluit hy dat hy gaan ontsnap, maar sê niks vir Bill nie. By die werk dink hy sonder ophou aan sy vryheid. Hy besluit om 'n soewenier met hom saam te neem, wat hy tot die dood toe by hom sal hê. 'n Tatoeëermerk van die oue. Dit is al wat hy uit die tronk sal saamvat, belowe hy homself.

Met middagete sê hy vir die oue: „Ek soek 'n prentjie vanaand. Môre moet hy sit en klaar. 'n Smart prentjie, hoor jy?" Hy loop weg voordat die man kan antwoord. Die skrefies-oë lag – hy het jare laas 'n opdrag gehad.

Terwyl Bill by die deur waghou, werk die oue met die naald. Allies wou 'n vrou hê, soos die een op die ou man se rug. Maar syne moet vlerke hê.

„Ek sê nog dis nie nodig dat jy nog bom toe gaan voor jy waai nie," sê Bill. „Jy gaan 'n paar dae kry vir die prentjie. Jy weet nie hoe is dit daar nie. Nét so 'n klein fokken selletjie, mate." Hy wys met die hande. „En die rations daar is nie soos jou ma s'n nie, nè. Jy suffer. In elke stretch het ek al bom gedoen, behalwe dié een. A-groep en als vir die eerste keer in my lewe, mate."

„Ek het lus vir tee," sê die oue.

„Maak klaar hier. Ek soek 'n smart prentjie. Dis al wat ek hier uitvat en dit moet smart wees."

Die oue werk in stilte verder. Hy wonder of Allies sy plan gaan deurvoer. Hierdie tatoeëermerk lyk vir hom na blote uitstel. Hy sê dit nie.

„Ek gaan nie bom toe nie," sê Allies skielik. Die ander twee kyk hom fronsend aan, maar sê niks.

„Ek gaan nie bom toe nie want ek gaan môre-oggend hospitaal toe."

Die oue kry onmiddellik respek vir die fris man onder sy hande. Dis toe nie uitstel nie. Een van sy prentjies gaan weer straat toe.

„Lemmetjie?" vra hy en deur die skrefies blink sy oë van opgewondenheid.

„Jip."

Die oue werk ywerig en kry klaar net voor die lig afgeskakel word. Uitgelate en vrypostig tik hy Allies teen die blad. „Tjie-tjie-tjie."

Allies sien hom oor omdat dit 'n spesiale geleentheid is.

„Ek gaan jou mis, mate," sê Bill na hy 'n ruk in die donker gelê het.

Allies het ook geheg geraak aan Bill in die paar maande. Hy antwoord nie. Hy is skielik bang vir wat hy môre moet doen – die ou-ou tegniek waarvan Bill gepraat het: die sluk van 'n skeermeslemmetjie. By die tronkhospitaal kan hulle niks vir jou doen as jy lem gesluk het nie. Dis 'n operasie in die algemene hospitaal in die stad. Daar herstel jy ook die eerste ruk met net een bewaarder wat jou oppas.

Jy word aan jou katel vasgeboei en die wag sit en lees of dut of gesels met die verpleegsters totdat sy aflos kom. Wanneer jy sterk genoeg is, vang jy die wag met 'n slap riem en jy is weg. So het Bill min of meer vertel.

Die moeilikste van die hele spul is glo die slukkery.

'n Uur voor hulle wakker gemaak word, is Allies op. Hy het nie meer as 'n halfuur op 'n keer aaneen geslaap nie. Die wegkom is te belangrik, hy kan nie wag om te gaan nie. Die vrees vir die lemmetjie het grootliks verdwyn. Hy sal nou enigiets doen.

„Gaan lê, man." Bill draai 'n slag om. Hy het self eers in die nanag aan die slaap geraak.

„Jy kan my lemmetjie kry," sê die oue gul.

„Gee dan. Joune ook, Bill." Hy neem die lemmetjies. „Die twee van die ketel ook, ou man."

Teësinnig staan die oue die lemmetjies af.

Allies wonder of dit gaan seer wees, maar onthou hoe vry hy reeds voel sedert hy besluit het om te ontsnap.

„Ek het hom ook probeer sluk een keer," bely die oue skielik.

„Was dit seer, ou man?"

„Seer, ja."

„Het dit gewerk vir jou?"

Dit lyk of die oue spyt is dat hy uitgelap het. Hy antwoord nie.

„Het dit gewerk, vra ek!"

„Net my tong stukkend gesny. Die lem en my tee uitgekots voor daar goeie skade kon kom. Sommer tronkhospitaal toe."

Allies bind die lemmetjies met skoenmakersgare in 'n treintjie aanmekaar, die een kort op die ander. Hy het hulle eers elkeen in twee geknak om die sluk te vergemaklik.

„Jy gaan seker nie die hele lot sluk nie," sê Bill bekommerd.

„Ek gaan seker maak. Ek wil nie die ou man se fout maak nie."

„Ek dink jy moet versigtig wees."

Allies het weer op sy bed gaan sit. Dis nog donker in die sel.

„Ek moet seker maak."

„Maar een is genoeg, mate. Netnou is jy so siek dat jy nie eens kan wegkom nie. Dan was alles verniet."

Dis 'n ruk stil voor Bill agterkom dat alles nie pluis is nie. Hy spring na Allies toe en in die effense lig wat nou deur die venster kom, sien hy die jongman se lyf ruk. Hy sien die toutjie by sy mond uithang en besef wat Allies gedoen het.

„Los die lyn," skreeu hy en gryp Allies se hande vas. „Los, mate, los die bliksemse ding."

„Wat gaan daar aan?" kom dit van die gang af.

„Help hier!" Bill is nie so sterk soos Allies nie. „Help!"

Die toutjie is met bloed oortrek toe Allies hom beetkry en uitruk. Die ry lemmetjies kerf aan sy slukderm en tong en bloed stroom by sy mond uit. Hy wil iets vir Bill sê, maar hy kry net reg om bloed te roggel. Sy mond vertrek asof hy wil lag.

Hy is baie stil toe die meestersleutel eindelik gehaal en die seldeure oopgesluit word. 'n Ruk lank het hy erg gehoes van die bloed wat in sy lugpyp begin afloop het, maar nou ruk sy lyf nog net sporadies. Op 'n draagbaar gaan hy uit.

In die sel bly die oue teleurgesteld sit. In sy hand swaai die bebloede skeermeslemmetjies aan 'n lyn.

„Wat nou van my prentjie?" sê hy en kyk soos 'n kind na Bill.

1984

Victor Singh

Hy was lank weg, Victor Singh. Die mense wat hom geken het voor hy Pretoria toe gestuur is, het hom byna nie herken toe hy weer hier opgeneem is nie.

Singh sit met sy bord in die een hand, lepel in die ander. Hy praat nie. Sê net nee of ja as een met hom gesels. Dis al hoe lank dat hy terug is en nie 'n woord sê as dit nie nodig is nie.

,,Wie's daai ou wat nooit sy mond oopmaak nie?" het ek al baie nuwelinge hoor vra. Dié keer Daniël Tutu.

,,Dis Victor Singh," antwoord Mbatha. Mbatha het vir Singh geken voor hy weg is. Hy het gesien hoe grys hy geword het. Hoe daar skielike lyne op sy gesig verskyn het.

,,Is dít die man wat Pretoria toe is?"

,,Dis die man."

Almal weet van Singh. 'n Man was maar 'n paar dae hier, dan het hy al gehoor van Singh, Victor Singh wat Pretoria toe is.

Ek het al gehoor dat selfs die nuwe bewaarders vroeg-vroeg al deur die ander van Singh vertel is. Party van hulle het glo gaan kyk na foto's van Singh wat geneem is voor hy weg is. ,,Merkwaardig," het hulle dan gesê.

'n Mens hoor Singh se stem maar min, maar selfs die paar woorde wat hy sê, oortuig jou dat hy 'n ou man is.

Sy vrou het glo aan die huil gegaan toe sy hom die eerste maal sien na hy teruggekom het. Sy kon dit mos nie bekostig om hom te gaan besoek die ses maande wat hy in Pretoria was nie.

,,Oh, God, God, what did they do to you?" het sy geskreeu.

Ek self het dit nie gesien nie, maar almal praat daaroor.

Wat ek wel weet, is dat Singh lyk soos iemand wat die dood enige oomblik verwag.

Hier is baie van ons wat moord gepleeg het. Maar dis net Singh wat galg toe gestuur is. Dis net hy wat Pretoria toe is om te wag vir die tou.

Toe stuur hulle hom terug; en nou kan hy die wag nie afgeleer kry nie.

1984

ALEXANDER STRACHAN

Visioen

Hier is nie veel te doen nie en ek sit maar die meeste van die tyd onder die knoppiesdoringboom. Soms stap ek af rivier toe, hoewel dit miskien 'n bietjie gevaarlik is.

„Jock wil jou sien," sê die jong man wat oor die sand aangestap kom. Hy het net 'n kortbroekie aan en sy vel is donkerbruin gebrand. In sy hande is 'n stuk hout waaraan hy kerf.

Jock lê in sy hut. Sy oë kyk sonder belangstelling na bo. Ek trek vir my 'n stomp nader en sit vir die soveelste keer en kyk na die manier waarop die latte inmekaargevleg is. Die vlieë is lastig en ek klap kort-kort na hulle.

„Vertel my van hom," sê ek so skielik dat Jock sy kop effens draai. „Jy het hom goed geken."

Die laaste ruk dink ek dikwels aan hóm. Niemand weet dat hy my vader was nie. As kind het ek hom af en toe gesien wanneer hy by ons aan huis gekom het. Dit het maar min gebeur, want sy koms het altyd die huishouding omgekrap. Kort voordat ek by die leër aangesluit het, het ons gehoor dat hy dood is.

Ek kon nie veel van hom uitvind by die soldate wat saam met hom gewerk het nie, aangesien hulle huiwerig was om oor hom te praat. Om die waarheid te sê, hulle wou nie eers direk na hom verwys nie. Ek het gou besef ek moenie te veel uitvra nie.

Tog was daar fluisteringe in die basis: Hulle het 'n hinderlaag gelê en een van die Boesmanspoorsnyers was opgesteek. Die man na wie niemand meer by name verwys nie, het 'n gevaar geword oor die manne te lojaal teenoor hom geraak het. Ook die spoorsnyer het dié nag gesterf. 'n Paar soldate het onmiddellik bedank en die ander wil, miskien ter wille van hul eie posisies en by 'n gebrek aan bewyse, eerder nie hieroor praat nie.

Jock het nou nie meer nodig om stil te bly nie. Tog lê hy net en staar met nikssiende oë na die dak. Ná 'n lang ruk wys hy vir my dat ek kan gaan.

Dis moeilik om te glo dat ek 'n week of so gelede nog by my huis was. Die telefoon het gelui en nadat ek gepraat het, het ek na die motorhuis gestap en die sak met my uitrusting van die balke afgelig. Toe het ek stad toe gery.

Die grys gebou was bekend. Ek kon selfs van die vrae onthou wat destyds hier aan my gestel was:

„Sal jy daarvan hou om mense dood te maak?"

(Jy mag nie.)

„Terwyl jy vinnig in Eloffstraat af ry, stap 'n ou man met 'n seuntjie skielik voor jou motor in. Jy moet een van die twee doodry. Wie?"

(Dit maak nie saak nie. Jy moet net wys jy kan dadelik 'n besluit neem.)

„Hoekom bewe jou hande so?"

Ek was toe agtien jaar oud. Hierdie keer het die sekuriteitswag my na 'n ander kantoor geneem.

Vier mans sit rondom 'n tafel. Die een wat namens almal praat, glimlag eers, beduie dan ek moet sit, tel die koerantuitknipsels van die tafelblad op en begin die opskrifte die een na die ander vir my lees:

„Suid-Afrikaanse soldate vermis?"

„Groot groep soldate gevange geneem?"

„Weermag ontken gerugte."

Die spreekbuis laat die koerantblaaie sak en kyk my lank in die oë voor hy stadig begin praat sodat ek elke woord mooi hoor: „Niemand word in die ware sin van die woord vermis nie . . . en geen groot groep soldate word gevange gehou nie. Wat wel waar is, is dat een van Swapo se ontoeganklikste basisse onlangs deur 'n groep van ons soldate ingeneem is." Hy praat nou heelwat harder sodat sy snorpunte liggies bewe. „Daar is egter 'n probleem. Toe die bevel gegee word dat hulle moet onttrek, het hulle geweier . . . by implikasie beskou hulle ons nou as vyand!

„Soos jy sien, het die pers nou ook lont geruik. Een koerant beweer selfs dat 'n eenheid van Durban Bluff betrokke is. Alle soldate wat moontlik iets hiervan weet, word tans tot hul operasionele basisse beperk."

Die spreekbuis stoot 'n foto oor die lessenaar. „Herken jy hom?"

Ek tel die foto op en kyk verbaas na Jock se gesig.

„Hy's in beheer . . . met ongeveer vyftig man onder hom; asook die vier Puma-helikopters en twee gun-ships wat hulle sou uitlig."

Die spreekbuis stoot sy stoel terug, loop om die tafel en kom staan reg voor my. „Dis waar jý inkom," sê hy. „Jy sal jou eertydse vriend en spanleier oorreed om terug te keer. Weier hy, sal jy hom uit die weg moet ruim . . ."

Kort hierna het ek per vliegtuig vertrek. Dit het eienaardig gevoel om die enigste springer te wees. Op die grond het ek my valskerm stukkend gesny en 'n ent van die afgooistrook af wegbeweeg, aangesien Swapo moontlik ook die vliegtuig gehoor het. Dit het Jock se verkenningspatrollie nie lank geneem om my op te spoor nie.

Jock het in die basis gewag. Ons het mekaar jare laas gesien en sy oë het 'n oomblik wasig geword van blydskap.

„Ek het gewonder wie hulle sou stuur," het Jock ná die groetery gesê. „Kom dat ek jou bietjie rondwys."

Hy het my op 'n verkenningstog deur die basis geneem. Eers bogronds en toe ondergronds: die moderne wapentuig, die bomvaste bunkers, die voertuie, die helikopters, die seinnetwerk waarmee sowel Swapo- as Suid-Afrikaanse berigte onderskep en ontsyfer word, die magasyn, die kroeg . . .

Ek staan van onder die knoppiesdoring op, want Jock wil my weer sien.

„Ons slaan vanaand die Weermag se rat run," sê hy. Dit klink of hy met moeite praat. „Die seiners het agtergekom die konvooi oornag op die Golden Highway. Ek wil eers 'n paar dinge met die pilots uitklaar."

Ek stap in die basis rond en kyk na die voorbereidings. Alles is bekend: magasynvere wat uitgehaal en gerek word, radio's wat getoets word, masjiengeweerbande wat gelaai word, waterbottels wat vol gemaak word, helikopters wat nagesien word . . . Die enigste verskil is waarskynlik dat die manne hulle nie kamoefleer met black-is-beautiful nie.

„Ek hoop daar's genoeg brandstof op die rat run vir die tjoppers," hoor ek een van die soldate. „Solank ons hulle in die lug kan hou, is ons kanse hier baie beter."

Teen sononder is alles gereed en die helikopters styg die een na die ander op.

„Jy sien seker," sê Jock, „dat ek die pilots nie vertrou nie. Daarom laat ek maar een van ons manne saam voor sit."

Ek is saam met Jock in die ops-kamer terwyl die operasie plaasvind, en ek kyk na sy dooie oë.

„Wat's fout, Jock?"

„Wat?"

„Iets is nie reg met jou nie. Wat het van jou vuur geword?"

Hy bly 'n hele ruk stil en sug dan. „Ek's moeg vir oorlog. Tot hier toe," en hy beduie met sy hand teen sy ken.

Jock het nie lus om verder te praat nie en ek luister na die radioberigte wat af en toe oor die lug gehoor word. Toe die helikopters terugkeer, bly hy sit en gaan kyk ek alleen hoe die buit afgelaai word. Eers die brandstof, dan die ammunisie, kos, ander voorrade en heel laaste 'n paar kaste drank. Die soldate skeur die kartonne oop en dis nie lank nie voor die gelag en gesing gehoor word wat gewoonlik op geslaagde operasies volg. Ek staan hulle en bekyk, en ek wonder of hulle nóg dieper in die moeilikheid kan kom.

Hierna gaan die dae stil verby. Die soldate moet seker gis oor wat ek en Jock bespreek, want hy laat my die meeste van die tyd by hom in die hut sit. Wat hulle nie weet nie, is dat Jock omtrent nooit praat nie. Daarom is dit ook vir my 'n verrassing toe hy die aand van my verjaardag op 'n partytjie besluit.

Vroegaand vergader ons in die kroeg en 'n spesiale drankie word vir my gemeng.

„Wat's dit?" vra ek vir die kroegman.

„Roomys en Coco-Rico. Hooligan juice."

„Lekker," sê ek.

„As jy klaar is, moet jy hierdie try," sê een van die soldate. „Giggle juice!" Almal lag.

Ek kyk na die oorkant van die kroegtoonbank waar Jock sit. Dit lyk amper of hy vanaand wil saamgesels. Die kroegman kyk ook na Jock, want sy glas is nooit leeg nie. En teen twaalfuur slaan Jock skielik op die toonbank en wink my nader.

,,Hel," sê hy, ,,ons het 'n goeie tyd saam gehad. Onthou jy die Portugese? Hulle kon later nie meer die honger vat nie. Gelukkig kry ons toe 'n bobbejaan geskiet."

Jock vertel hoe hy die bobbejaan in 'n pot laat kook het. Toe dit gaar was, het hy 'n blad afgeskeur om te kyk hoe die vleis lyk. Hy het nie kans gesien vir die handjie nie en dit afgeknyp en weggegooi.

,,Waar was julle?" vra Jock. ,,Hulle duik soos een man op die hand af en ná 'n gestoei vat een dit by die ander af. Hy gaan sit so ent van ons af op sy hurke en eet dit soos wat mens bekfluitjie speel . . . van die naels af anderkant uit!"

Dit gaan vrolik in die kroeg. Iemand vertel van die keer toe hulle deur 'n moeras moes beweeg om die vyand by te kom. Bo-oor hulle was kort-kort 'n skietery en die muskiete was rof. Hulle wou vrek van bangheid. Die spanleier was die moer in oor die sjoesj-geluide wanneer hulle, halflyf in die pappery, die muskiete met takkies wegklap. Toe Phil die gekoek van sy baard stroop en sy hande teen mekaar druk, loop die bloed straaltjies teen sy arms af. Die spanleier was éérs die moer in toe die agterste man nie meer antwoord as hy hom oor die radio roep nie. Net toe hy wil omkyk, sien hy die koord tussen die spreekbuis en die res van die radio is afgeskiet . . .

Maar Jock het intussen neerslagtig geraak; moontlik oor die noem van Phil se naam.

,,Kom ons gaan pis buite," sê hy. ,,Ek's nie meer lus vir drink nie."

Ons staan teen die kroeg se muur en Jock sug.

,,Ek's moeg," sê hy.

Ek sê niks nie en dit maak hom kwaad.

,,Dink jy miskien ek kan nie vir die manne gee wat hulle hier soek nie, hè? Hulle wil aksie hê, skiet, opdonder! God, man, het ek nie genoeg gehad nie? Ken ek nie die bos soos my hand nie? . . . Net voor die kontak begin die bos skielik leef, alles druis, jy hoor dit, jy voel dit in jou bloed; jy weet die kak is hier, maar jy kan nog niks sien nie. En dan eers praat die terrs se AK's." Jock se gesig is natgesweet. ,,Weet jy wat?" vra hy. ,,Ek is bang. Nie vir mense nie. Dis iets anders. Ek weet nie; dis 'n dooie gevoel in my bors. Dinge wat ek gedoen het, het my begin pla."

Ek voel hartseer oor Jock. Hy lyk nie soos die beste operateur wat die Weermag nóg gelewer het nie, die man wat 'n span in enige gebied kon inneem en nooit 'n verkeerde beslissing sou maak nie. Nou staan ons teen die kroeg se muur en hy het nog nie klaar gepraat nie.

,,Vir mense is ek nie bang nie," sê Jock, en sy stem is hees. ,,Dink jy ek ken nie jou opdrag nie?"

Ek los hom daar en gaan lê in my hut en wonder oor wanneer ek sal moet optree. My vader, die man na wie niemand by name verwys nie – ek wonder wat hy nou sou gedoen het.

Die volgende dag staan ek voor Jock se hut toe die seiner kom rapporteer.

„Gee die berigte vir my," sê ek.

Ek sien hoe die jong man huiwer.

„Gee!"

Ek vat die papiere en blaai daardeur.

„Wat dink jy hiervan?" vra ek.

„Dit lyk of die Weermag iets beplan. Miskien selfs 'n basisaanval."

„Wat van Swapo?" vra ek.

„Hulle het ver teruggetrek ná ons hulle geslaan het. Ek glo nie hulle sal gou iets probeer nie."

„Dankie. Jy kan maar gaan."

Ek wens ek kon 'n berig uitstuur om tyd te wen, maar dit sal die soldate net meer agterdogtig maak. 'n Ent weg speel hulle vlugbal. Die plek het werklik 'n rustigheid wat mens nie verwag nie. Maar daar is nog iets wat ek met Jock moet bespreek.

„Ek moet met jou praat oor die Swapo-gevangenes in die basis," sê ek. „Hulle is noodsaaklik vir die kosmakery en ander roetinewerk, maar dis te gevaarlik. Mens kan hulle nie heeldag dophou nie. Ons moet van die helfte ontslae raak."

Dit lyk nie of Jock luister nie.

„Ons moet die helfte doodskiet," sê ek.

„Nee! Nee!"

Ek skrik vir sy heftigheid.

„Nee! Loop!" Sy oë draai wild in sy kop rond.

Die volgende dag wil Jock my nie sien nie. Ek roep die soldate byeen.

„Die plek het moontlikhede," sê ek. „Ons kan selfs vroumense invoer."

Hulle vertrou my nie. Daar is iets wat ek vir hulle van Jock moet vertel, maar dis blykbaar nie nou die tyd nie. Daarom hou ek my toespraak kort.

„Ons moet wag," sê ek. „Ons moet nie te haastig wees nie."

Maar hulle sou nie vir lank meer wag nie. Hulle was van plan om Jock uit te stoot. Hy het nooit meer uit sy hut gekom nie en hom ook nie aan my gesteur nie. Tog het ek geweet dat die soldate met 'n gevaarlike ding besig was. Dit was verstommend dat hulle so gou vergeet het wie Jock werklik is. Ek kon die voorbok tussen hulle waarsku, maar ek twyfel of hy in dié stadium na my sou luister. Maar selfs ék was ontnugter toe die soldate die oggend geskok in groepies rondstaan nadat hulle die voorbok keel-af gesny in sy hut gekry het. Toe het ek geweet Jock is kranksinnig.

Dié dag hang daar 'n stilte oor die basis. Ek lê in my hut en dink. Dis tyd dat ek optree.

Deur 'n opening in die gevlegte latte kan ek die soldate dophou. Hulle kyk kort-kort in die rigting van Jock se hut en dan weer na my slaapplek. My deur staan oop. Wat sal dit in elk geval help om dit toe te hou? Van Jock was daar vandag nog geen teken nie. Enigiets kan gebeur, maar die soldate is nog huiwerig. Hulle het nog nie 'n nuwe leier uitgewys nie. Die Swapo-gevangenes sit stil en bymekaar onder 'n boom.

Buite my deur hoor ek voetstappe. Die soldaat trap rond in die sand. Dis 'n ruk stil en dan hoor ek die persoon wegstap.

Die meeste soldate is nou iewers tussen die bome. Sou dit wees wat my vader in gedagte gehad het? 'n Eie volk oor wie hy kon regeer?

Ek staan op en stap vinnig ops-kamer toe. Die seiner skrik toe hy my sien en kyk na die 9mm-pistool wat op die tafel lê. Ek skeur die rol berigte af wat deur die dag ingekom het en stap weer vinnig uit.

In my hut gaan ek dit sorgvuldig deur. Die moeilikheid is hier, dis duidelik. Ek lê op my rug en kyk na die dak, terwyl ek dink.

Teen die middag het ek finaal besluit en raak ek aan die slaap. Ek skrik natgesweet wakker. My lyf is warm en ek het 'n oomblik nie 'n benul van die tyd nie. Dis nag. Ek maak my hand toe en voel die krag van my greep. Alles lyk onwerklik . . . byna asof ek myself op 'n afstand dophou.

Gestel ek staan op om tussen die vure deur te stap waar die manne gehurk sit en gedemp gesels . . . Dit voel asof hul oë in my rug brand toe ek in die rigting van Jock se hut begin stap. Die nag is donker buite die ligkring van die vure en ek kyk na die skaduwees wat die vlamme teen die hut gooi. By die deur huiwer ek 'n oomblik, die mense het opgehou praat, en dan gaan ek binne. Ek vat my jagmes stewig vas toe ek oor Jock buk. Buite raak die gedruis van stemme al hoe sterker. Ek talm in die hut tot ek agterkom hulle kan nie langer wag nie. Dan stap ek uit en kyk oor die wagtende oë heen. Die manne is stil. Hulle wag. Ek stoot 'n gebalde vuis bokant my kop uit en 'n siddering trek deur die groep.

„Ons moet saamstaan," sê ek. „Ons het 'n Weermagaanval om af te slaan."

1984

Kopieregerkennings

Pulvermacher: „Gebet van Tities Tokaan" uit Melt Brink: *Grappige stories en ander versies in Kaaps-Hollands*, oorgedruk in *Standpunte* 122.
Christina Wagenaar: „Hessi Vermaak en haar fryers" uit *Ons Klyntji*, November 1897.
C. J. Langenhoven: „Die bouval op Wilgerdal" uit *Versamelde werke* (Tafelberg-Uitgewers).
Eugène N. Marais: „Klein Riet-alleen-in-die-roerkuil" uit *Dwaalstories* (Human & Rousseau).
M.E.R.: „Die boodskap" uit *Kwartet* (Tafelberg-Uitgewers).
C. M. van den Heever: „Leuens" uit *Vuurvlieg en sterre* (Tafelberg-Uitgewers).
J. van Melle: „Oom Diederik leer om te huil" uit *Vergesigte* (J. L. van Schaik); „Die tuiskoms" uit *Oom Karel neem sy geweer saam e.a. verhale* (Tafelberg-Uitgewers); „In die tronk" uit *Oom Daan en die dood* (Tafelberg-Uitgewers); „Tyd" uit *Woorde wat saamvloei* (Human & Rousseau).
Toon van den Heever: „Werkstaking by die kleigat" uit *Gerwe uit die erfpag van Skoppensboer* (Perskor).
G. H. Franz: „Makhwibitsana" ongebundel, met toestemming van mev. E. K. Franz.
Boerneef: „Teen die helling" uit *Teen die helling* (Tafelberg-Uitgewers).
Elise Muller: „Kinders in die skemer" uit *Die vrou op die skuit* (A. A. Balkema).
Jan Rabie: „Drie kaalkoppe eet tesame", „Die man met die swaar been", „La promenade en chien", „Voor die muur", „Ek het jou gemaak" en „Droogte" uit *21* (Human & Rousseau); „Die groot vrot" uit *Die roos aan die pels* (John Malherbe).
C. G. S. de Villiers: „Die swygsames" uit *Klein Vaderland* (A. A. Balkema).
Uys Krige: „Dood van die Zoeloe" met toestemming van die skrywer.
Abraham H. de Vries: „Die gusooi" uit *Vetkers en neonlig* (HAUM); „Passenger in transit" en „Brood 2" uit *Vliegoog* (Tafelberg-Uitgewers); „Terug na die natuur" uit *Twee maal om die son* (Tafelberg-Uitgewers); „Ek kan nie met my sole sien nie maar" uit *Bliksoldate bloei nie* (Human & Rousseau); „Die uur van die idiote" en „Die boksers" uit *Die uur van die idiote* (Human & Rousseau).
Etienne Leroux: „'n Dag in Berg-en-Dal – Drieduisend siele" uit *Windroos*, met toestemming van die skrywer.
Adam Small: „Klein Kytie" uit *Windroos*, met toestemming van die skrywer.
Breyten Breytenbach: „selfmoord 2", „die boenk" en „fascistiese pampoen" uit *Katastrofes* (Human & Rousseau).
Ingrid Jonker: „Die bok" uit *Versamelde werke* (Perskor).
André P. Brink: „Dertien" uit *Bolder*, met toestemming van die skrywer.
Karel Schoeman: „Die park na die val van die blare" uit *Bolder*, met toestemming van die skrywer.
Chris Barnard: „Bos" en „Hoogsomernag" uit *Duiwel-in-die-bos* (Tafelberg-Uitgewers).
Hennie Aucamp: „'n Bruidsbed vir tant Nonnie" en „Armed Vision" uit *'n Bruidsbed vir tant Nonnie* (Tafelberg-Uitgewers); „Die nag van die ooms" uit *Hongerblom* (Tafelberg-Uitgewers); „Die nag van die ooms" uit *Hongerblom* (Tafelberg-Uitgewers); „Georgie" uit *Wolwedans* (Tafelberg-Uitgewers) „Swart-ys" uit *Enkelvlug* (Tafelberg-Uitgewers); „Vir vier stemme" uit *Volmink* (Tafelberg-Uitgewers).
John Miles: „Gustav gaan speel" en „Voorgevoel" uit *Liefs nie op straat nie* (Tafelberg-Uitgewers).
P. J. Haasbroek: „Vir Sipho" en „Terugkeer" uit *Heupvuur* (Human & Rousseau); „Aardrykskundeles" en „Anatomieles" uit *Roofvis* (Human & Rousseau); „In die Hoëveld waar dit oop

is" uit *Verby die vlakte* (Human & Rousseau).
J. C. Steyn: „Die dag toe ons agtergekom het dis oorlog" uit *Op pad na die grens* (Tafelberg-Uitgewers).
Welma Odendaal: „Baker" en „Mamy Blue en ek onthou" uit *Keerkring* (Perskor).
Pirow Bekker: „Die ontslag" uit *Vangs* (Perskor).
Henk Rall: „Bloedbroers" uit 'n *Bokram by die see* (Tafelberg-Uitgewers).
Jan Spies: „Van Duiwel Pontius na Dominee Pilatus" uit *Pilatus tot Molshoop* (Perskor).
Ina Rousseau: „Onthou jy vir Helena Lem?" uit *Soutsjokolade* (Tafelberg-Uitgewers).
Margaret Bakkes: „Inkrimp" uit *Sing vir ons Mathilda* (Tafelberg-Uitgewers).
Elsa Joubert: „Die sendeling se dood" en „Agterplaas" uit *Melk* (Tafelberg-Uitgewers).
M. C. Botha: „Liefde is sterker as plastiek" uit *Die hartklop van gevoel* (Perskor); „Mona Lisa" uit *Die prys wat jy moet betaal* (Perskor); „Frans Malan" uit *Die einde van 'n kluisenaar se lewe* (Human & Rousseau).
Dalene Matthee: „Die Judasbok" uit *Die Judasbok* (Human & Rousseau).
E. Kotze: „Bloedige dag" uit *Halfkrone vir die Nagmaal* (Tafelberg-Uitgewers).
Petra Müller: „Marcu Taillefer" en „Vlerke oop en vlerke toe" uit *Voëls van die hemel* (Tafelberg-Uitgewers).
Alexis Retief: „Voog" uit *Familie* (Perskor).
Koos Prinsloo: „Die jonkmanskas" uit *Jonkmanskas* (Tafelberg-Uitgewers).
P. J. Philander: „'n Koeël vir 'n klou" uit *Hoefyster vir die hart* (Tafelberg-Uitgewers).
George Weideman: „(Gelykenis)" uit *Tuin van klip en vuur* (Tafelberg-Uitgewers).
Etienne van Heerden: „My Kubaan" uit *My Kubaan* (Tafelberg-Uitgewers).
T. T. Cloete: „Dokter Diedericks leer om te lag" uit *Die waarheid gelieg* (Tafelberg-Uitgewers).
Pieter W. Grobbelaar: „'n Swakheid van die vlees" uit *Poorters* (Human & Rousseau).
Jan van Tonder: „Aandenking vir 'n vry man" en „Victor Singh" uit *Aandenking vir 'n vry man* (HAUM).
Alexander Strachan: „Visioen" uit *Wêreld sonder grense* (Tafelberg-Uitgewers).